DICTATOR

ROBERT HARRIS

DICTATOR

Tradução de
MARIA LUIZA X. DE A. BORGES

1ª edição

EDITORA RECORD
RIO DE JANEIRO • SÃO PAULO
2017

CIP-BRASIL. CATALOGAÇÃO NA PUBLICAÇÃO
SINDICATO NACIONAL DOS EDITORES DE LIVROS, RJ

H26d Harris, Robert, 1957-
Dictator / Robert Harris; tradução de Maria Luiza X. de A. Borges. - 1ª ed. - Rio de Janeiro: Record, 2017.
(Trilogia de Cícero; 3)

Tradução de: Dictator
Sequência de: Lustrum
ISBN 978-85-01-08401-9

1. Romance inglês. I. Borges, Maria Luiza X. de A. II. Título. III. Série.

17-43384
CDD: 823
CDU: 821.111-3

TÍTULO ORIGINAL EM INGLÊS:
Dictator

Texto revisado segundo o novo Acordo Ortográfico da Língua Portuguesa.

Impresso no Brasil

ISBN 978-85-01-08401-9

Para Holly.

NOTA DO AUTOR

Dictator conta a história dos últimos quinze anos de vida do estadista romano Cícero, imaginada na forma de uma biografia escrita por seu secretário, Tiro.

A existência de um homem como Tiro e tal livro ter sido escrito são fatos históricos comprovados. Nascido escravo na propriedade da família, ele era três anos mais jovem que seu amo, porém viveu muito mais tempo que ele, tendo chegado, segundo são Jerônimo, a um século de idade.

"Os serviços que me presta são incontáveis", escreveu-lhe Cícero em 50 a.C., "em minha casa e fora dela, em Roma e nas províncias, em assuntos privados e públicos, em meus estudos e em minha atividade literária..." Tiro foi o primeiro homem a registrar palavra por palavra um discurso no Senado, e seu sistema de taquigrafia, conhecido como *notae tironiane*, ainda era usado na Igreja no século VI; na verdade, alguns vestígios dele (como o símbolo "&" e as abreviações etc., NB, i.e. e e.g.) são usados até hoje. Tiro também redigiu vários tratados sobre o desenvolvimento do latim. Sua biografia de multos volumes de Cícero é mencionada como fonte pelo historiador do século I Ascônio Pediano, e Plutarco a cita duas vezes. Contudo, como o restante da produção literária de Tiro, a obra desapareceu em meio ao colapso do Império Romano.

Como devia ser ela?, perguntamo-nos. A vida de Cícero foi extraordinária, até pelos padrões turbulentos da época. De origem relativamente humilde, se comparado a seus rivais aristocráticos, e apesar de sua falta de interesse por questões militares, por intermédio do uso de sua habilidade como orador e do brilho de seu intelecto, ele ascendeu com meteórica velocidade no sistema político romano, até que, contra todas as probabilidades, finalmente foi eleito cônsul na idade mínima permitida de 42 anos.

Seguiu-se um ano no cargo afetado por crises — 63 a.C. —, durante o qual foi obrigado a lidar com uma conspiração para derrubar a república liderada por Sérgio Catilina. Para reprimir a revolta, o Senado, sob a presidência de Cícero, ordenou a execução de cinco cidadãos proeminentes — um episódio que assombrou sua carreira para sempre desde então.

Quando, em seguida, os três homens mais poderosos de Roma — Júlio César, Pompeu, o Grande, e Marco Crasso — uniram forças num chamado triunvirato para dominar o Estado, Cícero decidiu opor-se a eles. Em retaliação, César, usando seus poderes como máximo pontífice, instigou o ambicioso demagogo aristocrata, Clódio — um antigo inimigo de Cícero —, a destruí-lo. Ao permitir que Clódio renunciasse a seu status patrício e se tornasse um plebeu, César o deixou livre para ser eleito como tribuno. Os tribunos tinham o poder de expor e arrastar cidadãos diante do povo, para atormentá-los e persegui-los. Cícero, sem perder tempo, decidiu que não tinha escolha senão fugir de Roma. É nesse ponto desesperado em seu destino que *Dictator* se inicia.

Meu objetivo foi descrever, o mais precisamente que sou capaz dentro das convenções da ficção, o fim da república romana tal como ele poderia ter sido experimentado por Cícero e Tiro. Sempre que possível, as cartas, os discursos e as descrições de eventos foram extraídos das fontes originais.

Como *Dictator* abrange o que foi possivelmente — pelo menos até as convulsões de 1933 a 1945 — a era mais tumultuada da história humana, mapas, um glossário e um elenco de personagens foram fornecidos ao fim do livro para ajudar o leitor a se orientar no mundo disperso e em desmoronamento de Cícero.

Robert Harris

Kintbury, 8 de junho de 2015

"A melancolia do mundo antigo me parece mais profunda que a dos modernos, que sugerem mais ou menos que além do vazio escuro encontra-se a imortalidade. Para os antigos, porém, esse 'buraco negro' era o próprio infinito; seus sonhos avultam-se e desaparecem contra um cenário de negritude imutável. Nenhum grito, nenhuma convulsão — nada senão a fixidez de um olhar pensativo. Justamente quando os deuses haviam deixado de existir e o Cristo ainda não chegara, houve um momento único na história, entre Cícero e Marco Aurélio, em que o homem esteve só. Em nenhum outro lugar encontro essa grandeza particular."

Gustave Flaubert, carta a Mme. Roger des Genettes, 1861

"Vivo, Cícero aprimorava a vida. O mesmo podem fazer suas cartas, ainda que apenas para um estudante aqui e ali, subtraindo tempo de desesperos depreciativos para viver em meio ao Povo Togado de Virgílio, mestres desesperados de um mundo maior."

D. R. Shackleton Bailey, *Cicero*, 1971

O IMPÉRIO ROMANO: 44 A.C.
1. Roma
2. Munda
3. Tapso
4. Dirráquio
5. Córcira
6. Farsalo
7. Patras
8. Atenas
9. Tessalônica
10. Rodes
11. Laodiceia
12. Carras
MAR DO NORTE
GÁLIA TRANSALPINA
ESPANHA ULTERIOR
ESPANHA CITERIOR
GÁLIA CISALPINA
PANÔNIA
DÁCIA
MÉSIA
ILÍRIA
ITÁLIA
TRÁCIA
MACEDONIA
ÉPIRO
SARDENHA
SICÍLIA
ACAIA
MAR NEGRO
BITÍNIA E PONTO
GALÁCIA
Montes Tauro
FRÍGIA
LÍCIA
CILÍCIA
SÍRIA
CHIPRE
JUDEIA
EGITO
CIRENAICA
MAR MEDITERRÂNEO
MAURITÂNIA
NUMÍDIA

ITÁLIA DE CÍCERO
Mutina
R. Rubicão
MAR ADRIÁTICO
Ancona
Roma
Túsculo
Arpino
Astura
Fórmias
Cumas
Pompeia
Putéoli
Baía de Napoles
Brundísio
Tarento
MAR TIRRENO
Messina
Lilibeo
Régio
Siracusa
MAR JÔNICO
NG

PARTE UM

Exílio

58-47 a.C.

Nescire autem quid ante quam natus sis acciderit, id est semper esse puerum. Quid enim est aetas hominis, nisi ea memoria rerum veterum cum superiorum aetate contexitur?

Ser ignorante do que ocorreu antes de nasceres é permanecer sempre uma criança. Pois qual é o valor da vida humana, a menos que esteja entrelaçada à vida de nossos ancestrais pelos registros da história?

Cícero, *Orator*, 46 a.C.

I

Lembro-me dos clamores das cornetas de guerra de César nos perseguindo pelos campos escuros do Lácio — de seus gemidos ansiosos, ávidos, como animais no cio — e de como quando elas paravam restava somente o ruído do deslizar de nossos sapatos na estrada coberta de gelo e do arquejo urgente de nossa respiração.

Não bastava para os deuses imortais que os concidadãos de Cícero o cuspissem nele e o insultassem; não bastava que, no meio da noite, fosse desalojado das lareiras e dos altares de sua família e ancestrais; não bastava nem mesmo que enquanto fugíamos de Roma a pé ele olhasse para trás e visse sua casa em chamas. A todos esses tormentos consideraram necessário acrescentar mais um refinamento: que ele fosse obrigado a ouvir o exército de seu inimigo levantando acampamento no Campo de Marte.

Embora fosse o mais velho de nosso grupo, Cícero acompanhava nosso passo célere. Não muito tempo antes, ele tivera a vida de César na palma da mão. Poderia tê-la esmagado tão facilmente quanto a um ovo. Agora, seus destinos os conduziam em direções inteiramente opostas. Enquanto Cícero rumava depressa para o sul a fim de escapar de seus inimigos, o arquiteto de sua destruição marchava para o norte com o objetivo de assumir o comando de ambas as províncias da Gália.

Cícero caminhava de cabeça baixa, sem pronunciar uma palavra, o que imaginei que se devesse ao desespero de sua situação. Apenas ao raiar do dia, quando nos reunimos a nossos cavalos em Bovilas, prestes a iniciar o segundo estágio de nossa fuga, ele se deteve com o pé no vão da porta de sua carruagem e disse subitamente:

— Acha que deveríamos voltar?

A pergunta me pegou de surpresa.

— Não sei — respondi. — Não tinha pensado nisso.

— Bem, pense agora. Diga-me: por que estamos fugindo de Roma?

— Por causa de Clódio e sua turba.

— E por que Clódio é tão poderoso?

— Porque é um tribuno e pode aprovar leis contra você.

— E quem possibilitou que ele se tornasse tribuno?

Hesitei.

— César.

— Exatamente. César. Acha que a partida dele para a Gália neste momento preciso foi uma coincidência? Claro que não! César esperou seus espiões relatarem que eu havia deixado a cidade para movimentar seu exército. Por quê? Sempre supus que sua promoção de Clódio visava me punir por falar contra ele. Mas e se o verdadeiro objetivo o tempo todo fosse afastar-me de Roma? Que plano exige que ele se certifique de que parti antes que possa fazer o mesmo?

Eu deveria ter compreendido a lógica do que ele dizia. Deveria tê-lo instado a voltar. Mas estava exausto demais para raciocinar com clareza. E, para ser sincero, não foi só isso. Eu temia o que os capangas de Clódio poderiam fazer conosco se nos pegassem voltando para a cidade.

Assim, o que falei foi:

— É uma boa pergunta, e não posso fingir ter a resposta. Mas não iria parecer hesitante, depois de se despedir de todos, reaparecer de repente? De qualquer maneira, Clódio incendiou sua casa agora. Para onde retornaríamos? Quem nos abrigaria? Penso que seria mais prudente de sua parte se ater a seu plano original e se afastar de Roma o máximo possível.

Ele recostou a cabeça na lateral da carruagem e fechou os olhos. À pálida luz cinza, fiquei chocado ao ver como parecia abatido após passar a noite na estrada. Seu cabelo e sua barba não eram cortados havia semanas. Usava uma toga tingida de preto. Embora estivesse apenas no seu quadragésimo nono ano, esses sinais públicos de luto o faziam parecer muito mais velho — como um santo ancião, mendicante. Após algum tempo, ele suspirou.

— Não sei, Tiro. Talvez você tenha razão. Faz tanto tempo que não durmo que estou cansado demais para pensar.

E assim o erro fatal foi cometido — mais por força da indecisão que da decisão —, e continuamos avançando para o sul pelo restante do dia e pelos doze dias que se seguiram, pondo o que pensávamos ser uma distância segura entre nós e o perigo.

Viajamos com uma comitiva mínima para evitar atrair atenção — somente o cocheiro e três escravos, armados, a cavalo, um à frente e dois atrás. Uma pequena arca de moedas de ouro e prata que Ático, o amigo mais antigo e chegado de Cícero, tinha fornecido para custear nossa viagem estava escondida sob nosso assento. Hospedávamo-nos apenas nas casas de homens em quem confiávamos, não mais que uma noite em cada uma, e evitávamos lugares onde se esperaria que Cícero parasse — como, por exemplo, sua vila à beira-mar em Fórmias, o primeiro lugar onde qualquer perseguidor procuraria por ele, e ao longo da baía de Nápoles, que começava a se encher com o êxodo anual de Roma em busca de sol de inverno e primaveras cálidas. Em vez disso, dirigimo-nos o mais depressa que podíamos para a biqueira da Itália.

O plano de Cícero, concebido a caminho, era se dirigir para a Sicília e permanecer lá até que a agitação política contra ele em Roma amainasse.

— A turba vai acabar se voltando contra Clódio — previu ele. — Essa é a natureza imutável da multidão. Ele será sempre meu inimigo mortal, mas não será sempre tribuno; nunca devemos nos esquecer disso. Dentro de nove meses seu mandato expirará, e então poderemos voltar.

Ele estava confiante numa recepção amistosa dos sicilianos, ainda que apenas graças ao bem-sucedido processo que havia movido contra o governador tirânico da ilha, Verres — ainda que essa brilhante vitória, que lançara sua carreira política, tivesse ocorrido doze anos antes e Clódio tivesse sido um magistrado na província recentemente. Enviei cartas de antemão, comunicando a intenção de buscar refúgio, e, quando chegamos ao porto, em

Régio, alugamos um pequeno barco de seis remos para nos transportar pelo estreito até Messina.

Deixamos o porto numa manhã de inverno clara e fria de azuis intensos — o mar e o céu; um claro, um escuro; a linha que os dividia nítida como uma lâmina; a distância até Messina de meros cinco quilômetros. Levamos menos de uma hora. Chegamos tão perto que conseguimos ver os partidários de Cícero alinhados sobre as rochas para lhe dar boas-vindas. Mas, parado entre nós e a entrada do porto, havia um navio de guerra hasteando as cores vermelha e verde do governador da Sicília, Caio Vergílio, e, enquanto nos aproximávamos do farol, ele içou sua âncora e avançou rapidamente para nos interceptar. Vergílio permanecia junto à amurada cercado por seus lictores e, após visivelmente recuar ante a aparência amarfanhada de Cícero, gritou uma saudação, a que Cícero respondeu em termos amistosos. Eles conviveram no Senado durante muitos anos.

Vergílio lhe perguntou quais eram suas intenções.

Cícero gritou dizendo que naturalmente queria desembarcar.

— Foi o que ouvi dizer — respondeu Vergílio. — Infelizmente, não posso permitir.

— Por que não?

— Por causa da nova lei de Clódio.

— E que nova lei seria essa? Há tantas, que perdemos a conta.

Vergílio acenou para um de seus homens, que apresentou um documento e se debruçou para entregá-lo a mim, que por minha vez o repassei a Cícero. Até hoje me lembro de como ele tremulava em suas mãos à brisa, como se fosse algo vivo; era o único som no silêncio. Cícero o leu devagar e, ao terminar, entregou-o a mim sem comentários.

Lex Clodia in Ciceronem

Visto que M. T. Cícero executou cidadãos romanos sem que tivessem sido ouvidos e condenados e que para esse fim forjou a autoridade e o decreto do Senado, é por meio deste ordenado que ele seja interditado de água e fogo a uma distância de seiscentos e cinquenta quilômetros de Roma; que ninguém deve tomar a liberdade de abrigá-lo ou recebê-lo, sob pena de morte; que todos os seus bens e todas as suas posses lhe sejam retirados; que sua casa em Roma seja demolida e um santuário à Liberdade consagrado em seu lugar; e que todo aquele que se mova, fale, vote ou tome qualquer medida que vise chamá-lo de volta será tratado como inimigo público, a menos que antes aqueles que Cícero executou ilegalmente retornem subitamente à vida.

Deve ter sido o mais terrível golpe, mas Cícero conseguiu se controlar para rejeitá-lo com um rápido movimento de mão.

— Quando esse absurdo foi publicado? — indagou.

— Fui informado de que foi postado em Roma oito dias atrás. Chegou às minhas mãos ontem.

— Então ainda não é lei e não pode ser lei até que seja lido uma terceira vez. Meu secretário o confirmará. Tiro — chamou, virando-se para mim —, diga ao governador a data mais próxima em que isso pode ser aprovado.

Tentei calcular. Antes de poder ser posto em votação, um projeto tinha de ser lido em voz alta no fórum em três dias de mercado consecutivos. Mas meu raciocínio estava tão abalado pelo que eu tinha acabado de ler que não consegui me lembrar em que dia da semana estávamos, muito menos quando os dias de mercado caíam.

— Daqui a vinte dias — arrisquei-me —, talvez vinte e cinco.

— Está vendo? — exclamou Cícero. — Tenho três semanas de prazo mesmo que ele seja aprovado, e tenho certeza de que não será. — Ele se ergueu na proa do barco, firmando as pernas para evitar o balanço do casco, e abriu bem os braços num apelo. — Por favor, meu caro Vergílio, em nome de nossa antiga amizade, agora que viajei até tão longe, ao menos me permita desembarcar e passar uma ou duas noites com meus partidários.

— Como disse, lamento, mas não posso correr o risco. Consultei meus peritos. Eles dizem que, se você viajasse até a extremidade mais ocidental da ilha, até Lilibeo, ainda estaria a menos de quinhentos e cinquenta quilômetros de Roma, e depois Clódio viria atrás de *mim*.

Diante disso, Cícero deixou de ser tão amistoso.

— Você não tem nenhum direito sob a lei de impedir a viagem de um cidadão romano — declarou friamente.

— Tenho todo o direito a salvaguardar a tranquilidade de minha província. E aqui, como você sabe, minha palavra *é* a lei...

Cícero estava pesaroso — ouso dizer que estava até constrangido —, mas se mostrou inflexível, e depois que trocaram mais algumas palavras irritadas não havia nada a fazer senão manobrar e remar de volta para Régio. Nossa partida provocou um grito de consternação do litoral, e percebi que Cícero pela primeira vez estava seriamente preocupado. Vergílio era seu amigo. Se era assim que um amigo reagia, logo a Itália inteira lhe estaria fechada. Voltar a Roma para se opor à lei era bastante arriscado. Ele a havia deixado tarde demais. Afora o perigo físico de tal viagem, era quase certo que o projeto seria aprovado, e nesse caso estaríamos em apuros a seiscentos e cinquenta quilômetros do limite legal que ele prescrevia. Para agir de maneira segura em conformidade com os termos de seu exílio, Cícero teria de fugir para o exterior de imediato. Obviamente, a Gália estava fora de questão por conta de César. Portanto, teria de ser algum lugar a leste — a Grécia, talvez, ou a Ásia. Mas infelizmente estávamos no lado errado da península para realizar nossa fuga pelos traiçoeiros mares de inverno. Precisávamos chegar ao lado oposto da costa, a Brundísio no Adriático, e encontrar um navio grande capaz de fazer uma longa viagem. Nossa situação era terrível — como sem dúvida César, o patrocinador original e criador de Clódio, havia pretendido.

TIVEMOS DE FAZER duas semanas de árdua viagem para transpor as montanhas, muitas vezes sob chuva pesada e em geral por estradas ruins. Cada quilômetro parecia carregado com o risco de uma emboscada, embora os vilarejos primitivos pelos quais passamos se mostrassem bastante receptivos. À noite dormíamos em estalagens cheias de fumaça, gélidas, e jantávamos pão duro e carne gordurosa que um vinho azedo não tornava muito mais palatável. O humor de Cícero oscilava entre a fúria e o desespero. Ele via claramente agora que havia cometido um erro terrível deixando Roma. Fora loucura de sua parte sair da cidade e deixar Clódio livre para espalhar a calúnia de que ele havia executado cidadãos "sem que tivessem sido ouvidos e condenados", quando na verdade cada um dos cinco conspiradores de Catilina tivera permissão para falar em sua defesa e sua execução fora sancionada por todo o Senado. Mas a fuga que empreendera era equivalente a uma admissão de culpa. Ele devia ter obedecido a seu instinto e voltado quando ouvira o som das trombetas da partida de César e começara a se dar conta do erro. Chorou diante do desastre que sua insensatez e sua timidez causaram a sua mulher e seus filhos.

E, ao terminar de se recriminar, ele voltou o açoite para Hortênsio "e o resto da quadrilha aristocrática", que jamais o haviam perdoado por ascender de suas origens humildes a cônsul e salvar a república: eles o instigaram deliberadamente a fugir para que pudessem arruiná-lo. Ele devia ter seguido o exemplo de Sócrates, que dissera que a morte era preferível ao exílio. Sim, devia ter se matado! Apanhou uma faca da mesa de jantar. *Iria* se matar! Não falei nada. Não levei a ameaça a sério. Cícero não suportava a visão do sangue de outros, que diria do próprio. Ao longo de toda a vida, tentara evitar expedições militares, os jogos, execuções públicas, funerais — tudo que pudesse lembrá-lo da própria mortalidade. Se a dor o amedrontava, a morte o aterrorizava — o que, embora eu nunca seria impertinente o bastante para salientar, havia sido a principal razão pela qual fugíramos de Roma em primeiro lugar.

Quando por fim avistamos os muros fortificados de Brundísio, Cícero decidiu não se aventurar pela cidade. O porto era tão grande e movimentado, tão cheio de desconhecidos, e um destino tão provável para sua viagem, que estava convencido de que seria o local óbvio para seu assassinato. Em vez disso, procuramos refúgio um pouco acima, ao longo da costa, na residência de seu velho amigo Marco Laênio Flaco. Naquela noite dormimos em camas decentes pela primeira vez em três semanas, e na manhã seguinte fomos à praia. As ondas eram muito mais agitadas que no lado siciliano. Um vento forte lançava o Adriático incessantemente contra as rochas e os seixos. Cícero detestava viagens marítimas mesmo no melhor dos tempos, e aquela prometia ser especialmente traiçoeira. No entanto, era nosso único meio de fuga. Duzentos quilômetros além do horizonte se estendia a costa da Ilíria.

Flaco, notando a expressão de desagrado, disse:

— Fortaleça seu espírito, Cícero... Talvez a lei não seja aprovada, ou um dos outros tribunos a vete. Deve ter restado *alguém* em Roma disposto a tomar o seu partido... Pompeu, certamente.

Mas Cícero, seu olhar ainda fixo no mar, não respondeu nada, e alguns dias mais tarde descobrimos que o projeto de fato se tornara lei e que Flaco era, portanto, culpado de um crime capital simplesmente por ter um exilado condenado em sua propriedade. Ele ainda assim tentou nos persuadir a ficar, insistindo que Clódio não *o* amedrontava. Cícero, porém, não lhe deu ouvidos:

— Sua lealdade me comove, velho amigo, mas aquele monstro deve ter despachado uma equipe daqueles guerreiros de aluguel dele para me encurralar assim que a lei foi aprovada. Não temos tempo a perder.

Eu tinha encontrado um navio mercante no porto de Brundísio cujo capitão, em graves dificuldades, estava disposto a arriscar uma viagem através do Adriático no inverno em troca de uma generosa remuneração, de modo que embarcamos na manhã seguinte, à primeira luz da alvorada, quando não havia ninguém por perto. Tratava-se de um navio robusto, com cerca de vinte tripulantes acostumados a percorrer a rota comercial entre a Itália e Dirráquio. Eu não tinha conhecimento suficiente para julgar essas coisas de maneira apropriada, mas me pareceu bastante seguro. O capitão estimava que a travessia demandaria um dia e meio — mas precisávamos partir depressa, disse ele, e tirar proveito do vento favorável. Assim, enquanto os marinheiros aprontavam a embarcação e Flaco esperava na beira do cais, Cícero ditou rapidamente uma última mensagem para a mulher e os filhos:

Foi uma excelente vida, uma grande carreira — o que há de bom em mim, nada mau, foi a minha ruína. Minha cara Terência, a melhor e mais leal das esposas, minha querida filha Túlia e pequeno Marco, a única esperança que nos resta — adeus!

Eu a copiei e entreguei a Flaco. Ele levantou a mão num gesto de despedida. Então, a vela foi desfraldada, as amarras, soltas, os remadores nos afastaram da murada do porto, e partimos à pálida luz cinza.

A PRINCÍPIO AVANÇAMOS com boa velocidade. Cícero se posicionou bem acima do convés na plataforma do timoneiro, apoiado no parapeito da popa, observando o grande farol de Brundísio recuar às nossas costas.

Afora suas visitas à Sicília, era a primeira vez que ele saía da Itália desde a juventude, quando fora a Rodes aprender oratória com Mólon. De todos os homens que conheci, Cícero era o menos preparado para o exílio. Para se destacar, ele precisava dos acessórios da sociedade civilizada — amigos, notícias, fofocas, conversas, política, jantares, peças, banhos, livros, belos edifícios. Ver tudo isso definhando deve ter sido uma agonia para ele.

Ainda assim, em pouco mais de uma hora tudo havia desaparecido, engolido no vazio. O vento nos impelia com força para a frente, e, conforme cortávamos as ondas de cristas espumosas, pensei na "escura onda azul / espumando na proa" de Homero. Mas depois, por volta do meio da manhã, o navio pareceu aos poucos perder propulsão. A grande vela marrom ficou mais flácida, e ambos os timoneiros postados perto das alavancas nos flanqueando começaram a trocar olhares aflitos. Logo densas nuvens negras começaram a se acumular no horizonte, e dentro de uma hora se fecharam acima de nossas cabeças como um alçapão. A luz ficou sombria; a temperatura caiu. O vento se intensificou de novo, mas dessa vez as lufadas nos atingiam no rosto, arremessando borrifos de água gélidos do alto das ondas. Granizo açoitava o convés agitado.

Cícero estremeceu, inclinou-se para a frente e vomitou. Seu rosto estava cinza como um cadáver. Envolvi os ombros dele com um braço e gesticulei para que descêssemos ao convés inferior e nos abrigássemos na cabine. Estávamos na metade da escada quando um relâmpago rompeu a escuridão, seguido por um estalo ensurdecedor, como um osso sendo quebrado ou uma árvore sendo estilhaçada. Tive certeza de que havíamos perdido o mastro, pois de repente parecíamos estar indo de um lado para o outro sem parar enquanto, por toda parte à nossa volta, grandes e reluzentes montanhas negras de água se elevavam e vinham abaixo em meio aos relâmpagos. O uivo do vento tornava impossível falar ou ouvir. No fim, simplesmente empurrei Cícero para dentro da cabine, caí atrás dele e fechei a porta.

Tentamos nos levantar, mas o navio estava adernando. A água no convés batia nos tornozelos, e nossos pés escorregavam. O assoalho pendia primeiro para um lado, depois para o outro. Agarramo-nos às paredes enquanto éramos atirados para lá e para cá na escuridão em meio a ferramentas soltas, jarros de vinho e sacos de cevada, como animais apalermados numa gaiola a caminho do abatedouro. Finalmente nos metemos num canto e ficamos ali, ensopados e tremendo, enquanto o navio se sacudia. Convencido de que estávamos condenados, fechei os olhos e rezei para Netuno e todos os deuses em busca de socorro.

Um longo tempo se passou. Quão longo, não posso dizer — certamente foi o resto daquele dia, a noite toda e parte do dia seguinte. Cícero parecia inconsciente; em várias ocasiões, tive de tocar sua face fria para me certificar de que ainda estava vivo. Quando o fazia, seus olhos se abriam brevemente e voltavam a se fechar. Mais tarde, ele me disse que havia se resignado completamente a morrer afogado, mas o sofrimento de sua náusea era tamanho que não sentia medo: pelo contrário, via como a Natureza, em sua misericórdia, poupa os que se encontram *in extremis* dos terrores da morte e a faz parecer uma bem-vinda libertação. Quase a maior surpresa de sua vida, contou ele, foi acordar no segundo dia e perceber que a tempestade passara e sua existência continuaria, afinal.

— Infelizmente, minha situação é tão desgraçada que quase lamento por isso.

Depois de nos assegurarmos de que a tempestade se fora, voltamos ao convés. Os marinheiros estavam naquele momento mesmo lançando ao mar o cadáver de um pobre infeliz cuja cabeça havia sido despedaçada por um pau de carga solto. O Adriático estava liso e parado, no mesmo tom de cinza que o céu, e o corpo deu uma pancada na superfície da água ao ser lançado ao mar. Havia no vento frio um cheiro que não reconheci, de algo podre e em decomposição. Cerca de um quilômetro e meio adiante notei uma parede negra de rocha escarpada elevando-se acima da arrebentação. Supus que tínhamos sido soprados de volta para casa e que aquilo devia ser a costa da Itália. Mas o capitão riu de minha ignorância e disse que era a Ilíria; que aqueles eram os famosos penhascos que guardam as proximidades da antiga cidade de Dirráquio.

CÍCERO HAVIA PRETENDIDO, a princípio, seguir rapidamente para o Épiro, a região montanhosa ao sul, onde Ático possuía uma grande propriedade que incluía uma aldeia fortificada. Era um território extremamente desolado, que nunca se recuperou do terrível destino que o Senado lhe impusera um século antes, quando, como punição por ter se colocado contra Roma, todas as setenta vilas de lá foram completamente destruídas e a sua população de cento e cinquenta mil pessoas foi vendida como escrava. Apesar disso, Cícero afirmava que não se importaria com a solidão de um lugar tão assombrado. Pouco antes de ele deixar a Itália, porém, Ático o advertira — "com pesar" — de que só poderia permanecer por um mês, para que rumores de sua presença não se tornassem conhecidos: se isso ocorresse, sob a segunda cláusula do projeto de Clódio, o próprio Ático estaria sujeito à pena de morte por abrigar o exilado.

Mesmo no momento em que pisamos em terra firme em Dirráquio, Cícero continuava indeciso quanto à direção a tomar — sul, rumo ao Épiro, ainda que esse fosse um refúgio temporário, ou leste, em direção à Macedônia, cujo governador, Apuleio Saturnino, era um velho amigo seu, e da Macedônia prosseguir para a Grécia e Atenas. No caso, a decisão foi tomada por ele. Havia um mensageiro à espera no cais — um rapaz, muito ansioso. Lançando olhares ao redor para se certificar de que não estava sendo observado, ele nos arrastou rapidamente para um armazém deserto e apresentou uma carta. Era de Saturnino, o governador. Não a tenho em meus arquivos porque Cícero a pegou e a rasgou em pedaços assim que acabei de lê-la em voz alta para ele. Mas ainda me lembro da essência do que dizia: que "com pesar" (essa expressão de novo!), a despeito de seus anos de amizade, Saturnino não poderia receber Cícero em seu lar porque seria "incompatível com a dignidade de um governador romano oferecer auxílio a um exilado condenado".

Com fome, cansado e com o corpo úmido por causa de nossa travessia, após jogar os fragmentos da carta no chão, Cícero caiu sobre um fardo de pano apoiando a cabeça nas mãos. Foi quando o mensageiro disse, cheio de nervosismo:

— Excelência, há outra carta...

Era de um dos mais jovens magistrados do governador, o questor Cneu Plâncio. Seus parentes eram antigos vizinhos da família de Cícero em suas terras ancestrais nos arredores de Arpino. Plâncio dizia que escrevia em segredo e enviava sua carta pelo mesmo mensageiro, que merecia confiança; que discordava da decisão de seu superior; que seria uma honra para ele tomar o Pai da Nação sob sua proteção; que o sigilo era vital; que já havia partido e estava indo ao encontro de Cícero na fronteira macedônia; e que nesse ínterim providenciara uma carruagem para levá-lo embora de Dirráquio "imediatamente, no interesse de sua segurança pessoal; eu lhe rogo que não se demore nem sequer por uma hora; explicarei mais quando o vir".

— Confia nele? — perguntei.

Cícero olhou para o chão e respondeu em voz baixa:

— Não, mas que escolha tenho?

Com a ajuda do mensageiro, providenciei para que nossa bagagem fosse transferida do barco para a carruagem do questor — uma geringonça feiosa, pouco melhor que um cubículo sobre rodas, sem suspensão e com grades de metal pregadas nas janelas de modo que seu ocupante fugitivo pudesse olhar para fora, mas ninguém pudesse vê-lo. Deslocamo-nos ruidosamente do porto para a cidade e nos incorporamos ao tráfego na via Egnácia, a grande estrada que percorre todo o caminho até Bizâncio. Começou a cair neve e chuva. Ocorrera um terremoto alguns dias antes, e o lugar estava em condições deploráveis sob o aguaceiro, com cadáveres dos membros de tribos nativas insepultos à margem da estrada e pequenos grupos de sobreviventes abrigados em tendas improvisadas em meio às ruínas aqui e ali, amontoados em torno de fogueiras. Tinha sido esse o odor de destruição e desespero que eu sentira do mar.

Viajamos pela planície em direção às montanhas cobertas de neve e passamos a noite num pequeno vilarejo cercado pelos picos, estes cada vez mais próximos. A estalagem era imunda, com cabras e galinhas ocupando os quartos do andar térreo. Cícero comeu pouco e não disse nada. Naquela terra estranha e árida com seu povo de aparência selvagem, ele caíra por fim nas águas mais profundas do desespero, e foi com dificuldade que o fiz sair da cama na manhã seguinte e o persuadi a continuar nossa viagem.

Durante dois dias a estrada subiu rumo às montanhas, até que chegamos a um grande lago margeado por gelo. Do outro lado havia uma cidade, Licnidos, que marcava a fronteira com a Macedônia, e era aqui, em seu fórum, que Plâncio nos esperava. Ele era um homem de pouco mais de 30 anos e constituição forte, vestindo um uniforme militar, com meia dúzia de legionários às suas costas, e houve um momento, quando todos eles começaram a avançar com largas passadas em direção a nós, que experimentei um ataque de pânico e temi que tivéssemos caído numa armadilha. Mas a cordialidade com que Plâncio abraçou Cícero e as lágrimas em seus olhos me convenceram imediatamente de sua sinceridade.

Ele não conseguiu disfarçar seu choque diante da aparência de Cícero.

— Você precisa recobrar suas forças — disse —, mas infelizmente temos de partir.

Em seguida, revelou-nos o que não havia ousado contar por carta: que havia recebido informações confiáveis de que três dos traidores que Cícero mandara para o exílio por seus papéis na conspiração de Catilina — Autrônio Peto, Cássio Longino e Marco Leca — estavam à sua procura e juraram matá-lo.

— Então não há nenhum lugar no mundo onde eu esteja a salvo — respondeu Cícero. — Como iremos viver?

— Sob minha proteção, como falei. Na verdade, volte comigo para Tessalônica e se hospede sob meu próprio teto. Fui tribuno militar até o ano passado e ainda estou no serviço ativo, de modo que haverá soldados para protegê-lo enquanto permanecerem dentro das fronteiras da Macedônia. Minha casa não é nenhum palácio, mas é segura e é sua enquanto precisar dela.

Cícero olhou fixamente para ele. Além da hospitalidade de Flaco, aquela era a primeira oferta real de ajuda que havia recebido em semanas — em meses, na verdade —, e o fato de que viesse de um jovem que mal conhecia, quando antigos aliados como Pompeu lhe deram as costas, comoveu-o profundamente. Cícero tentou falar, mas as palavras ficaram engasgadas em sua garganta e ele precisou desviar o olhar.

A VIA EGNÁCIA se estende por duzentos e quarenta quilômetros pelas montanhas da Macedônia antes de descer para a planície de Amphaxis, onde entra no porto de Tessalônica, e foi lá que nossa viagem terminou, dois meses depois de deixarmos Roma, numa vila isolada próxima a uma movimentada via pública na parte norte da cidade.

Cinco anos antes, Cícero havia sido o governante inconteste de Roma, atrás somente de Pompeu, o Grande, nas afeições do povo. Agora havia perdido tudo — reputação, posição, família, bens, país; às vezes, até o equilíbrio de sua mente. Por razões de segurança, ele ficava confinado à casa durante o dia. Sua presença era mantida em segredo, e um guarda ficava postado na entrada. Plâncio disse aos serviçais e guardas que o hóspede anônimo era um velho amigo que sofria de desgosto agudo e melancolia. Como todas as melhores mentiras, essa tinha o mérito de ser parcialmente verdade. Cícero mal comia, falava ou saía do quarto; por vezes, seus acessos de choro podiam ser ouvidos de uma ponta a outra da casa. Não queria receber visitantes, nem mesmo seu irmão Quinto, que passava pelas proximidades em seu caminho de volta para Roma após concluir seu mandato como governador da Ásia. *Você não teria visto seu irmão, o homem que conhecia*, alegou, de modo a atenuar a recusa, *nenhum traço ou algo que se assemelhe a ele, mas somente o aspecto de um cadáver animado*. Fiz o possível para consolá-lo, sem sucesso, pois como eu, um escravo, poderia compreender sua sensação de perda, nunca tendo possuído coisa alguma digna de ser perdida? Em retrospecto, posso ver que minhas tentativas de oferecer consolo por meio da filosofia devem ter apenas agravado sua irritação. De fato, numa ocasião, quando eu tentava apresentar o argumento estoico de que bens e posição social são desnecessários, uma vez que a virtude por si só é suficiente para a felicidade, ele me jogou um tamborete na cabeça.

Tínhamos chegado a Tessalônica no início da primavera, e me encarreguei de enviar cartas aos amigos e à família de Cícero, comunicando-lhes, em confiança, o local de seu esconderijo e pedindo-lhes para escrever em resposta, usando Plâncio como posta-restante. As mensagens levaram três semanas para chegar a Roma, e mais três foram necessárias para que começássemos a receber respostas; as notícias que elas trouxeram não foram nada encorajadoras. Terência descreveu como as paredes carbonizadas da casa da família no monte Palatino tinham sido demolidas para que o santuário de Clódio à Liberdade — a ironia! — pudesse ser erguido no local. A vila em Fórmias fora saqueada, a propriedade rural em Túsculo também havia sido invadida, e até algumas árvores do jardim foram carregadas pelos vizinhos. Desabrigada, ela se refugiara a princípio com a irmã na Casa das Virgens Vestais.

Mas aquele ímpio desgraçado Clódio, em desafio a todas as leis sagradas, invadiu o templo e me arrastou para a basílica Pórcia, onde, diante da multidão, teve a audácia de me questionar sobre meus próprios bens! É claro que me recusei a responder. Ele exigiu então que eu entregasse nosso filho como refém para assegurar meu bom comportamento. Em resposta, apontei para a pintura que retrata Valério derrotando os cartagineses e lembrei-o de que meus ancestrais lutaram naquela mesma batalha e que, assim como minha família nunca temera Aníbal, certamente não nos deixaríamos intimidar por ele.

Foi o apuro em que se encontrava seu filho que mais perturbou Cícero. "O primeiro dever de todo homem é proteger seus filhos, e estou incapaz de cumpri-lo." Marco e Terência estavam abrigados na casa do irmão de Cícero, ao passo que sua adorada filha, Túlia, dividia um teto com os parentes do marido. Mas, embora Túlia, tal como a mãe, tentasse minimizar os problemas, era bastante fácil ler nas entrelinhas e reconhecer a verdade: que ela estava cuidando do marido doente, o delicado Frugi — cuja saúde, nunca forte, parecia ter cedido sob a tensão. *Ah, minha bem-amada, anseio de meu coração!*, escreveu Cícero para a mulher. *Pensar que você, minha querida Terência, outrora o refúgio de todos em dificuldades, deve agora estar tão atormentada! Tenho-a diante de meus olhos noite e dia. Adeus, meus amores ausentes, adeus.*

O panorama político era igualmente desalentador. Clódio e seus defensores ainda ocupavam o Templo de Castor no canto sul do fórum. Usando essa fortaleza como seu quartel-general, eles eram capazes de intimidar as assembleias em votação e aprovar ou bloquear os projetos que bem entendessem. Uma nova lei de que ouvimos falar, por exemplo, exigia a anexação de Chipre e a tributação de sua riqueza "para o bem do povo romano" — isto é, pagar pela distribuição gratuita de trigo que Clódio instituíra para todos os cidadãos —, e Marco Pórcio Catão foi incumbido de levar a cabo esse roubo. Como nem é preciso dizer, a lei foi aprovada, pois que grupo de votantes recusaria algum dia cobrar um imposto de outrem, especialmente em benefício proprio? A princípio, Catão se recusou a ir. Mas Clódio o ameaçou de perseguição caso se recusasse a obedecer à lei. Como Catão considerava a constituição sagrada acima de todas as coisas, pareceu-lhe que não tinha escolha senão obedecer. Zarpou para Chipre junto de seu jovem sobrinho, Marco Júnio Bruto, e com sua partida Cícero perdeu seu mais vocal defensor em Roma.

Contra a intimidação de Clódio, o Senado era impotente. Até Pompeu, o Grande ("o Faraó", como Cícero e Ático o chamavam entre si), estava ficando com medo do tribuno superpoderoso que ele ajudara César a criar. Corria o rumor de que passava a maior parte do tempo fazendo amor com sua jovem esposa Júlia, a filha de César, enquanto sua posição política declinava. Ático escreveu cartas repletas de fofocas sobre ele para animar Cícero, uma das quais sobrevive:

> *Você se lembra de que, quando o Faraó restaurou o rei da Armênia em seu trono alguns anos atrás, trouxe o filho dele para Roma como refém para garantir que o velho se comportasse? Pompeu decidiu alojá-lo com Lúcio Flávio, o novo pretor. Naturalmente, nossa Pequena Beldade [o apelido que Cícero dava a Clódio] logo ficou sabendo disso, convidando-se então para jantar na casa de Flávio e pedindo para ver o príncipe para, em seguida, levá-lo consigo ao fim da refeição, como se ele fosse um guardanapo! Por quê?, ouço-o perguntar. Porque Clódio decidira pôr o príncipe no trono da Armênia no lugar do pai e tirar todas as receitas da Armênia de Pompeu e ficar com elas para si mesmo! Inacreditável, mas a coisa fica melhor: o príncipe é devidamente mandado de volta para a Armênia num navio. Há uma tempestade. O navio retorna ao porto. Pompeu diz a Flávio para ir até Âncio imediatamente e recapturar seu valioso refém. Mas os homens de Clódio estão à espera lá. Há uma luta na via Ápia. Muitos são mortos — entre os quais o querido amigo de Pompeu, Marco Papírio.*
>
> *Desde então, as coisas foram de mal a pior para o Faraó. Outro dia, quando estava no fórum assistindo ao julgamento de um dos partidários dele (que estão sendo processados por Clódio a torto e a direito), o tribuno reuniu um bando de seus criminosos e iniciou uma cantilena. "Qual é o nome do* imperator *devasso? Qual é o nome do homem que está tentando encontrar um homem? Quem é que*

coça a cabeça com um dedo?" Depois de cada pergunta ele fazia um sinal sacudindo as pregas de sua toga — da maneira que o Faraó faz —, e a turba toda, como um coro de circo, gritava a resposta: "Pompeu!"

Ninguém no Senado levantou um dedo para ajudá-lo, pois todos pensam que essa importunação é eminentemente merecida pela maneira como ele abandonou você...

Mas, se Ático pensava que notícias como essas trariam consolo a Cícero, estava enganado. Ao contrário, elas serviram apenas para fazê-lo se sentir mais isolado e impotente. Com Catão ausente, Pompeu acovardado, o Senado impotente, os votantes subornados e a turba de Clódio no controle de toda a legislação, Cícero perdia qualquer esperança de algum dia ter seu exílio anulado. Irritava-se com as condições em que era obrigado a viver. Tessalônica pode ser bastante agradável para uma breve estada durante a primavera, mas, com o passar dos meses, chegou o verão — e Tessalônica no verão se torna um inferno de umidade e mosquitos. Nenhum sopro de brisa agita a vegetação quebradiça. O ar é sufocante. E, como as muralhas da cidade conservam o calor, as noites podem ser ainda piores que os dias. Eu dormia no quarto junto ao de Cícero — ou melhor, tentava. Deitado em meu cubículo, sentia-me como um porco sendo assado num forno de tijolos, como se o suor que se empoçava sob minhas costas fosse minha carne derretida. Muitas vezes após a meia-noite eu ouvia Cícero tropeçando no escuro, sua porta se abrindo, seus pés descalços no piso. Eu me esgueirava atrás dele e o observava a distância para me certificar de que estava bem. Às vezes ele se sentava no pátio à beira do tanque seco com sua fonte entupida pela poeira e contemplava as estrelas brilhantes, como se pudesse ler no alinhamento delas alguma pista de por que sua boa sorte o abandonara de maneira tão espetacular.

Na manhã seguinte muitas vezes ele me chamava a seu quarto.

— Tiro — sussurrava, seus dedos apertando meu braço —, tenho de sair desta pocilga. Estou perdendo toda a noção de quem eu sou.

Mas para onde poderíamos ir? Ele sonhava com Atenas ou possivelmente com Rodes. Mas Plâncio se recusava categoricamente a permitir: o perigo de assassinato, insistia, era no mínimo maior que antes, pois rumores sobre a presença de Cícero na região se espalhavam. Passado algum tempo, comecei a desconfiar de que ele gostava muito de ter uma personalidade tão famosa em seu poder e relutava em nos deixar partir. Expressei minhas suspeitas para Cícero, que disse:

— Ele é jovem e ambicioso. Talvez esteja calculando que a situação em Roma mudará e que poderá eventualmente obter algum crédito político por ter me protegido. Nesse caso, está somente alimentando ilusões.

Depois, no fim de uma tarde, quando a ferocidade do calor do dia já havia amainado um pouco, aconteceu que fui à cidade com um pacote de cartas para despachar para Roma. Era difícil convencer Cícero até a reunir energia para responder à correspondência, e, quando ele o fazia, era sobretudo uma lista de lamentações. *Continuo preso aqui sem ninguém com quem conversar e nada sobre o que pensar. Não poderia haver um lugar menos adequado para suportar uma calamidade num estado de aflição como este onde me encontro.* Mas ele escrevia, e, para suplementar o ocasional viajante de confiança que levaria nossas cartas, eu providenciara a contratação de mensageiros fornecidos por um comerciante macedônio local chamado Epifânio, que dirigia uma empresa de importação/exportação atuante em Roma.

Ele era um charlatão inveterado e preguiçoso, como a maioria das pessoas naquela parte do mundo, mas eu supunha que os subornos que lhe pagava eram suficientes para comprar sua discrição. Ele tinha um armazém na ladeira acima do porto, no terreno mais elevado perto da Porta Egnaciana, onde uma nuvem de poeira cinza-avermelhada pairava permanentemente sobre os telhados amontoados, lançada pelo tráfego de Roma para Bizâncio. Para chegar ao escritório de Epifânio era preciso atravessar um pátio, onde as carroças eram carregadas e descarregadas. E lá, naquela tarde — com suas varas pousadas em cepos e seus cavalos desengatados, bebendo ruidosamente numa gamela de água —, havia uma biga. Ela era tão diferente dos carros de boi usuais que a visão me fez parar de repente e avançar para olhá-la mais de perto. Obviamente tivera de viajar muito: estava tão imunda que era impossível discernir a cor original. Mas era firme e forte, construída para batalhas — um carro de guerra —, e, quando encontrei Epifânio no andar de cima, perguntei-lhe de quem era.

Ele me lançou um olhar matreiro.

— O cocheiro não me disse o nome. Pediu-me apenas para tomar conta da biga.

— Um romano?

— Sem dúvida.

— Sozinho?

— Não, tinha um companheiro... um gladiador, talvez. Ambos jovens, fortes.

— Quando chegaram?

— Uma hora atrás.

— E onde estão agora?

— Quem sabe? — Ele deu de ombros e exibiu seus dentes amarelados.

Fui tomado por uma terrível compreensão.

— Você andou abrindo minhas cartas? Você me seguiu?

— Senhor, estou chocado. Realmente... — Ele abriu as mãos para mostrar sua inocência e olhou ao redor com se num apelo silencioso a um júri invisível. — Como poderia semelhante coisa ser sequer sugerida?

Epifânio! Para um homem que ganhava a vida mentindo, ele era notavelmente ruim nisso. Virei-me, corri para fora daquela sala e desci as escadas, só parando ao avistar nossa vila, onde dois patifes mal-encarados vagavam pela rua. Meus passos ficaram mais lentos quando os dois estranhos se viraram para me olhar e eu tive a certeza de que eles foram enviados para matar Cícero. Um tinha uma cicatriz franzida que fendia um lado de sua face da sobrancelha ao queixo (Epifânio estava certo: era um guerreiro saído diretamente das casernas dos gladiadores), ao passo que o outro poderia ser um ferreiro — dada sua arrogância, podia ser o próprio Vulcano —, com salientes panturrilhas queimadas de sol e antebraços e rosto pretos como os de um negro. Ele gritou para mim:

— Estamos procurando a casa onde Cícero está morando!

E, quando eu comecei a protestar ignorância, ele me interrompeu e acrescentou:

— Diga-lhe que Tito Ânio Milão veio de Roma até aqui para cumprimentá-lo.

O QUARTO DE Cícero estava escuro, a chama de sua vela expirando por falta de ar. Ele estava deitado de lado, virado para a parede.

— Milão? — repetiu com voz monótona. — Que espécie de nome é esse? Ele é grego ou o quê? — Mas, em seguida, ele se virou e se ergueu sobre um cotovelo. — Espere... um candidato com esse nome não acaba de ser eleito tribuno?

— É o mesmo homem. Ele está aqui.

— Mas se é um tribuno eleito, por que não está em Roma? Seu mandato começa em três meses.

— Ele diz que quer falar com você.

— É um longo caminho para vir só conversar. O que sabemos sobre ele?

— Nada.

— Terá vindo me matar, talvez?

— Talvez... Trouxe um gladiador junto.

— Isso não inspira confiança. — Cícero se recostou e refletiu. — Bem, que diferença faz? Posso muito bem morrer, de qualquer forma.

Ele havia passado tanto tempo escondido em seu quarto que, quando abri a porta, a luz do dia o cegou, e foi-lhe necessário levantar a mão para proteger os olhos. Com os membros rígidos e lívidos como cera, malnutrido, o cabelo e a barba grisalhos desgrenhados, Cícero parecia um cadáver recém-levantado do túmulo. Não foi muito surpreendente que, assim que ele entrou na sala, apoiado em meu braço, Milão não o tenha reconhecido. Só quando ouviu aquela voz familiar desejando-lhe um bom dia é que nosso visitante ofegou, apertou a mão no coração, inclinou a cabeça e declarou que aquele era o momento mais importante e a maior honra de sua vida, que ele ouvira Cícero falar inúmeras vezes nos tribunais e da rostra, mas nunca pensara em encontrá-lo, o Pai da Nação, em pessoa, muito menos estar em condições (ele ousava esperar) de lhe prestar algum serviço...

Falou muito mais coisas do mesmo teor e finalmente isso extraiu de Cícero algo que eu não via nele havia meses: riso.

— Sim, muito bem, rapaz, isso basta. Eu entendo: você está contente em me ver! Venha. — E, com isso, deu um passo à frente, braços abertos, oferecendo um abraço ao outro.

Em anos posteriores, Cícero seria bastante criticado por sua amizade com Milão. E é verdade que o jovem tribuno eleito era voluntarioso, violento e impulsivo, mas há ocasiões em que esses traços são mais louváveis que a prudência, a calma e a cautela — e vivíamos tempos desse tipo. Além disso,

Cícero ficou comovido por Milão ter vindo até tão longe para vê-lo; isso o fez sentir que não estava inteiramente acabado. Convidou-o a ficar para jantar e guardar o que quer que tivesse para dizer até lá. Chegou mesmo a se arrumar um pouco para a ocasião, penteando o cabelo e vestindo uma roupa menos fúnebre.

Plâncio estava em viagem no interior, em Tauriana, julgando nos tribunais locais, de modo que apenas nós três nos reunimos para comer. (O gladiador de Milão, um mirmilão chamado Birria, fez sua refeição na cozinha; mesmo um homem condescendente como Cícero, conhecido por tolerar ocasionalmente a presença de um ator em sua mesa de jantar, se recusaria a permitir tal coisa a um gladiador.) Reclinamo-nos no jardim numa espécie de tenda de tela fina destinada a manter os mosquitos afastados, e nas horas seguintes aprendemos um pouco sobre Milão e por que ele tinha feito uma viagem tão árdua de mil e cem quilômetros. Ele provinha, contou, de uma família nobre, mas muito necessitada. Tinha sido adotado pelo avô materno. Mesmo assim, havia pouco dinheiro, e fora obrigado a ganhar a vida como dono de uma escola de gladiadores em Campânia, fornecendo lutadores para jogos fúnebres em Roma. ("Não admira que nunca tivéssemos ouvido falar dele", comentou Cícero comigo mais tarde.) Seu trabalho o levava com frequência à cidade. Ele havia ficado estarrecido, afirmou, com a violência e a intimidação desencadeadas por Clódio. Havia chorado ao ver Cícero perseguido, exposto ao ridículo e por fim expulso de Roma. Dada sua ocupação, imaginou estar numa posição única para ajudar a restaurar a ordem, e através de intermediários havia se aproximado de Pompeu com uma proposta.

— O que estou prestes a revelar é na mais estrita confiança — disse ele, com um olhar de soslaio para mim. — Nenhuma palavra deve ir além de nós três.

— Para quem eu iria contar? — retrucou Cícero. — O escravo que esvazia meu urinol? O cozinheiro que traz minhas refeições. Asseguro-lhe que não vejo mais ninguém.

— Muito bem — disse Milão.

Em seguida, contou o que havia oferecido a Pompeu: colocar à disposição dele cem pares de lutadores extremamente treinados para retomar o centro de Roma e pôr fim ao controle de Clódio sobre a assembleia legislativa. Em troca, pedira certa soma para cobrir as despesas e também o apoio de Pompeu nas eleições para tribuno.

— Eu não poderia fazer isso simplesmente como cidadão privado, você entende... Seria processado. Disse-lhe que precisava da inviolabilidade do cargo.

Cícero o estudava atentamente. Mal havia tocado na comida.

— E o que respondeu ele?

— A princípio, Pompeu me desprezou. Disse que pensaria no assunto. Mas então surgiu o problema com o príncipe da Armênia, quando Papírio foi morto por homens de Clódio. Ouviu falar disso?

— Ficamos sabendo.

— Bem, a morte do amigo parece ter feito Pompeu refletir um pouco mais, porque no dia seguinte ao funeral de Papírio ele me chamou em sua casa. "Essa ideia de você se tornar tribuno... Negócio fechado."

— E como Clódio reagiu à sua eleição? Ele devia saber o que você tem em mente.

— Bem, é por isso que estou aqui. E disto você não terá ouvido falar, porque saí de Roma imediatamente depois que aconteceu, e nenhum mensageiro poderia ter chegado aqui mais depressa que eu.

Ele parou e estendeu sua taça para que lhe servissem mais vinho. Fizera uma longa viagem para contar sua história; era obviamente um exímio contador e pretendia fazê-lo em seu próprio ritmo.

— Foi cerca de duas semanas atrás, não muito tempo depois das eleições. Pompeu estava realizando uma pequena negociação no fórum quando topou com um bando de homens de Clódio. Houve um pouco de empurra-empurra, e um deles deixou cair um punhal. Muita gente viu a cena, então houve uma gritaria de pessoas dizendo que queriam assassinar Pompeu. Os acompanhantes dele o arrancaram dali depressa, o levaram para sua casa e o barricaram lá dentro. É lá que ele ainda está, até onde sei, tendo apenas a senhora Júlia por companhia.

Cícero perguntou, estupefato:

— Pompeu, o Grande, está barricado dentro da própria casa?

— Não o censuro por achar isso engraçado. Quem não acharia? Há certa justiça nisso, e Pompeu sabe. Na verdade, ele me disse que o maior erro de sua vida foi permitir que Clódio o obrigasse a sair da cidade.

— Pompeu disse isso?

— Foi por esse motivo que atravessei correndo três países, mal parando para comer ou dormir: para lhe dar a notícia de que ele fará tudo que puder para que seu exílio seja revertido. Pompeu está furioso. Quer vê-lo de volta a Roma, você, eu e ele, lutando lado a lado para salvar a república de Clódio e sua quadrilha! O que nos diz?

Milão parecia um cachorro que acabara de depositar um animal morto aos pés do dono; se tivesse uma cauda, ela estaria batendo no tecido do sofá. Mas, se Milão havia esperado deleite ou gratidão, iria se desapontar. Por mais que seu espírito estivesse deprimido e sua aparência desgrenhada, Cícero havia percebido perfeitamente o cerne da questão. Ele girou seu vinho na taça, fechando o semblante antes de falar.

— E César está de acordo com isso?

— Ah, bem — disse Milão, mexendo-se ligeiramente no sofá —, isso caberá a você resolver. Pompeu fará a parte dele, mas você deverá fazer a sua. Seria difícil realizar uma campanha para levá-lo de volta caso César objetasse veementemente.

— Então Pompeu quer que eu me reconcilie com ele?

— A palavra que ele usou foi *tranquilizá-lo.*

Anoitecera enquanto conversávamos. Os escravos da casa haviam acendido lamparinas no perímetro do jardim; a claridade que as envolvia estava anuviada de mariposas. Mas não havia nenhuma fonte de luz sobre a mesa, por isso não pude discernir claramente a expressão de Cícero. Ele ficou em silêncio por muito tempo. Estava terrivelmente quente como sempre, e eu tinha consciência dos sons noturnos da Macedônia — as cigarras e os mosquitos, o ocasional latido de cachorro, as vozes de pessoas na rua, falando em sua estranha língua estrangeira. Perguntei-me se Cícero estava pensando o mesmo que eu: que mais um ano num lugar como esse o mataria. Talvez sim, porque finalmente ele deu um suspiro de resignação e disse:

— E em que termos se espera que eu o "tranquilize"?

— Isso fica a seu critério. Se há um homem capaz de encontrar as palavras certas, este homem é você. Mas César deixou claro para Pompeu que precisa de algo por escrito antes de sequer pensar em reconsiderar a própria posição.

— Devo lhe entregar um documento para que o leve a Roma?

— Não, essa parte do arranjo tem de ser entre você e César. Pompeu pensa que seria melhor se enviasse seu próprio emissário particular à Gália; alguém em quem confiasse, que pudesse entregar alguma forma de compromisso por escrito pessoalmente a César.

César — tudo parecia voltar a ele no fim das contas. Pensei novamente nos sons de suas trombetas deixando o Campo de Marte, e, na escuridão sufocante, senti, mais do que vi, que os dois homens se viraram para me fitar.

II

Como é fácil para aqueles que não desempenham nenhum papel em questões públicas zombar das concessões exigidas daqueles que o fazem. Durante dois anos, Cícero se ativera a seus princípios e se recusara a se unir a César, Pompeu e Crasso em seu "triunvirato" para controlar o Estado. Ele havia denunciado a criminalidade dos três em público; como retaliação, eles possibilitaram que Clódio se tornasse tribuno; e, quando César havia lhe oferecido uma legacia na Gália que lhe teria proporcionado imunidade legal em face dos ataques de Clódio, Cícero recusara, porque, se aceitasse, teria se transformado num boneco de César.

Mas o preço desses princípios tinha sido o exílio, a pobreza e o profundo sofrimento.

— Tornei-me impotente — disse-me ele depois que Milão havia ido para a cama, deixando-nos a sós para discutir a oferta de Pompeu —, e onde há virtude nisso? Que utilidade tenho para minha família ou para meus princípios preso nesta pocilga pelo resto de minha vida? Ah, sem dúvida um dia eu poderia me tornar uma espécie de exemplo notável a ser ensinado a alunos entediados: o homem que se recusou a comprometer sua consciência. Talvez, depois que eu estiver morto, possam até erigir uma estátua minha na parte de trás da rostra. Mas eu não quero ser um monumento. Minha habilidade é a arte de governar, e isso requer que eu esteja vivo e em Roma. — Silenciou-se. — Por outro lado, a ideia de ter de dobrar o joelho para César é quase insuportável. Ter sofrido tudo isto e depois ser obrigado a voltar rastejando para ele como um cachorro que aprendeu a lição...

Cícero continuava indeciso ao se retirar para dormir, e, na manhã seguinte, quando Milão apareceu para lhe perguntar que resposta deveria levar para Pompeu, eu não poderia ter previsto o que falaria.

— Pode lhe dizer isto: que toda a minha vida foi dedicada ao serviço do Estado, e que, se o Estado exige que eu me reconcilie com meu inimigo, então irei me reconciliar.

Milão o abraçou e em seguida partiu imediatamente de volta ao litoral em sua biga, com o gladiador de pé a seu lado — ver tal par de brutos ansiando por uma batalha faria qualquer um temer pelo destino de Roma e por todo o sangue que seria derramado.

FOI DECIDIDO QUE eu deveria deixar Tessalônica em minha jornada a César no fim do verão, assim que se encerrasse a estação de campanhas militares. Partir antes disso teria sido inútil, pois César estava com suas legiões nas regiões mais recônditas da Gália, e seu hábito de rápidas marchas forçadas tornava impossível saber com algum grau de certeza onde ele poderia estar em dado momento.

Cícero passou muitas horas trabalhando na carta que mandaria. Anos mais tarde, após sua morte, nossa cópia foi apreendida pelas autoridades, junto com todo o restante da correspondência entre Cícero e César, presumivelmente para evitar que ela contradissesse a história oficial de que o ditador era um gênio e que todos que se opunham a ele eram estúpidos, gananciosos, ingratos, míopes e reacionários. Suponho que tenha sido destruída; seja como for, nunca mais ouvi falar dela. No entanto, ainda possuo minhas anotações taquigrafadas, cobrindo a maior parte dos trinta e seis anos em que trabalhei para Cícero — um volume tão grande de hieróglifos ininteligíveis, que os espiões que revistaram meus arquivos certamente imaginaram se tratar de rabiscos inofensivos e deixaram intacto. Foi a partir delas que fui capaz de reconstruir as muitas conversas, discursos e cartas que compõem estas memórias de Cícero — inclusive seu humilhante apelo a César naquele verão, que afinal de contas não foi perdido.

Tessalônica

De M. Cícero a G. César, procônsul, saudações.

Espero que você e o exército estejam bem.

Muitos mal-entendidos infelizmente surgiram entre nós nos últimos anos, mas há um em particular que, caso exista, eu gostaria de dissipar. Nunca hesitei em minha admiração por suas qualidades de inteligência, engenhosidade, patriotismo, energia e comando. Você merecidamente conquistou uma posição de grande eminência em nossa república, e desejo apenas ver seus esforços coroados de êxito tanto no campo de batalha quanto nos conselhos de Estado, como estou certo de que serão.

Você se lembra, César, daquele dia, quando eu era cônsul, em que debatemos no Senado a punição daqueles cinco traidores que tramavam a destruição da república, inclusive meu próprio assassinato? Os ânimos estavam exaltados. A violência estava no ar. Cada homem desconfiava de seu próximo. De maneira injusta e assombrosa, a desconfiança chegou a recair até sobre você, e, se eu não tivesse intervindo, a flor de sua glória poderia ter sido cortada antes que pudesse desabrochar. Você sabe que isto é verdade; jure o contrário, se ousar.

Agora a roda do destino inverteu nossas posições, mas com uma diferença: não sou um jovem como você era naquela época, com excelentes perspectivas. Minha carreira está encerrada. Se o povo romano viesse algum dia a votar por meu retorno do exílio, eu não pleitearia cargo algum. Não me poria à frente de nenhum partido ou facção, especialmente um prejudicial a seus interesses. Não buscaria derrubar nenhuma das leis promulgadas durante seu consulado. No pequeno tempo terreno que acaso me reste, minha vida será dedicada unicamente a restaurar a fortuna de minha pobre família, apoiar meus amigos em tribunais e prestar o serviço que me seja possível ao bem-estar da comunidade. Disto você pode ter certeza.

Envio-lhe esta carta por meio de meu secretário de confiança, M. Tiro, de quem talvez se lembre e com quem pode contar para transportar seguramente qualquer resposta que deseje dar.

— Bem, aí está — disse Cícero ao concluir a carta —, um documento vergonhoso; e, no entanto, se algum dia ele viesse a ser lido em voz alta num tribunal, não acredito que eu precisaria corar em demasia. — Ele a copiou cuidadosamente, selou-a e a entregou a mim. — Mantenha os olhos abertos, Tiro. Observe que aspecto ele tem e quem está com ele. Quero um relato preciso. Se César perguntar por meu estado, hesite, fale com relutância, e depois confidencie que estou inteiramente arrasado em corpo e espírito. Quanto mais certo ele estiver de que estou acabado, mais provável será que me permita retornar.

No momento em que a carta foi concluída, nossa situação havia de fato retomado um aspecto muito mais precário. Em Roma, o cônsul sênior, Lúcio Calpúrnio Pisão, que era sogro de César e inimigo de Cícero, havia sido contemplado com o governo da Macedônia numa votação pública fraudada por Clódio. Ele assumiria o cargo no início do novo ano: uma guarda avançada de seu pessoal era esperada em pouco tempo na província. Se capturassem Cícero, poderiam matá-lo imediatamente. Outra porta começava a se fechar a nossa frente. Minha partida não podia mais ser adiada.

Eu temia a emoção de nossa separação e sabia que Cícero também, de modo que conspiramos os dois para evitá-la. Na noite anterior a minha partida, depois de jantarmos juntos pela última vez, ele fingiu estar cansado e foi para a cama cedo, enquanto eu lhe assegurava que o despertaria de manhã para um último adeus. Na verdade, escapuli antes do raiar do dia, enquanto a casa ainda estava na escuridão, sem estardalhaço, como Cícero teria desejado.

Plâncio havia arranjado um acompanhante para me conduzir sobre as montanhas de volta a Dirráquio, onde embarquei num navio e naveguei para a Itália — não rumando diretamente para Brundísio desta vez, mas para Ancona, a noroeste. Foi uma viagem muito mais longa que nossa travessia original, demorando quase uma semana. Mesmo assim, era mais rápido que viajar por terra, com a vantagem adicional de não encontrar nenhum dos agentes de Clódio. Eu jamais havia viajado tamanha distância sozinho, muito menos de navio. Meu temor do mar não era igual ao de Cícero — de naufrágio e afogamento. Era antes do vasto vazio do horizonte durante o dia e da cintilante e indiferente imensidão do universo à noite. Eu tinha 46 anos na época e estava consciente do vazio em que estávamos todos viajando; sentado no convés, pensei com frequência na morte. Eu havia testemunhado tanta coisa; por mais que meu corpo estivesse envelhecendo, em meu espírito eu era ainda mais velho. Mal sabia que na verdade tinha vivido menos da metade de minha vida, e estava destinado a ver coisas que fariam todas as maravilhas e dramas antes ocorridos parecerem pálidos e insignificantes.

Com o tempo favorável, desembarcamos em Ancona sem incidentes. De lá tomei a estrada norte, cruzando o Rubicão dois dias depois e entrando formalmente na província da Gália Cisalpina. Aquele era um território familiar para mim: eu o percorrera com Cícero seis anos antes, quando ele buscava se eleger cônsul e solicitava votos nas cidades ao longo da via Emília. Haviam feito a colheita dos vinhedos à margem da estrada nas semanas anteriores; agora as vinhas eram podadas para o inverno, de modo que, até onde a vista alcançava, colunas de fumaça branca da vegetação queimada se elevavam sobre o terreno plano, como se um exército em retirada tivesse passado, arrasando a terra após sua passagem.

Na pequena cidade de Claterna, onde passei a noite, descobri que o governador voltara de além dos Alpes e instalara seu quartel-general de inverno em Placência, mas que, com sua típica inquietude, ele já percorria o interior promovendo julgamentos: deveria chegar à cidade vizinha de Mutina no dia seguinte. Saí cedo, cheguei lá ao meio-dia, passei pelas muralhas fortificadas e me dirigi à basílica no fórum. A única pista da presença de César era uma tropa de legionários na entrada. Como eles não fizeram nenhuma menção de perguntar o que eu fazia ali, entrei diretamente. Uma luz acinzentada entrava pelas janelas do clerestório e incidia sobre uma silenciosa fila de cidadãos que esperavam para apresentar suas petições. No outro extremo — longe demais de mim para que eu lhe distinguisse o rosto —, sentado entre pilares, dispensando julgamento a partir de sua cadeira de magistrado, numa toga tão branca que se destacava com vivacidade em meio à pardacenta plumagem de inverno da gente do lugar, estava César.

Sem saber ao certo como me aproximar dele, vi-me ingressando na fila de peticionários. César emitia suas decisões em tal ritmo que avançávamos quase continuamente, e, quando me aproximei, vi que ele estava fazendo várias tarefas ao mesmo tempo — ouvindo cada suplicante, lendo documentos que lhe eram entregues por um secretário e conferenciando com um oficial do Exército que tirara seu elmo e se curvava para cochichar em seu ouvido. Tirei da bolsa a carta de Cícero para tê-la pronta quando então me ocorreu que aquele não seria o lugar adequado para entregar o apelo: que era de certo modo pouco compatível com a dignidade de um ex-cônsul que sua solicitação fosse considerada junto às queixas domésticas de todos aqueles agricultores e comerciantes, por mais que fossem, sem dúvida, pessoas dignas. O oficial terminou seu relatório, endireitou-se, e passava por mim a caminho da porta, ajeitando o elmo, quando seus olhos encontraram os meus e ele parou, surpreso.

— Tiro?

Antes de lembrar o nome do rapaz, vislumbrei nele seu pai. Era o filho de M. Crasso, Públio, agora um comandante da cavalaria de César. Diferentemente do pai, ele era um homem culto, afável e nobre, e um admirador de Cícero, cuja companhia costumara buscar. Ele me cumprimentou com grande afabilidade — "O que o traz a Mutina?" — e, quando lhe contei, prontificou-se de imediato a arranjar uma conversa particular com César e insistiu que eu o acompanhasse à vila onde o governador e sua comitiva estavam hospedados.

— Estou duplamente satisfeito por vê-lo — comentou ele enquanto caminhávamos —, pois tenho pensado muito em Cícero e na injustiça que lhe foi feita. Conversei com meu pai sobre o assunto e o convenci a não se opor a que ele seja chamado de volta. E Pompeu, como sabe, também é favorável a isso. Semana passada mesmo ele enviou Séstio, um dos tribunos eleitos, para cá para defender a causa dele junto a César.

— Parece que hoje em dia tudo depende de César — não pude deixar de observar.

— Bem, você tem de entender a posição dele. César não sente nenhuma animosidade pessoal em relação a seu amo, muito pelo contrário. Mas, diferentemente de meu pai e Pompeu, ele não está em Roma para se defender. Teme perder apoio político enquanto está com as costas voltadas para a capital e de ser chamado de volta antes que seu trabalho aqui esteja terminado. Vê Cícero como a maior ameaça a sua posição. Vamos entrar... Permita que eu lhe mostre algo.

Passamos pela sentinela e entramos na casa, onde Públio me conduziu pelas salas públicas apinhadas até uma pequena biblioteca. Uma vez lá, ele retirou uma série de despachos de um recipiente de marfim, todos lindamente orlados em preto e abrigados em estojos púrpura, com a palavra *Comentários* destacada em escarlate na linha do título.

— Estas são as próprias cópias pessoais de César — explicou Públio, manuseando-as com cuidado. — Ele as leva aonde quer que vá. São seus registros da campanha na Gália, que decidiu enviar regularmente para serem postados em Roma. Um dia pretende reunir todos eles e publicá-los como livro. É um material maravilhoso. Veja só.

Ele retirou um rolo para que eu lesse.

Há um rio chamado Sona, que flui pelos territórios dos éduos e dos sequanos para o Ródano com tão incrível lentidão que não se pode determinar pela vista em que direção corre. Os helvécios o estão atravessando com balsas e barcos unidos. Quando César foi informado por espiões de que os helvécios já tinham transportado três partes de suas forças pelo rio, mas que a quarta parte fora deixada deste lado do Sona, partiu do acampamento com três legiões. Atacando-a, embaraçada com a bagagem e pega de surpresa, dizimou grande parte dela...

— Ele escreve sobre si mesmo com maravilhoso distanciamento — observei.

— Sim. É porque não quer que pareça como se estivesse se gabando. É importante encontrar o tom certo.

Perguntei se poderia receber a autorização de copiar parte dos escritos para mostrá-los a Cícero.

— Ele sente falta de notícias regulares de Roma — justifiquei. — O que chega até nós é esparso, além de atrasado.

— É claro; tudo isso é informação pública. E vou assegurar que você possa entrar para falar com César. Vai encontrá-lo com excelente humor.

Públio me deixou a sós, e assim comecei a trabalhar.

Mesmo considerando certo grau de exagero, ficava evidente pelos *Comentários* que César gozara de uma espantosa série de sucessos militares. Sua missão original havia sido interromper a migração dos helvécios e de quatro outras tribos que marchavam para oeste rumo ao Atlântico, pela Gália, em busca de novos territórios. César tinha seguido a imensa coluna deles, que consistia em guerreiros e idosos, mulheres e crianças, com um novo exército de cinco legiões recrutado majoritariamente por conta própria. Por fim, atraíra-os para a batalha em Bibracte. Como uma garantia para suas novas legiões de que nem ele nem seus oficiais as abandonariam se as coisas desandassem, mandou enviar todos os seus cavalos para muito longe na retaguarda. Eles lutaram a pé com a infantaria, e nesse combate César, segundo seu próprio relato, não se deteve em impedir o avanço dos helvécios — ele os massacrou. Posteriormente, uma lista quantificando o número total da migração foi encontrada no acampamento abandonado do inimigo:

Helvécios	*263.000*
Tulíngios	*36.000*
Latobrígios	*14.000*
Raurácios	*23.000*
Boios	*32.000*
	368.000

Desses, segundo César, o número total dos que voltaram vivos para sua antiga pátria foi de cento e dez mil.

Depois — e isso era o que certamente ninguém mais teria sonhado em tentar — ele levara de volta suas exaustas legiões em marchas forçadas pela Gália para enfrentar cento e vinte mil germanos que tiraram proveito da migração helvécia para adentrar o território controlado pelos romanos. Houvera mais uma batalha terrível, com sete horas de duração, em que o jovem Crasso comandara a cavalaria, e ao fim dela os germanos haviam sido aniquilados. Dificilmente teria sobrado algum vivo para fugir de volta pelo Reno, que se tornou pela primeira vez a fronteira natural do Império Romano. Portanto, se o relato de César merecia crédito, quase um terço de um milhão de pessoas havia morrido ou desaparecido no intervalo de um único verão. Para completar o ano, ele tinha deixado suas legiões no novo acampamento de inverno, nada menos que cento e sessenta quilômetros ao norte da antiga fronteira da Gália Transalpina.

Quando terminei minha cópia, começava a escurecer, mas uma ruidosa atividade persistia na vila — soldados e civis querendo um encontro com o governador, mensageiros entrando e saindo às pressas. Como eu não conseguia mais enxergar para copiar, pus de lado minha tabuinha e o estilo e fiquei sentado na penumbra. Perguntava-me como Cícero teria interpretado tudo aquilo caso estivesse em Roma. Condenar as vitórias teria parecido impatriótico; ao mesmo tempo, o extermínio de populações e os ajustes da fronteira, sem a autorização do Senado, eram ilegais. Ponderei também o que Públio Crasso dissera: que César temia a presença de Cícero em Roma com medo de ser "chamado de volta antes que seu trabalho aqui esteja terminado". O que significava "terminado" nesse contexto? A expressão me parecia agourenta.

Meu devaneio foi interrompido pela chegada de um jovem oficial, com pouco mais de 30 anos, com cachos louros e um uniforme curiosamente imaculado, que se apresentou como ajudante de ordens de César, Aulo Hírcio. Ele disse que, pelo que sabia, eu tinha uma carta de Cícero para o governador, e que, se eu fizesse a gentileza de entregá-la a ele, providenciaria para que César a recebesse. Expliquei que tinha recebido instruções de entregá-la pessoalmente. Hírcio respondeu que isso seria impossível. Argumentei que nesse caso eu seguiria o governador de cidade em cidade até o momento em que tivesse a oportunidade de lhe falar. Hírcio me lançou um olhar mal-humorado, virou-se e desapareceu. Passou-se uma hora antes que reaparecesse e me pedisse laconicamente que o seguisse.

A parte pública da casa ainda estava cheia de visitantes, ainda que já fosse noite. Atravessamos um corredor, passamos por uma porta pesada e entramos num aposento cálido, intensamente perfumado, forrado com um carpete grosso e iluminado pelo brilho de uma centena de velas, em cujo centro, sobre uma mesa, encontrava-se César, deitado de costas e inteiramente nu, tendo sua pele esfregada com óleo por um massagista negro. Ele me olhou brevemente e estendeu a mão. Entreguei a carta de Cícero para Hírcio, que quebrou o selo e a entregou a César. Dirigi meu olhar para o chão em sinal de respeito.

— Como foi sua viagem? — perguntou César.

— Muito bem, Excelência, obrigado.

— E estão cuidando de você?

— Sim, obrigado.

Ousei olhar para ele pela primeira vez. Seu corpo estava brilhando, musculoso e inteiramente depilado — uma afetação desconcertante que tinha o efeito de enfatizar suas numerosas cicatrizes e contusões presumivelmente adquiridas no campo de batalha. Tinha um rosto inegavelmente marcante — anguloso e magro, dominado por olhos escuros e penetrantes. O efeito geral era de grande poder, tanto de intelecto quanto de vontade. Podia-se ver por que tanto homens quanto mulheres sucumbiam a seu encanto. Estava então com 43 anos.

César se virou para mim — não havia nenhuma carne sobressalente, notei: o abdômen era inteiramente rijo —, apoiou-se no cotovelo e fez um gesto para Hírcio, que apresentou um tinteiro porta-penas e o levou até ele.

— E como vai a saúde de Cícero? — perguntou.

— Muito precária, lamento dizer.

Ele riu.

— Ah, não, não acredito em uma palavra *disso*! Ele viverá mais que todos nós... ou que eu, de qualquer maneira.

Mergulhou a pena no tinteiro, rabiscou algo na carta e a entregou a Hírcio, que polvilhou areia sobre a tinta molhada, soprou fora o resíduo, enrolou o documento de novo e o devolveu a mim com o rosto inexpressivo.

— Se precisar de alguma coisa durante sua estada, não hesite em pedir — disse César. Deitou-se de costas novamente, e o massagista voltou ao trabalho.

Hesitei. Eu tinha feito uma viagem tão longa. Pareceu-me que deveria haver mais alguma coisa, ainda que somente na forma de uma anedota que eu pudesse levar de volta para Cícero. Mas Hírcio tocou em meu braço e indicou a porta com um aceno de cabeça.

Quando eu chegava a ela, César me perguntou:

— Você ainda pratica aquela sua taquigrafia?

— Sim.

Ele não fez mais nenhum comentário. A porta se fechou, e segui Hírcio de volta pelo corredor. Meu coração batia acelerado, com se eu tivesse sobrevivido a uma queda repentina. Só depois de me mostrarem o quarto onde eu deveria passar a noite foi que me ocorreu verificar o que César tinha escrito na carta. Duas palavras apenas — ou elegantemente breves ou tipicamente insolentes, dependendo de como escolhesse interpretá-las: *Aprovado. César.*

QUANDO ME LEVANTEI na manhã seguinte, a casa estava silenciosa; César já partira com sua comitiva para a cidade seguinte. Com a missão concluída, iniciei minha longa viagem de volta.

Ao chegar ao porto de Ancona, encontrei uma carta de Cícero a minha espera: o primeiro dos soldados de Pisão tinha acabado de chegar a Tessalônica e, portanto, como precaução, ele estava partindo imediatamente para Dirráquio — que, situada na província da Ilíria, ficava além da influência de Pisão. Ele esperava me encontrar lá. Dependendo da resposta de César e dos desdobramentos em Roma, decidiríamos então para onde ir em seguida: *Como Calisto, parece que estamos destinados a vagar por toda a eternidade.*

Tive de esperar dez dias por um vento favorável e só cheguei a Dirráquio no festival das saturnais. As autoridades da cidade tinham posto à disposição de Cícero uma casa protegida acima das colinas com vista para o mar, e foi lá que o encontrei, contemplando o Adriático. Ele se virou ao perceber minha aproximação. Eu me esquecera do quanto o exílio o havia envelhecido. Minha consternação deve ter transparecido no rosto, porque o de Cícero revelou grande desapontamento assim que me viu, e ele disse amargamente:

— Devo entender que a resposta foi negativa?

— Pelo contrário.

Mostrei-lhe sua carta original com o rabisco de César na margem. Ele a segurou e a estudou por um longo tempo.

— "Aprovado. César" — disse. — Está vendo só isso? "Aprovado. César"! Ele está fazendo uma coisa que não quer e está amuado como uma criança por isso.

Cícero se sentou num banco sob um pinheiro-manso e me fez relatar minha visita em todos os detalhes, lendo em seguida os trechos dos *Comentários* de César que eu havia copiado. Quando terminou, disse:

— Ele escreve muito bem a sua maneira brutal. Tanta simplicidade requer certa arte. Isso aumentará sua reputação. Mas o que me pergunto é: onde suas campanhas o levarão a seguir? Ele poderia ficar forte, muito forte. Se Pompeu não tomar cuidado, quando perceber, haverá um monstro em suas costas.

NÃO HAVIA NADA que pudéssemos fazer senão esperar, e sempre que penso em Cícero nessa época, vejo-o da mesma maneira: naquele terraço, debruçado sobre a balaustrada, com uma carta trazendo as últimas notícias de Roma apertada na mão e os olhos fitando com tristeza o horizonte, como se de alguma maneira ele pudesse ver todo o caminho até a Itália e se impor aos acontecimentos tão somente com sua força de vontade.

Primeiro soubemos por Ático do juramento dos novos tribunos, oito dos quais eram defensores de Cícero e somente dois seus inimigos declarados — mas dois era o bastante para impor um veto a qualquer lei que revogasse seu exílio. Depois, pelo irmão de Cícero, Quinto, descobrimos que Milão, como tribuno, havia movido um processo contra Clódio por violência e intimidação, e que a resposta de Clódio tinha sido ordenar que seus capangas atacassem a casa dele. No ano-novo, os novos cônsules tomaram posse. Um deles, Lêntulo Spínter, já era um firme defensor de Cícero. O outro, Metelo Nepo, fora por muito tempo considerado seu inimigo. Mas alguém devia tê-lo influenciado, porque, no debate inaugural do novo Senado, Nepo declarou que, embora ainda não apreciasse Cícero pessoalmente, não se oporia a seu retorno. Dois dias depois, uma moção para revogar o exílio de Cícero, redigida por Pompeu, foi apresentada ao povo pelo Senado.

Nesse momento, foi possível acreditar que o banimento de Cícero logo estaria encerrado, e assim comecei a fazer preparativos discretos para nossa partida para a Itália. No entanto, Clódio era um inimigo engenhoso e vingativo. Na noite da véspera do dia em que o povo deveria se reunir, ele e seus partidários ocuparam o fórum, o *comitium*, a rostra — em suma, todo o coração legislativo da república — e, quando os amigos e os aliados de Cícero chegaram para votar, atacaram sem misericórdia. Dois tribunos, Fabrício e Císpio, foram violentamente agredidos, e seus auxiliares, assassinados e jogados no Tibre. Quando Quinto tentou subir à rostra, foi arrastado para fora e surrado com tanta violência que só sobreviveu fingindo estar morto. Milão reagiu, usando pela primeira vez seus próprios gladiadores. Logo o centro de Roma se tornara um campo de batalha, e a luta prosseguiu por vários dias. Mas, ainda que pela primeira vez tenha sofrido uma severa punição, Clódio não foi inteiramente expulso e ainda havia a questão dos dois tribunos com seus vetos. A lei para trazer Cícero de volta teve de ser abandonada.

Quando recebeu o relato de Ático do que havia acontecido, Cícero caiu num desespero quase tão profundo quanto o que se apossara dele em Tessalônica. *Por sua carta*, respondeu ele, *e pelos próprios fatos, vejo que estou inteiramente acabado. Em assuntos para os quais minha família precisa de sua ajuda, eu lhe rogo que não nos falte em nossa miséria.*

No entanto, há sempre isto a dizer em favor da política: ela nunca é inerte. Se os tempos bons não duram, os maus tampouco. Como a natureza, ela segue um ciclo perpétuo de crescimento e declínio, e nenhum estadista, por mais astuto que seja, está imune a isso. Se Clódio não tivesse sido tão arrogante, afoito e ambicioso, nunca teria chegado às alturas que galgou. Considerando tudo isso, porém, e sujeito às leis da política, era só questão de tempo até que tentasse ir longe demais e acabasse vindo abaixo.

Na primavera, durante o festival de Flora, quando Roma estava repleta de visitantes vindos de todos os cantos da Itália, a turba de Clódio se viu pela primeira vez em desvantagem numérica em face dos cidadãos comuns que desprezavam suas táticas de intimidação. O próprio Clódio foi alvo de zombaria no teatro. Desacostumado a qualquer coisa que não adulação por parte do povo, ele, segundo Ático, olhou a sua volta espantado ante as palmas lentas, os insultos, os assobios e os gestos obscenos e compreendeu — quase tarde demais — que corria o risco de ser linchado. Retirou-se rapidamente, e esse foi o começo do fim de sua dominação, pois o Senado percebeu como derrotá-lo: apelando para além dos plebeus urbanos, dirigindo-se à população em geral.

Spínter apresentou devidamente uma moção pedindo que todos os cidadãos da república fossem reunidos em seu corpo mais soberano, o colégio eleitoral de cento e noventa e três centúrias, e que eles determinassem o destino de Cícero de uma vez por todas. A moção foi aprovada no Senado por quatrocentos e trinta votos a um, esse um sendo de Clódio. Foi acordado além disso que a votação sobre a reconvocação de Cícero deveria acontecer ao mesmo tempo que as eleições de verão, quando as centúrias já estariam reunidas no Campo de Marte.

Assim que soube o que havia sido decidido, Cícero teve tanta certeza de que seu exílio seria suspenso que providenciou um sacrifício a ser feito para os deuses. Aquelas dezenas de milhares de cidadãos comuns de todos os cantos da Itália eram o fundamento sólido, sensato, sobre o qual ele construíra a própria carreira; estava convencido de que não o deixariam na mão. Enviou uma mensagem para a mulher e a família pedindo que fossem ao seu encontro em Brundísio, e, em vez de se demorar na Ilíria para esperar o resultado, que levaria duas semanas para chegar até nós, decidiu zarpar para casa no dia em que a votação fosse realizada.

— Se há uma maré fluindo em nossa direção, devemos apanhá-la cedo e não dar tempo ao refluxo. Além disso, causará boa impressão que eu demonstre confiança.

— Se o voto for contra você, estará violando a lei ao retornar à Itália.

— Mas não será. O povo romano jamais votará para me manter no exílio... e, se o fizer, bem, não haverá sentido nenhum em continuar, não é?

Assim, quinze meses depois do dia em que tínhamos desembarcado em Dirráquio, descemos ao porto para começar a viagem de volta à vida. Cícero raspara a barba, cortara o cabelo e vestira uma toga branca com a listra púrpura de senador. Por força do acaso, nossa travessia de volta foi feita no mesmo navio mercante que havia nos levado. No entanto, o contraste entre as duas viagens não poderia ter sido maior. Desta vez passamos o dia todo deslizando por um mar sem ondas com um vento favorável e ficamos deitados no convés à noite, avistando Brundísio na manhã seguinte. A entrada do maior porto da Itália se abre como um imenso par de braços estendidos, e, quando passamos entre as barreiras de estacas e nos aproximamos do cais apinhado, foi como se tivéssemos sido abraçados no coração de um querido amigo havia muito perdido. Toda a cidade parecia estar no porto e *en fête*, com flautas e tambores tocando, meninas carregando flores e jovens acenando ramos decorados com fitas coloridas.

Pensei que fossem para Cícero e o comentei com grande alvoroço, mas ele me interrompeu e me disse para não ser tolo.

— Como teriam sabido que estamos chegando? Além disso, você esqueceu tudo? Hoje é aniversário da fundação da colônia de Brundísio e, portanto, feriado local. Você teria percebido isso imediatamente na época em que eu concorria a meu cargo.

Apesar disso, algumas pessoas notaram a toga senatorial de Cícero e imediatamente perceberam de quem se tratava. A notícia correu. Logo uma multidão considerável gritava seu nome e aplaudia. De pé no convés enquanto deslizávamos rumo a nosso ancoradouro, ele ergueu a mão em agradecimento e se virou de um lado para o outro de modo que todos pudessem vê-lo. Em meio à multidão, avistei sua filha, Túlia. Ela acenava junto aos outros, gritando para ele, e até pulava para atrair sua atenção. Mas Cícero se aquecia ao calor dos aplausos, os olhos semicerrados, como um prisioneiro libertado de uma masmorra para a luz, e no barulho e no tumulto da multidão não a viu.

III

O fato de Cícero não ter reconhecido sua única filha foi menos peculiar do que pode parecer. Ela havia mudado muito no tempo em que ele se ausentara. Seu rosto e seus braços, outrora rechonchudos e infantis, estavam finos e pálidos; o cabelo louro estava coberto pelo toucado escuro do luto. O dia de nossa chegada era seu vigésimo aniversário, embora eu me envergonhe de dizer que me esquecera disso, deixando assim de lembrar Cícero.

O primeiro ato que ele tomou ao descer da prancha de desembarque foi ajoelhar e beijar o chão. Só depois de esse gesto patriótico ser ruidosamente aplaudido, Cícero ergueu os olhos e percebeu a filha observando-o em seus trajes de viúva. Ele a fitou e caiu em prantos, pois realmente a amava e havia amado o marido dela, vendo então pela cor e pelo estilo do vestido que ele estava morto.

Cícero a abraçou, para deleite da multidão, e, após o longo abraço, deu um passo atrás para contemplá-la.

— Minha filha mais querida, você não pode imaginar quanto ansiei por este momento. — Ainda segurando as mãos de Túlia, Cícero desviou seu olhar para os rostos atrás dela, examinando-os ansiosamente. — Sua mãe está aqui, e Marco?

— Não, papai, eles estão em Roma.

Isso não era de surpreender — naquela época a viagem de Roma a Brundísio, que demandava de duas a três semanas, era árdua, especialmente para uma mulher, com sérios riscos de assalto nos trechos mais remotos. Na verdade, a surpresa era que Túlia *tivesse* vindo, ainda mais sozinha. Mas o desapontamento de Cícero foi óbvio, embora tentasse escondê-lo.

— Bem, não tem importância... Não tem nenhuma importância. Tenho você, e isso é o mais importante.

— E eu o tenho, bem no dia de meu aniversário.

— É seu aniversário? — Cícero me lançou um olhar de censura. — Eu quase esqueci. Claro que é. Vamos comemorar hoje à noite! — Ele a tomou pelo braço e a conduziu para fora do porto.

Como ainda não sabíamos ao certo se o exílio dele tinha sido revogado, foi decidido que não partiríamos para Roma até termos uma confirmação oficial, e mais uma vez Lanênio Flaco se dispôs a nos abrigar em sua propriedade próxima a Brundísio. Homens armados foram posicionados em volta do perímetro para a proteção de Cícero, que passou grande parte dos dias seguintes com Túlia, caminhando pelos jardins e ao longo da praia, inteirando-se em primeira mão de como a vida da filha fora difícil durante seu exílio — como, por exemplo, o marido dela, Frugi, havia sido atacado por capangas de Clódio ao tentar falar a favor de Cícero, despido, alvejado com sujeira e expulso do fórum, e como o coração dele cessara de bater apropriadamente em seguida, até que, por fim, alguns meses depois, morrera nos braços dela. Agora, como não tinha filhos, Túlia tinha sido deixada sem nada, exceto algumas joias e a devolução de seu dote, que dera à mãe para ajudar a quitar as dívidas da família; como Terência tinha sido obrigada a vender grande parte dos próprios bens, tendo até se revestido de coragem para implorar à irmã de Clódio que intercedesse junto ao irmão para que concedesse a ela e a seus filhos alguma misericórdia, e como Clódia havia zombado dela e se gabado de que Cícero tentara ter um caso com ela; como famílias que sempre consideraram amigas haviam fechado suas portas para eles, amedrontadas; e assim por diante.

Cícero me contou tudo isso com tristeza uma noite, depois que Túlia se retirara para se deitar.

— Não é de admirar que Terência não esteja aqui. Parece que ela evita sair em público tanto quanto pode, preferindo permanecer enclausurada na casa de meu irmão. Quanto a Túlia, precisamos encontrar um novo marido para ela o quanto antes, enquanto ainda é jovem o bastante para dar em segurança alguns filhos a um homem. — Ele esfregou as têmporas, como sempre fazia em momentos de tensão. — Eu tinha pensado que voltar à Itália marcaria o fim de meus problemas. Agora vejo que é apenas o começo.

Foi em nosso sexto dia como hóspedes de Flaco que um mensageiro de Quinto chegou com a notícia de que, apesar de demonstrações de Clódio e de sua turba no último instante, as centúrias votaram de forma unânime pela devolução a Cícero de seus plenos direitos de cidadania, e que ele era, portanto, mais uma vez um homem livre. Estranhamente, essa notícia não pareceu lhe dar muita alegria, e, quando fiz um comentário sobre sua indiferença, Cícero retrucou:

— Por que eu deveria me regozijar? Tive meramente devolvido a mim algo que nunca me deveria ter sido tomado em primeiro lugar. Quanto ao mais, estou mais fraco do que era antes.

Começamos nossa viagem para Roma no dia seguinte. Àquela altura, a notícia de sua reabilitação havia se espalhado entre o povo de Brundísio, e uma multidão de centenas de pessoas se reunira fora dos portões da vila para vê-lo partir. Cícero desceu da carruagem que dividia com Túlia, cumprimentou cada simpatizante com um aperto de mão, fez um discurso breve para em seguida retomarmos a viagem. Mas não tínhamos percorrido nem dez quilômetros quando encontramos outro grande grupo no povoado seguinte, também clamando pela oportunidade de lhe dar um aperto de mão. Mais uma vez, ele os obsequiou. E assim foi durante o resto dia e nos dias seguintes, sempre a mesma coisa, com a diferença de que as multidões ficavam cada vez maiores conforme a notícia de que Cícero passaria pelo local que nos precedia. Logo as pessoas estavam vindo de quilômetros ao redor, até descendo das montanhas para se postar à beira da estrada. Quando chegamos a Benevento, os números chegavam aos milhares; em Cápua, as ruas ficaram inteiramente bloqueadas.

A princípio, Cícero ficou comovido com essas sinceras demonstrações de afeição, depois encantado, então assombrado e, por fim, pensativo.

Haveria algum meio, perguntava-se, de transformar essa espantosa popularidade entre cidadãos comuns da Itália em influência política em Roma? Mas popularidade e poder, como ele bem sabia, eram entidades separadas. Com frequência os homens mais poderosos num Estado podem passar por uma rua sem ser reconhecidos, enquanto os mais famosos se deleitam em festejada impotência.

Isso ficou muito mais claro para nós logo assim que deixamos a Campânia, quando Cícero decidiu que deveríamos passar por Fórmias e inspecionar a vila da família à beira-mar. Tendo ouvido por Terência e Ático que ela fora atacada, preparou-se para encontrar ruínas. Na verdade, quando deixamos a via Ápia e entramos no terreno, a propriedade, com seus pórticos fechados, parecia perfeitamente intacta, embora as estátuas gregas tivessem desaparecido. O jardim estava muito bem cuidado. Pavões ainda andavam pomposamente entre as árvores, e ouvíamos o movimento distante do mar. Quando a carruagem parou e Cícero saltou, integrantes da criadagem começaram a surgir de todas as partes da propriedade, como se tivessem estado escondidos. Ao rever seu amo, eles se jogaram no chão, chorando de alívio. Contudo, quando ele começou a se mover em direção à porta, vários tentaram bloquear-lhe o caminho, suplicando-lhe que não entrasse. Ele os mandou se afastar com um gesto e ordenou que a porta fosse destrancada.

O primeiro choque com que nos defrontamos foi o cheiro — de fumaça, umidade e excremento humano. Depois houve o som — vazio e ecoante, interrompido apenas pelo ruído de reboco e cerâmica sob nossos pés a cada passo, além do arrulhar dos pombos em caibros. À medida que as persianas começaram a descer, a luz da tarde de verão revelou uma visão de cômodo após cômodo inteiramente desnudado; até os pisos de mosaico foram arrancados e levados; ervas daninhas cresciam da terra nua entre o cocô de aves e as fezes humanas. As paredes estavam chamuscadas nos pontos onde fogueiras foram acesas e cobertas com os mais obscenos desenhos e rabiscos, tudo executado toscamente com tinta vermelha.

Na sala de jantar um rato avançou depressa rente à parede e se espremeu por um buraco. Cícero o viu desaparecer com uma expressão de infinita repugnância no rosto. Depois saiu da casa, subiu de novo com dificuldade na carruagem e ordenou ao cocheiro que voltasse à via Ápia. Não falou por pelo menos uma hora.

Dois dias depois, chegamos a Bovilas, nos arredores de Roma.

ACORDAMOS NA MANHÃ seguinte para encontrar mais uma multidão à espera para nos escoltar cidade adentro. Quando saímos para o calor daquela manhã de verão, eu estava apreensivo: o estado da vila em Fórmias me deixara temeroso. Era também a véspera dos Jogos Romanos, um feriado público. As ruas estariam lotadas, e já haviam chegado a nós relatos de uma escassez de pão que havia gerado tumulto. Eu tinha certeza de que Clódio usaria a desordem como pretexto para tentar algum tipo de emboscada. Mas Cícero se mantinha calmo. Acreditava que o povo o protegeria. Havia pedido que o teto da carruagem fosse removido, e, com Túlia sentada a seu lado segurando um guarda-sol e eu instalado num banco junto ao cocheiro, nós partimos.

Não exagero quando digo que cada metro da via Ápia estava margeado por cidadãos e que durante quase duas horas fomos transportados rumo ao norte em meio a uma onda de aplausos contínuos. No ponto em que a estrada passa sobre o rio Almo, junto ao Templo da Grande Mãe, a multidão consistia em três ou quatro fileiras de pessoas de cada lado. Mais adiante, ocupava os degraus do Templo de Marte de maneira tão densa que ele parecia uma arquibancada nos jogos. E, pouco antes dos muros da cidade, ao longo daquele trecho onde o aqueduto corre ao lado da estrada, jovens se empoleiravam precariamente no topo dos arcos ou agarrados a palmeiras. Eles acenavam, e Cícero retribuía o aceno. O alarido, o calor e a poeira eram terríveis. Finalmente fomos obrigados a parar logo antes da Porta Capena, onde a aglomeração humana era simplesmente grande demais para que conseguíssemos avançar.

Saltei no chão com a intenção de abrir a porta da carruagem e tentei abrir caminho aos empurrões pela lateral do veículo, mas uma multidão, desesperada para chegar mais perto de Cícero, prendeu-me contra a porta com tanta força que não consegui nem me mover nem respirar. A carruagem se mexeu e ameaçou capotar, e acredito de fato que Cícero poderia ter sido morto por um excesso de amor a apenas dez passos de Roma, não tivesse seu irmão Quinto aparecido naquele momento dos recessos da porta com uma dúzia de criados que abriram caminho na multidão, liberando espaço para Cícero descer.

Fazia quatro anos que os dois tinham se encontrado pela última vez, e Quinto não parecia mais ser o irmão mais moço. Seu nariz fora quebrado durante a luta no fórum, e claramente ele andava bebendo demais. Parecia um velho pugilista acabado. Estendeu os braços para Cícero, e os dois trocaram um abraço forte, emocionados a ponto de ficarem sem palavras, lágrimas escorrendo por suas faces, cada um batendo em silêncio nas costas do outro.

Quando se separaram, Quinto lhe contou das providências que havia tomado, e em seguida entramos na cidade a pé, Cícero e Quinto andando de mãos dadas, com Túlia e eu logo atrás e uma fileira de criados de cada lado. Quinto, que costumava gerenciar as campanhas de Cícero, havia planejado o trajeto de modo a exibir o irmão para o maior número possível de partidários. Passamos pelo Circo Máximo, suas bandeiras já hasteadas em antecipação aos jogos, e, à medida que avançávamos lentamente ao longo do vale apinhado entre os montes Palatino e Célio, parecia que todos a quem Cícero representara algum dia nos tribunais, ajudara com um favor ou com quem apenas trocara um aperto de mãos em época de eleição viera desejar boas-vindas. Mesmo assim, notei que nem todos estavam aplaudindo e que, aqui e ali, grupinhos de plebeus fechavam a cara para nós ou nos davam as costas, especialmente conforme nos aproximávamos do Templo de Castor, onde Clódio tinha seu quartel-general. Novos slogans foram pincelados sobre ele, com a mesma raivosa tinta vermelha usada em Fórmias: *M. CÍCERO ROUBA O PÃO DOS POBRES; QUANDO O POVO TEM FOME, SABE A QUEM CULPAR*. Um homem cuspiu na nossa direção. Outro puxou dissimuladamente as pregas de sua túnica para me mostrar uma faca. Cícero fingiu não perceber.

Uma multidão de vários milhares nos aplaudiu ao longo de todo o caminho pelo fórum e dos degraus do Capitólio até o Templo de Júpiter, onde um belo touro branco esperava para ser sacrificado. A cada momento eu temia um ataque, embora minha razão me dissesse que qualquer investida teria sido suicídio; um possível agressor teria sido despedaçado pelos partidários de

Cícero, mesmo supondo que poderia ter chegado perto o bastante para desferir um golpe. Apesar disso, eu teria preferido que pudéssemos ir para um lugar com paredes e uma porta. Mas era impossível: naquele dia, Cícero pertencia a Roma. Primeiro tivemos de ouvir os sacerdotes recitarem suas preces, depois Cícero teve de cobrir a cabeça e avançar para fazer seus agradecimentos rituais aos deuses, então ficar parado e observar enquanto o animal era morto e suas entranhas examinadas até que os presságios fossem declarados propícios. Depois, ele entrou no templo e depositou oferendas aos pés de uma pequena estátua de Minerva que pusera ali antes de seu exílio. Finalmente, quando emergiu, foi cercado por vários dos senadores que mais se empenharam por sua reabilitação — Séstio, Cestílio, Cúrcio, os irmãos Císpio e os demais, liderados pelo cônsul sênior Lêntulo Spínter —, e foi preciso agradecer a cada um deles individualmente. Muitas foram as lágrimas derramadas e os beijos trocados, e devia ter passado muito do meio-dia quando ele conseguiu começar a caminhar para casa, ocasião em que Spínter e outros insistiram em acompanhá-lo; Túlia, sem que nenhum de nós notasse, havia ido na frente.

O "lar", evidentemente, não era mais sua própria bela mansão na ladeira do Palatino: olhando para cima, pude ver que ela fora inteiramente destruída para dar lugar ao santuário de Clódio à Liberdade. Em vez disso, ficaríamos alojados logo abaixo dela, na casa de Quinto, onde iríamos morar até que Cícero conseguisse que o terreno lhe fosse devolvido, e a reconstrução, providenciada. Esta rua também estava repleta de simpatizantes, e Cícero teve de se esforçar para chegar à soleira. Além dela, na sombra do pátio, sua mulher e seus filhos o esperavam.

Eu sabia, porque ele havia falado tantas vezes sobre isso, quanto Cícero ansiara por aquele momento. No entanto, a ocasião estava permeada por um constrangimento que me fez desejar esconder o rosto. Terência vestida com suas melhores roupas, passara claramente várias horas à espera dele, e nesse ínterim Marco tinha ficado entediado e impaciente.

— Então, marido — disse ela com um sorriso débil, puxando o menino com violência para fazê-lo se levantar adequadamente —, você está em casa finalmente! Vá e cumprimente o seu pai — disse ela a Marco, e empurrou o menino para a frente, mas no mesmo instante ele disparou em volta dela e se escondeu atrás de suas saias. Cícero parou a certa distância, seus braços abertos para o filho, indeciso sobre como reagir, e, no fim das contas, a situação só foi salva por Túlia, que correu para o pai, beijou-o, levou-o até a mãe e gentilmente apertou seus pais um contra o outro, e dessa maneira a família foi reunida.

A VILA DE Quinto era grande, mas não espaçosa o bastante para acomodar duas famílias inteiras com certo conforto, e desde aquele primeiro dia houve atritos. Por respeito à idade e à posição superiores do irmão, Quinto, com típica generosidade, insistira para que Cícero e Terência ocupassem os aposentos principais que ele costumava dividir com sua mulher, Pompônia, irmã de Ático. Ficou claro que ela fizera veemente objeção a isso, mal conseguindo se forçar a cumprimentar Cícero com cortesia.

Não é minha intenção me alongar em fofocas pessoais: esses assuntos estão muito abaixo da dignidade de meu tema. Não posso, contudo, fazer um relato adequado da vida de Cícero sem mencionar o acontecido, pois foi nesse momento que sua infelicidade doméstica de fato se iniciou, e ela teria um efeito sobre sua carreira política.

Ele e Terência estavam casados havia mais de vinte anos. Tinham brigado muitas vezes. Mas sob suas disputas havia um respeito mútuo. Ela era uma mulher de fortuna independente: fora por isso que ele a desposara, certamente não por sua aparência ou pela doçura de seu temperamento. Havia sido a fortuna de Terência que permitira a Cícero entrar no Senado. Em troca, o sucesso dele aumentara o prestígio social da mulher. Agora o desastre da queda dele expusera a fraqueza inerente dessa parceria. Não só ela fora obrigada a vender boa parte de seus bens para proteger a família na ausência do marido como havia sido injuriada e insultada e reduzida a morar com os parentes do marido — uma família que ela considerava, de forma esnobe, muito inferior à sua. Sim, Cícero estava vivo e de volta a Roma, e tenho certeza de que Terência se sentia feliz por isso. Mas não fez nenhum segredo de sua noção de que os dias de poder político dele estavam terminados, ainda que o marido — flutuando nas nuvens da adulação popular — ainda não o tivesse compreendido.

Não fui convidado a jantar com a família nessa primeira noite e, dadas as tensões entre os parentes, não posso dizer que fiquei particularmente aborrecido. Senti-me consternado, no entanto, ao descobrir que haviam preparado uma cama para mim nos alojamentos dos escravos no porão, dividindo um cubículo com o administrador de Terência, Filotimo. Ele era uma criatura untuosa e avarenta de meia-idade: nunca gostáramos um do outro, e eu diria que não ficou mais feliz ao me ver que eu a ele. Ainda assim, seu amor pelo dinheiro ao menos fazia dele um diligente administrador dos negócios de Terência, e deve tê-lo deixado pesaroso ver a fortuna dela se esvair mês após mês. O ressentimento com que atacava Cícero por tê-la colocado nessa situação me enfurecia, e passado algum tempo eu lhe disse laconicamente para calar a boca e me mostrar algum respeito, ou eu trataria de fazer com que o amo lhe desse uma surra. Mais tarde, acordado na cama ouvindo os roncos de Filotimo, perguntei-me quantas das queixas que eu acabara de ouvir tinham partido dele e quantas não passavam de mera repetição dos lábios de sua ama.

No dia seguinte, por causa de minha agitação, dormi demais e acordei em pânico. Cícero deveria comparecer ao Senado para expressar seu agradecimento formal pelo apoio recebido. Normalmente ele memorizava seus discursos e os proferia sem consultar anotações. Mas fazia tanto tempo desde que falara em público pela última vez que temeu que pudesse se enrolar com as palavras, de modo que o discurso tivera de ser ditado e redigido durante a viagem de Brundísio a Roma. Tirei-o de minha caixa de despachos, verifiquei que tinha o texto completo e subi a escada depressa, no momento em que que o secretário de Quinto, Stácio, introduzia visitantes no *tablinum*. Um era Milão, o tribuno que nos visitara em Tessalônica, e o outro era Lúcio Afrânio, o principal lugar-tenente de Pompeu, que fora cônsul dois anos depois de Cícero.

— Estes cavalheiros desejam ver seu amo — disse-me Stácio.

— Vou ver se ele está disponível.

Ao ouvir isso, Afrânio observou, num tom que não me agradou muito:

— É melhor que esteja!

Imediatamente fui ao quarto principal. A porta estava fechada. A criada de Terência pôs um dedo sobre os lábios e me disse que Cícero não estava ali. Ela me conduziu pelo corredor até o quarto de vestir, onde o encontrei colocando a toga com a ajuda de seu pajem. Quando eu estava descrevendo quem chegara para vê-lo, notei sobre seu ombro uma pequena cama improvisada. Ele percebeu meu olhar e murmurou:

— Há algo de errado, mas ela não quis me dizer o que é.

Em seguida, talvez se arrependendo da franqueza, ordenou-me de repente que fosse chamar Quinto para que ele também pudesse ouvir o que os visitantes vieram dizer.

A princípio o encontro foi amigável. Afrânio anunciou que trouxera os mais calorosos cumprimentos de Pompeu, o Grande, que esperava logo poder desejar pessoalmente a Cícero um feliz retorno a Roma. Cícero lhe agradeceu a mensagem e a Milão tudo o que fizera para promover seu retorno. Descreveu o entusiasmo com que havia sido recebido na zona rural e a multidão que tinha comparecido para vê-lo em Roma na véspera.

— Sinto que é toda uma vida nova que estou iniciando. Espero que Pompeu esteja no Senado para me ouvir louvá-lo com a precária eloquência que eu consiga reunir.

— Pompeu não comparecerá ao Senado — retrucou Afrânio bruscamente.

— Lamento saber disso.

— A presença dele não lhe parece apropriada, tendo em vista a nova lei que deve ser proposta.

Após dizê-lo, abriu uma pequena bolsa e entregou um projeto de lei, que Cícero leu com evidente surpresa e deu para Quinto, que finalmente o entregou a mim.

Considerando-se que o povo de Roma está tendo negado o seu acesso a um fornecimento suficiente de grãos; e na medida em que isso constitui uma grave ameaça ao bem-estar e à segurança do Estado; e tendo-se em mente o princípio de que todos os cidadãos romanos têm direito a pelo menos um pão gratuito por dia — é por meio deste ordenado que seja conferido a Pompeu, o Grande, o poder como comissário de Grãos para comprar, confiscar ou obter similarmente em todas as partes do mundo inteiro grãos suficientes para assegurar um fornecimento abundante para a cidade; que esse poder deve ser seu por um prazo de cinco anos; e que para assisti-lo nessa tarefa ele deve ter o direito de nomear quinze comissários lugares-tenentes de grãos para realizar os deveres que ele determine.

— Naturalmente, Pompeu gostaria que você tivesse a honra de propor a legislação quando se dirigir ao Senado hoje.

— É um golpe astuto, deve concordar — comentou Milão. — Tendo retomado as ruas de Clódio, devemos agora eliminar sua capacidade de comprar votos com pão.

— A escassez é assim tão séria a ponto de exigir uma lei emergencial? — perguntou Cícero.

Ele se virou para Quinto, que respondeu:

— É verdade, há pouco pão, e o que existe alcançou um preço exorbitante.

— Mesmo assim, estes são poderes assombrosos, sem precedentes, sobre o abastecimento de alimentos da nação a conceder a um único homem. Desculpem-me, mas eu precisaria realmente conhecer mais sobre a situação antes de poder oferecer uma opinião.

Ele tentou entregar o projeto de volta para Afrânio, que se recusou a pegá-lo. Cruzou os braços e encarou Cícero.

— Devo dizer que esperávamos um pouco mais de gratidão... depois de tudo que fizemos por você.

— Nem é preciso dizer — acrescentou Milão — que você seria um dos quinze comissários. — E esfregou o indicador no polegar para indicar a natureza lucrativa da nomeação.

O silêncio que se seguiu se tornou incômodo. Finalmente, Afrânio disse:

— Bem, vamos deixar o projeto com você e, quando discursar para o Senado, ouviremos suas palavras com interesse.

Depois que saíram, foi Quinto quem falou primeiro.

— Pelo menos agora sabemos qual é o preço.

— Não — respondeu Cícero com tristeza —, esse não é o preço. Essa é apenas a primeira prestação... de um empréstimo que, aos olhos deles, nunca será quitado, por mais que eu lhes dê.

— Então o que vai fazer?

— Bem, é um dilema terrível, não é? Se proponho o projeto, todos dirão que sou um boneco de Pompeu; se não digo nada, ele se voltará contra mim. Qualquer coisa que eu faça, saio perdendo.

Como acontecia com frequência, Cícero não tinha decidido que curso tomar quando partimos para o Senado. Ele sempre gostava de avaliar a temperatura da câmara antes de falar — ouvir os batimentos cardíacos do público como um médico com um paciente. Birria, o gladiador marcado com uma cicatriz que havia acompanhado Milão quando ele nos visitara na Macedônia, atuou como guarda-costas junto com três de seus camaradas. Além disso, suponho que devia haver vinte ou trinta protegidos de Cícero, que lhe serviram de escudo humano; sentimo-nos completamente seguros. Enquanto caminhávamos, Birria se gabou da força deles para mim: disse que Milão e Pompeu tinham uma centena de pares de gladiadores de prontidão na caserna no Campo de Marte, prontos para entrar em ação quase de imediato caso Clódio tentasse qualquer artimanha.

Quando chegamos ao prédio do Senado, entreguei a Cícero o texto do discurso. Ele tocou o antigo batente ao entrar, correndo os olhos pelo que chamava de "a maior sala do mundo" em agradecido espanto por lhe ter sido permitido viver para vê-la novamente. Quando se aproximou de sua posição habitual no banco da frente mais próximo do estrado dos cônsules, os senadores vizinhos se levantaram para lhe dar um aperto de mão. Não havia muitos presentes — não apenas Pompeu estava ausente, notei, como também Clódio e Marco Crasso, cujo pacto com Pompeu e César ainda era a força mais poderosa da república. Perguntei-me por que teriam se ausentado.

O cônsul presidente naquele dia era Metelo Nepo, o antigo inimigo de Cícero que agora, contudo, estava publicamente reconciliado com ele — embora apenas com relutância e sob pressão da maioria do Senado. Ele não fez nenhuma menção à presença de Cícero, levantando-se em vez disso para anunciar que um novo despacho enviado por César da Gália Transalpina acabara de chegar. A câmara fez silêncio, e os senadores ouviram com atenção enquanto ele lia o relato de César sobre embates ainda mais brutais com tribos selvagens de nomes exóticos — os viromanduis, os atrebates, os nérvios — travados em meio àquelas soturnas e ecoantes florestas e rios avolumados e intransponíveis. Estava claro que César avançara muito mais para o norte que qualquer comandante romano antes dele, quase até o frio mar setentrional, e mais uma vez sua vitória ficara pouco aquém de uma aniquilação: dos sessenta mil homens que haviam composto o exército dos nérvios, ele afirmava ter deixado vivos apenas quinhentos. Depois que Nepos terminou, a casa pareceu soltar um suspiro que estivera preso; somente então o cônsul convidou Cícero a falar.

Era uma ocasião difícil para se fazer um discurso, e nesse caso Cícero se restringiu principalmente a uma lista de agradecimentos. Agradeceu aos cônsules. Agradeceu ao Senado. Agradeceu ao povo. Agradeceu aos deuses. Agradeceu ao irmão. Agradeceu a praticamente todo mundo, exceto a César, cujo nome não mencionou. Agradeceu em especial a Pompeu ("cuja coragem, fama e realizações não têm iguais nos registros de qualquer nação ou qualquer época") e a Milão ("cujo tribunato não foi nada senão uma firme, incessante, corajosa e indômita defesa de meu próprio bem-estar"). Mas não mencionou nem a escassez de grãos nem a proposta de dar a Pompeu poderes extras, e, assim que se sentou, Afrânio e Milão prontamente se levantaram e saíram do prédio.

Mais tarde, quando caminhávamos de volta para a casa de Quinto, notei que Birria e seus gladiadores não estavam mais conosco, o que me pareceu estranho, pois o perigo certamente não desaparecera. Havia um grande número de mendigos em meio aos fluxos de espectadores nas cercanias, e talvez eu me enganasse, mas me pareceu que o número de olhares e gestos hostis que Cícero atraiu foi substancialmente maior que antes.

Depois que estávamos a salvo dentro de casa, Cícero disse:

— Não pude fazer aquilo. Como poderia tomar a frente numa controvérsia sobre a qual nada sei? Além disso, não era a ocasião apropriada para fazer uma proposta daquelas. A única coisa sobre a qual todos conseguiam falar era César, César, César. Talvez agora me deixem em paz por algum tempo.

O dia foi longo e ensolarado, e Cícero passou boa parte dele no jardim lendo ou jogando uma bola para o cachorro da família, um terrier chamado Myia, cujas travessuras encantavam Marco e seu primo de 9 anos, Quinto Júnior, o único filho de Quinto e Pompônia. Marco era um garoto doce e franco, ao passo que Quinto, mimado pela mãe, tinha algo de cruel. Mas eles brincavam juntos muito alegremente. De vez em quando o bramido da multidão no Circo Máximo era transportado desde o vale do outro lado do monte — cem mil vozes gritando ou gemendo em uníssono: um som ao mesmo tempo estimulante e amedrontador, como o rosnado de um tigre; ele fazia os pelos se eriçarem em minha nuca e em meus braços. No meio da tarde, Quinto sugeriu que talvez Cícero devesse ir até o Circo, mostrar-se para o público e assistir a pelo menos uma das corridas. Mas Cícero preferiu ficar onde estava:

— Estou cansado de me exibir para estranhos.

Como os meninos estavam relutantes em ir para a cama, Cícero, tendo passado tanto tempo fora, desejou satisfazer o desejo deles; o jantar só foi servido mais tarde. Dessa vez, para óbvia irritação de Pompônia, ele me convidou para me juntar a eles. Ela não aprovava que escravos comessem com seus amos, e sem dúvida pensava ser uma prerrogativa dela, não do cunhado, decidir quem deveria estar presente a sua própria mesa. No caso, éramos seis: Cícero e Terência num sofá, Quinto e Pompônia em outro, Túlia e eu no terceiro. Normalmente o irmão de Pompônia, Ático, teria se juntado a nós, sendo, como era, o melhor amigo de Cícero. Porém, ele havia deixado Roma abruptamente uma semana antes da volta de Cícero, dirigindo-se para sua propriedade no Épiro. Alegou ter negócios urgentes a tratar, mas suspeito que havia previsto as discussões em família que se aproximavam. Sempre preferiu uma vida tranquila.

Caía a noite e os escravos acabavam de trazer círios para acender as lamparinas e as velas quando de algum lugar distante surgiu uma cacofonia de assobios, tambores, toques de corneta e cantos. A princípio ignoramos aquilo como a passagem de uma procissão associada aos jogos. Mas o barulho parecia vir da frente da casa, onde permaneceu.

Finalmente, Terência disse:

— O que acham que é isso?

— Sabe — respondeu Cícero num tom de interesse acadêmico —, eu me pergunto se não poderia ser um *flagitatio*. Que costume mais curioso! Tiro, você poderia dar uma olhada?

Suponho que tal coisa não existe mais, mas nos velhos tempos da república, quando as pessoas eram livres para se expressar, um *flagitatio* era o direito dos cidadãos que tinham uma queixa, mas eram pobres demais para usar os tribunais, de fazer demonstrações em frente à casa da pessoa que consideravam responsável. Nessa noite o alvo era Cícero. Pude ouvir o nome dele em meio aos cantos e, quando abri a porta, compreendi a mensagem muito claramente:

Cícero, canalha, onde está o nosso pão?
Cícero, canalha, roubou *o nosso pão!*

Uma centena de pessoas enchia a rua estreita, repetindo as mesmas frases vezes sem fim, com variações ocasionais e mais criativas da palavra "canalha". Quando perceberam que eu os olhava, uma tremenda zombaria se elevou. Fechei a porta depressa, passei o ferrolho e voltei à sala de jantar para relatar o que vira.

Pompônia se sentou, alarmada.

— Mas que devemos fazer?

— Nada — respondeu Cícero com calma. — Eles têm o direito de fazer seu barulho. Permitamos que desabafem, e, quando se cansarem disso, eles irão embora.

— Mas por que estão acusando *você* de roubar o pão deles? — perguntou Terência.

— Clódio jogou a culpa pela falta de pão no tamanho da multidão que veio a Roma apoiar seu marido — respondeu Quinto.

— Mas a multidão não está aqui para apoiar meu marido, ela veio para assistir aos jogos.

— Brutalmente honesto, como sempre — concordou Cícero —, e mesmo que as pessoas *estivessem* aqui por mim, que eu saiba a cidade nunca sofreu escassez de comida num dia de festival.

— Então o que aconteceu agora?

— Imagino que alguém tenha sabotado o fornecimento.

— Quem faria isso?

— Clódio, para denigrir meu nome; ou talvez até Pompeu, para dar a si mesmo um pretexto para assumir o comando da distribuição. De qualquer maneira, não há nada que possamos fazer a respeito. Portanto, sugiro que terminemos nossa refeição e os ignoremos.

Mas, embora tentássemos prosseguir como se nada estivesse acontecendo e até fizéssemos piadas e ríssemos daquilo, nossa conversa foi tensa, e cada vez que havia uma calmaria, ela era preenchida pelas vozes irritadas lá fora:

Cícero, chupão, roubou o nosso pão!
Cícero, chupão, comeu *o nosso pão!*

Por fim, Pompônia disse:

— Eles vão continuar nessa toada a noite inteira?

— Possivelmente — respondeu Cícero.

— Mas esta sempre foi uma rua tranquila e respeitável! Você pode fazer algo para que eles parem, não?

— Na verdade, não. É direito deles.

— Direito deles!

— Eu acredito nos direitos das pessoas, caso se lembre.

— Que bom. Mas como vou dormir?

Finalmente Cícero perdeu a paciência.

— Por que não põe um pouco de cera nos ouvidos, madame? — sugeriu, acrescentando em seguida em tom quase inaudível: — Tenho certeza de que eu poria nos meus, se fosse casado com você.

Quinto, que havia bebido muito, tentou abafar uma risada. Pompônia se virou para o marido.

— Vai permitir que ele fale comigo dessa maneira?

— Foi só uma piada, minha querida.

Pompônia pousou seu guardanapo, levantou-se com dignidade do sofá e anunciou que iria dar uma olhada nos meninos. Terência, depois de lançar um olhar penetrante para Cícero, disse que iria com ela. Acenou para que Túlia as acompanhasse.

Depois que as mulheres saíram, Cícero disse a Quinto:

— Sinto muito. Eu não deveria ter falado daquela maneira. Vou procurá-la e me desculpar. Ademais, ela está certa: eu trouxe problemas para sua casa. Vamos nos mudar amanhã de manhã.

— Não, não vão. Eu sou o dono da casa, e meu teto será seu enquanto eu viver. Insultos dessa ralé não me preocupam.

Ouvimos novamente:

Cícero, cagão, onde está o nosso pão?
Cícero, cagão, vendeu *o nosso pão!*

— É um verso maravilhosamente flexível, reconheço. Pergunto-me quantas versões mais serão capazes de inventar.

— Você sabe que poderíamos sempre enviar uma mensagem para Milão. Os gladiadores de Pompeu limpariam a rua em dois tempos.

— E contrair mais uma dívida com eles? Acho melhor não.

Tomamos nossos caminhos separados para ir nos deitar, embora eu duvide que qualquer um de nós tenha dormido muito. A demonstração não cessou como Cícero previra; ao contrário, na manhã seguinte tinha crescido em volume e certamente em violência, pois a multidão havia começado a arrancar as pedras do calçamento e jogá-las nas paredes ou arremessá-las por cima do parapeito, de modo que aterrissavam com bastante barulho no átrio ou no jardim. Nossa situação estava se tornando claramente perigosa, e, enquanto as mulheres e as crianças se abrigavam dentro de casa, subi ao telhado com Cícero e Quinto para avaliar o perigo. Espiando com cautela sobre as telhas, era possível avistar até o fórum. A multidão de Clódio estava ocupando-o em massa. Os senadores que tentavam chegar à câmara para a sessão do dia tinham de se submeter a insultos e cantos. As palavras eram carregadas pelo vento até nós, acompanhadas por batidas em utensílios de cozinha:

Onde está o nosso pão?
Onde está o nosso pão?
Onde está o nosso pão?

De repente, ouvimos um grito vindo do pavimento abaixo de nós. Descemos com dificuldade do teto e chegamos ao átrio a tempo de ver um escravo pescando um objeto preto e branco, como uma bolsa ou um saco, que acabara de passar pela abertura no telhado e caíra no implúvio. Era o corpo retalhado de Myia, o cão da família. Os dois meninos se agacharam no canto do átrio, com as mãos nos ouvidos, chorando. Pedras pesadas batiam na porta de madeira. Nesse momento, Terência se virou para Cícero com uma dureza que eu nunca testemunhara antes.

— Teimoso! Teimoso, insensato! Vai fazer alguma coisa para proteger sua família? Ou devo rastejar mais uma vez de quatro até lá fora e suplicar a essa escória que não nos machuque?

Cícero se desequilibrou diante da fúria dela. Nesse momento houve um novo acesso de soluços infantis, e ele olhou para o lugar onde Túlia consolava o irmão e o primo. Isso pareceu decidir a questão. Ele disse a Quinto:

— Acha que podemos fazer um escravo sair às escondidas por uma janela dos fundos?

— Certamente.

— Na verdade, é melhor enviar dois, para o caso de um não conseguir chegar lá. Eles devem ir até a caserna de Milão no Campo de Marte e dizer aos gladiadores que precisamos de ajuda imediatamente.

Os mensageiros foram despachados, e nesse meio-tempo Cícero se aproximou dos meninos e os distraiu, pondo as mãos em volta de seus ombros e contando-lhes histórias sobre a coragem dos heróis da república. Após o que pareceu um longo intervalo, durante o qual a fúria do ataque à porta aumentou, ouvimos uma nova onda de brados da rua, seguida por gritos. Os gladiadores comandados por Milão e Pompeu tinham chegado, e dessa maneira Cícero salvou a si mesmo e a sua família, pois realmente acredito que os homens de Clódio, sem ter encontrado nenhuma resistência, estavam decididos a invadir a casa e nos massacrar. No entanto, depois de apenas uma curta batalha na rua, os assediadores, nem de longe tão bem armados ou treinados, fugiram para salvar a própria vida.

Depois de nos certificarmos de que a rua estava livre, Cícero, Quinto e eu subimos novamente ao telhado e observamos enquanto a luta descia pelo fórum. Colunas de gladiadores entraram correndo pelos dois lados e começaram a golpear à sua volta com o lado cego de suas espadas. A multidão se espalhou, mas não se dispersou por completo. Uma barricada construída com mesas de cavalete, bancos e postigos tirados de depósitos próximos foi erguida entre o Templo de Castor e o Arvoredo de Vesta. Essa linha resistiu, e em certa altura vi o vulto da cabeça loura do próprio Clódio no comando da luta, usando uma couraça sobre a toga e brandindo um longo espigão de ferro. Sei que era ele porque estava com sua mulher, Fúlvia, ao lado — uma mulher mais feroz, cruel e amante da violência que qualquer homem. Aqui e ali fogueiras foram acesas, e a fumaça carregada pelo vento no calor de verão aumentava a confusão do embate. Contei sete corpos, embora não pudesse discernir se estavam mortos ou apenas feridos.

Passado algum tempo, Cícero não suportou continuar observando. Deixando o telhado, disse calmamente:

— É o fim da república.

Passamos o dia todo em casa enquanto o conflito continuava no fórum, e o que mais me impressiona agora é que durante todo esse tempo, a cerca de um quilômetro e meio de distância, os Jogos Romanos prosseguiam sem interrupção, como se nada de incomum estivesse acontecendo.

A violência se tornara uma parte normal da política. A tranquilidade voltara a reinar ao cair da noite, embora Cícero tenha decidido prudentemente não se aventurar fora de casa até a manhã seguinte, quando caminhou com Quinto e uma escolta dos gladiadores de Milão até a casa do Senado. O fórum estava cheio de cidadãos partidários de Pompeu. Eles pediram a Cícero que lhes assegurasse o pão, chamando Pompeu para solucionar a crise. Cícero, que levava consigo a minuta do projeto para tornar Pompeu comissário dos Grãos, não deu nenhuma resposta.

Foi outro dia de baixa frequência. Em razão da agitação, mais da metade dos senadores se ausentara. Os únicos ex-cônsules no banco da frente além de Cícero eram Afrânio e M. Valério Messala. O cônsul presidente, Metelo Nepo, tinha sido atingido por uma pedra ao cruzar o fórum na véspera e estava usando uma atadura. Ele anunciou os tumultos dos grãos como o primeiro item da pauta, e vários magistrados chegaram a sugerir que o próprio Cícero deveria assumir o controle do abastecimento da cidade, ao que meu amo fez um gesto modesto e balançou a cabeça.

— Marco Cícero, você quer falar? — perguntou Nepo com relutância.

Cícero assentiu e se levantou.

— Nenhum de nós precisa ser lembrado — começou —, e menos do que todos o bravo Nepo, da terrível violência que se apossou ontem da cidade... violência que tem em seu cerne a escassez dessa que é a mais básica das necessidades humanas: pão. Alguns de nós acreditam que foi um dia infeliz aquele em que foi assegurada a nossos cidadãos uma distribuição gratuita de trigo em primeiro lugar, pois é da natureza humana que aquilo que começa como gratidão se torna rapidamente dependência e termina como noção de direito. Foi esse o ponto a que chegamos. Não digo que devemos revogar a lei de Clódio, pois é tarde demais para isso: o moral público já está corrompido, como sem dúvida ele pretendeu. Mas devemos pelo menos assegurar que o fornecimento de pão seja contínuo se quisermos ter ordem civil. E há apenas um homem em nosso Estado com a autoridade e o talento de organização para assegurar tal coisa, e esse homem é Pompeu, o Grande. Desejo propor, portanto, a seguinte resolução...

E nesse momento leu o projeto que já citei, e a parte da câmara que estava repleta de lugares-tenentes de Pompeu se levantou em aclamação. Os outros permaneceram sentados com semblantes solenes ou murmuraram com raiva, pois sempre temeram a ânsia de poder de Pompeu. Os aplausos foram ouvidos do lado de fora e reforçados pela multidão que aguardava no fórum. Quando as pessoas ficaram sabendo que fora Cícero quem propusera a nova lei, começaram a clamar para que ele viesse e discursasse para elas da rostra, e todos os tribunos — com exceção de dois partidários de Clódio — enviaram-lhe devidamente um convite para falar. Quando a solicitação foi lida no Senado, Cícero protestou argumentando que não estava preparado para semelhante honra. (Na verdade, eu tinha comigo um discurso que ele já escrevera e que pude lhe dar pouco antes que subisse os degraus para a plataforma.)

Ele foi acolhido com enorme ovação, e se passou algum tempo antes que pudesse se fazer ouvir. Quando os aplausos diminuíram, Cícero começou a falar, e, quando chegou à passagem em que agradecia ao povo seu apoio — *Caso eu não tivesse experimentado nada senão a serena tranquilidade, teria perdido os incríveis e quase sobre-humanos transportes de prazer que a bondade de vocês me permite desfrutar agora* —, quem apareceu em meio à multidão, senão Pompeu? Ele se postou ostensivamente sozinho — não que tivesse alguma necessidade de guarda-costas, com o fórum cheio de seus gladiadores — e fingiu ter vindo meramente como um cidadão comum para ouvir o que Cícero tinha a dizer. Contudo, claro que o povo não permitiria isso, de modo que ele se deixou ser empurrado adiante até a rostra, subindo nela e abraçando Cícero. Eu me esquecera da enorme presença física do homem: aquele corpo majestoso e porte másculo, o famoso topete basto de cabelo ainda escuro elevando-se como o aríete de um navio de guerra acima de seu rosto amplo e belo.

A ocasião exigia lisonjas, e Cícero não deixou a desejar.

— Aqui está um homem — disse ele, levantando o braço de Pompeu — que não teve, não tem e não terá rival à altura de sua virtude, sagacidade e reputação. Ele deu a mim tudo o que deu à república, o que nenhum outro jamais deu a um amigo pessoal: proteção, segurança, dignidade. Tenho para com ele, meus concidadãos, uma dívida tal que mal é legítimo um ser humano ter para com outro.

O aplauso foi prolongado, e o sorriso radiante de Pompeu, tão vasto e caloroso quanto o sol.

Depois ele consentiu em andar de volta com Cícero até a casa de Quinto e tomar uma taça de vinho. Não fez nenhuma referência ao exílio do outro, nenhuma indagação sobre sua saúde, não se desculpou de maneira alguma por ter deixado, anos antes, de ajudar Cícero a fazer frente a Clódio, o que havia aberto a porta para todo o desastre em primeiro lugar. Falou apenas de si mesmo e do futuro, infantil em sua ansiosa expectativa para com o comissariado dos grãos e das oportunidades que ele daria a Cícero em termos de viagens e direito de nomeação para cargos públicos.

— E você, evidentemente, meu caro, deverá ser um de meus quinze legados. Qualquer um que lhe agrade, aonde quer que deseje ir. Sardenha? Sicília? Egito? África?

— Muito obrigado — disse Cícero. — É generoso de sua parte, mas devo declinar. Minha prioridade agora tem de ser minha família.... Reaver nossa propriedade, consolar minha mulher e meus filhos, vingar-nos de nossos inimigos e tentar recuperar nossa fortuna.

— Você recuperará sua fortuna mais rapidamente no negócio de grãos que em qualquer outro, eu lhe asseguro.

— Mesmo assim, devo permanecer em Roma.

A ampla face de Pompeu pareceu muito desconcertada.

— Estou decepcionado, não posso fingir o contrário. Quero o nome de Cícero associado a essa comissão. Ele dará peso. E quanto a você? — disse, virando-se para Quinto. — Você poderia, suponho.

Pobre Quinto! A última coisa que queria, tendo retornado de duas missões na Ásia, era ir para o estrangeiro novamente e lidar com agricultores, comerciantes de grãos e agentes de expedição. Alegou sua inadequação para o serviço e olhou para Cícero em busca de apoio. Mas não seria adequado a meu amo negar a Pompeu um segundo pedido, de modo que, dessa vez, não disse nada.

— Certo: negócio fechado.

Pompeu bateu as mãos nos braços de sua cadeira para indicar que o assunto estava resolvido e se ergueu com um impulso. Resmungou com o esforço e notei que estava ficando bastante corpulento. Tinha 50 anos, a mesma idade que Cícero.

— Nossa república atravessa seus tempos mais difíceis — comentou ele, envolvendo os ombros dos irmãos com os braços. — Mas haveremos de superá-los, como sempre, e sei que vocês irão ambos desempenhar seu papel.

Então Pompeu segurou as mãos dos dois, apertou-as, e os manteve ali plantados ao lado de seu amplo peitoral.

IV

Cedo na manhã seguinte, Cícero e eu andamos monte acima para inspecionar as ruínas de sua casa. A construção palaciana onde ele havia investido tanto de sua fortuna e prestígio fora posta abaixo por completo; nove décimos do enorme lote estavam tomados por ervas daninhas e entulho, e mal era possível discernir a disposição original das paredes em meio à vegetação emaranhada. Cícero parou para pegar um dos tijolos chamuscados que sobressaíam no chão.

— Até que este lugar me seja devolvido, estaremos inteiramente à mercê deles... Nenhum dinheiro, nenhuma dignidade, nenhuma independência... Cada vez que sair à rua terei de olhar para cá e ser lembrado de minha humilhação.

As bordas do tijolo esfarelaram em suas mãos, e uma poeira vermelha escorreu entre seus dedos como sangue seco.

No outro extremo do terreno a estátua de uma jovem havia sido instalada no topo de um plinto alto. Oferendas recentes de flores estavam empilhadas em sua base. Ao consagrar o lugar a um santuário à Liberdade, Clódio acreditava tê-lo tornado inviolável, impossibilitando assim que Cícero o reivindicasse. A figura de mármore era formosa à luz da manhã, com tranças longas e um vestido diáfano que escorregava para expor um seio nu. Cícero a contemplou com as mãos nos quadris. Finalmente disse:

— A Liberdade é sempre representada como uma matrona de barrete, não é? — Concordei. — Nesse caso, quem, por favor, é esta assanhada? Ora, ela não é a encarnação de uma deusa mais do que eu!

Até aquele momento ele havia estado carrancudo, mas então começou a rir e, quando voltamos à casa de Quinto, encarregou-me de descobrir onde Clódio havia adquirido a estátua. Naquele mesmo dia solicitou ao Colégio de Sacerdotes que lhe devolvesse a propriedade sob a alegação de que o local estava impropriamente consagrado. Uma audiência foi marcada para o fim do mês, e Clódio foi convocado para defender as próprias ações.

Chegado o dia, Cícero admitiu que se sentia mal preparado e sem prática. Como sua biblioteca continuava num depósito, não pudera consultar todas as fontes legais de que precisava. Estava também, tenho certeza, nervoso diante da perspectiva de enfrentar Clódio frente a frente. Ser derrotado por seu inimigo numa briga de rua era uma coisa; perder para ele numa disputa legal seria uma calamidade.

A sede do colégio pontifical ficava nessa época na velha Régia, que segundo se dizia era o edifício mais antigo da cidade. Ela se situava, como sua sucessora moderna, no ponto onde a via Sacra se divide e entra no fórum, embora o ruído desse local movimentado fosse inteiramente abafado pela espessura de suas paredes altas e sem janelas. A parca iluminação a velas do interior fazia a pessoa se esquecer de que lá fora estava claro e ensolarado. Até o ar gélido e sepulcral parecia sagrado, como se tivesse permanecido imperturbado por mais de seiscentos anos.

Quatorze dos quinze pontífices estavam sentados no outro extremo da câmara lotada, a nossa espera. O único ausente era o chefe, César: a cadeira dele, maior que as outras, permanecia vazia. Entre os sacerdotes havia vários que eu conhecia bem — Spínter, o cônsul; Marco Lúculo, irmão do grande general Lúcio, que segundo rumores havia perdido a razão ultimamente e fora confinado em seu palácio fora de Roma; e os dois jovens aristocratas ascendentes, Q. Cipião Násica e M. Emílio Lépido. E ali finalmente eu via o terceiro triúnviro, Crasso. O curioso chapéu cônico de pele que os pontífices tinham de usar o privava de sua característica mais distintiva: a calvície. Seu rosto astuto estava impassível.

Cícero se sentou num lugar voltado para eles, enquanto eu me acomodei num tamborete atrás dele, pronto para passar quaisquer documentos que requeresse. Atrás de nós estava uma plateia de cidadãos eminentes, inclusive Pompeu. Não havia sinal de Clódio. As conversas sussurradas cessaram pouco a pouco. O silêncio se tornou opressivo. Onde ele estava? Talvez não viesse. Com Clódio, nunca se sabia. Mas, passado algum tempo, ele finalmente entrou com um andar petulante, e me senti esfriar à vista do homem que nos causara tanta angústia. "Pequena Beldade", era como Cícero costumava chamá-lo, mas na meia-idade ele superara o insulto. Seus luxuriantes cachos louros estavam então cortados tão rente à cabeça quanto um elmo dourado; seus carnudos lábios vermelhos tinham perdido o beicinho. Ele parecia duro, magro, desdenhoso — um Apolo decaído. Como tantas vezes acontece com os mais amargos dos inimigos, ele começara sendo um amigo. Mas depois tinha levado a infração da lei e da moralidade longe demais, disfarçando-se de mulher e profanando o rito sagrado da Boa Deusa. Cícero se vira obrigado a depor contra ele, e, desse dia em diante, Clódio havia jurado vingança. Ele se sentou numa cadeira a pouco mais de três passos da de Cícero, que continuou com o olhar voltado para a frente, e os dois homens não se entreolharam nem uma única vez.

O pontífice sênior pela idade era Públio Albinovano, que devia ter 80 anos. Com uma voz trêmula ele leu em voz alta a matéria em questão — "Estava o santuário à Liberdade, erigido recentemente na propriedade reivindicada por M. Túlio Cícero, consagrado de acordo com os ritos da religião oficial ou não?" — e convidou Clódio a falar primeiro.

Depois de deixar transcorrer tempo suficiente para indicar seu desprezo por todo aquele procedimento, Clódio se levantou devagar.

— Estou estarrecido, santos padres — começou ele em sua coloquial e arrastada fala patrícia —, e consternado, mas não surpreso, ao ver que o assassino exilado Cícero, tendo descaradamente massacrado a Liberdade durante o tempo em que foi cônsul, deseja agora agravar a ofensa derrubando sua imagem...

Falou sobre cada calúnia que jamais havia sido lançada contra Cícero — a execução ilegal dos conspiradores de Catilina ("a sanção do Senado não é desculpa para a execução de cinco cidadãos sem julgamento"), vaidade ("se ele faz objeção a esse santuário, é principalmente por inveja, pois se considera o único deus merecedor de adoração") e sua incoerência política ("este é o homem cujo retorno deveria significar a restauração da autoridade senatorial, e no entanto seu primeiro ato é traí-la, ganhando poderes ditatoriais para Pompeu"). Sua fala não deixou de ter impacto. Teria funcionado bem no fórum. Mas fracassou inteiramente no que dizia respeito ao problema legal em questão: estava o santuário apropriadamente consagrado ou não?

Ele argumentou durante uma hora, e em seguida foi a vez de Cícero, e o fato de este ter sido obrigado a começar falando de improviso, defendendo seu apoio à comissão dos grãos de Pompeu, foi uma medida do quanto Clódio havia sido convincente. Somente depois de ter respondido a isso ele pôde passar a defender sua ideia principal: que o santuário não podia ser considerado consagrado porque Clódio não era legalmente um tribuno quando o dedicou. "Sua transferência de patrício a plebeu não foi sancionada por nenhum decreto deste colégio, foi homologada em desafio a todos os regulamentos pontifícios e deve ser considerada nula; e, se isso é inválido, todo seu tribunato torna-se igualmente." Era um território perigoso: todos sabiam que havia sido César quem organizara a adoção de Clódio como plebeu. Vi Crasso se inclinar para a frente, ouvindo atentamente. Percebendo o perigo e talvez se lembrando de sua promessa a César, Cícero deu uma guinada:

— Significa isto que estou dizendo que todas as leis de César são ilegais? De forma alguma; pois nenhuma delas afeta mais os meus interesses, afora as que foram dirigidas com intenção hostil contra minha própria pessoa.

Ele foi adiante, passando para um ataque aos métodos de Clódio, e nesse momento sua oratória ganhou impulso — seu braço estendido, seu dedo apontado para o inimigo, as palavras quase rolando de sua boca com paixão:

— Ah, abominável mancha de peste do Estado, prostituta pública! Que mal você sofreu nas mãos de minha infeliz esposa para importuná-la, saqueá-la e torturá-la tão brutalmente? Ou de minha filha, que perdeu seu amado esposo? Ou de meu filhinho, que ainda fica acordado chorando à noite? Mas não foi somente minha família que você atacou; você promoveu uma guerra implacável contra minhas próprias paredes e os batentes de minhas portas!

O verdadeiro golpe de misericórdia, no entanto, foi revelar as origens da estátua. Eu havia encontrado o operário que a instalara e descobrira que a peça tinha sido doada por Ápio, irmão de Clódio, que a trouxera de Tanagra, na Beócia, onde ela outrora havia decorado o túmulo de uma conhecida cortesã local.

A sala inteira caiu em ruidosa gargalhada quando Cícero revelou o fato.

— É essa, portanto, a ideia que ele faz da Liberdade: a imagem de uma cortesã, erigida sobre um túmulo estrangeiro, furtada por um ladrão e instalada novamente por uma mão sacrílega! E é *ela* que me expulsa de minha casa? Santos pais, essa propriedade não me pode ser retirada sem infligir desgraça ao Estado. Se acreditam que meu retorno a Roma foi uma fonte de prazer para os deuses imortais, para o Senado, para o povo romano e toda a Itália, então que sejam suas mãos que me reinstalem em minha casa.

Cícero se sentou ao som de intensos murmúrios de aprovação da distinta plateia. Olhei de relance para Clódio, que fitava mal-humorado o chão. Os pontífices se debruçaram para conferenciar. Crasso parecia ser o que mais falava. Tínhamos esperado uma decisão imediata. Mas Albinovano se empertigou e anunciou que o colégio precisaria de mais tempo para considerar o veredicto: ele seria transmitido ao Senado no dia seguinte. Foi um golpe. Clódio se levantou, inclinou-se para Cícero ao passar e sibilou, com um sorriso falso, alto o suficiente para que eu pudesse ouvir:

— Você morrerá antes que aquele lugar seja reconstruído.

E deixou câmara sem mais nenhuma palavra. Cícero fingiu que nada havia acontecido, demorando-se ali para conversar com muitos velhos amigos, e como resultado estivemos entre os últimos a deixar o prédio.

Do lado de fora da câmara havia um pátio contendo o famoso quadro branco em que, naquela época, o máximo pontífice, por tradição, publicava as notícias oficiais do Estado. Era ali que os agentes de César postavam seus *Comentários* e foi ali que encontramos Crasso parado — ostensivamente lendo o mais recente despacho, mas na verdade esperando para interceptar Cícero. Ele havia tirado seu barrete; aqui e ali, pequenos tufos de pelo marrom ainda estavam presos a seu crânio alto.

— Então, Cícero — disse ele a sua maneira perturbadoramente jovial —, ficou satisfeito com o efeito de seu discurso?

— Razoavelmente, obrigado. Mas minha opinião não tem nenhum valor. Cabe a você e a seus colegas decidirem.

— Ah, me pareceu bastante convincente. Só lamento que César não estivesse presente para ouvi-lo.

— Eu lhe enviarei uma cópia.

— Sim, não deixe de fazê-lo. Veja bem, ler é muito bom. Mas como iria ele *votar* nessa questão? É isso que tenho de decidir.

— E por que você tem de decidir isso?

— Porque ele deseja que eu atue como seu procurador e dê seu voto como me parecer adequado. Muitos colegas seguirão minha escolha, então é importante que eu acerte.

Ele arreganhou os dentes amarelos.

— Não tenho dúvida de que o fará. Bom dia para você, Crasso.

— Bom dia, Cícero.

Atravessamos o portão, Cícero praguejando baixinho, e tínhamos dado apenas alguns passos quando Crasso o chamou, apressando-se para nos alcançar.

— Uma última coisa — disse ele. — Tendo em vista as formidáveis vitórias que César conquistou na Gália, perguntei-me se você não faria a bondade de apoiar uma proposta no Senado para um período de celebração pública em honra a ele.

— De que importa que eu a apoie?

— Obviamente lhe daria maior peso, dada a história de suas relações com César. As pessoas notariam. E seria um gesto nobre de sua parte. Tenho certeza de que César iria apreciá-lo.

— Quanto tempo duraria esse período de celebrações?

— Ah... uns quinze dias já seriam suficientes.

— *Quinze dias?* Isso é quase duas vezes mais que o que foi votado para Pompeu por conquistar a Espanha.

— Sim, e seria possível sustentar que as vitórias de César na Gália são duas vezes mais importantes que as de Pompeu na Espanha.

— Não estou certo de que Pompeu concordaria.

— Pompeu precisa aprender que um triunvirato consiste em três homens, não em um — retrucou Crasso, enfático.

Cícero cerrou os dentes e se curvou.

— Seria uma honra.

— Eu sabia que você tomaria a atitude patriótica — disse Crasso, retribuindo a mesura.

NO DIA SEGUINTE, Spínter leu em voz alta a decisão dos pontífices para o Senado: a menos que Clódio pudesse fornecer prova escrita de que havia consagrado o santuário segundo instruções do povo romano, "o local pode ser devolvido a Cícero sem sacrilégio".

Um homem normal teria desistido naquele momento. Mas Clódio não era normal. Embora pudesse se fingir de plebeu, continuava sendo um Claudiano — uma família que se orgulhava de acossar seus inimigos até o túmulo. Primeiro ele mentiu e declarou a uma reunião do povo que o julgamento realmente fora em seu favor, convocando as pessoas para defender o santuário "delas". Depois, quando o cônsul nomeado Marcelino propôs uma moção ao Senado para restituir a Cícero suas três propriedades — em Roma, Túsculo e Fórmias, "com compensação suficiente para devolvê-las a seu estado anterior" —, Clódio tentou obstruir a sessão; teria conseguido se não tivesse sido silenciado pelos gritos de um Senado exasperado depois de passar três horas de pé. Mas suas táticas não foram inteiramente inúteis. Temendo antagonizar os plebeus, e para a consternação de Cícero, o Senado concordou em pagar uma compensação de apenas dois milhões de sestércios para reconstruir a casa no Palatino e apenas meio milhão e um quarto de milhão, respectivamente, para os reparos em Túsculo e Fórmias — muito abaixo dos custos reais.

Durante os dois anos anteriores, a maioria dos pedreiros e artesãos de Roma estivera empregada na imensa construção de prédios públicos no Campo de Marte empreendida por Pompeu. Com relutância — porque qualquer pessoa que tenha algum dia empregado pedreiros aprende depressa a nunca perdê-los de vista —, Pompeu concordou em transferir cem desses homens para Cícero. Os trabalhos para a reconstrução da casa no Palatino começaram imediatamente, e na primeira manhã de construção Cícero teve o prazer de brandir um machado na cabeça da Liberdade e despedaçá-la por completo, para depois encaixotar os restos e mandar que fossem entregues a Clódio com seus cumprimentos.

Eu sabia que Clódio agiria em retaliação, e uma manhã pouco depois, quando Cícero e eu trabalhávamos com alguns documentos no *tablinum* de Quinto, ouvimos o que pareciam ser passos pesados caminhando no telhado. Fui até a rua e tive sorte por não ser atingido na cabeça por tijolos, que naquele momento caíam do alto. Trabalhadores em pânico apareceram correndo na esquina e gritaram avisando que um bando de valentões de Clódio tinha invadido o terreno e estava demolindo as novas paredes, arremessando os escombros na casa de Quinto. Nesse exato momento, Cícero e Quinto saíram para ver qual era o problema, tendo mais uma vez que enviar um mensageiro para Milão, solicitando o auxílio de seus gladiadores. Ainda bem, porque mal o mensageiro partira houve uma série de clarões no céu, e tições acesos e pedaços de piche em chamas começaram a aterrissar por toda parte a nossa volta. Focos de incêndio apareceram no telhado. A família aterrorizada teve de ser evacuada, e todos, inclusive Cícero e até Terência, foram obrigados a trabalhar passando baldes d'água, apanhada nas fontes da rua, de mão em mão para tentar impedir que a casa viesse abaixo.

Felizmente para nós, Crasso, que tinha o monopólio dos serviços de combate ao fogo da cidade, estava em sua casa no Palatino. Ele ouviu a comoção, saiu à rua, viu o que estava acontecendo e se apresentou pessoalmente, numa túnica surrada e chinelos, com uma de suas equipes de escravos bombeiros arrastando um vagão de água equipado com bombas e mangueiras. Mas, se dependesse deles, a construção teria sido perdida; na verdade, o estrago causado pela água e pela fumaça tornaram o lugar inabitável, e tivemos de nos mudar de lá enquanto os reparos eram feitos. Carregamos nossa bagagem em carroças e, com a noite baixando, fomos até o vale do monte Quirinal para buscar refúgio temporário na casa de Ático, que ainda estava no Épiro. Sua casa estreita e velha era ótima para um velho solteirão de hábitos inalteráveis e moderados; era menos ideal para duas famílias com amplas criadagens e esposas beligerantes. Cícero e Terência decidiram dormir em cômodos separados da construção.

Oito dias mais tarde, quando caminhávamos pela via Sacra, ouvimos uma erupção de gritos e o som de pés correndo atrás de nós. Viramo-nos para ver Clódio e uma dúzia de seus seguidores ostentando porretes e até espadas, avançando a toda para nos atacar. Tínhamos a escolta usual de homens de Milão, que nos empurraram para a entrada da casa mais próxima. Em meio ao pânico deles, Cícero foi derrubado no chão, sofrendo um corte na cabeça e torcendo o tornozelo; quanto ao mais, ficou incólume. O espantado dono da casa onde nos refugiamos, Tétio Dâmio, nos acolheu e serviu uma taça de vinho, enquanto Cícero lhe falava calmamente sobre poesia e filosofia, até que fomos informados de que os agressores tinham sido repelidos e o trajeto estava livre; em seguida, ele fez seus agradecimentos e continuamos em nosso caminho para casa.

Cícero estava naquele estado de exaltação em que por vezes entramos quando escapamos por pouco da morte. Sua aparência, contudo, era outra coisa — estava mancando, com a testa ensanguentada, as roupas rasgadas e sujas —, e, no instante em que o viu, Terência deu um grito, chocada. De nada adiantou que Cícero protestasse que não era nada, que Clódio havia sido afugentado e que seu rebaixamento ao uso de táticas como aquelas mostrava o grau de desespero a que chegara: Terência não lhe dava ouvidos. O cerco, o incêndio e agora isso: ela insistiu que deviam todos sair de Roma imediatamente.

Cícero respondeu brandamente:

— Você está se esquecendo, Terência, que já tentei isso, e veja no que tal coisa resultou. Nossa única esperança é permanecer aqui e reconquistar nossa posição.

— E como você vai se haver, se não pode sequer andar em segurança por uma rua movimentada em plena luz do dia?

— Encontrarei uma maneira.

— E nesse ínterim, que vidas levaremos nós outros?

— Vidas normais! — gritou-lhe Cícero de repente. — Nós os derrotaremos levando vidas normais! Dormiremos juntos como marido e mulher, para começar.

Desviei os olhos, embaraçado.

— Deseja saber por que o mantenho fora de meu quarto? Então olhe! — exclamou Terência.

E, para o espanto de Cícero e certamente meu, a mais devota das matronas romanas começou a desatar o cinto de seu vestido. Chamou uma criada para ajudá-la. Virando as costas para o marido, ela abriu a veste, e a criada a baixou por suas costas da nuca até a base da coluna, expondo a carne pálida entre os ombros magros, que estava marcada com selvageria por pelo menos uma dúzia de vergões vermelhos lívidos.

Cícero observou as cicatrizes, paralisado.

— Quem fez isso com você?

Terência puxou o vestido de volta, e sua criada se ajoelhou para atar o cinto.

— Quem fez isso? — repetiu Cícero em voz baixa. — Clódio?

Ela se virou para encará-lo. Não havia lágrimas em seus olhos, eles estavam secos e ardendo em brasa.

— Seis meses atrás fui falar com a irmã dele, de mulher para mulher, para implorar em seu favor. Mas Clódia não é uma mulher: é uma Fúria. Ela me disse que eu mesma não passava de uma traidora, que minha presença profanava sua casa. Chamou seu administrador e mandou que ele me enxotasse da casa a chicotadas. Ela estava com suas amigas sórdidas. Todas riram de minha vergonha.

— *Sua* vergonha?! — exclamou Cícero. — A única vergonha é delas! Você devia ter me contado!

— Contado para *você*? Você, que cumprimentou Roma inteira antes de cumprimentar sua própria esposa? — Terência cuspia as palavras. — Você pode ficar aqui e morrer na cidade se assim deseja. Eu vou levar Túlia e Marco para Túsculo e ver que vidas podemos levar por lá.

Na manhã seguinte, ela e Pompônia partiram com as crianças, e, alguns dias mais tarde, em meio a um mútuo derramamento de lágrimas, Quinto também partiu para comprar grãos para Pompeu na Sardenha. Vagando a esmo pela casa vazia, Cícero estava constantemente consciente da ausência de todos. Disse-me que sentia cada golpe que Terência suportara como se fosse uma chicotada em suas próprias costas, que torturava seu cérebro para encontrar algum meio de vingá-la, mas que nenhum lhe surgia, até que certo dia, de forma inteiramente inesperada, o vislumbre de uma oportunidade se apresentou.

ACONTECEU QUE, POR volta dessa época, o eminente filósofo Díon de Alexandria foi assassinado em Roma enquanto estava sob o teto de seu amigo e anfitrião, Tito Copônio. O assassinato foi motivo de grande escândalo. Díon viera para a Itália supostamente sob proteção diplomática, como chefe de uma delegação de cem egípcios proeminentes para fazer uma petição ao Senado contra a restauração de seu faraó exilado, Ptolomeu XII, apelidado "O Flautista".

A suspeita recaiu, naturalmente, sobre o próprio Ptolomeu, que estava hospedado com Pompeu na propriedade rural deste nos montes Albanos. O faraó, odiado por seu povo pelos impostos que cobrava, oferecia a estupenda recompensa de seis mil talentos de ouro caso Roma assegurasse sua restauração, e o efeito desse suborno sobre o Senado foi tão digno quanto se uma pessoa rica tivesse jogado moedas a um grupo de mendigos esfomeados. Na acirrada competição pela honra de ser o responsável pelo retorno de Ptolomeu, emergiram três candidatos principais: Lêntulo Spínter, o cônsul viajante que deveria se tornar governador da Cilícia e, portanto, comandar legalmente um exército nas fronteiras do Egito; Marco Crasso, que ansiava por possuir a mesma riqueza e glória que Pompeu e César; e o próprio Pompeu, que fingia desinteresse pela comissão, mas que, nos bastidores, era o mais ativo dos três na tentativa de obtê-la.

Cícero não tinha nenhum desejo de se envolver. Nada no caso o atraía. Viu-se obrigado a apoiar Spínter, em agradecimento pelos esforços deste para pôr fim em seu exílio, e agiu discretamente nos bastidores a favor dele. Mas, quando Pompeu lhe pediu que fosse se encontrar com o faraó para discutir a morte de Díon, sentiu-se incapaz de recusar o apelo.

A última vez que Cícero visitara a casa havia sido quase dois anos antes, quando fora pedir ajuda para resistir aos ataques de Clódio. Naquela ocasião Pompeu havia fingido não estar em casa para evitar recebê-lo. A lembrança daquele ato covarde ainda me amargurava, mas Cícero se recusava a remoer o assunto.

— Se o fizer, ficarei ressentido, e um homem ressentido não faz mal a ninguém senão a si mesmo. Devemos olhar para o futuro.

Agora, enquanto percorríamos chocalhando o longo caminho até a vila, passamos por vários grupos de homens de pele cor de azeitona usando trajes exóticos e exercitando aqueles sinistros galgos amarelados de orelhas erguidas que os egípcios tanto amam.

Ptolomeu estava no átrio com Pompeu, à espera de Cícero. Era uma figura baixa, roliça e glabra, de pele escura, como seus cortesãos, e de fala tão baixa que o interlocutor precisava se inclinar para a frente para compreender o que ele dizia. Vestia uma toga no estilo romano. Cícero fez uma mesura e beijou-lhe a mão, e fui convidado a fazer o mesmo. Aqueles dedos perfumados eram gordos e macios como os de um bebê, mas notei, enojado, que as unhas eram quebradas e sujas. Observando timidamente tudo a seu redor, com os braços apertados na barriga de Ptolomeu, estava sua jovem filha. Tinha enormes olhos cor de carvão e uma boca pintada de rubi — uma máscara sem idade de mulher devassa já aos 11 anos, pelo menos é o que me parece agora, mas talvez eu esteja sendo injusto e permitindo que minha memória seja distorcida pelo que estava por vir, pois aquela era a futura rainha Cleópatra, que mais tarde causaria tantos transtornos.

Depois que as amabilidades foram trocadas e Cleópatra se afastara com as criadas, Pompeu foi direto ao ponto.

— Esse assassinato de Díon começa a se tornar embaraçoso, tanto para mim quanto para Sua Majestade. E agora, para coroar tudo, uma acusação de assassinato foi apresentada por Tito Copônio, anfitrião de Díon quando ele foi morto, e por seu irmão Caio. A coisa toda é ridícula, é claro, mas ao que parece eles não estão dispostos a ser demovidos.

— Quem é o acusado? — perguntou Cícero.

— Públio Asício.

Cícero parou para se lembrar do nome.

— Ele não é um dos administradores de sua propriedade?

— Sim. É isso que torna a coisa embaraçosa.

Cícero teve o tato de não perguntar se Asício era culpado ou não. Considerou a questão puramente como advogado. Disse a Ptolomeu:

— Até que essa questão se dissipe, eu aconselharia enfaticamente a Vossa Majestade ir para o mais longe de Roma possível.

— Por quê?

— Porque, se eu fosse os irmãos Copônio, a primeira coisa que faria seria emitir uma intimação convocando-o para depor.

— Eles podem fazer isso? — perguntou Pompeu.

— Podem tentar. Para poupar Sua Majestade do embaraço, eu o aconselharia a estar a quilômetros de distância quando a intimação for feita. Fora da Itália, se possível.

— Mas e quanto a Asício? — perguntou Pompeu. — Se ele for considerado culpado, poderia ficar muito mal para mim.

— Concordo.

— Então ele deve ser inocentado. Você vai assumir o caso? Assim espero. Eu veria isso como um favor.

Não era o que Cícero queria. Mas Pompeu era insistente, e, no fim das contas, como de costume, ele não teve opção senão aquiescer. Antes de sairmos, Ptolomeu, em sinal de agradecimento, presenteou Cícero com uma pequena e antiga estátua de jade de um babuíno, que explicou ser Hedj-Wer, o deus da escrita. Suponho que fosse muito valiosa, mas Cícero não a suportava.

— Que quero eu com os primitivos deuses de barro deles? — queixou-se para mim mais tarde, e deve tê-la jogado fora; nunca mais voltei a vê-la.

Asício, o acusado, foi falar conosco. Era um ex-comandante legionário que servira com Pompeu na Espanha e no Oriente. Parecia eminentemente capaz de assassinato. Mostrou a Cícero a intimação que recebera. A acusação era de que havia visitado a casa de Copônio de manhã cedo com uma falsa carta de apresentação. Díon estava no ato de abri-la quando Asício sacou de repente uma pequena faca que havia escondido na manga e apunhalou o velho filósofo no pescoço. Porém, o golpe não o matara imediatamente, e os gritos de Díon trouxeram correndo a criadagem. Segundo a intimação, Asício tinha sido reconhecido antes de conseguir abrir caminho para fora da casa a facadas.

Cícero não perguntou sobre a veracidade daquilo. Simplesmente informou Asício de que sua melhor chance de absolvição residia num bom álibi. Alguém teria de testemunhar que ele estava em sua companhia na hora do assassinato — e, quanto mais testemunhas ele pudesse apresentar e quanto menos ligação elas tivessem com Pompeu ou mesmo com Cícero, melhor.

— Isso é muito fácil — respondeu Asício. — Tenho o sujeito ideal à disposição: um homem que está sabidamente em maus termos com Pompeu e com você mesmo.

— Quem?

— Seu antigo protegido, Célio Rufo.

— Rufo? Que faz ele metido nessa questão toda?

— Isso importa? Ele vai jurar que eu estava em sua companhia na hora em que o velho foi morto. E atualmente ele é senador, não se esqueça... A palavra dele tem peso.

Eu tivera certa esperança de que Cícero pedisse a Asício que encontrasse outro advogado, tal sua aversão por Rufo. Mas, para minha surpresa, ele falou:

— Muito bem, diga-lhe que venha falar comigo, e vamos apresentá-lo.

Depois que Asício saiu, Cícero me perguntou:

— Rufo é um grande amigo de Clódio, não é? Não mora num dos apartamentos dele? Na verdade, Clódia não é amante dele?

— Sem dúvida era.

— Foi o que pensei. — A menção a Clódia o deixou pensativo. — Mas então o que Rufo está fazendo ao oferecer um álibi a um agente de Pompeu?

Mais tarde nesse mesmo dia, Rufo chegou a casa. Aos 25 anos, ele era o mais jovem integrante do Senado, muito ativo nos tribunais. Foi estranho vê-lo entrar com um ar arrogante usando a toga listrada de púrpura de senador. Apenas nove anos antes, ele fora aluno de Cícero. Mas depois havia se voltado contra o antigo mentor e acabara por derrotá-lo no tribunal ao processar o colega consular de Cícero, Híbrida. Cícero poderia tê-lo perdoado por isso — sempre gostava de ver a ascensão de um jovem como advogado —, mas a amizade com Clódio fora traição demais. Assim sendo, ele o cumprimentou muito friamente e fingiu ler vários documentos enquanto Rufo ditava sua declaração para mim. Porém, Cícero devia estar ouvindo atentamente, pois, quando Rufo descreveu como estava recebendo Asício em sua casa no momento do crime e deu como endereço uma propriedade no Esquilino, Cícero ergueu os olhos de súbito e perguntou:

— Mas você não aluga uma propriedade de Clódio no Palatino?

— Eu me mudei — respondeu Rufo com displicência, mas havia algo de negligente demais em seu tom, e Cícero o detectou de imediato.

Ele apontou o dedo para o jovem e disse:

— Vocês brigaram.

— De maneira alguma.

— Você brigou com aquele demônio e a peste da irmã dele. Por isso está fazendo esse favor a Pompeu. Você sempre foi o mais inábil dos mentirosos, Rufo. Vejo através de você tão claramente como se fosse feito de água.

Rufo riu. Ele tinha um grande charme natural: diziam que era o jovem mais bonito de Roma.

— Você parece esquecer que não moro mais em sua casa, Marco Túlio. Não tenho de lhe dar nenhuma satisfação de minhas amizades. — Levantou-se sem esforço. Era também muito alto. — Agora dei um álibi a seu cliente, como me foi solicitado, e nosso negócio aqui está concluído.

— Nosso negócio estará concluído quando eu disser que está — gritou-lhe Cícero, animado.

Não se deu ao trabalho de se levantar. Levei Rufo até a porta, e, quando voltei, ele ainda sorria.

— Era isso que eu esperava, Tiro. Consigo sentir. Ele se desentendeu com aqueles dois monstros, e, se for esse o caso, eles não vão descansar enquanto não o destruírem. Precisamos fazer indagações pela cidade. Discretamente. Subornar algumas pessoas, se for preciso. Mas temos de descobrir por que Rufo saiu daquela casa!

O JULGAMENTO DE Asício foi encerrado no dia em que começou. O caso se reduziu à palavra de alguns escravos domésticos contra a de um senador, e, após ouvir o testemunho de Rufo, o pretor instruiu o júri a absolver o acusado. Essa foi uma das muitas vitórias legais de Cícero após seu retorno, e logo ele se tornou muito requisitado, comparecendo ao fórum na maioria dos dias, tal como em seu apogeu.

Durante essa época, a violência em Roma se agravou. Em alguns dias os tribunais não podiam realizar sessões por causa dos riscos à segurança pública. Alguns dias após atacar Cícero na via Sacra, Clódio e seus seguidores investiram contra a casa de Milão, tentando incendiá-la. Os gladiadores os expulsaram e retaliaram ocupando as cabines de votação no Campo de Marte numa vã tentativa de impedir a eleição de Clódio como edil.

Cícero percebeu a oportunidade no caos. Um dos novos tribunos, Cânio Galo, apresentou um projeto ao povo exigindo que apenas Pompeu fosse encarregado de devolver o trono do Egito a Ptolomeu. O projeto enfureceu Crasso de tal maneira que ele chegou a pagar Clódio para que organizasse uma campanha contra Pompeu. E, quando Clódio por fim se tornou edil, usou seus poderes como magistrado para convocar Pompeu a depor numa ação que promoveu contra Milão.

A audiência ocorreu no fórum, diante de muitos milhares de pessoas. Eu assisti a ela com Cícero. Pompeu subiu à rostra, mas mal havia pronunciado algumas frases quando os partidários de Clódio começaram a abafar sua voz com vaias e palmas lentas. Houve um quê de heroísmo na maneira como Pompeu simplesmente baixou os ombros e continuou lendo seu texto, embora ninguém pudesse ouvi-lo. Isso deve ter se prolongado por uma hora ou mais, até que Clódio, parado a poucos passos dele sobre a rostra, começou realmente a incitar a multidão contra Pompeu.

— Quem está matando o povo de fome? — gritou ele.

— Pompeu! — bradaram seus seguidores.

— Quem quer ir para Alexandria?

— Pompeu!

— Quem vocês querem que vá?

— Crasso!

Pompeu parecia ter sido atingido por um raio. Nunca havia sido insultado de tal maneira. A multidão passou a ondular como um mar tempestuoso, os lados se empurrando mutuamente, com pequenos redemoinhos de tumulto eclodindo aqui e ali. De repente, do fundo, surgiram escadas que foram passadas rapidamente sobre as cabeças até chegarem à frente, então as apoiaram na rostra, e um grupo de arruaceiros começou a escalá-las — arruaceiros de Milão, ao que parecia, pois assim que chegaram à plataforma eles investiram contra Clódio e o arremessaram de lá, de uns três metros de altura, sobre os espectadores. Houve aplausos e gritos. Não vi o que aconteceu depois, porque os criados de Cícero nos empurraram para fora do fórum, para longe do perigo, mas soubemos mais tarde que Clódio tinha escapado incólume.

Na noite seguinte, Cícero saiu para jantar com Pompeu e voltou para casa esfregando as mãos de prazer.

— Bem, se eu não estiver enganado, este é o começo do fim do nosso chamado triunvirato, pelo menos no que diz respeito a Pompeu. Ele jura que Crasso está por trás de um complô para assassiná-lo, diz que jamais voltará a confiar nele, ameaça que, se necessário, César terá de retornar a Roma para responder pelo dano que causou ao criar Clódio em primeiro lugar e destruir a constituição. Eu nunca o vi tão furioso. Quanto a mim, não poderia ter sido mais simpático, me assegurando de que, seja o que for que eu faça, posso contar com o apoio dele.

"Mas, melhor ainda que isso... depois de entornar vários copos, ele finalmente me contou por que Rufo passou para o outro lado. Eu estava certo: houve uma tremenda briga entre ele e Clódia... tanto que ela afirma que ele tentou envenená-la! Naturalmente, Clódio tomou o partido da irmã, expulsou Rufo da casa e cobrou suas dívidas. Dessa forma, Rufo teve de se voltar para Pompeu, na esperança de que algum ouro egípcio pague o que ele deve. Não é maravilhoso?

Concordei, embora não pudesse entender por que aquilo lhe proporcionava tamanho êxtase de alegria.

— Traga-me a lista dos pretores, depressa! — exclamou Cícero.

Fui pegar a relação dos processos judiciais que deveriam ser julgados durante os sete dias seguintes. Cícero pediu que eu visse quando seria a próxima aparição de Rufo. Corri o dedo pelos vários tribunais e casos até encontrar o nome. Estava previsto que ele iniciaria um processo no tribunal constitucional por suborno dentro de cinco dias.

— A quem ele está processando?

— Béstia.

— Béstia! Aquele bandido!

Cícero se reclinou no sofá em sua postura costumeira de quando maquinava um plano, as mãos unidas atrás da cabeça, contemplando o teto. L. Calpúrnio Béstia era um velho inimigo seu, um dos tribunos domesticados de Catilina, que tivera a sorte de não ser executado por traição com seus cinco colegas conspiradores. No entanto, lá estava ele, claramente ainda ativo na vida pública, sendo processado por comprar votos nas recentes eleições pretorianas. Perguntei-me que interesse Béstia poderia ter para Cícero e, após um longo período em que ele se manteve em silêncio, aventurei-me a lhe perguntar.

Sua voz pareceu vir de muito longe, como se eu o tivesse interrompido de um sonho.

— Eu só estava pensando — disse, devagar — que poderia me oferecer para defendê-lo.

V

Na manhã seguinte, Cícero foi visitar Béstia, levando-me junto. O velho trapaceiro tinha uma casa no Palatino. A reação em seu rosto à chegada de Cícero foi cômica, tamanha sua surpresa. Ele tinha o filho ao lado, Atratino, um rapaz inteligente que tinha acabado de vestir a toga da masculinidade e estava ansioso para começar a própria carreira. Quando Cícero anunciou que desejava discutir o iminente processo contra ele, Béstia naturalmente supôs que estava prestes a receber outra ordem judicial e se portou de forma bastante ameaçadora. Só foi persuadido a se sentar e ouvir o que seu ilustre visitante tinha a dizer com a intervenção do rapaz, que estava deslumbrado com Cícero.

— Vim aqui oferecer meus serviços em sua defesa — disse meu amo.

— E por que, em nome dos deuses, você faria isso? — perguntou Béstia, surpreso.

— Eu me comprometi a me apresentar mais tarde este mês em defesa de Públio Séstio. É verdade que você salvou a vida dele durante a luta no fórum quando eu estava no exílio?

— Sim, é verdade.

— Pois bem, Béstia, o acaso desta vez nos coloca do mesmo lado. Se eu o representar, poderei descrever o incidente com mais detalhes, o que me ajudará a estabelecer as bases para a defesa de Séstio, que será ouvida pelo mesmo tribunal. Quem são seus outros advogados?

— Herênio Balbo para começar e, em seguida, meu filho aqui.

— Ótimo. Então com sua concordância falarei em terceiro lugar e farei o encerramento, como costumo preferir. Vou preparar um belo espetáculo, não se preocupe. Deveríamos ter a coisa toda preparada em um ou dois dias.

Àquela altura, Béstia passara de uma atitude de profunda desconfiança para uma quase incapacidade de acreditar em sua sorte ao ver que o melhor advogado em Roma estava disposto a falar em seu favor. E, quando Cícero entrou no tribunal uns dois dias depois, seu aparecimento provocou suspiros de surpresa. Rufo em particular ficou atordoado. O próprio fato de Cícero, entre todas as pessoas, aparecer agora como defensor de Béstia — que outrora tramara para assassiná-lo — praticamente assegurava sua absolvição. E foi o que se verificou. Cícero fez um eloquente discurso, o júri votou, e Béstia foi declarado inocente.

Enquanto o tribunal se levantava, Rufo se aproximou de Cícero. Seu charme habitual havia desaparecido. Ele estivera contando com uma vitória fácil; em vez disso, sua carreira fora posta em xeque.

— Bem, espero que esteja satisfeito, embora um triunfo como esse não lhe proporcione nada senão desonra — disse ele com ressentimento.

— Meu caro Rufo — respondeu Cícero —, você não aprendeu nada? Não há mais honra numa disputa legal que numa partida de luta romana.

— O que *aprendi*, Cícero, é que você ainda guarda rancor de mim e nada o deterá em sua busca de vingança contra seus inimigos.

— Ó meu querido, pobre rapaz, eu não considero *você* meu inimigo. Você não é importante o suficiente. Tenho peixes maiores para apanhar.

Isso realmente enfureceu Rufo.

— Bem, você pode dizer ao seu cliente que, se ele insistir em continuar candidato, apresentarei uma segunda acusação contra ele amanhã. E, da próxima vez que você se levantar em defesa dele, se ousar, eu o aviso: estarei à sua espera!

Ele cumpriu com a palavra: pouquíssimo tempo depois, Béstia e o filho levaram outra ordem judicial para mostrar a Cícero. Esperançoso, Béstia indagou:

— Você me defenderá de novo, não é?

— Ah, não, isso seria muito insensato. Não se pode fazer a mesma surpresa duas vezes. Não, infelizmente não posso ser seu advogado de novo.

— Então o que devo fazer?

— Bem, vou lhe dizer o que *eu* faria no seu lugar.

— E o que seria?

— Eu moveria uma contrademanda contra ele.

— Pelo quê?

— Violência política. Isso tem precedência sobre casos de suborno. Portanto, você terá a vantagem de submetê-lo a julgamento primeiro, antes que ele consiga levá-lo ao tribunal.

Béstia conferenciou com o filho.

— Isso me parece interessante — comentou. — Mas posso realmente mover uma ação contra ele? Rufo de fato cometeu violência política?

— Mas é claro — disse Cícero. — Não ouviram falar? Ele esteve envolvido no assassinato de vários daqueles emissários egípcios. Pergunte pela cidade e vai encontrar muita gente disposta a contar histórias. Há um homem em particular que deveria procurar, embora, é claro, você nunca tenha ouvido esse nome de mim. Entenderá por que assim que eu o disser. Você deveria conversar com Clódio ou, melhor ainda, com aquela irmã dele. Ouvi dizer que Rufo era amante dela, e, quando seu ardor esfriou, ele tentou se livrar dela com veneno. Você sabe como é aquela família... Eles gostam de uma vingança. Você deveria permitir que eles se unam à sua demanda. Com os Claudianos a seu lado, você será invencível. Mas lembre-se: você nunca ouviu nada disso de mim.

Eu havia trabalhado muito próximo de Cícero por vários anos. Estava acostumado a suas artimanhas engenhosas. Não o considerava mais capaz de me surpreender. Aquele dia provou que eu estava errado.

Béstia agradeceu profusamente, jurou discrição e se retirou bastante disposto. Alguns dias depois, uma notícia de processo foi postada no fórum: ele e Clódio tinham combinado forças para acusar Rufo tanto dos ataques aos emissários de Alexandria quanto da tentativa de assassinato de Clódia. A notícia causou grande comoção. Quase todos acreditavam que Rufo seria considerado culpado e condenado ao exílio vitalício e que a carreira do mais jovem senador de Roma estava encerrada.

Quando lhe mostrei a lista de acusações, Cícero disse:

— Ah, não! Pobre Rufo. Ele deve estar se sentindo muito desgraçado. Acho que deveríamos lhe fazer uma visita e animá-lo.

E assim partimos para encontrar a moradia que Rufo estava alugando. Cícero, que aos 50 anos começava a sentir rigidez em seus membros em manhãs frias de inverno, tomou uma liteira, enquanto eu caminhava a seu lado. Descobrimos que Rufo residia no segundo pavimento de uma construção na área menos elegante do Esquilino, não muito distante da porta onde os agentes funerários se ocupam de seu ofício. A iluminação era parca mesmo ao meio-dia, e Cícero teve de pedir aos escravos que acendessem velas. À luz pálida, descobrimos o amo deles num sono embriagado, enroscado num sofá sob uma pilha de cobertores. Ele gemeu, virou-se para o outro lado e suplicou que o deixassem em paz, mas Cícero puxou-lhe as cobertas e ordenou-lhe que se levantasse.

— Para quê? Estou acabado!

— Você não está acabado. Muito pelo contrário: nós temos aquela mulher exatamente onde a queremos.

— Nós? — repetiu Rufo, olhando de soslaio para Cícero com olhos injetados. — Quando você diz "nós", por acaso indica que está do meu lado?

— Não apenas de seu lado, meu caro Rufo. Eu vou ser seu advogado!

— Espere — disse Rufo. Ele tocou levemente a própria testa, como se verificasse se ainda estava intacta. — Espere um instante... Você *planejou* tudo isto?

— Considere-se como tendo recebido uma educação política. E agora vamos concordar em deixar todas as nossas desavenças para trás e nos concentrar em derrotar nosso inimigo comum.

Rufo começou a praguejar. Cícero ouviu por algum tempo, depois o interrompeu.

— Vamos, Rufo. Este é um bom negócio para nós dois. Você vai se livrar daquela megera de uma vez por todas e eu vou reparar a honra de minha esposa.

Cícero estendeu a mão. A princípio, Rufo recuou. Fez beicinho, balançou a cabeça e resmungou. Mas então deve ter compreendido que não tinha escolha. Fosse como fosse, acabou por estender a mão, e Cícero a cumprimentou calorosamente. Com isso, a armadilha que ele havia armado para Clódia se fechou.

O JULGAMENTO FOI marcado para o início de abril, o que significava que iria coincidir com a abertura do festival da Grande Mãe, com sua famosa parada de homens santos castrados. Mesmo assim, não houve dúvida de qual seria a maior atração, especialmente quando o nome de Cícero foi anunciado como um dos advogados de Rufo. Os outros seriam o próprio Rufo e Crasso, em cuja casa Rufo também fora estagiário quando jovem. Tenho certeza de que Crasso teria preferido não prestar tal serviço para seu ex-protegido, especialmente dada a presença de Cícero no banco a seu lado, mas as regras do patronato o punham sob forte obrigação. Do outro lado, mais uma vez, estavam o jovem Atratino e Herênio Balbo — ambos furiosos com a duplicidade de Cícero, não que este se importasse com a opinião deles — e Clódio, representando os interesses da irmã. Sem dúvida também ele teria preferido estar nas festividades da Grande Mãe, que, como edil, deveria supervisionar, mas não poderia se furtar ao julgamento quando a honra da família estava em jogo.

Cultivo com carinho minhas lembranças de Cícero nessa época, nas semanas anteriores ao julgamento de Rufo. Ele parecia mais uma vez segurar todos os fios da própria vida nas mãos, tal como em seu apogeu. Estava atuando ativamente nos tribunais e no Senado. Saía para jantar com os amigos. Até se mudou de volta para sua casa no Palatino. Ela não estava inteiramente terminada — o lugar ainda fedia a cal e tinta, e operários carregavam barro do jardim para dentro —, mas Cícero estava tão encantado de estar de volta a sua casa que não se importava. Seus móveis e livros foram retirados do depósito, os deuses do lar foram postos no altar, e Terência foi chamada de volta de Túsculo com Túlia e Marco.

A mulher de Cícero entrou na casa com cautela e passeou entre os cômodos torcendo o nariz com nojo do cheiro pungente de reboco fresco. Para começar, ela jamais gostara muito daquele lugar, e não estava prestes a mudar de opinião. Mas Cícero a convenceu a ficar.

— Aquela mulher que causou tanto sofrimento a você jamais lhe fará mal de novo. Ela pode ter posto a mão em você, mas prometo: vou esfolá-la viva.

Além disso, para sua grande satisfação, depois de dois anos de separação, ele soube que Ático finalmente voltara do Épiro. Assim que chegou aos portões da cidade, ele foi direto inspecionar a casa reconstruída de Cícero. Ao contrário de Quinto, Ático não havia mudado nada: seu sorriso continuava igualmente constante; seu charme, igualmente exagerado — "Tiro, *meu querido companheiro*, eu lhe sou *muitíssimo* grato por cuidar de meu mais velho amigo de forma tão *devotada*"; sua figura, igualmente bem arrumada; seu cabelo grisalho, igualmente macio e com um belo corte. A única diferença era que agora ele arrastava ao lado uma jovem tímida, pelo menos trinta anos mais nova que ele, que apresentou a Cícero como... sua noiva! Pensei que meu amo pudesse desmaiar com surpresa. O nome dela era Pília. Era de uma família obscura sem nenhum dinheiro e tampouco tinha alguma beleza especial — era apenas uma camponesa tranquila e despretensiosa. Mas Ático estava enfeitiçado. A princípio, Cícero ficou extremamente desconcertado.

— É ridículo! — resmungou ele para mim quando o casal foi embora. — Ático é três anos mais velho que eu! Ele está procurando uma mulher ou uma enfermeira?

Suspeito que Cícero estava ofendido sobretudo porque Ático nunca a havia mencionado, além de temeroso de que ela pudesse perturbar a intimidade da amizade dos dois. Mas era tão óbvio que Ático estava feliz e Pília era tão modesta e alegre, que Cícero logo se afeiçoou, e por vezes eu o via fitando-a de uma maneira quase melancólica, especialmente quando Terência agia de modo rabugento.

Pília logo se tornou uma grande amiga e confidente de Túlia. As duas tinham a mesma idade e temperamentos parecidos, e eu as via muitas vezes caminhando juntas, de mãos dadas. A essa altura fazia um ano que Túlia estava viúva e, encorajada por Pília, declarava agora estar pronta para aceitar um novo marido. Cícero fez indagações sobre um partido adequado e logo propôs Fúrio Crassípede — um jovem e bem-apessoado aristocrata, de uma família antiga mas pouco importante, ansioso por uma carreira como senador. Ele também havia herdado recentemente uma bela casa e um parque pouco além dos muros da cidade. Túlia pediu minha opinião.

— O que penso não importa — respondi. — A questão é: você gosta dele?

— Acho que sim.

— Você *acha* que gosta ou tem certeza?

— Tenho certeza.

— Então isso é o suficiente.

Na verdade, eu pensava que Crassípede estava mais enamorado da ideia de ter Cícero como sogro do que de ter Túlia como esposa. Mas guardei essa opinião para mim. O dia do casamento foi marcado.

Quem conhece os segredos do casamento de outra pessoa? Eu certamente não. Cícero, por exemplo, por muito tempo se queixara para mim da rabugice de Terência, de sua obsessão por dinheiro, de seu supersticiosidade, de sua frieza e de sua grosseria. No entanto, todo aquele elaborado espetáculo jurídico que estava prestes a ser encenado no centro de Roma era dedicado a ela — a maneira que ele encontrara para se redimir por todos os danos que ela havia sofrido por causa do fracasso da carreira dele. Pela primeira vez no longo casamento dos dois, ele depositava aos pés da esposa o maior presente que tinha para lhe oferecer: sua oratória.

Não que ela quisesse ouvi-lo, veja bem. Terência raramente o ouvira falar em público, inclusive nunca nos tribunais, e não tinha nenhum desejo de começar agora. Foram necessárias quantidades consideráveis da eloquência de Cícero apenas para persuadi-la a sair de casa e ir até o fórum na manhã em que ele falaria.

Naquela altura o julgamento estava em seu segundo dia. A promotoria já havia apresentado seus argumentos, Rufo e Crasso haviam respondido, e só restava o discurso de Cícero a ser ouvido. Ele ouviu os outros discursos com mal disfarçada impaciência; os detalhes do caso lhe eram irrelevantes, e os advogados o tinham entediado. Atratino, com sua voz desconcertantemente aguda, retratara Rufo como um libertino, viciado em prazeres, mergulhado em dívidas, "um Jasão bonitinho na eterna busca pelo velocino de ouro", que fora pago por Ptolomeu para intimidar os emissários alexandrinos e armar o assassinato de Díon. Clódio havia falado em seguida e descrevera como sua irmã, "essa viúva casta e distinta", havia sido astutamente induzida por Rufo a lhe dar ouro graças à bondade de seu coração — dinheiro que ela pensara ser para financiar entretenimento público, mas que ele tinha usado para subornar os assassinos de Díon — e como Rufo havia em seguida fornecido veneno aos escravos dela para matá-la e assim acobertar as evidências. Crasso, à sua maneira laboriosa, e Rufo, com típica verve, refutaram cada uma das acusações. Mas a opinião preponderante era de que a promotoria defendera bem a tese e que o jovem provavelmente seria considerado culpado. Tal era a situação quando Cícero chegou ao fórum.

Conduzi Terência até seu lugar enquanto ele abria caminho entre os milhares de espectadores e subia os degraus do templo até o tribunal. Setenta e cinco jurados foram selecionados. Ao lado deles sentava-se o pretor Domício Calvino, com seus lictores e escribas. À esquerda estava a promotoria, com suas testemunhas dispostas atrás. E, na fileira da frente, vestida com modéstia mas atraindo todas as atenções, estava Clódia. Ela estava com quase 40 anos, porém continuava bonita, uma grande dama com seus famosos e enormes olhos escuros que podiam convidar a intimidade num momento e ameaçar uma vida no seguinte. Era conhecida por ser excessivamente próxima de Clódio — a tal ponto que foram com frequência acusados de incesto. Vi sua cabeça se virar ligeiramente para acompanhar a caminhada de Cícero conforme ele se dirigia a seu lugar. Sua expressão era de desdenhosa indiferença. Mas ela devia estar se perguntando o que estava por vir.

Cícero ajustou as pregas de sua toga. Não carregava nenhuma anotação. Um silêncio caiu sobre a vasta aglomeração. Ele lançou um olhar para Terência. Depois se virou para o júri.

— Cavalheiros, alguém que não conheça nossas leis e costumes poderia se perguntar por que estamos aqui, durante um festival público, quando todos os outros tribunais estão suspensos, para julgar um jovem conhecido pelo trabalho árduo e pelo intelecto brilhante... especialmente quando se constata que ele está sendo atacado por uma pessoa a quem processou anteriormente e pela fortuna de uma cortesã.

Nesse instante, um bramido sacudiu o fórum, como o som emitido pela multidão no início dos jogos quando um gladiador famoso faz sua primeira investida. Foi isso que vieram ver! Clódia olhava para a frente, como se tivesse sido transformada em mármore. Tenho certeza de que ela e Clódio jamais teriam movido seu processo se lhes tivesse ocorrido que corriam algum risco de ter Cícero contra eles, mas não havia mais saída.

Tendo estabelecido um prenúncio do que estava por vir, Cícero passou então a reunir as evidências de que dispunha. Evocou uma imagem de Rufo que era irreconhecível para aqueles de nós que o conhecíamos — de um sóbrio e diligente servidor da comunidade cujo principal infortúnio era ter "nascido não feio" e assim ter despertado a atenção de Clódia, "A Medeia do Palatino", para cuja vizinhança tinha se mudado. Postou-se atrás de Rufo, que estava sentado, e apertou seu ombro.

— Sua mudança de residência foi para este jovem a causa de todos os seus infortúnios e de toda a intriga, pois Clódia é uma mulher não apenas de berço nobre, mas de notoriedade, sobre quem não direi mais que o necessário para refutar as acusações.

Fez uma pausa para deixar a sensação de expectativa se acumular.

— Agora, como muitos de vocês devem saber, estou em termos de grande inimizade pessoal com o marido desta mulher... — Ele parou e estalou os dedos, exasperado. — Quis dizer irmão. Eu sempre me confundo.

Seu senso de oportunidade foi perfeito, e ainda hoje pessoas que não sabem mais nada a respeito de Cícero repetem essa piada. Quase todos em Roma sentiram a arrogância dos Claudianos em algum momento ao longo dos anos; vê-los ridicularizados era irresistível. Foi maravilhoso contemplar o efeito disso não somente sobre o público, mas sobre o júri e até sobre o pretor.

Terência se virou para mim, perplexa.

— Por que todos estão rindo?

Eu não soube o que responder.

Quando a ordem foi restaurada, Cícero continuou, com ameaçadora cordialidade:

— Bem, eu realmente lamento muito ter feito dessa mulher uma inimiga, em especial porque ela é amiga de todos os outros homens. Portanto, deixem-me primeiro lhe perguntar se ela prefere que eu a trate severamente, à maneira antiga, ou suavemente, à maneira moderna?

E em seguida, para o evidente horror de Clódia, Cícero começou de fato a atravessar o tribunal em sua direção. Ele estava sorrindo e com a mão estendida, convidando-a a escolher — o tigre brincando com sua presa. Parou a pouco mais de um passo dela.

— Se preferir o velho método, terei de chamar dos mortos um daqueles homens barbudos da Antiguidade para repreendê-la...

Refleti muitas vezes sobre o que Clódia deveria ter feito naquele momento. Pensando bem, creio que sua melhor saída teria sido rir junto com Cícero — tentar conquistar a simpatia da multidão com alguma pantomima que teria mostrado que estava entrando no espírito da brincadeira. Mas ela era uma Claudiana. Nunca antes alguém ousara rir dela abertamente, muito menos o povo comum no fórum. Estava indignada, provavelmente em pânico, e assim reagiu da pior maneira possível: virou as costas para Cícero como uma criança amuada.

Ele deu de ombros.

— Muito bem, vamos chamar um membro da própria família dela. Para ser específico, Ápio Cláudio, o Cego. Ele não sentirá o menor pesar, pois não será capaz de vê-la. Se ele aparecesse, eis o que iria dizer...

E, nesse momento, Cícero se dirigiu a ela com uma voz fantasmagórica, os olhos fechados e os braços levantados e esticados para a frente; até Clódio começou a rir.

— Ó mulher, que tens a ver com Rufo, esse rapaz que é jovem o bastante para ser teu filho? Por que foste ou tão íntima dele a ponto de dar-lhe ouro, ou provocaste tamanho ciúme a ponto de justificar a administração de veneno? Por que Rufo era tão intimamente ligado a ti? Acaso ele é um parente de sangue? Ou por casamento? Um amigo de teu finado marido? Nada disso! Que poderia ter havido então entre vós senão insensata paixão? Ó desgraça! Foi para isto que eu trouxe água para Roma, para que tu a pudesses usar após tuas incestuosas orgias? Foi para isto que construí a via Ápia, para que pudesses frequentá-la com um cortejo de maridos de outras mulheres?

Com isso, o fantasma do velho Ápio Cláudio evaporou, e Cícero se dirigiu às costas voltadas de Clódia com sua voz normal.

— Mas, se você prefere um parente mais simpático, vamos falar com a voz de seu irmão mais moço ali, que a ama *muito* intensamente... que, como um menino, de fato, sendo de uma disposição nervosa e sujeito a terrores noturnos, sempre teve o costume de se enfiar na cama com a irmã mais velha. Imagine-o lhe dizendo: Que motivo temos para nos preocupar, irmã? — começou Cícero, imitando à perfeição a elegante postura relaxada de Clódio e sua fala arrastada de plebeu. — Que importância tem se você gostou de um sujeito jovem? Ele era bonito. Era alto. Você nunca se cansava dele. Você sabia que tinha idade o bastante para ser mãe dele. Mas você era rica. Por isso lhe comprava coisas de modo a garantir a afeição. Não durou muito. Ele a chamou de bruxa. Bem, esqueça-o... Basta você encontrar outro, ou dois, ou dez. É isso que você costuma fazer, afinal.

Clódio não estava mais rindo. Ele olhou para Cícero como se estivesse com vontade de escalar os bancos do tribunal e estrangulá-lo. Mas o público sem dúvida estava rindo. Olhei à minha volta e vi homens e mulheres com lágrimas escorrendo pelas faces. A empatia é a essência da arte do orador. Cícero tinha aquela imensa multidão inteiramente do seu lado e, depois que a havia feito rir com ele, foi fácil fazê-la compartilhar sua indignação quando avançou para dar o bote.

— Estou esquecendo agora, Clódia, as ofensas que você me fez; estou pondo de lado a lembrança do que sofri; passo por cima de suas ações cruéis em relação à minha família durante minha ausência; mas uma coisa eu lhe peço: se uma mulher sem marido abre sua casa para os desejos de todos os homens e leva publicamente uma vida de cortesã; se ela tem o hábito de comparecer a jantares com homens que são perfeitos estranhos; se faz isso em Roma, em seu parque além dos muros da cidade, e em meio a todas aquelas multidões na baía de Nápoles; se seus abraços e carícias, suas festas na praia, na água, seus jantares, proclamam que ela não apenas é uma cortesã, mas uma cortesã desavergonhada e devassa; caso ela faça tudo isso, e um rapaz seja descoberto tendo relações com essa mulher, deveria ele ser considerado o corruptor ou o corrompido, o sedutor ou o seduzido?

"Toda essa acusação provém de uma casa hostil, infame, cruel, manchada pelo crime, manchada pela lascívia. Uma libertina instável e furiosa forjou essa acusação. Cavalheiros do júri: não permitam que Marco Célio Rufo seja sacrificado à luxúria dela. Se devolverem Rufo em segurança para mim, para a família dele, para o Estado, encontrarão um homem compromissado, devoto e fiel a vocês e a seus filhos; e serão vocês acima de tudo, cavalheiros, a colher os ricos e duradouros frutos de todos os esforços e labores dele."

E com isso o discurso estava terminado. Por um momento Cícero permaneceu ali — uma das mãos estendida para o júri, a outra para Rufo —, e fez-se silêncio. Em seguida, uma grande força subterrânea pareceu se elevar de baixo do fórum, e no instante seguinte o ar começou a tremer conforme vários milhares de pares de pés batiam no chão, a multidão rugindo sua aprovação. Alguém começou a apontar repetidamente para Clódia e gritar:

— Puta! Puta! Puta! — E muito rapidamente o canto foi acompanhado por todos à nossa volta, os braços se estendendo sem parar. — Puta! Puta! Puta!

Clódia olhava para esse mar de ódio com um rosto inexpressivo de incredulidade. Não parecia notar que seu irmão atravessara o tribunal e estava parado a seu lado. Mas nesse momento Clódio segurou o cotovelo dela, e isso pareceu arrancá-la do devaneio. Ela ergueu o olhar para ele e finalmente, após alguma suave persuasão, permitiu que a conduzisse para fora da plataforma e da vista de todos, para mergulhar numa obscuridade da qual é justo dizer que nunca voltou a emergir em vida.

ASSIM CÍCERO LEVOU a cabo sua vingança de Clódia e reivindicou seu lugar como a voz dominante em Roma. Nem é preciso acrescentar que Rufo foi absolvido e que o ódio de Clódio por Cícero foi redobrado.

— Um dia — sibilou ele — você ouvirá um som às suas costas, e, quando se virar, eu estarei lá, eu juro.

Cícero riu da ameaça direta, sabendo que ele era popular demais para que Clódio se atrevesse a atacá-lo — pelo menos por enquanto. Quanto a Terência, apesar de achar deploráveis as piadas vulgares de Cícero e de ter ficado horrorizada com a grosseria da multidão, estava satisfeita com a completa aniquilação social da inimiga, e, quando ela e Cícero caminharam para casa, ela lhe tomou o braço — a primeira vez que testemunhei semelhante gesto de afeição em anos.

No dia seguinte, quando desceu o monte para comparecer a uma reunião do Senado, Cícero foi cercado tanto por pessoas comuns quanto pelos muitos senadores que aguardavam o início da sessão do lado de fora da câmara. Ao receber congratulações de seus pares, ele tinha exatamente a mesma aparência que em seus dias de poder, e pude ver que estava embriagado por tal recepção. Por acaso, aquela era a última reunião do Senado antes que as atividades fossem suspensas para as férias anuais, e havia um estado de ânimo febril no ar. Depois de os áugures terem decretado que os céus eram propícios, e os senadores começarem a entrar em fila para o início do debate, Cícero acenou para que eu me aproximasse e apontou na pauta para o principal assunto a ser discutido naquele dia: a concessão de quarenta milhões de sestércios do tesouro para Pompeu financiar suas compras de grãos.

— Isso pode ser interessante. — Ele indicou com a cabeça a figura de Crasso, que justamente nesse momento entrava na câmara parecendo indignado, com uma expressão sombria no rosto. — Tive uma conversa com ele sobre isso ontem. Primeiro o Egito, agora isso. Ele está furioso com a megalomania de Pompeu. Os ladrões estão na garganta um do outro, Tiro. Pode haver oportunidade para alguma travessura aqui.

— Tenha cuidado — adverti.

— Ah, sim: "Tenha cuidado!" — zombou ele, dando uma batidinha amigável na minha cabeça com a pauta enrolada. — Bem, tenho um pequeno poder depois de ontem, e você sabe o que sempre digo: o poder é para ser usado.

Com isso, ele entrou alegremente no prédio do Senado.

Eu não pretendia ficar para a sessão, pois tinha muito trabalho a fazer preparando para publicação o discurso que Cícero fizera na véspera. Mas naquele momento mudei de ideia, entrei e fiquei perto da porta. O cônsul presidente era Cornélio Lêntulo Marcelino, um aristocrata patriótico à moda antiga — hostil a Clódio, favorável a Cícero e desconfiado de Pompeu. Ele tratou de convocar uma série de oradores que condenaram todos a concessão de uma soma tão imensa a Pompeu. Como um deles ressaltou, não havia dinheiro disponível de todo modo, pois cada moeda sobressalente estava sendo engolida na implementação da lei de César que dava as terras da Campânia aos veteranos de Pompeu e aos pobres urbanos. A casa ficou tumultuada. Os defensores de Pompeu importunavam seus opositores com perguntas. Os opositores gritavam de volta. (O próprio Pompeu não fora autorizado a estar presente, pois a comissão dos grãos conferia *imperium* — poder que impedia seus detentores de entrar no Senado.) Crasso parecia satisfeito com o rumo das coisas. Finalmente, Cícero indicou que queria falar, e a casa ficou em silêncio enquanto os senadores se inclinavam para a frente para ouvir o que ele tinha a dizer.

— Os honrados membros vão se lembrar de que foi por proposta minha que Pompeu recebeu essa comissão dos grãos em primeiro lugar, portanto certamente não me oporei a ela agora. Não podemos ordenar a um homem que faça um trabalho um dia e depois lhe negar os meios com que levá-lo a cabo no dia seguinte. — Os defensores de Pompeu murmuraram ruidosa concordância. Cícero levantou a mão. — No entanto, como foi eloquentemente mostrado, nossos recursos são finitos. O tesouro não pode pagar por tudo. Não se pode esperar que compremos grãos no mundo inteiro para alimentar nossos cidadãos a troco de nada ao mesmo tempo que damos terras a soldados e plebeus. Quando César aprovou sua lei, mesmo ele, com todos os seus grandes poderes de previsão, não teria como imaginar que estava chegando o dia, e chegando muito rapidamente, em que os veteranos e as pessoas pobres das cidades não teriam necessidade de terras para cultivar grãos, porque os grãos lhes seriam simplesmente dados a troco de nada.

— Ah! — gritaram dos bancos dos aristocratas em deleite. — Ah! Ah!

E apontavam para Crasso que, junto com Pompeu e César, era um dos arquitetos das leis sobre terras. Crasso olhava fixamente para Cícero, embora seu semblante estivesse impassível e fosse impossível discernir o que estava pensando.

— Não seria prudente — perguntou Cícero —, à luz das circunstâncias em mudança, que esta nobre casa examinasse novamente a legislação aprovada durante o consulado de César? Esta obviamente não é a ocasião correta para discuti-la inteiramente, complexa como é a questão, e consciente como estou de que a casa está ansiosa para suspender seus trabalhos para o recesso. Eu proporia, portanto, que a questão seja incluída na pauta na primeira oportunidade disponível quando voltarmos a nos reunir.

— Apoio isso! — gritou Domício Enobarbo, um patrício com a irmã de Catão, que detestava César em tal grau que recentemente pedira que ele fosse destituído de seu comando na Gália.

Vários aristocratas também se ergueram, clamando seu apoio. Os homens de Pompeu pareceram confusos demais para reagir: afinal de contas, o ponto principal do discurso de Cícero parecia ser em apoio a seu líder. Fora de fato uma bela travessura que Cícero havia aprontado, e, quando ele se sentou e olhou para mim, quase me pareceu que ter piscado um olho. O cônsul conferenciou aos cochichos com seus escribas e em seguida anunciou que, em vista do óbvio apoio à moção de Cícero, a questão seria debatida nos idos de maio. Com isso, a casa foi suspensa, e os senadores começaram a rumar para a saída — nenhum mais depressa que Crasso, que quase me derrubou em sua ansiedade para sair dali.

CÍCERO, TAMBÉM, ESTAVA decidido a tirar férias, sentindo que as merecia depois de sete meses de tensão e trabalho incessantes, e tinha em mente o destino ideal. Um abastado coletor de impostos para quem ele fizera muito trabalho legal morrera recentemente, deixando-lhe uma propriedade em seu testamento — uma pequena vila na baía de Nápoles, em Cumas, entre o mar e o lago Lucrino. (Naquela época, eu deveria acrescentar, era ilegal aceitar pagamento direto pelos serviços que se prestava como advogado, mas era permissível receber legados; a regra não era sempre estritamente observada.) Cícero nunca tinha visto o lugar, mas ouvira dizer que ele desfrutava de uma das mais adoráveis vistas da região. Propôs a Terência que viajassem para inspecioná-lo juntos, e ela concordou, embora, ao descobrir que eu faria parte do grupo, tenha ficado mais uma vez emburrada.

— Eu sei como vai ser — ouvi por acaso Terência se queixar a Cícero. — Serei deixada sozinha o dia inteiro enquanto você fica fechado com sua esposa oficial!

Ele deu alguma resposta tranquilizadora, garantindo que nada disso iria acontecer, e tomei cuidado para ficar fora do caminho dela.

Na véspera da partida, Cícero ofereceu um jantar para seu futuro genro, Crassípede, que mencionou por acaso que Crasso, a quem era muito chegado, havia deixado Roma às pressas na véspera, sem dizer a ninguém aonde ia. Cícero disse:

— Sem dúvida ele ouviu falar de uma viúva idosa em algum lugar remoto que está à beira da morte e que poderia ser convencida a se desfazer de sua propriedade por um preço camarada.

Todos riram, exceto Crassípede, que manteve um aspecto exageradamente formal.

— Tenho certeza de que ele está simplesmente tirando férias, como todos os outros.

— Crasso não tira férias; elas não dão lucro — retrucou Cícero, que em seguida levantou seu copo e propôs um brinde a Crassípede e Túlia. — Possa a união deles ser longa e abençoada com muitos filhos... pelo menos três, de preferência.

— Pai! — exclamou Túlia, rindo, enrubescendo e desviando os olhos.

— O que foi? — perguntou Cícero, com um ar de inocência. — Estou com o cabelo grisalho e agora preciso de netos para combinar.

Ele se levantou cedo da mesa: queria ver Pompeu antes de partir para o sul. Em particular, queria pleitear que fosse permitido a Quinto abandonar sua legação e voltar da Sardenha. Viajou numa liteira, mas ordenou aos carregadores que andassem devagar, de modo que eu pudesse caminhar a seu lado e irmos conversando. Estava escurecendo. Tivemos de transpor cerca de um quilômetro e meio além dos muros da cidade até o monte Pinciano, onde Pompeu tinha sua nova vila — palácio seria uma palavra melhor para ela — suburbana que dominava seu vasto complexo de templos e teatros quase concluídos no Campo de Marte.

O grande homem estava jantando sozinho com a mulher, e tivemos de esperar que terminassem. No vestíbulo, um grupo de escravos se ocupava com a transferência de pilhas de bagagem para algumas carroças paradas no pátio — tantos baús de roupas e caixas de louças e talheres, tapetes e móveis e até estátuas, que parecia que Pompeu estava planejando instalar uma nova residência em algum lugar. Por fim, o casal apareceu, e Pompeu apresentou Júlia a Cícero, que por sua vez me apresentou a ela.

— Eu me lembro de você — disse-me ela, embora eu tenha certeza de que não falava a verdade.

Ainda que tivesse apenas 17 anos, era muito graciosa. Tinha as maneiras requintadas do pai, além de algo da maneira penetrante como ele olhava para as pessoas, de modo que tive uma súbita e desconcertante lembrança do torso nu e sem pelos de César reclinado na mesa de massagem em seu quartel-general em Mutina. Tive de fechar os olhos para afastá-la.

Ela se retirou quase de imediato, alegando a necessidade de ter uma boa noite de sono antes da viagem no dia seguinte. Pompeu beijou-lhe a mão — sua devoção a ela era célebre — e nos levou para seu gabinete. Tratava-se de uma vasta sala do tamanho de uma casa, abarrotada de troféus de suas muitas campanhas, inclusive o que ele insistia ser o manto de Alexandre, o Grande. Sentou-se num sofá feito de crocodilo empalhado, que contou ter ganho de Ptolomeu, e convidou Cícero a tomar o assento oposto.

— Tem-se a impressão de que você está iniciando uma expedição militar — declarou Cícero.

— É no que dá viajar com a esposa.

— Posso perguntar para onde vai?

— Sardenha.

— Ah — disse Cícero —, que coincidência. Eu queria lhe perguntar sobre a Sardenha.

E pôs-se a defender com eloquência que fosse permitido a seu irmão voltar para casa, citando três razões em particular — o tempo que ele já passara longe, sua necessidade de ficar com o filho (que se tornava um menino problemático) e sua preferência pelo comando militar em detrimento do civil.

Pompeu o ouviu, tamborilando seu queixo, reclinado no crocodilo egípcio.

— Se é isso que você quer — disse, enfim —, sim, ele pode voltar. De todo modo, você tem razão: ele não é muito bom administrador.

— Muito obrigado. Fico muito grato, como sempre.

Pompeu fitou Cícero com olhos astutos.

— Então, ouvi dizer que você causou um alvoroço no Senado dia desses.

— Somente em seu favor; eu estava simplesmente tentando assegurar os fundos para sua comissão.

— Sim, mas mediante a contestação das leis de César. — Sacudiu o dedo numa censura. — Isso foi malicioso da sua parte.

— César não é um deus, infalível; suas leis não desceram sobre nós do Monte Olimpo. Além disso, se estivesse lá vendo o prazer que Crasso sentia com todos os ataques a você, acredito que teria desejado que eu encontrasse alguma maneira de tirar aquele sorriso do rosto dele. E, ao criticar César, certamente consegui.

— Ah, bem, nisso estou com você! — exclamou Pompeu, alegrando-se de imediato.

— Acredite, a ambição de Crasso e sua deslealdade a você foram muito mais desestabilizadoras para a nação que qualquer coisa que *eu* tenha feito.

— Concordo inteiramente.

— Na verdade, eu sugeriria que, se sua aliança com César está sendo ameaçada por alguém, é por ele.

— Como assim?

— Bem, não compreendo como César pode permitir que ele trame contra você dessa maneira, especialmente deixando que empregue Clódio, sem tomar nenhuma providência. Certamente, como seu sogro, ele tem obrigação em primeiro lugar para com você, não é? Se Crasso continuar com isso, vai semear muita discórdia, já posso prever.

— É verdade — concordou Pompeu. Ele parecia astuto novamente. — Você está certo, é claro, como sempre.

Levantou-se, e Cícero fez o mesmo. Ele tomou a mão de meu amo em suas imensas manoplas.

— Obrigado por ter vindo me ver, velho amigo. Você me deu muito a refletir em minha viagem à Sardenha. Devemos nos escrever com frequência. Onde exatamente você estará?

— Em Cumas.

— Ah! Eu o invejo. Cumas... O lugar mais bonito da Itália.

Cícero ficou muito satisfeito com seu trabalho noturno. No caminho para casa, disse a mim:

— Essa tríplice aliança deles não pode durar. Ela desafia a natureza. A única coisa que devo fazer é continuar minando-a pouco a pouco, e mais cedo ou mais tarde todo o edifício podre desabará.

Deixamos Roma à primeira luz — Terência, Túlia e Marco, todos na mesma carruagem, junto de Cícero, que estava de excelente humor — e avançamos rápido, parando primeiro para passar uma noite em Túsculo, que Cícero ficou contente por encontrar mais uma vez habitável, e depois na propriedade da família em Arpino, onde permanecemos por uma semana. Finalmente descemos daqueles frios e elevados picos do Apenino para a Campânia, ao sul.

A cada quilômetro, as nuvens do inverno pareciam se dissipar, o céu ficava mais azul, a temperatura, mais cálida, o ar, mais fragrante com o perfume de pinheiros e ervas, e, quando entramos na estrada litorânea, a brisa que vinha do mar foi como um bálsamo. Cumas era, na época, uma cidade muito menor e mais tranquila que hoje. Na Acrópole, fiz uma descrição de nosso destino e fui orientado por um sacerdote a ir para o lado leste do lago Lucrino, um ponto no sopé dos montes, de onde se avistava, através da lagoa e da estreita língua de terra, os diversos tons de azul do Mediterrâneo. A vila em si era pequena e estava em ruínas, com poucos escravos idosos como cuidadores. O vento soprava através de paredes abertas, e uma seção do telhado tinha desaparecido, mas valia a pena suportar todos os desconfortos simplesmente pela visão. Lá embaixo no lago, barquinhos a remo se moviam entre os leitos de ostras, enquanto do jardim nos fundos se tinha uma visão majestosa da pirâmide exuberantemente verde do Vesúvio. Cícero, encantado, começou a trabalhar de imediato com os construtores locais, encarregando-os de um grande projeto de renovação e redecoração. Marco brincava na praia com seu tutor. Terência ficava sentada no terraço e costurava. Túlia lia o seu grego. Foram férias em família de um tipo que eles não tiravam havia muitos anos.

Havia um enigma, porém. Todo aquele trecho de costa de Cumas a Putéoli, como agora, naquela época já estava pontilhado de vilas pertencentes a membros do Senado. Naturalmente Cícero supôs que assim que se espalhasse a notícia de que estava instalado ali, começaria a receber visitantes. Mas ninguém apareceu. À noite ele ficava no terraço e passava os olhos pelo litoral e pelos montes, queixando-se de que mal conseguia avistar alguma luz. Onde estavam as festas, os jantares? Ele patrulhava as praias, mais de um quilômetro em cada direção, e não avistou uma toga senatorial.

— Deve estar acontecendo alguma coisa — disse ele a Terência. — Onde estão todos?

— Não sei — respondeu ela —, mas, falando por mim, fico feliz por não haver ninguém com quem você possa discutir política.

A resposta veio em nossa quinta manhã.

Eu estava no terraço respondendo à correspondência de Cícero quando notei que um grupinho de cavaleiros havia se desviado da estrada litorânea e subia a trilha em direção à casa. Meu pensamento imediato foi *Clódio*! Levantei-me para ter uma visão mais ampla e vi, para minha consternação, que o sol se refletia em elmos e peitorais. Cinco cavaleiros: soldados.

Terência e as crianças tinham ido passar o dia fora, em visita à sibila que, segundo diziam, morava dentro de um pote numa caverna em Cumas. Corri para alertar Cícero e, quando o encontrei — ele estava escolhendo o esquema de cores para a sala de jantar —, os cavaleiros já entravam com estrépito no pátio. O líder deles apeou e tirou o elmo. Era uma aparição apavorante: coberto de poeira, como um arauto da morte. A brancura do nariz e da testa contrastavam com a sujeira do restante do rosto. Ele parecia estar usando uma máscara. Mas eu o conhecia. Era um senador, ainda que não muito eminente — um membro daquela inofensiva e confiável classe dos *pederii*, que nunca falavam, contentando-se em votar com os pés. Lúcio Vibúlio Rufo era o seu nome. Era um dos oficiais de Pompeu, do Piceno, a região natal do grande homem.

— Poderia lhe falar? — perguntou bruscamente.

— Claro que sim — respondeu Cícero. — Entrem, todos. Venham comer e beber alguma coisa, insisto.

— Eu vou entrar — disse Vibúlio. — Eles vão esperar aqui fora e assegurar que não sejamos perturbados.

Ele se movia com bastante rigidez, como uma estátua de argila que tivesse ganhado vida.

— Você parece muito cansado. Que distância cavalgou?

— Desde Luca.

— Luca? — repetiu Cícero. — Isso deve ficar a quase quinhentos quilômetros!

— Mais de quinhentos e cinquenta. Faz uma semana que estamos na estrada. — Ao se abaixar para se sentar, ele espalhou uma nuvem de poeira. — Houve uma reunião a seu respeito, e fui enviado para informá-lo de sua conclusão. — Lançou um olhar para mim. — Preciso falar em particular.

Cícero, desconcertado e claramente se perguntando se estava lidando com um louco, disse:

— Ele é meu secretário. Pode dizer tudo o que tem a dizer na frente dele. Que reunião?

— Como queira. — Vibúlio retirou as luvas, desafivelou o lado do peitoral, enfiou a mão sob o metal e puxou um documento, que desenrolou com cuidado. — A razão por que vim de Luca é que foi lá que Pompeu, César e Crasso se reuniram.

Cícero fechou a cara.

— Não, isso é impossível. Pompeu está indo para a Sardenha; ele mesmo me disse isso.

— Um homem pode fazer ambas as coisas, não pode? — respondeu Vibúlio afavelmente. — Pode ir para Luca e depois para a Sardenha. Posso lhe contar de fato como isso aconteceu. Depois de seu pequeno discurso no Senado, Crasso viajou para falar com César em Ravena e lhe contar o que você disse. Depois os dois cruzaram a Itália para interceptar Pompeu antes que ele pegasse um navio em Pisa. Os três passaram vários dias juntos, discutindo muitos assuntos; entre eles, o que deve ser feito com relação a *você*.

Senti-me subitamente nauseado. Cícero manteve a compostura.

— Não há nenhuma necessidade de ser impertinente.

— A essência do que decidiram é isto: *Cale-se, Marco Túlio!* Cale-se no Senado com relação às leis de César. Cale-se em vez de tentar causar problemas entre os Três. Cale-se em relação a Crasso. Cale-se em geral, na verdade.

— Terminou? — perguntou Cícero calmamente. — Preciso lembrar a você... que é um convidado em minha casa?

— Ainda não terminei, não. — Vibúlio fez uma pausa e consultou as anotações. — Também esteve presente em parte da conferência o governador da

Sardenha, Ápio Cláudio. Ele estava lá para fazer certas promessas em nome do irmão, o que será concluído com uma reconciliação pública de Pompeu e Clódio.

— Reconciliação? — repetiu Cícero. Agora ele parecia inseguro.

— No futuro eles estarão unidos nos melhores interesses da nação. Pompeu deseja que eu lhe diga que está muito insatisfeito com você, Marco Túlio, muito insatisfeito. Estou citando as palavras exatas dele. Ele acredita que lhe demonstrou grande lealdade fazendo campanha pelo seu retorno do exílio, no curso da qual fez certas promessas pessoais sobre sua futura conduta para César... Promessas, ele lhe lembra, que você repetiu para César por escrito e que agora quebrou. Ele se sente desapontado, embaraçado. Insiste, como um teste de amizade, que você retire do Senado sua moção referente à lei de César sobre terras e não volte a se pronunciar sobre a questão até tê-lo consultado pessoalmente.

— Eu só falei como falei pelo interesse de Pompeu...

— Ele gostaria que você lhe escrevesse uma carta confirmando que fará o que pede. — Vibúlio enrolou o documento e o enfiou sob a couraça. — Essa é a parte oficial. O que vou lhe dizer em seguida é estritamente confidencial. Entende o que estou dizendo?

Cícero fez um gesto aborrecido. Ele entendia.

— Pompeu quer que você avalie a escala de forças em ação, e por isso os outros lhe deram permissão para informar-lhe o que direi em seguida. Mais tarde neste ano, tanto ele quanto Crasso se candidatarão nas eleições consulares.

— Eles vão perder.

— Se as eleições fossem se realizar como de costume no verão, você poderia ter razão. Mas elas serão adiadas.

— Por quê?

— Por causa da violência em Roma.

— Que violência?

— Clódio fornecerá a violência. Em consequência, as eleições não se realizarão até o inverno, e a essa altura a temporada de campanhas na Gália estará encerrada e César poderá enviar milhares de seus veteranos a Roma para votar em seus colegas. *Então* eles serão eleitos. No fim de seus mandatos como cônsules, Pompeu e Crasso irão ambos assumir comandos proconsulares...

Pompeu na Espanha, Crasso na Síria. Em vez da duração usual de um ano, esses comandos durarão cinco. Naturalmente, nos interesses da equidade, o comando proconsular de César na Gália também será estendido por mais cinco anos.

— Isso é inacreditável...

— Ao fim do mandato estendido, César retornará a Roma e por sua vez será eleito cônsul, com Pompeu e Crasso assegurando que *seus* veteranos estejam disponíveis para votar nele. Estes são os termos do Acordo de Luca. Ele está destinado a durar por sete anos. Pompeu prometeu a César que você o acatará.

— E se eu não o fizer?

— Ele não mais garantirá sua segurança.

VI

— Sete anos — disse Cícero com grande desdém depois que Vibúlio e seus homens partiram. — Nada em política pode ser planejado de antemão para *sete anos*. Será que Pompeu perdeu inteiramente o juízo? Ele não vê como esse pacto do demônio opera inteiramente em favor de César? Para todos os efeitos, ele promete proteger a retaguarda de César até o momento em que este tiver finalmente pilhado a Gália, quando então o conquistador retornará a Roma e assumirá o controle de toda a república... inclusive de Pompeu.

Ele afundou numa cadeira no terraço, desesperançado. Da costa abaixo vinham os gritos solitários de aves marinhas enquanto os pescadores de ostras descarregavam o fruto do trabalho do dia. Agora sabíamos por que a vizinhança estava tão desertas. Segundo Vibúlio, metade do Senado tivera notícia do que estava acontecendo em Luca e mais de uma centena tinha ido para o norte tentar obter seu quinhão dos espólios. Eles abandonaram o sol da Campânia para se aquecer no sol mais caloroso de todos: o poder.

— Eu sou um tolo — declarou Cícero — de estar aqui contando as ondas enquanto o futuro do mundo é decidido na outra ponta do país. Vamos encarar a verdade, Tiro: minha força acabou. Todo homem tem sua temporada, e eu tive a minha.

Mais tarde naquele dia, Terência voltou de sua visita à caverna da sibila em Cumas. Notou a poeira nos tapetes e nos móveis e perguntou quem estivera na casa. Com relutância, Cícero descreveu o que havia acontecido.

Os olhos dela reluziram.

— Como é estranho você me contar isso! — exclamou, alvoroçada. — A sibila profetizou exatamente este desfecho. Disse que primeiro Roma seria governada por três, depois por dois, depois por um e enfim por nenhum.

Até Cícero, que considerava a ideia de uma sibila vivendo dentro de um pote e prevendo o futuro como inteiramente ilusória, ficou impressionado.

— Três, dois, um, nenhum... Bem, sabemos quem são os três... isso é óbvio. E posso adivinhar quem será o um. Mas quem serão os dois? E o que ela quer dizer por nenhum? Será sua maneira de prever o caos? Nesse caso, concordo: é isso que se seguirá caso permitamos que César rasgue a constituição. Mas não consigo de maneira alguma ver como poderia detê-lo.

— Por que deveria ser *você* a pessoa a detê-lo? — perguntou Terência.

— Não sei. Quem mais o faria?

— Mas por que cabe sempre a *você* se opor às ambições de César quando Pompeu, o homem mais poderoso no Estado, nada faz para ajudá-lo? Por que isso é responsabilidade sua?

Cícero ficou em silêncio. Finalmente respondeu:

— Esta é uma boa pergunta. Talvez seja apenas arrogância da minha parte. Mas posso eu realmente, com honra, recuar e nada fazer, quando todos os instintos me dizem que a nação está se encaminhando para o desastre?

— Sim! — exclamou ela com paixão. — Sim! Sem dúvida! Você já não sofreu o suficiente por sua oposição a César? Há outro homem no mundo que tenha sofrido mais? Por que não deixar que outros assumam a luta? Certamente você já, enfim, adquiriu o direito a alguma paz, não é? — Depois acrescentou em voz baixa: — Sei que eu já.

Cícero não respondeu por um longo tempo. A verdade, suspeito, é que a partir do momento em que se inteirou do acordo de Luca, soube que não poderia continuar se opondo a César — não se quisesse permanecer vivo. A única coisa que precisava era de que alguém expusesse a questão para ele sem rodeios, como Terência tinha acabado de fazer.

Por fim, Cícero deu um suspiro de cansaço como eu nunca ouvira vindo dele.

— Você está certa, minha mulher. Pelo menos ninguém poderá me censurar por não ter visto César pelo que é e por não tentar detê-lo. Mas você está certa... estou velho e cansado demais para continuar a combatê-lo. Meus amigos compreenderão e meus inimigos condenarão o que quer que eu faça, portanto, por que deveria me importar com o que pensam? Por que não deveria desfrutar algum ócio finalmente, aqui ao sol com minha família?

E ele estendeu o braço e tomou-lhe a mão.

AINDA ASSIM, CÍCERO estava envergonhado daquela capitulação. Sei disso porque, embora tenha escrito uma longa carta para Pompeu na Sardenha expondo sua mudança de sentimento — sua "palinódia", como a chamou —, nunca deixou que eu a visse e não guardou cópia nenhuma. Não a mostrou tampouco a Ático. Ao mesmo tempo escreveu para o cônsul Marcelino anunciando que desejava retirar sua moção pedindo ao Senado que reexaminasse as leis de César sobre terras. Não ofereceu nenhuma explicação, e não precisava fazê-lo; todos reconheciam que o firmamento político mudara e o novo alinhamento era contrário a ele.

Retornamos a uma Roma cheia de rumores. Poucos sabiam ao certo o que Pompeu e Crasso estavam planejando, mas pouco a pouco se espalhou a notícia de que eles pretendiam concorrer em conjunto para o consulado, tal como fizeram no passado, ainda que todos soubessem que os dois sempre se detestaram. Alguns senadores, no entanto, estavam decididos a resistir ao cinismo e à arrogância dos Três. Foi marcado um debate sobre a alocação das províncias consulares, e uma moção pediu que César fosse destituído tanto da Gália Cisalpina quanto da Transalpina. Cícero sabia que, se comparecesse à câmara, perguntariam sobre suas ideias. Pensou em permanecer afastado, mas depois raciocinou que teria de se retratar publicamente mais cedo ou mais tarde: era melhor acabar logo com isso. Começou a trabalhar em seu discurso.

Foi então que, na véspera do debate, depois de passar mais de dois anos afastado em Chipre, Marco Pórcio Catão retornou a Roma. Chegou em grande estilo, numa flotilha de navios de tesouro, navegando Tibre acima partindo de Óstia, acompanhado por seu sobrinho, Bruto, um jovem de quem grandes feitos eram esperados. Todo o Senado e todos os magistrados e sacerdotes, bem como a maioria da população, compareceram para dar as boas-vindas a Catão. Havia um ancoradouro com mastros pintados e fitas onde se esperava que ele desembarcasse e se encontrasse com os cônsules, mas ele passou direto pelo lugar e seguiu navegando, de pé na proa de uma galera real com seis bancos de remadores, seu perfil esquelético fitando adiante, vestindo uma túnica preta surrada. A multidão primeiro arquejou e resmungou, decepcionada com sua arrogância, mas em seguida os tesouros começaram a ser descarregados — carro após carro, no valor total de sete mil talentos de prata, que serpentearam em procissão da Navalia ao tesouro do Estado no Templo de Saturno. Com essa única contribuição, Catão transformava as finanças da nação — era suficiente para fornecer grãos de graça para os cidadãos durante cinco anos —, e o Senado iniciou imediatamente uma sessão para votar uma pretoria honorária para ele, juntamente com o direito de usar uma toga especial adornada de púrpura.

Convocado por Marcelino a se pronunciar a esse respeito, Catão censurou desdenhosamente o que chamou de "ninharias corruptas".

— Cumpri a missão que me foi atribuída pelo povo romano, uma tarefa que nunca solicitei e teria preferido não ter empreendido. Agora que ela está feita, não preciso de nenhuma bajulação oriental ou vestes aparatosas para me inflar: o conhecimento de que desempenhei meu dever é recompensa suficiente para mim e deveria ser para qualquer homem.

Ele voltou à câmara para o debate do dia seguinte sobre as províncias, como se jamais tivesse saído — sentado em seu lugar de costume, examinando um conjunto de contas públicas como sempre fazia para assegurar que não houvesse desperdício nos gastos. Só as pôs de lado quando Cícero se levantou para falar.

Chegava o fim da sessão e a maioria dos ex-cônsules já dera sua opinião. Mesmo assim, Cícero conseguiu prolongar o suspense um pouco mais devotando a primeira parte de seu discurso a um ataque a seus inimigos Pisão e Gabínio, governadores da Macedônia e da Síria, respectivamente. Em seguida o cônsul Márcio Filipo, que era casado com a sobrinha de César e estava ficando inquieto como muitos outros, interrompeu-o para lhe perguntar por que gastava todo o seu tempo atacando aqueles dois fantoches, quando o homem que realmente instigara a campanha que levara a seu exílio era César. Isso deu a Cícero a oportunidade que ele viera esperando.

— Porque — respondeu — estou levando em conta o bem-estar público, não minhas próprias desavenças. É essa minha velha e constante lealdade à república que me restaura, reconcilia e reintegra na amizade com Caio César.

"Para mim — continuou, tendo agora de gritar para ser ouvido acima da zombaria —, é impossível não ser amigo de alguém que presta bom serviço ao Estado. Sob o comando de César fizemos uma guerra na Gália, ao passo que antes meramente repelimos ataques. Diferentemente de seus predecessores, ele acredita que toda a Gália deveria ser submetida ao nosso domínio. E assim, com brilhante sucesso, ele esmagou em batalha as mais ferozes e maiores tribos da Germânia e da Helvécia; o restante ele aterrorizou, refreou e subjugou, tendo lhes ensinado a se submeter ao domínio do povo romano.

"Mas a guerra ainda não foi vencida. Se César for removido, as brasas ainda podem irromper em chamas novamente. Portanto, como senador, ou mesmo como inimigo pessoal do homem, se desejarem, devo pôr de lado ressentimentos pessoais em benefício do Estado, pois como posso ser o inimigo desse homem, cujos despachos, cuja fama, cujos emissários enchem nossos ouvidos todos os dias com novos nomes de raças, povos e lugares?"

Não foi sua performance mais convincente, e perto do final ele sem dúvida tropeçou nas próprias palavras ao tentar fingir que ele e César na verdade nunca foram inimigos de maneira alguma, uma peça de sofística que foi recebida com escárnio. Ainda assim, ele a levou até o fim. A moção para substituir César foi derrotada, e, no fim da sessão, ainda que os adversários mais apaixonados de César — homens como Enobarbo e Bíbulo — lhe virassem as costas ostensivamente em sinal de desdém, Cícero caminhou até a saída sem baixar a cabeça. Foi nesse momento que Catão o interceptou. Eu aguardava Cícero junto à porta e pude ouvir todo o diálogo dos dois.

— Estou extremamente decepcionado com você, Marco Túlio. Sua deserção acaba de nos custar o que pode ter sido nossa última chance de deter um ditador — declarou Catão.

— Por que eu deveria deter um homem que está conquistando vitória após vitória? — replicou Cícero.

— Mas para quem ele está conquistando essas vitórias? Para a república ou para si mesmo? E de qualquer forma, quando foi que conquistar a Gália se tornou política nacional? Terão o Senado ou o povo autorizado algum dia essa guerra dele?

— Nesse caso, por que não propõe uma moção para encerrá-la?

— Talvez eu o faça.

— Sim... e veja até onde isso o leva! A propósito, bem-vindo de volta ao lar.

Mas Catão não estava disposto a brincadeiras desse tipo e saiu com passos pesados para falar com Bíbulo e Enobarbo. Daquele momento em diante foi ele quem liderou a oposição a César, enquanto Cícero se retirava para sua casa no Palatino e uma vida mais tranquila.

NÃO HAVIA NADA de heroico no que Cícero tinha feito, e ele compreendia essa desmoralização. *Adeus aos princípios, à sinceridade e à honra!* foi como resumiu a questão numa carta a Ático.

No entanto, mesmo depois de todos esses anos, e mesmo com a sabedoria do olhar em retrospecto, não vejo que outra atitude ele poderia ter tomado. Era mais fácil para Catão desafiar César de forma agressiva. Ele era de uma família rica e poderosa e não tinha a constante ameaça de Clódio pairando sobre ele.

Dali em diante tudo se desdobrou exatamente como os Três planejaram, e Cícero não poderia ter impedido esse andamento ainda que tivesse sacrificado a própria vida. Primeiro, Clódio e seus facínoras perturbaram a disputa de votos para as eleições consulares de modo que a campanha cessou. Depois eles ameaçaram e intimidaram os outros candidatos até estes se retirarem. Por fim, as eleições tiveram de ser adiadas. Somente Enobarbo, com o apoio de Catão, teve coragem de continuar disputando o consulado contra Pompeu e Crasso. A maioria do Senado vestiu luto em protesto.

Naquele inverno, pela primeira vez, a cidade ficou cheia de veteranos de César — bebendo, procurando prostitutas e ameaçando quem quer que se recusasse a saudar a efígie de seu líder quando eles a instalavam em encruzilhadas.

Na véspera da eleição adiada, Catão e Enobarbo, iluminados pela luz de um archote, foram até as cabines de votação para tentar demarcar sua posição na disputa de votos. Mas foram atacados no caminho, ou pelos homens de Clódio ou pelos de César, e o portador do archote foi morto. Catão levou uma punhalada no braço direito, e, embora tivesse suplicado a Enobarbo que se mantivesse firme, o candidato correu de volta para casa, fez uma barricada na porta e se recusou a sair. No dia seguinte, Pompeu e Crasso foram eleitos cônsules, e pouco depois, como combinado em Luca, eles asseguraram que lhes fossem destinadas as províncias que desejavam governar ao fim do mandato conjunto: a Espanha para Pompeu, a Síria para Crasso, ambos os comandos concedidos por cinco anos em vez do único ano costumeiro, com uma extensão adicional de cinco anos para César como procônsul na Gália. Pompeu sequer saiu de Roma, governando a Espanha por meio de subordinados.

Enquanto tudo isso ocorria, Cícero se manteve afastado da política. Nos dias em que não tinha compromissos nos tribunais, ficava em casa e supervisionava a instrução do filho e do sobrinho em gramática, grego e retórica. Jantava com Terência tranquilamente na maioria das noites. Compunha poesia. Começou a escrever um livro sobre história e prática da oratória.

— Continuo exilado — comentou ele comigo —, só que agora meu exílio é em Roma.

César logo ouviu relatos sobre a mudança de Cícero no Senado e imediatamente lhe enviou uma carta de agradecimento. Lembro-me da surpresa de Cícero quando ela chegou, entregue por um dos mensageiros militares extraordinariamente rápidos e confiáveis de César. Como expliquei, quase toda a correspondência deles foi confiscada desde então, mas me lembro da abertura, porque ela era sempre igual:

De C. César, imperator, *a M. Cícero, saudações.*
Eu e o exército estamos bem...

E essa carta em particular tinha outra passagem de que nunca me esqueci: *Agrada-me saber que tenho um lugar no seu coração. Não há um homem em Roma cuja opinião eu preze mais que a sua. Pode contar comigo em todas as coisas.* Cícero ficou dividido entre sentimentos de gratidão e vergonha, alívio e desespero. Mostrou a carta a seu irmão, que tinha acabado de voltar da Sardenha.

— Você fez a coisa certa — disse Quinto. — Pompeu se provou um amigo volúvel. Talvez César seja mais leal. — Em seguida, acrescentou: — Para ser sincero, Pompeu me tratava com tal desdém enquanto estive fora que eu fiquei me perguntando se não seria melhor juntar forças com César.

— E como você faria isso?

— Bem, eu sou um soldado, não sou? Talvez eu pudesse pedir um cargo entre os homens dele. Ou talvez você pudesse lhe pedir uma comissão em meu favor.

A princípio Cícero ficou indeciso: não desejava de nenhuma forma pedir favores a César. Logo viu, porém, como Quinto se sentia infeliz por estar de volta a Roma. Havia seu casamento infeliz com Pompônia, é claro, mas ia além disso. Ele não era advogado ou orador como o irmão mais velho. Nem os tribunais nem o Senado o atraíam muito. Já havia servido como pretor e como governador na Ásia, e o único passo que lhe restava na política era um consulado, que nunca ganharia a menos que gozasse de algum espetacular golpe de sorte ou patrocínio. Por outro lado, a única esfera em que essa transformação poderia acontecer era no campo de batalha...

A possibilidade parecia remota, mas por esse raciocínio os irmãos se convenceram de que deveriam associar suas sortes à de César. Cícero lhe escreveu solicitando uma comissão para Quinto, e César respondeu que ficaria encantado em atendê-lo. Não apenas isso: perguntou a Cícero se ele poderia, em retribuição, ajudar a supervisionar o grande programa de reconstrução que estava planejando em Roma para rivalizar com o de Pompeu. Algumas centenas de milhões de sestércios seriam gastos no projeto de um novo fórum no centro da cidade e na criação de um caminho coberto de mais de um quilômetro e meio no Campo de Marte. Como recompensa por seus esforços, César cedeu a Cícero um empréstimo de oitocentos mil sestércios a 2,25% de juros, metade da taxa de mercado.

Era assim que ele era. Como um redemoinho. Atraía homens implacavelmente pela pura força de sua energia e poder, até deixar quase Roma inteira mesmerizada. Sempre que seus *Comentários* eram postados do lado de fora da Régia, multidões se reuniam e passavam o dia todo lendo sobre suas proezas.

Naquele ano, seu jovem protegido Décimo derrotou os celtas numa grande batalha naval no Atlântico, depois da qual César fez com que toda a nação deles fosse vendida como escravos, e seus líderes, executados. A Bretanha foi conquistada, os pireneus, pacificados, e Flandres, reprimida. Todas as comunidades da Gália foram obrigadas a pagar um tributo, mesmo depois que ele as saqueara e removera todos os seus tesouros ancestrais. Uma vasta, mas pacífica migração germânica de quatrocentos e trinta mil membros das tribos dos usipetes e dos tencteris cruzou o Reno e foi induzida por César a alimentar uma falsa sensação de segurança quando ele fingiu concordar com uma trégua; depois, ele os aniquilou. Seus engenheiros ergueram uma ponte pelo Reno, e ele e suas legiões vagaram pela Germânia durante dezoito dias, destruindo tudo por onde passavam, antes de voltar para a Gália e desmontar a ponte após atravessá-la. Finalmente, como se isso não bastasse, ele foi para o mar com duas legiões e desembarcou nas costas bárbaras da Britânia — um lugar que muitos em Roma se recusavam a acreditar que sequer existisse e que certamente se situava além dos limites do mundo conhecido —, queimou algumas aldeias, capturou alguns escravos e navegou de volta para casa antes que fosse pego pelas tempestades de inverno.

Para celebrar tais vitórias, Pompeu convocou uma reunião no Senado para conceder ao sogro mais vinte dias de súplica pública, na qual se desenrolou uma cena que eu jamais esqueci. Um após o outro, os senadores se ergueram dos respectivos lugares para louvar César, Cícero obedientemente entre eles, até não restar ninguém a ser chamado por Pompeu com exceção de Catão.

— Cavalheiros — disse Catão —, mais uma vez vocês todos perderam o juízo. Segundo seu próprio relato, César massacrou quatrocentos mil homens, mulheres e crianças: pessoas com quem não tínhamos nenhuma desavença, com quem não estávamos em guerra, numa campanha não autorizada por votação seja deste Senado ou do povo romano. Desejo apresentar duas contrapropostas a sua consideração: primeiro, que, longe de promover celebrações, deveríamos fazer sacrifícios aos deuses para que eles não lancem sua ira pelo desatino e pela loucura de César sobre Roma e o exército; e segundo, que César, tendo se demonstrado um criminoso de guerra, deveria ser entregue às tribos da Germânia para que elas determinem sua sorte.

Os gritos de raiva que acolheram esse discurso soaram como uivos de dor: "Traidor!", "Amante da Gália", "Germano!" Vários senadores se ergueram e começaram a empurrar Catão para lá e para cá, fazendo-o tropeçar para trás. Ele era um homem forte e rijo, no entanto. Recuperou o equilíbrio e manteve sua posição, fitando-os como uma águia. Foi proposta uma moção para que ele fosse levado imediatamente pelos lictores para o Cárcere e mantido preso até que se desculpasse. Pompeu, no entanto, era astuto demais para permitir esse martírio.

— Com suas palavras, Catão fez mais mal a si mesmo do que qualquer punição que podemos lhe infligir — declarou. — Deixem-no seguir livre. Isso não tem importância. Ele ficará condenado para sempre aos olhos do povo romano por tais sentimentos traiçoeiros.

Eu também senti que Catão havia feito um grande mal a si mesmo em meio a toda a opinião moderada e sensata; comentei isso com Cícero quando caminhávamos para casa. Dada sua recente proximidade com César, esperava que concordasse. Mas, para minha surpresa, ele meneou a cabeça.

— Não, você está completamente errado. Catão é um profeta. Ele deixa a verdade escapar com a clareza de uma criança ou de um louco. Roma se arrependerá do dia em que atou seu destino ao de César. Eu inclusive.

NÃO PRETENDO SER um filósofo, mas isto eu observei: sempre que algo está em seu apogeu, podemos ter certeza de que sua destruição já começou.

Assim foi com o triunvirato. Ele se elevou a uma grande altura acima do panorama político como um monólito de granito. No entanto, encerrava fraquezas que ninguém podia ver e que só seriam reveladas com o tempo. Dessas, a mais perigosa era a excessiva ambição de Crasso.

Durante anos ele havia sido louvado como o homem mais rico de Roma, com uma fortuna de cerca de oito mil talentos, ou quase duzentos milhões de sestércios. Nos últimos tempos, porém, isso tinha passado a parecer quase insignificante se comparado à fortuna de Pompeu e César, que tinham cada um a riqueza de países inteiros à disposição. Por isso Crasso havia tomado a decisão de ir para a Síria: não para administrá-la, mas para usá-la como base de onde organizar uma expedição militar contra o império parta. Aqueles que conheciam as areias traiçoeiras e os povos cruéis da Arábia consideraram o plano enormemente arriscado — em especial, tenho certeza, Pompeu. Mas ele detestava Crasso de tal forma que nada fez para dissuadi-lo. Quanto a César, ele também encorajou o colega. Enviou Públio, filho de Crasso que eu conhecera em Mutina, de volta da Gália para Roma com um destacamento de mil soldados de cavalaria altamente treinados para que ele pudesse se juntar ao pai como subcomandante.

Cícero desprezava Crasso mais que qualquer outro homem em Roma. Até por Clódio ele podia ocasionalmente sentir certo respeito relutante, mas Crasso ele considerava cínico, ganancioso e hipócrita, traços que encobria com uma benevolência falsa e escorregadia. Os dois tiveram uma discussão furiosa no Senado por volta dessa época, quando Cícero censurou Gabínio — seu antigo inimigo —, que se retirava do governo da Síria, por ter finalmente sucumbido aos subornos de Ptolomeu e restaurado o faraó no trono egípcio. Crasso defendeu o homem que estava prestes a substituir. Cícero o acusou de pôr interesses pessoais acima dos da república. Crasso zombou, dizendo que Cícero era um exilado.

— Antes um exilado honrado — retrucou Cícero — a um ladrão mimado.

Crasso arremeteu sobre ele e empurrou-lhe o peito, e os dois estadistas idosos tiveram de ser fisicamente impedidos de trocar socos.

Pompeu chamou Cícero de lado e lhe disse que não toleraria semelhante insulto a seu colega cônsul, e César lhe escreveu uma carta severa da Gália dizendo considerar qualquer ataque a Crasso um insulto a ele mesmo. O que os preocupava, creio, era que a expedição estava se provando tão impopular junto ao povo que começava a solapar a autoridade dos Três. Catão e seus seguidores censuravam como ilegal e imoral fazer guerra contra um país com o qual a república tinha tratados de amizade; eles apresentaram augúrios para mostrar que ela era ofensiva aos deuses e faria a ruína se abater sobre Roma.

Crasso ficou suficientemente preocupado para buscar uma reconciliação pública com Cícero. Ele se aproximou do inimigo por meio de Fúrio Crassípede, seu amigo e genro de Cícero, que se dispôs a oferecer um jantar para ambos na véspera da partida de Crasso. Recusar o convite teria sido demonstrar desrespeito a Pompeu e César; Cícero teve de ir.

— Mas quero que você esteja disponível como testemunha — disse-me ele. — Esse canalha vai pôr palavras na minha boca e inventar endossos que nunca dei.

Naturalmente não estive presente durante a refeição propriamente dita. Ainda assim, lembro-me de algumas partes da noite com muita clareza. Crassípede tinha uma bela casa suburbana situada no meio de um parque cerca de um quilômetro e meio ao sul da cidade, às margens do Tibre. Cícero e Terência foram os primeiros a chegar, de modo a poder passar algum tempo com Túlia, que recentemente havia sofrido um aborto. Ela parecia pálida, a pobre menina, e magra, e notei a frieza com que o marido a tratava, criticando-a por descuidos domésticos como os arranjos de flores murchos e a má qualidade dos canapés. Crasso chegou uma hora mais tarde num verdadeiro comboio de carruagens que parou com estrépito no pátio. Trazia junto sua mulher Tertula — uma senhora idosa de rosto azedo, quase tão calva quanto ele —, seu filho Públio e a nova noiva deste, Cornélia, uma jovem muito graciosa de 17 anos, filha de Cipião Násica e considerada a herdeira mais cobiçada de Roma. Crasso também arrastava um séquito de auxiliares e secretários que pareciam não ter nenhuma função senão entrar e sair às pressas com mensagens e documentos, transmitindo uma impressão geral de importância. Quando os chefes foram jantar e a costa estava limpa, eles se refestelaram nos móveis de Crassípede e tomaram seu vinho, e fiquei impressionado com o contraste entre esses civis amadores e a equipe eficiente e veterana de César.

Após a refeição, os homens foram para o *tablinum* discutir estratégia militar — ou melhor, Crasso falou longamente e os outros ouviram. Ele estava muito surdo àquela época — tinha 60 anos — e falava muito alto. Públio ficou embaraçado — "está bem, pai, não é preciso gritar, não estamos na outra sala" — e uma ou duas vezes olhou para Cícero e ergueu as sobrancelhas num silencioso pedido de desculpas. Crasso anunciou que iria para o leste passando pela Macedônia, depois pela Trácia, o Helesponto, a Galácia e a parte norte da Síria, atravessaria o deserto da Mesopotâmia, cruzaria o Eufrates e penetraria profundamente na Pártia.

— Eles já devem estar cientes de suas intenções. Você não teme que lhe falte o elemento surpresa? — indagou Cícero.

— Não tenho nenhuma necessidade do elemento surpresa — escarneceu Crasso. — Prefiro o elemento certeza. Que eles tremam diante de nossa aproximação.

Ele estava de olho em vários pontos de pilhagem ao longo do caminho — citou os templos da deusa Derceto em Hierápolis e de Jeová em Jerusalém, a efígie adornada com joias de Apolo em Tigraocerta, o Zeus dourado de Nicephorium e as casas do tesouro em Selêucia. Cícero brincou, dizendo que isso mais parecia uma expedição de compras que uma campanha militar, mas Crasso estava surdo demais para ouvir.

No fim da noite os dois velhos inimigos trocaram um aperto de mão cordial e expressaram profunda satisfação por terem finalmente deixado para trás qualquer ligeiro mal-entendido que pudesse ter surgido entre eles.

— Essas coisas são meras fantasias de nossa imaginação — declarou Cícero, girando os dedos. — Que elas sejam completamente erradicadas de nossas memórias. Entre dois homens como você e eu, que o destino levou para o mesmo terreno político, espero que essa aliança e amizade continuem para benefício de ambos. Em todos os assuntos que o afetem durante sua ausência, meu leal e infatigável serviço e qualquer influência que eu possa exercer estão absoluta e irrestritamente a seu dispor.

E depois, quando nos acomodamos na carruagem para a viagem de volta, declarou:

— Que patife completo é esse sujeito.

Um ou dois dias mais tarde — e dois meses inteiros antes que seu mandato como cônsul expirasse, tal era sua ansiedade para partir —, Crasso deixou Roma usando o manto vermelho e o uniforme completo de um general no serviço ativo. Pompeu, seu colega de consulado, saiu da sede do Senado para vê-lo partir. O tribuno Ateio Capito tentou prendê-lo no fórum por mover aquela guerra ilegal e, quando os lugares-tenentes de Crasso o afastaram com violência, ele correu na frente até os portões da cidade e armou um braseiro. No momento em que Crasso passou, ele jogou incenso e libações às chamas e invocou maldições sobre ele e a expedição, misturando os encantos com os nomes de divindades estranhas e terríveis. O povo de Roma, supersticioso, ficou amedrontado e gritou para Crasso que não fosse. Mas ele apenas riu e, com um vivaz aceno final, deu as costas para a cidade e esporeou seu cavalo.

ASSIM FOI A vida de Cícero nesse período, pisando em ovos entre os três grandes homens no Estado, esforçando-se para se manter em bons termos com todos eles, submetendo-se às suas ordens, desesperando-se em particular com o futuro da república, mas esperando e ansiando por tempos melhores.

Ele buscava refúgio em seus livros, especialmente de filosofia e de história, e um dia, pouco depois da partida de Quinto para se juntar a César na Gália, anunciou-me que tinha decidido produzir uma obra própria. Era muito perigoso, disse, escrever um ataque aberto ao atual estado da política em Roma. Mas ele poderia abordá-lo de uma maneira diferente, atualizando a *República* de Platão e expondo que aparência um Estado ideal poderia ter.

— Quem poderia fazer objeção a isso?

A resposta, pensei, era um grande número de pessoas, mas guardei essa opinião para mim mesmo.

Recordo a escrita dessa obra, que acabou nos tomando afinal de contas quase três anos, como um dos períodos mais satisfatórios de minha vida. Como a maior parte das composições literárias, ela envolveu muito sofrimento e falsos começos. Originalmente, ele planejava escrevê-la em nove rolos, que depois reduziu para seis. Decidiu lhe dar a forma de uma conversa imaginária entre um grupo de personagens históricos — destacando-se entre eles um de seus heróis, Cipião Emiliano, o conquistador de Cartago — que se reúnem numa vila durante um feriado religioso para discutir a natureza da política e como as sociedades deveriam ser organizadas. Ele raciocinou que ninguém se importaria se noções perigosas fossem postas nas bocas das grandes figuras da história romana.

Ele começou a ditar a obra em sua nova vila em Cumas, durante o recesso senatorial. Consultava todos os textos antigos, e num dia particularmente memorável viajamos até a vila de Fausto Cornélio Sula, o filho do antigo ditador, que morava a uma pequena distância de nós ao longo da costa. Milão, o aliado de Cícero, que subia na política, acabara de se casar com a irmã gêmea de Sula, Fausta, e no desjejum da cerimônia, a que Cícero compareceu, Sula o convidara a usar sua biblioteca sempre que desejasse. Tratava-se de uma das maiores coleções na Itália. Os volumes foram trazidos de Atenas pelo ditador Sula quase trinta anos antes, e incluíam, assombrosamente, a maior parte dos manuscritos originais de Aristóteles, escritos com a própria letra do filósofo três séculos antes. Enquanto viver, nunca esquecerei a sensação de desenrolar cada um dos oito livros da *Política*: pequeninos cilindros de minúsculos caracteres gregos, as bordas ligeiramente danificadas pela umidade das cavernas da Ásia Menor onde passaram muitos anos escondidos. Era como recuar no tempo e tocar a face de um deus.

Mas estou divagando e me afastando demais do assunto. O cerne da questão foi que Cícero pela primeira vez expôs sua crença política às claras, e posso resumi-la numa frase: que a política é a mais nobre de todas as vocações ("não há realmente nenhuma outra ocupação em que a virtude humana se aproxime mais da augusta função dos deuses"); que não há "nenhum motivo mais nobre para ingressar na vida pública que a resolução de não ser governado por homens perversos"; que a nenhum indivíduo, ou combinação de indivíduos, deveria ser permitido adquirir poder demais; que a política é uma profissão, não um passatempo para diletantes (nada é pior que o governo liderado por "poetas inteligentes"); que um estadista deve devotar sua vida ao estudo da "ciência da política, para adquirir de antemão todo o conhecimento que lhe poderá ser necessário usar em algum momento futuro"; que a autoridade num Estado deve sempre ser dividida; e que, das três formas conhecidas de governo — monarquia, aristocracia e povo —, a melhor é uma mistura de todas as três, pois cada uma por si só pode levar ao desastre: reis podem ser caprichosos; aristocratas, interesseiros; e "uma multidão desenfreada gozando de desusado poder pode ser mais aterradora que uma conflagração ou um mar em fúria".

Hoje releio muitas vezes *Da república*, sempre me comovendo, especialmente pela passagem no fim do livro seis, em que Cipião descreve como seu avô lhe aparece num sonho e o leva até o céu para lhe mostrar a pequenez da Terra se comparada à grandeza da via Láctea, em cujas estrelas residem os espíritos dos estadistas mortos. A descrição foi inspirada pelo vasto e claro céu noturno acima da baía de Nápoles:

> *Olhei em todas as direções, e tudo pareceu maravilhosamente belo. Havia estrelas que nunca vemos da Terra, e elas eram maiores do que jamais imaginamos. As esferas astrais eram muito maiores que a Terra; de fato, a própria Terra me pareceu tão pequena que senti desdém de nosso império, que abrange apenas um único ponto, por assim dizer, sobre sua superfície.*

"Se ao menos você olhar para o alto", diz o velho a Cipião, "e contemplar esse lar eterno e lugar de repouso, não mais se incomodará com as intrigas do populacho ou depositará sua confiança na recompensa humana por seus feitos. Tampouco a reputação de nenhum homem durará muito tempo, pois o que os homens dizem morre com eles e é riscado com o esquecimento da posteridade."

Compor passagens como esta foi o principal consolo de Cícero nos dias solitários de seus anos de desfavor. Mas a perspectiva de vir a ter um dia oportunidade de pôr esses princípios em prática parecia realmente remota.

TRÊS MESES DEPOIS que Cícero começou a escrever *Da república*, no verão do septingentésimo aniversário de Roma, Júlia, a mulher de Pompeu, deu à luz um menino. Assim que lhe deram a notícia quando ele se levantava, Cícero se apressou a visitar o feliz casal levando um presente, pois o filho de Pompeu e neto de César seria uma presença poderosa nos anos vindouros, e ele queria estar entre os primeiros a apresentar suas congratulações.

Não fazia muito tempo que o sol nascera, mas já estava quente. No vale sob a casa de Pompeu avultava seu teatro recém-inaugurado, com seus templos, jardins e pórticos, seu mármore branco novo e deslumbrante ao sol. Cícero havia comparecido à cerimônia de dedicação do teatro apenas alguns meses antes — um espetáculo que incluíra lutas envolvendo quinhentos leões, quatrocentas panteras, dezoito elefantes e os primeiros rinocerontes vistos em Roma. Tudo aquilo lhe parecera revoltante, em especial o massacre dos elefantes: *Que prazer pode um homem culto tirar da visão de um homem fraco sendo despedaçado por um animal poderoso ou de uma nobre criatura sendo trespassada por uma lança de caça?* Mas, naturalmente, havia guardado seus sentimentos para si.

No momento em que entrou na imensa casa, ficou claro que algo terrível havia acontecido. Senadores e protegidos de Pompeu estavam parados em grupos preocupados, silenciosos. Alguém cochichou para Cícero que nenhum anúncio tinha sido feito, mas o fato de Pompeu não ter aparecido e um vislumbre, mais cedo, de várias criadas de Júlia correndo e chorando por um pátio interno sugeriam o pior. De repente houve uma agitação, uma cortina se abriu e Pompeu emergiu em meio a um séquito de escravos. Ele parou, como se estivesse chocado pelo número de pessoas à sua espera, e procurou um rosto conhecido entre eles. Seus olhos caíram sobre Cícero. Levantou a mão e andou até ele. Todos observavam. A princípio, Pompeu parecia completamente calmo, os olhos limpos. Mas ao chegar ao seu velho aliado o esforço do autocontrole se tornou de repente demais para ele suportar: todo o seu corpo e rosto pareceram bambear, e com um terrível grito estrangulado ele falou:

— Ela está morta!

Um grande gemido percorreu a vasta sala — de genuíno choque e pesar, não tenho dúvida, mas também de alarme, pois aqueles homens eram políticos e aquilo era algo muito maior que a morte de uma jovem, por mais trágico que isso fosse. Cícero, também já em lágrimas, envolveu Pompeu em um abraço e tentou consolá-lo, e depois de algum tempo o cônsul o convidou para entrar e ver o corpo. Sabendo como Cícero era melindroso com relação à morte, pensei que ele poderia tentar recusar, mas isso teria sido impossível. Ele não estava sendo convidado puramente como um amigo: ele deveria ser uma testemunha oficial em nome do Senado no que era um assunto de Estado. Saiu segurando a mão de Pompeu, e, quando retornou pouco depois, os outros se reuniram à sua volta.

— Ela começou a sangrar novamente pouco após o nascimento — contou Cícero —, e o fluxo não pôde ser detido. O fim foi tranquilo e ela foi corajosa, como convém à sua linhagem.

— E a criança?

— Não passa de hoje.

Esse anúncio foi recebido por mais gemidos, e em seguida todos partiram para espalhar a notícia pela cidade. Cícero me disse:

— A pobre menina estava mais branca que o lençol em que a enrolaram. E o menino estava cego e flácido. Eu realmente sinto muito por César. Ela era sua filha única. É como se as profecias de Catão sobre a ira dos deuses estivessem começando a se concretizar.

Voltamos para casa, onde Cícero escreveu para César uma carta de consolo. Por azar, César estava no lugar mais inacessível onde poderia estar, tendo atravessado para a Britânia novamente, dessa vez com uma força de invasão de vinte e sete mil homens, Quinto entre eles. Só quando voltou à Gália, vários meses mais tarde, ele encontrou os pacotes de cartas que o informavam da morte de sua filha. Segundo todos os relatos, ele não deu mostra de um tremor de emoção, mas se retirou para seus aposentos, não falou do assunto e depois de três dias de luto oficial prosseguiu com suas obrigações normais. O segredo de suas realizações era, suponho, sua completa indiferença à morte de quem quer que fosse — inimigo ou amigo, sua filha única ou até, em última análise, ele mesmo —, uma frieza que escondia sob suas famosas camadas de charme natural.

Pompeu se encontrava no extremo oposto do espectro humano. Todas as suas profundezas estavam expostas. Ele amou suas diferentes mulheres com grande (alguns diziam excessiva) ternura, e Júlia mais que todas as outras. No funeral dela — que foi, apesar das objeções de Catão, uma cerimônia oficial realizada no fórum —, ele teve dificuldade de pronunciar o elogio por entre as lágrimas e, no geral, deu a impressão de estar completamente arrasado. As cinzas foram posteriormente enterradas num mausoléu no recinto de um dos templos de Pompeu no Campo de Marte.

Deve ter sido talvez dois meses depois que ele pediu para Cícero ir vê-lo e lhe mostrou a carta que tinha acabado de receber de César. Após lamentar com ele a perda de Júlia e lhe agradecer suas condolências, César propunha uma nova aliança marital, porém duas vezes mais forte: ele daria a Pompeu a mão da neta de sua irmã, Otávia, e queria que Pompeu lhe desse em troca a de sua filha, Pompeia.

— Como você interpreta isto? — perguntou o cônsul. — Creio que os ares bárbaros da Britânia devem ter-lhe afetado o cérebro. Para começar, minha filha já está prometida a Fausto Sula; que deveria eu dizer a ele? "Sinto muito, Sula, mas apareceu alguém mais importante"? Segundo, que Otávia já é casada, não com uma pessoa qualquer, mas com Caio Marcelo. Como ele vai reagir se eu furtar sua esposa? Diabos, o próprio César já é casado e, diga-se de passagem, com aquela pobre criaturinha apagada da Calpúrnia! Todas essas vidas teriam de ser viradas de cabeça para baixo, e nesse ínterim o lado da cama da minha querida Júlia ainda nem esfriou! Sabe que eu ainda não tive sequer coragem de limpar as escovas de cabelo dela?

Para variar, Cícero se viu falando em favor de César.

— Tenho certeza de que ele está pensando apenas na estabilidade da república.

Mas Pompeu não se deixou apaziguar.

— Bem, não vou aceitar. Se eu me casar pela quinta vez, será com uma mulher de minha escolha. Quanto a César, que encontre uma noiva diferente para si.

Cícero, que gostava de intrigas, não pôde resistir a descrever a carta de César para vários amigos, obrigando cada um a jurar segredo. Naturalmente, depois de extrair um juramento similar, cada amigo a mencionou a vários outros, e assim foi até que a notícia da proposta de César se tornou o assunto de Roma. Marcelo em especial ficou indignado por ver César falar de sua mulher como se ela fosse um bem móvel que lhe pertencesse. César ficou embaraçado quando soube o que estava sendo dito; culpou Pompeu por revelar seus planos. Pompeu não se desculpou; culpou César, por sua vez, pela falta de jeito em seus arranjos matrimoniais. Mais uma rachadura havia aparecido no monólito.

VII

No ano seguinte, durante o recesso do Senado, Cícero partiu como de costume com a família para Cumas no intuito de continuar trabalhando em seu livro político, e eu, como de costume, o acompanhei. Isso não foi muito antes de meu quinquagésimo aniversário.

Durante a maior parte de minha vida gozei de boa saúde. Mas quando, para interromper a viagem, chegamos às frias altitudes montanhosas de Arpino, comecei a tremer, e na manhã seguinte mal podia mover meus membros. Quando tentei continuar com os outros, desmaiei e tive de ser carregado para a cama. Cícero não teria podido ser mais bondoso. Ele adiou sua partida na esperança de que eu me recuperasse. Mas minha febre piorou, e me contaram mais tarde que ele passou longas horas à minha cabeceira. No fim, teve de me deixar para trás, com instruções aos escravos domésticos de que eu deveria receber exatamente os mesmos cuidados que dariam a ele. Dois dias depois ele escreveu de Cumas para dizer que estava me enviando seu médico grego, Andrico, e também um cozinheiro: *Se gosta de mim, trate de ficar bom e de se unir a nós quando se recuperar por completo. Adeus.*

Andrico me purgou e me sangrou. O cozinheiro preparou refeições deliciosas que eu estava doente demais para comer. Cícero escrevia constantemente.

> *Você não pode imaginar como estou aflito em relação à sua saúde. Se você aliviar minha mente quanto a isso, aliviarei a sua de todas as preocupações. Eu escreveria mais se pensasse que você poderia ler com algum prazer. Aplique seu inteligente cérebro, que tanto valorizo, à tarefa de se preservar para nós dois.*

Após cerca de uma semana, a febre abrandou. Mas naquela altura estava tarde demais para seguir viagem até Cumas. Cícero escreveu dizendo que, em vez disso, eu devia ir ao encontro dele em Fórmias, em seu caminho de volta para Roma.

> *Que eu possa encontrá-lo lá, meu caro Tiro, bem e forte. Minha (nossa) produção literária tem andado cabisbaixa, sentindo sua falta. Ático está hospedado aqui comigo, divertindo-se com um alegre estado de espírito. Ele quis ouvir minhas composições, mas eu lhe disse que na sua ausência minha língua de autoria está completamente amarrada. Você precisa se preparar para retomar seus serviços às minhas Musas. Minha promessa será cumprida no dia marcado. Agora trate de ficar completamente bem. Em breve estarei com você. Adeus.*

Aliviarei sua mente de todas as preocupações... Minha promessa será cumprida no dia marcado... Li as cartas várias vezes, tentando compreender essas duas frases. Deduzi que ele devia ter dito algo enquanto eu estava delirante, mas eu não tinha nenhuma lembrança do que era.

Como combinado, cheguei à vila em Fórmias na tarde de meu quinquagésimo aniversário, no dia 28 de abril. Estava frio e ventando, nada propício, com pancadas de chuva vindo do mar. Eu ainda me sentia frágil. O esforço de correr para a casa de modo a não ficar ensopado me deixou tonto. O lugar parecia deserto e perguntei a mim mesmo se teria compreendido mal as instruções que recebera. Fui de cômodo em cômodo, gritando, até que ouvi uma risada abafada de menino vindo do triclínio. Abri a cortina e descobri toda a sala de jantar abarrotada de pessoas tentando se manter em silêncio:

Cícero, Terência, Túlia, Marco, o jovem Quinto Cícero, todos os criados da casa, e (de maneira ainda bizarra) o pretor Caio Marcelo com seus lictores — aquele mesmo nobre Marcelo cuja mulher César havia tentado dar de presente a Pompeu e que tinha uma vila ali perto. Ao ver meu semblante espantado, todos começaram a rir, quando então Cícero me tomou pela mão e me levou para o centro da sala enquanto os outros abriam espaço para nós. Senti meus joelhos bambearem.

— Quem deseja neste dia libertar este escravo? — perguntou Marcelo.

— Eu desejo — respondeu Cícero.

— Você é o proprietário legal?

— Sou.

— Por que razões ele deve ser libertado?

— Ele mostrou grande lealdade e prestou serviço exemplar à nossa família desde que nasceu na condição de escravidão, além de a mim em particular e também ao Estado romano. Seu caráter é firme, e ele é merecedor da liberdade.

Marcelo assentiu com a cabeça.

— Pode prosseguir.

O lictor tocou brevemente seu bastão do cargo em minha cabeça. Cícero se postou diante de mim, segurou os meus ombros e recitou a simples fórmula legal:

— Que este homem seja livre.

Cícero tinha lágrimas nos olhos; eu também. Gentilmente me girou até eu ficar de costas para ele e me soltou, como um pai que solta uma criança para que ela dê os primeiros passos.

É difícil para mim descrever a alegria de me tornar livre. Foi Quinto quem melhor a expressou quando me escreveu da Gália: *Eu não poderia ter ficado mais feliz, meu caro Tiro, acredite-me. Antes você era nosso escravo, mas agora é nosso amigo.* Externamente, nada mudou muito. Continuei vivendo sob o teto de Cícero e desempenhando as mesmas obrigações. Mas em meu coração eu era um homem diferente. Troquei minha túnica por uma toga — uma roupa incômoda que eu usava sem desenvoltura ou conforto, mas com intenso orgulho. E pela primeira vez comecei a fazer meus próprios planos. Passei a compilar um dicionário completo de todos os símbolos e abreviações empregados em meu sistema de taquigrafia, junto com instruções sobre como usá-lo. Redigi um plano para um livro de gramática de latim. Também reexaminava minhas caixas de anotações sempre que tinha um tempo livre e copiava citações de coisas particularmente divertidas ou inteligentes pronunciadas por Cícero ao longo dos anos. Ele aprovava enfaticamente a ideia de um livro sobre sua sagacidade e sabedoria. Muitas vezes, após um comentário particularmente impressionante, parava e dizia: "Anote isso, Tiro — é mais um para o seu compêndio." Pouco a pouco ficou entendido entre nós que, se eu lhe sobrevivesse, escreveria sua biografia.

Perguntei-lhe uma vez por que esperara tanto tempo para me libertar e por que decidira fazê-lo naquele momento. Ele respondeu:

— Bem, você sabe que posso ser um homem egoísta e dependo inteiramente de você. Pensava comigo mesmo: "Se eu o libertar, o que o impedirá de ir embora e transferir sua lealdade para César, Crasso ou algum outro? Eles certamente lhe pagariam muito por tudo que sabe sobre mim." Depois, quando você adoeceu em Arpino, compreendi como seria injusto que morresse na servidão e assim fiz minha promessa, ainda que você estivesse febril demais para compreendê-la. Se alguma vez houve um homem que mereceu a nobreza da liberdade, é você, meu caro Tiro. Além disso — acrescentou ele com uma piscadela —, hoje em dia não tenho segredos que valha a pena vender.

Por mais que o amasse, eu queria terminar meus dias sob meu próprio teto. Eu tinha algumas economias e agora recebia um salário; fantasiei com a ideia de comprar uma pequena propriedade perto de Cumas, onde pudesse criar algumas cabras e galinhas e cultivar minhas próprias vinhas e oliveiras. Mas temia a solidão. Suponho que poderia ter ido ao mercado de escravos e comprado uma companhia para mim, mas a ideia me repelia. Eu sabia com quem queria compartilhar esse sonho de uma vida futura: Ágata, a jovem escrava grega que eu havia conhecido na casa de Lúculo e cuja liberdade pedira a Ático que comprasse em meu nome antes de ir para o exílio com Cícero. Ático confirmou ter feito o que eu havia pedido e que ela fora liberta.

Mas, embora eu tivesse feito perguntas sobre o que lhe acontecera e tivesse sempre ficado de olho ao caminhar por Roma, ela havia desaparecido nas multidões da Itália.

NÃO TIVE MUITO tempo para desfrutar minha liberdade em tranquilidade. Meus modestos planos, como os de todos os demais, estavam prestes a ser ridicularizados pela imensidão dos acontecimentos. Como dissera Plauto:

Não importa o que a mente possa esperar
O futuro está nas mãos dos deuses.

Algumas semanas depois de minha libertação, no mês que na época era chamado de quintil, mas que nos pedem agora que chamemos de julho, eu andava apressado pela via Sacra, tentando não tropeçar em minha nova toga, quando vi uma multidão reunida adiante. As pessoas estavam mortalmente imóveis, não animadas como em geral ficavam quando uma das vitórias de César era postada no quadro branco. Pensei imediatamente que ele devia ter sofrido uma derrota terrível. Juntei-me à parte de trás da aglomeração e perguntei ao homem diante de mim o que estava acontecendo. Irritado, ele olhou de relance para trás e murmurou com uma voz aturdida:

— Crasso foi morto.

Continuei ali o suficiente para me inteirar dos poucos detalhes disponíveis. Em seguida, voltei às pressas para contar as novas a Cícero. Ele estava trabalhando em seu gabinete. Dei a notícia, ofegante, e ele se levantou rapidamente, como se não se devesse receber sentado uma informação tão grave.

— Como isso aconteceu?

— Em batalha, pelo que se conta... no deserto, perto de uma cidade da Mesopotâmia chamada Carras.

— E o exército dele?

— Derrotado... aniquilado.

Cícero se limitou a me olhar por um tempo. Depois gritou, mandando um escravo trazer seus sapatos e outro providenciar uma liteira. Perguntei-lhe aonde ia.

— Ver Pompeu, é claro... Venha comigo.

Era um sinal da preeminência de Pompeu que, sempre que havia uma crise importante no Estado, era para sua casa que as pessoas corriam — fossem os cidadãos comuns, que naquele dia enchiam as ruas vizinhas com multidões silenciosas e atentas, ou fossem os senadores mais velhos, que mesmo naquele momento chegavam em suas liteiras e eram introduzidos pelos criados de Pompeu às áreas interiores de sua moradia. Por acaso, ambos os cônsules eleitos, Calvino e Messala, foram indiciados por suborno e tinham sido impedidos de tomar posse. Presente no lugar deles estava a liderança informal do Senado, incluindo ex-cônsules sêniores, como Cota, Hortênsio e o mais idoso Cúrio, e homens mais jovens proeminentes, como Enobarbo, Cipião Násica e M. Emílio Lépido. Pompeu assumiu o comando da reunião. Conhecia o império oriental melhor do que ninguém: afinal, conquistara grande parte dele. Anunciou que tinha acabado de chegar um despacho do legado de Crasso, G. Cássio Longino, que havia conseguido escapar do território inimigo e voltar à Síria, e que, se todos estivessem de acordo, passaria a lê-lo em voz alta naquele momento.

Cássio era um homem frio, austero — "pálido e magro", como César mais tarde se queixou —, pouco propenso a se gabar ou mentir, de modo que suas palavras foram ouvidas com o maior respeito. Segundo ele, o rei parta, Orodes II, tinha enviado um emissário a Crasso na véspera da invasão para dizer que estava disposto a se apiedar dele como um homem idoso e permitir que retornasse em paz a Roma. Crasso, contudo, havia respondido de modo presunçoso que daria sua resposta na capital parta, Selêucia, diante do que o emissário caíra na risada e apontara para a palma da própria mão virada para cima, dizendo:

— Crescerá pelo aqui, Crasso, antes que você ponha os olhos em Selêucia!

A força romana de sete legiões, mais oito mil cavaleiros e arqueiros, havia atravessado o Eufrates em Zeugma debaixo de uma tempestade — por si só um mau augúrio —, e em certo ponto durante as oferendas tradicionais para aplacar os deuses, Crasso deixara cair as entranhas do animal sacrificial na areia. Embora tenha tentado fazer uma piada com a gafe — "É no que dá ser um velho, rapazes, mas posso segurar minha espada com bastante firmeza!" —, os soldados gemeram, lembrando-se das maldições que tinham acompanhado sua partida de Roma. *Eles já sentiam*, escreveu Cássio, *que estavam condenados.*

> *A partir do Eufrates* [continuou ele], *adentramos cada vez mais nas profundezas do deserto, com provisões insuficientes de água e nenhum senso claro de uma rota ou objetivo. A terra é plana, desprovida de caminhos e trilhas, e não há uma árvore viva sequer para oferecer sombra. Após vagar por oitenta quilômetros com mochilas cheias sobre areia fofa em meio a tempestades de deserto durante as quais centenas de nossos homens sucumbiram à sede e ao calor, chegamos a um rio chamado Balisso. Lá pela primeira vez nossos batedores avistaram elementos das forças inimigas na margem oposta. Por ordem de M. Crasso, cruzamos o rio ao meio-dia e saímos à procura deles. Mas a essa altura o inimigo tinha voltado a desaparecer por completo. Marchamos por mais várias horas até chegarmos ao meio de um descampado. De repente, de toda parte à nossa volta, ouvimos a batida de tímpanos. Nesse momento, como se brotasse da areia, surgiu de todas as direções uma imensa horda de arqueiros montados. Os estandartes de seda do comandante parta, Silaces, podiam ser vistos na retaguarda.*
>
> *Contra o conselho de oficiais mais experientes, M. Crasso ordenou que o exército fosse disposto num único grande quadrado, doze coortes de lado a lado. Em seguida, nossos arqueiros foram enviados à frente para travar batalha com o inimigo. Eles, no entanto, logo foram obrigados a recuar em face das forças vastamente superiores e da velocidade de manobra dos partos. As flechas inimigas espalharam muita matança pelas nossas fileiras cerradas. A morte tampouco chegou de maneira fácil ou rápida. Na convulsão e na agonia de sua dor, nossos homens se contorciam quando as flechas os atingiam; eles as quebravam em seus ferimentos e depois laceravam sua carne tentando arrancar as pontas de flecha barbadas que haviam penetrado em suas veias e músculos. Muitos morreram dessa maneira, e mesmo os sobreviventes não estavam em condições de fugir. Suas mãos estavam amarradas a seus escudos e seus pés pregados no chão, de tal forma que eram incapazes tanto de sair correndo quanto de se defender. Quaisquer esperanças de que essa chuva assassina fosse mais cedo ou mais tarde se exaurir foram frustradas pela visão de novas provisões de flechas aparecendo no campo de batalha sobre filas de camelos com carregamentos pesados.*

Compreendendo o risco de que o exército fosse logo inteiramente eliminado, P. Crasso solicitou ao pai permissão para levar sua cavalaria, ao lado de alguns homens da infantaria e de arqueiros, e penetrar na linha que os cercava. M. Crasso endossou o plano. Essa força de rompimento de cerca de seis mil homens avançou, e os partos recuaram rapidamente. Mas, embora tivesse recebido ordens expressas de não perseguir o inimigo, Públio desobedeceu às instruções. Seus homens continuaram avançando até ficar fora da vista do corpo principal do exército, e nesse momento os partos reapareceram às costas deles. Rapidamente cercado, Públio recuou com seus homens para um estreito espinhaço, onde se tornaram alvo fácil. Mais uma vez os arqueiros inimigos fizeram seu trabalho assassino. Percebendo que a situação era irremediável e temendo ser capturado, Públio se despediu de seus homens e lhes disse que se mantivessem em segurança. Em seguida, incapaz de usar a mão, que havia sido perfurada por uma flecha, ele apresentou seu flanco a seu escudeiro e lhe ordenou que o trespassasse com sua espada. Muitos de seus oficiais seguiram seu exemplo e se autoimolaram.

Após devastarem o local onde estavam, os partas cortaram a cabeça de Públio e a fixaram numa lança. Em seguida, levaram-na de volta para o exército romano e cavalgaram ao longo de nossas linhas, provocando M. Crasso a vir olhar para o filho. Vendo o que havia acontecido, ele se dirigiu a nossos homens com estas palavras: "Romanos, esta aflição é algo particular que só a mim pertence. Mas em vocês, que estão sãos e salvos, vive a grande fortuna e a glória de Roma. E agora, se têm alguma piedade de mim, que perdi o melhor filho que algum pai jamais teve, mostrem-na na fúria com que enfrentam o inimigo."

Lamentavelmente, eles não lhe deram ouvidos. Pelo contrário, essa visão, mais do que todas as outras coisas terríveis que aconteceram, destruiu o moral e paralisou a energia de nossas forças. A matança vinda do ar recomeçou, e é certo que o exército inteiro teria sido aniquilado se a noite não tivesse caído e os partas se retirado, gritando que dariam a noite a Crasso para que chorasse pelo filho e retornariam de manhã para terminar o serviço.

Isso nos deu uma oportunidade. Com M. Crasso prostrado de dor e desespero e não mais capaz de emitir ordens, assumi o comando de nossas forças, e no silêncio e sob o abrigo da escuridão, aqueles que podiam andar fizeram uma marcha forçada até a cidade de Carras, deixando para trás, em meio aos mais confrangedores gritos e apelos, cerca de quatro mil feridos que foram ou massacrados ou escravizados pelos partas no dia seguinte.

Em Carras, nossas forças se dividiram. Conduzi quinhentos homens em direção à Síria enquanto M. Crasso levou o grosso do restante do nosso exército para as montanhas da Armênia. Relatos de espiões indicam que do lado de fora da fortaleza de Sinnaca ele foi confrontado por um exército comandado por um subordinado do rei parto, que lhe propôs uma trégua. M. Crasso foi compelido por seus legionários amotinados a ir em frente e negociar, ainda que acreditasse que aquilo se tratava de uma armadilha. Ao partir, ele se virou e disse estas palavras: "Peço a todos vocês oficiais romanos presentes que vejam que estou sendo forçado a tomar este caminho. Vocês são testemunhas do tratamento vergonhoso e violento que recebi. Mas, se escaparem e voltarem para casa a salvo, digam a todos que Crasso morreu enganado pelo inimigo, não entregue aos partos por seus próprios compatriotas."

Essas foram suas últimas palavras conhecidas. Ele foi morto junto de seus comandantes legionários. Fui informado de que mais tarde sua cabeça foi entregue pessoalmente ao rei dos partos por Silaces durante uma encenação de As bacantes *e que foi usada como um acessório no palco. Mais tarde, o rei fez com que a boca de Crasso fosse preenchida com ouro derretido e comentou: "Empanturre-se agora com o metal pelo qual durante a vida você foi tão ganancioso."*

Aguardo as ordens do Senado.

Quando Pompeu terminou de ler, fez-se silêncio.

Finalmente Cícero disse:

— Temos alguma ideia de quantos homens perdemos?

— Estimo trinta mil.

Um gemido de consternação foi emitido pela assembleia dos senadores. Alguém disse que, se isso fosse verdade, essa era a pior derrota desde que Aníbal havia liquidado o exército do Senado em Canas, cento e cinquenta anos antes.

— Este documento — declarou Pompeu, agitando o despacho de Cássio — não deve sair desta sala.

— Concordo — disse Cícero. — A franqueza de Cássio é admirável em particular, mas uma versão menos alarmante deve ser preparada para o povo, enfatizando a bravura de nossos legionários e seus comandantes.

Cipião, que era sogro de Públio, disse:

— Sim, todos eles morreram como heróis... É isto que devemos dizer a todos. É o que direi a minha filha, certamente. A pobre menina já é viúva aos 19 anos.

— Por favor, dê-lhe minhas condolências — disse Pompeu.

Em seguida Hortênsio se pronunciou. O ex-cônsul estava na casa dos 60 anos e quase aposentado, mas ainda era ouvido com respeito.

— O que acontecerá agora? Presumivelmente os partos não deixarão as coisas assim. Sabendo de nossa fraqueza, irão invadir a Síria em retaliação. Mal podemos reunir uma legião para defendê-la e estamos sem um governador por lá.

— Eu proponho que tornemos Cássio governador interino — sugeriu Pompeu. — Ele é um homem severo e implacável, exatamente o que esta emergência exige. Quanto ao exército... bem, ele deve recrutar e treinar um novo no local.

Enobarbo, que nunca perdia uma oportunidade de solapar César, disse:

— Todos os nossos melhores lutadores estão na Gália. César tem dez legiões... uma quantidade imensa. Por que não lhe ordenamos que envie umas duas para a Síria de modo a preencher essa brecha?

À menção do nome de César houve uma perceptível agitação de hostilidade na sala.

— Ele recrutou essas legiões — ressaltou Pompeu. — Concordo que elas seriam mais úteis no oriente, mas César considera esses homens dele.

— Bem, ele precisa ser lembrado de que não são. Esses homens existem para servir à república, não a César.

Ao ver todos os senadores balançando a cabeça vigorosamente em assentimento, Cícero disse mais tarde que só naquele momento compreendeu o verdadeiro significado da morte de Crasso.

— Porque, meu caro Tiro, o que aprendemos enquanto escrevíamos nosso *Da república*? Divida o poder em três num Estado e a tensão estará em equilíbrio; divida-o em dois e mais cedo ou mais tarde um lado tentará dominar o outro... É natural. Por mais desonroso que fosse, Crasso pelo menos preservava o equilíbrio entre Pompeu e César. Mas, com ele morto, quem o fará agora?

E ASSIM COMEÇAMOS a nos dirigir rumo à calamidade. Por vezes, Cícero era astuto o suficiente para perceber isso.

— Pode uma constituição arquitetada séculos atrás para substituir uma monarquia, e baseada numa milícia de cidadãos, esperar governar um império cuja abrangência está além de qualquer coisa jamais sonhada por seus formuladores? Ou devem a existência de exércitos permanentes e o influxo de inconcebível riqueza destruir inevitavelmente nosso sistema democrático?

Depois, em outros momentos, ele rejeitava essa conversa apocalíptica como excessivamente melancólica e afirmava que a república suportara toda espécie de desastres no passado — invasões, revoluções, guerras civis — e lhes havia sempre sobrevivido de alguma maneira: por que deveria ser diferente desta vez?

Mas foi.

As eleições naquele ano foram dominadas por dois homens. Clódio procurava ser pretor, e Milão concorria ao consulado. A violência e os subornos da campanha foram além de qualquer coisa que a cidade jamais vira, e novamente o dia da votação teve de ser adiado várias vezes. Fazia agora mais de um ano desde que a república elegera cônsules legítimos. O Senado era presidido por regentes, muitas vezes nulos, em mandatos rotativos de cinco dias; os fasces dos cônsules eram depositados simbolicamente no Templo de Libitina, deusa dos mortos. *Volte depressa para Roma,* escreveu Cícero para Ático, que estava em outra de suas viagens de negócios. *Venha ver as cascas vazias da verdadeira velha República Romana que conhecemos outrora.*

Uma medida do quanto a situação se tornava terrível era que Cícero depositava todas as esperanças em Milão, ainda que este fosse inteiramente o seu oposto: rude e brutal, desprovido de eloquência e de qualquer habilidade política além da encenação de jogos gladiatórios para empolgar os eleitores, cujos custos o deixaram falido. Não era mais útil a Pompeu, que não queria ter mais nenhuma relação com ele e que apoiava seus adversários, Cipião Násica e Plátio Hipseu. Cícero, no entanto, ainda precisava de Milão. *Concentrei firmemente todos os meus esforços, todo o meu tempo, desvelo, diligência e pensamento, toda a minha mente em suma, em conquistar o consulado para Milão.* Ele o via como o melhor bastião contra a eventualidade que mais temia: a eleição de Clódio para o consulado.

Cícero me pediu várias vezes para prestar pequenos serviços a Milão durante essa campanha. Por exemplo, reexaminei todos os nossos arquivos e preparei listas de nossos antigos partidários para ele lhes solicitar votos. Também organizei reuniões entre ele e os protegidos de Cícero nos vários quartéis-generais tribais. Cheguei até a lhe levar sacos de dinheiro que Cícero tinha levantado junto a doadores abastados.

Um dia no ano-novo, Cícero me pediu um favor: que eu passasse um breve tempo observando a campanha de Milão em primeira mão.

— Para dizer a coisa sem meias palavras, estou com medo de que ele perca. Você conhece eleições tão bem quanto eu. Observe-o com os eleitores. Veja se alguma coisa pode ser feita para melhorar suas chances. Se ele perder e Clódio ganhar, não preciso lhe dizer como será desastroso para mim.

Não posso fingir que fiquei feliz com a tarefa, mas fiz o que me foi pedido: no dia 18 de janeiro apareci na casa de Milão, que ficava na parte mais íngreme do Palatino, atrás do Templo de Saturno. Uma multidão apática estava reunida do lado de fora, mas do próprio aspirante a cônsul não havia nenhum sinal. Foi naquele momento que soube que a candidatura de Milão estava com problemas. Se um homem está se candidatando a um cargo e sente que tem uma chance de ganhar, trabalha todas as horas do dia. Mas Milão não emergiu até o meio da manhã, e, quando o fez, me levou para um lado para se queixar de Pompeu, que, segundo ele, estava recebendo Clódio naquela manhã em sua casa de campo nos montes Albanos.

— A ingratidão do homem é inacreditável! Lembra-se de como ele costumava ter tanto medo de Clódio e seu bando que não ousava pôr o pé fora da porta antes que eu levasse meus gladiadores para limpar as ruas? E agora ele levou essa cobra para baixo do próprio teto e, no entanto, não me dá nem um bom-dia!

Compadeci-me dele — todos nós sabíamos como era Pompeu: um grande homem, mas inteiramente preocupado consigo mesmo —, e, em seguida, com tato, tentei conduzir a conversa de volta para a campanha. Não faltava muito para o dia da votação. Onde ele planejava passar esse precioso último período?

— Hoje — anunciou ele — vou para Lanúvio, a terra ancestral de meu avô adotivo.

Mal pude acreditar no que ouvia.

— Você está saindo de Roma, assim tão perto da votação?

— São só pouco mais de trinta quilômetros. Um novo sacerdote deverá ser nomeado para o Templo de Juno, a Salvadora. Ela é a divindade municipal, o que significa que a cerimônia será grandiosa... Você verá, centenas de eleitores estarão lá.

— Mesmo assim, certamente esses eleitores já estão comprometidos com você, dada sua relação com a cidade, não é? Seu tempo não seria mais bem empregado indo ao encalço de eleitores indecisos?

Mas Milão se recusou a levar a discussão adiante. De fato, sua recusa foi tão categórica que agora, olhando em retrospecto, me pergunto se ele já não tinha abandonado a esperança de vencer as eleições nas cabines eleitorais e decidido, em vez disso, sair em busca de confusão. Afinal, Lanúvio também se situa nos montes Albanos, e a estrada para lá nos faria passar praticamente pelos portões de Pompeu. Ele deve ter calculado que havia uma boa chance de encontrarmos Clódio no caminho. Esse teria sido o tipo de oportunidade para arrumar uma briga, algo que ele tanto apreciava.

Quando partimos naquela tarde, Milão havia reunido uma considerável fileira de carroças para bagagens e criados, protegida como de costume por seu pequeno exército privado de escravos e gladiadores armados com espadas e dardos. Milão viajava numa carruagem à frente dessa ameaçadora coluna, junto com sua mulher, Fausta. Convidou-me para me juntar a eles, mas preferi o desconforto de um cavalo a compartilhar uma carruagem com aqueles dois, cujo relacionamento tempestuoso era notório. Seguimos com estrépito pela via Ápia, tirando do caminho arrogantemente todo o restante do tráfego — mais uma vez, observei, péssima tática eleitoral. Tínhamos viajado por cerca de duas horas e estávamos nos arredores de Bovilas quando evidentemente, como seria de se esperar, encontramos Clódio vindo da direção oposta, retornando para Roma.

Clódio estava a cavalo com talvez trinta acompanhantes — menos bem armados que os de Milão e muito menos numerosos. Eu estava no meio. Ao passar, ele olhou para mim. Conhecia-me muito bem como secretário de Cícero e me lançou um olhar fulminante.

O restante de seu grupo o acompanhou. Desviei o olhar. Não queria problemas. Pouco depois, porém, houve um grito atrás de mim, seguido pelo som de aço contra aço. Ao me virar, vi que uma luta eclodira entre nossos gladiadores, que vinham na retaguarda, e alguns dos homens de Clódio. O próprio Clódio já estava um pouco adiante na estrada. Ele fez seu cavalo parar e voltou, e nesse momento Birria, o gladiador que por vezes atuava como guarda-costas de Cícero, lançou um dardo contra ele. O projétil não o atingiu em cheio, mas sim seu flanco, enquanto ele se virava, e sua força quase o derrubou da sela. A ponta barbada se enterrou profundamente na carne. Clódio olhou para ela assombrado, gritou e agarrou a haste com as duas mãos, sua toga branca ficando rubra de sangue.

Seus guarda-costas esporearam seus cavalos e o cercaram. Nosso comboio parou. Percebi que estávamos perto de uma taverna — o mesmo lugar, por estranha coincidência, onde havíamos parado para pegar nossos cavalos na noite em que Cícero fugira de Roma. Milão saltou de sua carruagem com a espada desembainhada e caminhou pela margem da estrada para ver o que estava acontecendo. Homens desmontavam ao longo de toda a coluna. Àquela altura, os acompanhantes de Clódio haviam arrancado o dardo de suas costelas e o ajudavam a chegar à taverna. Ele estava consciente o bastante para se arrastar apoiado nos braços dos companheiros. Nesse ínterim, pequenos grupos de homens lutavam ao longo da estrada e nos campos vizinhos — lutas desesperadas, espasmódicas, algumas a cavalo, outras a pé —, uma confusão tão grande que a princípio não consegui distinguir nossos homens dos deles. Mas pouco a pouco percebi que os nossos estavam vencendo, por causa de nossa superioridade numérica numa relação de três para um. Vi vários homens de Clódio perdendo a esperança na vitória e erguendo os braços em rendição ou caindo de joelhos. Outros simplesmente jogavam suas armas de lado, viravam-se e corriam ou saíam galopando. Ninguém se dava ao trabalho de persegui-los.

Terminada a batalha, Milão, com as mãos nos quadris, supervisionou o cenário, depois, com um gesto, mandou Birria e alguns outros irem buscar Clódio na taverna.

Apeei de meu cavalo. Não fazia ideia do que aconteceria em seguida. Caminhei em direção a Milão. Nesse exato momento ouviu-se um grito, ou melhor, um berro saído da taverna, e Clódio foi arrastado para fora por quatro gladiadores, cada um segurando um membro. Milão tinha um cálculo a fazer: deixaria Clódio vivo e arcaria com as consequências ou o mataria e acabaria com aquilo? Eles o deitaram na estrada a seus pés. Milão pegou um dardo do homem que estava parado a seu lado, verificou a ponta com o polegar, colocou-o no meio do peito de Clódio, agarrou a haste e o cravou com toda a força. Clódio cuspiu sangue. Depois disso, todos se revezaram para retalhar o cadáver, mas não consegui me obrigar a olhar.

EU NÃO ERA nenhum cavaleiro, mas acredito que tenha galopado de volta para Roma numa velocidade que daria orgulho a um soldado da cavalaria. Instiguei minha montaria exausta a subir o Palatino, e pela segunda vez em menos de seis meses me vi dando atabalhoadamente para Cícero a notícia de que um de seus inimigos — o maior de todos — estava morto.

Ele não demonstrou nenhum sinal de prazer. Ficou gélido, calculando. Tamborilou e enfim perguntou:

— Onde está Milão agora?

— Acredito que tenha prosseguido para assistir à cerimônia em Lanúvio, como planejado.

— E o corpo de Clódio?

— A última vez que o vi, continuava à beira da estrada.

— Milão não fez nenhuma tentativa de escondê-lo?

— Não, ele disse que seria inútil. Houve testemunhas demais.

— Isso provavelmente é verdade... Aquele é um local movimentado. *Você* foi visto por muita gente?

— Creio que não. Clódio me reconheceu, mas não os outros.

Ele me deu um sorriso amargo.

— Pelo menos com Clódio não precisamos mais nos preocupar. — Cícero refletiu sobre isso e assentiu. — Foi bom... bom que não o tenham visto. Acho que seria melhor se combinássemos que você passou a tarde toda aqui comigo.

— Por quê?

— Não seria prudente para mim ser envolvido nesse caso, mesmo indiretamente.

— Prevê que isso causará problemas?

— Ah, tenho plena certeza disso. A questão é: quantos?

Acomodamo-nos para esperar que a notícia do que acontecera chegasse a Roma. À luz declinante da tarde, tive dificuldade para expulsar da mente a imagem de Clódio morrendo como um porco espetado. Eu tinha testemunhado a morte antes, mas essa fora a primeira vez que eu vira um homem ser morto diante de mim.

Cerca uma hora antes do cair da noite, o grito penetrante de uma mulher soou em algum lugar nas proximidades. Ele se prolongou indefinidamente — um uivo amedrontador e fantasmagórico.

Cícero se adiantou, abriu a porta para o terraço e ouviu.

— A senhora Fúlvia — disse judiciosamente —, se eu não estiver enganado, acaba de saber que está viúva.

Ele mandou um criado subir o monte e descobrir o que estava acontecendo. Ao voltar, o homem contou que o corpo de Clódio chegara a Roma numa liteira pertencente ao senador Sexto Tédio, que o descobrira à margem da via Ápia. O cadáver havia sido transportado à casa de Clódio e recebido por Fúlvia. Em sua dor e fúria ela o despira, afora as sandálias, apoiara-o, e agora estava sentada ao lado dele na rua, sob archotes acesos, gritando que todos deveriam ir ver o que fora feito a seu marido.

— Ela pretende instigar a multidão — comentou Cícero, ordenando em seguida que a guarda da casa fosse dobrada durante a noite.

Na manhã seguinte foi considerado perigoso demais para Cícero ou qualquer outro senador proeminente se arriscar a sair. Observamos do terraço uma enorme multidão liderada por Fúlvia escoltar o corpo em seu caixão até o fórum e colocá-lo sobre a rostra, então ouvimos os lugares-tenentes de Clódio tentando inflamar os plebeus. Ao fim dos pungentes elogios, os enlutados invadiram a casa do Senado e levaram o cadáver de Clódio para dentro. Em seguida, voltaram pelo fórum até o Argileto e começaram a arrastar bancos, mesas e arcas repletas de volumes para fora das livrarias. Para nosso horror, compreendemos que estavam construindo uma pira funeral.

Por volta do meio-dia, começou a sair fumaça das janelinhas altas que ficavam na câmara do Senado. Chamas alaranjadas e fragmentos de livros queimados rodopiavam ao céu, enquanto do interior vinha um aterrorizante e ininterrupto rugido, como se tivesse sido aberto um buraco para o submundo. Uma hora depois, o teto se partiu de ponta a ponta; milhares de telhas e vigas de madeira em chamas desapareceram da vista sem ruído; houve um estranho intervalo de silêncio; em seguida, o ruído do desabamento passou sobre nós como uma rajada quente de vento.

A fonte de fumaça, poeira e cinzas perdurou por vários dias sobre o centro de Roma na forma de uma nuvem, até que a chuva a lavou; e dessa maneira os últimos vestígios mortais de Públio Clódio Pulcro e o antigo prédio da assembleia que ele detestara a sua vida inteira desapareceram juntos da face da Terra.

VIII

A destruição do Senado teve forte efeito sobre Cícero. Ele foi até lá no dia seguinte sob guarda pesada, empunhando um bastão, e escalou as ruínas fumegantes. A alvenaria enegrecida ainda estava quente ao toque. O vento uivava ao passar pelos buracos escancarados, e de tempos em tempos, acima de nossas cabeças, um pedaço de entulho se desprendia e caía com um baque suave sobre os montes de cinzas. Por seiscentos anos aquele templo se mantivera ali — uma testemunha dos maiores momentos da existência de Roma e de sua própria — e agora desaparecera em menos de uma tarde.

Todos, inclusive Cícero, supunham que Milão partiria para um exílio voluntário ou que pelo menos se manteria bem longe de Roma. Mas isso era subestimar a fanfarrice do homem. Longe de ficar quieto, ele se pôs à frente de uma força ainda maior de gladiadores e voltou à cidade naquela mesma tarde, barricando-se em sua casa. Os partidários enlutados de Clódio a cercaram de imediato, mas foram facilmente afugentados com flechas. Em seguida, saíram em busca de uma fortaleza menos formidável onde descontar a raiva, encontrando uma na casa do regente, Marco Emílio Lépido.

Embora tivesse apenas 36 anos e ainda não fosse sequer pretor, Lépido era integrante do Colégio de Sacerdotes, e, na ausência de algum cônsul eleito, isso era suficiente para fazer dele temporariamente o primeiro magistrado. O dano causado à sua propriedade foi pequeno — o divã nupcial de sua mulher foi quebrado e sua tecelagem, destruída —, mas o ataque gerou um sentimento de indignação e pânico no Senado.

Lépido, sempre consciente de sua dignidade, conferiu ao incidente toda importância que ele podia ter; de fato, esse foi o início de sua elevação à proeminência. (Cícero costumava dizer que Lépido era o político mais sortudo que conheceu; toda vez que criava uma confusão, recebia uma chuva de recompensas: "Ele é uma espécie de gênio da mediocridade.") O jovem regente convocou uma reunião do Senado a ser realizada fora dos muros da cidade, no Campo de Marte, no novo teatro de Pompeu — uma vasta câmara dentro do complexo teve de ser especialmente consagrada para a ocasião —, e convidou Pompeu a comparecer.

Isso aconteceu três dias depois do incêndio da casa do Senado.

Pompeu compareceu, como seria de esperar, descendo majestosamente do monte vindo de seu palácio cercado por duzentos legionários em completa formação de batalha — uma exibição de força inteiramente legal, pois ele possuía *imperium* militar como governador da Espanha. Ainda assim, nada semelhante fora visto desde os dias de Sula. Ele os deixou plantados no pórtico do teatro, entrou e ouviu com modéstia seus partidários pedirem sua nomeação como ditador por seis meses, de modo a poder tomar as medidas necessárias para restaurar a ordem: convocar os reservistas militares na Itália, pôr Roma sob toque de recolher, suspender as eleições iminentes e levar os assassinos de Clódio à justiça.

Cícero percebeu o perigo de imediato e se levantou para falar.

— Ninguém tem mais respeito por Pompeu que eu — começou —, mas devemos ter cuidado para não fazer o trabalho de nossos inimigos para eles. Afirmar que para preservar nossas liberdades devemos suspender nossas liberdades, que para salvaguardar eleições devemos cancelar eleições, que para nos defender da ditadura devemos nomear um ditador... Que lógica é essa? Temos eleições marcadas. Temos candidatos registrados. A campanha está encerrada. A melhor forma de mostrarmos confiança em nossas instituições é permitir-lhes funcionar normalmente e eleger nossos magistrados como nossos ancestrais nos ensinaram nos velhos tempos.

Pompeu assentiu como se ele mesmo não pudesse ter expressado melhor a questão, e no fim da sessão fez questão de cerimoniosamente congratular Cícero por sua firme defesa da constituição. Mas Cícero não se deixou enganar. Sabia exatamente o que Pompeu estava tramando.

Nessa noite, Milão foi visitá-lo para um conselho de guerra. Também esteve presente Célio Rufo, agora um tribuno e antigo partidário e grande amigo de Milão. Do vale abaixo vinha o som de tumulto, de cães ladrando e de gritos e clamores ocasionais. Um grupo de homens carregando archotes em chamas correu pelo fórum. Mas a maioria dos cidadãos estava atemorizada demais para se aventurar na rua e permaneceu em suas casas atrás de portas trancadas. Milão parecia pensar que tinha as eleições garantidas. Afinal de contas, tinha livrado o Estado de Clódio, pelo que a maioria das pessoas decentes estava agradecida, e a queima da casa do Senado e a violência nas ruas chocara a maioria dos eleitores.

— Concordo que, se houvesse uma votação amanhã, Milão, você provavelmente venceria. Mas não haverá. Pompeu cuidará disso.

— Como?

— Ele usará a campanha como uma fachada para criar uma atmosfera de histeria tamanha que o Senado e o povo serão obrigados a recorrer a ele para abortar as eleições.

— Ele está blefando — comentou Rufo. — Não tem poder para isso.

— Ah, ele tem o poder e sabe disso. A única coisa que Pompeu precisa fazer é se manter firme e esperar que as coisas venham a ele.

Milão e Rufo rejeitaram ambos os temores de Cícero considerando-os o nervosismo de um velho, recomeçando no dia seguinte a campanha com energia renovada. Mas Cícero estava certo: o clima em Roma estava desassossegado demais para a realização de eleições normais, e Milão caiu na armadilha de Pompeu. Uma manhã pouco depois que os dois se encontraram, Cícero recebeu um chamado urgente para ver Pompeu. Encontrou a casa do grande homem rodeada de soldados, e o próprio numa parte elevada do jardim com o dobro da escolta habitual. Sentado no pórtico com ele estava um homem que Pompeu apresentou com Licínio, o proprietário de um restaurante próximo ao Circo Máximo. Pompeu ordenou a Licínio que repetisse sua história para Cícero. Sem se fazer de rogado, ele descreveu como tinha ouvido por acaso um grupo de gladiadores de Milão tramando no balcão de seu estabelecimento assassinar Pompeu, e como, quando perceberam que ele estava ouvindo, tentaram silenciá-lo apunhalando-o: como prova, mostrou a Cícero um pequeno ferimento logo abaixo das costelas.

Evidentemente, como Cícero me disse mais tarde, toda a história era absurda.

— Para começar, já ouviu falar de gladiadores tão fracos? Quando homens desse tipo querem silenciar uma pessoa, ela é silenciada.

Mas isso não tinha importância. A trama do restaurante, como ficou conhecida, somou-se a todos os outros rumores que circulavam sobre Milão — que ele tinha transformado sua casa num arsenal cheio de espadas, escudos e dardos; que tinha provisões de tições escondidas por toda a cidade para incendiá-la; que enviara armas pelo Tibre para sua vila em Ocrículo; que os assassinos de Clódio seriam lançados contra os adversários dele na eleição...

Quando o Senado voltou a se reunir, ninguém menos que Marco Bíbulo, o ex-colega consular de César e seu inimigo passional da vida inteira, levantou-se para propor que Pompeu deveria assumir por decreto de emergência como único cônsul. Foi uma decisão extraordinária; o que ninguém previra foi a reação de Catão. Um silêncio recaiu sobre a câmara quando ele se levantou.

— Eu mesmo não teria proposto essa moção — comentou ele —, mas, uma vez que foi colocada diante de nós, proponho que a aceitemos como uma solução de transigência sensata. Algum governo é melhor que nenhum governo; um único cônsul é melhor que uma ditadura, e Pompeu tem maior probabilidade de governar com sabedoria que qualquer outro.

Vindo de Catão, isso parecia inacreditável — ele usara a expressão "solução de transigência" pela primeira vez em sua vida —, e ninguém pareceu mais espantado que Pompeu. Mais tarde, pelo que se contou, ele convidou Catão para ir até sua casa para lhe agradecer pessoalmente e lhe pedir para ser, no futuro, seu conselheiro privado em todos os assuntos de Estado.

— Não há por que me agradecer — respondeu Catão —, pois fiz apenas o que acreditei ser do melhor interesse da república. Se deseja falar comigo em particular, estarei certamente à sua disposição. Mas não lhe direi nada em particular que não diria em qualquer outro lugar, e nunca me calarei em público para agradá-lo.

Cícero observou a nova proximidade dos dois com um profundo pressentimento.

— Por que você acha que homens como Catão e Bíbulo resolveram de repente se associar com Pompeu? Você imagina que eles acreditam em todo esse absurdo sobre um complô para assassiná-lo? Pensa que mudaram de opinião a respeito dele? De maneira alguma! Eles lhe deram autoridade exclusiva porque o veem como sua melhor esperança de refrear as ambições de César. Tenho certeza de que Pompeu reconhece isso e acredita que pode controlá-los. Mas está enganado. Não se esqueça de que eu o conheço. Sua fraqueza é a vaidade. Eles vão lisonjeá-lo e enchê-lo de poderes e honrarias, e Pompeu não vai nem perceber o que estão fazendo até que um dia será tarde demais: eles o terão posto numa rota de colisão com César. E então teremos guerra.

Após a reunião do Senado, Cícero foi falar com Milão, dizendo-lhe sem meias palavras que ele devia abandonar sua campanha para o consulado.

— Se você enviar uma mensagem para Pompeu antes do cair da noite anunciando que está retirando sua candidatura no interesse da unidade nacional, poderia simplesmente interceptar uma acusação. Se não o fizer, está liquidado.

— E, se eu *for* processado — respondeu Milão matreiramente —, você me defenderá?

Eu esperava que Cícero dissesse que era impossível. Em vez disso, ele suspirou e correu a mão pelo cabelo.

— Ouça-me, Milão... ouça com toda atenção. Quando eu estava no ponto mais baixo de minha vida, seis anos atrás em Tessalônica, você foi o único que me ofereceu esperança. Por isso pode ficar certo: o que quer que aconteça, não lhe darei as costas agora. Mas por piedade, não deixe as coisas chegarem a esse ponto. Escreva para Pompeu hoje.

Milão prometeu pensar no assunto, embora naturalmente não tenha retirado a candidatura. A ambição determinada que o alçara, em meros seis anos, de proprietário de uma escola de gladiadores ao limiar do consulado dificilmente seria refreada num estágio tão avançado por cautela e bom senso. Além disso, suas dívidas de campanha eram tamanhas (segundo alguns, elas chegavam a setenta milhões de sestércios) que ele estava ameaçado de exílio, o que quer que fizesse; não ganhava nada desistindo naquele momento. Assim continuou com a campanha, e Pompeu se moveu implacavelmente para destruí-lo, instalando um inquérito sobre os acontecimentos dos dias 18 e 19 de janeiro — inclusive o assassinato de Clódio, o incêndio da casa do Senado e o ataque à casa de Lépido — sob a presidência de Domício Enobarbo. Os escravos de Milão e Clódio foram submetidos a tortura para verificação dos fatos, e temi que algum pobre desgraçado, em seu desespero, pudesse se lembrar de minha presença na cena, o que teria sido embaraçoso para Cícero. Mas, ao que parece, fui abençoado com o tipo de personalidade que ninguém nota — razão pela qual, talvez, sobrevivi para escrever esta narrativa —, e ninguém me mencionou.

O inquérito conduziu ao julgamento de Milão por assassinato no início de abril, e Cícero foi solicitado a honrar sua promessa e defendê-lo. Foi a única vez que o vi prostrado pelo nervosismo. Pompeu havia enchido o centro da cidade de soldados para garantir a ordem, mas o efeito foi tudo menos tranquilizador. Eles bloquearam cada via de acesso ao fórum e guarneceram os principais edifícios públicos. Todas as lojas foram fechadas. Uma atmosfera de tensão e pavor pairava sobre a cidade. Pompeu foi observar os procedimentos pessoalmente, tomando um assento no alto dos degraus do Templo de Saturno, cercado por soldados. No entanto, apesar da demonstração de força, permitiu-se à vasta multidão de partidários de Clódio intimidar o tribunal. Ela vaiava tanto Milão quanto Cícero sempre que estes tentavam falar e tornou difícil para a defesa se fazer ouvir. Toda a indignação e a emoção estavam do lado dela — a brutalidade do crime, o espetáculo da viúva chorosa e dos filhos órfãos, e acima de tudo talvez aquela curiosa aura de santidade retrospectiva que se estabelece sobre a reputação de qualquer político, por mais indigno que fosse, quando sua carreira é interrompida em seu apogeu.

Como principal advogado de defesa, a quem foram concedidas, sob as regras especiais do tribunal, somente duas horas para falar, Cícero tinha uma tarefa quase impossível. Ele não teria como fingir a inocência de Milão, que havia se gabado abertamente do que havia feito. De fato, alguns dos partidários de Milão, como Rufo, pensavam que Cícero deveria fazer disso uma virtude e afirmar que o assassinato não fora em absoluto um crime, mas um serviço público. Cícero recuou ante essa linha de raciocínio.

— O que vocês estão dizendo? Que qualquer homem pode ser condenado à morte sem julgamento e sumariamente executado por seus inimigos se isso convier a um número suficiente de pessoas? Isso é o governo da turba, Rufo, exatamente aquilo em que Clódio acreditava... e eu me recuso a me levantar num tribunal romano e defender semelhante ideia.

A única alternativa praticável era afirmar que a morte fora justificada por razões de autodefesa — mas era difícil conciliar essa versão com as evidências de que Clódio havia sido arrastado para fora da taverna e executado a sangue-frio. Ainda assim, não era impossível. Eu já vira Cícero vencer casos piores. E ele escreveu um bom discurso. No entanto, na manhã em que iria pronunciá-lo, ele acordou acometido por uma terrível ansiedade. A princípio, eu não percebi. Ele muitas vezes ficava nervoso antes de um grande pronunciamento, tinha diarreia e vomitava. Mas naquela manhã era diferente. Ele não estava tomado pelo medo, que por vezes chamava de "força fria" e do qual aprendera a tirar proveito; em vez disso, via-se simplesmente apavorado, incapaz de lembrar uma palavra do que deveria dizer.

Milão sugeriu que ele deveria ir para o fórum numa liteira fechada e esperar em algum lugar fora da vista de todos, recompondo-se calmamente até que chegasse a hora em que deveria falar; e foi isso que tentamos. A pedido de Cícero, Pompeu lhe fornecera uma escolta durante o tempo que durasse o julgamento, e eles isolaram uma parte do Arvoredo de Vesta e mantiveram todos afastados enquanto o orador se reclinava sob o espesso dossel bordado, tentando memorizar o discurso e ocasionalmente se curvando para vomitar na terra sagrada. Mas, embora não pudesse ver a multidão, ele conseguia ouvi-la bradando e rugindo ali perto, o que era quase pior. Quando o escriturário do pretor finalmente chegou para nos buscar, as pernas de Cícero estavam tão fracas que ele mal conseguia se manter de pé. Ao entrarmos no fórum o barulho se tornou terrível, e a luz do sol cintilando nas armaduras e armas dos soldados nos ofuscou a visão.

Os clodianos vaiaram Cícero quando ele apareceu e o vaiaram ainda mais ruidosamente quando tentou falar. Seu nervosismo era tão óbvio que ele realmente o confessou para eles em sua frase de abertura — "Estou temeroso, senhores do júri: uma condição imprópria em que iniciar a defesa do mais corajoso dos homens, mas assim estou" — e atribuiu tal temor diretamente à natureza tendenciosa da audiência: "Para onde quer que eu olhe, procuro em vão pelo ambiente familiar dos tribunais e pelo procedimento tradicional da lei."

Lamentavelmente, queixar-se das regras de uma disputa é sempre um indicativo seguro de um homem que sabe estar prestes a perdê-la, e, embora Cícero tenha feito alguns argumentos convincentes — "Suponham, cavalheiros, que eu pudesse induzi-los a inocentar Milão, mas só sob a condição de Clódio voltar à vida novamente: por que todos esses olhares aterrorizados?" —, um discurso só é tão bom quanto a maneira como é pronunciado. Por trinta e oito votos a treze o júri considerou Milão culpado, e ele foi condenado a um exílio perpétuo. Seus bens foram leiloados às pressas a preços reduzidos para pagar seus credores, e Cícero orientou Filotimo, o administrador de Terência, a comprar um lote anonimamente de modo que pudesse ser vendido mais tarde e os lucros entregues a Fausta, mulher de Milão: ela deixara claro que não acompanharia o marido em seu exílio. Um ou dois dias depois Milão partiu com notável entusiasmo para Massília, no sul da Gália. Sua partida foi em grande parte levada a cabo com o vigor de um gladiador que sabia que acabaria perdendo mais cedo ou mais tarde e estava simplesmente agradecido por ter vivido por tanto tempo. Cícero tentou melhorar as coisas publicando o discurso que teria feito se seus nervos não tivessem levado a melhor. Enviou uma cópia a Milão, que respondeu com bom humor alguns meses mais tarde que estava feliz por Cícero não o ter pronunciado, *pois de outro modo eu não estaria comendo essas maravilhosas tainhas massilianas.*

POUCO DEPOIS DA partida de Milão, Pompeu convidou Cícero para jantar, numa demonstração de que não estava ressentido. Cícero saiu resmungando e voltou cambaleando para casa em tal estado de assombro que foi me acordar, pois quem estava à mesa de jantar senão a viúva de Públio Crasso, a adolescente Cornélia — e Pompeu havia se casado com ela!

— Bem, naturalmente eu o congratulei — disse Cícero —, pois ela é uma menina bonita e prendada, ainda que seja jovem o bastante para ser neta dele... E depois perguntei, casualmente, o que César havia achado daquela união. Ele olhou para mim com grande desdém e disse que nem sequer contara a ele: que tinha César a ver com aquilo? Ele tinha 53 anos e se casaria com quem bem entendesse!

"Respondi, da maneira mais gentil possível, que talvez César visse as coisas de forma diferente... afinal, ele havia buscado uma aliança marital e fora rejeitado, e o pai da noiva não se mostrara exatamente um amigo de César. Ao que Pompeu respondeu: 'Ah, não se preocupe com Cipião, ele é inteiramente amistoso. Eu o estou nomeando meu colega consular pelo restante de meu mandato.' Ele por acaso perdeu o juízo? César vai olhar para Roma e deduzir que todo o lugar foi usurpado pela aristocracia, com Pompeu no comando. — Cícero gemeu e fechou os olhos; avaliei que tinha bebido um bocado. — Eu disse que isso iria acontecer. Sou Cassandra: condenado a ver o futuro e, no entanto, destinado a nunca ser levado a sério."

Cassandra ou não, houve uma consequência do consulado especial de Pompeu que Cícero não tinha previsto. Para ajudar a pôr fim à corrupção eleitoral, Pompeu decidira reformar as leis relativas aos catorze comandos provinciais. Até aquele momento, cônsules e pretores sempre deixaram Roma imediatamente após o término de seu mandato para assumir a província que lhes fora destinada; e, em razão das enormes somas que podiam ser extorquidas de tais comandos, estabelecera-se a prática de os candidatos contraírem empréstimos contra seus ganhos esperados para financiar as campanhas eleitorais. Pompeu, com espantosa hipocrisia, considerando-se seu próprio abuso do sistema, decidiu pôr fim a tudo isso. Dali em diante, um período de cinco anos teria de transcorrer entre a ocupação de um cargo em Roma e a ocupação de uma governadoria no exterior. Para ocupar tais cargos nesse ínterim, foi decretado que todos os senadores com o grau de pretor que nunca tivessem cumprido seu turno como governador deveriam tirar a sorte para decidir quem governaria as províncias vagas.

Para seu horror, Cícero compreendeu que agora corria o perigo de ter de fazer o que sempre jurara evitar: aguentar semelhante cargo até o fim em algum canto distante do império, administrando justiça aos nativos. Ele procurou Pompeu e pediu para ser dispensado. Não estava bem de saúde, disse. Estava ficando velho. Chegou até a sugerir que o tempo que havia passado no exílio fosse contado como seu período no exterior.

Pompeu não quis saber. Na verdade, pareceu sentir um prazer malicioso em examinar todos os possíveis comandos que poderiam caber a Cícero, com suas várias desvantagens singulares — extrema distância de Roma, tribos rebeldes, costumes ferozes, climas hostis, animais selvagens, estradas intransitáveis, doenças locais incuráveis e assim por diante. Os sorteios para determinar quem iria para onde foram realizados numa sessão especial do Senado, com Pompeu na presidência. Cícero avançou, tirou sua ficha da urna e a entregou a Pompeu, que leu o resultado em voz alta com um sorriso:

— Marco Túlio tira a Cilícia.

Cilícia! Cícero mal pôde disfarçar sua consternação. Essa terra de piratas, montanhosa e primitiva na extrema borda oriental do Mediterrâneo — que incluía em sua administração a ilha de Chipre — era quase tão longe de Roma quanto era possível chegar. Também fazia fronteira com a Síria, de modo que estaria ao alcance do exército parto, caso fosse incapaz de contê-lo. Finalmente, para coroar as desgraças de Cícero, o governador atual era o irmão de Clódio, Ápio Clódio Pulcro, que certamente trataria de tornar a vida de seu sucessor a mais difícil possível.

Eu sabia que Cícero esperaria que eu fosse com ele e tentei desesperadamente pensar em desculpas para ficar para trás. Ele tinha acabado de concluir *Da república*. Disse-lhe que, na minha opinião, eu lhe seria mais útil em Roma, supervisionando a publicação da obra.

— Absurdo — respondeu Cícero. — Ático cuidará da tiragem e da circulação.

— Há também a minha saúde — continuei. — Nunca foi a mesma depois daquela febre que contraí em Arpino.

— Nesse caso, uma viagem por mar lhe fará bem.

E assim por diante. Cada objeção minha era acolhida com uma resposta. Ele começou a ficar ofendido. Mas eu tinha um mau pressentimento com relação à expedição: embora ele jurasse que só passaríamos um ano fora, eu sentia que o período se estenderia. Roma me parecia estranhamente efêmera. Talvez isso fosse uma consequência de ter de passar todos os dias pela casca carbonizada do Senado, ou talvez se devesse ao meu conhecimento da cisão cada vez mais larga entre Pompeu e César. Fosse qual fosse a razão, eu nutria um pavor supersticioso de que, se partisse, talvez nunca fosse voltar, e de que, mesmo que voltasse, seria para uma cidade diferente.

Finalmente Cícero disse:

— Bem, não posso obrigá-lo a ir... Você é um homem livre agora. Mas sinto que me deve esse último serviço e farei um acordo com você. Quando voltarmos, eu lhe darei o dinheiro para comprar aquela fazenda que você sempre quis e não o pressionarei a fazer mais nenhum serviço para mim. O restante de sua vida pertencerá somente a você.

Como eu não poderia por uma questão de sensibilidade recusar uma oferta daquelas, tentei ignorar meus pressentimentos e comecei a ajudá-lo a planejar sua administração.

Como governador da Cilícia, Cícero teria o comando de um exército permanente de cerca de quatorze mil homens, com todas as possibilidades de ter de travar uma guerra. Assim sendo, ele decidiu nomear dois legados com experiência militar. Um era seu velho camarada Caio Pomptino, o pretor que o ajudara a capturar os participantes da conspiração de Catilina. Para o segundo ele recorreu a seu irmão, Quinto, que expressara grande desejo de deixar a Gália. A princípio seu serviço sob César havia sido bem-sucedido. Ele participara da invasão da Britânia e, quando voltou, César o pusera no comando de uma legião que logo depois fora atacada em seu acampamento de inverno por uma força de gauleses vastamente superior. A luta havia sido feroz: nove décimos dos romanos acabaram feridos. Mas Quinto, embora doente e exausto, havia mantido a calma, e a legião sobrevivera ao cerco por tempo suficiente para que César chegasse e os libertasse; mais tarde César o elogiara especificamente em seus *Comentários*.

No verão seguinte ele havia sido promovido ao comando da recém-formada Décima Quarta Legião. Dessa vez, porém, desobedecera às ordens de César: em vez de manter todos os seus homens no acampamento, mandou centenas de recrutas inexperientes saírem à procura de comida. Eles foram interceptados por uma força invasora de germanos. Apanhados sem cobertura, ficaram olhando surpresos para seus comandantes, sem saber o que fazer, e metade deles foi massacrada ao tentar fugir. *Toda a minha boa reputação anterior junto a César foi destruída*, escreveu Quinto para o irmão. *Pessoalmente ele me trata com civilidade, mas percebo certa frieza e sei que, pelas minhas costas, consulta meus oficiais subalternos; em suma, temo nunca poder recuperar por completo sua confiança.* Cícero escreveu para César perguntando se o irmão teria permissão para se juntar a ele na Cilícia; César concordou prontamente, e dois meses depois Quinto voltou para Roma.

Até onde sei, Cícero nunca pronunciou uma palavra de censura ao irmão. No entanto, algo havia mudado na relação deles. Acredito que Quinto alimentava uma forte sensação de fracasso. Ele tinha esperado encontrar fama, fortuna e independência na Gália; em vez disso, voltava com a reputação manchada, sem dinheiro e mais dependente que nunca do irmão famoso. Seu casamento continuava turbulento, ele ainda bebia muito e seu único filho, o jovem Quinto, agora com 15 anos, tinha todos os encantos particulares dessa idade, sendo mal-humorado, calado, insolente e hipócrita. Cícero achava que o menino precisava de mais atenção do pai e sugeriu que ele deveria ir conosco para a Cilícia, junto com seu próprio filho, Marco. Minhas expectativas em relação à nossa viagem, já pequenas, ficaram ainda menores.

Quando deixamos Roma no início do recesso senatorial, éramos um grupo enorme. Cícero havia sido investido com *imperium* e era obrigado a viajar com seis lictores, bem como com uma grande comitiva de escravos carregando toda a nossa bagagem para a viagem. Terência foi até certo ponto do caminho para se despedir do marido, e o mesmo fez Túlia, que tinha acabado de se divorciar de Crassípede. Ela estava mais próxima do pai do que nunca, lendo poesias para ele na viagem. Em particular, ele se lamentara para mim com relação ao futuro dela: 25 anos, sem filhos ou marido... Paramos em Túsculo para nos despedirmos de Ático, e Cícero lhe pediu como um favor que ficasse de olho em Túlia e tentasse lhe arranjar um novo casamento em sua ausência.

— Claro que o farei — respondeu Ático —, e poderia você em troca fazer um favor para mim? Poderia tentar tornar Quinto só um pouco mais bondoso com minha irmã? Sei que Pompônia é uma mulher difícil, mas ele voltou da Gália com um péssimo humor, e as brigas constantes dos dois estão tendo um efeito negativo sobre o filho deles.

Cícero concordou, e, quando voltamos a nos encontrar com Quinto e sua família em Arpino, ele chamou o irmão de lado e repetiu o que Ático dissera. Quinto prometeu fazer o possível, mas Pompônia, infelizmente, era de fato impossível. Não demorou para que o casal se recusasse a conversar e a compartilhar uma cama. A despedida foi bastante fria.

A relação entre Terência e Cícero era mais cordial, com exceção de um assunto controverso que tinha sido fonte de antagonismo entre eles durante toda a vida conjugal — dinheiro. Ao contrário do marido, Terência vira com bons olhos sua nomeação como governador, enxergando nela uma maravilhosa oportunidade para enriquecimento. Ela havia até levado Filotimo, seu administrador, junto na viagem para o sul de modo que ele pudesse dar a Cícero o benefício de suas muitas ideias para extrair algum lucro. Cícero não cessava de adiar a conversa, Terência não cessava de importuná-lo para que a tivesse. Por fim, no último dia que passaram juntos, ele perdeu a paciência.

— Essa sua fixação em ganhar dinheiro é bastante indecorosa.

— Essa sua fixação em gastá-lo não me dá escolha!

Cícero fez uma pausa para controlar a irritação, depois tentou explicar seu ponto com calma.

— Você parece não entender: um homem na minha posição não pode se dar ao luxo de cometer a mais ligeira impropriedade. Tudo o que meus inimigos esperam é uma oportunidade para me processar por corrupção.

— Então você pretende ser o único governador provincial na história que não voltou para casa mais rico do que quando partiu?

— Minha querida esposa, se você algum dia leu uma palavra que escrevi, saberia que estou prestes a publicar um tratado sobre o bom governo. Como isso assentaria com uma reputação de ladroagem no exercício de um cargo?

— Livros! — exclamou Terência com grande desprezo. — Onde está o dinheiro em *livros*?

Depois da briga eles se acertaram o suficiente para jantar juntos aquela noite, e para alegrá-la Cícero concordou que em algum momento do ano vindouro ele pelo menos ouviria as propostas de negócios de Filotimo — mas somente sob a condição de que fossem legais.

Na manhã seguinte a família se separou, com muitas lágrimas e muitos abraços — Cícero e Marco, que agora tinha 14 anos, partiram juntos a cavalo lado a lado, enquanto Terência e Túlia continuaram no portão do sítio da família, acenando. Lembro que pouco antes de a estrada nos levar para além da vista, lancei um último olhar para trás. Terência já havia entrado, mas Túlia ainda estava lá olhando para nós, uma figura frágil contra a majestade das montanhas.

DEVÍAMOS INICIAR O primeiro trecho de nossa viagem para a Cilícia em Brundísio, e foi quando estávamos na estrada para lá, em Venúsia, que Cícero recebeu um convite de Pompeu. O grande homem estava tomando o sol de inverno em sua vila em Tarento e sugeria a Cícero que fosse passar uns dois dias lá "para discutir a situação política". Como Tarento ficava a apenas sessenta e cinco quilômetros de Brundísio e nossa estrada nos faria passar quase pela porta dele — e como Pompeu não era um homem a quem fosse fácil negar o que quer que fosse —, Cícero teve pouca opção senão aceitar.

Mais uma vez encontramos Pompeu vivendo num estado de grande felicidade doméstica com sua jovem esposa: eles pareciam quase estar brincando de marido e mulher. A casa era surpreendentemente modesta; como governador da Espanha, Pompeu tinha apenas cinquenta legionários para protegê-lo, e eles estavam alojados em propriedades vizinhas. Afora isso, estava desprovido de autoridade executiva, tendo abandonado seu consulado em meio a elogios universais por sua sabedoria. Na verdade, eu diria que ele estava no auge da popularidade: multidões de moradores locais se postavam por toda parte do lado de fora para vê-lo de relance; uma ou duas vezes por dia Pompeu saía para trocar apertos de mãos e afagar a cabeça de criancinhas. Estava muito corpulento na época, ofegante e com uma tez arroxeada doentia. Cornélia se preocupava com ele como uma mãezinha, tentando restringir seu apetite nas refeições e estimulando-o a fazer caminhadas na praia, com guardas seguindo-o a uma distância discreta. Ele estava ocioso, sonolento e baboso. Cícero o presenteou com um exemplar de *Da república*. Ele expressou grande prazer, mas imediatamente pôs o livro de lado e nunca o vi abri-lo.

Sempre que relembro esse interlúdio de três dias, ele parece se destacar em minha memória como uma clareira ensolarada no meio de uma floresta vasta e cada vez mais escura. Ao observar os dois estadistas idosos jogando uma bola para Marco ou de pé erguendo suas togas enquanto jogavam pedras por cima das ondas, era impossível imaginar que havia algo de sinistro iminente — ou que, se houvesse de fato, teria muita importância. Pompeu exalava absoluta confiança.

Não fui informado de tudo que se passou entre ele e Cícero, embora este tenha me contado a maior parte depois. A situação política era em essência esta: César tinha completado sua conquista da Gália, o líder gaulês, Vercingetórix, havia se rendido e estava sob custódia e o exército inimigo tinha sido exterminado (o confronto final fora a tomada da fortaleza de Uxeloduno, no alto de um morro, junto de sua respectiva guarnição de dois mil combatentes gauleses, e todos, por ordem de César, segundo seus *Comentários*, tiveram as mãos amputadas antes de serem mandados de volta para casa, *para que todos pudessem ver a punição imposta àqueles que resistiam ao domínio romano*; não houvera nenhum problema desde então).

Em face de tudo isso, surgia a questão do que fazer com César. Ele próprio queria que lhe permitissem concorrer a um segundo consulado *in absentia*, de modo que pudesse entrar em Roma com imunidade legal para todos os crimes e delitos menores que cometera durante o primeiro; no mínimo, queria que seu comando fosse estendido de modo a poder continuar como governador da Gália. Seus adversários, liderados por Catão, defendiam que César deveria voltar a Roma e se submeter ao eleitorado tal como qualquer outro cidadão; e, se não tivesse êxito, deveria ser obrigado a abandonar seu exército, pois era intolerável ter um homem no controle do que eram agora onze legiões, parado na fronteira italiana dando ordens ao Senado.

— E qual é a opinião de Pompeu? — perguntei.

— A opinião de Pompeu varia segundo a hora do dia em que você lhe pergunte. De manhã ele acha inteiramente adequado, como uma recompensa por seus feitos, que se permita a seu bom amigo César concorrer ao consulado sem entrar em Roma. Depois do almoço ele suspira e se pergunta por que César não pode simplesmente voltar para casa e pleitear votos pessoalmente como todos os outros: afinal, foi o que o próprio Pompeu fez quando estava na posição dele, e o que havia de tão indigno nisso? E por fim, à noite, quando ele, apesar dos melhores esforços da boa senhora Cornélia, está ruborizado de tanto vinho, começa a gritar: "Para o diabo com esse maldito César! Estou farto de ouvir falar de César! Ele que tente pôr um dedo do pé na Itália com aquelas malditas legiões, e vocês vão ver o que eu posso fazer... Vou bater o pé, e cem mil homens vão se levantar ao meu comando e vir em defesa do Senado!"

— E o que você pensa que acontecerá?

— Meu palpite é que, se eu estivesse aqui, provavelmente seria capaz de convencê-lo a fazer a coisa certa e evitar a guerra civil, o que seria a suprema calamidade. Meu temor é que, quando as decisões vitais estiverem sendo tomadas, eu vá estar a quase dois mil quilômetros de Roma.

IX

Não me proponho a descrever em detalhes o tempo de Cícero como governador da Cilícia. Tenho certeza de que a história o julgará como de menor importância na escala das coisas; Cícero o considerou secundário mesmo na época.

Chegamos a Atenas na primavera e lá ficamos por dez dias com Aristo, o principal professor da Academia, que era nessa época o maior expoente vivo da filosofia de Epicuro. Como Ático, que era também um epicurista devoto, Aristo adotava uma visão prática, material, do que contribui para uma vida feliz: uma dieta saudável, exercícios moderados, ambientes aprazíveis, companhias agradáveis e uma disposição de evitar situações estressantes. Cícero, cujo deus era Platão e cuja vida era repleta de estresse, contestava isso. Ele acreditava que o epicurismo equivalia a uma espécie de antifilosofia.

— Você diz que a felicidade depende do bem-estar físico. Mas o bem-estar físico permanente está fora de nosso controle. Se um homem sofre com uma doença atroz, digamos, ou se está sendo torturado, então em sua filosofia ele não pode ser feliz.

— Talvez não possa ser *supremamente* feliz — admitiu Aristo —, mas a felicidade ainda estará lá de alguma forma.

— Não, não, ele não pode ser feliz de *maneira alguma* — insistiu Cícero —, porque sua felicidade é inteiramente dependente do físico. Ao passo que a promessa mais magnífica e frutífera de toda a história da filosofia é a máxima simples: *nada é bom exceto o que é moralmente bom*. A partir disso podemos provar que *a bondade moral é suficiente por si mesma para criar a vida feliz*. E daí provém uma terceira máxima: *a bondade moral é a única forma de bem que há*.

— Ah, mas se eu o torturar — objetou Aristo, com uma risada sagaz —, você será tão infeliz quanto eu.

Cícero, contudo, estava sério.

— Não, não, porque, se eu permanecer moralmente bom, o que não estou dizendo ser fácil, aliás, muito menos que o tenha conseguido, nesse caso devo permanecer feliz, por maior que seja a minha dor. Mesmo quando meu torturador cair de exaustão haverá algo além do físico que ele não pode atingir.

Naturalmente estou simplificando uma longa e complexa discussão que durou vários dias, enquanto percorríamos as construções e as antiguidades de Atenas. Mas em última análise ela se reduzia a isso, e foi nesse momento que Cícero começou a conceber a ideia de escrever uma obra de filosofia que fosse um guia útil para alcançar o ideal de uma vida boa e não um conjunto de abstrações altissonantes.

De Atenas, navegamos litoral abaixo e depois saltamos de ilha em ilha pelo Egeu numa frota de doze navios. As embarcações de Rodes eram grandes, desconfortáveis e lentas; elas se inclinavam e balançavam mesmo em mares moderados e eram abertas às forças da natureza. Lembro-me de como tremi sob uma tempestade quando passamos por Delos, aquela melancólica rocha onde se diz que nada menos de dez mil escravos são vendidos num único dia. Por toda parte as multidões que acorriam para ver Cícero eram imensas; entre os romanos, apenas Pompeu e César, e suponho que possivelmente Catão, podem ter sido mais famosos no mundo. Em Éfeso nossa numerosa expedição de legados, questores, lictores e tribunos militares, com todos os seus escravos e bagagens, foi transferida para um comboio de carros de bois e mulas de carga e partimos por estradas poeirentas atravessando montanhas rumo ao interior da Ásia Menor.

Levamos cinquenta e dois dias inteiros depois de deixar a Itália para chegar a Laodiceia, a primeira cidade na província da Cilícia, onde Cícero foi imediatamente solicitado a começar a ouvir casos em audiência. A pobreza e a exaustão do povo comum, as intermináveis filas de peticionários que se arrastavam na basílica escura e no fulgurante fórum de pedras brancas, os constantes gemidos e resmungos sobre funcionários da alfândega e impostos por cabeça, a corrupção, as moscas, o calor, a disenteria, o fedor azedo de esterco de cabras e ovelhas que parecia impregnado no ar, o vinho amargo e a comida oleosa e picante, a pequena escala da cidade e a falta de algo bonito para ver, sofisticado para ouvir ou saboroso para comer — ah, como Cícero detestava estar preso num lugar como aquele enquanto o destino do mundo era decidido na Itália sem sua presença! Eu mal tinha tirado da bagagem minha tinta e meu estilo quando ele começou a ditar cartas para todos em que podia pensar em Roma, implorando-lhes que assegurassem que seu mandato se restringiria a um ano.

Estávamos lá não havia muito tempo quando chegou um despacho de Cássio relatando que o filho do rei da Pártia tinha invadido a Síria à frente de uma força tão grande que ele se vira obrigado a retirar suas legiões para a cidade fortificada de Antioquia. Isso significava que Cícero tinha de partir imediatamente para se unir a seu próprio exército no sopé dos montes Tauro, a imensa barreira natural que separava a Cilícia da Síria. Quinto ficou extremamente animado, e durante um mês parecia haver uma real possibilidade de que Cícero teria de comandar a defesa de todo o flanco oriental do império. Mas depois chegou um novo relato de Cássio: os partos haviam se retirado diante das muralhas inexpugnáveis de Antioquia; ele os perseguira e derrotara; o filho do rei estava morto e a ameaça, neutralizada.

Não sei ao certo se Cícero ficou mais aliviado ou desapontado. No entanto, ele ainda conseguiu ter uma espécie de guerra: algumas tribos locais tiraram proveito da crise parta para se levantar em revolta contra o domínio romano. Havia uma fortaleza em particular, chamada Pindéssio, onde as forças rebeldes estavam concentradas, e lá Cícero montou cerco.

Passamos dois meses vivendo num acampamento do exército nas montanhas, e Quinto estava feliz como um garotinho construindo rampas e torres, cavando fossos e trazendo artilharia. Toda a aventura me pareceu repugnante, e penso que a Cícero também, pois os rebeldes não tinham chance. Dia após dia lançamos flechas e projéteis em chamas sobre a cidade, até que finalmente ela se rendeu e nossos legionários entraram aos bandos no lugar para saqueá-lo. Quinto mandou executar os líderes. Os demais foram acorrentados e levados até o litoral para serem enviados a Delos e vendidos como escravos. Cícero os viu partir com uma expressão sombria.

— Suponho que, se eu fosse um grande militar como César, teria mandado amputar as mãos de todos. Não é assim que se leva a paz a essa gente? Mas não posso dizer que sinto muita satisfação em aplicar de todos os recursos da civilização para reduzir algumas choças bárbaras a cinzas.

Ainda assim, seus homens o saudaram como *imperator* no campo, e depois ele me fez escrever seiscentas cartas — isto é, uma para cada integrante do Senado — solicitando que lhe fosse conferido um triunfo: um enorme esforço para mim, trabalhando nas condições primitivas de um acampamento do exército, que me deixou prostrado de exaustão.

CÍCERO PÔS QUINTO no comando do exército durante o inverno e retornou a Laodiceia. Estava bastante chocado com a satisfação com que seu irmão esmagara a rebelião e também com as maneiras bruscas dele com subordinados (*irritável, rude, negligente,* como o descreveu para Ático); e ele não estava se importando muito com o próprio filho, tampouco — *um menino com grande apreço por si mesmo.* Quinto Júnior gostava de assegurar que todos soubessem quem ele era — seu nome bastava para isso — e tratava os populares com grande desdém. Ainda assim, Cícero tentava cumprir seu dever como um tio amoroso e, no festival da Liberália, na ausência do pai do menino, presidiu à cerimônia em que o jovem Quinto se tornou homem, ajudando-o pessoalmente a raspar a rala barba e a vestir sua primeira toga.

Quanto a seu próprio filho, o jovem Marco lhe dava outro tipo de preocupação. O rapaz era afável, indolente, amante dos esportes e de entendimento um tanto lento no que dizia respeito aos estudos. Em vez de estudar grego e latim, gostava de se demorar em torno dos oficiais do exército e praticar esgrima e lançamento de dardos.

— Amo-o muito — disse-me Cícero —, e ele é sem dúvida uma pessoa de bom coração, mas por vezes me pergunto de onde ele pode ter vindo: não detecto nele absolutamente nada de mim.

Esse não era tampouco o fim de suas preocupações familiares. Ele tinha deixado a escolha do novo marido de Túlia a cargo dela e da mãe, tendo esclarecido simplesmente que sua própria preferência era por um jovem aristocrata confiável, digno e respeitável como Tibério Nero ou o filho de seu velho amigo Sérvio Sulpício. Mas as mulheres em vez disso se inclinavam por Públio Cornélio Dolabela, um partido extremamente inadequado na opinião de Cícero. Tratava-se de um notório libertino de apenas 19 anos — cerca de sete anos mais jovem que Túlia —, que, no entanto, de maneira notável, já havia sido casado uma vez e com uma mulher muito mais velha.

Quando a carta anunciando a escolha delas chegou, já era tarde demais para Cícero intervir: o casamento teria ocorrido antes que sua resposta chegasse a Roma — fato que as mulheres deviam saber.

— Que se pode fazer? — perguntou-me ele com um suspiro. — Bem, assim é a vida... que os deuses abençoem o que está feito. Posso compreender por que Túlia quer isso; não há dúvida de que ele é um sujeito bonito e encantador, e, se alguém merece finalmente poder desfrutar a vida, é ela. Mas Terência! No que *ela* está pensando? Ao que parece, ela própria está um tanto apaixonada pelo sujeito. Não sei bem se a compreendo mais.

E aqui chego ao maior de todos os temores pessoais de Cícero: que houvesse algo de claramente errado com Terência. Recentemente ele recebera uma carta de censura do exilado Milão querendo saber o que acontecera com todos aqueles bens seus que Cícero havia comprado tão barato em leilão: sua mulher, Fausta, ainda não tinha recebido um centavo sequer. Por acaso, o agente que agira em nome de Cícero — Filotimo, o administrador de Terência — ainda tinha esperança de convencê-lo a adotar algum esquema duvidoso para ganhar dinheiro e deveria visitá-lo em Laodiceia.

Cícero o recebeu em minha presença e lhe disse francamente que estava fora de cogitação que ele ou qualquer membro de seu pessoal ou da família se envolvesse em qualquer negócio escuso.

— Então você pode poupar seu fôlego a esse respeito e me contar em vez disso o que foi feito dos bens falidos de Milão. Você se lembra de que a venda foi feita de tal modo que você arrematou tudo por quase nada, e depois deveria vender isso com lucro e dar o que fosse apurado para Fausta, não é?

Filotimo, mais gordo que nunca e já suando no calor do verão, ficou ainda mais corado e começou a gaguejar dizendo que não conseguia se lembrar dos detalhes com precisão: isso fora mais de um ano antes e ele teria de consultar suas contas, que tinham ficado em Roma.

Cícero jogou as mãos para o alto.

— Vamos, homem, você tem de se lembrar. Não faz tanto tempo assim. Estamos falando de dezenas de milhares. O que foi feito de tudo aquilo?

Mas Filotimo se contentava em repetir a mesma história vezes sem fim: sentia muito; não conseguia se lembrar; teria de verificar.

— Estou começando a achar que você embolsou o dinheiro.

Filotimo negou.

De repente, Cícero perguntou:

— Minha mulher tem conhecimento disso?

À menção de Terência, ocorreu uma notável mudança em Filotimo. Ele parou de se contorcer e ficou completamente silencioso, e, por mais que Cícero o pressionasse, recusou-se a dizer qualquer outra palavra. Por fim, Cícero lhe disse para desaparecer de sua vista. Depois que ele tinha se retirado, perguntou-me:

— Você notou este último ato de impertinência? Em matéria de defesa da honra de uma mulher... Era como se ele não me considerasse digno de pronunciar o nome de minha própria esposa.

Concordei que era extraordinário.

— *Extraordinário*... é a palavra para isso. Eles sempre foram muito próximos, mas, desde que fui para o exílio...

Ele balançou a cabeça e não terminou a frase. Não falei nada. Não parecia apropriado tecer comentários. Até hoje ignoro por completo se suas desconfianças tinham fundamento. A única coisa que posso dizer é que ele ficou profundamente perturbado com a questão e escreveu uma vez para Ático pedindo-lhe que investigasse o assunto discretamente: *Não posso pôr tudo que temo em palavras.*

UM MÊS ANTES do fim de seu mandato oficial como governador, Cícero, escoltado por seus lictores, partiu de volta para Roma, levando a mim e aos dois meninos junto e deixando seu questor encarregado da província.

Ele sabia que poderia enfrentar críticas por abandonar seu posto prematuramente e por deixar a Cilícia nas mãos de um senador em seu primeiro ano, mas calculou que, com o governo de César na Gália prestes a se encerrar, a maioria dos homens teria questões mais importantes em mente. Viajamos passando por Rodes, que queríamos mostrar para Quinto e Marco. Ele também desejou visitar o túmulo de Apolônio Mólon, o grande mestre da oratória cujas lições quase trinta anos antes o haviam iniciado em sua ascensão política. Nós o encontramos num promontório voltado para o estreito de Cárpatos. Uma simples pedra de mármore branco exibia o nome do orador e sob ele estava entalhado em grego um de seus preceitos favoritos: *Nada seca mais depressa que uma lágrima.* Cícero a fitou, imóvel, por um longo tempo.

Infelizmente o desvio para Rodes atrasou consideravelmente nosso retorno. Os ventos etesianos estavam incomumente fortes naquele verão, soprando do norte dia após dia, e detiveram nossas embarcações abertas no porto por três semanas. Durante esse período, a situação política em Roma se agravou consideravelmente, de modo que, quando chegamos a Éfeso, havia muitas notícias alarmantes à espera de Cícero. *Quanto mais a luta se aproxima,* escreveu Rufo, *mais claro parece o perigo. Pompeu está decidido a não permitir que César seja eleito cônsul a menos que abra mão de seu exército e das províncias; ao passo que César está convencido de que não tem como sobreviver caso deixe o exército. Então é nisso que o caso de amor dos dois, essa escandalosa união, resultou: não uma troca de farpas dissimulada, mas guerra declarada!*

Em Atenas, na semana seguinte, Cícero encontrou mais cartas, inclusive vindas de Pompeu e César, cada um se queixando do outro e apelando para sua lealdade. *No que diz me diz respeito, ele pode ser cônsul ou pode manter suas legiões*, escreveu Pompeu, *mas estou certo de que não pode fazer ambas as coisas; suponho que você concorda com minha posição e ficará resolutamente do meu lado e do lado do Senado como sempre fez.* E de César: *Temo que a nobre natureza de Pompeu o tenha cegado para as verdadeiras intenções daqueles indivíduos que sempre quiseram me fazer mal; conto com você, caro Cícero, para dizer a ele que não posso, não devo e não vou ser deixado vulnerável.*

As duas cartas mergulharam Cícero num estado de profunda ansiedade. Ele se sentou na biblioteca de Aristo com ambas as cartas abertas sobre a mesa diante de si e seu olhar ia e vinha entre uma e outra. *Imagino estar diante da maior luta que a história já conheceu*, escreveu ele para Ático. *Assoma sobre nós uma tremenda disputa entre eles. Cada um conta comigo como seu homem. Mas o que posso fazer? Eles tentarão extrair uma declaração de minhas ideias. Você rirá das minhas palavras, mas eu daria tudo para ainda estar lá na minha província.*

Nessa noite fiquei tremendo na cama, apesar do calor de Atenas, meus dentes batendo, alucinando que Cícero me ditava uma carta, uma cópia da qual deveria ir tanto para Pompeu quanto para César, assegurando a cada um o seu apoio. Mas uma frase que agradaria a um enfureceria o outro, e passei hora após hora em pânico tentando construir frases que fossem inteiramente neutras. Sempre que pensava ter conseguido, as palavras se desorganizavam em minha mente e era preciso recomeçar. Era loucura, mas ao mesmo tempo parecia absolutamente real, e, quando a manhã chegou, compreendi num intervalo lúcido que havia recaído na febre que me acometera em Arpino.

Naquele dia devíamos partir de novo de navio para Corinto. Esforcei-me arduamente para seguir em frente como se estivesse normal. Mas suspeito que devo ter parecido lívido, com olhos fundos. Cícero tentou me convencer a comer, mas eu me via incapaz de manter comida no estômago. Embora eu tenha conseguido subir a bordo do barco sem ajuda, passei o dia de viagem quase comatoso, e, quando desembarcamos em Corinto naquela noite, parece que foi preciso me carregar para fora do navio e me pôr na cama.

Surgiu então a questão do que deveria ser feito comigo. Eu estava desesperado para não ser deixado para trás, e Cícero não queria me deixar. Mas ele precisava voltar para Roma, em primeiro lugar, para fazer o pouco que estivesse em seu poder para evitar a guerra civil iminente e, em segundo, para tentar conseguir seu triunfo, algo que, de forma irrealista, ainda tinha ligeiras esperanças de obter. Ele não podia se dar ao luxo de desperdiçar dias na Grécia esperando que seu secretário se recuperasse. Em retrospecto, creio que eu devia ter ficado em Corinto. Em vez disso, apostamos que eu estaria forte o suficiente para aguentar a viagem de dois dias a Patras, onde um navio estaria à espera para nos levar para a Itália. Foi uma decisão insensata. Fui enrolado em cobertores, colocado no fundo de uma carruagem e transportado pela estrada litorânea em grande desconforto. Quando chegamos a Patras, supliquei-lhes que partissem sem mim. Tinha certeza de que uma longa viagem por mar me mataria. Cícero continuava relutante, mas acabou cedendo. Fui posto na cama numa vila próxima do porto pertencente a Liso, um comerciante grego. Cícero, Marco e o jovem Quinto se reuniram em volta de minha cama para se despedir. Eles me deram um aperto de mão. Cícero chorou. Fiz uma débil piada, dizendo que nossa cena de despedida lembrava o leito de morte de Sócrates. Em seguida, eles partiram.

CÍCERO ME ESCREVEU uma carta no dia seguinte e a enviou por meio de Mário, um de seus escravos de maior confiança.

> *Pensei que poderia suportar a sua falta sem muita dificuldade, mas francamente ela me parece intolerável. Sinto que errei em deixá-lo. Se, depois que for capaz de se recuperar, você pensar que pode me alcançar, a decisão está em suas mãos. Reflita sobre isso com essa cabeça inteligente. Sinto sua falta, mas o amo. Amando-o, quero vê-lo em boa forma e bem; sentindo sua falta, quero vê-lo assim que possível. A primeira coisa, portanto, deve vir antes. Portanto, faça com que ficar bem seja sua maior preocupação. De seus incontáveis serviços para mim, esse é o que mais apreciarei.*

ESCREVEU-ME MUITAS CARTAS como essa durante o tempo em que estive doente — certa vez mandou três num único dia. Naturalmente eu sentia falta de Cícero, tanto quanto ele de mim. Mas minha saúde estava arruinada. Eu não podia viajar. Oito meses se passariam antes que eu o visse de novo, e a essa altura o mundo dele — o nosso mundo — estava inteiramente transformado.

Liso era um anfitrião atencioso e levou seu próprio médico, um compatriota grego chamado Asclapo, para me tratar. Ele me purgou, me submeteu a suadouro, me fez passar fome e me hidratou: todos os remédios usuais para uma febre terçã foram tentados quando era de repouso que eu realmente precisava. Cícero, contudo, queixava-se de que Liso era *um pouco displicente: todos os gregos são*, providenciando, portanto, que eu fosse transferido após alguns dias para uma casa maior e mais tranquila no alto do morro, longe do ruído do porto. Ela pertencia a um amigo de infância dele, Mânio Cúrio: *Todas as minhas esperanças de que você receba atenção e tratamento apropriados estão depositadas em Cúrio. Ele tem o mais bondoso dos corações e a mais verdadeira afeição por mim. Ponha-se inteiramente nas mãos dele.*

Cúrio era realmente um homem amável e culto, um viúvo, banqueiro por profissão, e cuidou bem de mim. Foi-me dado um quarto com varanda com vista para o mar a oeste, e mais tarde, quando comecei a me sentir forte o bastante, eu passava uma hora sentado do lado de fora à tarde, observando os navios mercantes que entravam e saíam do porto. Cúrio estava em contato regular com toda espécie de gente em Roma — senadores, equestres, coletores de impostos, donos de navios —, e suas cartas, somadas às minhas, juntamente com a situação geográfica de Petras como portão para a Grécia, significavam que recebíamos as notícias políticas mais rapidamente que qualquer outra pessoa naquela parte do mundo.

Um dia por volta do fim de janeiro — deve ter sido cerca de três meses após a partida de Cícero —, Cúrio entrou em meu quarto com uma expressão carrancuda e me perguntou se eu estava forte o bastante para receber más notícias. Quando assenti, ele disse:

— César invadiu a Itália.

Anos mais tarde, Cícero costumava se perguntar se as três semanas que havia perdido em Rodes poderiam ter feito a diferença entre guerra e paz. Se pelo menos tivesse chegado a Roma um mês antes!, lamentava. Como um dos poucos que era ouvido por ambos os lados, ele me contou que, no curto tempo que passou nos arredores de Roma antes da eclosão do conflito — tempo que durou cerca de uma semana —, havia começado a intermediar o início de uma solução por meio de concessões: César abriria mão da Gália e de todas as suas legiões exceto uma e, em troca, teria permissão para concorrer ao consulado *in absentia*. Mas àquela altura era tarde demais. Pompeu não se mostrou confiante quanto ao acordo; o Senado o rejeitou; e César, como se suspeitava, já havia tomado a decisão de atacar, tendo calculado que jamais estaria mais forte que naquele momento: "Em suma, eu estava entre dementes loucos por guerra."

Ao saber que César invadira, ele foi imediatamente à casa de Pompeu no monte Píncio para declarar seu apoio. Ela estava cheia de líderes dos defensores da guerra — Catão, Enobarbo, os cônsules Marcelino e Lêntulo: cerca de quinze ou vinte homens ao todo. Pompeu estava furioso e em pânico. Agia sob a falsa noção de que César estava avançando com força total, talvez cinquenta mil soldados. Na verdade, aquele inveterado jogador havia cruzado o Rubicão com apenas um décimo desse número, confiando mais no efeito que essa agressão causaria. Mas Pompeu ainda não sabia disso, então decretou que a cidade devia ser abandonada. Estava ordenando a todos os senadores que saíssem de Roma. Qualquer um que permanecesse seria considerado traidor. Quando Cícero protestou, afirmando que essa era uma conduta desvairada, Pompeu se virou para ele e falou: "E isso inclui você, Cícero!" Essa guerra não seria decidida em Roma, declarou, nem mesmo na Itália — isso seria entrar no jogo de César. Em vez disso, seria uma guerra mundial, travada na Espanha, na África, no Mediterrâneo oriental e especialmente no mar. Ele ergueria um bloqueio à Itália. Forçaria o inimigo à submissão, deixando-o sem suprimentos. César reinaria sobre um ossuário.

Estremeci ante o tipo de guerra pretendida, escreveu Cícero para Ático, *selvagem e vasta além do que a humanidade jamais antes concebeu*. A hostilidade de Pompeu em relação a ele foi também um choque. Cícero deixou Roma como lhe fora ordenado, retirou-se para Fórmias e ruminou sobre que caminho tomar. Oficialmente, foi posto à frente das defesas marítimas e do recrutamento no norte da Campânia; na prática, não fez nada. Pompeu lhe enviou um frio lembrete de suas obrigações: *Recomendo-lhe fortemente, tendo em vista seu extraordinário e inquebrantável patriotismo, que venha se juntar a nós, para que de comum acordo possamos levar ajuda e conforto para nosso país aflito.*

Por volta desse momento, Cícero me escreveu. Recebi a carta cerca de três semanas depois de saber do começo da guerra.

De Cícero para seu caro Tiro, saudações

Minha existência e a de todos os homens honestos e toda a nação estão em condição precária, como você pode ver pelo fato de termos deixado nossos lares e a própria cidade-mãe entregue a saques ou incêndios. Impelido por algum espírito de loucura, esquecendo o nome que usa e as honras que conquistou, César se apoderou de Arimínio, Pisauro, Ancona e Arrécio. Por isso abandonamos Roma — quão sábia ou quão corajosamente não vale a pena discutir. Chegamos ao ponto em que não podemos sobreviver a menos que um deus ou um acidente venha em nosso auxílio. Para aumentar minhas aflições, meu genro Dolabela está com César.

Eu queria que você ficasse ciente desses fatos. Tome cuidado para não deixar que eles o transtornem e atrapalhem sua recuperação. Como você não pôde estar comigo quando mais precisei de seus serviços e lealdade, trate de não se apressar ou de ser tolo a ponto de empreender essa viagem seja como um inválido ou durante o inverno.

Obedeci às instruções dele e assim me vi acompanhando o colapso da República Romana de meu quarto de doente — e, em minha memória, minha doença e a loucura que se desenrolava na Itália estão para sempre fundidas num único pesadelo febril. Pompeu rumou para Brundísio com seu exército reunido às pressas a fim de embarcar para a Macedônia e iniciar sua guerra mundial. César o perseguiu para detê-lo. Tentou bloquear o porto. Fracassou. Observou as velas dos navios de transporte de soldados de Pompeu diminuírem a distância, então se virou e marchou de volta para Roma pelo caminho por onde tinha vindo. Seu trajeto pela via Ápia o fez passar pela porta de Cícero em Fórmias.

Fórmias, 29 de março
De Cícero para seu caro Tiro, saudações.

Então vi o louco finalmente — pela primeira vez em nove anos, pode acreditar? Ele pareceu completamente inalterado. Um pouco mais duro, mais magro, mais grisalho e mais enrugado talvez; mas tenho a impressão de que a vida de ban-

doleirismo lhe convém. Terência, Túlia e Marco estão comigo (e lhe mandam lembranças, aliás).

O que aconteceu foi o seguinte: ontem, durante todo o dia, os legionários dele desfilaram por nossa porta — são uma gente de aspecto selvagem, mas não nos importunaram de forma alguma. Acabávamos de nos sentar para jantar quando uma comoção no portão indicou a chegada de uma coluna de cavaleiros. Que comitiva, que submundo! Você nunca viu um grupo mais sinistro de malfeitores! O próprio homem — se é que ele é mesmo um homem: começamos a duvidar — estava alerta, atrevido e apressado. Será ele um general romano ou Aníbal? "Eu não poderia passar tão perto sem parar por um instante para vê-lo." Como se fosse um vizinho no campo! Com Terência e Túlia se mostrou perfeitamente cordial. Recusou qualquer hospitalidade ("Preciso me apressar") e fomos conversar em meu gabinete. Ficamos completamente a sós. Ele foi direto ao ponto: estava convocando uma reunião do Senado para dali a quatro dias.

— Com que autoridade?

— Esta — respondeu ele, tocando sua espada. — Venha comigo e lute pela paz.

— A meu próprio critério?

— Naturalmente. Quem sou eu para lhe ditar regras?

— Pois bem, direi que o Senado não deveria dar aprovação se você planeja enviar suas tropas para a Espanha ou para a Grécia para lutar contra os exércitos da república. E terei muito a dizer em defesa de Pompeu.

Diante disso ele protestou que não eram coisas desse tipo que desejava que fossem ditas.

— É o que suponho — respondi —, e é exatamente por isso que não quero estar presente. Ou devo permanecer longe ou falarei algo nessa linha... e trarei à baila muitas outras coisas que não poderei suprimir caso eu me veja lá.

Ele ficou muito frio. Disse que eu estava na verdade emitindo um julgamento contra ele, e que, se eu estava relutante em aquiescer, outros estariam também. Disse-me que eu devia refletir sobre o assunto e lhe comunicar minha decisão. Com isso, levantou-se para sair.

— Uma última coisa — disse César. — Eu gostaria de seus conselhos, mas, se não posso tê-los, vou receber conselhos de onde puder e não me deterei diante de nada.

Separamo-nos nesse clima. Não duvido que nosso encontro o tenha deixado irritado comigo. Está ficando cada vez mais claro que não posso permanecer aqui por muito mais tempo. Não vejo fim para o estrago que pode ser feito.

Eu não soube como responder; além disso, estava com medo de que qualquer carta que enviasse viesse a ser interceptada, pois Cícero descobrira que estava cercado por espiões de César. Dionísio, o tutor dos meninos, por exemplo, que nos havia acompanhado à Cilícia, revelou-se um informante. Assim como, de maneira muito mais surpreendente para Cícero, seu próprio sobrinho, o jovem Quinto, que procurara César imediatamente após a visita a Fórmias e lhe contara que o tio planejava se juntar a Pompeu.

Nesse momento César estava em Roma. Ele fora em frente com o plano que havia esboçado para Cícero e convocara uma reunião do Senado. Praticamente ninguém comparecera: os senadores estavam abandonando a Itália quase a cada maré para se juntar a Pompeu na Macedônia. Mas, por inacreditável incompetência, em sua ansiedade para fugir, Pompeu se esquecera de esvaziar o tesouro do Templo de Saturno. César foi se apoderar dele à frente de uma coorte de soldados. O tribuno L. Cecílio Metelo obstruiu a porta e fez um discurso sobre a santidade da lei, ao qual César respondeu:

— Há um momento para as leis e um momento para as armas. Se você não gosta do que está sendo feito, poupe-me de seus discursos e saia do caminho.

E, como Metelo continuou se recusando a cessar a obstrução, César disse:

— Saia do caminho ou mandarei matá-lo, e você sabe, jovem, que me desagrada dizer isto mais do que me desagrada fazê-lo.

Depois disso, Metelo tratou de sair bem depressa.

Esse era o homem por quem Quinto traíra o tio. A primeira pista que Cícero teve dessa traição foi uma carta que recebeu de César, que estava então a caminho para lutar contra as forças de Pompeu na Espanha.

A caminho de Massília, 16 de abril
César imperator *para Cícero* imperator.

Estou preocupado com certos relatos e por isso sinto que devo escrever e lhe pedir em nome de nossa mútua boa vontade que não tome nenhuma medida precipitada ou imprudente. Você estará cometendo uma grave ofensa contra a amizade.

Manter-se longe de disputas civis é certamente o curso mais adequado para um homem bom, amante da paz e um bom cidadão. Alguns que optaram por esse caminho foram impedidos de segui-lo por temores pela própria segurança. Mas você testemunhou minha carreira e o julgamento implícito em nossa amizade. Pese-os bem, e não encontrará caminho mais seguro nem mais honroso que se manter afastado de todo conflito.

Cícero me contou mais tarde que foi apenas quando leu essa carta que teve certeza de que teria de embarcar e ir ao encontro de Pompeu — "remando, se necessário" — porque se submeter a uma ameaça tão direta e sinistra lhe seria intolerável. Ele chamou o jovem Quinto a Fórmias e lhe passou um furioso sermão. Secretamente, porém, sentiu-se agradecido a ele, convencendo o irmão a não tratar o rapaz com demasiada severidade.

— O que fez ele, afinal de contas, senão dizer a verdade sobre o que estava em meu coração, algo que não tive a coragem de fazer quando estive com César? Naquele momento, quando César me ofereceu uma trincheira onde eu poderia me manter seguro pelo resto da guerra enquanto outros homens estivessem morrendo pela causa da república, meu dever subitamente ficou claro.

Na mais estrita confiança ele me enviou uma mensagem cifrada por meio de Ático e Cúrio, dizendo que estava viajando *para aquele lugar onde você e eu fomos visitados pela primeira vez por Milão e seu gladiador, e se, quando sua saúde o permitir, você quiser ir se juntar a mim lá novamente, nada me daria maior alegria.*

Soube de imediato que ele se referia a Tessalônica, onde o exército de Pompeu estava se reunindo. Eu não tinha nenhum desejo de me envolver na guerra civil. Aquilo me parecia extremamente perigoso. Por outro lado, contudo, eu era devotado a Cícero e apoiava sua decisão. Apesar de todos os defeitos de Pompeu, ele se mostrara no fim desejoso de obedecer à lei: após o assassinato de Clódio lhe fora dado um poder supremo e depois ele o abdicara de bom grado. A legalidade estava do seu lado; fora César, não ele, que invadira a Itália e destruíra a república.

Minha febre havia passado. Minha saúde estava restaurada. Eu também sabia o que tinha de fazer. Assim sendo, no fim de junho me despedi de Cúrio, que se tornara um bom amigo, e parti para arriscar minha sorte na guerra.

X

Viajei sobretudo de navio — rumo ao leste pela baía de Corinto e para o norte ao longo da costa do Egeu. Cúrio me oferecera um de seus escravos como criado, mas eu preferia viajar sozinho: tendo sido propriedade de outro homem, eu não me sentia à vontade no papel de amo. Contemplando aquela antiga e tranquila paisagem com seus olivais e pastores de cabras, seus templos e pescadores, ninguém teria suspeitado dos estupendos acontecimentos em curso pelo mundo. Apenas quando contornamos um cabo e avistamos o porto de Tessalônica que tudo pareceu diferente. As vias de acesso ao porto estavam apinhadas com centenas de navios transportando soldados e suprimentos. Era quase possível caminhar com os pés secos de um lado ao outro da baía. Dentro do porto, para onde quer que se olhasse havia sinais de guerra — soldados, montarias da cavalaria, carroças cheias de armas, armaduras e barracas, armas de cerco —, além de todo aquele vasto ajuntamento de parasitas que acompanham um grande exército que se reúne para lutar.

Eu não tinha a menor ideia de onde poderia encontrar Cícero em meio àquele caos, mas me lembrei de um homem que talvez soubesse. Epifânio a princípio não me reconheceu, talvez porque eu estivesse usando uma toga e ele nunca havia pensado em mim como um cidadão romano. Mas, quando o lembrei de nossos negócios passados, ele gritou, agarrou-me a mão e a apertou contra o coração. A julgar por seus anéis de joias e a menina escrava com hena no cabelo com expressão entediada em seu sofá, ele parecia estar prosperando muito com a guerra, embora tenha feito questão de lamentá-la para mim. Cícero, disse ele, estava de volta à mesma vila que havia ocupado quase uma década antes.

— Possam os deuses lhes trazer uma rápida vitória — gritou ele para mim quando eu saía —, mas talvez não antes que tenhamos feito bons negócios juntos.

Como foi estranho percorrer aquele caminho familiar novamente, entrar na casa inalterada e encontrar Cícero sentado no pátio no mesmo banco de pedra, fitando o espaço com a mesma expressão de profunda tristeza. Ele se levantou de repente ao me ver, então abriu os braços e me apertou contra si.

— Mas você está magro demais! — protestou, sentindo como meus ombros e costelas estavam ossudos. — Vai ficar doente de novo. Precisamos engordar você!

Ele chamou os outros para ver quem havia chegado, e de várias direções vieram seu filho Marco, agora um rapaz robusto e de cabelos macios, de 16 anos, usando a toga da idade adulta; seu sobrinho, Quinto, ligeiramente acanhado porque devia saber que o tio certamente me contara sobre sua tagarelice maldosa; e finalmente Quinto pai, que sorriu ao me ver, mas cujo rosto logo voltou a exibir um semblante melancólico. Afora o jovem Marco, que estava se preparando para a cavalaria e adorava passar seu tempo em torno dos soldados, aquela era uma casa claramente infeliz.

— Tudo em nossa estratégia está errado — queixou-se Cícero para mim durante o jantar naquela noite. — Ficamos aqui sem fazer nada enquanto César avança destruindo o que encontra pelo caminho na Espanha. Em minha opinião, estão dando atenção demais a augúrios... claro, aves e entranhas têm o seu lugar no governo civil, mas combinam pouco com o comando de um exército. Por vezes me pergunto se Pompeu é realmente o gênio militar que o consideram.

Cícero sendo Cícero, não fazia restrições a opiniões como essa à sua própria casa, mas as expressava por toda Tessalônica para quem as quisesse ouvir, e não demorou para que eu compreendesse que ele era considerado uma espécie de derrotista. Como não era de surpreender, Pompeu raramente o via, embora eu imaginasse que isso ocorria por ele tantas vezes estar distante, treinando suas legiões. Perto de duzentos senadores com suas comitivas enchiam a cidade quando cheguei, muitos deles idosos. Eles ficavam em torno do Templo de Apolo sem nada para fazer, discutindo futilidades entre si. Todas as guerras são terríveis, mas as guerras civis o são especialmente. Alguns dos amigos mais chegados de Cícero, como o jovem Célio Rufo, estavam lutando ao lado de César, enquanto seu genro, Dolabela, chegava a ter o comando de um esquadrão da frota de César no Adriático. Assim que Cícero havia chegado, Pompeu lhe fizera a lacônica pergunta: "Onde está seu genro?" E Cícero respondera: "Com seu ex-sogro." Pompeu resmungara e se afastara.

Perguntei a Cícero como era Dolabela. Ele revirou os olhos.

— Um aventureiro como toda a quadrilha de César: um moleque, um cínico, cheio demais de espíritos animais para o próprio bem... Na verdade, gosto muito dele. Mas, ai, pobre Túlia! Que tipo de marido ela foi arranjar desta vez? A querida menina deu à luz prematuramente em Cumas pouco antes de minha partida, mas a criança não sobreviveu nem um dia. Temo que outra tentativa de maternidade venha a matá-la. E é claro que, quanto mais Dolabela se cansa dela e de suas doenças, sendo ela mais velha que ele, mais ela o ama desesperadamente. E eu ainda não paguei a ele a segunda metade do dote. Seiscentos mil sestércios! Onde posso encontrar tamanha quantia estando preso aqui?

Aquele verão foi ainda mais quente do que quando Cícero estava exilado — e agora metade de Roma estava exilada com ele. Nós definhamos na umidade da cidade apinhada. Por vezes me parecia difícil não sentir certa satisfação cruel ao ver tantos homens que ignoraram as advertências de Cícero com relação a César — que chegaram a querer Cícero expulso de Roma para terem uma vida sossegada — agora experimentando como era estar longe de casa, enfrentando um futuro incerto.

Se pelo menos César tivesse sido detido mais cedo! Esse era o lamento em todos os lábios. Mas era tarde demais, e todo o ímpeto para a guerra estava com ele. No auge do calor do verão, mensageiros chegaram a Tessalônica com a notícia de que o exército do Senado na Espanha havia se rendido a César após uma campanha de apenas quarenta dias. A notícia provocou intensa consternação. Não muito tempo depois, os comandantes do exército derrotado chegaram em pessoa: Lúcio Afrânio, o mais leal dos lugares-tenentes de Pompeu, e Marco Preteio, que quatorze anos antes havia derrotado Catilina no campo de batalha. O Senado exilado ficou estupefato com a aparição deles. Catão se levantou para fazer a pergunta que estava na mente de todos:

— Por que vocês não estão mortos ou presos?

Afrânio teve de explicar, um tanto envergonhadamente, que César os perdoara e que todos os soldados que lutaram pelo Senado receberam permissão de voltar para casa.

— Perdoados? — vociferou Catão. — O que você quer dizer com *perdoados*? Por acaso ele é um rei agora? Vocês são os líderes legítimos de um exército legal. Ele é um renegado. Vocês deveriam antes ter tirado a própria vida a aceitar a clemência de um traidor! Qual é o sentido de continuar vivendo quando vocês perderam a honra? Ou o sentido de sua existência agora é apenas tal que vocês podem mijar pela frente e cagar por trás?

Afrânio puxou a espada e declarou com voz trêmula que nenhum homem jamais o chamaria de covarde, nem mesmo Catão. Poderia ter havido um terrível derramamento de sangue se os dois não tivessem sido forçosamente afastados.

Cícero comentou comigo mais tarde que, de todos os lances engenhosos de César, talvez o mais brilhante tivesse sido sua política de clemência. Aquilo era, de uma maneira curiosa, semelhante a enviar a guarnição de Uxeloduno para casa com as mãos cortadas. Aqueles homens orgulhosos estavam domesticados, neutralizados; eles rastejaram de volta para seus espantados camaradas como emblemas vivos do poder de César. E, com sua simples presença, baixavam o moral de todo o exército, pois como podia Pompeu convencer seus soldados a lutar até a morte quando eles sabiam que, se fosse preciso, poderiam depor as armas e voltar para suas famílias?

Pompeu convocou um conselho de guerra para discutir a crise, composto pelos líderes do exército e do Senado. Cícero, que ainda era oficialmente o governador da Cilícia, naturalmente compareceu, acompanhado até o templo por seus lictores. Tentou levar o irmão junto, mas Quinto foi barrado na porta pelo ajudante de ordens de Pompeu, e para sua grande fúria e embaraço, teve de permanecer do lado de fora comigo. Entre os que vi entrando estavam Afrânio, cuja conduta na Espanha Pompeu defendeu firmemente; Domício Enobarbo, que havia conseguido escapar de Massília quando César a sitiara e agora via traidores para onde quer que olhasse; Tito Labieno, um antigo aliado de Pompeu que havia servido como subcomandante de César na Gália, mas que se recusara a atravessar o Rubicão com o chefe; Marco Bíbulo, ex-colega consular de César, agora almirante da enorme frota de quinhentos navios de guerra do Senado; Catão, a quem havia sido prometido o comando da frota até que Pompeu concluíra que seria imprudente dar tanto poder a um colega que se irritava com tanta facilidade; e Marco Júnio Bruto, que tinha apenas 36 anos e era sobrinho de Catão, mas cuja chegada, ao que se dizia, dera mais alegria a Pompeu que a qualquer outra pessoa, porque Pompeu matara o pai de Bruto no tempo de Sula e desde então houvera uma sangrenta inimizade entre as famílias.

Pompeu, segundo Cícero, exalava confiança. Ele perdera peso, submetera-se a um regime de exercícios e parecia uma década mais jovem do que quando estava na Itália. Ele desconsiderou a derrota na Espanha como sem importância, uma atração secundária.

— Ouçam-me, cavalheiros, ouçam o que eu sempre disse: *esta guerra será vencida no mar.*

Segundo os espiões de Pompeu em Brundísio, César tinha menos da metade do número de navios que o Senado possuía. Era puramente uma questão matemática: ele não tinha navios suficientes para transportar tropas e partir da Itália com algo semelhante ao número de que precisaria para enfrentar as legiões de Pompeu; portanto, estava encurralado.

— Nós o temos onde queremos, e, quando estivermos prontos, nós o pegaremos. De agora em diante, esta guerra será travada nos meus termos e de acordo com minha programação.

DEVE TER SIDO cerca de três meses depois disso, no meio da noite, que fomos despertados por batidas furiosas à porta. Reunimo-nos com caras de sono no *tablinum*, onde os lictores esperavam com um oficial do quartel-general de Pompeu. As forças de César tinham desembarcado quatro dias antes na costa da Ilíria, perto de Dirráquio; Pompeu ordenara que todo o exército começasse a se pôr em marcha ao raiar do dia para enfrentá-lo. Seria uma marcha de quatrocentos e oitenta quilômetros.

— César está com seu exército? — perguntou Cícero.

— Acredito que sim.

— Mas eu pensei que ele estivesse na Espanha — disse Quinto.

— De fato, ele *estava* na Espanha — respondeu Cícero secamente —, mas ao que parece agora está aqui. Que estranho. Lembro que me asseguraram categoricamente que tal coisa era impossível porque ele não tinha navios o bastante.

No romper do dia fomos até a Porta Egnaciana ver se podíamos descobrir mais alguma coisa. A terra vibrava com o peso do tráfego militar na estrada — uma vasta coluna passava pela cidade, quarenta mil homens ao todo. Disseram-me que ela se estendia por quase cinquenta quilômetros, embora evidentemente pudéssemos ver apenas uma fração disso — os legionários a pé carregando suas pesadas mochilas, os cavaleiros com seus dardos de arremesso cintilando, a floresta de estandartes e águias todas exibindo a emocionante legenda "SPQR" ("O Senado e Povo de Roma"), trombeteiros e corneteiros, arqueiros, bodoqueiros, artilheiros, escravos, cozinheiros, escribas, médicos, carroças cheias de bagagens, mulas carregando barracas, ferramentas, comida e armas, cavalos e bois arrastando bestas e balistas.

Ingressamos na coluna por volta do meio da manhã, e até a mim, o menos militar dos homens, isso pareceu empolgante; mesmo Cícero, aliás, estava cheio de confiança para variar. Já o jovem Marco se sentia no paraíso, andando de um lado para o outro entre nossa seção e a cavalaria. Íamos a cavalo. Os lictores marchavam diante de nós com seus bastões laureados. À medida que avançávamos com passos pesados pela planície em direção às montanhas, a estrada começou a subir, e pude ver muito além a poeira marrom-avermelhada levantada pela interminável coluna e o ocasional brilho de aço quando um elmo ou um dardo reluzia ao sol.

Ao cair da noite chegamos ao primeiro acampamento, com seu fosso e talude de terra e sua paliçada de espigões. As barracas já estavam armadas, as fogueiras, acesas; um maravilhoso cheiro de comida sendo preparada se elevava para o céu do crepúsculo. Lembro-me especialmente do tinido dos martelos dos ferreiros ao pôr do sol, do relinchar e do movimento dos cavalos em seu cercado, do cheiro penetrante de couro vindo das muitas barracas, a maior delas reservada para Cícero. Ela se situava na encruzilhada no centro do acampamento, perto dos estandartes e do altar, onde Cícero naquela noite presidiu o tradicional sacrifício a Marte. Ele se banhou e foi ungido, jantou bem, dormiu tranquilamente no ar fresco e no dia seguinte nos pusemos em marcha de novo.

Essa rotina foi repetida durante os quinze dias seguintes enquanto avançávamos através das montanhas da Macedônia em direção à fronteira com a Ilíria. Cícero esperava constantemente um chamado para conferenciar com Pompeu, mas nenhum chegou. Não sabíamos onde estava o comandante em chefe, embora ocasionalmente Cícero recebesse despachos, e a partir deles formávamos um quadro mais claro do que estava acontecendo. César havia desembarcado no dia 4 de janeiro com uma força de várias legiões, talvez quinze mil homens ao todo, e tinha conseguido tomar de completa surpresa o porto de Apolônia, cerca de cinquenta quilômetros ao sul de Dirráquio. Mas isso era apenas metade de seu exército. Enquanto ele permanecia com a cabeça de ponte, seus barcos de transporte de tropas haviam partido de volta à Itália para trazer a segunda parte. (Pompeu nunca havia incluído em seus cálculos a audácia do inimigo de fazer duas viagens.) A essa altura, porém, a famosa sorte de César lhe faltou. Nosso almirante, Bíbulo, havia conseguido interceptar trinta de seus barcos de transporte, então ateou-lhes fogo e queimou vivas todas as suas tripulações, usando em seguida sua imensa frota para impedir a marinha de César de retornar.

Na situação atual, portanto, a posição de César era precária. Ele estava de costas para o mar e bloqueado, sem nenhuma chance de se reabastecer, com o inverno se aproximando e na iminência de ter de se confrontar com uma força muito maior.

Perto do fim de nossa marcha, Cícero recebeu mais um despacho de Pompeu:

Pompeu imperator *para Cícero* imperator

Recebi uma proposta de César, segundo a qual deveríamos imediatamente realizar uma conferência de paz, dispersar ambos os nossos exércitos em três dias, renovar nossa amizade sob juramento e voltar juntos para a Itália. Vejo isso como prova não das intenções amistosas dele, mas da debilidade de sua posição e de sua compreensão de que não pode vencer essa guerra. Sendo assim, sabendo que você concordaria comigo, rejeitei a oferta, que de todo modo suspeito que fosse um truque.

— Ele está certo? — perguntei. — Você teria concordado?

— Não — respondeu Cícero —, e ele sabe muito bem disso. Eu faria qualquer coisa para impedir essa guerra... e por isso, é claro, Pompeu nunca chegou a pedir minha opinião. Não posso ver nada diante de nós exceto matança e destruição.

Naquele momento, pensei que Cícero estava sendo indevidamente derrotista até para seus próprios padrões. Pompeu distribuiu seu vasto exército em formação de combate em Dirráquio e nos arredores e, ao contrário do que se esperava, mais uma vez se acomodou para aguardar. Ninguém no conselho supremo de guerra pôde criticar seu raciocínio: que a cada dia a posição de César se tornava mais fraca; que ele poderia ser finalmente induzido pela fome a se submeter, sem necessidade de luta; e que, em todo caso, o melhor momento para atacar seria a primavera, quando o tempo era menos traiçoeiro.

A família de Cícero ficou alojada numa vila bem próxima a Dirráquio, construída no alto de um promontório. Era um local desolado, com uma vista magnífica do mar, e me pareceu estranho pensar que César estava acampado a cerca de cinquenta quilômetros dali. Por vezes eu me debruçava sobre a varanda e espichava a cabeça para o sul na esperança de ver algum indício de sua presença, mas, é claro, nunca consegui.

Depois, no início de abril, um espetáculo extraordinário se apresentou. O tempo estivera calmo por vários dias, mas de repente chegou uma tempestade com o vento vindo do sul e fustigou ruidosamente a casa naquela posição exposta, a chuva batendo com força no telhado. Cícero estava preparando uma carta para Ático, que escrevera de Roma para informá-lo de que Túlia estava desesperadamente sem dinheiro. Faltavam sessenta mil sestércios do primeiro pagamento de seu dote, e mais uma vez Cícero desconfiou de conduta duvidosa da parte de Filotimo. Ele acabara de ditar as palavras *Você me diz que ela carece de tudo; rogo-lhe que não deixe isso continuar* quando Marco entrou correndo e disse que um grande número de navios podia ser visto no mar e que lhe parecia que talvez uma batalha estivesse em curso.

Pusemos nossas capas e corremos para o jardim. E lá estava realmente uma frota de várias centenas de embarcações cerca de um quilômetro e meio ou mais ao largo, sendo jogadas para cá e para lá pelas ondas fortes e impelidas velozmente pelo vento. Aquilo me lembrou de nosso quase naufrágio quando atravessamos o mar rumo a Dirráquio no começo do exílio de Cícero. Observamos durante uma hora até que elas todas tinham sumido de vista, e em seguida pouco a pouco uma segunda flotilha começou a aparecer — experimentando muito mais dificuldades, mas obviamente tentando alcançar os navios que haviam passado antes. Não fazíamos a menor ideia do que significava aquilo que observávamos. A quem aqueles fantasmagóricos navios cinzentos pertenciam? Tratava-se mesmo de uma batalha? Nesse caso, ela estava indo bem ou mal?

Na manhã seguinte, Cícero enviou Marco ao quartel-general de Pompeu na cidade, para ver o que podia descobrir. O jovem retornou ansioso ao cair da noite. O exército iria levantar acampamento ao raiar do dia. A situação estava confusa. No entanto, parecia que a outra metade do exército de César havia zarpado da Itália. Viram-se incapazes de desembarcar no acampamento do líder em Apolônia, em parte por causa de nosso bloqueio, mas também por conta da tempestade, que pelo visto os empurrara por quase cem quilômetros ao longo da costa rumo ao norte. Nossa marinha havia tentado persegui-los, mas fora mal sucedida. Pelo que se contava, homens e equipamentos estavam agora chegando à costa em torno do porto de Lisso. A intenção de Pompeu era esmagá-los antes que pudessem se reunir a César.

Na manhã seguinte nos juntamos ao exército e partimos para o norte. Corria o rumor de que o general recém-chegado que iríamos enfrentar era Marco Antônio, agente de César — informação que Cícero esperava que fosse verdadeira, porque ele conhecia Marco Antônio: um jovem de apenas 34 anos com fama de descontrole e indisciplina; segundo Cícero, ele não era nem de longe um tático formidável como César. No entanto, quando chegamos mais perto de Lisso, onde Marco Antônio deveria estar, encontramos somente seu acampamento abandonado, pontilhado com dezenas de fogueiras fumegantes onde ele tinha queimado todo o equipamento que seus homens não poderiam carregar. Mais tarde ficamos sabendo que ele os levara para as montanhas a leste.

Fizemos uma meia-volta abrupta e retornamos para o sul. Pensei que voltaríamos para Dirráquio. Em vez disso, passamos pela cidade a distância, continuamos para o sul e, após uma marcha de quatro dias, assumimos uma nova posição num vasto acampamento em torno da pequena cidade de Apsos. E nesse momento começamos a compreender o brilhante general que César era, pois descobrimos que de alguma maneira ele de fato se reunira com Marco Antônio, conduzira o exército através de passagens nas montanhas e, embora sua força combinada fosse menor que a nossa, escapara de uma posição desesperadora para voltar na ofensiva. Ele capturou um povoado à nossa retaguarda e nos isolou de Dirráquio. Aquele não era um desastre fatal — a marinha de Pompeu ainda comandava o litoral, de modo que podíamos ser reabastecidos pelo mar por intermédio das praias, desde que o tempo não se mostrasse demasiado inclemente. Mas começamos a experimentar a incômoda sensação de estar cercados. De vez em quando víamos os homens de César se movendo nas encostas distantes das montanhas: ele tinha o controle dos pontos altas ao nosso redor. Em seguida ele iniciou um vasto programa de construção — derrubando árvores, construindo fortes de madeira, cavando trincheiras e fossos e usando a terra escavada para erigir taludes.

Naturalmente, nossos comandantes tentaram interromper esses trabalhos, e houve várias escaramuças — por vezes quatro ou cinco num único dia —, mas o trabalho prosseguiu mais ou menos continuamente por vários meses até que César tinha completado uma linha fortificada de vinte e cinco quilômetros que corria em torno de toda a nossa posição num grande círculo, das praias ao norte de nosso acampamento aos penhascos ao sul. Dentro desse círculo construímos nosso próprio sistema de trincheiras voltado para o deles, com algo entre cinquenta e cem passos entre os dois lados. Máquinas de cerco foram trazidas, e artilheiros arremessavam rochas e projéteis em chamas uns nos outros. Grupos de ataque rastejavam pelas linhas de frente à noite e cortavam a garganta dos homens na trincheira oposta. Quando o vento amainava, conseguíamos ouvir os inimigos conversando. Muitas vezes eles gritavam insultos para nós; nossos homens gritavam em resposta. Lembro-me de uma atmosfera constante de tensão. Ela começava a nos dar nos nervos.

Cícero, tendo adoecido com disenteria, passava a maior parte do tempo lendo e escrevendo em sua barraca. "Barraca" é um nome um tanto impróprio. Ele e os principais senadores pareciam rivalizar uns com os outros para ver quem conseguia tornar suas acomodações mais luxuosas. Havia tapetes, sofás, mesas, estátuas e prataria enviada da Itália no interior e paredes de turfa e caramanchões frondosos do lado de fora. Eles jantavam uns com os outros e se banhavam juntos como se ainda estivessem no Palatino. Cícero se tornou particularmente próximo do sobrinho de Catão, Bruto, cuja barraca ficava ao lado da sua e que raramente era visto sem estar com um livro de filosofia na mão. Os dois passavam horas sentados conversando, até tarde da noite. Cícero gostava dele por sua natureza nobre e seu conhecimento, mas temia que sua cabeça estivesse na verdade abarrotada demais de filosofia para que pudesse fazer uso prático dela.

— Ele é tão instruído que perdeu o juízo.

Uma das peculiaridades desse estilo de guerra de trincheira era que se podia também ter um contato bastante amistoso com o inimigo. Os soldados comuns às vezes se encontravam no terreno intermediário não ocupado para conversar ou jogar jogos de azar, embora nossos oficiais infligissem severos castigos a quem fosse flagrado confraternizando. Cartas eram arremessadas de um lado para o outro. Cícero recebeu várias mensagens vindas por mar de Rufo, que estava em Roma, e até uma de Dolabela, que acampava com César a menos de dez quilômetros de distância, e que enviou um mensageiro sob uma bandeira de trégua:

Se você estiver bem fico satisfeito. Eu próprio estou bem e assim também está nossa Túlia. Terência andou bastante indisposta, mas sei de fonte segura que agora está recuperada. Em tudo mais, todos os seus assuntos domésticos estão em excelente estado.

Você vê a situação de Pompeu: expulso da Itália, a Espanha perdida, ele está agora, para culminar, preso no próprio acampamento — uma humilhação que imagino nunca ter sido sofrida antes por um general romano. Uma coisa eu lhe peço: se ele de fato conseguir escapar da perigosa posição atual e se refugiar com sua frota, consulte seu próprio interesse e finalmente seja amigo de si próprio e não de qualquer outra pessoa.

Meu muitíssimo agradável Cícero, caso Pompeu venha a ser expulso dessa área também e seja obrigado a buscar outras regiões da Terra, espero que você se retire para Atenas ou qualquer comunidade pacífica que o agrade. Quaisquer concessões de que você precise da parte do comandante em chefe para salvaguardar sua dignidade poderá ser obtida com a maior facilidade de um homem bondoso como César. Confio em sua honra e bondade para assegurar que o mensageiro que estou enviando possa retornar a mim e me trazer uma carta sua.

O peito de Cícero mal podia conter todas as emoções conflitantes suscitadas pela leitura dessa extraordinária missiva — prazer por saber que Túlia estava bem, indignação diante do descaramento do genro, alívio culpado por ver que a política de clemência de César ainda se estendia a ele, medo de que a carta pudesse cair nas mãos de um fanático como Enobarbo, que poderia usá-la para acusá-lo de traição...

Rabiscou uma linha cautelosa para dizer que estava bem e continuaria apoiando a causa do Senado, então cuidou para que o mensageiro fosse escoltado de volta pelas nossas linhas.

Quando o tempo começou a esquentar, a vida se tornou mais desagradável. César tinha talento para obstruir fontes e desviar água — fora assim que muitas vezes vencera cercos na França e na Espanha, e agora usava a mesma tática contra nós. Ele controlava os rios e os riachos que desciam das montanhas, e seus engenheiros os interceptaram, cortando nosso acesso. O capim ficou marrom. Foi necessário trazer água do mar em milhares de ânforas e racioná-la. Os banhos diários dos senadores foram proibidos por Pompeu. Mais importante, os cavalos começaram a adoecer por desidratação e falta de forragem. Sabíamos que os homens de César se encontravam num estado ainda pior — ao contrário de nós, eles não podiam ser reabastecidos de alimentos por mar e não tinham acesso tanto à Grécia quanto à Macedônia. Haviam sido reduzidos a fazer seu pão diário com as raízes que arrancavam do chão. Os veteranos de César, porém, endurecidos na batalha, eram mais fortes que nossos homens e não demonstravam sinal de que cederiam.

Não sei ao certo por quanto tempo mais a situação poderia ter se mantido, mas, cerca de quatro meses após nossa chegada em Dirráquio, houve uma reviravolta. Cícero foi convocado para um dos conselhos de guerra irregulares de Pompeu em sua vasta barraca no centro do acampamento e voltou algumas horas depois parecendo quase alegre, para variar. Contou que dois auxiliares gauleses que serviam no exército de César tinham sido apanhados furtando de seus camaradas legionários e sentenciados à morte por açoitamento. De alguma maneira, conseguiram escapar e passaram para o nosso lado. Eles ofereceram informação em troca da própria vida: havia, disseram, um trecho vulnerável nas fortificações de César de cerca de duzentos passos de largura, perto do mar: o perímetro externo parecia firme, mas não havia nenhuma linha secundária por trás. Pompeu os advertiu de que sofreriam uma morte terrível caso o que diziam se provasse falso. Eles juraram que era verdade, mas lhe urgiram que se apressasse a investir antes que o buraco fosse vedado. Pompeu, não vendo razão para se manter cético, marcou um ataque para o raiar do dia seguinte.

Durante toda aquela noite nossos soldados se colocaram discretamente em posição. O jovem Marco, agora oficial de cavalaria, estava entre eles. Cícero perdeu o sono, afligindo-se com a segurança do filho, e à primeira luz ele e eu, acompanhados por seus lictores e Quinto, fomos observar a batalha. Pompeu deslocara uma enorme força. Não pudemos chegar perto o suficiente para ver o que estava acontecendo. Cícero desmontou e caminhamos ao longo da praia, as ondas lambendo nossos tornozelos. Nossos navios estavam ancorados numa linha cerca de quatrocentos metros ao largo. Mais adiante conseguíamos ouvir o ruído de luta misturado com o rugido do mar. O ar estava escuro com nuvens de flechas, ocasionalmente iluminado por projéteis flamejantes. Devia haver cinco mil homens na praia. Como um dos tribunos militares nos pediu que não avançássemos mais por causa do perigo, sentamo-nos debaixo de uma murta e comemos algumas provisões.

Por volta de meio-dia, a legião se afastou, e nós a seguimos cautelosamente. O forte de madeira que os homens de César tinham construído nas dunas estava em nossas mãos, e no terreno plano além dele milhares de homens estavam distribuídos. Fazia muito calor. Corpos jaziam por toda parte, perfurados por flechas e dardos ou com horríveis feridas abertas. À nossa direita vimos vários esquadrões de cavalaria galopando rumo à luta. Cícero teve certeza de ter avistado Marco entre eles, e nós os saudamos ruidosamente, mas então Quinto reconheceu as cores dos uniformes e nos disse que eram de César. Nessa altura os lictores de Cícero o apressaram a sair do campo de batalha, e voltamos ao acampamento.

A Batalha de Dirráquio, como ela ficou conhecida, foi uma grande vitória. A linha de César foi irremediavelmente rompida, e toda a sua posição, prejudicada. Na verdade, ele teria sido derrotado em definitivo naquele dia, se não fosse a rede de trincheiras que retardou nosso avanço e nos forçou a trabalhar durante a noite. Pompeu foi aclamado como *imperator* por seus homens no campo e, quando voltou ao acampamento em seu carro de guerra, acompanhado por seus guarda-costas, ele deu a volta no perímetro, atravessando ruas de barracas iluminadas por archotes sob os aplausos de seus legionários.

No dia seguinte, perto do fim da manhã, bem longe, na direção do acampamento de César, colunas de fumaça começaram a se elevar sobre a planície. Ao mesmo tempo, de toda parte ao redor de nossas linhas de frente começaram a chegar relatos de que as trincheiras opostas estavam vazias. Nossos homens se aventuraram a sair, com cautela a princípio, mas logo estavam vagando pelas fortificações inimigas, pasmos ao ver que tantos meses de trabalho foram abandonados tão facilmente. Mas não havia dúvida: os legionários de César estavam rumando para leste ao longo da via Egnácia. Podíamos ver a poeira.

Todo o equipamento que não puderam levar estava queimando às costas deles. O cerco havia terminado.

Pompeu convocou uma reunião do Senado exilado no fim daquela tarde para decidir o que deveria ser feito em seguida. Cícero me pediu para ir com ele e Quinto para que pudesse ter um registro do que fosse decidido. As sentinelas que guardavam a barraca de Pompeu permitiram minha entrada com um aceno de cabeça sem fazer perguntas, e tomei uma posição discreta, postando-me de um lado junto com os outros secretários e ajudantes de ordens. Devia haver quase uma centena de senadores presentes, sentados em bancos. Pompeu, que passara o dia inteiro fora inspecionando as posições de César, chegou por último, recebendo uma ovação de pé, que agradeceu com um toque de seu bastão de marechal do lado do famoso topete.

Passou a relatar a situação dos dois exércitos após a batalha. O inimigo tivera cerca de mil homens mortos e trezentos aprisionados. Imediatamente Labieno propôs que os prisioneiros fossem todos executados.

— Temo que eles espalhem pensamentos traiçoeiros entre os homens que os guardam. Além disso, eles perderam o direito à vida.

Cícero, com uma expressão de grande repugnância, levantou-se para protestar.

— Alcançamos uma imensa vitória. O fim da guerra está próximo. Não está na hora de sermos magnânimos?

— Não — retrucou Labieno. — É preciso fazer disso um exemplo.

— Um exemplo que só vai levar os homens de César a lutar com ainda mais determinação quando souberem o que os aguarda caso se rendam.

— Que seja. Essa tática de César de oferecer clemência é uma grande ameaça a nosso espírito de luta. — Ele lançou um olhar resoluto para Afrânio, que abaixou a cabeça. — Se não pouparmos prisioneiros, César será obrigado a fazer o mesmo.

Pompeu falou com uma firmeza que pretendia dar um basta ao assunto.

— Concordo com Labieno. Aliás, os soldados de César são traidores que tomaram armas ilegalmente contra seus compatriotas. Isso os põe numa categoria diferente de nossos soldados. Sigamos adiante.

Mas Cícero não quis se dar por vencido.

— Esperem. Estamos lutando por valores civilizados ou somos animais selvagens? Esses homens são romanos tal como nós. Eu gostaria que ficasse registrado que, na minha opinião, isso é um erro.

— E eu gostaria que ficasse registrado — retrucou Enobarbo — que não são somente aqueles que lutaram abertamente ao lado de César que deveriam ser considerados traidores, mas todos os que tentaram ser neutros, defenderam a paz ou tiveram contato com o inimigo.

Enobarbo foi calorosamente aplaudido. O rosto de Cícero enrubesceu e ele ficou em silêncio.

— Pois bem — disse Pompeu —, está decidido. Agora proponho que todo o exército, exceto digamos quinze coortes que deixaremos para trás para defender Dirráquio, deve partir em perseguição a César no intuito de travar batalha na primeira oportunidade.

Esse fatídico pronunciamento foi acolhido com ruidosos grunhidos de aprovação.

Cícero hesitou, olhou à sua volta e então voltou a se levantar.

— Pareço me ver desempenhando o papel do perene inconformista. Perdoem-me, mas não será o caso de aproveitar a oportunidade e, em vez de perseguir César rumo a leste, navegar em vez disso para oeste, em direção à Itália, e retomar Roma? Afinal, supõe-se que esse seja o objetivo da guerra.

Pompeu balançou a cabeça.

— Não, isso seria um erro estratégico. Se voltarmos para a Itália, não haverá nada que impeça César de conquistar a Macedônia e a Grécia.

— Que ele as tome; eu trocaria a Macedônia e a Grécia pela Itália e por Roma em qualquer situação. Além disso, temos um exército lá, comandado por Cipião.

— Cipião não pode derrotar César — retrucou Pompeu. — Só eu posso. E esta guerra não terminará simplesmente quando voltarmos a Roma. Esta guerra terminará apenas com a morte de César.

NO FIM DA conferência, Cícero se aproximou de Pompeu e pediu permissão para ficar em Dirráquio em vez de acompanhar o exército na campanha. Pompeu, claramente irritado com as críticas feitas na reunião, olhou para ele de cima a baixo com algo semelhante a desdém e enfim assentiu.

— Acho que é uma boa ideia.

Deu as costas para Cícero dispensando-o e começou a discutir com um de seus oficiais a ordem em que as legiões deveriam partir no dia seguinte. Cícero esperou que a conversa com o oficial terminasse, presumivelmente pretendendo desejar boa sorte ao outro, mas Pompeu estava demasiado absorto na logística da marcha, ou pelo menos fingiu estar, e Cícero acabou desistindo e deixou a barraca.

Conforme nos afastávamos, Quinto lhe perguntou por que o irmão não queria seguir com o exército.

— Essa estratégia global de Pompeu — respondeu Cícero — significa que poderíamos ficar presos aqui por anos. Não aguento mais. Para ser franco, nem posso encarar mais uma viagem por essas malditas montanhas.

— As pessoas dirão que é porque está com medo.

— Irmão, eu *estou* com medo. Você também deveria estar. Se vencermos, haverá um massacre de bom sangue romano; você ouviu Labieno. E, se perdermos... — deixou a frase sem conclusão.

Quando chegamos à barraca, ele fez uma tentativa desanimada de convencer seu filho a não ir também, embora soubesse da futilidade do gesto: Marco havia demonstrado muita bravura em Dirráquio e, apesar de sua juventude, fora recompensado com o comando de seu próprio esquadrão de cavalaria. Estava ávido por batalha. O filho de Quinto também se mostrava determinado a lutar.

— Pois bem — disse Cícero —, vá, se é isso que quer. Admiro seu espírito. Eu, no entanto, permanecerei aqui.

— Mas, pai — protestou Marco —, os homens falarão desse grande embate de armas durante mil anos.

— Estou velho demais para lutar e sou melindroso demais para ver outros lutando. Vocês três são os soldados da família. — Ele afagou o cabelo de Marco e beliscou-lhe a bochecha. — Traga-me de volta a cabeça de César espetada numa vara, está bem, meu querido filho?

Em seguida anunciou que precisava descansar e se virou para que ninguém visse que chorava.

O toque de alvorada estava marcado para uma hora antes do amanhecer. Atormentado pela insônia, tive a impressão de que mal adormecera quando a infernal algazarra das trombetas de guerra começou. Os escravos da legião entraram e começaram a desmontar a barraca à minha volta. Tudo exatamente cronometrado. Lá fora o sol ainda não aparecera sobre a serrania, e as montanhas continuavam na sombra, mas, sobre elas, assomava um céu sem nuvens, vermelho-sangue.

Os batedores partiram ao alvorecer, seguidos meia hora mais tarde por um destacamento de cavalaria bitínio e depois, passada mais cerca de meia hora, por Pompeu, bocejando ruidosamente, cercado pelos oficiais de sua equipe e guarda-costas. Nossa legião havia sido escolhida para a honra de servir como a vanguarda na marcha e por isso foi a seguinte a partir. Cícero ficou junto ao portão, e, quando seu irmão, filho e sobrinho passaram, levantou a mão e deu adeus a cada um sucessivamente. Dessa vez não tentou esconder as lágrimas. Duas horas mais tarde, todas as barracas estavam desarmadas, as fogueiras com dejetos queimavam, e as últimas mulas carregadas de bagagem se afastavam do acampamento deserto.

DEPOIS QUE o exército desapareceu a distância, partimos para a marcha de quase cinquenta quilômetros a cavalo até Dirráquio, escoltados pelos lictores de Cícero. Nossa estrada nos fez passar pela antiga linha defensiva de César, e logo chegamos ao ponto em que Labieno havia massacrado os prisioneiros. Suas gargantas haviam sido cortadas, e uma turma de escravos estava enterrando os corpos num dos antigos fossos defensivos do inimigo. O fedor de carne apodrecendo ao sol de verão e a visão dos abutres girando no céu estão entre as muitas lembranças dessa campanha que eu preferiria esquecer. Apressamos nossos cavalos e seguimos velozmente rumo a Dirráquio, aonde chegamos antes do cair da noite.

Dessa vez, por razões de segurança, fomos alojados longe dos penhascos, numa casa dentro dos muros da cidade. O comando da guarnição deveria, em princípio, ter sido concedido a Cícero, que era o ex-cônsul mais velho e que ainda possuía *imperium* como governador da Cilícia. Mas, num sinal da desconfiança de que ele passara a ser objeto, Pompeu passou a posição a Catão, que nunca ocupara cargo mais elevado que a de pretor. Cícero não se ofendeu. Pelo contrário, ficou satisfeito por se livrar da responsabilidade: as tropas que Pompeu deixara para trás eram as menos confiáveis que possuía, e Cícero tinha sérias dúvidas acerca de sua lealdade no caso de combate.

Os dias se arrastaram muito lentamente. Os senadores que, como Cícero, não seguiram com o exército agiam como se a guerra já tivesse sido ganha. Por exemplo, faziam listas daqueles que tinham ficado em Roma, dos que seriam mortos quando voltássemos, daqueles cuja propriedade seria confiscada para pagar pela guerra; um dos homens ricos que eles proscreviam era Ático. Em seguida, discutiam quem ficaria com que casa. Outros senadores brigavam desavergonhadamente pelos cargos e títulos que ficariam vagos com a morte de César e de seus lugares-tenentes — Spínter, eu me lembro, afirmava taxativamente que deveria se tornar o máximo pontífice. Cícero comentou comigo:

— O único resultado pior do que perder esta guerra será vencê-la.

Quanto a ele, sua mente estava cheia de preocupações e ansiedades. Túlia continuava com pouco dinheiro, e a segunda parcela de seu dote ainda não tinha sido paga, apesar das instruções que Cícero dera a Terência de vender alguns de seus bens. Todos os seus antigos temores sobre o relacionamento de sua mulher com Filotimo e o apreço de ambos por estratégias questionáveis para ganhar dinheiro voltaram a lhe ocupar a mente. Ele optou por transmitir a raiva e a desconfiança escrevendo a Terência cartas infrequentes, curtas e gélidas, nas quais sequer se dirigia a ela pelo nome.

Mas seus maiores temores diziam respeito a Marco e Quinto, ainda na marcha com Pompeu em algum lugar. Dois meses haviam se passado desde sua partida. O exército do Senado perseguira César pelas montanhas até a planície de Tessalônica e depois seguira para o sul; isso era sabido. Mas onde exatamente estavam naquele momento ninguém sabia, e, quanto mais César os afastava de Dirráquio e quanto mais o silêncio perdurava, mais desassossegada ficava a atmosfera na guarnição.

O comandante da frota, Caio Copônio, era um senador hábil, mas extremamente tenso, que acreditava piamente em sinais e augúrios, especialmente em sonhos proféticos, que estimulava seus homens a compartilhar com seus oficiais. Um dia, quando ainda não havia nenhuma notícia de Pompeu, ele veio jantar com Cícero. Também estavam à mesa Catão e M. Terêncio Varro, o grande erudito e poeta, que havia comandado uma legião na Espanha e que, como Afrânio, fora perdoado por César.

— Tive um encontro perturbador pouco antes de sair para vir — contou Copônio. — Vocês conhecem aquele imenso quinquerreme rodiense, o *Europa*, ancorado ali ao largo? Um dos remadores foi levado para me ver e contar seu sonho. Ele afirma ter tido a visão de uma terrível batalha em alguma planície elevada grega, com sangue banhando a terra e homens desmembrados e gemendo, e depois esta cidade sitiada, com todos nós fugindo para os navios, olhando para trás e vendo o lugar em chamas.

Em geral esse era exatamente o tipo de profecia sinistra de que Cícero gostava de rir, mas não dessa vez. Catão e Varro se mostraram igualmente pensativos.

— E como o sonho terminou? — perguntou Catão.

— Para ele, muito bem: ele e os camaradas vão desfrutar de uma rápida viagem de volta a Rodes, ao que tudo indica. Portanto, suponho que seja uma mensagem de esperança.

Outro silêncio recaiu sobre a mesa. Por fim, Cícero disse:

— Infelizmente, a meu ver isso sugere apenas que nossos aliados rodienses vão nos desertar.

Os primeiros sinais de que um desastre terrível tinha ocorrido começaram a emanar das docas. Alguns pescadores da ilha de Córcira,* cerca de dois dias de viagem ao sul, afirmaram ter passado por um grupo de homens acampado numa praia do continente e que havia declarado aos gritos ser composto de sobreviventes do exército de Pompeu. Outro navio mercante chegou ao porto no mesmo dia com uma história semelhante — de homens desesperados, famintos, ocupando pequenas aldeias de pescadores e tentando encontrar algum meio de fugir dos soldados que, segundo gritavam, os perseguiam.

Cícero tentou consolar a si mesmo e aos outros dizendo que todas as guerras consistiam em rumores que frequentemente se revelavam falsos e que talvez esses fantasmas não passassem de meros desertores ou sobreviventes

* Corfu.

de alguma escaramuça menor, não de uma grande batalha. Mas penso que ele sabia em seu coração que os deuses da guerra estavam com César: acredito que tinha previsto isso e fora essa a razão para não ter acompanhado Pompeu.

A confirmação veio na noite seguinte, quando recebeu um chamado urgente para comparecer ao quartel-general de Catão. Fui com ele. Havia lá uma terrível atmosfera de pânico e desespero. Os secretários já estavam queimando correspondência e livros de contabilidade no jardim para evitar que caíssem nas mãos do inimigo. Dentro, Catão, Varro, Copônio e alguns outros dos principais senadores estavam sentados num círculo soturno em torno de um homem barbado e imundo, com o rosto severamente ferido. Tratava-se do outrora orgulhoso Tito Labieno, comandante da cavalaria de Pompeu e o perpetrador do massacre de prisioneiros. Ele estava exausto, tendo cavalgado sem parar durante dez dias pelas montanhas com alguns de seus homens. Por vezes ele perdia o fio da meada e se esquecia de algo, cabeceava de sono ou repetia coisas — ocasionalmente sofria um colapso completo —, de modo que minhas anotações são incoerentes e talvez seja melhor eu simplesmente narrar o que descobrimos mais tarde.

A batalha, que naquele momento não tinha nome, mas mais tarde veio a ser chamada de Farsalos, nunca deveria ter sido perdida, segundo Labieno. Ele criticou amargamente o comando de Pompeu, qualificando-o de muito inferior ao de César. (É bom ter em mente que outros, cujas histórias foram ouvidas mais tarde, atribuíram a responsabilidade pela derrota parcialmente ao próprio Labieno.) Pompeu ocupava o melhor terreno, era quem tinha mais soldados — sua cavalaria estava em vantagem numérica sobre a de César numa relação de sete para um — e pôde escolher o momento da batalha. Mesmo assim, havia hesitado em travar combate com o inimigo. Só depois de alguns dos outros comandantes, notavelmente Enobarbo, o terem acusado abertamente de covardia ele juntara forças para lutar.

— Foi nesse momento que vi que ele não estava lutando com garra. Apesar do que nos dizia, nunca se sentiu confiante de que derrotaria César — disse Labieno.

E assim os dois exércitos se enfrentaram em uma ampla planície; e o inimigo, tendo finalmente sua oportunidade, atacou.

César havia reconhecido desde o começo que a cavalaria era sua maior debilidade e por isso astutamente havia postado cerca de dois mil de seus melhores soldados de infantaria fora do campo de visão do inimigo, atrás dela. Assim, quando os cavaleiros de Labieno romperam a investida dos adversários e foram além deles, numa tentativa de dar a volta no flanco de César, viram-se subitamente confrontados por uma linha de legionários que avançava. O ataque dos cavaleiros se despedaçou ao encontrar os escudos e os dardos desses veteranos ferozes e inflexíveis, e eles deixaram o campo a galope, apesar das tentativas de Labieno de arregimentá-los. (Durante todo o relato, eu pensava em Marco: um jovem afoito, certamente não teria sido um dos que fugiram.) Com a cavalaria inimiga desaparecida, os homens de César caíram sobre os arqueiros desprotegidos de Pompeu, exterminando-os. Depois disso, foi uma matança quando a infantaria de Pompeu, em pânico, demonstrou não estar à altura dos soldados disciplinados e experientes do inimigo.

— Quantos homens perdemos? — perguntou Catão.

— Não sei dizer... Milhares.

— E onde estava Pompeu em meio a tudo isso?

— Quando ele viu o que estava acontecendo, ficou paralisado. Mal conseguia falar, muito menos emitir ordens coerentes. Deixou o campo com sua escolta e voltou ao acampamento. Nunca mais o vi depois disso. — Labieno cobriu o rosto com as mãos. Esperamos. Depois de se recuperar, ele continuou: — Contaram-me que ficou deitado em sua barraca até que os homens de César romperam as defesas, então foi embora com um punhado de homens. Foi visto pela última vez cavalgando para Larissa, ao norte.

— E César?

— Ninguém sabe. Alguns dizem que ele partiu com um pequeno destacamento para perseguir Pompeu; outros, que está à frente de seu exército e vindo para cá.

— Vindo para cá?

Conhecendo a reputação de César por marchas forçadas e a rapidez com que suas tropas podiam se deslocar, Catão propôs que evacuassem Dirráquio imediatamente. Estava muito calmo. Para surpresa de Cícero, ele revelou que já havia discutido precisamente essa contingência com Pompeu e que fora decidido que, na eventualidade de uma derrota, toda a liderança sobrevivente da causa senatorial deveria tentar chegar a Córcira — que, sendo uma ilha, podia ser bloqueada e defendida pela frota.

Àquela altura, rumores da derrota de Pompeu se espalhavam pela guarnição, e a reunião foi interrompida pelo relato de que havia soldados se recusando a cumprir ordens e que, inclusive, já se sabia de saques pelo lugar. Antes de voltarmos para casa, Cícero pôs a mão no ombro de Labieno e lhe perguntou se sabia o que acontecera com Marco ou Quinto. Labieno levantou a cabeça e olhou para ele como se o julgasse louco pelo simples fato de fazer a pergunta — a matança de milhares parecia rodopiar como fumaça naqueles olhos fixos, injetados de sangue.

— Que posso saber? — murmurou. — Só posso dizer que pelo menos não os vi mortos. — Em seguida, acrescentou, quando Cícero se virou para sair: — Você estava certo... devíamos ter voltado para Roma.

XI

Assim, a profecia do remador rodiense se realizou, e no dia seguinte fugimos de Dirráquio. Os celeiros foram saqueados, e lembro como o precioso trigo foi espalhado pelas ruas e esmagado sob nossos sapatos. Os lictores tiveram de abrir caminho para Cícero, distribuindo bordoadas a esmo com seus bastões para permitir que ele passasse pela multidão em pânico. Ao chegar à doca, porém, a encontramos ainda mais intransponível que as ruas. Parecia que cada capitão de uma embarcação apta para navegar era assediado por ofertas de dinheiro para transportar pessoas para a segurança. Vi cenas das mais deploráveis — famílias com todos os pertences que conseguiam carregar, inclusive cães e papagaios, tentando abrir caminho à força para chegar aos navios; matronas arrancando os anéis dos dedos e oferecendo seus mais preciosos bens de família por um lugar num simples barco a remo; o cadáver lívido de um bebê que a mãe deixara cair da prancha de desembarque numa confusão causada pelo terror e se afogara.

O porto estava tão abarrotado de navios que se passaram horas até que a embarcação nos apanhasse e transportasse até nosso navio de guerra. Àquela altura estava escurecendo. O grande quinquerreme rodiense não estava à vista: Rodes, como Cícero previra, tinha desertado da causa do Senado. Catão embarcou, seguido pelos outros líderes, e imediatamente levantamos âncora — o capitão preferia os perigos de uma viagem noturna aos riscos de continuarmos onde estávamos. Quando tínhamos nos afastado uns dois quilômetros, olhamos para trás e vimos uma imensa incandescência vermelha no céu; mais tarde ficamos sabendo que os soldados amotinados tinham ateado fogo em todos os navios no porto para não serem obrigados a embarcar para a Córcira e continuar lutando.

Remamos a noite inteira. O mar calmo e a linha da costa rochosa estavam prateados ao luar. Os únicos sons eram as pancadas dos remos na água e o murmúrio dos homens na escuridão. Cícero passou um bom tempo conversando a sós com Catão e, mais tarde, contou-me que o outro não estava apenas calmo, mas sereno.

— É isso que uma vida inteira de devoção ao estoicismo pode fazer. No que lhe diz respeito, ele seguiu sua consciência e se sente em paz; está completamente resignado à morte. À sua maneira, é tão perigoso quanto César e Pompeu.

Perguntei-lhe o que queria dizer com isso. Ele demorou a responder.

— Lembra-se do que escrevi em minha pequena obra sobre política? Parece ter sido há tanto tempo! "Assim como o propósito de um capitão é assegurar uma passagem sem dificuldades para seu navio, e o de um médico é tornar seu paciente saudável, assim também o objetivo de um estadista deve ser a felicidade de seu país." Nem uma só vez César ou Pompeu viram seu papel dessa maneira. Para eles, é tudo uma questão de glória pessoal. É o mesmo com Catão. Eu lhe digo que o homem está na verdade perfeitamente satisfeito apenas por ter estado certo, ainda que este seja o lugar para onde seus princípios nos conduziram: para esta frágil embarcação vagando sozinha ao luar ao longo de uma costa estrangeira.

Ele estava profundamente desiludido com tudo — temerariamente desiludido, na verdade. Quando chegamos a Córcira, encontramos a bela ilha apinhada de refugiados da carnificina de Farsalos. As histórias de caos e incompetência eram estarrecedoras. De Pompeu não havia nenhuma notícia. Se estava vivo, não mandara nenhuma mensagem; se estava morto, ninguém tinha visto seu corpo: havia desaparecido da face da Terra. Na ausência do comandante em chefe, Catão convocou uma reunião do Senado no Templo de Zeus, em seu promontório que se elevava sobre o mar, para decidir a condução futura da guerra. Essa assembleia outrora grandiosa estava reduzida agora a cerca de cinquenta homens. Cícero tivera a esperança de se reunir ao filho e ao irmão, mas não os encontrara em parte alguma. Em vez disso, ele viu outros sobreviventes — Metelo Cipião, Afrânio e o jovem Cneu, o filho de Pompeu, que havia se convencido de que a ruína de seu pai era inteiramente resultado de traição. Notei como ele encarava Cícero de cara amarrada; temi que pudesse ser perigoso. Cássio também estava presente. Mas Enobarbo não — soube-se depois que tinha sido um dos muitos senadores mortos na batalha. Do lado de fora estava quente e ofuscante; dentro, fresco e sombrio. Uma estátua de Zeus duas vezes o tamanho de um homem contemplava com indiferença as deliberações daqueles mortais derrotados.

Catão começou declarando que, na ausência de Pompeu, o Senado precisava nomear um novo comandante em chefe.

— Eu apelaria, segundo nosso costume antigo, ao ex-cônsul mais idoso entre nós, e por isso proponho que deveria ser Cícero.

Cícero caiu na gargalhada. Todas as cabeças se viraram para ele.

— Sério, cavalheiros? — respondeu Cícero com grande incredulidade. — Sério, depois de tudo o que aconteceu, pensam que *eu* deveria assumir a direção dessa catástrofe? Se fosse minha liderança que desejavam, deviam ter ouvido meu conselho antes, e nesse caso não estaríamos nos apuros desesperadores em que agora nos encontramos. Recuso essa honra por completo.

Foi imprudente da parte dele falar com tanta aspereza. Sentia-se exausto e transtornado, mas era como estavam todos, alguns inclusive feridos. Os gritos de protesto e aversão foram finalmente acalmados por Catão, que disse:

— Pelo que Cícero diz, entendo que ele considera nossa posição como irremediável e que advogaria a paz.

— Com toda certeza — disse Cícero. — Já não morreram bons homens o suficiente para satisfazer sua filosofia?

— Sofremos um revés, mas não estamos derrotados — retrucou Cipião. — Ainda há aliados leais a nós pelo mundo todo, especialmente o rei Juba, na África.

— Então é a isso que fomos reduzidos? Lutar lado a lado com bárbaros contra nossos compatriotas romanos?

— Apesar de tudo, ainda temos sete águias.

— Sete águias seria ótimo se estivéssemos lutando contra *gralhas*.

— Que sabe você sobre luta — perguntou Cneu Pompeu —, seu velho covarde desprezível?

E com isso ele sacou sua espada e investiu contra Cícero. Tive certeza de que Cícero estava prestes a morrer, mas com a habilidade de um espadachim, Cneu deteve o impulso no último instante e deixou a ponta de sua lâmina tocar a garganta de Cícero.

— Proponho que matemos este traidor e peço permissão ao Senado para aplicar a sentença neste instante.

E pressionou com um pouco mais de força, obrigando Cícero a inclinar a cabeça para a direita para evitar ter a traqueia perfurada.

— Pare, Cneu! — gritou Catão. — Você trará vergonha sobre seu pai! Cícero é amigo dele; ele não haveria de querer vê-lo insultado dessa maneira. Lembre-se de onde você está e abaixe sua espada.

Duvido que outra pessoa teria a capacidade de deter Cneu quando seu temperamento o dominava daquela forma. Por um instante o jovem bruto hesitou, mas depois afastou a espada, praguejou e voltou para seu lugar, batendo os pés. Cícero se empertigou e olhou para a frente. Um filete de sangue escorreu pelo seu pescoço e manchou a frente de sua toga.

— Ouçam-me, senhores — retomou Catão. — Vocês conhecem minhas ideias. Quando nossa república estava sob ameaça, eu acreditava ser nosso direito e dever compelir todos os cidadãos, inclusive os indiferentes e os maus, a apoiar nossa causa e proteger o Estado. Mas agora que a república está perdida... — Fez uma pausa e olhou ao redor; ninguém contestou sua afirmação. — Agora que a república está perdida — repetiu calmamente —, até eu acredito que seria insensato e cruel compelir todos os indivíduos a compartilhar de sua ruína. Aqueles que desejam continuar a luta, que permaneçam aqui, e discutiremos nossa futura estratégia. Aqueles que desejam se retirar da luta, que deixem esta assembleia agora, e que nenhum homem lhes faça mal.

A princípio ninguém se mexeu. Depois, muito devagar, Cícero se levantou. Fez um aceno de cabeça para Catão, que ele sabia ter-lhe salvado a vida, e em seguida se virou e saiu — saiu do templo, da causa senatorial e da vida pública.

CÍCERO TEMEU SER assassinado caso ficasse na ilha — se não por Cneu, por um de seus associados. Por conseguinte, partimos no mesmo dia. Não podíamos navegar de volta para o norte porque a costa podia ter caído em mãos inimigas. Em vez disso, acabamos viajando ainda mais para o sul, até que vários dias depois chegamos a Patras, o porto onde eu tinha passado minha época de convalescença. Assim que o navio atracou, Cícero enviou um de seus lictores para avisar a seu amigo Cúrio que estávamos na cidade e, sem esperar uma resposta, contratamos liteiras e carregadores para transportar a nós e nossa bagagem para a casa dele.

Creio que o lictor tenha se perdido ou talvez tenha sido tentado pelas tavernas de Patras, pois todos os seis, em seu tédio desde a nossa partida da Cilícia, adquiriram o hábito de afundar na bebida. De qualquer maneira, chegamos à vila antes de nosso mensageiro, somente para ser informados de que Cúrio estava fora por dois dias a negócios, momento em que ouvimos vozes masculinas no interior da casa. As vozes soavam familiares. Trocamos um olhar, ambos incrédulos do que ouvíamos, em seguida passamos depressa pelo mordomo e entramos no *tablinum* para descobrir Quinto, Marco e Quinto Júnior sentados numa pequena conferência secreta. Eles se viraram para nos fitar com espanto, e percebi de imediato certo constrangimento. Tenho quase certeza de que deviam estar falando mal de nós — ou melhor, de Cícero. Esse embaraço, eu deveria acrescentar, foi superado num instante — Cícero nem chegou a notá-lo —, e caímos uns sobre os outros e trocamos beijos e abraços com a mais sincera afeição. Fiquei chocado com o abatimento deles. Havia nos três algo de sombrio, como houvera em outros sobreviventes de Farsalos, embora tentassem não demonstrar.

— Esta é a mais maravilhosa boa sorte! — exclamou Quinto. — Tínhamos contratado um navio e estávamos planejando partir para Córcira amanhã, tendo ouvido que o Senado estava reunido lá. E pensar que poderíamos ter nos desencontrado de vocês! O que aconteceu? A conferência terminou antes do esperado?

— Não, a conferência ainda está em curso, até onde sei — respondeu Cícero.

— Mas você não está com eles?

— Vamos discutir isso mais tarde. Primeiro, contem o que aconteceu com vocês.

Eles se revezaram para contar sua história, como corredores passando o bastão numa corrida de revezamento — primeiro a marcha de um mês em perseguição ao exército de César com escaramuças ocasionais ao longo do caminho e, por fim, o grande confronto em Farsalos. Na véspera da batalha, Pompeu havia sonhado que estava em Roma entrando no Templo de Vênus Vitoriosa e que o povo o aplaudia enquanto ele oferecia à deusa os despojos da guerra. Pompeu acordou satisfeito, presumindo ser esse um bom augúrio, mas então alguém ressaltou que César se dizia descendente direto de Vênus, e imediatamente ele decidiu que o significado do sonho era o oposto.

— Desse momento em diante — disse Quinto —, Pompeu pareceu resignado a perder e agiu de acordo.

Os Quintos estavam na segunda linha e por isso evitaram o pior da luta. Marco, porém, estivera no meio do combate. Ele calculava que tinha matado pelo menos quatro inimigos — um com seu dardo, três com sua espada — e tivera confiança na vitória até as coortes da Décima Legião de César parecerem brotar do chão diante deles.

— Nossas unidades saíram da formação. Foi um massacre, pai.

Haviam levado quase um mês, passando dias e noites ao relento e fugindo das patrulhas de César, até chegar à costa ocidental.

— E Pompeu? — perguntou Cícero. — Há notícias dele?

— Nenhuma — respondeu Quinto —, mas acredito que posso adivinhar para onde foi: para Lesbos, a leste. Foi para lá que mandou Cornélia ir e esperar notícias de sua vitória. Na derrota, tenho certeza de que terá ido ao encontro dela em busca de consolo; você sabe como ele é com suas esposas. César deve ter conjecturado a mesma coisa. Está atrás dele como um caçador de recompensas em busca de um escravo fugitivo. E aposto em César nessa corrida. Agora, se ele o apanhar ou o matar, o que pensa que isso significará para a guerra?

— Ah, a guerra vai continuar, ao que parece, aconteça o que acontecer... mas continuará sem mim — disse Cícero, contando em seguida o que acontecera em Córcira.

Tenho certeza de que não ele pretendia soar frívolo. Simplesmente estava feliz por ter encontrado os familiares vivos, e naturalmente esse humor alegre coloria seus comentários. Mas, enquanto Cícero repetia, com alguma satisfação, seu gracejo sobre águias e gralha, zombava da própria ideia de que deveria assumir o comando da "causa perdida" e troçava da estupidez de Cneu Pompeu — "Ele faz até o pai parecer inteligente" —, pude ver Quinto rangendo os dentes, irritado; até Marco estava com uma expressão fechada de desaprovação.

— Então é isso? — perguntou o irmão, com uma voz fria e inexpressiva. — No que diz respeito a esta família, acabou?

— Você discorda?

— Acho que eu devia ter sido consultado.

— Como eu poderia consultá-lo? Você não estava lá.

— Não, não estava. Como teria podido estar? Eu estava lutando na guerra em que você me estimulou a ingressar e depois tentando salvar minha vida junto com as de seu filho e seu sobrinho!

Tarde demais, Cícero percebeu com quanta displicência havia falado.

— Meu querido irmão, eu lhe asseguro, seu bem-estar... o bem-estar de todos vocês... sempre esteve em primeiro lugar na minha mente.

— Poupe-me dos seus sofismas, Marco. Nada jamais está em primeiro lugar na sua mente exceto você mesmo. *Sua* honra, *sua* carreira, *seus* interesses... de modo que, enquanto outros homens partem para morrer, você fica para trás, sentado com as mulheres e os velhos, burilando seus discursos e seus gracejos inúteis!

— Por favor, Quinto, você está correndo o risco de dizer coisas de que vai se arrepender.

— Meu único arrependimento é não ter dito tudo isso anos antes. Então me permita deixe-me dizê-las agora, e me faça a cortesia de ficar aí sentado e *me* ouvir para variar! Minha vida inteira foi vivida como nada além de um apêndice da sua... Não sou mais importante para você que o pobre Tiro aqui, cuja saúde foi destruída a seu serviço; menos importante, na verdade, pois não sou bom em fazer anotações como ele. Quando fui para a Ásia como governador, você me induziu a ficar dois anos em vez de um para poder ter acesso aos meus fundos para liquidar suas dívidas. Durante seu exílio, quase morri lutando contra Clódio nas ruas de Roma, e minha recompensa quando você voltou para casa foi ser despachado de novo para a Sardenha para apaziguar Pompeu. E agora estou aqui, graças em grande parte a você, no lado perdedor de uma guerra civil, quando teria sido perfeitamente honroso para mim ter permanecido ao lado de César, que me deu o comando de uma legião na Gália...

E continuou falando coisas desse teor. Cícero suportou suas palavras sem comentários ou gestos, salvo um movimento ocasional de apertar e desapertar os braços da cadeira. Marco observava, lívido de choque. O jovem Quinto sorria com afetação e assentia. Quanto a mim, ansiava por sair, mas não conseguia: uma força parecia ter pregado meus pés no lugar.

Quinto se deixou exaltar até chegar a tal grau de fúria que no fim estava sem fôlego, seu peito arfando como se ele tivesse carregado um grande peso.

— Seu gesto ao abandonar a causa do Senado sem me consultar ou considerar meus interesses é o golpe egoísta final. Lembre-se, minha posição não era primorosamente ambígua como a sua: eu *lutei* em Farsalos... sou um homem marcado. Portanto, não me resta escolha: terei de tentar encontrar César, onde quer que ele esteja, e suplicar seu perdão, e acredite: quando eu o vir, terei algumas coisas a dizer sobre *você*.

Com isso ele saiu da sala a passos largos, indignado, com o filho logo atrás. Em seguida, após uma breve hesitação, Marco saiu também. No silêncio chocante que se seguiu, Cícero continuou sentado, imóvel. Finalmente perguntei se poderia lhe trazer alguma coisa, e, como ele continuou sem responder, perguntei-me se teria sofrido um ataque apoplético. Então ouvi passos. Era Marco voltando. Ele se ajoelhou ao lado da cadeira.

— Eu me despedi deles, pai. Vou ficar com você.

Pela primeira vez sem palavras, Cícero apertou a mão dele, e eu me retirei para deixá-los conversar.

NOS DIAS SEGUINTES, Cícero permaneceu em seu quarto, acamado. Recusou-se a ver um médico — "Meu coração está partido e nenhum charlatão grego pode consertar isso" — e manteve a porta trancada. Tive esperança de que

Quinto voltasse e a briga pudesse ser reparada, mas ele não falara da boca para fora: tinha deixado a cidade. Quando Cúrio voltou de sua viagem de negócios, expliquei-lhe o que havia acontecido o mais discretamente que pude, e ele concordou comigo e com Marco que o melhor curso era fretarmos um navio e navegarmos de volta para a Itália enquanto o tempo ainda estava bom. Era esse, portanto, o grotesco paradoxo a que tínhamos chegado: que Cícero estaria provavelmente mais seguro num país sob o controle de César do que na Grécia, onde bandos armados pertencentes à causa republicana estavam extremamente ansiosos para matar homens vistos como traidores.

Assim que sua depressão se dissipara o suficiente para que ele contemplasse o futuro, Cícero aprovou esse plano — "Prefiro morrer na Itália a fazê-lo aqui" —, e, quando soprou um vento decente de sul para leste, embarcamos. A viagem foi boa, e após quatro dias no mar vimos no horizonte o grande farol de Brundísio. Foi uma visão abençoada. Cícero ficara longe de sua pátria por um ano e meio; eu, por mais de três anos.

Temeroso da recepção que receberia, Cícero permaneceu em sua cabine abaixo do convés enquanto eu desembarcava com Marco para encontrarmos um lugar para ficar. A melhor coisa que conseguimos arranjar para aquela primeira noite foi uma taverna barulhenta perto da zona portuária, e decidimos que o mais seguro seria Cícero desembarcar ao cair da noite usando uma toga comum pertencente a Marco, em vez da sua própria, com a listra púrpura de senador. Uma complicação adicional era a presença, como um coro numa tragédia, de seus seis lictores — pois por mais absurdo que pudesse parecer, embora estivesse desprovido de poder, tecnicamente Cícero ainda possuía *imperium* como governador da Cilícia e relutava mesmo então em violar a lei mandando-os embora; eles tampouco o deixariam até terem sido pagos. Assim, foi preciso disfarçá-los, embrulhar seus fasces em pano de saco e alugar quartos para eles.

Cícero achou o procedimento tão humilhante que, depois de uma noite sem dormir, decidiu anunciar sua presença a quem quer que fosse o representante mais graduado de César na cidade no dia seguinte, aceitando a sorte que lhe fosse imposta. Pediu-me que procurasse na correspondência a carta de

Dolabela garantindo sua segurança — *Quaisquer concessões de que você precise da parte do comandante em chefe para salvaguardar sua dignidade poderá ser obtida com a maior facilidade de um homem bondoso como César* — e me assegurei de que a tinha comigo quando me dirigi ao quartel-general.

Ocorreu que o novo comandante da região era Públio Vatínio, amplamente conhecido como o homem mais feio de Roma e antigo adversário de Cícero — inclusive fora Vatínio, como tribuno, quem havia proposto pela primeira vez a lei concedendo a César tanto as províncias da Gália quanto um exército por cinco anos. Ele havia lutado com seu antigo chefe na Batalha de Dirráquio e voltara para assumir o controle de todo o sul da Itália. Por um grande golpe de sorte, no entanto, Cícero tinha se reconciliado com Vatínio a pedido de César vários anos antes e o defendera num processo por suborno. Assim que ele soube de minha chegada, fui levado diretamente à sua presença e cumprimentado com grande afabilidade.

Pelos deuses, ele *era* feio! Seus olhos eram estrábicos e o rosto e o pescoço, cobertos de tumores escrofulosos da cor de sinais de nascença. Mas que importava sua aparência? Ele mal olhou para a carta de Dolabela antes de me garantir que era uma honra acolher Cícero de volta na Itália, que iria proteger sua dignidade, como estava certo de que César desejaria, e que providenciaria para que acomodações adequadas lhe fossem fornecidas enquanto esperava instruções de Roma.

Essa última frase me soou agourenta.

— Posso lhe perguntar quem emitirá essas instruções?

— Bem, na verdade... essa é uma boa pergunta. Ainda estamos organizando nossa administração. César foi nomeado ditador por um ano pelo Senado... isto é, pelo *nosso* Senado — acrescentou com um piscar de olhos —, mas ele ainda está perseguindo seu ex-comandante em chefe, e assim, em sua ausência, o poder está nas mãos do mestre da cavalaria.

— E quem é ele?

— Marco Antônio.

Meu humor esmoreceu ainda mais.

No mesmo dia Vatínio mandou um pelotão de legionários para nos escoltar com nossa bagagem até uma casa num bairro tranquilo da cidade. Cícero foi carregado ao longo de todo o caminho numa liteira fechada para que sua presença permanecesse em segredo.

Era uma vila pequena, antiga, com paredes grossas e janelas pequeninas. Uma sentinela foi postada do lado de fora. No início, Cícero estava simplesmente aliviado por ter voltado à Itália. Só pouco a pouco compreendeu que na verdade fora colocado em prisão domiciliar. Não era como se estivesse explicitamente impedido de deixar a vila — ele não se aventurou além do portão, por isso nunca descobrimos que ordens os guardas receberam. O que Vatínio sugeriu quando foi verificar como Cícero estava se acomodando é que seria perigoso para ele sair e, pior, desrespeitoso em relação à hospitalidade de César. Pela primeira vez experimentamos a vida sob uma ditadura: não havia mais liberdades; não havia magistrados nem tribunais; a existência das pessoas estava à mercê do governante.

Cícero escreveu a Marco Antônio pedindo permissão para voltar a Roma, mas o fez sem muita esperança. Embora ele e Marco Antônio sempre tivessem tratado um ao outro com polidez, ficava entendido que havia uma antiga inimizade entre os dois, nascida do fato de que o padrasto de Marco Antônio, P. Lêntulo Sura, fora um dos cinco cúmplices de Catilina que Cícero mandara executar. Por isso não foi surpresa quando Marco Antônio lhe recusou. O destino de Cícero, disse, era uma questão para César, e até que este se pronunciasse, ele devia continuar em Brundísio.

Eu diria que os meses que se seguiram foram os piores da vida de Cícero — piores até que seu primeiro exílio em Tessalônica. Naquela época havia pelo menos uma república pela qual lutar, havia honra no sofrimento e sua família estava unida; agora esses apoios haviam desaparecido, e tudo se resumia a morte, desonra e discórdia. E tanta morte! Tantos velhos amigos perdidos! Podia-se quase sentir o cheiro no ar. Havíamos passado apenas alguns dias em Brundísio quando fomos visitados por C. Mátio Calvena, um membro rico da ordem equestre e partidário próximo de César, que nos contou que Milão e Célio Rufo morreram tentando provocar agitação juntos na Campânia — Milão, à frente de um exército maltrapilho de seus antigos gladiadores, fora morto em batalha por um dos lugares-tenentes de César; Rufo, por sua vez, acabara executado por alguns cavaleiros espanhóis e gauleses que estivera tentando subornar. A morte de Rufo, com apenas 34 anos, foi um golpe particular para Cícero, e ele chorou ao saber — mais do que fez ao ser informado do destino de Pompeu.

Vatínio nos levou pessoalmente a notícia, seus traços hediondos especialmente compostos para a ocasião num simulacro de pesar.

— Há alguma dúvida? — perguntou Cícero.

— Absolutamente nenhuma... Tenho aqui uma mensagem enviada por César, que viu sua cabeça cortada.

Cícero ficou lívido e se sentou, e imaginei aquela cabeça enorme com seu basto topete e aquele pescoço taurino: devia ter sido necessário um bom esforço para decepá-la, pensei, e ela devia ter oferecido uma visão extraordinária à contemplação de César.

— César chorou quando lhe foi mostrado — acrescentou Vatínio, como se tivesse lido meus pensamentos.

— Quando isso aconteceu? — perguntou Cícero.

— Dois meses atrás.

Vatínio leu o relato de César em voz alta. Revelara-se que Pompeu tinha feito exatamente o que Quinto previra: fugira de Farsalos para Lesbos, no intuito de procurar consolo junto a Cornélia; seu filho caçula, Sexto, também estava com ela. Eles embarcaram juntos num trirreme e navegaram rumo ao Egito, na esperança de convencer o faraó a aderir à sua causa. Ele ancorara ao largo da costa de Pelúsio e mandara comunicar sua chegada. Mas os egípcios, que tinham ouvido do desastre de Farsalos, preferiram tomar o partido do vencedor. Em vez de meramente mandar Pompeu embora, viram uma oportunidade de ganhar crédito com César, cuidando de seu inimigo para ele. Pompeu foi convidado a desembarcar para conversar. Foi enviada para buscá-lo uma embarcação em que estavam Áquila, general do exército egípcio, e vários oficiais romanos graduados que serviram sob o comando de Pompeu e agora comandavam as forças romanas que protegiam o faraó.

Apesar das súplicas da mulher e do filho, Pompeu embarcara. Os assassinos esperaram até que ele estivesse pisando em terra; então um deles, o tribuno militar Lúcio Sétimo, o trespassara com sua espada pelas costas. Em seguida Áquila sacou sua adaga e o apunhalou, assim como um segundo oficial romano, Sálvio.

"César deseja que se saiba que Pompeu enfrentou sua morte bravamente. Segundo testemunhas, ele cobriu o rosto com sua toga e caiu na areia. Não implorou nem suplicou; apenas gemeu um pouco quando recebeu o golpe de misericórdia. Os gritos de Cornélia, que assistiu ao assassinato, puderam ser ouvidos em terra.

"César estava apenas três dias atrás de Pompeu. Quando chegou a Alexandria, foi-lhe exibida a cabeça e o anel de sinete de Pompeu em que está gravado um leão segurando uma espada nas patas; ele o inclui nesta carta como prova da história. Com o corpo já cremado onde caiu, César deu ordens para que as cinzas fossem enviadas à viúva."

Vatínio enrolou a *carta* e a entregou a seu auxiliar.

— Minhas condolências — disse, e bateu continência. — Foi um excelente soldado.

— Mas não excelente o bastante — acrescentou Cícero, depois de Vatínio ter partido.

Mais tarde ele escreveu para Ático:

> *Quanto ao fim de Pompeu, eu nunca tive nenhuma dúvida, pois todos os governantes e povos se tornaram tão completamente persuadidos da desesperança de sua causa que, onde quer que ele fosse, eu esperava que isso acontecesse. Não posso senão lamentar sua sorte. Conheci-o como um homem de bom caráter, vida limpa e princípios sérios.*

Isso foi tudo que ele teve para dizer. Nunca chorou a perda, e depois disso raras vezes o ouvi mencionar o nome de Pompeu.

TERÊNCIA NÃO SE ofereceu para visitar Cícero e ele não lhe pediu que o fizesse; ao contrário: *Não há razão para que você saia de casa agora*, escreveu--lhe ele. *É uma viagem longa e perigosa, e não vejo que bem poderá fazer se vier*. Ele ficava sentado perto do fogo naquele inverno, ruminando sobre a situação de sua família. O irmão e o sobrinho ainda estavam na Grécia, falando sobre ele nos termos mais hostis: Vatínio e Ático lhe mostraram cópias das cartas dos dois. Sua mulher, com quem não tinha nenhum desejo de se encontrar, se recusava a enviar qualquer dinheiro para pagar as despesas de sua subsistência; quando finalmente conseguiu que Ático lhe adiantasse alguma quantia por meio de um banqueiro local, descobriu que ela deduzira dois terços da soma para uso próprio. Seu filho passava o tempo todo na rua bebendo com os soldados locais e se recusando a se dedicar aos estudos: ansiava pela guerra e muitas vezes não se dava ao trabalho de esconder o desdém que sentia pela situação do pai.

Mas Cícero remoía principalmente a situação da filha.

Ele ficou sabendo por Ático que Dolabela tinha voltado para Roma como tribuno dos plebeus e agora ignorava Túlia por completo. Havia deixado o lar conjugal e estava tendo casos amorosos por toda a cidade, mais notoriamente com Antônia, a mulher de Marco Antônio (uma infidelidade que enfurecia Marco Antônio, embora ele vivesse muito abertamente com sua própria amante, Volúmnia Cíteris, uma atriz nudista; mais tarde ele se divorciou de Antônia e se casou com Fúlvia, a viúva de Clódio). Dolabela não dava nenhum dinheiro a Túlia para seu sustento, e Terência — apesar dos repetidos apelos de Cícero — se recusava a pagar aos credores da filha, dizendo que isso era responsabilidade do marido dela. Cícero se culpava inteiramente pela destruição de suas vidas pública e privada. *Minha ruína é minha própria obra,* escreveu ele a Ático. *Nada em minha adversidade se deve ao acaso. Eu sou o culpado de tudo. Pior que o restante de minhas aflições somadas é que deixarei aquela pobre menina despojada de seu pai, de sua herança e de tudo que deveria ser seu...*

Na primavera, ainda sem uma palavra de César, que segundo se dizia estava no Egito com sua mais recente amante, a rainha Cleópatra, Cícero recebeu uma carta de Túlia anunciando sua intenção de ir ao encontro dele em Brundísio. Ele ficou alarmado diante da ideia de ela empreender uma expedição tão árdua sozinha. Mas era tarde demais para detê-la — Túlia tratara de já estar na estrada antes que ele soubesse de suas intenções —, e nunca esquecerei o horror de Cícero quando a filha chegou, após um mês de viagem, acompanhada apenas por uma criada e um escravo idoso.

— Minha querida menina, não me diga que esta é toda a sua comitiva... Como pode sua mãe ter permitido isso? Você poderia ter sido roubada ou coisa pior.

— É inútil se preocupar com isso agora, pai. Estou aqui, sã e salva, não estou? E vê-lo novamente vale qualquer risco ou desconforto.

A viagem mostrou a força do espírito que ardia dentro daquela frágil constituição, e logo sua presença estava alegrando a casa inteira. Cômodos fechados durante o inverno começaram a ser limpos e redecorados. Flores apareceram. A comida melhorou. Até o jovem Marco tentava ser civilizado na companhia dela. Mais importante, porém, que essas melhorias domésticas foi o renascimento do ânimo de Cícero. Túlia era uma jovem inteligente; se tivesse nascido homem, teria sido um bom advogado. Ela lia poesia e filosofia e — o que era mais difícil — os compreendia suficientemente bem para sustentar sua posição numa discussão com o pai. Não se queixava, mas minimizava os próprios problemas. *Acredito que nunca se viu na Terra alguém semelhante a ela*, escreveu Cícero a Ático.

Quanto mais ele passava a admirá-la, menos podia perdoar Terência pela maneira como a tratara. Ocasionalmente murmurava para mim:

— Que tipo de mãe permite que a filha viaje centenas de quilômetros sem uma escolta ou não interfere quando ela é humilhada por comerciantes que não pode pagar?

Uma noite, enquanto jantávamos, ele perguntou sem rodeios a Túlia o que, na opinião dela, podia explicar o comportamento de Terência.

— Dinheiro — respondeu a filha simplesmente.

— Mas isso é absurdo. Dinheiro... É tão degradante.

— Ela pôs na cabeça que César precisará levantar uma soma enorme para pagar os custos da guerra e que só poderá consegui-la confiscando os bens de seus adversários... principalmente você.

— E por essa razão ela a deixa viver na penúria? Qual é a lógica disso?

Túlia hesitou antes de responder.

— Pai, a última coisa que desejo é aumentar suas ansiedades. Foi por isso que até este momento não falei nada. Mas agora que você parece mais forte, penso que deve saber por que quis vir, e por que minha mãe tentou me impedir. Ela e Filotimo vêm pilhando os seus bens há meses, talvez anos. Não só a renda de suas propriedades, mas as propriedades em si. Você talvez nem reconhecesse algumas delas: foram quase inteiramente despojadas dos bens.

A primeira reação de Cícero foi de incredulidade.

— Isso não pode ser verdade. Por quê? Como poderia ela fazer tal coisa?

— Só posso lhe dizer o que ela me disse: "Ele pode afundar na ruína por causa da própria insensatez, mas não vou deixar que me arraste junto." — Túlia fez uma pausa e acrescentou depressa: — Sendo honesta, acredito que ela esteja tomando de volta o próprio dote.

Nesse momento, Cícero começou a compreender a situação.

— Você quer dizer que ela está se divorciando de mim?

— Não acho que já esteja inteiramente decidida. Mas acredito que esteja tomando precauções para o caso de isso ocorrer e você não ter mais recursos para reembolsá-la. — Ela se inclinou sobre a mesa e segurou a mão de Cícero. — Tente não ficar com muita raiva dela, pai. O dinheiro é seu único meio de independência. Ela ainda tem fortes sentimentos por você, eu sei.

Cícero, incapaz de controlar as emoções, deixou a mesa e foi para o jardim.

DE TODOS OS desastres e traições que o atingiram nos últimos anos, aquele era o pior. Completava o colapso de sua sorte. Deixou-o entorpecido. O que o tornava mais difícil foi Túlia lhe suplicar que não dissesse nada até poder confrontar Terência frente a frente, pois, de outro modo, sua mãe saberia que havia sido ela a informante. A ideia de um encontro parecia remota. Então, de repente, justamente quando o calor começava a ficar desconfortável, chegou uma carta de César.

César Dictator *para Cícero* imperator

Recebi várias mensagens de seu irmão queixando-se de desonestidade de sua parte em relação a mim e insistindo que, não fosse a sua influência, ele jamais teria tomado armas contra mim. Enviei as cartas para Balbo, instruindo-o a repassá-las a você. Pode fazer com elas o que quiser. Concedi perdão a ele e ao filho, e ambos podem viver onde lhes aprouver. Contudo, não tenho nenhum desejo de renovar relações com ele. Seu comportamento em relação a você confirma certa opinião desfavorável que comecei a formar sobre ele na Gália.

Estou viajando à frente de meu exército e voltarei à Itália mais cedo do que se esperava, no próximo mês, desembarcando em Tarento, quando espero que será possível nos encontrarmos para resolver em definitivo assuntos concernentes a seu futuro.

Túlia ficou muito empolgada quando leu a correspondência: qualificou-a de "uma carta elegante". Cícero, porém, foi secretamente lançado em confusão. Ele tivera a esperança de que lhe seria permitido retornar tranquilamente a Roma, sem alvoroço, e via com pavor a perspectiva de se encontrar com César. O ditador sem dúvida seria amigável, mesmo que o bando a seu redor fosse rude e insolente. Nenhum grau de polidez, no entanto, poderia disfarçar a verdade fundamental: que Cícero estaria suplicando por sua vida a um conquistador que havia usurpado a constituição. Nesse ínterim, novos relatos chegavam quase todo dia da África, onde Catão recrutava um novo e enorme exército para continuar defendendo a causa da república.

Ele tentava parecer alegre para Túlia, desabando com a consciência angustiada depois de ela ter ido para a cama.

— Você sabe que sempre tentei seguir o curso certo perguntando a mim mesmo como a história julgaria minhas ações. Bem, neste caso posso ter certeza do veredicto. A história dirá que Cícero não estava com Catão e a boa causa porque, em última análise, Cícero era um covarde. Ah, fiz uma confusão tão grande com tudo, Tiro! Na verdade, creio que Terência tenha total razão em salvar o que pode dos escombros e se divorciar de mim.

Pouco depois Vatínio trouxe a notícia de que César desembarcara em Tarento e queria ver Cícero dali a dois dias.

— Aonde vamos exatamente?

— Ele está hospedado na antiga vila de Pompeu junto ao mar. Você a conhece?

Cícero assentiu. Sem dúvida estava recordando sua última visita, quando ele e Pompeu ficaram jogando pedras por cima das ondas.

— Eu a conheço.

Vatínio insistiu em fornecer uma escolta militar, embora Cícero dissesse que preferiria viajar sem ostentação.

— Não, isso está fora de cogitação: a zona rural é perigosa demais. Espero que nos encontremos em breve em circunstâncias mais felizes. Boa sorte com César. Vai considerá-lo indulgente, tenho certeza.

Mais tarde, quando o levei até a porta, Vatínio comentou comigo:

— Cícero não parece muito feliz.

— Ele sente de forma aguda a própria humilhação. O fato de que terá de se ajoelhar na antiga casa de seu antigo chefe só aumentará o desconforto.

— Eu poderia tratar disso com César.

Partimos na manhã seguinte — dez soldados de cavalaria na vanguarda, seguidos pelos seis lictores; Cícero, Túlia e eu numa carruagem; Marco a cavalo; uma fileira de mulas de carga e criados; e finalmente mais dez soldados montados na retaguarda. A planície calabresa era plana e empoeirada. Não víamos quase ninguém afora um pastor ou lavrador de oliveiras ocasional, e percebi que nossa escolta não era de maneira alguma para nossa proteção, mas para assegurar que Cícero não fugiria. Passamos a noite numa casa reservada para nós em Uria e continuamos no dia seguinte até por volta do meio da tarde, quando estávamos a apenas três ou quatro quilômetros de Tarento, e vi uma longa coluna de cavaleiros a distância, vindo na nossa direção.

No calor e na poeira crescentes eles pareciam meras aparições difusas. Só quando estavam a poucas centenas de metros, reconheci pelos penachos vermelhos em seus elmos e pelos estandartes que eram soldados. Nossa coluna parou, e o oficial responsável apeou e voltou correndo para dizer a Cícero que a cavalaria que se aproximava estava carregando o estandarte pessoal de César. Era sua guarda pretoriana, e o ditador estava com eles.

— Pelos deuses, vocês acham que ele pretende me executar à beira da estrada? — Em seguida, vendo a expressão horrorizada de Túlia, acrescentou: — Foi uma brincadeira, filha. Se ele me quisesse morto, isso teria acontecido há muito tempo. Bem, vamos acabar com isto. É melhor você vir, Tiro. Isso dará uma cena em seu livro.

Ele desceu da carruagem e chamou Marco para se juntar a nós.

A coluna de César havia parado a cerca de cem passos e tinha entrado em formação pela estrada como se para uma batalha. Era enorme: devia haver quatrocentos ou quinhentos homens ali. Andamos até eles, Cícero estava entre nós dois. A princípio não pude discernir qual deles era César, mas então um homem alto desceu da sela, tirou o elmo, entregou-o a um auxiliar e se pôs a andar em nossa direção, ajeitando o cabelo.

Pareceu irreal assistir à aproximação desse titã que tanto dominara os pensamentos de todos durante tantos anos — que havia conquistado países, alterado vidas de forma drástica, enviado milhares de soldados marchando para cá e para lá e esmagado a velha república, reduzindo-a a fragmentos como se ela não fosse nada mais substancial que um vaso antigo rachado que tivesse saído de moda —, observá-lo e vê-lo, afinal, como nada além de um mortal ordinário! César dava passos curtos e rápidos — curiosamente, sempre pensei que havia nele algo de pássaro: aquele crânio estreito como o de uma ave, aqueles olhos alertas, escuros e brilhantes. Ele parou diante de nós. Paramos também. Eu estava perto o suficiente para ver as marcas vermelhas deixadas pelo elmo em sua pele surpreendentemente macia e clara.

Ele olhou para Cícero de cima a baixo e disse com sua voz áspera:

— Inteiramente ileso, fico satisfeito em ver, tal como eu esperava! Tenho motivos para estar irritado com você — disse ele, apontando para mim, e por um instante senti minhas entranhas se liquefazerem. — Você me assegurou dez anos atrás que seu amo estava à beira da morte. Já eu lhe disse que ele viveria mais que eu.

— Fico feliz em ouvir sua previsão, César, ainda que apenas porque você é o homem que tem condições de assegurar que ela se concretize.

César jogou a cabeça para trás e riu.

— Ah, sim, senti sua falta! Agora veja: percebe como saí da cidade para vir a seu encontro numa demonstração de meu respeito? Vamos caminhar na direção em que você está seguindo e conversar um pouco.

E assim eles perambularam juntos por quase um quilômetro rumo a Tarento, os soldados de César abrindo espaço para deixá-los passar. Alguns guarda-costas iam atrás deles, um conduzindo o cavalo de César. Marco e eu os seguimos. Eu não podia escutar o que era dito, mas observava que César por vezes segurava o braço de Cícero enquanto gesticulava com a outra mão. Mais tarde, Cícero disse que a conversa foi relativamente amistosa, resumindo-a para mim da seguinte maneira:

César: Então, o que você gostaria de fazer?

Cícero: Voltar para Roma, se você permitir.

César: E você pode prometer que não me causará nenhum problema?

Cícero: Eu juro.

César: O que fará lá? Não tenho certeza de que quero vê-lo fazendo discursos no Senado, e os tribunais estão todos fechados.

Cícero: Ah, minha carreira política está acabada, sei disso. Vou me retirar da vida pública.

César: E fazer o quê?

Cícero: Pensei que poderia escrever filosofia.

César: Excelente. Aprovo estadistas que escrevem filosofia. Isso significa que desistiram de toda e qualquer pretensão de poder. Você pode ir para Roma. Ensinará a disciplina assim como a escreverá? Nesse caso, eu poderia lhe mandar uns dois de meus homens mais promissores para serem instruídos.

Cícero: Não teme que eu possa corrompê-los?

César: Nada me atemoriza em se tratando de você. Tem algum outro favor a pedir?

Cícero: Bem, gostaria de ficar livre desses lictores.

César: Considere feito.

Cícero: Isso não requer uma votação do Senado?

César: Eu sou a votação do Senado.

Cícero: Ah! Devo entender então que você não tem nenhuma intenção de restaurar a república...?

César: Não se pode restaurar com madeira podre.

Cícero: Diga-me... você sempre pretendeu chegar a este resultado? Uma ditadura?

César: Nunca! Busquei apenas o respeito devido à minha posição e às minhas realizações. Quanto ao resto, meramente nos adaptamos às circunstâncias à medida que surgem.

Cícero: Pergunto-me por vezes se teria sido possível evitar tudo isto caso eu tivesse ido para a Gália como seu legado, como uma vez você teve a bondade de sugerir.

César: Isso, meu caro Cícero, nós jamais saberemos.

— Ele foi perfeitamente amável — contou Cícero. — Não me permitiu ter um vislumbre de suas monstruosas profundezas. Vi apenas a calma e reluzente superfície.

Ao fim da conversa, César trocou um aperto de mão com Cícero, depois montou em seu cavalo e galopou em direção à vila de Pompeu. Isso pegou de surpresa a guarda pretoriana, que partiu depressa atrás dele, enquanto nós outros, Cícero inclusive, tivemos de nos jogar na vala para não sermos atropelados.

Os cascos dos cavalos deles levantaram uma imensa nuvem de poeira. Sufocamos e tossimos e, quando eles terminaram de passar como um trovão, escalamos de volta a estrada para nos limparmos. Ficamos observando por algum tempo, até que César e seus seguidores se dissolveram na névoa do calor. Em seguida, começamos nossa viagem de retorno a Roma.

PARTE DOIS

Redux

47–43 a.C.

Defendi rem publicam adulescens; non deseram senex.

Defendi a república em minha juventude;
não vou desertá-la na velhice.

Cícero, Segunda Filípica, 44 a.C.

XII

Desta vez nenhuma multidão apareceu para aclamar Cícero em sua jornada de volta para casa. Com tantos homens fora na guerra, os campos que atravessamos pareciam abandonados; as cidades, em ruínas e despovoadas. As pessoas nos observavam com olhares taciturnos, isso quando não nos davam as costas.

Venúsia foi nossa primeira parada. De lá, Cícero ditou uma mensagem fria para Terência:

> *Penso que irei para Túsculo. Tenha a bondade de assegurar que esteja tudo pronto. Posso ter várias pessoas comigo e minha estada provavelmente será longa. Se não houver banheira no banheiro, mande instalar uma; providencie também tudo que for necessário para a saúde e a subsistência. Adeus.*

Não havia termo afetuoso, nenhuma expressão de expectativa ansiosa, tampouco um convite para que fosse vê-lo. Eu soube então que ele havia se decidido a se divorciar de Terência, qualquer que tivesse sido a decisão dela.

Interrompemos nossa viagem para passar duas noites em Cumas; a vila estava fechada, e a maioria dos escravos fora vendida. Cícero circulou pelos cômodos abafados, não ventilados, tentando se lembrar de que peças estavam faltando — uma mesa de madeira cítrica na sala de jantar, um busto de Minerva que estivera no *tablinum*, um banco de marfim em seu gabinete. Parou no quarto de Terência e contemplou as prateleiras e as alcovas vazias. Foi a mesma história em Fórmias; ela tinha tirado todos os pertences pessoais — roupas, pentes, perfumes, leques, guarda-sóis —, e Cícero disse:

— Sinto-me como um fantasma revisitando os cenários de minha vida.

Em Túsculo ela estava à nossa espera. Soubemos de sua presença lá dentro pois uma de suas criadas estava de olho no portão à nossa espera.

Recuei diante da perspectiva de mais uma cena terrível, como aquela entre Cícero e o irmão. De fato, ela se mostrou mais gentil do que eu jamais a vira. Suponho que tenha sido o efeito de ver o filho novamente depois da longa separação — ele foi certamente a pessoa para quem Terência primeiro correu e deu um abraço forte; foi a única vez em trinta anos que a vi chorar. Em seguida ela abraçou Túlia e por fim se virou para o marido. Cícero me disse mais tarde que sentira toda a sua amargura desaparecer assim que Terência foi até ele, pois vira como ela havia envelhecido. Sua face estava marcada por rugas de preocupação; o cabelo, salpicado de branco; as costas, outrora orgulhosas, ligeiramente encurvadas.

— Só naquele momento compreendi o quanto ela devia ter sofrido, vivendo na Roma de César e sendo casada comigo. Não posso dizer que ainda senti amor por ela, mas senti enorme piedade, afeição e tristeza, e decidi naquele momento não fazer nenhuma menção a dinheiro ou bens; estava tudo encerrado, no que me dizia respeito.

Eles se abraçaram como dois estranhos sobreviventes de um naufrágio, depois se separaram, e pelo que sei nunca voltaram a se abraçar pelo resto da vida.

TERÊNCIA VOLTOU A Roma na manhã seguinte, divorciada. Alguns consideram uma ameaça à moralidade pública que um casamento, qualquer que tenha sido sua duração, possa ser rompido tão facilmente, sem nenhuma forma de cerimônia ou documento legal. Mas essa é a antiga liberdade, e pelo menos nessa ocasião o desejo de encerrar a parceria era mútuo. Naturalmente, não presenciei a conversa dos dois. Segundo Cícero, foi amistosa:

— Havíamos passado tempo demais separados; em meio à vasta sublevação dos eventos públicos, nossos antigos interesses pessoais compartilhados haviam desaparecido.

Ficou combinado que Terência viveria na casa em Roma até se mudar para uma propriedade sua. Nesse meio-tempo, Cícero continuaria em Túsculo. Marco escolheu voltar para a cidade com a mãe, enquanto Túlia — cujo marido infiel, Dolabela, estava prestes a navegar para a África com César para enfrentar Catão — permaneceu com o pai.

Se uma das misérias do ser humano é que a felicidade lhe pode ser arrebatada a qualquer momento, uma das alegrias é que ela pode ser restaurada de maneira igualmente inesperada. Cícero apreciava havia muito tempo a tranquilidade e o ar puro de sua casa nos montes Frascati; agora podia desfrutá-los sem interrupção e na companhia de sua amada filha. Como a casa se tornaria sua principal residência dali em diante, vou descrever o lugar em mais detalhes. Havia um ginásio superior, que levava à biblioteca e que era chamado de Liceu em homenagem a Aristóteles; era lá que Cícero andava pelas manhãs, compunha cartas, conversava com visitantes e onde, nos velhos tempos, havia praticado seus discursos. De lá era possível ver a tênue ondulação das sete colinas de Roma, a vinte e cinco quilômetros de distância. Mas como o que estava se passando na capital agora estava inteiramente fora de seu controle, ele não precisava mais se inquietar com isso, ficando inteiramente livre para se concentrar nos livros — e, nesse sentido, paradoxalmente a ditadura o tinha libertado. Abaixo dessa varanda havia um jardim com alamedas sombreadas como o de Platão, em cuja memória ele o chamava de sua Academia. Ambas essas áreas, o Liceu e a Academia, eram adornadas com belas estátuas gregas de mármore e bronze, das quais a favorita de Cícero era o Hermatena, um busto semelhante ao de Jano que representava Hermes e Atena olhando em direções opostas. Fora-lhe dado por Ático. Das várias fontes vinha a música suave da água escorrendo, e isso combinado com o canto dos pássaros e o perfume das flores criava uma atmosfera de tranquilidade elísia. Em outros aspectos a encosta estava tranquila porque a maioria dos senadores donos das vilas vizinhas ou havia fugido ou estava morta.

Foi lá que Cícero viveu com Túlia durante todo o ano seguinte, afora excursões ocasionais a Roma. Mais tarde ele encarou esse interlúdio como o período de maior contentamento em sua vida, bem como o mais criativo, pois cumpriu a promessa que fizera a César de confinar suas atividades à escrita. E tal era a força de sua energia, não mais dispersa no direito e na política, mas canalizada unicamente para a criação literária, que ele escreveu em um ano o mesmo número de livros sobre filosofia e retórica que a maioria dos estudiosos costumava produzir durante a vida toda, terminando-os sem pausa um após outro. Seu objetivo era formular em latim um resumo de todos os principais argumentos da filosofia grega. Seu método de composição era extremamente rápido. Levantava-se com o nascer do dia e ia direto para a biblioteca, onde consultava todos os textos de que precisava e rabiscava anotações — tinha uma letra péssima: eu era um dos poucos capazes de decifrá-la. Em seguida, quando eu me juntava a ele uma ou duas horas depois, Cícero andava pelo Liceu, ditando. Muitas vezes me deixava para consultar citações ou até escrever passagens inteiras de acordo com o plano que ele havia estabelecido; em geral não se dava ao trabalho de corrigi-las, pois eu tinha aprendido muito bem como imitar seu estilo.

A primeira obra concluída naquele ano foi uma história da oratória, que intitulou de *Bruto* em homenagem e dedicada a Marco Júnio Bruto. Não voltara a ver seu jovem amigo desde que suas barracas ficaram lado a lado no acampamento do deserto em Dirráquio. Até a escolha de um tema como a oratória era provocativa, uma vez que a arte não era mais muito valorizada num país onde as eleições, o Senado e os tribunais de justiça estavam sob o controle do ditador.

> *Tenho razão para lamentar ter entrado na estrada da vida tão tarde que a noite que caiu sobre a república me surpreendeu antes que minha jornada tivesse terminado. Mas lamento ainda mais profundamente ao olhar para você, Bruto, cuja jovem carreira, transcorrendo em triunfo em meio ao aplauso geral, foi frustrada pela investida de uma sorte maligna.*

Uma sorte maligna... Eu ficava surpreso ao ver o risco que Cícero se dispunha a correr publicando passagens como esta, especialmente considerando que Bruto era agora um importante integrante da administração de

César. O ditador, que o perdoara após Farsalos, nomeara-o recentemente governador da Gália Cisalpina, ainda que Bruto nunca tivesse sido pretor e muito menos cônsul. Diziam que ele tinha conseguido essa promoção porque era filho de Servília, antiga amante de César, como uma espécie de favor a ela, mas Cícero rejeitava tais boatos.

— César nunca faz nada movido por sentimentos. Ele deu o cargo a Bruto sem dúvida em parte pelo talento do jovem, mas principalmente porque ele é sobrinho de Catão, sendo essa, portanto, uma boa maneira para César dividir seus inimigos.

Bruto, que junto com certo idealismo elevado também tinha uma boa parcela da perversidade e da rigidez do tio, não gostou da obra nomeada em sua homenagem, nem de um volume complementar, *Orator*, que Cícero escreveu não muito depois e também dedicou a ele. Enviou uma carta da Gália para dizer que a oratória de Cícero fora bela em seu tempo, mas era demasiado exaltada tanto para o bom gosto quanto para a idade moderna — excessivamente cheia de artimanhas, piadas e vozes engraçadas: o necessário agora era sinceridade absolutamente clara e desprovida de emoção. Considerei típico da presunção de Bruto que ele ousasse instruir o maior orador da era sobre como falar em público, mas Cícero, que sempre o havia respeitado por sua sinceridade, se recusou a ficar ofendido.

Aqueles foram dias estranhamente felizes, eu diria quase despreocupados. A antiga propriedade de Lúculo vizinha à de Cícero e que passara muito tempo vazia, foi vendida, e o novo ocupante veio a ser Aulo Hírcio, o imaculado jovem auxiliar de César que eu conhecera na Gália tantos anos antes. Ele agora era pretor, mas os tribunais se reuniam tão raramente que o sujeito passava a maior parte do tempo em casa, onde morava com a irmã mais velha. Certa manhã, ele apareceu para convidar Cícero para jantar. Era um renomado gourmet e ficara bastante rechonchudo com iguarias como cisne e pavão. Ainda estava na casa dos 30 anos, como quase todo o círculo mais próximo de César, e tinha maneiras impecáveis e requintado gosto literário. Dizia-se que escrevera muitos dos *Comentários* de César, que Cícero fizera questão de elogiar em *Bruto* (*eles são como figuras nuas, retas e belas, despidas de todo ornamento de estilo como se tivessem removido uma peça de roupa*, ditou ele para mim, antes de acrescentar, não para publicação, "sim, e tão insossos como bonecos de palitos traçados na areia por uma criança"). Cícero não viu nenhuma razão para não aceitar a hospitalidade de Hírcio. Fomos à casa dele naquela noite acompanhados por Túlia, e assim começou uma improvável amizade no campo; muitas vezes eu era convidado também.

Certo dia, Cícero perguntou se poderia lhe dar algo em retribuição por todos aqueles esplêndidos jantares que estava usufruindo, e Hírcio respondeu que sim, que na verdade ele poderia: César lhe recomendara, se algum dia tivesse a oportunidade, estudar filosofia e retórica "aos pés do Mestre", e ele apreciaria alguma instrução. Cícero concordou e começou a dar a Hírcio lições de declamação, semelhantes às que recebera quando jovem de Apolônio Mólon. As aulas aconteciam na Academia, ao lado do relógio d'água, onde Cícero lhe ensinou a memorizar um discurso, a respirar, a projetar a voz e a usar as mãos e os braços para fazer gestos que transmitiriam melhor o que queria dizer. Hírcio se gabou de suas novas habilidades para seu amigo Caio Víbio Pansa, outro jovem oficial da equipe gaulesa de César, escalado para substituir Bruto como governador da Gália Cisalpina no fim do ano. O resultado foi que Pansa também se tornou um visitante regular da vila de Cícero naquele ano, aprendendo igualmente a falar melhor em público.

Um terceiro aluno nessa escola informal foi Cássio Longino, o sobrevivente veterano da expedição de Crasso à Pártia e ex-governador da Síria, que Cícero vira pela última vez na conferência de guerra na ilha de Córcira. Como Bruto, com cuja irmã era casado, ele havia se rendido a César e fora perdoado; agora aguardava com impaciência uma nomeação para um cargo de categoria superior. Cássio sempre me pareceu uma companhia desagradável, taciturno e ambicioso, e Cícero não gostava muito dele, tampouco de sua filosofia, de um epicurismo extremado: ele era muito exigente com a comida, nunca tocava em vinho e se exercitava obsessivamente. Certa vez confidenciou a Cícero que seu maior arrependimento na vida era ter aceitado o perdão de César: que isso lhe consumira a alma desde que o fizera e que, seis meses após sua rendição, ele tentara matar César quando o ditador voltava do Egito após a morte de Pompeu. Teria sido bem-sucedido, aliás, se o homem tivesse atracado para passar a noite do mesmo lado do rio Cidno que os trirremes de Cássio; em vez disso, ele havia inesperadamente escolhido a margem oposta, e naquela altura já era muito tarde da noite e estava muito longe para que o executor o alcançasse. Até Cícero, que não se chocava com facilidade, ficou alarmado com essa indiscrição e o aconselhou a não repeti-la, certamente não sob seu teto, onde Hírcio e Pansa poderiam ouvi-lo.

Finalmente devo mencionar um quarto visitante, o qual era sob muitos aspectos o menos provável do grupo, pois tratava-se de Dolabela, o marido errante de Túlia. Ela acreditava que ele estava na África, em campanha com César contra Catão e Cipião, mas, no início da primavera, Hírcio recebeu um informe de que a campanha havia terminado e César acabara de ter uma grande vitória. Hírcio pôs fim às aulas e se apressou em voltar para Roma, e alguns dias depois, no início da manhã, um mensageiro trouxe uma carta para Cícero:

De Dolabela para seu querido sogro, Cícero

Você já deve ter sabido que César derrotou o inimigo e que Catão tirou a própria vida. Cheguei a Roma esta manhã para fazer um relato ao Senado. Estive em minha casa e fui informado de que Túlia está com você. Você me permite ir a Túsculo ver as duas pessoas que me são mais caras no mundo?

— Choque após choque após choque — comentou Cícero. — A república derrotada, Catão morto e agora meu genro pedindo para ver a esposa. — Ele olhou sobre os campos para as distantes colinas de Roma, azuis à luz daquele início de primavera. — O mundo não será o mesmo sem Catão.

Mandou um escravo chamar Túlia e, quando ela chegou, mostrou-lhe a carta. A filha havia falado tantas vezes da crueldade de Dolabela para com ela que supus, tal como Cícero, que insistiria em não querer vê-lo. Em vez disso, declarou que cabia ao pai decidir e que não lhe importava se ele viesse ou não.

— Bem, se é realmente assim que você se sente — disse Cícero —, então talvez eu o deixe vir... ainda que seja apenas para poder lhe dizer o que penso da maneira como ele a tratou.

— Não, pai — respondeu Túlia rapidamente —, eu lhe peço, por favor, não faça isso. Ele é orgulhoso demais para se submeter a uma repreensão, e, além disso, só posso censurar a mim mesma: todos me avisaram de como ele era antes de nos casarmos.

Cícero ficou incerto quanto ao que fazer, mas afinal, seu desejo de ouvir em primeira mão o que acontecera a Catão superou sua repugnância a ter um canalha como o genro sob seu teto — um canalha não apenas como marido, diga-se de passagem, mas como um político demagogo no mesmo molde de Catilina e Clódio, que defendera o cancelamento de todas as dívidas. Ele me pediu para que eu fosse a Roma imediatamente com um convite para Dolabela. Pouco antes de minha partida, Túlia me chamou de lado e perguntou se poderia ficar com a carta do marido. Naturalmente, entreguei-a a ela; só mais tarde descobri que Túlia não tinha nenhuma que lhe pertencesse e queria aquela como lembrança.

Ao meio-dia eu estava em Roma — cinco anos inteiros depois de ter posto o pé na cidade pela última vez. Nos sonhos apaixonados de meu exílio eu tinha imaginado ruas largas, belos templos e pórticos revestidos de mármore e ouro, tudo cheio de cidadãos elegantes e cultos. Em vez disso, encontrei sujeira, fumaça, ruas cheias de sulcos e enlameadas, muito mais estreitas do que eu me lembrava, edifícios precisando de reparos e veteranos mutilados e desfigurados mendigando no fórum. O prédio do Senado ainda era uma casca enegrecida. Os lugares em frente aos templos onde os tribunais de justiça costumavam se reunir estavam desertos. Fiquei espantado com o vazio geral. Quando foi feito um censo mais tarde naquele ano, constatou-se que a população estava reduzida a menos da metade do que fora antes da guerra civil.

Pensei que encontraria Dolabela no Senado, mas ninguém parecia saber seu paradeiro ou mesmo se estava em sessão naqueles dias. Acabei me dirigindo ao endereço no Palatino que Túlia me dera, dizendo ter sido o último lugar onde morara com o marido, e lá encontrei Dolabela na companhia de uma mulher elegante, dispendiosamente vestida, que mais tarde descobri ser Metela, filha de Clódia. Ela se comportou como se fosse a dona da casa, providenciando que preparassem um lanche para mim e trouxessem uma cadeira para que eu me sentasse, e naquele relance percebi o desespero da situação de Túlia.

Quanto a Dolabela, três atributos lhe tornavam marcantes: a penetrante beleza de seus traços, a óbvia força de seu físico e a pequeneza de sua estatura. (Cícero brincou uma vez: "Quem amarrou meu genro àquela espada?") Esse Adônis de bolso, por quem eu cultivara por muito tempo intensa aversão por causa do modo como tratava Túlia, embora nunca tivesse estado com ele, leu o convite de Cícero e declarou que voltaria comigo de imediato.

— Meu sogro escreve aqui que esta mensagem me é trazida por seu amigo de confiança, Tiro. Seria o Tiro que criou o famoso sistema de taquigrafia? Nesse caso estou encantado em conhecê-lo! Minha mulher sempre falou de você de forma muito afetuosa, como um segundo pai para ela. Posso apertar-lhe a mão?

E tal era o charme daquele canalha que senti minha hostilidade começando a definhar.

Depois de pedir a Metela que mandasse seus escravos o seguirem com a bagagem, ele se juntou a mim na carruagem para a viagem a Túsculo. Dormiu durante a maior parte do caminho. Quando chegamos à vila, os escravos se preparavam para servir o jantar, e Cícero ordenou que mais um lugar fosse posto. Dolabela se dirigiu diretamente para o sofá de Túlia, onde se reclinou, pondo a cabeça no colo dela. Passado algum tempo, notei que ela começou a afagar seu cabelo.

Era uma bela noite de primavera com os rouxinóis cantando, e a incongruência entre o cenário encantador e o horror da história contada por Dolabela a tornava ainda mais perturbadora. Primeiro houve a batalha em si, chamada Tapso, em que Cipião comandara a força republicana de setenta mil homens em aliança com o rei Juba, dos númidas. Eles usaram uma força de choque de cavalaria de elefantes para tentar romper a linha de César, mas saraivadas de flechas e projéteis em chamas lançados pelas catapultas fizeram os pobres animais entrarem em pânico, virando-se e pisoteando a infantaria. Dali em diante foi a mesma história que em Farsalos: as formações republicanas se despedaçando diante da férrea disciplina dos legionários de César, só que dessa vez ele decretara que não seria feito prisioneiro nenhum: todos os dez mil homens que se renderam foram massacrados.

— E Catão? — perguntou Cícero.

— Catão não estava presente na batalha, mas a três dias de distância, comandando uma guarnição em Útica. César partiu para lá imediatamente. Cavalguei com ele à frente do exército. Ele queria muito capturar Catão vivo para poder perdoá-lo.

— Uma missão inútil, eu poderia ter dito: Catão jamais teria aceitado um perdão de César.

— César tinha certeza de que aceitaria. Mas você tem razão, como sempre: Catão se matou na véspera de nossa chegada.

— Como?

Dolabela fez uma careta.

— Vou lhe contar se você realmente quer saber, mas não é um assunto adequado para os ouvidos de uma mulher.

— Sou bastante forte, obrigada — disse Túlia com firmeza.

— Ainda assim, penso que seria melhor você se retirar.

— Certamente não farei tal coisa!

— E que diz seu pai sobre isso?

— Túlia é mais forte do que parece — disse Cícero, acrescentando enfaticamente. — Ela tem precisado ser.

— Bem, vocês pediram. Segundo os escravos de Catão, quando soube que César chegaria no dia seguinte, o amo deles se banhou e jantou, discutiu Platão com seus companheiros e se retirou para o quarto. Depois, assim que se viu sozinho, pegou sua espada e se cortou bem aqui. — Dolabela estendeu o braço e passou um dedo abaixo do esterno de Túlia. — Todas as suas entranhas foram derramadas.

Cícero, melindroso como sempre, fez uma careta, mas Túlia disse:

— Não é tão mau.

— Ah — disse Dolabela —, mas teve mais. Ele não conseguiu tornar a ferida fatal, e a espada lhe escorregou das mãos ensanguentadas. Os criados ouviram os gemidos e entraram correndo. Chamaram um médico. O médico chegou e empurrou os intestinos dele de volta para a cavidade e costurou o ferimento. Devo acrescentar que Catão continuava consciente o tempo todo. Ele prometeu que não faria nenhuma outra tentativa, e seus criados acreditaram nele, embora por precaução tenham levado a espada embora. Assim que eles saíram, ele abriu o ferimento com os dedos e arrancou os intestinos outra vez. Isso o matou.

A MORTE DE Catão teve um forte efeito sobre Cícero. À medida que os detalhes sinistros se tornaram mais amplamente conhecidos, houve aqueles que disseram que isso era prova da insanidade de Catão; essa era certamente a opinião de Hírcio. Cícero discordou.

— Ele poderia ter tido uma morte mais fácil. Poderia ter se jogado de um edifício, aberto as veias num banho quente ou tomado veneno. Em vez disso, escolheu esse método particular, expor suas entranhas como um sacrifício humano, para demonstrar a força de sua vontade e seu desprezo por César. Em termos filosóficos, foi uma boa morte: a de um homem que nada temia. Na verdade, eu chegaria até a dizer que morreu feliz. Nem César, nem homem algum, nem coisa alguma no mundo poderia atingi-lo.

O efeito sobre Bruto e Cássio — ambos parentes de Catão, o primeiro por sangue e o outro por casamento — talvez tenha sido ainda mais forte. Bruto escreveu da Gália para perguntar se Cícero poderia compor um elogio a seu tio. A carta chegou ao mesmo tempo que Cícero ficou sabendo ter sido indicado no testamento de Catão como um dos guardiões de seu filho. Como outros que aceitaram o perdão de César, Cícero considerou o suicídio de Catão humilhante para si. Dessa forma, ignorou o risco de ofender o ditador, aceitou o pedido de Bruto e ditou uma curta obra, *Catão*, em pouco mais de uma semana.

Vigoroso em pensamento e pessoa; indiferente ao que dele diziam os homens; desdenhoso da glória, dos títulos e das condecorações, e mais ainda daqueles que o perseguiam; defensor de leis e liberdades; vigilante no interesse público; cheio de menosprezo pelos tiranos, suas vulgaridades e presunções; obstinado, irritante, áspero, dogmático; um sonhador, um fanático, um místico, um soldado; disposto no último momento a arrancar as próprias entranhas antes de se submeter a um conquistador — somente a República Romana poderia ter gerado um homem como Catão, e somente na República Romana teria um homem como Catão desejado viver.

Por volta dessa época César retornou da África, e logo em seguida, no auge do verão, montou finalmente quatro triunfos separados em dias sucessivos para comemorar suas vitórias na Gália, no mar Negro, na África e no Nilo — uma epopeia de autoglorificação como Roma jamais vira. Cícero se mudou de volta para sua casa no Palatino de modo que pudesse comparecer — não que o desejasse: *Na guerra civil*, como escreveu para seu velho amigo Sulpício, *a vitória é sempre insolente*. Houve cinco caçadas de animais selvagens, uma batalha simulada incluindo elefantes no Circo Máximo, uma batalha naval num lago escavado perto do Tibre, peças teatrais em todos os cantos da cidade, atletismo no Campo de Marte, corridas de bigas, jogos em homenagem à memória de Júlia, filha do ditador, um banquete para a cidade inteira em que foi servida carne de sacrifícios, houve uma distribuição de dinheiro, distribuição de pão, intermináveis desfiles de soldados, tesouros e prisioneiros serpeando pelas ruas — aquele nobre líder dos gauleses, Vercingetórix, após seis anos preso foi garroteado no Cárcere — e dia após dia podíamos ouvir o canto vulgar dos legionários até da varanda:

Para casa trazemos nosso cafetão careca,
Romanos, deixem suas mulheres trancadas no lar!
Todo o ouro que vocês lhe emprestaram
Serviu para prostitutas gaulesas pagar!

No entanto, apesar da linguagem grosseira, ou talvez justamente por causa dela, o fantasma recriminador de Catão parecia assombrar até esses atos. Quando, durante o triunfo da África, passou um carro alegórico que o representava arrancando as próprias entranhas, a multidão deixou escapar um ruidoso gemido. Dizia-se que a morte de Catão tinha um significado religioso particular: que ele fizera aquilo para atrair a ira dos deuses sobre

César. Quando nesse mesmo dia o eixo da biga triunfal do ditador quebrou e ele foi arremessado ao chão, isso foi considerado um sinal de desagrado divino, e César levou a inquietação da multidão suficientemente a sério para oferecer o mais extraordinário de todos os espetáculos: à noite, tendo de cada lado quarenta elefantes montados por homens que empunhavam archotes acesos, ele subiu a colina do Capitólio de joelhos para se redimir perante Júpiter por sua impiedade.

ASSIM COMO SE conta que alguns cães particularmente fiéis se deitam junto aos túmulos de seu dono, incapazes de aceitar sua morte, assim também havia aqueles em Roma que se apegavam à esperança de que a velha república ainda poderia voltar subitamente à vida. Até Cícero foi vítima dessa ilusão por um breve período. Depois que os triunfos terminaram, ele decidiu assistir a uma reunião do Senado. Não tinha nenhuma intenção de falar. Compareceu parcialmente em nome dos velhos tempos e em parte porque, sabendo que César havia nomeado várias centenas de senadores, estava curioso para ver como eram.

— Era uma câmara cheia de desconhecidos — disse ele depois —, alguns realmente estrangeiros, muitos não eleitos... no entanto, apesar de tudo, ainda era um Senado.

Ele se reunia no Campo de Marte, na mesma câmara dentro do complexo do teatro de Pompeu onde se reunira numa sessão de emergência depois do incêndio da velha casa do Senado. César permitira até que a grande estátua de mármore de Pompeu continuasse em sua posição original, e a imagem do ditador presidindo a partir do estrado com a estátua de Pompeu atrás dele inspirou em Cícero esperança para o futuro. A questão em debate era se o ex-cônsul M. Marcelo, um dos mais intransigentes adversários de César, que fora para o exílio após Farsalos e estava vivendo em Lesbos, poderia ser autorizado a voltar para Roma. Seu irmão Caio — o magistrado que havia sancionado minha alforria — estava à frente dos apelos por clemência, e ele havia acabado de concluir seu discurso quando um pássaro apareceu do nada, esvoaçou sobre a cabeça dos senadores e saiu porta afora. O sogro de César, L.

Calpúrnio Pisão, levantou-se imediatamente e declarou aquilo um presságio: os deuses estavam dizendo que se devia dar também a Marcelo liberdade para voltar para casa. Foi então que todo o Senado, inclusive Cícero, levantou-se ao mesmo tempo e se aproximou de César para pedir clemência; Caio Marcelo e Pisão chegaram a ficar de joelhos aos pés do ditador.

Com um gesto, César os mandou voltar para seus assentos. Disse:

— O homem pelo qual todos os senhores suplicam acumulou mais insultos mortais sobre mim que qualquer pessoa viva. No entanto, estou tocado por seus rogos, e o presságio me parece especialmente propício. Não preciso colocar minha dignidade acima do desejo unânime desta casa: vivi o bastante para a natureza ou para a glória. Portanto deixemos Marcelo voltar para casa e residir em paz na cidade de seus eminentes ancestrais.

Isso foi recebido com ruidoso aplauso, e vários dos senadores sentados em volta de Cícero insistiram para que ele se levantasse e formulasse algumas palavras de gratidão em nome de todos. A cena afetou Cícero de tal maneira que ele esqueceu seu juramento de nunca falar no Senado ilegítimo de César e fez o que pediam, louvando o ditador pessoalmente nos termos mais extravagantes:

— Você parece ter vencido a própria Vitória, agora que entregou ao vencido tudo que a Vitória ganhara. Você é verdadeiramente invencível!

De repente pareceu possível a Cícero que César pudesse governar não como um tirano, mas como "primeiro entre iguais". *Pensei ter visto alguma semelhança de um ressurgimento da liberdade constitucional,* escreveu ele a Sulpício. No mês seguinte ele rogou pelo perdão de outro exilado, Quinto Ligário — um senador quase tão detestável a César quanto Marcelo —, e novamente César ouviu e proferiu julgamento em favor da clemência.

Mas a ideia de que isso equivalia a uma restauração da república era uma ilusão. Alguns dias depois, o ditador teve de deixar Roma às pressas para retornar à Espanha e lidar com uma insurreição liderada pelos filhos de Pompeu, Cneu e Sexto. Hírcio disse a Cícero que o ditador estava furioso. Muitos dos rebeldes eram homens a quem ele havia perdoado sob a condição de não pegarem em armas novamente; agora eles traíram sua natureza magnânima. Não haveria mais atos de clemência, advertiu Hírcio: acabavam-se os gestos indulgentes. Em seu próprio benefício, seria prudente que Cícero ficasse longe do Senado, se mantivesse de cabeça baixa e se ativesse à filosofia: "Desta vez, será uma luta até a morte."

TÚLIA ESTAVA NOVAMENTE grávida de Dolabela — o resultado, contou-me ela, da visita do marido a Túsculo. A princípio ficou encantada com a descoberta, acreditando que isso salvaria seu casamento. Dolabela pareceu feliz também. Mas, quando ela voltou para Roma com Cícero para assistir aos quatro triunfos de César e foi à casa que compartilhava com o marido com a intenção de lhe fazer uma surpresa, descobriu Metela dormindo em sua cama. Foi um choque terrível para Túlia, e até hoje sinto o mais profundo remorso por não tê-la avisado do que tinha visto quando fora lá.

Ela pediu meu conselho e lhe recomendei com veemência que se divorciasse imediatamente de Dolabela. O bebê deveria nascer dentro de quatro meses. Se ela ainda estivesse casada ao dar à luz, ele teria por lei o direito de tomar a criança; caso se divorciasse, contudo, a situação seria muito mais complicada. Dolabela teria de levá-la ao tribunal para provar sua paternidade, e no mínimo, graças a seu pai, Túlia teria o melhor aconselhamento legal disponível. Ela conversou com Cícero, que concordou: o bebê seria seu único neto e ele não tinha nenhuma intenção de vê-lo tomado de sua filha e entregue aos cuidados de Dolabela e da filha de Clódia.

Assim, na manhã em que Dolabela partiria com César para a guerra na Espanha, Túlia foi à casa dele acompanhada do pai e o informou do término do casamento e de seu desejo de ficar com o bebê. Cícero me contou a reação de Dolabela.

— O patife meramente deu de ombros, desejou-lhe felicidade com a criança e disse que ela evidentemente deveria ficar com a mãe. Depois me puxou de lado para dizer que não tinha nenhuma condição naquele momento de restituir o dote dela e esperava que isso não afetasse nossas relações! Que podia eu dizer? Não posso fazer inimizade com um dos mais próximos lugares-tenentes de César; além disso, ainda não consigo me forçar a desgostar dele de todo.

Angustiado, ele se culpava por ter permitido que o problema chegasse àquele ponto.

— Eu deveria ter insistido para que Túlia se divorciasse assim que soube como ele andava se comportando. Agora o que ela irá fazer? Uma mãe abandonada de 31 anos de constituição fraca e sem dote certamente não tem grandes perspectivas de se casar outra vez.

Se havia algum casamento a ser concretizado, ele compreendeu melancolicamente, a pessoa que teria de casar seria ele. Nada poderia lhe ser mais inconveniente. Cícero gostava de sua nova vida de solteiro; preferia viver com seus livros à perspectiva de viver com uma mulher. Tinha 60 anos àquela altura e, embora ainda fosse bem-apessoado, seu apetite sexual — nunca uma parte marcante de seu caráter, mesmo na juventude — vinha diminuindo. É verdade que flertava mais à medida que envelhecia. Gostava de jantares festivos com belas mulheres presentes — uma vez esteve até à mesma mesa que a amante de Marco Antônio, a atriz nudista Volúmnia Cíteris, coisa que jamais teria aprovado no passado. Mas elogios murmurados no sofá de um jantar e um ocasional poema de amor enviado na manhã seguinte era o mais longe que as coisas chegavam.

Lamentavelmente, ele precisava se casar para levantar algum dinheiro. A recuperação clandestina do dote de Terência havia afetado suas finanças; ele sabia que Dolabela nunca o reembolsaria; e, embora tivesse muitas propriedades — inclusive duas novas, em Astura na costa próxima a Âncio e outra em Putéoli na baía de Nápoles —, mal tinha condições de mantê-las. Seria fácil perguntar: "Bem, por que ele não vendia algumas delas?" Mas isso nunca foi do feitio de Cícero. Seu lema era: "Ajustar a renda para fazer face aos gastos, nunca o contrário." Agora que a renda não podia mais ser expandida pela prática da advocacia, a única opção realista era mais uma vez se unir a uma esposa rica.

Esta é uma história sórdida, mas jurei no princípio contar a verdade e assim pretendo fazer. Havia três noivas potenciais disponíveis. Uma era Hírcia, a irmã mais velha de Hírcio. Seu irmão era imensamente rico graças ao tempo que passara na Gália, e para se livrar dessa mulher cansativa estava disposto a oferecê-la a Cícero com um dote de dois milhões de sestércios. Mas, como disse Cícero numa carta a Ático, ela era *muito extraordinariamente feia*, e parecia-lhe absurdo que o custo de manter suas lindas casas fosse instalar nelas uma mulher horrível.

Depois havia Pompeia, a filha de Pompeu. Ela fora casada com Fausto Sula, o dono dos manuscritos de Aristóteles, morto recentemente na luta pela causa do Senado na África. Caso Cícero se casasse com ela, contudo, tornaria Cneu — o homem que ameaçara matá-lo em Córcira — seu cunhado. Era impensável. Além disso, a mulher tinha forte semelhança facial com o pai.

— Pode imaginar — perguntou-me ele, estremecendo — como seria acordar ao lado de Pompeu toda manhã?

Isso fazia com que ela fosse o partido menos viável de todos. Publília tinha apenas 15 anos. Seu pai, um rico amigo equestre de Ático, morrera deixando seus bens sob curatela para a filha até que ela se casasse. O principal curador era Cícero. Foi ideia de Ático — uma "solução elegante", como ele a qualificou — que Cícero se casasse com Publília e assim ganhasse acesso à fortuna dela. Não havia nada de ilegal nisso. A mãe e o tio da menina eram inteiramente favoráveis à ideia, lisonjeados pela perspectiva de formar uma conexão com um homem tão eminente. E a própria Publília, quando Cícero abordou hesitantemente o assunto, declarou que ficaria honrada em ser sua esposa.

— Tem certeza? — perguntou ele. — Sou 45 anos mais velho que você, tenho idade suficiente para ser seu avô. Isso não lhe parece... antinatural?

Ela o fitou com completa franqueza.

— Não.

— Bem, ela parece estar dizendo a verdade — observou Cícero depois que a jovem se fora. — Eu sequer sonharia com isso caso ela sentisse repulsa à simples ideia de mim. — Ele deu um suspiro profundo e balançou a cabeça. — Suponho que é melhor que eu siga adiante com o plano. Mas as pessoas vão desaprovar.

— Não é com *as pessoas* que você tem de se preocupar.

— Do que está falando?

— Bem, de Túlia, é claro — respondi, pasmo por ele não a ter considerado. — Como pensa que ela vai se sentir?

Ele olhou para mim com os olhos semicerrados em genuína perplexidade.

— Por que Túlia se oporia? Estou fazendo isso em benefício dela, tanto quanto meu.

— Bem — respondi brandamente —, penso que você descobrirá que ela *vai* se opor.

E foi o que aconteceu. Cícero contou que ela chegou a desmaiar quando lhe falou sobre sua intenção, e por uma ou duas horas ele temeu pela saúde dela e do bebê. Quando se recuperou, quis saber como era possível que ele cogitasse tal coisa. Deveria ela realmente chamar aquela criança de madrasta? Iriam elas viver sob o mesmo teto? Ele ficou consternado com a intensidade da reação da filha. No entanto, era tarde demais para recuar. Já havia contraído empréstimos junto a agiotas na expectativa da fortuna de sua nova mulher. Nenhum de seus filhos compareceu ao café da manhã nupcial: Túlia se mudou para morar com a mãe durante os estágios finais de gravidez, ao passo que Marco pediu permissão ao pai para ir lutar na Espanha fazendo parte do exército de César. Cícero conseguiu convencê-lo de que tal ação seria desonrosa para seus antigos camaradas, de modo que, em vez disso, ele foi para Atenas com uma mesada muito generosa para tentar colocar alguma filosofia naquela cabeça dura, nem que fosse à base de marteladas

Assisti às bodas, que aconteceram na casa da noiva. Os únicos outros convidados do lado do noivo foram Ático e a esposa, Pília — que apesar de ser ela própria, claro, trinta anos mais nova que o marido, parecia uma matrona se comparada à figura esbelta de Publília. A noiva, toda vestida de branco, com o cabelo preso num coque e usando o cinto sagrado, parecia uma boneca delicada. Alguns homens teriam, talvez, se saído muito bem naquela situação — tenho certeza de que Pompeu teria ficado inteiramente à vontade —, mas Cícero se sentia tão obviamente constrangido que, quando teve de recitar o simples juramento ("Onde você é Caia, eu sou Caio"), inverteu a ordem dos nomes, um mau presságio.

Após um longo banquete comemorativo, os convidados do casamento caminharam até a casa de Cícero à luz minguante do dia. Ele tivera a esperança de manter o casamento em segredo e quase correu pelas ruas, evitando o olhar dos passantes, segurando a mão de sua mulher firmemente e parecendo arrastá-la. Mas uma procissão nupcial sempre chama a atenção, e seu rosto era famoso demais para o anonimato. Assim, quando chegamos ao Palatino devíamos estar com uma multidão de umas cinquenta pessoas ou mais às nossas costas. Pelo menos esse número de protegidos esperava fora da casa para aplaudir e jogar flores sobre o feliz casal. Eu havia temido que Cícero pudesse machucar suas costas se tentasse carregar a noiva sobre a soleira, mas ele a levantou com facilidade e a levou para dentro da casa, me pedindo aos sussurros que fechasse a porta depois de nossa passagem, depressa. Ela foi direto para a antiga suíte de quartos de Terência no andar superior, onde suas criadas já haviam desembalado seus pertences, para se preparar para a noite de núpcias. Cícero tentou me convencer a ficar um pouco mais e tomar vinho com ele, mas aleguei exaustão e o deixei sozinho.

O CASAMENTO FOI um desastre desde o começo. Cícero não tinha a menor ideia de como tratar sua jovem esposa. Era como se a filha de um amigo tivesse vindo se hospedar com ele. Às vezes ele desempenhava o papel de um tio indulgente, encantando-se ao ouvi-la tocar lira ou parabenizando-a por seu bordado. Em outras ocasiões era um tutor exasperado, horrorizado com sua ignorância de história e literatura. Mas a maior parte do tempo tentava evitá-la. Uma vez me confidenciou que a única base viável para um relacionamento como aquele teria sido o desejo, que ele simplesmente não sentia. A pobre Publília, quanto mais era ignorada pelo marido famoso, mais se agarrava a ele, e mais irritado ele ficava.

Finalmente, Cícero foi visitar Túlia e lhe suplicar que voltasse a morar com ele. Ela podia ter o bebê em sua casa, disse-lhe — o nascimento era iminente — e ele mandaria Publília embora, ou melhor, pediria a Ático que a mandasse embora, pois a situação lhe era tão desconcertante que não sabia como lidar com ela. Túlia, aflita por ver o pai em tal estado, concordou, e o sempre paciente Ático se viu obrigado a visitar a mãe e o tio de Publília e explicar por que a jovem teria de voltar para casa depois de menos de um mês de vida conjugal. Ele mantinha a esperança de que depois que o bebê nascesse o casal viesse a poder retomar o relacionamento, mas por ora os desejos de Túlia tinham prioridade. Eles viram pouca opção senão concordar.

Era janeiro quando a filha de Cícero se mudou de volta para a casa. Foi levada até a porta de liteira e precisou de ajuda para entrar. Lembro-me de que era um frio dia de inverno, com tudo muito claro, luminoso e nítido. Ela se movia com dificuldade. Cícero se alvoroçava ao seu redor, instruindo o carregador a fechar a porta, mandando que trouxessem mais lenha para o fogo, temendo que ela pudesse pegar um resfriado. Túlia disse que gostaria de ir para o quarto se deitar. Cícero mandou chamar um médico, que saiu pouco depois e comunicou que ela estava em trabalho de parto. Trouxeram Terência, junto com uma parteira e suas ajudantes, e todas desapareceram no quarto da futura mãe.

Os gritos de dor que soaram pela casa não pareciam de maneira alguma ser de Túlia. Na verdade, não pareciam em nada os de um ser humano. Eram guturais, primordiais — todos os vestígios da personalidade obliterados pela dor. Perguntei-me como se encaixavam no esquema filosófico de Cícero. Podia a felicidade estar remotamente associada a essa agonia? Presumivelmente, sim. Cícero, contudo, foi incapaz de suportar os gritos e uivos e foi para o jardim, dando voltas sem parar, hora após hora, alheio ao frio. Quando enfim fez-se silêncio, ele entrou novamente. Olhou para mim. Esperamos. Pareceu se passar um longo tempo até ouvirmos passos e observarmos Terência aparecer. Seu rosto estava contraído e pálido, mas sua voz estava triunfante.

— É um menino — falou —, um menino saudável. E Túlia está bem.

TÚLIA ESTAVA BEM. Essa era a única coisa que importava para Cícero. O menino era robusto e recebeu o nome de Públio Lêntulo, segundo o patronímico adotado de seu pai. Mas Túlia não pôde amamentar o bebê, e a tarefa foi delegada a uma ama de leite, e, mesmo à medida que os dias se passavam depois do trauma do nascimento, ela não parecia recuperar as forças. Por estar tão frio em Roma naquele ano, havia muita fumaça, e a algazarra do fórum perturbava-lhe o sono. Foi decidido que Túlia voltaria com Cícero para Túsculo, cenário do ano feliz que passaram juntos, onde ela se recuperaria na tranquilidade dos montes Frascati enquanto eu e ele daríamos prosseguimento aos escritos filosóficos. Levamos um médico conosco. O bebê viajou com sua ama, mais todo um séquito de escravos para cuidar dele.

A viagem foi difícil para Túlia. Ela estava sem fôlego e ruborizada de febre, embora seus olhos estivessem bem abertos e calmos e ela dissesse que se sentia contente: não doente, apenas cansada. Quando chegamos à vila, o médico insistiu que ela fosse imediatamente para a cama, depois me chamou de lado e disse estar bastante convencido de que Túlia estava sofrendo os estágios finais de uma tuberculose e que não sobreviveria à noite: deveria ele informar o pai ou seria melhor que eu o fizesse?

Respondi que eu o faria. Depois de me recompor, encontrei Cícero na biblioteca. Ele tinha retirado alguns livros, mas não fizera nenhuma tentativa de desenrolá-los. Estava sentado, olhando para a frente, fitando o nada. Nem sequer se virou para me olhar. Apenas disse:

— Ela está morrendo, não é?

— Infelizmente, sim.

— Ela sabe?

— O médico não lhe disse, mas creio que Túlia seja esperta demais para não perceber, não acha?

Cícero assentiu.

— Era por isso que estava tão ávida para vir para cá, onde suas lembranças são mais felizes. É aqui que ela quer morrer. — Ele esfregou os olhos. — Acho que vou me sentar com ela agora.

Esperei no Liceu e observei o sol se pôr atrás das colinas de Roma. Algumas horas depois, quando já havia anoitecido por completo, uma das criadas dela foi me chamar e me conduziu à luz de velas até o quarto de Túlia. Ela estava inconsciente, deitada na cama com o cabelo solto e espalhado pelo travesseiro. Cícero estava sentado ao lado, segurando-lhe a mão. Do outro, seu bebê jazia dormindo. A respiração de Túlia era muito fraca e rápida. Havia pessoas no quarto — suas criadas, a ama do bebê, o médico —, mas todas estavam nas sombras, e não tenho nenhuma lembrança de seus rostos.

Cícero me viu e me chamou para mais perto. Inclinei-me e beijei a testa suada de Túlia, depois recuei para me juntar aos outros na penumbra. Logo sua respiração começou a ficar mais lenta. Os intervalos entre cada inalação se tornaram mais longos, e a todo momento, quando eu pensava que ela já havia morrido, Túlia voltava a arfar. O fim, quando veio, foi diferente e inconfundível — um longo suspiro, acompanhado por um ligeiro tremor ao longo de todo o corpo, e então uma profunda imobilidade no momento em que ela passou para a eternidade.

XIII

O velório foi em Roma. Dele só resultou uma coisa boa: Quinto, o irmão de Cícero, de quem estivera afastado desde aquela terrível cena em Patras, foi visitá-lo para oferecer suas condolências assim que chegamos, e os dois ficaram sentados ao lado do caixão, sem dizer nada, de mãos dadas. Como marca da reconciliação, Cícero pediu a Quinto que fizesse o elogio; acreditava que não era capaz de realizar isso pessoalmente.

Afora isso, foi uma das ocasiões mais melancólicas que jamais testemunhei: a longa procissão que marchou até o Campo Esquilino no gélido crepúsculo de inverno; o lamento das nênias dos músicos misturado ao grasnido dos corvos no arvoredo sagrado de Libitina; a pequena figura amortalhada deitada no caixão; o rosto retorcido de Terência parecendo petrificado pela dor, como o de Níobe; Ático amparando Cícero enquanto ele punha o archote na pira; e por fim a grande chama que aumentou de repente, iluminando-nos a todos em seu fulgor vermelho abrasador, nossas expressões rígidas imobilizadas como máscaras numa tragédia grega.

No dia seguinte, Publília apareceu na soleira com a mãe e o tio, amuada por não ter sido convidada para o funeral e decidida a se mudar de novo para a casa. Fez um breve discurso que obviamente outra pessoa escrevera e ela memorizara:

— Marido, sei que sua filha achava minha presença difícil, mas agora que esse impedimento foi removido, espero que possamos recomeçar nossa vida de casados juntos e que eu possa ajudá-lo a esquecer sua dor.

Mas Cícero não queria esquecer a dor; queria ser envolvido por ela, consumido por ela. Sem dizer a Publília para onde ia, fugiu da casa naquele mesmo dia, levando consigo a urna que continha as cinzas de Túlia. Mudou-se para a casa de Ático no Quirinal, onde se trancou na biblioteca por dias a fio, mantendo-se isolado e compilando um grande manual de tudo jamais escrito por filósofos e poetas sobre como lidar com o sofrimento e a morte. Ele o chamou de sua *Consolação*. Contou-me que, enquanto trabalhava, podia ouvir a filha de 5 anos de Ático brincando em seu quarto, ali ao lado, exatamente como Túlia fazia quando ele era um jovem advogado.

— O som era tão pungente para meu coração como uma agulha aquecida ao rubro; isso me mantinha fiel à minha tarefa.

Quando Publília descobriu onde ele estava, começou a importunar Ático para ser admitida na casa, de modo que Cícero fugiu outra vez, para a mais nova e mais isolada de suas propriedades — uma vila na pequenina ilha de Astura, na foz de um rio, a apenas uns cem metros do litoral na baía de Âncio. A ilha era completamente deserta e coberta de árvores e pequenos bosques, cortados por alamedas sombreadas. Nesse lugar solitário ele evitava toda companhia humana. De manhã bem cedo, ia se esconder na mata espessa e espinhenta, sem nada para perturbar sua meditação exceto os piados das aves, e não emergia até a noite. *O que é a alma?*, pergunta ele em sua *Consolação*. *Ela não é úmida, feita de ar ou de fogo ou composta de terra. Não há nada nesses elementos que explique o poder da memória, da mente ou do pensamento, que recorda o passado, antevê o futuro ou compreende o presente. A alma deve antes ser contada como um quinto elemento — divino e, portanto, eterno.*

Continuei em Roma e cuidei de todos os negócios de Cícero — financeiros, domésticos, literários e até conjugais, pois agora cabia a mim afugentar a infeliz Publília e seus parentes, fingindo não fazer a menor ideia de onde estava Cícero. À medida que as semanas se passavam, tornava-se cada vez mais difícil explicar sua ausência, não apenas à esposa, mas a seus protegidos e amigos, e eu tinha consciência de que sua reputação estava sendo afetada, pois era considerado pouco viril se render tão completamente à dor. Muitas cartas de condolências chegaram, inclusive uma mensagem de uma linha de César na Espanha, e eu as encaminhei para Cícero.

Finalmente Publília descobriu onde ele vinha se escondendo e lhe escreveu anunciando sua intenção de visitá-lo na companhia da mãe. Para escapar de um confronto tão angustiante, ele abandonou a ilha, carregando as cinzas, e criou coragem para escrever uma carta a sua mulher expressando seu desejo de se divorciar. Sem dúvida foi covardia da parte dele não o dizer pessoalmente, mas Cícero sentia que a falta de compaixão dela em face da morte de Túlia tinha tornado a insensata relação dos dois absolutamente insustentável. Ele deixou Ático resolver os detalhes financeiros, que envolveram a venda de uma de suas casas, e então me convidou a ir me juntar a ele em Túsculo, dizendo ter um projeto que desejava discutir.

Quando cheguei, era meados de maio. Fazia mais de três meses que eu não o via. Cícero estava sentado em sua Academia, lendo, quando ouviu minha aproximação e se virou para me fitar com um sorriso triste. Sua aparência me chocou. Estava muito mais macilento, especialmente em torno do pescoço. O cabelo estava mais grisalho, mais longo e desgrenhado. A mudança real, contudo, estava sob a superfície. Havia nele uma espécie de resignação, que se manifestava na lentidão de seus movimentos e na suavidade de seus modos — como se ele tivesse sido quebrado e reconstituído.

Durante o jantar, perguntei se lhe parecera penoso voltar para um lugar onde havia passado tanto tempo com Túlia.

— Temi a perspectiva de vir, naturalmente, mas quando cheguei não foi tão mau. Lidamos com a dor, passei a acreditar, ou nunca pensando nela ou pensando nela o tempo todo. Escolhi este último caminho, e aqui pelo menos estou cercado por lembranças dela, e suas cinzas estão enterradas no jardim. Alguns amigos foram muito bondosos, em especial aqueles que sofreram perdas semelhantes. Você viu a carta que Sulpício me escreveu?

Passou-a para mim sobre a mesa.

Quero lhe falar sobre algo que me proporcionou considerável conforto, na esperança de que talvez tenha algum poder de suavizar também seu sofrimento. Quando eu estava retornando da Ásia, navegando de Egina para Mégara, comecei a observar a paisagem ao meu redor. Atrás de mim estava Egina, à frente, Mégara, à direita, o Pireu, e à esquerda, Corinto; outrora cidades florescentes, agora se escondendo em ruínas perante nossos olhos. Comecei a pensar comigo mesmo: "Ah! Como podemos nós, meros homens, ficar indignados se um de nós morre ou é morto, criaturas efêmeras que somos, quando os cadáveres de tantas cidades jazem abandonados num único lugar? Controle-se, Sérvio, e lembre-se de que você nasceu um homem mortal." Esse pensamento, eu lhe asseguro, fortaleceu-me bastante. Como pode você ficar tão imensamente comovido pela perda do frágil espírito de uma pobre mulherzinha? Se o fim dela não tivesse vindo agora, ela teria morrido mesmo assim dentro de alguns anos, pois era mortal.

— Nunca pensei que Sulpício pudesse ser tão eloquente — observei.

— Nem eu. Vê como todos nós, pobres criaturas, nos esforçamos para compreender a morte, até velhos juristas calejados como ele? Isso me deu uma ideia. Supon ha que compuséssemos uma obra de filosofia que ajudasse a aliviar os homens de seu medo da morte.

— Seria uma façanha.

— Minha obra *Consolação* procura nos reconciliar com as mortes daqueles que amamos. Agora tentemos nos reconciliar com nossas próprias mortes. Se conseguíssemos... bem, diga-me, o que poderia proporcionar à humanidade maior alívio do terror do que isso?

Não soube responder. Sua proposta era irresistível. Eu estava curioso para ver como ele o faria. E assim nasceu o que é conhecido hoje como *Discussões tusculanas*, nas quais começamos a trabalhar no dia seguinte. Desde o início, Cícero concebeu a obra como cinco livros:

Sobre o medo da morte
Sobre a tolerância da dor
Sobre o alívio do sofrimento
Sobre os demais distúrbios da alma
Sobre a suficiência da virtude para uma vida feliz

Mais uma vez adotamos nossa velha rotina de composição. Como seu herói Demóstenes, que detestava que um operário diligente fosse mais madrugador que ele, Cícero se levantava antes da alvorada e lia em sua biblioteca, à luz de um lampião, até o raiar do dia; mais tarde na manhã ele me descrevia o que estava em sua mente e eu punha sua lógica à prova com perguntas; à tarde, enquanto ele tirava um cochilo, eu redigia minhas anotações taquigráficas na forma de um rascunho, que ele então corrigia; discutíamos e revisávamos o trabalho do dia durante o jantar, e finalmente, antes de nos retirarmos, decidíamos os tópicos para a manhã seguinte.

Os dias de verão eram longos, e nosso progresso, rápido, principalmente porque Cícero decidiu moldar a obra na forma de um diálogo entre um filósofo e um discípulo. Em geral eu fazia o papel do discípulo, e ele, o do filósofo, mas ocasionalmente ocorria o contrário. Como essas nossas *Discussões* continuam amplamente disponíveis, é desnecessário, espero, descrevê-las em detalhe. Elas são a síntese de tudo em que Cícero passara a acreditar após suas desventuras dos últimos anos: a saber, que a alma possui uma animação divina diferente da do corpo, sendo, portanto, eterna; que mesmo que a alma não seja eterna e diante de nós haja apenas o nada, esse estado não deve ser temido pois não haverá nenhuma sensação e, portanto, nenhuma dor ou sofrimento (*os mortos não são desgraçados, os vivos são desgraçados*); que deveríamos pensar sobre a morte constantemente e assim nos aclimatar à sua inevitável chegada (*toda a vida de um filósofo, como disse Sócrates, é uma preparação para a morte*); e que, se estivermos suficientemente determinados, podemos nos ensinar a desdenhar da morte e da dor, tal como fazem os lutadores profissionais:

> *Que gladiador mesmo mediano jamais emitiu um gemido ou mudou de expressão? Qual deles jamais se desgraçou após uma queda retraindo o pescoço quando lhe foi ordenado sofrer o golpe fatal? Essa é a força do treinamento, da prática e do hábito. Deve um gladiador ser capaz disso quando um homem que nasceu para a fama se prova tão fraco em sua alma que não é capaz de fortalecê-la por meio de preparação sistemática?*

No quinto livro, Cícero ofereceu suas prescrições práticas. Um ser humano só pode treinar para a morte vivendo uma vida moralmente boa; isto é: não desejar nada demasiadamente; satisfazer-se com o que se tem; ser inteiramente autossuficiente, de tal modo que, não importa o que se perca, ainda se é capaz de seguir adiante; não fazer mal a ninguém; compreender que é melhor sofrer um golpe que infligir um; aceitar que a vida é um empréstimo feito pela Natureza sem data de vencimento e que o reembolso pode ser exigido a qualquer momento; que o mais trágico personagem no mundo é um tirano que tenha violado todos estes preceitos.

Essas eram as lições que Cícero havia aprendido e desejava comunicar ao mundo no sexagésimo segundo verão de sua vida.

CERCA DE UM mês depois que começamos a trabalhar nas *Discussões*, no meio de junho, Dolabela nos fez uma visita. Estava voltando da Espanha, onde estivera lutando ao lado de César mais uma vez. O ditador se mostrara vitorioso; os remanescentes das forças de Pompeu foram esmagados. Mas Dolabela tinha sido ferido na Batalha de Munda. Havia um corte que ia de sua orelha à clavícula, e ele andava coxeando: seu cavalo fora morto sob ele por um dardo, jogando-o no chão e rolando sobre ele. Apesar disso, estava tão cheio de espírito animal como sempre. Queria em particular ver seu filho, que estava morando com Cícero na época, e também prestar sua homenagem ao lugar onde as cinzas de Túlia estavam enterradas.

Aos 4 meses, o bebê Lêntulo era um espécime grande e rosado, de aparência tão saudável quanto sua mãe fora frágil. Era quase como se ele tivesse sugado toda a vida dela, e tenho certeza de que essa era a razão por que nunca vi Cícero segurá-lo ou lhe dedicar muita atenção — ele não conseguia de fato perdoá-lo por estar vivo quando Túlia havia morrido. Dolabela tomou o bebê da ama, girou-o e o examinou como se ele fosse um vaso, antes de anunciar que gostaria de levá-lo de volta para Roma. Cícero não fez objeção.

— Assegurei o futuro dele em meu testamento. Se quiser discutir a criação, venha conversar comigo a qualquer momento.

Eles caminharam juntos para ver o local em que as cinzas de Túlia estavam enterradas, junto da fonte favorita dela num ponto ensolarado da Academia. Cícero me contou mais tarde que Dolabela se ajoelhou, depositou algumas flores no túmulo e chorou.

— Quando vi aquelas lágrimas deixei de sentir raiva dele. Como Túlia sempre disse, ela sabia com que tipo de homem estava se casando. E se seu primeiro marido foi mais um colega de escola para ela que qualquer outra coisa, e o segundo, apenas uma maneira conveniente de escapar da mãe, pelo menos o terceiro foi alguém a quem amou apaixonadamente, e fico feliz por ela ter experimentado isso antes de morrer.

Durante o jantar, Dolabela, incapaz de se reclinar por causa de seu ferimento e precisando comer sentado numa cadeira como um bárbaro, descreveu a campanha na Espanha, confidenciando que ela fora quase desastrosa: que em certa altura a linha do exército tinha se rompido e o próprio César fora obrigado a desmontar, pegar um escudo e arregimentar seus legionários em fuga.

— Quando a batalha chegou ao fim, ele nos disse: "Hoje, pela primeira vez, lutei para salvar minha vida." Matamos trinta mil homens do inimigo e não fizemos nenhum prisioneiro. A cabeça de Cneu Pompeu foi espetada numa vara e exibida publicamente por ordem de César. Foi um trabalho horrível, posso dizer, e temo que você e seus amigos não o encontrarão tão receptivo quanto antes quando ele voltar.

— Contanto que ele me deixe em paz para escrever meus livros, não causarei nenhum problema.

— Meu caro Cícero, você entre todos os homens não precisa se preocupar. César o ama. Ele sempre diz que você e ele são os dois últimos que restam.

No fim do verão, César voltou para a Itália, e todos os homens ambiciosos de Roma acorreram para recebê-lo. Cícero e eu permanecemos no campo, trabalhando. Terminamos as *Discussões*, e Cícero enviou o livro para Ático de modo que sua equipe de escravos pudesse copiá-lo e distribuí-lo — ele pediu particularmente que um exemplar fosse enviado a César —, e em seguida ele começou a compor dois novos tratados, *Sobre a natureza dos deuses* e *Sobre a adivinhação*. Ocasionalmente as farpas da dor ainda o feriam, momentos em que ele se retirava por horas em algum lugar remoto da propriedade. Cada vez mais, porém, Cícero se sentia satisfeito:

— Quanto problema evitamos se nos recusamos a ter qualquer coisa a ver com o populacho comum! Não ter emprego, devotando o próprio tempo à literatura, é a coisa mais maravilhosa do mundo.

Mesmo em Túsculo, porém, estávamos cientes do retorno do ditador como se fosse uma tormenta distante. Dolabela estivera certo. O César que voltou da Espanha era diferente do César que partira. Não se tratava simplesmente de sua intolerância à dissidência; era como se sua apreensão da realidade, antes tão apavorantemente segura, tivesse começado a afrouxar. Primeiro ele fez circular uma resposta ao elogio de Catão feito por Cícero, que chamou de seu *Anti-Catão*, cheio de alegações vulgares de que o morto era um bêbado e um excêntrico. Como quase todos os romanos tinham ao menos um respeito relutante por Catão, e a maioria o reverenciava, a mesquinhez do panfleto prejudicou muito mais a reputação do próprio ditador que a de Catão. ("Que é esse desejo incessante dele de dominar a todos?", perguntou-se Cícero em voz alta quando o leu. "Que exige que ele pisoteie até o pó dos mortos?") Também houve sua decisão de ostentar mais um triunfo, dessa vez em celebração à vitória na Espanha: pareceu à maioria do povo romano que a aniquilação de milhares de compatriotas, inclusive o filho de Pompeu, não era algo de que alguém devesse se orgulhar. Houve além disso sua paixão por Cleópatra: já era bastante indecoroso que ele a instalasse numa casa grandiosa com um parque junto do Tibre, mas, quando mandou erigir uma estátua de ouro de sua amante estrangeira no Templo de Vênus, César ofendeu tanto os religiosos quanto os patriotas. Ele se fez até declarar um deus — "o Divino Júlio" — com seus próprios sacerdotes, templo e imagens, e como um deus começou a interferir em todos os aspectos da vida diária: restringindo viagens internacionais para senadores e proibindo refeições elaboradas e bens de luxo — chegando a ponto de colocar espiões nos mercados, agentes para invadir as casas dos cidadãos no meio do jantar e revistar, confiscar e prender.

E, por fim, como se sua ambição já não tivesse causado derramamento de sangue suficiente nos últimos anos, ele anunciou que na primavera partiria mais uma vez para a guerra à frente de um imenso exército de trinta e seis legiões, para, em primeiro lugar, eliminar a Pártia, em vingança pela morte de Crasso, e depois contornar o lado mais distante do mar Negro numa vasta conquista que abrangeria a Hircânia, o mar Cáspio e o Cáucaso, a Cítia, todos os países que faziam fronteira com a Germânia e finalmente a própria Germânia, antes de retornar à Itália pela Gália. Passaria três anos fora. O Senado não teve voz em relação a nada disso; como os homens que construíram as pirâmides para os faraós, eles eram meros escravos do grande projeto de seu senhor.

Em dezembro, Cícero propôs que transferíssemos nossos trabalhos para um clima mais quente. Um rico cliente seu na baía de Nápoles, M. Clúvio, havia morrido recentemente, deixando-lhe uma propriedade substancial em Putéoli, e para lá seguimos, levando uma semana na viagem e chegando na véspera da Saturnália. A vila era grande e luxuosa, construída à beira-mar, e ainda mais bonita que a casa próxima de Cícero em Cumas. A propriedade veio com um substancial portfólio de propriedades comerciais situadas dentro da cidade e uma fazenda bem ao lado. Cícero ficou encantado como uma criança com seu novo bem, e assim que chegamos tirou os sapatos, levantou a toga e atravessou a praia até o mar para banhar os pés.

Na manhã seguinte, depois de entregar os presentes pelas saturnais a todos os escravos, ele me chamou em seu gabinete e me deu uma bela caixa de sândalo. Presumi que a caixa fosse meu presente, mas, quando lhe agradeci, ele me instruiu a abri-la. Dentro encontrei a escritura da fazenda perto de Putéoli. Ela fora transferida para o meu nome. Fiquei tão atordoado pelo gesto como havia ficado no dia em que ele me concedera a liberdade.

— Meu caro amigo — disse ele —, desejaria que fosse mais e desejaria ter podido dá-la a você mais cedo. Mas cá está ela finalmente: a fazenda que você tanto desejou. Que ela lhe traga tanta alegria e conforto quanto você me trouxe ao longo dos anos.

EMBORA FOSSE FERIADO, Cícero trabalhou. Não tinha mais família com quem celebrar — estando seus parentes mortos, divorciados e espalhados —, e suspeito que escrever aliviava sua solidão. Não que estivesse melancólico. Havia começado uma nova obra, uma investigação filosófica da velhice, e estava gostando dela (*Ó desgraçado é o homem idoso que não aprendeu no curso de sua longa vida que a morte deve ser considerada sem importância*). Mas ele insistiu que eu, de todo modo, deveria ter um dia de folga, e assim saí para uma caminhada pela praia, remoendo em minha mente o fato extraordinário de ser agora um proprietário — um fazendeiro, de fato. Senti como se isso fosse o fim de uma parte de minha vida e o início de outra, um presságio de que meu trabalho com Cícero estava quase concluído e de que logo iríamos nos separar.

Ao longo de todo aquele trecho da costa é possível avistar grandes casas voltadas para o promontório de Miseno, a oeste, do outro lado da baía. A vila vizinha à de Cícero pertencia a L. Márcio Filipo, um ex-cônsul alguns anos mais jovem que havia ficado numa posição embaraçosa durante a guerra civil, dado que era sogro de Catão e, no entanto, também casado com a mais próxima parente viva de César: sua sobrinha, Ácia. Tendo obtido permissão de ambos os lados para se manter afastado do conflito, havia passado todo aquele tempo ali — uma neutralidade cautelosa que condizia perfeitamente com seu temperamento nervoso.

Naquele momento, ao me aproximar do limite de sua propriedade, vi que o lado que dava para a praia estava bloqueado por soldados que impediam pessoas de passarem em frente à casa. Por um momento, perguntei a mim mesmo o que estava acontecendo e, quando o deduzi, virei-me e corri de volta para contar a Cícero, só para descobrir que ele já tinha recebido uma mensagem

César Dictator *a M. Cícero.*
Saudações.

Estou na Campânia inspecionando meus veteranos e passarei parte da Saturnália com minha sobrinha, Ácia, na vila de L. Filipo. Se for conveniente, meu grupo e eu poderíamos visitá-lo no terceiro dia do festival. Por favor, comunique a resposta ao meu oficial.

— O que você respondeu?

— O que mais se pode responder a um deus? Disse sim, é claro.

Ele fingiu ter se sentido explorado, mas pude perceber que no íntimo estava lisonjeado, embora, depois de perguntar sobre o tamanho da comitiva de César, que também teria de alimentar, e ser informado de que ela consistia em dois mil homens, tenha começado a pensar melhor. Toda a criadagem foi obrigada a adiar seus feriados, e durante o restante daquele dia e todo o seguinte trataram de fazer frenéticos preparativos, esvaziando os mercados de comida de Putéoli e pedindo sofás e mesas emprestados das vilas vizinhas. Um acampamento foi montado no campo nos fundos da casa e sentinelas foram postadas. Foi-nos dada uma lista de vinte homens que deveriam jantar na casa em si, encabeçada por César e incluindo Filipo, L. Cornélio Galba e C. Ópio — estes dois últimos os associados mais próximos de César — e uma dúzia de oficiais cujos nomes esqueci. Tudo foi organizado como uma manobra militar, segundo um cronograma rigoroso. Cícero foi informado de que César trabalharia com seus secretários na casa de Filipo até pouco depois do meio-dia, que em seguida faria uma hora de exercícios vigorosos ao longo da praia e apreciaria se um banho pudesse lhe ser propiciado antes do jantar. Quanto ao cardápio, o ditador estava seguindo um tratamento com eméticos, de modo que comeria com apetite o que quer que lhe fosse servido, embora apreciasse em particular ostras e codorna, caso estivessem disponíveis.

A essa altura, Cícero estava desejando ardentemente nunca ter concordado com a visita.

— Onde vou encontrar codorna em dezembro? Será que ele pensa que sou Lúculo?

Apesar disso, estava determinado, como ele mesmo disse, "a mostrar a César que sabemos viver", empreendendo todos os esforços para fornecer o melhor possível de todos os itens, dos óleos aromáticos para o banheiro ao vinho da Falérnia para a mesa. Depois, pouco antes do momento em que o ditador deveria passar pela porta, o sempre ansioso Filipo entrou correndo com a notícia de que M. Mamurra, engenheiro-chefe de César — o homem que construíra a ponte através do Reno, entre muitos outros feitos assombrosos — havia morrido de apoplexia. Por um instante pareceu que a ocasião poderia ser arruinada. Quando, porém, César entrou majestosamente, o rosto ruborizado por causa do esforço da caminhada, e Cícero lhe deu a notícia, sua expressão sequer estremeceu.

— É uma pena para ele. Para que lado fica meu banho?

Nenhuma outra menção foi feita a Mamurra — no entanto, como Cícero observou, ele devia ter sido um dos homens mais próximos de César por mais de uma década. Estranhamente, essa breve revelação da frieza do caráter do ditador é o que me lembro com mais clareza da visita, pois logo me distraí com a casa cheia de homens barulhentos, espalhados entre três salas de jantar, e naturalmente eu não estava na mesma mesa que César. Na sala em que fiquei eram todos soldados — uma turma rude, bastante polida a princípio, mas logo embriagada, e entre um prato e outro houve muito entra e sai para vomitar na praia. Só se falava em Pártia e na campanha vindoura. Depois perguntei a Cícero o que havia se passado entre ele e César.

— Na verdade, foi surpreendentemente agradável — respondeu ele. — Evitamos política e falamos sobretudo de literatura. Ele disse que tinha acabado de ler nossas *Discussões* e foi pródigo em elogios. "Exceto", disse ele, "que tenho de lhe dizer que sou a refutação viva de sua principal proposição." "E qual é ela?", perguntei. Ele respondeu: "Você afirma que só se pode dominar o próprio medo da morte vivendo uma boa vida. Bem, segundo sua definição, eu estive longe de fazer isso e, no entanto, não tenho nenhum medo de morrer. Qual é sua resposta?" Ao que respondi que, para um homem que não tinha nenhum medo de morrer, ele certamente viajava com uma grande escolta.

— Ele riu?

— Não, não riu! Ficou muito sério, como se eu o tivesse insultado, e disse que como chefe de Estado tinha a responsabilidade de tomar precauções apropriadas, que se alguma coisa lhe acontecesse haveria caos, mas isso não significava que ele tinha medo de morrer; longe disso. Assim, sondei-o um pouco mais sobre a questão e perguntei por que era tão destemido: acreditava que a alma era eterna ou pensava que todos nós morremos com nossos corpos?

— E qual foi a resposta dele?

— Disse que não sabia sobre nenhuma outra pessoa, mas que obviamente *ele* não morreria junto com seu corpo porque *ele* era um deus. Olhei para ver se estava brincando, mas não estou certo de que estava. Nesse momento, digo-lhe com sinceridade, cessei de invejá-lo por todo seu poder e glória. Isso o enlouqueceu.

A única vez que voltei a ver César aquela noite foi quando saiu. Ele emergiu da sala de jantar principal, apoiado em Cícero e rindo de algum comentário que ele acabara de fazer. Pareceu ligeiramente ruborizado com o vinho, o que era raro no ditador, pois em geral bebia com moderação ou não bebia nada. Seus soldados formaram linhas como uma guarda de honra, e ele saiu abruptamente para a noite, amparado por Filipo e seguido por seus oficiais.

Na manhã seguinte, Cícero escreveu um relato da visita para Ático: *É estranho que um convidado tão oneroso tenha deixado uma lembrança não desagradável. Mas uma vez é suficiente. Ele não é o tipo de pessoa para quem se diz: "Apareça aqui da próxima vez que estiver na vizinhança."*

Até onde sei, essa foi a última vez que Cícero e César se falaram.

NA VÉSPERA DE nosso retorno a Roma, saí a cavalo para dar uma olhada na minha fazenda. Ela era difícil de encontrar, quase invisível da estrada litorânea, no fim de uma longa trilha que subia pelos morros: uma construção antiga coberta de hera dominando um maravilhoso panorama da ilha de Capri. Havia um arvoredo de oliveiras e uma pequena vinha cercada por muros baixos de pedra seca. Cabras e ovelhas pastavam nos campos e nas encostas próximas; o tilintar de seus cincerros era suave como o de sinos de vento; afora isso, o lugar estava em absoluto silêncio.

As dependências da fazenda eram modestas, mas perfeitamente equipadas: um pátio com pórtico, celeiros fornidos de uma prensa de azeitonas, estrebarias e manjedouras, um tanque de peixes, uma horta de legumes e ervas, um pombal, galinhas e um relógio de sol. Junto da porteira de madeira, uma varanda sombreada com figueiras dava vista para o mar. Dentro, subindo uma escadaria de pedra, sob o telhado de terracota, dava-se numa sala ampla, seca e encaibrada onde eu poderia manter meus livros e escrever: pedi ao feitor que mandasse construir algumas prateleiras. Seis escravos mantinham o lugar, e fiquei satisfeito ao ver que todos pareciam saudáveis, desacorrentados e bem alimentados. O feitor e a mulher moravam na fazenda e tinham um filho; sabiam ler e escrever. Esqueça Roma e seu império: aquilo era mundo mais do que suficiente para mim. Eu deveria ter ficado e dito a Cícero que ele teria de voltar para a cidade sozinho — soube disso naquele exato momento. Aquela, porém, teria sido uma maneira pífia de agradecer sua generosidade; além disso, ainda havia livros que ele queria terminar e minha ajuda era necessária. Assim dei adeus à minha pequena criadagem, prometi-lhes voltar tão logo fosse possível e cavalguei de volta morro abaixo.

DIZ-SE QUE O estadista espartano Licurgo, setecentos anos atrás, teria observado:

> *Quando a ira dos deuses recai sobre o homem,*
> *Eles arrebatam de sua mente em primeiro lugar o entendimento.*

Tal seria o destino de César. Sei com certeza que Cícero estivera certo: ele *tinha* enlouquecido. Seu sucesso o tornara vaidoso, e a vaidade devorara sua razão.

Foi por volta dessa época — "como os dias da semana estão todos tomados", como Cícero brincou — que ele ordenou que o sétimo mês do ano fosse renomeado "julho" em sua homenagem. Ele já havia se declarado um deus e decretado que sua estátua deveria ser carregada numa biga especial durante procissões religiosas. Agora seu nome era acrescentado aos de Júpiter e dos penates de Roma em todo juramento oficial. Foi-lhe concedido o título de ditador vitalício. Ele se autodenominou imperador e pai da nação. Presidia o Senado de um trono de ouro. Usava uma toga especial púrpura e dourada. Às estátuas dos sete antigos reis de Roma que se encontravam no Capitólio, acrescentou uma oitava — ele mesmo —, e sua imagem foi introduzida nas moedas — mais uma prerrogativa da realeza.

Ninguém mais falava do ressurgimento da liberdade constitucional — era certamente apenas questão de tempo até ele ser declarado monarca. Nas lupercais, em fevereiro, observado por uma multidão no fórum, Marco Antônio de fato colocou uma coroa na cabeça de César — ninguém soube dizer se como zombaria ou um gesto sério, mas a colocou, e o povo se ressentiu. Na estátua de Bruto — o antepassado distante do Bruto nosso contemporâneo —, que havia expulsado os reis de Roma e estabelecido o consulado, surgiu uma pichação: *Se pelo menos você estivesse vivo agora!* Na estátua de César, alguém rabiscou:

Bruto foi eleito cônsul
Quando mandou os reis embora;
César despachou os cônsules,
César é nosso rei agora.

César estava de partida de Roma para o início de sua campanha de conquista mundial no dia 18 de março. Antes disso, foi preciso que decretasse os resultados de todas as eleições durante os três anos seguintes. Uma lista foi publicada. Marco Antônio seria o cônsul pelo restante do ano ao lado de Dolabela; ambos seriam sucedidos por Hírcio e Pansa; Décimo Bruto (que doravante chamarei de Décimo, para distingui-lo de seu parente) e L. Munácio Planco assumiriam no ano seguinte. O próprio Bruto seria pretor urbano e em seguida governador da Macedônia; Cássio seria pretor e depois governador da Síria; e assim por diante. Eram centenas de nomes, redigidos como uma ordem de batalha.

Assim que viu a delegação, Cícero balançou a cabeça, assombrado com a absoluta arrogância daquilo.

— Júlio, o deus, parece ter esquecido o que Júlio, o político, jamais teria: que, cada vez que alguém é nomeado, um homem fica agradecido e dez, ressentidos.

Na véspera da partida de César, Roma estava repleta de senadores enfurecidos e decepcionados. Cássio, por exemplo, já insultado por não ter sido escolhido para a campanha na Pártia, estava ofendido porque fora concedida a Bruto, um homem menos experiente, uma pretoria superior à dele próprio. O mais ressentido, contudo, era Marco Antônio ante a perspectiva de compartilhar o consulado com Dolabela, um homem a quem nunca havia perdoado por cometer adultério com sua mulher e a quem se sentia imensamente superior; seu ciúme era tamanho que ele estava usando seus poderes como áugure para impedir a nomeação sob a alegação de que ela era de mau agouro. Uma reunião do Senado no pórtico de Pompeu foi convocada para o dia 15, três dias antes da partida de César, para resolver a questão de uma vez por todas. O rumor era de que o ditador também exigiria que lhe concedessem o título de rei na mesma sessão.

Cícero tinha evitado o Senado tanto quanto possível. Não suportava pensar a respeito.

— Você sabe que alguns desses arrivistas da Gália e da Espanha que César pôs no lugar não sabem nem falar latim?

Ele se sentia velho e defasado. Sua visão andava deficiente. Mesmo assim, decidiu comparecer aos idos — e não apenas comparecer, mas falar dessa vez, em favor de Dolabela e contra Marco Antônio, a quem via como mais um tirano ascendente. Sugeriu que eu devia acompanhá-lo, como nos velhos tempos, "ainda que apenas para ver o que o Divino Júlio fez a nossa república de simples mortais".

Partimos duas horas depois do alvorecer em duas liteiras. Era um feriado público. Uma luta de gladiadores estava marcada para mais tarde, e as ruas em volta do teatro de Pompeu, onde a disputa seria realizada, já estavam apinhadas de espectadores. Lépido, que César considerava muito astutamente fraco o suficiente para ser um representante e que, portanto, era o novo mestre da cavalaria, tinha uma legião estacionada na ilha Tiberina, pronta para embarcar para a Espanha, da qual seria governador; muitos de seus homens estavam saindo para uma visita final aos jogos.

Dentro do pórtico, uma tropa de cerca de cem gladiadores pertencente a Décimo, o governador da Gália Cisalpina, exercitava suas investidas e fintas à sombra dos plátanos nus, observados por seu proprietário e uma multidão de aficionados. Décimo tinha sido um dos mais brilhantes lugares-tenentes do ditador na Gália, e dizia-se que César o tratava quase como a um filho, mas ele não era amplamente conhecido na cidade e eu praticamente nunca o vira. Era troncudo e de ombros largos: poderia ter sido ele mesmo um gladiador. Lembro-me de me perguntar por que precisava de tantos lutadores para o que eram apenas jogos pouco importantes. Nas adjacências dos caminhos cobertos, vários pretores, inclusive Cássio e Bruto, instalaram seus tribunais, convenientemente mais perto do Senado que do fórum, e estavam ouvindo casos. Cícero se inclinou para fora de sua liteira e pediu aos carregadores que nos deixassem num local ensolarado, para que pudéssemos gozar de um pouco de calor primaveril. Eles fizeram o que lhes foi pedido, e, enquanto Cícero se reclinava em suas almofadas e lia seu discurso, desfrutei da sensação do sol no meu rosto.

Pouco depois, através de meus olhos semicerrados, avistei o trono de ouro de César sendo carregado pelo pórtico e introduzido na câmara do Senado. Apontei-o para Cícero. Ele enrolou seu discurso. Dois escravos o ajudaram a se levantar, e ingressamos na multidão de senadores que faziam fila para entrar. Devia haver pelo menos trezentos homens. Outrora eu teria podido nomear quase qualquer membro daquela nobre ordem, identificar sua tribo e família e lhe informar seus interesses particulares. O Senado que eu conhecia, contudo, havia sangrado até a morte nos campos de batalha de Farsalos, Tapso e Munda.

Entramos em fila na câmara. Ela era clara e arejada, no estilo moderno, muito diferente da antiga casa do Senado, com um corredor central de azulejos pretos e brancos. De ambos os lados se erguiam três degraus largos e baixos, ao longo dos quais os bancos estavam enfileirados, uns de frente para os outros. Na extremidade, sobre seu tablado, ficava o trono de César ao lado da estátua de Pompeu, sobre cuja cabeça alguma mão subversiva havia posto uma coroa de louros. Um dos escravos de César ficou pulando, na tentativa de derrubá-la, mas para grande divertimento dos senadores que observavam, não conseguiu alcançá-la. Finalmente ele foi buscar um tamborete e subiu para remover o símbolo ofensivo, sendo recompensado por um aplauso zombeteiro. Cícero balançou a cabeça e revirou os olhos diante de tal frivolidade e foi procurar seu lugar. Fiquei perto da porta com os demais espectadores.

Depois disso, um longo tempo se passou — eu diria pelo menos uma hora. Por fim quatro criados de César voltaram do pórtico, percorreram a passagem até o trono, ergueram-no sobre seus ombros com dificuldade (pois era feito de ouro maciço) e o carregaram para fora de novo. Um gemido de exasperação circulou pela câmara. Muitos senadores se levantaram para esticar as pernas. Cícero andou pelo corredor.

— De todo modo, não estou com muita vontade de fazer o discurso. Acho que vou para casa. Você pode verificar se a sessão está definitivamente cancelada?

Saí ao pórtico. Os gladiadores ainda estavam lá, mas Décimo tinha ido embora. Bruto e Cássio haviam deixado de ouvir seus peticionários e conversavam entre si. Eu conhecia ambos bem o suficiente para me aproximar deles — de Bruto, o nobre filósofo, ainda de aspecto jovem aos 40 anos; e de Cássio, da mesma idade, porém grisalho, mais severo. Havia uns dez outros senadores parados em volta deles, ouvindo — os irmãos Casca, Tílio Cimbro, Minúcio Básilo e Caio Trebônio, que havia sido designado por César para ser governador da Ásia; lembro-me também de Quinto Ligário, o exilado que pôde voltar para casa depois de Cícero persuadir César, e Marco Rúbrio Ruga, um velho soldado que também havia sido perdoado e nunca superara aquilo. Eles ficaram em silêncio e se viraram para mim quando me aproximei.

— Perdoem-me por incomodá-los, cavalheiros, mas Cícero gostaria de saber o que está acontecendo.

Os senadores se entreolharam furtivamente, e Cássio perguntou, em tom desconfiado:

— O que quer ele dizer com "o que está acontecendo"?

— Ora, ele simplesmente quer saber se haverá uma sessão — respondi, confuso.

— Os augúrios não são propícios, de modo que César está se recusando a sair de casa. Décimo foi tentar convencê-lo a vir. Diga a Cícero que espere um pouco mais.

— Vou dizer, mas acho que ele gostaria de ir para casa.

— Então o convença a ficar — declarou Cássio com firmeza.

Isso me pareceu estranho, mas fui e transmiti a observação a Cícero, que deu de ombros.

— Muito bem, vamos esperar mais um pouco.

Ele voltou para seu assento e repassou seu discurso. Senadores se aproximaram, falaram com ele e se foram. Ele mostrou a Dolabela o que estava planejando dizer. Seguiu-se outra longa espera. Mas finalmente, depois de mais uma hora, o trono de César foi trazido de volta e colocado sobre o estrado. Claramente Décimo o persuadira a vir. Aqueles senadores que estiveram espalhados por ali conversando voltaram a seus lugares, e uma atmosfera de expectativa se instalou na câmara.

Ouvi vivas do lado de fora. Virando-me, vi pela porta aberta que uma multidão entrava no pórtico. No meio da aglomeração, como estandartes de batalha, pude ver os fasces dos vinte e quatro lictores de César, e balançando sobre as suas cabeças o dossel dourado da liteira do ditador. Fiquei surpreso por não haver nenhuma escolta militar. Só mais tarde soube que ele havia dispensado recentemente todas aquelas centenas de soldados que costumavam se deslocar ao seu redor, dizendo: "É melhor morrer uma vez por traição que viver sempre a temendo." Perguntei-me frequentemente se sua conversa com Cícero três meses antes tinha alguma coisa a ver com essa fanfarronada particular. Fosse como fosse, a liteira foi carregada pelo espaço aberto e deixada do lado de fora do Senado, e, quando seus lictores o ajudaram a sair dela, a multidão pôde chegar muito perto dele. Enfiaram petições em suas mãos, que ele passou imediatamente para um auxiliar. Vestia a toga púrpura especial bordada a ouro que era o único no Senado autorizado a usar. Certamente parecia um rei; só lhe faltava a coroa. No entanto, percebi de imediato que estava pouco à vontade. Ele tinha um hábito, como uma ave rapina, de virar a cabeça para cá e para lá e olhar à sua volta, como se procurasse alguma ligeira agitação na vegetação rasteira. Ao ver a porta aberta para a câmara, pareceu recuar. Décimo o tomou pela mão, porém, e suponho que o ímpeto da ocasião deve tê-lo impelido à frente: certamente teria ficado desmoralizado caso tivesse dado meia-volta e retornado para casa; já corriam rumores de que estava doente.

Seus lictores abriram caminho e ele entrou. Passou a menos de um metro de mim, tão perto que pude sentir o aroma doce e picante dos óleos e unguentos com que havia sido ungido depois do banho. Décimo se posicionou atrás dele. Marco Antônio ia logo atrás de Décimo, também entrando, mas Trebônio subitamente o interceptou e puxou para um lado.

O Senado ficou de pé. No silêncio, César percorreu o corredor central, franzindo a testa e pensativo, girando um estilo na mão direita. Um par de escribas o seguiu, carregando caixas de documentos. Cícero estava na fileira da frente, reservada para os ex-cônsules. César não o cumprimentou, assim como não cumprimentou a mais ninguém. Olhava para trás e para a frente, para cima e para baixo, mexendo o estilo entre os dedos. Subiu no estrado, virou-se de frente para os senadores, pediu que se sentassem com um gesto e se acomodou no trono.

Imediatamente várias figuras se levantaram e se aproximaram oferecendo petições. Essa era uma prática normal agora que os próprios debates não mais importavam: as sessões tinham se convertido em vez disso em raras oportunidades para entregar algo pessoalmente ao ditador. O primeiro a alcançá-lo — vindo da esquerda, ambas as mãos estendidas em súplica — foi Tílio Cimbro. Sabia-se que buscava um perdão para seu irmão, que naquela época se encontrava no exílio. Mas, em vez de levantar a bainha da toga de César para beijá-la, ele agarrou de repente as pregas de tecido em volta do pescoço do ditador e deu um puxão tão forte no material grosso que César foi puxado de lado, efetivamente imobilizado. Ele gritou com raiva, mas sua voz estava semiestrangulada e não pude entender o que disse. Soou como "Mas isto é violência!". Um instante depois, um dos irmãos Casca, Públio, caminhou até ele vindo do outro lado e enfiou um punhal em seu pescoço exposto. Eu não conseguia acreditar no que estava vendo: era irreal — uma encenação, um sonho.

— Casca, seu patife, o que está fazendo?

Apesar de seus 55 anos, o ditador ainda era um homem forte. De alguma forma agarrou o punhal de Casca com a mão esquerda — deve ter estraçalhado os dedos —, contorceu-se até se livrar do aperto de Cimbro, depois girou e deu uma estocada no braço de Casca com seu estilo. Casca gritou em grego: "Ajude-me, irmão!" Um instante depois seu irmão Caio enfiou uma faca nas costelas de César. O arquejo de choque do ditador ecoou por toda a câmara. Ele caiu de joelhos. Mais de vinte figuras vestidas de toga estavam agora subindo no estrado e cercando-o. Décimo passou correndo por mim para se juntar a elas. Houve um frenesi de esfaqueamento. Senadores se levantaram para ver o que estava acontecendo. Pessoas me perguntaram muitas vezes por que nenhuma dessas centenas de homens, cujas fortunas César fizera e cujas carreiras promovera, tentou ir em seu socorro. Não posso responder senão para dizer que foi tudo tão rápido, tão violento e tão inesperado, que os sentidos de todos ficaram estupidificados.

Eu não conseguia mais ver César por trás do círculo de seus agressores. Soube depois por Cícero, que estava mais perto que eu, que por um esforço sobre-humano ele conseguiu se levantar brevemente e tentou escapar. Mas tal era a força, a impetuosidade desesperada e a proximidade do ataque, que qualquer fuga era impossível. Seus agressores chegaram até a ferir uns aos outros. Cássio esfaqueou a mão de Bruto. Minúcio Básilo apunhalou Rúbrio na coxa. Diz-se que as últimas palavras do ditador foram uma amarga censura a Décimo, que o induzira a ir ao Senado naquele dia: "Até tu?" Talvez seja verdade. Pergunto-me, porém, se ele ainda era de fato capaz de falar àquela altura. Mais tarde os médicos contaram vinte e três ferimentos de punhalada em seu corpo.

Feito o seu trabalho, os assassinos recuaram do que um momento antes havia sido o coração pulsante do império e agora era uma mixórdia de carne perfurada. Suas mãos estavam enluvadas de sangue. Seus punhais ensanguentados continuavam mantidos no ar. Eles gritaram alguns lemas: "Liberdade!" "Paz!" "A república!" Bruto chegou a gritar: "Viva Cícero!" Em seguida correram pelo corredor e saíram para o pórtico, os olhos desvairadamente esbugalhados em sua empolgação, as togas manchadas como aventais de açougueiros.

Assim que eles saíram, foi como se um encanto tivesse sido quebrado. O pandemônio irrompeu, senadores subiram em seus bancos e até uns nos outros em seu pânico para sair dali. Quase fui pisoteado na correria, mas estava decidido a não sair sem Cícero. Abri caminho abaixando-me e dando voltas pela multidão de corpos que vinham em direção contrária até chegar onde ele estava. Continuava sentado, fitando o corpo de César, que jazia completamente abandonado — seus escravos tinham fugido —, escarrapachado de costas, os pés apontados para a base da estátua de Pompeu, a cabeça recostada na borda do estrado, voltada para a porta.

Falei a Cícero que precisávamos partir, mas ele não pareceu me ouvir. Olhava fixamente para o cadáver, transfixado.

— Ninguém se atreve a chegar perto dele, veja — murmurou.

Um dos sapatos do ditador saíra do pé; suas pernas nuas, depiladas, estavam expostas onde a toga subira por suas coxas; o púrpura imperial estava esfarrapado e ensanguentado; um corte na face expunha o osso claro; seus olhos escuros pareciam olhar fixamente, ultrajados, de cabeça para baixo, para a câmara que se esvaziava; sangue escorria do ferimento que lhe atravessava diagonalmente a testa e pingava no mármore branco.

Vejo todos esses detalhes tão claramente hoje quanto os vi quarenta anos atrás, e por um instante figurou em minha mente a profecia da sibila: que Roma seria governada por três, depois por dois e finalmente por nenhum. Tive de fazer algum esforço para desviar meu olhar, pegar Cícero pelo braço e içá-lo de pé. Finalmente, como um sonâmbulo, ele se permitiu ser conduzido para fora da cena, e caminhamos juntos para a luz do dia.

XIV

Reinava o caos no pórtico. Os assassinos tinham ido embora, escoltados pelos gladiadores de Décimo. Ninguém sabia para onde foram. Pessoas corriam de um lado para o outro na tentativa de descobrir o que havia acontecido. Os lictores do ditador jogaram fora seus símbolos de autoridade e fugiram às pressas. Os senadores que restavam também deixavam o local o mais depressa que podiam; alguns tinham até tirado suas togas para se misturar melhor à multidão. Nesse meio-tempo, no outro extremo do pórtico, alguns membros do público das lutas de gladiadores no teatro adjacente ouviram a comoção e estavam chegando em massa para ver o que acontecia.

Percebi que Cícero estava em perigo mortal. Ainda que ele não tivesse tomado conhecimento da conspiração antes do feito, Bruto havia gritado seu nome; todos o ouviram. Cícero era, portanto, um alvo óbvio para vingança. Os leais a de César poderiam até supor que ele fora o líder dos assassinos. Sangue exigiria sangue.

— Temos de tirá-lo daqui — avisei.

Para meu alívio, ele assentiu, ainda atordoado demais para discutir. Nossos carregadores tinham fugido, abandonando as liteiras. Tivemos de sair a toda pressa do pórtico a pé. Nesse ínterim, os jogos continuavam, sem tomar conhecimento do que acontecera. Do teatro de Pompeu vinha o bramido dos aplausos na luta de gladiadores. Nunca se teria adivinhado o que acabara de ocorrer, e, quanto mais nos afastávamos do pórtico, mais normais as coisas pareciam, de modo que, quando chegamos à Porta Carmental e entramos na cidade, tinha-se a impressão de que aquele era um feriado perfeitamente normal, e o assassinato parecia ter sido um sonho lúgubre.

Apesar disso, sem que o pudéssemos ver, pelas ruas secundárias e pelos mercados, transportada por pés céleres e sussurros apavorados, a notícia viajava mais rápido do que éramos capazes de andar — de maneira que, sabe-se lá como, quando chegamos à casa no Palatino, ela nos havia ultrapassado, e Quinto, o irmão de Cícero, e Ático já estavam chegando de direções separadas com versões incompletas do que acontecera. Eles não sabiam muito. Tinha havido um ataque no Senado, era tudo que ouviram, e César estava ferido.

— César está morto — disse Cícero, contando-lhes então o que acabara de ver.

Pareceu ainda mais fantástico em retrospecto do que na hora. Os dois homens ficaram incrédulos a princípio, depois exultantes por saber que o ditador fora assassinado. Ático, normalmente tão refinado, chegou a fazer uma dancinha saltitante.

— E você realmente não tinha nenhuma ideia de que isso iria acontecer? — perguntou Quinto.

— Nenhuma — respondeu Cícero. — Eles devem ter escondido isso de mim deliberadamente. Eu deveria estar ofendido, mas, para ser sincero, estou aliviado por ter sido poupado da ansiedade. Isso exigia muito mais coragem do que eu jamais poderia ter reunido. Ir ao Senado com uma lâmina escondida, esperar todo aquele tempo, manter-se firme, correr o risco de ser massacrado pelos partidários de César e finalmente olhar o tirano nos olhos e cravar o punhal... Não me importo de confessar que eu jamais conseguiria ter feito isso.

— Eu conseguiria! — exclamou Quinto.

— Bem, você está mais acostumado com sangue que eu — retrucou Cícero, rindo.

— E, no entanto, nenhum de vocês sente nenhum pesar por César, simplesmente como um homem? — perguntei. — Afinal — falei para Cícero —, apenas três meses atrás você estava rindo com ele durante o jantar.

Cícero olhou para mim com incredulidade.

— Espanta-me que você me pergunte isso. Imagino que me sinto como você deve ter se sentido no dia em que recebeu sua liberdade. Que César fosse um senhor bom ou cruel é irrelevante: ele era um senhor e nos transformou em escravos. E agora fomos libertados. Portanto, não falemos de pesar.

Ele enviou um secretário para ver se podia descobrir o paradeiro de Bruto e dos outros conspiradores. O homem voltou logo depois e relatou que, segundo se dizia, eles estavam ocupando o alto do Capitólio.

— Devo ir lá imediatamente e oferecer meu apoio.

— Isso é prudente? — perguntei. — Tal como as coisas estão, você não tem nenhuma responsabilidade pela morte, mas, se for e demonstrar sua solidariedade com eles em público, os partidários de César podem não ver muita diferença entre você, Cássio e Bruto.

— Que não vejam. Pretendo agradecer aos homens que me devolveram minha liberdade.

Os outros concordaram e partimos imediatamente, todos os quatro, com alguns escravos para nos proteger — ao longo da encosta do Palatino, descendo os degraus até o vale e atravessando a rua de Jugário até o pé da rocha Tarpeia. O ar estava lugubremente parado e modorrento com a aproximação de uma tempestade; a rua, normalmente tão movimentada com carros de bois, estava deserta exceto por algumas pessoas que caminhavam em direção ao fórum. Suas expressões eram atordoadas, aturdidas, temerosas. E certamente, se alguém procurasse presságios, teria apenas de olhar para o céu. Muitas nuvens negras e densas pareciam estar baixando sobre os telhados dos templos, e, quando começamos a subir o íngreme lance de escada, houve um clarão e o estrondo de um trovão. A chuva caía fria e pesada. As pedras ficaram escorregadias. Tivemos de parar na metade do caminho para recobrar o fôlego. Ao nosso lado, uma torrente corria sobre a pedra verde e coberta de musgo e se transformou numa queda-d'água; abaixo de nós eu conseguia ver a curva do Tibre, os muros da cidade, o Campo de Marte. Compreendi então que feito sagaz de planejamento militar havia sido se retirar direto da cena do assassinato para o Capitólio: seus penhascos escarpados faziam dele uma fortaleza naturalmente inexpugnável.

Continuamos avançando até chegar ao portão no alto, que estava guardado por gladiadores, sujeitos de aspecto apavorante vindos da Gália Cisalpina. Com eles estava um dos oficiais de Décimo. Ele reconheceu Cícero e ordenou aos homens que nos deixassem entrar, depois nos conduziu pessoalmente ao complexo murado, passando pelos cães acorrentados que guardavam o lugar à noite e entrando no Templo de Júpiter, onde pelo menos cem homens estavam reunidos, abrigando-se da chuva na escuridão.

Quando Cícero entrou, foi saudado com aplausos e deu a volta apertando as mãos de todos os assassinos, exceto Bruto, cuja mão estava enfaixada por causa do ferimento que Cássio lhe infligira por acidente. Eles haviam trocado suas roupas ensanguentadas por togas recém-lavadas e mantinham uma atitude sóbria, sombria até, nada restando da euforia que se seguira imediatamente ao assassinato. Fiquei espantado ao ver quantos dos seguidores mais próximos de César se apressaram em se unir a eles: L. Cornélio Cina, por exemplo, irmão da primeira mulher de César e tio de Júlia: recentemente César o fizera pretor, e, no entanto, lá estava ele com os assassinos do ex-cunhado. E lá estava também Dolabela — o sempre infiel Dolabela —, que não levantara um dedo que fosse para defender César na câmara do Senado e que agora tinha o braço em torno do ombro de Décimo, o homem que atraíra seu antigo chefe para a morte. Ele se aproximou para participar da conversa que Cícero estava tendo com Bruto e Cássio.

— Então você aprova o que fizemos? — perguntou Bruto.

— Aprovar? Foi o maior feito na história da república! Mas diga-me — perguntou Cícero correndo os olhos pelo interior sombrio —, por que vocês estão todos enclausurados aqui, fora de vista, como criminosos? Por que não estão lá embaixo no fórum arregimentando as pessoas para a sua causa?

— Somos patriotas, não demagogos. Nosso objetivo era remover o tirano, mais nada.

Cícero o encarou, surpreso.

— Mas, nesse caso, quem está governando o país?

— Até o momento, ninguém — respondeu Bruto. — O próximo passo é estabelecer um governo.

— Não deveriam vocês simplesmente declarar que são o governo?

— Isso seria ilegal. Não derrubamos um tirano para nos instalarmos como tiranos em seu lugar.

— Bem, nesse caso convoquem o Senado para cá agora, para este templo, vocês têm poder para isso como pretores. Deixem o Senado declarar um estado de emergência até que eleições possam ser realizadas. Isso seria inteiramente legal.

— Pensamos que seria mais constitucional se Marco Antônio, como cônsul, convocasse o Senado.

— Marco Antônio? — A surpresa de Cícero estava se transformando em alarme. — Vocês não devem deixar que ele chegue nem perto dessa coisa toda. Ele tem todos os piores atributos de César e nenhum dos melhores.

Ele pediu que Cássio corroborasse o que estava dizendo.

— Concordo — disse Cássio. — Em minha opinião, deveríamos tê-lo matado junto com César. Mas Bruto não tolerou tal ideia, por isso Trebônio o atrasou em seu caminho para a câmara, de modo que ele pudesse escapar.

— E onde está ele agora?

— Em casa, presumivelmente.

— Eu duvido, conhecendo-o — interveio Dolabela. — Deve estar ocupado na cidade.

Durante toda essa conversa, eu havia notado Décimo falando com dois de seus gladiadores. Então ele veio às pressas do outro lado, com uma expressão sombria.

— Há notícia de que Lépido está deslocando sua legião para fora da ilha Tiberina — avisou ele.

— Seremos capazes de ver daqui — falou Cássio.

Saímos e seguimos Cássio e Décimo ao redor do grande templo até a área pavimentada e elevada ao norte de onde se tem uma vista que se estende por quilômetros sobre o Campo de Marte e além. E não havia dúvida: os legionários estavam marchando pela ponte e entrando em formação na margem mais próxima da cidade.

Bruto revelou sua ansiedade batendo o pé sem parar.

— Enviei um mensageiro a Lépido horas atrás, mas ele não mandou resposta — disse.

— Essa é a resposta dele — retrucou Cássio, apontando.

— Bruto, eu lhe imploro... imploro a todos vocês... Desçam ao fórum e digam às pessoas o que fizeram e por que o fizeram. Inflamem-nas com o espírito da velha república. Se não o fizerem, Lépido os prenderá aqui, e Marco Antônio assumirá o controle da cidade.

A essa altura até Bruto pôde ver a sensatez desse plano, e assim uma procissão dos conspiradores — ou assassinos, ou combatentes pela liberdade, ou libertadores: ninguém jamais chegava a um consenso sobre como exatamente deviam ser chamados — desceu pela estrada sinuosa que levava do cume do Capitólio, passava pela parte de trás Templo de Saturno e descia até o fórum. Por sugestão de Cícero, eles deixaram a escolta de gladiadores para trás:

— Daremos a melhor impressão possível de nossa sinceridade se caminharmos sozinhos e desarmados; além disso, caso haja confusão, podemos recuar com suficiente rapidez.

Havia parado de chover. Três ou quatro centenas de cidadãos se reuniram no fórum e estavam parados por ali apaticamente entre as poças d'água, ao que parecia à espera de que alguma coisa acontecesse. Viram-nos chegar quando estávamos ainda a uma boa distância e vieram em nossa direção. Eu não tinha a menor ideia de como iriam reagir. César sempre fora querido pela multidão, embora ultimamente até os cidadãos tivessem começado a ficar cansados de suas maneiras de rei — a temer suas guerras iminentes, a ter saudades dos velhos tempos de eleições quando tinham de ser cortejados pelos vários candidatos com lisonjas e subornos. Iriam nos aplaudir ou tentar nos massacrar? No caso, não fizeram nem uma coisa nem outra. A multidão observou em absoluto silêncio nossa entrada no fórum e depois se afastou para nos dar passagem. Os pretores — Bruto, Cássio e Cina — subiram à rostra para se dirigir ao povo, enquanto nós outros, inclusive Cícero, nos postamos ao lado para observar.

Bruto falou primeiro, e, embora eu possa me lembrar de sua sombria frase inicial — "Assim como meu nobre ancestral Júnio Bruto expulsou o rei-tirano Tarquínio da cidade, assim também hoje eu nos livrei do ditador--tirano César" —, o resto eu esqueci. Esse foi o problema. Ficou claro que ele havia trabalhado com afinco em seu discurso durante dias, e sem dúvida como um ensaio sobre a crueldade do despotismo seria uma boa leitura. Mas, como Cícero tentara convencê-lo por tanto tempo, um discurso é uma performance, não uma dissertação filosófica; deve apelar para as emoções, mais do que para o intelecto. Um discurso inflamado naquele momento poderia ter transformado a situação — poderia ter inspirado a multidão a defender o fórum e sua própria liberdade contra os soldados que naquele momento se concentravam no Campo de Marte. Bruto, contudo, fez uma preleção que era três quartos história para um quarto de teoria política. Pude ouvir Cícero ao meu lado resmungando baixinho. Não ajudou que, enquanto Bruto falava, seu ferimento tenha começado a sangrar sob a atadura; as pessoas eram distraídas do que ele estava dizendo por aquele ensanguentado lembrete do que ele tinha feito.

Depois do que pareceu um longo tempo, Bruto terminou para receber aplausos que seria melhor qualificar como solícitos. Cássio falou em seguida, e não se saiu mal, pois recebera aulas de oratória de Cícero em Túsculo. Ele, no entanto, era um soldado profissional que havia passado pouco tempo em Roma: era respeitado, mas não muito conhecido e muito menos amado. Recebeu ainda menos aplausos que Bruto. O desastre, porém, foi Cina. Orador da velha escola melodramática, tentou injetar alguma paixão no evento rasgando sua túnica pretoriana e arremessando-a da rostra, denunciando-a como a dádiva de um déspota que ele se envergonhava de ser visto usando. Era hipocrisia demais para que suportassem calados. Alguém gritou: "Você não dizia isso ontem!" O aparte foi aclamado, o que encorajou outro impertinente a gritar: "Você não teria sido nada sem César, seu velho acabado!" No coro de zombarias, a voz de Cina se perdeu — e, com ela, a reunião.

— Ora, isto é um fiasco — declarou Cícero.

— Você é o orador — disse Décimo. — Vai dizer alguma coisa para remediar a situação?

Para meu desespero, vi que Cícero estava tentado. Nesse momento, contudo, entregaram a Décimo um novo informe de que a legião de Lépido parecia estar se deslocando para a cidade. Ele gesticulou para que os pretores descessem da rostra, e, com toda a confiança que pudemos reunir, que era pouca, marchamos todos de volta para o Capitólio.

ERA TÍPICO DA inocência de Bruto ele ter acreditado até o último momento que Lépido jamais ousaria violar a lei conduzindo um exército até Roma pela fronteira sagrada. Afinal, como assegurara a Cícero, ele conhecia o mestre da cavalaria muito bem: Lépido era casado com sua irmã Júnia Segunda (assim como Cássio era casado com sua meia-irmã Júnia Tércia).

— Acredite em mim: ele é um patrício consumado. Não fará nada ilegal. Sempre o considerei um defensor obstinado da dignidade e do protocolo.

E em um primeiro momento parecia que ele poderia estar certo, pois a legião, após atravessar a ponte e se deslocar em direção aos muros da cidade, parou no Campo de Marte e acampou a pouco menos de um quilômetro de Roma. Depois, logo após o cair da noite, ouvimos as notas lamurientas das cornetas de guerra. Elas fizeram os cães latir no recinto murado do templo e nos levaram a sair depressa para ver o que estava acontecendo. Nuvens pesadas obscureciam a lua e as estrelas, mas as luzes distantes das fogueiras da legião brilhavam claramente na escuridão. Mesmo no próprio momento em que olhávamos, as fogueiras pareceram se desfazer, rearranjando-se em serpentes de fogo.

— Eles estão marchando com tochas — disse Cássio.

Uma linha de luz começou a tremular ao longo da estrada para a Porta Carmenta. Logo ouvimos, no ar úmido da noite, o som débil das passadas das botas dos legionários. A porta ficava quase diretamente abaixo de nós, ocultada da nossa vista por afloramentos de rocha. A vanguarda de Lépido ao encontrá-la trancada golpeou-a querendo entrar e gritou pelo porteiro, mas suponho que ele devia ter fugido. Houve um longo intervalo em que nada aconteceu. Então, um aríete foi trazido. Uma série de batidas pesadas foi seguida pelo ruído de madeira se estilhaçando. Homens comemoraram. Debruçando-nos sobre o parapeito, vimos os legionários com suas tochas entrando rapidamente pela porta destruída, espalhando-se em volta da base do Capitólio e abrindo-se em leque pelo Fórum para tomar o controle dos principais prédios públicos.

— Vão nos atacar esta noite, não acha? — perguntou Cássio.

— Por que o fariam — respondeu Décimo, com rancor —, quando podem nos pegar com facilidade à luz do dia? — A ira em seu tom sugeria que ele considerava os outros responsáveis, vendo a si mesmo como tendo caído no meio de idiotas. — Seu cunhado se provou mais ambicioso e mais ousado do que você me levou a acreditar, Bruto.

Bruto, batendo o pé incessantemente, não respondeu.

— Concordo, um ataque noturno seria arriscado demais — comentou Dolabela. — É amanhã que farão sua investida.

Nesse momento, Cícero opinou.

— A questão é certamente se Lépido está agindo em aliança com Marco Antônio ou não. Se estiver, estamos condenados. Caso contrário, duvido que Marco Antônio vá querer que ele receba a glória exclusiva de liquidar os assassinos de César. Temo que essa seja, senhores, nossa melhor esperança.

Cícero se via agora obrigado a se resignar a ter o mesmo destino dos outros: teria sido arriscado demais tentar partir — não na escuridão, com o lugar cercado por soldados potencialmente hostis e com Marco Antônio livre na cidade. Não havia nada a fazer, exceto se acomodar para a noite. Felizmente para nós só é possível se aproximar do alto do Capitólio de quatro maneiras: pelos Degraus Moneta a nordeste, pelos Cem Degraus a sudoeste (o caminho que subíramos aquela tarde) e pelas duas rotas que vinham do Fórum — uma delas uma escadaria, a outra uma estrada íngreme. Décimo reforçou a guarda de gladiadores no topo de cada uma e em seguida todos nos retiramos para o Templo de Júpiter.

Não posso dizer que descansamos muito. O templo era úmido e frio, os bancos, duros, a lembrança dos acontecimentos do dia, vívida demais. A pálida luz das lamparinas e velas brincava sobre as faces severas dos deuses; das sombras do teto as águias de madeira olhavam para baixo com desdém. Cícero conversou por algum tempo com Quinto e Ático — em voz baixa, para não ser entreouvido. Ele não conseguia acreditar no quanto o assassinato havia sido mal planejado.

— Algum dia um ato foi realizado com tamanha resolução viril e, no entanto, com julgamento tão infantil? Se ao menos eles *tivessem* me envolvido na conspiração! Eu poderia no mínimo ter dito que não se mata o diabo deixando vivo o aprendiz. E como puderam ignorar Lépido e sua legião? Ou deixar um dia inteiro se passar sem nenhuma tentativa de assumir o controle do governo?

O tom de frustração em sua voz, se não nas próprias palavras, deve ter chegado a Bruto e Cássio, que estavam sentados ali perto, pois os vi olhar para Cícero de cara amarrada. Ele também notou. Silenciou-se e ficou sentado apoiado numa coluna, enrolado em sua toga, sem dúvida ruminando sobre o que tinha e não tinha sido feito e o que ainda poderia ser feito.

Com a aurora, tornou-se possível ver o principal acontecimento da noite. Lépido tinha levado talvez mil homens para a cidade. A fumaça das fogueiras que faziam para cozinhar se elevava sobre o fórum. Outros três mil, aproximadamente, continuavam acampados no Campo de Marte.

Cássio, Bruto e Décimo convocaram uma reunião para discutir o que devia ser feito. A proposta feita por Cícero na véspera, de que deviam convocar o Senado ao Capitólio, havia sido claramente superada pelos acontecimentos. Em vez disso foi decidido que uma delegação de ex-cônsules, nenhum dos quais havia participado do assassinato, devia ir à casa de Marco Antônio e lhe solicitar formalmente, como cônsul, que convocasse o Senado. Sérvio Sulpício, C. Marcelo e L. Emílio Paulo, o irmão de Lépido, todos se ofereceram para ir, mas Cícero se recusou a acompanhá-los, alegando que seria mais útil que o grupo abordasse Lépido diretamente.

— Não confio em Marco Antônio. Além disso, qualquer acordo feito com ele terá apenas de ser aprovado por Lépido, que no momento é o homem que detém o poder, então por que não tratar com ele e eliminar Marco Antônio por completo?

No entanto, o argumento de Bruto de que Marco Antônio tinha autoridade legal, se não militar, levou a melhor, e no meio da manhã os ex-cônsules se puseram a caminho, precedidos por um servo carregando uma bandeira branca de trégua.

Agora nada podíamos fazer exceto esperar e observar os desdobramentos no fórum — literalmente, pois alguém disposto a engatinhar até o teto do gabinete de registros públicos teria uma clara visão dos acontecimentos. Todo o espaço estava repleto de soldados e civis ouvindo discursos proferidos na rostra. Eles enchiam os degraus dos templos e se seguravam nas colunas; muitos mais pressionavam para entrar a partir da via Sacra e do Argileto, os quais eram precedidos por outros até onde a vista alcançava. Infelizmente estávamos longe demais para ouvir o que era dito. Por volta do meio-dia, uma figura de uniforme militar completo e manto vermelho de general começou a se dirigir à multidão e falou por mais de uma hora, recebendo longos aplausos: esse, disseram-me, era Lépido. Não muito depois, outro soldado — seu arrogante andar hercúleo e a basta cabeleira e barba preta identificando-o inequivocamente como Marco Antônio — também apareceu na plataforma. Mais uma vez, não pude ouvir suas palavras, mas de todo modo era significativo simplesmente que ele estivesse ali, e voltei depressa para dizer a Cícero que Lépido e Marco Antônio estavam agora aparentemente consorciados.

A tensão no Capitólio a essa altura era aguda. Tivemos pouco para comer o dia todo. Ninguém havia dormido muito. Bruto e Cássio esperavam um ataque a qualquer hora. Nosso destino estava fora de nossas mãos. Cícero, contudo, estava estranhamente sereno. Ele sentia que estava no lado certo, disse-me, e assumiria as consequências.

Exatamente quando o sol começava a se pôr sobre o Tibre, a delegação de ex-cônsules voltou. Sulpício falou por todos.

— Marco Antônio concordou em convocar uma reunião do Senado amanhã na primeira hora no Templo de Telos.

A primeira parte de sua declaração foi recebida com alegria e a segunda, com gemidos, porque o templo ficava do outro lado da cidade, muito perto da casa de Marco Antônio. Cássio falou de imediato:

— Isso é uma armadilha para nos tirar de nossa posição vantajosa. Certamente vão nos matar.

— Talvez você esteja certo — disse Cícero. — Mas todos vocês poderiam permanecer aqui, e eu poderia ir. Duvido que me matem. E, se matassem, bem, que importância teria isso? Estou velho, e não poderia haver morte melhor do que em defesa da liberdade.

Suas palavras nos animaram. Lembraram-nos de por que estávamos ali. Foi combinado imediatamente que, enquanto os verdadeiros assassinos permaneceriam no Capitólio, Cícero chefiaria uma delegação para falar a favor deles no Senado. Foi também decidido que, em vez de passar outra noite no templo, ele e todos os outros que não participaram efetivamente da conspiração original voltariam para casa para descansar antes do debate. Assim, após uma despedida emocionada, e sob a bandeira de trégua, partimos pelos Cem Degraus para o crepúsculo que se adensava. Na base da escada, os soldados de Lépido haviam erguido um posto de controle. Pediram a Cícero que avançasse e se mostrasse. Felizmente ele foi reconhecido, e depois que tinha atestado pelo restante de nós, tivemos todos permissão para passar.

CÍCERO TRABALHOU EM seu discurso até tarde da noite. Antes de ir para a cama ele perguntou se eu o acompanharia ao Senado no dia seguinte e anotaria sua fala em taquigrafia. Achava que poderia ser seu último pronunciamento e o queria registrado para a posteridade: uma síntese de tudo em que passara a acreditar sobre a liberdade e a república, o papel curativo do estadista e a justificativa moral para assassinar um tirano. Não posso dizer que fiquei animado com a missão, mas é claro que não podia recusar.

De todas as centenas de debates a que Cícero tinha comparecido durante os últimos trinta anos, nenhum prometia ser mais tenso que esse. Estava marcado para começar ao raiar do dia, o que significava que tínhamos de sair de casa na escuridão e passar por ruas onde tudo estava fechado — algo enervante por si só. Ele foi realizado num templo que nunca servira antes como um local de reunião para o Senado, cercado por soldados — e não apenas homens de Lépido, mas muitos dos mais experientes soldados de César, que ao ouvir a notícia do assassinato de seu antigo chefe se armaram e correram à cidade para proteger seus direitos e se vingar dos assassinos. E finalmente, quando tínhamos atravessado a tormenta de apelos e imprecações e entrado no templo, ele se provou tão abarrotado que homens que nutriam ódio e desconfiança uns pelos outros foram ainda assim forçados a ficar em estreita proximidade, de modo que se percebia que o mais ligeiro comentário imprudente poderia transformar a reunião num banho de sangue.

Apesar disso, a partir do momento em que Marco Antônio se levantou para falar, ficou claro que o debate seria diferente do que Cícero esperara. Marco Antônio ainda não tinha feito 40 anos — bonito, moreno, seu físico de guerreiro moldado pela natureza mais para uma armadura que para uma toga. No entanto, sua voz era forte e educada, com um modo de falar cativante.

— Pais da nação — começou ele —, o que está feito está feito, e eu desejaria profundamente que não fosse assim, porque César era meu amigo mais querido. Mas amo meu país, mais ainda do que amava César, se isso é possível, e devemos ser guiados pelo que é melhor para a comunidade. Ontem à noite estive com a viúva de César, e em meio às suas lágrimas e angústia a amável senhora Calpúrnia assim falou: "Diga ao Senado que na agonia de meu luto almejo apenas duas coisas: que seja dado a meu marido um funeral apropriado às honras que ele ganhou em vida e que não haja mais derramamento de sangue."

Isso provocou um sonoro grunhido de aprovação, do fundo da garganta, e para minha surpresa percebi que o estado de ânimo pendia mais para a conciliação que para a vingança.

— Bruto, Cássio e Décimo — continuou Marco Antônio — são tão patriotas quanto nós, homens das mais distintas famílias no Estado. Podemos saudar a nobreza de seu objetivo ao mesmo tempo que podemos desprezar a brutalidade de seu método. A meu ver sangue suficiente foi derramado durante os últimos cinco anos. Portanto, proponho que mostremos a mesma clemência para com seus assassinos que foi a marca do governo de César; que no interesse da paz cívica nós os perdoemos, garantamos sua segurança e os convidemos para descer do Capitólio e se juntar a nós em nossas deliberações.

Foi uma performance impressionante, mas afinal o avô de Marco Antônio era considerado por muitos, inclusive por Cícero, um dos maiores oradores de Roma, de modo que o dom talvez estivesse no sangue. De qualquer maneira, ele estabeleceu um tom de elevada moderação — tanto que Cícero, que falou em seguida, foi pego de surpresa e ficou embaraçado, pouco podendo fazer além de elogiá-lo por sua sabedoria e magnanimidade. O único ponto em que discordou foi o uso feito por Marco Antônio da palavra "clemência".

— Clemência a meu ver significa um perdão, e um perdão implica um crime. O assassinato do ditador foi muitas coisas, mas não um crime. Eu preferiria um termo diferente. Lembram-se da história de Trasíbulo, que há mais de três séculos derrubou os Trinta Déspotas de Atenas? Posteriormente ele instituiu o que foi chamado de uma anistia para seus adversários: um conceito tomado de sua palavra grega *amnesia*, significando esquecimento. É isso que é necessário aqui: um grande ato nacional não de perdão, mas de esquecimento, para que possamos recomeçar nossa república livre das inimizades do passado, em amizade e em paz.

Cícero recebeu os mesmos aplausos que Antônio, e uma moção foi imediatamente proposta por Dolabela, oferecendo anistia a todos que participaram do assassinato e instando-os a vir para o Senado. Somente Lépido se opôs: não por princípio, estou certo — Lépido nunca foi um homem de princípios —, porém muito mais porque viu sua chance de glória escapar. A moção foi aprovada, e um mensageiro, enviado ao Capitólio. Durante este recesso, Cícero veio à porta para falar comigo. Quando o cumprimentei por seu discurso, ele disse:

— Cheguei esperando ser massacrado e em vez disso me vejo afogado em mel. Qual é o jogo de Marco Antônio, a seu ver?

— Talvez não seja um jogo. Talvez ele esteja sendo sincero.

Cícero balançou a cabeça.

— Não, ele tem algum plano, mas o está mantendo bem escondido. Ele certamente é mais astuto do que julguei.

Quando a sessão recomeçou, logo se tornou menos um debate que uma negociação. Primeiro Marco Antônio advertiu que, quando as notícias do assassinato chegassem às províncias, em particular à Gália, isso poderia gerar uma rebelião generalizada contra o domínio romano.

— No interesse da manutenção de um governo forte num tempo de emergência, proponho que todas as leis promulgadas por César e todas as nomeações de cônsules, pretores e governadores feitas antes dos Idos de Março devam ser confirmadas pelo Senado.

Então Cícero se levantou.

— Inclusive sua própria nomeação, é claro, não?

— Sim, é óbvio que inclui a minha própria... isto é, a menos que você se oponha — respondeu Marco Antônio, com um primeiro sinal de ameaça.

— E inclusive a de Dolabela, como seu companheiro cônsul? Esse era o desejo de César também, eu me lembro, até você o impedir com seus augúrios.

Olhei para Dolabela do outro lado do templo, que de súbito se inclinou para a frente em seu assento.

Esse obviamente foi um gole amargo para Marco Antônio engolir — mas ele o engoliu.

— Sim, no interesse da unidade, se essa for a vontade do Senado... inclusive a de Dolabela.

Cícero insistiu.

— E você confirma, portanto, que tanto Bruto quanto Cássio continuarão como pretores e posteriormente serão os governadores da Gália Cisalpina e da Síria, e que Décimo irá nesse meio-tempo assumir o controle da Gália Cisalpina, com as duas legiões que já lhe foram destinadas?

— Sim, sim e sim. — Houve assobios de surpresa, alguns gemidos e um pouco de aplausos. — E, por sua vez — continuou Marco Antônio —, irá seu lado concordar: todos os atos e nomeações publicados antes da morte de César serão confirmados pelo Senado?

Mais tarde Cícero me disse que, antes de se levantar para dar sua resposta, tentou imaginar o que Catão teria feito. "E evidentemente ele teria dito que, se o governo de César era ilegal, disso decorria que suas leis eram ilegais também e devíamos promover novas eleições. Mas então olhei para a porta, vi os soldados e perguntei a mim mesmo como seria possível ter eleições nessas circunstâncias; haveria um banho de sangue."

Cícero se levantou devagar.

— Não posso falar por Bruto, Cássio e Décimo, mas, falando por mim, uma vez que é para o benefício do Estado e sob a condição de que o que vale para um deve valer para todos... sim, concordo que se deva permitir que as nomeações do ditador vigorem.

E, mais tarde, Cícero me disse:

— Não posso me arrepender disso, porque não poderia ter feito nada diferente.

O SENADO CONTINUOU suas deliberações durante o dia inteiro. Marco Antônio e Lépido apresentaram uma moção solicitando que as doações feitas por César a seus soldados fossem ratificadas pelo Senado, e tendo em vista as centenas de veteranos à espera do lado de fora, Cícero dificilmente teria podido ousar se opor a isso também. Em troca, Marco Antônio propôs que fossem abolidos para sempre o título e as funções de ditador; a proposta foi aprovada sem protesto. Cerca de uma hora antes do pôr do sol, após expedir vários editos para os governadores provinciais, o Senado suspendeu a sessão e caminhou através da fumaça e da sujeira do Subura até o Fórum, onde Marco Antônio e Lépido fizeram, para a multidão que aguardava, um relato do que tinha acabado de ser aprovado. A notícia foi recebida com alívio e aclamação, e essa visão de Senado e povo em harmonia cívica era quase suficiente para levar uma pessoa a imaginar que a velha república fora restaurada. Marco Antônio chegou até a convidar Cícero para subir à rostra, sendo essa a primeira vez que o idoso estadista aparecia ali desde que se dirigira ao povo após sua volta do exílio. Por um momento ele se sentiu emocionado demais para falar.

— Povo de Roma — disse por fim, acenando para silenciar a ovação —, após a agonia e a violência não apenas dos últimos dias, mas dos últimos anos, deixemos que ressentimentos e amarguras passadas sejam postos de lado. — Nesse instante um raio de luz do sol perfurou as nuvens, dourando o telhado de bronze do Templo de Júpiter sobre o Capitólio, onde as togas brancas dos conspiradores estavam claramente visíveis. — Contemplem o sol da Liberdade — exclamou Cícero, aproveitando o momento —, brilhando mais uma vez sobre o Fórum romano! Que ele nos aqueça, que aqueça toda a humanidade, com a beneficência de seus raios curativos.

Pouco depois, Bruto e Cássio enviaram uma mensagem a Marco Antônio dizendo que, em vista do que havia sido decidido no Senado, estavam dispostos a deixar seu reduto, mas somente sob a condição de que ele e Lépido enviassem reféns para passar a noite no Capitólio como uma garantia de sua segurança. Quando Marco Antônio subiu à rostra e leu isso em voz alta, houve aplausos.

— Como prova de minha boa-fé — disse ele —, estou disposto a lhes oferecer meu próprio filho, um menino que mal tem 3 anos, e que, os deuses sabem, amo mais que qualquer coisa viva. Lépido — continuou, estendendo a mão para o mestre da cavalaria, postado ao seu lado —, fará o mesmo com seu filho?

Lépido teve pouca escolha senão concordar, e assim os dois meninos — um de 3 anos, o outro adolescente — foram buscados em suas casas e levados com seus servos para o alto do Capitólio. Ao cair da noite, Bruto e Cássio apareceram, descendo os degraus sem escolta. Mais uma vez a multidão urrou, manifestando seu prazer, especialmente quando eles trocaram apertos de mão com Marco Antônio e Lépido e aceitaram um convite público para jantar com eles como um símbolo de reconciliação. Cícero também foi convidado, mas recusou. Completamente exausto por seus esforços durante os dois últimos dias, foi para casa dormir.

NA AURORA DO dia seguinte, o Senado se reuniu de novo no Templo de Telo, e mais uma vez fui com Cícero. Foi surpreendente entrar e ver Bruto e Cássio sentados a alguns passos de Marco Antônio e Lépido e até do sogro de César, L. Calpúrnio Pisão. Havia muito menos soldados à espera em volta da porta, e a atmosfera era tolerante, chegando a ser notável por certo humor negro. Por exemplo, quando se levantou para abrir a sessão, Marco Antônio saudou o retorno de Cássio em particular e disse esperar que dessa vez ele não estivesse carregando uma adaga escondida, ao que Cássio respondeu que não estava, mas certamente traria uma das grandes caso algum dia Marco Antônio tentasse se impor como tirano. Todos riram.

Várias questões foram negociadas. Cícero propôs uma moção agradecendo a Marco Antônio por sua habilidade política como cônsul, que evitara uma guerra civil; ela foi aprovada por unanimidade. Em seguida, Marco Antônio propôs uma moção complementar agradecendo a Bruto e Cássio seu papel na preservação da paz; isso também foi aceito sem objeção. Finalmente, Pisão se levantou para expressar seus agradecimentos a Marco Antônio por fornecer guardas para proteger sua filha Calpúrnia e todas as propriedades de César na noite do assassinato.

— Resta-nos agora — prosseguiu ele — decidir o que fazer com o corpo de César e com seu testamento. Com relação ao corpo, ele foi trazido do Campo de Marte para a residência do sumo sacerdote, foi ungido e aguarda a cremação. No tocante ao testamento, devo revelar à casa que César fez um novo seis meses atrás, nos Idos de Setembro, em sua vila perto de Labico, lacrou-o e o depositou com a suma vestal. Ninguém conhece seu conteúdo. No espírito de franqueza e confiança que foi agora estabelecido, proponho que ambas estas providências, o velório e a leitura do testamento, sejam conduzidas em público.

Marco Antônio falou com vigor em favor da proposta. O único senador que se levantou para objetar foi Cássio.

— Esse me parece um rumo perigoso. Lembram-se do que aconteceu na última vez que houve um velório público para um líder assassinado, quando os partidários de Clódio incendiaram a casa do Senado? Justamente quando estabelecemos uma paz frágil, seria insanidade pô-la em risco.

— Pelo que ouvi — disse Marco Antonio —, quem permitiu que o velório de Clódio saísse do controle foi certa pessoa que poderia ter sido mais sensata. — Fez-se uma pausa para risos: todos sabiam que ele estava agora casado com a viúva de Clódio, Fúlvia. — Como cônsul, presidirei ao velório de César e posso lhes assegurar que a ordem será mantida.

Cássio indicou com um gesto irritado que ainda se opunha. Por um momento a trégua correu o risco de ser rompida. Bruto então se levantou.

— Os veteranos de César que estão na cidade — disse ele — não compreenderão se um velório público for negado a seu comandante em chefe. Além disso, que tipo de impressão será passada aos gauleses, que ao que se diz já contemplam a rebelião, se jogarmos o corpo de seu conquistador no Tibre? Compartilho a inquietação de Cássio, mas na verdade não nos resta alternativa. No interesse da concórdia e da amizade, portanto, eu apoio a proposta.

Cícero não disse nada e a moção foi adotada.

A LEITURA DO testamento de César ocorreu no dia seguinte, um pouco acima na colina, na casa de Marco Antônio. Cícero conhecia bem o lugar. Tinha sido a principal residência de Pompeu antes que ele se mudasse para seu palácio acima do Campo de Marte. Marco Antônio, encarregado de leiloar os bens confiscados dos adversários de César, o havia vendido a si mesmo por um preço muito camarada. Não tinha mudado muito. Os famosos aríetes das trirremes piratas, troféus das grandes vitórias navais de Pompeu, ainda estavam fixados nas paredes externas. Dentro, a rebuscada decoração mal fora tocada desde os tempos do velho.

Cícero achou perturbador estar de volta — mais ainda quando se defrontou com a expressão carrancuda da nova senhora da vila, Fúlvia. Ela o odiara quando estivera casada com Clódio, e agora que estava casada com Marco Antônio o odiava novamente, sem fazer nenhuma tentativa de esconder o sentimento. Assim que o viu, virou-lhe ostensivamente as costas e começou a conversar com outra pessoa.

— Que dupla desavergonhada de ladrões de túmulo — sussurrou-me Cícero —, e como é típico que essa megera esteja aqui. Por que *está*, na verdade? Nem a viúva está aqui. Que interesse tem Fúlvia pela leitura do testamento de César?

Mas assim era Fúlvia: mais que qualquer outra mulher em Roma — mais até do que Servília, a antiga amante de César, que pelo menos tinha a dignidade de operar nos bastidores —, Fúlvia adorava se intrometer na política. E vendo-a se mover de visitante para visitante, conduzindo-os à sala onde o testamento seria lido, senti uma súbita inquietação: e se ela fosse o cérebro por trás da hábil política de reconciliação de Antônio? Isso a poria sob uma luz muito diferente.

Pisão se posicionou sobre uma mesa baixa, de modo que todos pudessem vê-lo, e com Antônio de um lado e a suma vestal do outro, e com todos os mais eminentes homens da república ouvindo na plateia, primeiro exibiu o lacre, para mostrar que estava intacto, depois o quebrou e começou a ler.

A princípio, seu significado enterrado em jargão jurídico, o testamento pareceu inteiramente inócuo. César deixava todo o seu patrimônio para qualquer filho que nascesse dele após a redação do documento. No entanto, na ausência de tal filho, sua fortuna passava aos três descendentes do sexo masculino de sua falecida irmã. Isto significava: a Lúcio Pinário, Quinto Pédio e Caio Otávio, a ser dividida nas proporções de um oitavo para Pinário, um oitavo para Pédio e três quartos para Otávio, a quem ele adotava agora como seu filho, a ser conhecido doravante como Caio Júlio César Otaviano...

Pisão parou de ler e franziu o cenho, como se não estivesse seguro do que havia acabado de anunciar. *Um filho adotivo?* Cícero me lançou um olhar, semicerrou os olhos num esforço para se lembrar e pronunciou: "Otávio?" Nesse meio-tempo, Marco Antônio parecia ter levado um golpe na face. Diferentemente de Cícero, soube de imediato quem era Otávio — o filho de 18 anos da sobrinha de César, Ácia —, e para ele isso deve ter sido uma amarga decepção, assim como uma completa surpresa: estou certo de que Marco Antônio devia ter esperado ser nomeado como o principal herdeiro do ditador. Em vez disso, foi meramente mencionado como herdeiro em segundo grau — isto é, alguém que herdaria somente se os primeiros herdeiros morressem ou recusassem o legado —, uma honra que compartilhava com Décimo, um dos assassinos! Além disso, César legava a cada cidadão de Roma a soma de trezentos sestércios em espécie e decretava que sua propriedade junto ao Tibre devia se tornar um parque público.

A reunião se fragmentou em grupos perplexos, e mais tarde, caminhando para casa, Cícero estava cheio de pressentimentos.

— Esse testamento é uma caixa de Pandora... um presente envenenado para o mundo que solta toda espécie de males entre nós. — Ele estava pensando não tanto no desconhecido Otávio, ou Otaviano, como fora renomeado, que prometia ser uma irrelevância de vida curta (ele nem sequer estava no país, mas na Ilíria); era a menção a Décimo combinada com as dádivas ao povo que o perturbava.

Durante o restante desse dia e o seguinte inteiro, prosseguiram no fórum os preparativos para o velório de César. Cícero os observou do terraço. Foi erguido sobre a rostra um tabernáculo dourado, construído para se assemelhar ao Templo de Vênus Vitoriosa, onde o corpo deveria ser estendido. Barreiras foram erguidas para manter a multidão sob controle. Atores e músicos ensaiavam. Centenas de veteranos de César começaram a aparecer nas ruas, carregando suas armas: alguns tinham viajado mais de cem quilômetros para comparecer. Ático apareceu e repreendeu Cícero por ter permitido que um espetáculo como aquele fosse em frente.

— Você, Bruto e os outros ficaram todos loucos.

— É fácil para você dizer isso — respondeu Cícero —, mas como poderíamos evitar tal coisa? Não controlamos nem a cidade nem o Senado. Os erros decisivos foram cometidos não *depois* do assassinato, mas *antes* dele... até uma criança teria previsto as consequências de simplesmente remover César e deixar as coisas por isso mesmo. E agora teremos o testamento do ditador para enfrentar.

Bruto e Cássio enviaram mensagens para dizer que pretendiam passar o dia do velório dentro de casa: tinham contratado guardas e aconselharam Cícero a fazer o mesmo. Décimo havia barricado sua casa e a transformado numa fortaleza com seus gladiadores. Cícero, contudo, recusou-se a tomar precauções similares, embora tenha decidido prudentemente não se mostrar em público. Em vez disso, sugeriu que eu comparecesse ao velório e lhe relatasse o que visse.

Não me importei de ir. Ninguém me reconheceria. Além disso, eu queria vê-lo. Não conseguia evitar de sentir certa estima secreta por César, que ao longo dos anos sempre fora cortês comigo. Assim, desci ao fórum antes do raiar do dia (haviam se passado agora cinco dias desde o assassinato — era difícil, em meio à precipitação dos acontecimentos, não perder a noção do tempo). O centro da cidade já estava apinhado com milhares de pessoas, tanto homens quanto mulheres — não tanto os cidadãos refinados, mas sobretudo ex-soldados, os pobres da cidade, muitos escravos e um grande contingente de judeus, que veneravam César por ter lhes permitido reconstruir as muralhas de Jerusalém. Consegui abrir caminho com esforço em torno da vasta multidão até a esquina da via Sacra, por onde o cortejo passaria, e algumas horas depois do alvorecer vi a distância a procissão começar a deixar a residência oficial do sumo sacerdote.

Ela desfilou bem em frente a mim, e fiquei assombrado com o planejamento que lhe fora dedicado: Marco Antônio e, tenho certeza, Fúlvia não tinham deixado de fora nada com o que pudessem contar para inflamar as emoções. Primeiro vieram os músicos, tocando seus cantos fúnebres lamuriosos; depois, dançarinos vestidos como espíritos do Submundo, que corriam dando gritos agudos para a frente da multidão e fazendo poses de sofrimento e horror;

então vieram escravos domésticos e alforriados carregando bustos de César; depois, não um, mas cinco atores em marcha, representando cada um dos triunfos do ditador, usando máscaras dele moldadas em cera de abelha tão incrivelmente realistas que dava a impressão de que César levantara dos mortos cinco vezes em toda a sua glória; em seguida, carregado numa liteira aberta, veio um modelo em tamanho natural do cadáver, nu exceto por uma tanga, com cada um dos ferimentos provocados por punhal, inclusive o da face, representado como profundos talhos vermelhos na branca carne de cera — isso fez os espectadores arquejarem e gritarem e provocou o desmaio de algumas mulheres; depois veio o corpo de fato, pousado sobre um divã de marfim, carregado nos ombros de senadores e soldados e protegido da visão com cobertas púrpura e douradas, seguido por Calpúrnia, a viúva de César, e sua sobrinha Ácia, veladas em preto e amparando-se uma à outra, acompanhadas por seus parentes; e finalmente vieram Marco Antônio e Pisão, Dolabela, Hírcio, Pansa, Balbo, Ópio e todos os principais partidários de César.

Depois que o cortejo passou, houve um estranho hiato enquanto o corpo era levado aos degraus atrás da rostra. Nem antes nem depois presenciei um silêncio tão profundo no centro de Roma em pleno meio do dia. Durante essa calmaria agourenta, a fila dos principais enlutados chegava à plataforma, e, quando por fim o cadáver apareceu, os veteranos de César começaram a bater espadas contra escudos como deviam ter feito no campo de batalha — um alarido terrível, belicoso, intimidador. O corpo foi colocado com cuidado no tabernáculo; Marco Antônio deu um passo à frente para pronunciar o elogio, levantando a mão para pedir silêncio.

— Não viemos dizer adeus a nenhum tirano! — declarou ele, sua voz possante ressoando em torno de templos e estátuas. — Viemos dizer adeus a um grande homem obscenamente assassinado num lugar consagrado por aqueles a quem havia perdoado e promovido!

Marco Antônio havia garantido ao Senado que falaria com moderação, coisa que violou já com suas palavras iniciais, e durante a hora seguinte ele inflamou os ânimos da vasta assembleia, já afetada pelo espetáculo da procissão, a um grau máximo de pesar e fúria. Abria os braços. Quase caiu de joelhos. Bateu no peito. Apontou para o céu. Recitou as façanhas de César.

Falou-lhes do testamento do ditador — a doação a cada cidadão, o parque público, a amarga ironia da homenagem feita a Décimo.

— E, no entanto, esse Décimo, que era como um filho para ele, assim como Bruto, Cássio, Cina e os outros. Esses homens pronunciaram um juramento, fizeram a promessa sagrada de servir a César fielmente e protegê-lo! O Senado os anistiou, mas por Júpiter que vingança eu gostaria de tirar se a prudência não me restringisse!

Em suma, usou todas as artimanhas de oratória que o austero Bruto havia rejeitado. E por fim veio o seu — ou seria de Fúlvia? — golpe de mestre. Ele convocou à plataforma um dos atores que usava uma máscara realista de César, que com uma voz rouca declamou para a multidão aquele famoso discurso da tragédia *O julgamento das armas*:

Tivesse eu jamais, homem infeliz, salvado
Miseráveis, que assim ao túmulo me hão levado!

A personificação era assombrosamente boa. Parecia uma mensagem do próprio além-vida. E depois, despertando gemidos de horror, a réplica do cadáver de César foi erguida por algum dispositivo mecânico e fez um giro completo para que todos os ferimentos fossem vistos.

Desse ponto em diante, o velório de César seguiu o padrão do de Clódio. O corpo deveria ser queimado numa pira já preparada no Campo de Marte, mas, quando ele estava sendo descido da rostra, vozes raivosas gritaram que ele deveria ser cremado na câmara do Senado de Pompeu, onde o crime tinha sido cometido, ou no Capitólio, onde os conspiradores se refugiaram. Em seguida a multidão, num impulso coletivo, mudou de ideia e decidiu que ele devia ser queimado ali mesmo. Marco Antônio não fez coisa alguma para impedir nada disso; apenas contemplou indulgente quando mais uma vez as livrarias do Argileto foram saqueadas, e os bancos dos tribunais, arrastados para o centro do fórum e amontoados numa pilha. O caixão de César foi posto sobre a fogueira e o fogo, ateado. Os atores, os dançarinos e os músicos tiraram suas túnicas e máscaras e as jogaram nas chamas. A multidão seguiu o exemplo. As pessoas rasgavam as próprias roupas em sua histeria e as arremessavam no fogo junto com tudo mais que fosse inflamável. Quando a turba começou a correr pelas ruas carregando archotes, procurando as casas dos assassinos, eu finalmente tive medo e rumei de volta para o Palatino. A caminho, passei pelo pobre Hélvio Cina, o poeta e tribuno, que havia sido confundido pela multidão com seu homônimo, o pretor Cornélio Cina, que tinha sido mencionado por Marco Antônio em seu discurso. Ele estava sendo arrastado, aos berros, com um laço em volta do pescoço, e mais tarde sua cabeça foi exibida em torno do fórum espetada numa vara.

Quando entrei em casa aos tropeços e contei a Cícero o que estava acontecendo, ele cobriu o rosto com as mãos. Durante toda aquela noite os sons de destruição prosseguiram, e o céu foi iluminado pelas casas que foram incendiadas. No dia seguinte, Marco Antônio enviou uma mensagem a Décimo advertindo que as vidas dos assassinos não podiam mais ser protegidas e insistindo que eles se retirassem de Roma. Cícero os aconselhou a fazer o sugerido: eles seriam mais úteis à causa vivos que mortos. Décimo foi para a Gália Cisalpina tentar assumir o controle da província que lhe fora destinada. Trebônio viajou por uma rota tortuosa para a Ásia com a intenção de fazer o mesmo. Bruto e Cássio se retiraram para o litoral em Âncio. Cícero rumou para o sul.

XV

Não queria mais saber de política, disse ele. Não queria mais saber da Itália. Iria para a Grécia. Ficaria hospedado com o filho em Atenas. Escreveria filosofia.

Embalamos a maior parte dos livros de que Cícero precisaria das bibliotecas em Roma e Túsculo e partimos com uma grande comitiva, que incluía dois secretários, um cozinheiro, um médico e seis guarda-costas. O tempo estivera anormalmente frio e úmido desde a morte de César, o que foi tomado, é claro, como mais um sinal do desprazer dos deuses com seu assassinato. Minha lembrança mais forte daqueles dias que passamos viajando é de Cícero em sua carruagem compondo filosofia com uma manta sobre os joelhos enquanto a chuva martelava incessante o fino teto de madeira. Passamos uma noite com Mátio Calvena, o equestre, que estava desesperado com relação ao futuro da nação: "Se um homem com o gênio de César não conseguiu descobrir nenhuma saída, quem encontrará uma agora?" Afora ele, contudo, em contraste com as cenas em Roma, não encontramos ninguém que não estivesse satisfeito em ver o ditador pelas costas. "Infelizmente", como Cícero observou, "nenhum deles tem o controle de uma legião."

Ele buscou refúgio no trabalho e, quando chegamos a Putéoli, nos idos de abril, havia completado um livro inteiro — *Sobre augúrios* —, metade de outro — *Sobre o destino* — e iniciado um terceiro — *Sobre a glória* —, três exemplos de seu gênio que viverão enquanto os homens forem capazes de ler. E mal havia saído de sua carruagem e esticado as pernas na praia, ele começou o esboço de um quarto, *Sobre a amizade (com a única exceção da sabedoria, sou propenso a considerá-la a maior de todas as dádivas que os deuses concederam à humanidade)*, que planejava dedicar a Ático. O mundo físico podia ter se tornado um lugar hostil e perigoso para ele, mas em sua mente Cícero vivia em liberdade e tranquilidade.

Marco Antônio havia dispensado o Senado até o dia 1º de junho, e pouco a pouco as grandes vilas em torno da baía de Nápoles começaram a ser ocupadas com os principais homens de Roma. A maioria dos recém-chegados, como Hírcio e Pansa, ainda estava em estado de choque com a morte de César. Esperava-se que os dois assumissem como cônsules no fim do ano, e como parte dos preparativos eles pediram a Cícero mais aulas de oratória. Ele não estava muito disposto — era uma distração de sua escrita, e a conversa desconsolada de ambos sobre César lhe era irritante —, mas no fim das contas era condescendente demais para recusar. Levou-os até a praia para aprender elocução à maneira de Demóstenes, falando claramente com a boca cheia de seixos e aprendendo a projetar a voz pronunciando seus discursos acima do ruído das ondas. À mesa de jantar, eles desfiavam muitas histórias sobre a arrogância de Marco Antônio: sobre como, na noite do assassinato, ele induzira Calpúrnia a lhe dar a custódia dos papéis privados de seu falecido marido, bem como a fortuna dele; sobre como afirmava agora que esses documentos continham vários editos que tinham força de lei, quando de fato os forjara em troca de enormes subornos.

— Então ele colocou a mão em todo o dinheiro? — perguntou Cícero. — Mas pensei que três quartos da fortuna de César deveriam ir para aquele rapaz, Otaviano, não?

— Será muita sorte dele! — disse Hírcio, revirando os olhos.

— Ele terá de vir e arrancá-los primeiro, e eu não apostaria nele em caso de confronto.

Dois dias depois desta conversa, eu estava me abrigando da chuva no pórtico, lendo o tratado de Catão, o Velho, sobre agricultura, quando o mordomo se aproximou de mim e disse que L. Cornélio Balbo chegara para ver Cícero.

— Então diga ao amo que ele está aqui.

— Não estou certo de que deveria... Ele me deu instruções rigorosas de que não deveria ser perturbado, fosse quem fosse que viesse visitá-lo.

Com um suspiro, deixei meu livro de lado: Balbo era um homem que precisava ser recebido. Ele era o espanhol que havia cuidado dos negócios de César em Roma. Cícero o conhecia bem, tendo ele certa vez o defendido nos tribunais contra uma tentativa de despojá-lo de sua cidadania. Balbo estava agora no meio da casa dos 50 anos e possuía uma enorme vila nas proximidades. Encontrei-o esperando no *tablinum* com um jovem de toga que a princípio tomei por seu filho ou neto, mas, quando o olhei com mais atenção, vi que não podia ser o caso, pois Balbo era moreno e esse rapaz tinha cabelo loiro e mal cortado em estilo cuia; era também bastante baixo e esbelto, de rosto bonito, mas com uma pele lívida tomada pela acne.

— Ah, Tiro — disse Balbo —, você poderia fazer a bondade de arrancar Cícero dos livros? Basta lhe dizer que trouxe o filho adotivo de César para vê-lo: Caio Júlio César Otaviano... isso deverá bastar.

E o jovem sorriu timidamente para mim, exibindo dentes irregulares e separados.

Naturalmente Cícero veio de imediato, dominado pela curiosidade de conhecer aquela exótica criatura, que aparentemente caíra do céu no tumulto da política romana. Balbo apresentou o rapaz, que inclinou a cabeça e disse:

— É uma das maiores honras de minha vida conhecê-lo. Li todos os seus discursos e obras de filosofia. Sonhei com este momento durante anos. — Sua voz era agradável: suave e educada.

Cícero se envaideceu com o elogio.

— É muita bondade sua dizer isso. Agora me diga, antes de prosseguirmos: como devo chamá-lo?

— Em público, insisto em César. Para meus amigos e a família, sou Otaviano.

— Bem, como na minha idade eu teria dificuldade em me acostumar com outro César, talvez possa ser Otaviano para mim também, se me permitir.

— Eu ficaria honrado — respondeu o jovem, curvando-se de novo.

E assim tiveram início dois dias de conversas inesperadamente amistosas. Otaviano estava hospedado na casa vizinha com a mãe, Ácia, e o padrasto, Filipo, indo e vindo muito livremente entre as duas casas. Muitas vezes aparecia sozinho, muito embora tivesse trazido consigo da Ilíria uma comitiva de amigos e soldados e outros tivessem se juntado a ele em Nápoles. Conversava com Cícero na vila ou caminhava em sua companhia pela praia nos intervalos entre pancadas de chuva. Observando-os, lembrei-me de uma frase do tratado de Cícero sobre a velhice: *assim como aprovo o jovem em quem há um toque de velhice, aprovo também o velho em quem há algum tempero de juventude...* Muito curiosamente, era Otaviano que por vezes parecia o mais velho dos dois: sério, polido, reverente, sagaz; era Cícero quem fazia as brincadeiras e lançava pedras no mar. Ele me contou que não havia conversa fiada com Otaviano. A única coisa que desejava era aconselhamento político. O fato de Cícero estar publicamente alinhado com os assassinos de seu pai adotivo parecia absolutamente irrelevante no que lhe dizia respeito. Quando deveria ele ir para Roma? Como deveria lidar com Marco Antônio? O que deveria dizer aos veteranos de César, muitos dos quais estavam flanando em torno da casa? Como a guerra civil poderia ser evitada?

Cícero estava impressionado.

— Posso ver perfeitamente o que César viu no rapaz... Ele tem uma serenidade rara em alguém dessa idade. Poderia dar um grande estadista um dia, se sobreviver por tempo suficiente.

Os homens que o cercavam eram outra questão. Eles incluíam um par de velhos comandantes militares de César, com os olhos duros e mortos de assassinos profissionais; e alguns jovens companheiros arrogantes, em particular dois: Marco Vipsânio Agripa, que não tinha sequer 20 anos, mas já fora manchado de sangue pela guerra, taciturno e ligeiramente ameaçador mesmo quando em repouso; e Caio Cílnio Mecenas, um pouco mais velho, afeminado, risonho, cínico.

— Desses — disse Cícero — eu não gosto *nada*.

Só tive oportunidade de observar Otaviano atentamente por mais tempo numa única ocasião. Foi no último dia de sua estada, quando ele veio jantar com a mãe e o padrasto, juntamente com Agripa e Mecenas; Cícero também convidou Hírcio e Pansa; fui o nono comensal. Observei como o jovem nunca tocava seu vinho, como se mantinha sereno, como seus olhos cinza-claro se moviam rapidamente de um falante para outro e com que atenção ele ouvia, como se estivesse tentando memorizar tudo que era dito. Ácia, que dava a impressão de que poderia ter sido o modelo para uma estátua celebrando o ideal da matrona romana, era polida demais para expressar uma opinião política em público. Filipo, no entanto, que sem dúvida bebeu, mostrou-se cada vez mais prolixo e perto do fim do jantar anunciou:

— Bem, se alguém quer saber minha opinião, penso que Otaviano deveria renunciar a essa herança.

— Mas será que alguém *quer* saber a opinião dele? — cochichou Mecenas para mim, mordendo em seguida seu guardanapo para sufocar o riso.

Otaviano disse brandamente:

— E que o leva a essa opinião, pai?

— Bem, se posso falar francamente, meu rapaz, você pode se *dizer* César tanto quanto quiser, mas isso não o *torna* César, e, quanto mais perto chegar de Roma, maior será o perigo. Pensa mesmo que Marco Antônio vai simplesmente entregar todos aqueles milhões? E por que os veteranos de César iriam seguir você e não ele, que comandou uma ala em Farsalos? O nome de César é apenas um alvo nas suas costas. Você será morto antes de ter avançado oitenta quilômetros.

Hírcio e Pansa assentiram.

— Não, nós podemos levá-lo para Roma de maneira suficientemente segura — disse Agripa em tom calmo.

Otaviano se virou para Cícero:

— E você, o que pensa?

Cícero deu cuidadosas batidinhas na boca com o guardanapo antes de responder.

— Apenas quatro meses atrás seu pai adotivo estava jantando exatamente onde você está agora e me assegurando de não ter medo da morte. A verdade é que as vidas de todos nós pendem por um fio. Não há segurança em lugar algum, e ninguém pode prever o que irá acontecer. Quando eu tinha a sua idade, sonhava apenas com a glória. O que eu não teria dado para estar no seu lugar agora!

— Então você iria para Roma?

— Iria.

— E faria o quê?

— Concorreria às eleições.

— Mas ele tem apenas 18 anos — atalhou Filipo. — Sequer tem idade para votar.

— Na verdade, há uma vaga para tribuno: Cina foi morto pela multidão no velório de César... Pegaram o homem errado, pobre infeliz. Você deveria se apresentar para tomar o lugar dele.

— Mas sem dúvida Marco Antônio jamais o permitiria, não é?

— Isso não importa — retrucou Cícero. — Você fazer esse gesto mostraria sua determinação de levar adiante a política de César de defender o povo: os plebeus vão gostar muito. E, quando Marco Antônio se opuser a você, como certamente fará, será visto como se se opusesse a eles.

Otaviano assentiu lentamente.

— Não é uma má ideia. Quem sabe você poderia ir comigo.

— Não, vou me retirar na Grécia para estudar filosofia.

— É uma pena.

Depois do jantar, quando os convidados se preparavam para ir embora, ouvi Otaviano dizer a Cícero:

— Falei sério. Daria grande valor à sua sabedoria.

Cícero meneou a cabeça.

— Infelizmente minhas lealdades residem na outra direção, com aqueles que golpearam seu pai adotivo. Mas, se algum dia houvesse uma possibilidade de você se reconciliar com eles... Bem, em tais circunstâncias, no interesse do Estado, eu faria tudo que pudesse para ajudá-lo.

— Não me oponho à reconciliação. É meu legado que quero, não vingança.

— Posso lhes dizer isso?

— É claro. Foi por isso que o disse. Adeus. Vou lhe escrever.

Apertaram-se as mãos. Otaviano saiu para a rua. Era uma noite de primavera, ainda não inteiramente escura, também não mais chuvosa, mas ainda com umidade no ar. Para minha surpresa, do outro lado da rua, parados silenciosamente na obscuridade azul, estavam mais de cem soldados. Ao ver Otaviano eles iniciaram o mesmo alarido que eu ouvira no velório de César, batendo espadas em escudos em aclamação: esses homens vinham a ser alguns dos veteranos das guerras gaulesas do ditador, assentados nas proximidades em terras da Campânia. Otaviano foi com Agripa conversar com eles. Cícero observou por um momento, depois tratou de entrar rapidamente para evitar ser visto.

— Por que você o instigou a ir para Roma? — perguntei quando a porta foi fechada. — Certamente a última coisa que você quer é encorajar outro César, não?

— Se ele for para Roma, causará problemas para Marco Antônio. Dividirá a facção deles.

— E se sua aventura tiver sucesso?

— Não terá. Filipo está certo. É um bom menino, e espero que sobreviva, mas não é César; basta olhar para ele.

Apesar disso, ele ficou suficientemente intrigado pelas perspectivas de Otaviano para adiar sua partida para Atenas. Em vez disso, concebeu uma vaga ideia de comparecer a uma sessão do Senado que Marco Antônio havia convocado para 1º de junho. Quando chegamos a Túsculo perto do fim de maio, porém, todos os aconselharam a não ir. Varro enviou uma carta advertindo que haveria assassinato. Hírcio concordou. "Mesmo eu não irei, e ninguém jamais *me* acusou de deslealdade a César. Mas há muitos soldados nas ruas propensos demais a puxar suas espadas... Veja só o que aconteceu com Cina."

Otaviano, nesse ínterim, havia chegado à cidade são e salvo e enviado uma carta a Cícero:

De C. Júlio César Otaviano a M. Túlio Cícero, saudações.

Eu queria que soubesse que ontem Marco Antônio finalmente concordou em me receber em sua casa: aquela que outrora foi de Pompeu. Deixou-me esperando por mais de uma hora — uma tática tola que a meu ver revela a fraqueza dele, não a minha. Comecei agradecendo-lhe por cuidar dos bens de meu pai adotivo em meu nome, convidei-o a retirar deles qualquer coisa que desejasse guardar de lembrança, mas pedi que me entregasse o restante imediatamente. Disse-lhe que precisava do dinheiro para fazer um imediato desembolso em espécie para trezentos mil cidadãos de acordo com o testamento de meu pai. Pedi que o restante das despesas fosse coberto por um empréstimo do tesouro público. Também lhe falei de minha intenção de concorrer ao tribunato vago e lhe pedi provas dos vários editos que ele afirma ter descoberto nos papéis de meu pai.

Ele respondeu com grande indignação que César não havia sido rei e não havia me legado o controle do Estado; que, sendo assim, ele não tinha de prestar contas de seus atos públicos a mim; que, no tocante ao dinheiro, os bens de meu pai não eram assim tão grandes, e que ele tinha deixado o tesouro público falido, de modo que tampouco havia algo a ser obtido de lá; quanto ao tribunato, minha candidatura seria ilegal e estava fora de questão.

Ele pensa que porque sou jovem pode me intimidar. Está errado. Separamo--nos em desavença. Em meio ao povo, no entanto, e em meio aos soldados de meu pai, tive uma recepção tão calorosa quanto a de Marco Antônio foi gélida.

Cícero ficou encantado com a inimizade entre Marco Antônio e Otaviano e mostrou a carta a várias pessoas: "Vê como o filhote torce o rabo do velho leão?" Pediu-me para ir a Roma no dia 1º de junho em seu lugar e, quando voltasse, lhe relatar o que acontecera na reunião do Senado.

Encontrei Roma, como todos advertiram, apinhada de soldados, em sua maioria veteranos de César que Marco Antônio convocara à cidade para servirem como seu exército particular. Eles se demoravam nas esquinas em grupos taciturnos e ansiosos, intimidando qualquer pessoa que aparentasse ser rica. Em consequência, o *quorum* do Senado foi muito baixo, e não houve ninguém corajoso o bastante para se opor à proposta mais audaciosa de Marco Antônio: que Décimo fosse removido do governo da Gália Cisalpina e que ele, Marco Antônio, fosse contemplado com ambas as províncias gaulesas, juntamente com o comando de suas respectivas legiões, pelos cinco anos seguintes — exatamente a concentração de poder que encaminhara César à ditadura. Como se isso não fosse suficiente, ele anunciou também que tinha chamado de volta para Roma as três legiões baseadas na Macedônia que César tinha planejado usar na campanha parta e colocado todas igualmente sob seu próprio comando. Dolabela não fez objeção, como se teria podido esperar, porque receberia a Síria, também por cinco anos; Lépido foi subornado com a antiga posição de máximo pontífice de César. Finalmente, como o arranjo deixava Bruto e Cássio sem as províncias que esperavam, Marco Antônio providenciou para que lhes fossem oferecidas em vez disso posições nos antigos comissariados de grãos de Pompeu — uma na Ásia e a outra na Sicília; eles não teriam absolutamente nenhum poder: foi uma humilhação; nada mais a dizer sobre reconciliação.

Os projetos foram aprovados pelo Senado semivazio, e Marco Antônio os levou ao fórum no dia seguinte para que fossem votados pelo povo. O tempo continuou inclemente. Houve até um temporal em meio aos procedimentos — um presságio tão terrível que a assembleia devia ter sido dissolvida de imediato. No entanto, Marco Antônio era um áugure e, afirmando não ter visto nenhum relâmpago, decidiu que a votação deveria prosseguir. Ao cair da noite, ele tinha o que queria. Não havia nenhum sinal de Otaviano. Quando me virei para deixar a assembleia, avistei Fúlvia observando de uma liteira. Ela estava ensopada da chuva, mas parecia não perceber, tão absorta estava na apoteose do marido. Registrei mentalmente que deveria advertir Cícero de que aquela mulher, que até então não havia sido nada além de um aborrecimento para ele, acabara de ser tornar uma inimiga muito mais perigosa.

Na manhã seguinte fui ver Dolabela. Ele quis me mostrar o neto de Cícero e me levou ao quarto dele, o bebê Lêntulo, que havia acabado de aprender a dar alguns passos oscilantes. Fazia agora mais de quinze meses desde a morte de Túlia; no entanto, Dolabela ainda não havia restituído o dote. A pedido de Cícero, comecei a mencionar o assunto ("Faça isso com polidez, por favor: não posso me dar ao luxo de antagonizá-lo"), mas Dolabela me cortou de imediato.

— Isso está fora de questão, infelizmente. Em vez disso, você pode dar isto a Cícero como liquidação completa e final da dívida. Vale muito mais que dinheiro — disse, enquanto jogava por cima da mesa um imponente documento legal com fitas pretas e um selo vermelho. — Eu o tornei meu legado na Síria. Diga-lhe que não se preocupe; ele não tem de fazer *nada*. Mas isto significa que pode deixar o país honrosamente e lhe dá imunidade pelos próximos cinco anos. Meu conselho, diga, é que ele deveria sair assim que possível. A situação está piorando a cada dia, e não podemos ser responsabilizados pela segurança dele.

Levei a mensagem de volta para Túsculo e transmiti a conversa palavra por palavra para Cícero, que estava sentado no jardim ao lado do túmulo de Túlia. Ele estudou o documento relativo à legacia.

— Então este pedacinho de papel me custou um milhão de sestércios? Será que ele realmente imagina que sacudir isto na cara de algum legionário analfabeto semiembriagado realmente o impediria de enfiar a espada na minha garganta?

Cícero já ficara sabendo dos ocorridos no Senado e na assembleia pública, mas quis que eu recitasse meu próprio resumo dos discursos. Ao fim, perguntou:

— Então não houve nenhuma oposição?

— Nenhuma.

— Viu Otaviano em algum momento?

— Não.

— Não, claro que não... Por que veria? Marco Antônio tem o dinheiro, as legiões e o consulado. Otaviano não tem nada senão um nome emprestado. Quanto a nós, não ousamos sequer mostrar nossas caras em Roma. — Ele desmoronou na parede, em desespero. — Digo a você, Tiro, cá entre nós: estou começando a desejar que os idos de março jamais tivessem acontecido.

Aconteceria uma conferência de família com Bruto e Cássio no sétimo dia de junho em Âncio para decidir os passos seguintes dos dois: Cícero, que fora convidado, me pediu que o acompanhasse.

Partimos cedo, descendo os morros assim que o sol nasceu, e cruzamos o terreno pantanoso em direção à costa. A neblina estava se dissipando. Lembro-me do coaxar das rãs-touro, das gaivotas; Cícero mal falou. Pouco antes do meio-dia, chegamos à vila de Bruto. Era uma bela construção antiga erguida na costa, com degraus escavados nas pedras levando ao mar. O portão estava bloqueado por uma forte guarda de gladiadores; outros patrulhavam o terreno; era possível ver mais alguns andando na praia — suponho que devia haver uma centena de homens armados ao todo. Bruto estava esperando com os outros numa *loggia* cheia de estátuas gregas. Parecia tenso — suas já familiares batidas de pé estavam mais pronunciadas que nunca. Disse-nos que não deixava a casa havia dois meses — um fato espantoso, considerando-se que era pretor urbano e não deveria passar mais de dez dias por ano fora de Roma. À cabeceira da mesa sentava-se sua mãe, Servília; estavam também presentes sua mulher, Pórcia, e sua irmã, Tércia, que era casada com Cássio. Por fim, também lá estava M. Favônio, o ex-pretor conhecido como Macaco de Catão devido à sua proximidade com o tio de Bruto. Tércia anunciou que Cássio estava a caminho.

Cícero sugeriu que eu ocupasse o tempo de nossa espera com um relato detalhado dos debates recentes no Senado e na assembleia pública, diante do que Servília, que me ignorara até aquele momento, virou seu olhar penetrante para mim e disse:

— Ah, então este é o seu famoso *espião*?

Ela era um César em forma de mulher — esta é a melhor maneira de descrevê-la: de pensamento ágil, bonita, altiva, dura. O ditador a enchera de presentes generosos, inclusive propriedades confiscadas de seus inimigos e enormes joias recolhidas em suas conquistas; no entanto, quando seu filho tramou o assassinato dele e a notícia lhe foi dada, seus olhos permaneceram secos como as pedras preciosas que ele lhe presenteara. Também nisso era como César. Cícero se sentia ligeiramente assombrado por ela.

Li gaguejando a transcrição de minhas anotações, consciente o tempo todo do olhar fixo de Servília, e ao fim ela disse, com grande desprezo:

— Um comissariado de grãos na Ásia! Então foi para isso que César foi assassinado? Para que meu filho pudesse se tornar um comerciante de trigo?

— Mesmo assim — disse Cícero —, penso que ele deveria aceitá-lo. É melhor que nada... Certamente melhor que ficar aqui.

— Concordo com você pelo menos quanto ao último ponto — disse Bruto. — Não posso mais continuar escondido. Perco respeito a cada dia que passa. Mas ir para a Ásia? Não. O que realmente preciso fazer é seguir para Roma e fazer o que o pretor urbano sempre faz nesta época do ano: organizar os Jogos de Apolo e me mostrar ao povo romano. — Seu rosto sensível estava tomado pela angústia.

— Você não pode ir a Roma — interveio Cícero. — É perigoso demais. Ouça, nós outros somos mais ou menos descartáveis, mas você não, Bruto; seu nome e sua honra fazem de você o grande ponto de união dos que lutam pela liberdade. Meu conselho é aceitar essa comissão, fazer um pouco de trabalho público honrado em segurança, longe da Itália, e esperar acontecimentos mais favoráveis. As coisas vão mudar: na política, elas sempre mudam.

Nesse momento, Cássio chegou, e Servília pediu a Cícero que repetisse o que acabara de dizer. Contudo, enquanto a adversidade reduzira Bruto a um estado de nobre sofrimento, ela enfureceu Cássio, que começou a golpear a mesa.

— Não sobrevivi ao massacre em Carras e salvei a Síria dos partas para ser transformado em coletor de grãos na Sicília! Isso é um insulto!

— Pois bem — retrucou Cícero —, o que vai fazer?

— Deixar a Itália. Ir para o estrangeiro. Para a Grécia.

— A Grécia logo estará um tanto apinhada, ao passo que, primeiro, a Sicília é segura, segundo, você estará cumprindo seu dever como um bom constitucionalista e, terceiro e acima de tudo, estará mais perto da Itália para tirar proveito de oportunidades quando elas surgirem. Você deve ser nosso grande comandante militar.

— Que tipo de oportunidades?

— Bem, por exemplo, Otaviano ainda pode causar vários problemas para Marco Antônio.

— Otaviano? Deve estar de brincadeira! É muito mais provável que ele venha atrás de nós do que compre briga com Marco Antônio.

— De maneira alguma. Vi o rapaz quando esteve na baía de Nápoles, e ele não está tão predisposto contra nós quanto se poderia pensar. "É meu legado que quero, não vingança", foram palavras ditas por ele. O verdadeiro inimigo de Otaviano é Marco Antônio.

— Nesse caso, Marco Antônio o esmagará.

— Mas Marco Antônio tem de esmagar Décimo primeiro, e é então que a guerra civil começará: quando Marco Antônio tentar tirar a Gália Cisalpina dele. — Décimo — disse Cássio com amargura — foi o homem que nos decepcionou mais que qualquer outro. Pense no que poderíamos ter feito com aquelas duas legiões dele se Décimo as tivesse trazido para o sul em março! Mas agora é tarde demais: as legiões macedônias de Marco Antônio estarão em vantagem numérica sobre ele de dois para um.

A menção de Décimo foi como o rompimento de uma represa. Acusações fluíram da parte de todos na mesa, especialmente de Favônio, ao sustentar que Décimo deveria tê-los avisado de que era mencionado no testamento de César.

— Isso fez mais para virar as pessoas contra nós que qualquer outra coisa.

Cícero ouvia com crescente desânimo. Ele interveio para dizer que não fazia sentido chorar sobre erros passados, mas não pôde resistir a acrescentar:

— Além disso, se é sobre erros que vocês estão falando, esqueçam Décimo; as sementes de nossa presente situação foram semeadas quando vocês deixaram de convocar uma reunião do Senado, deixaram de arregimentar o povo para a causa e deixaram de assumir o controle da república.

— Quem diria! — exclamou Servília. — Nunca ouvi coisa parecida; ser acusada de falta de determinação logo por você!

Cícero lançou um olhar furioso para ela e imediatamente caiu em silêncio, suas faces queimando ou por fúria ou por embaraço, e não muito tempo depois a reunião terminou. Minhas anotações registram apenas duas conclusões: primeiro, Bruto e Cássio concordaram relutantemente em pelo menos pensar em aceitar seus comissariados, mas só depois que Servília anunciou, à sua maneira grandiosa, que providenciaria para que a resolução do Senado fosse redigida em termos mais elogiosos; em segundo lugar, Bruto admitiu a contragosto que sua presença em Roma seria impensável e que seus jogos pretorianos teriam de ser realizados em sua ausência. Como Cícero explicou a Ático numa carta ditada a caminho de casa, tratava-se agora de um caso de "cada um por si": *Encontrei o navio se desfazendo em pedaços, ou melhor, seus fragmentos espalhados. Nenhum plano, nenhum pensamento, nenhum método. Por isso, embora eu não tivesse nenhuma dúvida antes, estou agora ainda mais determinado a fugir daqui, o mais brevemente possível.*

A sorte fora lançada. Ele iria para a Grécia.

QUANTO A MIM, estava com quase 60 anos e havia decidido que chegara a hora de deixar o serviço de Cícero e viver o que restava de minha vida sozinho. Pela maneira como ele falava, eu sabia que não esperava que nos separássemos. Supunha que compartilharíamos uma vila em Atenas e escreveríamos filosofia juntos até que um de nós morresse de velhice. Eu, no entanto, não conseguiria deixar a Itália outra vez. Minha saúde não estava boa, e, por mais que o amasse, eu me sentia cansado de ser um mero apêndice de seu cérebro.

Eu temia ter de lhe dar tal notícia e, portanto, adiei enquanto pude o momento fatídico. Cícero empreendeu uma espécie de viagem de despedida pela Itália, rumo ao sul, despedindo-se de todas as suas propriedades e revivendo velhas lembranças, até que finalmente chegamos a Putéoli no início do mês de julho — ou quintil, como ele insistia desafiadoramente em chamá-lo. Havia uma última vila que Cícero desejava visitar, junto à baía de Nápoles em Pompeia, e decidiu que partiria de lá para o primeiro trecho de sua viagem até a Grécia, atendo-se à costa até chegar à Sicília e embarcando num navio mercante em Siracusa (parecia-lhe excessivamente perigoso navegar a partir de Brundísio, pois as legiões macedônias estavam para chegar lá a qualquer dia). Para transportar todos os livros, pertences e criadagem doméstica de Cícero, contratei três barcos de dez remos. Ele afastou a mente da viagem, que temia, com tentativas de decidir que composição literária empreenderia em seu período no mar. Estava trabalhando em três tratados simultaneamente, passando de um para o outro segundo sua leitura e sua inclinação o levavam: *Sobre a amizade*, *Sobre os deveres* e *Sobre as virtudes*. Com estes, completaria seu grande plano de absorver a filosofia grega no latim, transformando-a nesse processo de um conjunto de abstrações em princípios de vida.

— Venho me perguntando se não seria esta uma boa oportunidade para escrever nossa versão dos *Tópicos* de Aristóteles. Vamos encarar os fatos: o que poderia ser mais útil nestes tempos de caos do que ensinar aos homens como usar a dialética para construir argumentações congruentes? Podemos compô-lo na forma de diálogo, como as *Discussões*: você desempenhando um papel, e eu, o outro. O que acha?

— Meu amigo — respondi hesitantemente —, se posso chamá-lo assim, faz algum tempo que quero conversar com você, mas não sabia ao certo como fazê-lo.

— Isso soa agourento! É melhor você continuar. Está doente de novo?

— Não, mas preciso lhe dizer que decidi que não vou acompanhá-lo à Grécia.

— Ah.

Cícero olhou fixamente para mim pelo que pareceu um tempo longo demais, seu queixo se movendo ligeiramente como com frequência fazia quando estava tentando encontrar a palavra certa. Por fim, disse:

— Para onde irá em vez disso?

— Para a fazenda que você tão bondosamente me deu.

— Entendo. E quando pretende fazer isso?

Sua voz estava muito baixa.

— Em qualquer momento que lhe seja conveniente.

— Quanto mais cedo, melhor?

— Não me importa quando seja.

— Amanhã?

— Pode ser, se você quiser. Mas não é necessário. Não quero lhe causar transtorno.

— Amanhã, então. — E com isso ele se voltou de novo para Aristóteles.

Hesitei.

— Haveria algum problema se eu tomasse emprestado o jovem Eros dos estábulos e a carruagem pequena para transportar meus pertences?

— Fique à vontade — respondeu Cícero, sem levantar os olhos. — Leve tudo o que precisar.

Deixei-o sozinho e passei o resto do dia e a noite embalando meus pertences e carregando-os para o pátio. Ele não apareceu para jantar. Na manhã seguinte, ainda não havia nenhum sinal de Cícero. O jovem Quinto, que estava desejoso de obter um lugar na equipe de Bruto e se hospedara conosco enquanto seu tio tentava marcar uma apresentação, disse que ele havia partido muito cedo para visitar a velha casa de Lúculo na ilha de Nesis. Pôs sua mão consoladora em meu ombro:

— Ele me pediu para lhe dizer adeus.

— Não disse mais nada? Só adeus?

— Você sabe como ele é.

— Eu sei. Você poderia dizer, por favor, que voltarei dentro de um ou dois dias para me despedir devidamente?

Senti-me nauseado, mas meus olhos estavam secos. Eu tinha tomado a decisão. Eros me conduziu até a fazenda. Não ficava longe, só a uns três ou quatro quilômetros dali, mas a distância me pareceu muito maior em minha transição de um mundo para o outro.

O zelador e a mulher não esperavam me ver tão cedo, mas ainda assim pareceram contentes com minha chegada. Um dos escravos foi chamado do celeiro para carregar minha bagagem para a casa da fazenda. Os caixotes contendo meus livros e documentos foram direto para a sala com caibros no segundo andar, que eu escolhera antes para ser o local de minha pequena biblioteca. Ela era guarnecida de persianas e fresca, e prateleiras tinham sido instaladas como eu pedira — grosseiras e rústicas, mas eu não me importava. Comecei a desencaixotar os livros imediatamente. Há uma frase maravilhosa numa das cartas de Cícero para Ático em que ele descreve a mudança para uma propriedade e diz: *Desencaixotei meus livros, e agora minha casa tem uma alma.* Foi assim que me senti conforme esvaziava meus caixotes. E depois, para minha surpresa, descobri dentro de um deles o manuscrito original de *Sobre a amizade*. Perplexo, desenrolei-o, pensando que devia tê-lo trazido comigo por engano, mas quando vi que Cícero havia copiado no alto do rolo com sua mão trêmula uma citação do texto, sobre a importância de ter amigos, compreendi que era um presente de despedida:

Se um homem subisse ao céu e contemplasse todo o funcionamento do universo e a beleza das estrelas, a visão maravilhosa não lhe daria nenhuma alegria se ele tivesse de guardá-la para si mesmo. No entanto, se houvesse apenas alguém para quem descrever o espetáculo, ela o teria enchido de deleite. A Natureza abomina a solidão.

PERMITI QUE DOIS dias se passassem antes de voltar à vila em Putéoli para me despedir apropriadamente: eu precisava me sentir seguro de estar determinado o bastante para não ser demovido de minha decisão. O mordomo, contudo, me disse que Cícero já havia partido para Pompeia, e voltei imediatamente para a fazenda. De meu terraço, eu tinha uma visão geral de toda a baía; muitas vezes me vi postado ali esquadrinhando o imenso azul, que ia do enevoado contorno de Capri ao promontório de Miseno do outro lado, perguntando-me se algum daquela infinidade de navios que via era o dele. Depois, porém, pouco a pouco fui sendo envolvido pela rotina da fazenda. Estava quase na hora de colher as uvas e as azeitonas, e, apesar de meus joelhos rangentes e de minhas mãos macias de intelectual, vesti uma túnica, pus um chapéu de palha de aba larga e trabalhei ao ar livre com os outros, levantando-me com a alvorada e indo para a cama ao pôr do sol, exausto demais para pensar. Gradualmente o padrão daquela vida anterior começou a se apagar de minha mente, como um tapete deixado ao sol. Ou, pelo menos, foi o que pensei.

Eu só tinha um motivo para sair de minha propriedade: o lugar não dispunha de banheiro para banho. Um bom banho era a coisa de que mais sentia falta, afora a conversa de Cícero. Eu não suportava me lavar somente na água fria da fonte da montanha, de modo que contratei a construção de um balneário num dos celeiros. No entanto, como isso só poderia ser feito depois da colheita, passei a cavalgar a cada dois ou três dias para usar os banhos públicos que podiam ser encontrados por toda parte naquele trecho da costa. Experimentei muitos diferentes estabelecimentos — na própria Putéoli, em Bauli e em Baias — até decidir que Baias tinha o melhor, graças à água sulfurosa quente natural pela qual a área é famosa. A clientela era sofisticada e incluía os ex-escravos de senadores que tinham vilas nas proximidades, alguns dos quais eu conhecia. Mesmo sem nenhuma intenção, comecei a me inteirar dos últimos boatos de Roma.

Os jogos de Bruto tinham transcorrido bem, descobri: nenhuma despesa fora poupada, ainda que o próprio pretor não estivesse presente. Bruto havia reunido centenas de animais selvagens para a ocasião e, desesperado por aclamação popular, dado ordens para que todos, até o último, fossem usados em lutas e caçadas. Houve também espetáculos musicais e peças teatrais, inclusive *Tereu*, uma tragédia de Áccio que continha copiosas referências aos crimes dos tiranos: ao que parecia, recebera aplausos com conhecimento de causa. Entretanto, lamentavelmente para Bruto, seus jogos, embora generosos, foram rapidamente eclipsados por uma série de jogos ainda mais opulentos promovidos imediatamente depois por Otaviano em homenagem a César. Foi a época do famoso cometa, a estrela com cabeleira que surgia diariamente uma hora antes do meio-dia — podíamos vê-la no céu brilhantemente ensolarado da Campânia —, e Otaviano afirmou que se tratava de nada menos que César, subindo ao céu. Os veteranos de César se sentiram extremamente atraídos pela ideia, segundo me contaram, e a fama e a reputação do jovem Otaviano começaram a se elevar com o cometa.

Não muito tempo depois, eu estava deitado uma tarde numa piscina quente num terraço que dava para o mar quando se juntaram a mim alguns homens que, como logo percebi por sua conversa, eram do pessoal de Calpúrnio Pisão. Ele tinha um verdadeiro palácio cerca de trinta quilômetros dali, em Herculano, e suponho que os homens deviam ter decidido interromper sua viagem vindo de Roma para concluí-la no dia seguinte. Não fiz esforço consciente para bisbilhotar, mas mantinha os olhos fechados, o que talvez os tenha feito pensar que eu estava dormindo. De qualquer maneira, logo depreendi a informação sensacional de que Pisão, o pai da viúva de César, havia feito um franco ataque a Marco Antônio no Senado, acusando-o de roubo, falsificação e traição, de pretender implantar uma nova ditadura e de pôr a nação no caminho de uma segunda guerra civil. Quando um deles disse, "Ai, não há outro homem em Roma com coragem para dizer isso, agora que nossos pretensos libertadores estão todos se escondendo ou fugiram para o estrangeiro", pensei com uma pontada em Cícero, que teria odiado saber que fora suplantado como defensor da liberdade por Pisão, entre todas as pessoas.

Esperei que fossem embora antes de sair da piscina. Lembro que pensei que iria me submeter a uma massagem enquanto refletia sobre o que acabara de ouvir. Estava caminhando para a área sombreada onde as mesas estavam instaladas quando apareceu uma mulher carregando uma pilha de toalhas limpas. Não posso dizer que a reconheci de imediato — quinze anos deviam ter se passado desde que eu pusera os olhos nela pela última vez —, mas, alguns passos depois de termos nos cruzado, parei e olhei para trás. Ela havia feito a mesma coisa. Eu a reconheci perfeitamente, então: era Ágata, a moça escrava cuja liberdade eu tinha comprado antes de ir para o exílio com Cícero.

ESTA É A história de Cícero, não a minha; certamente não é a de Ágata. Apesar disso, nossas três vidas estavam entrelaçadas, e, antes de retomar a parte principal de minha história, acredito que ela mereça alguma menção.

Eu a conhecera quando ela estava com 17 anos e era escrava nas câmaras de banho da magnífica vila de Lúculo em Miseno. Ela e seus pais, naquela época já mortos, foram capturados como escravos na Grécia e trazidos para a Itália como parte do butim de guerra de Lúculo. Sua beleza, sua gentileza e sua situação difícil me comoveram. Quando voltei a vê-la, ela estava em Roma, um dos seis escravos domésticos apresentados como testemunhas no julgamento de Clódio para corroborar a afirmação de Lúculo de que seu ex--cunhado tinha cometido incesto e adultério em Miseno com sua ex-mulher. Depois eu a avistara apenas mais uma vez, na visita de Cícero a Lúculo antes do exílio. Ela me pareceu então estar com o espírito abalado e semimorta. Tendo algumas pequenas economias guardadas, na noite em que fugimos de Roma dei o dinheiro a Ático para que ele pudesse comprá-la de Lúculo em meu nome e pô-la em liberdade. Ao longo dos anos, eu estivera sempre à procura dela em Roma, mas sem nunca encontrá-la.

Ágata estava com 36 anos, ainda bela para mim, embora eu pudesse perceber por sua face marcada e suas mãos ossudas que ela ainda tinha de trabalhar arduamente. Pareceu embaraçada e ficou colocando para trás fios soltos de cabelo grisalho com as costas do pulso. Após alguns gracejos desajeitados, fez-se um difícil silêncio, e me vi dizendo:

— Desculpe-me, estou tirando-a de seu trabalho; ficará em apuros com o dono.

— Não haverá nenhum problema a esse respeito — respondeu ela, rindo pela primeira vez. — Eu *sou* a dona.

Depois disso passamos a falar mais livremente. Ela me contou que havia tentado me encontrar quando fora libertada, mas, é claro, naquela altura eu estava em Tessalônica. Por fim voltara à baía de Nápoles: era o lugar que conhecia melhor e lhe lembrava a Grécia. Graças à sua experiência na casa de Lúculo, encontrou muito trabalho como encarregada pelos banhos quentes locais. Depois de dez anos alguns clientes ricos, comerciantes em Putéoli, a instalaram naquele lugar, que agora lhe pertencia.

— Mas tudo isso graças a você. Como posso sequer começar a agradecer sua bondade?

Viva a boa vida, dissera Cícero, *aprenda que a virtude é o único pré-requisito para a felicidade*. Quando nos sentamos num banco ao sol, senti que tinha a prova desse componente particular de sua filosofia, pelo menos.

MINHA ESTADA NA fazenda durou quarenta dias.

No quadragésimo primeiro, véspera do festival de Vulcano, eu estava trabalhando na vinha no fim da tarde quando um dos escravos me chamou e apontou para a trilha. Uma carruagem, acompanhada por vinte homens a cavalo, avançava aos solavancos sobre os sulcos, espalhando tanta poeira nos raios de sol de verão que parecia estar viajando sobre nuvens douradas. Ela parou em frente à vila, onde desceu Cícero. Suponho que eu sempre soubera em meu coração que ele viria à minha procura. Eu estava destinado a nunca escapar. Quando andei até ele, agarrei meu chapéu de palha e jurei para mim mesmo que em nenhuma circunstância eu seria persuadido a voltar para Roma ao seu lado. Bem baixinho, sussurrei:

— Não vou ouvir... Não vou ouvir... Não vou ouvir...

Pude ver pelo balanço de seus ombros quando ele se virou para me cumprimentar que estava em excelente humor. A melancolia dos últimos tempos desaparecera. Ele pôs as mãos nos quadris e deu uma gargalhada ante a minha aparência.

— Deixo-o sozinho durante um mês e veja o que acontece! Você se transformou no fantasma de Catão, o Velho!

Providenciei para que fosse servido um lanche a sua comitiva enquanto íamos para a varanda coberta e tomávamos um pouco do vinho do ano anterior, que ele declarou não ser nada mau.

— Que vista! — exclamou. — Que lugar para uma pessoa viver seus anos de declínio! Seu próprio vinho, suas próprias azeitonas...

— Sim — respondi com cuidado —, é muito conveniente para mim. Não pretendo me afastar muito daqui. E quanto a seus planos? O que aconteceu na Grécia?

— Ah, bem, a Sicília foi o mais longe que cheguei; depois disso, os ventos sul começaram a soprar e ficaram nos empurrando de volta para o porto, e comecei então a me perguntar se os deuses não estavam tentando me dizer alguma coisa. Mais tarde, quando estávamos presos em Régio esperando o tempo melhorar, soube de um extraordinário ataque a Marco Antônio feito por Pisão. Você deve ter ouvido falar da comoção mesmo aqui. Depois disso, chegaram cartas de Bruto e Cássio, nas quais eles diziam que Marco Antônio estava certamente começando a enfraquecer; que províncias lhes seriam oferecidas afinal e que ele lhes escrevera dizendo esperar que logo pudessem ir para Roma. Marco Antônio convocou o Senado para uma reunião no dia 1º de setembro, e Bruto enviou uma carta a todos os ex-cônsules e pretores pedindo-lhes que comparecessem.

— Então eu me perguntei: vou realmente fugir, logo neste momento, quando ainda há uma chance? Irei me desvalorizar na história como um covarde? Eu lhe digo, Tiro, de repente foi como se uma névoa espessa que me envolvesse havia meses tivesse se dissipado, e vi meu dever com toda clareza. Dei meia-volta e naveguei pelo caminho que tinha vindo. Por acaso, Bruto estava em Vélia se preparando para zarpar e praticamente caiu de joelhos para me agradecer. Ele ganhou Creta como província, e Cássio ficou com Cirene.

Não pude deixar de observar que esses lugares estavam longe de ser uma compensação adequada para a Macedônia e a Síria, que era o que lhes fora originalmente destinado.

— Claro que não — respondeu Cícero —, e foi por isso que eles resolveram ignorar Marco Antônio e seus miseráveis editos ilegais e seguir direto para suas províncias originais. Afinal, Bruto tem seguidores na Macedônia, e Cássio foi o herói da Síria. Eles recrutarão legiões e lutarão pela república contra o usurpador. Todo um novo espírito nos inflamou: uma chama alva e sublime.

— E você vai para Roma?

— Sim, para a reunião do Senado dentro de nove dias.

— Então me parece que você, dos três, é o quem tem a tarefa mais perigosa.

Ele desprezou a ideia com um aceno de mão.

— O que é o pior que pode acontecer? Morrerei. Que assim seja: tenho mais de 60 anos, já disputei minha corrida. E pelo menos essa será uma boa morte... o que, como você sabe, é o objetivo supremo da boa vida. — Inclinou-se para a frente. — Diga-me: pareço-lhe feliz?

— Parece — admiti.

— É porque compreendi quando estava preso em Régio que finalmente dominei meu medo da morte. A filosofia, nosso trabalho juntos, realizou isso para mim. Ah, sei que você e Ático não acreditarão. Pensarão que por dentro ainda sou a mesma criatura covarde que sempre fui. Mas é verdade.

— E presumivelmente espera que eu vá com você?

— Não, de maneira alguma... o contrário! Você tem sua fazenda e seus estudos literários. Não quero expô-lo a mais nenhum risco. Contudo, acontece que nossa despedida anterior não foi como deveria ter sido, e eu não poderia passar pelo seu portão sem remediar isso. — Empertigou-se e abriu bem os braços. — Adeus, meu velho amigo. Palavras são inadequadas para expressar minha gratidão. Espero que nos encontremos de novo.

Abraçou-me com tanta firmeza e por tanto tempo que pude sentir o batimento forte e constante de seu coração. Depois se afastou e, com um aceno final, caminhou para sua carruagem e seus guarda-costas.

Observei-o ir, seus gestos familiares: o endireitamento dos ombros, a arrumação das pregas da túnica, a maneira inconsciente como oferecia a mão para ser auxiliado a subir na carruagem. Olhei em volta para minhas parreiras e minhas oliveiras, minhas cabras e minhas galinhas, meus muros de pedra seca, minhas ovelhas. De repente aquilo pareceu um mundo pequeno — um mundo muito pequeno.

Gritei para Cícero:

— Espere!

XVI

Se Cícero me tivesse implorado para voltar com ele para Roma, eu provavelmente teria recusado. Foi sua disposição de partir sem mim na última grande aventura de sua vida que alfinetou meu orgulho e me levou a ir atrás dele. Claro que minha mudança de ideia não o surpreendeu; ele me conhecia muito bem. Limitou-se a assentir com a cabeça e me dizer para juntar tudo de que precisaria para a viagem, sem demora.

— Precisamos fazer um bom progresso antes do cair da noite.

Reuni minha pequena criadagem no pátio e lhe desejei sorte na colheita. Disse-lhes que voltaria o mais cedo possível. Eles nada sabiam sobre política ou Cícero. Suas expressões estavam aturdidas. Enfileiraram-se para me ver partir. Pouco antes que o lugar desaparecesse de vista, virei-me para acenar, mas eles já haviam retornado aos campos.

Levamos oito dias para chegar a Roma, e cada quilômetro da viagem foi repleto de perigo, apesar dos guardas que Bruto fornecera a Cícero, e a ameaça era sempre a mesma: os antigos soldados de César, que juraram perseguir os responsáveis pelo assassinato. O fato de que Cícero nada soubera de antemão não lhes importava: ele defendera o ato posteriormente e isso era o suficiente para torná-lo culpado aos olhos deles. Nossa rota nos levou pelas férteis planícies que os veteranos de César receberam para cultivar, e pelo menos duas vezes — uma quando passamos pela vila de Aquino e logo depois em Fregelas — fomos advertidos de que havia emboscadas à frente, tendo, portanto, de parar e esperar até que a estrada estivesse segura.

Vimos vilas queimadas, campos chamuscados, gado massacrado; certa vez vimos até um corpo pendendo de uma árvore com um cartaz em volta de seu pescoço em que se lia "Traidor". Os legionários desmobilizados de César percorriam a Itália em pequenos bandos como se estivessem de volta à Gália, e ouvíamos muitas histórias de saques, estupros e atrocidades. Sempre que Cícero era reconhecido pelos cidadãos ordinários, eles acorriam a ele, beijavam-lhe as mãos e as roupas e lhe suplicavam que os livrasse do terror. Em nenhum momento a devoção da população comum foi mais evidente do que ao chegarmos aos portões de Roma na véspera da reunião do Senado. A recepção de Cícero foi ainda mais calorosa do que na época de seu retorno do exílio. Deparamo-nos com tantas delegações, petições, saudações, apertos de mão e sacrifícios de agradecimento aos deuses que ele levou quase o dia inteiro para atravessar a cidade até sua casa.

Em termos de reputação e renome, creio que ele era agora a figura preeminente no Estado. Todos os seus grandes rivais e contemporâneos — Pompeu, César, Catão, Crasso, Clódio — tiveram mortes violentas.

— Eles estão me aclamando menos como um indivíduo do que como a memória da república — disse-me ele quando finalmente entramos em casa. — Eu não me iludo: sou meramente o último de pé. E evidentemente fazer uma demonstração de apoio a mim é uma maneira segura de protestar contra Marco Antônio. Pergunto-me como ele está vendo a efusão de hoje. Deve ter ficado com vontade de me *esmagar*.

Um por um os líderes da oposição a Marco Antônio no Senado marcharam encosta acima para apresentar seus respeitos. Não foram muitos, mas devo mencionar dois em particular. O primeiro foi P. Servílio Vácia Isáurico, filho do velho cônsul que morrera recentemente aos 90 anos: ele tinha sido um forte partidário de César e só recentemente retornara do governo da Ásia — um homem difícil e arrogante que sentia profunda inveja da posição dominante de Marco Antônio no Estado. O segundo eu já mencionei: Lúcio Calpúrnio

Pisão, pai da viúva de César, o primeiro a levantar a voz contra o novo regime. Ele era um velho pálido e curvado, de rosto peludo e dentes péssimos, que fora cônsul na época do exílio de Cícero: durante anos os dois haviam se odiado mutuamente, mas agora odiavam Marco Antônio ainda mais, e assim, pelo menos na política, isso os tornava amigos. Outros estiveram presentes, mas foi essa dupla que mais importou e ambos insistiram igualmente que Cícero deveria ficar longe do Senado no dia seguinte.

— Marco Antônio montou uma armadilha para você — avisou Pisão. — Ele planeja propor uma resolução amanhã requerendo novas homenagens em memória de César.

— Novas homenagens! — exclamou Cícero. — O homem já é um deus. De que outras homenagens precisa?

— A moção vai declarar que doravante todo festival público de ação de graças deve incluir um sacrifício em homenagem a ele. Marco Antônio vai querer saber sua opinião. A reunião estará cercada pelos veteranos de César. Se você apoiar a proposta, seu retorno à vida pública estará destruído antes de começar; todas as multidões que o aclamaram hoje zombarão de você como um vira-casaca. Caso contrário, caso se oponha à moção, você nunca chegará vivo em casa.

— Mas, se eu me recusar a comparecer, vou parecer um covarde, e que tipo de liderança é essa?

— Mande uma mensagem dizendo que está exausto demais da viagem. Você está ficando idoso. As pessoas compreenderão — sugeriu Isáurico.

— Nenhum de nós irá — acrescentou Pisão —, apesar dos apelos dele. Vamos expô-lo como um tirano a quem ninguém vai obedecer. Ele vai parecer um tolo.

Esse não era o retorno heroico à vida pública que Cícero planejara, e ele estava relutante em se esconder em casa. Ainda assim, percebia a sensatez do que diziam e no dia seguinte enviou uma mensagem a Marco Antônio alegando cansaço como motivo para não comparecer à sessão. A reação de Marco Antônio foi ter um ataque de raiva. Segundo Sérvio Sulpício, que fez um relato completo para Cícero, Marco Antônio ameaçou em frente ao senado enviar uma turma de trabalhadores e soldados até a casa de Cícero para derrubar sua porta e arrastá-lo para a reunião. Só foi dissuadido de uma ação tão extrema quando Dolabela lembrou que Pisão, Isáurico e alguns outros também deixaram de comparecer: não seria tarefa fácil arrebanhá-los. O debate prosseguiu, e a proposta de Marco Antônio de homenagear César foi aprovada, mas somente sob coação.

Cícero ficou indignado quando soube o que Marco Antônio dissera. Insistiu em ir ao Senado no dia seguinte, onde faria um discurso, fosse qual fosse o risco:

— Não voltei a Roma para me encolher debaixo de minhas cobertas!

Mensagens foram e voltaram entre ele e os outros, e no fim chegou-se a um acordo: compareceriam juntos, deduzindo que Marco Antônio não se atreveria a massacrá-los todos. Na manhã seguinte, protegidos por guarda-costas, eles desceram como uma falange do Palatino — Cícero, Pisão, Isáurico, Sérvio Sulpício e Víbio Pansa (Hírcio não pôde se juntar a eles porque de fato estava doente) —, em meio aos aplausos das multidões, e foram até o Templo da Concórdia do outro lado do fórum, onde o Senado deveria se reunir. Dolabela esperava nos degraus com sua curul. Ele se aproximou de Cícero e anunciou que Marco Antônio estava doente e que ele, Dolabela, iria presidir a sessão em seu lugar.

Cícero riu.

— Tanta doença correndo por aí — observou Cícero, rindo. — O Estado inteiro parece estar enfermo! Pode-se quase imaginar que Marco Antônio compartilha a característica comum a todos os valentões: ansioso para infligir castigo, incapaz de suportá-lo.

— Confio que você não vá dizer nada hoje que ponha nossa amizade em risco — respondeu Dolabela com frieza. — Reconciliei-me com Marco Antônio e encararia qualquer ataque a ele como um ataque a mim mesmo. Eu o lembraria também de que lhe dei o cargo de legado em meu pessoal na Síria.

— Sim, embora eu realmente prefira a devolução do dote de minha querida Túlia, se não se importa. E, no que diz respeito à Síria... Bem, meu jovem amigo, no seu lugar eu me apressaria em ir para lá ou Cássio poderá chegar a Antioquia antes de você.

— Vejo que abandonou sua costumeira afabilidade — acusou Dolabela, fuzilando-o com o olhar. — Muito bem, mas tenha cuidado, velho. O jogo está ficando mais brutal.

Então Dolabela se afastou com ar ofendido. Cícero o mirou com satisfação.

— Faz tempo que quero lhe dizer isso. — Agia como César, pensei, mandando seu cavalo para a retaguarda antes de uma batalha: ou venceria onde estava ou morreria.

O Templo da Concórdia era o lugar onde Cícero havia reunido o Senado como cônsul tantos anos antes para debater a punição dos conspiradores de Catilina; dali ele os levara para suas mortes no Cárcere. Eu não pusera o pé naquele lugar desde então e agora sentia a presença opressiva de muitos fantasmas. Cícero, porém, parecia imune a tais lembranças. Ele se sentou no banco da frente entre Pisão e Isáurico e esperou pacientemente que Dolabela o chamasse — o que ele fez, o mais tardiamente que pôde no curso dos procedimentos e com insultuosa falta de cerimônia.

Cícero começou calmamente, como era seu costume.

— Antes que eu comece a falar de assuntos públicos, farei uma breve queixa da injustiça que me foi feita ontem por Marco Antônio. Por que fui tão veementemente censurado? Que assunto é tão urgente que homens doentes devam ser carregados para esta câmara? Estava Aníbal às nossas portas? Quem já ouviu falar de um senador sendo ameaçado de ter sua casa atacada porque deixou de comparecer para discutir uma ação de graças pública?

"E, de todo modo, vocês pensam que eu teria apoiado essa proposta caso estivesse aqui? Eu declaro: se devemos fazer uma ação de graças para um morto, que seja para Bruto, o Velho, que libertou o Estado do despotismo dos reis e que quase quinhentos anos mais tarde deixou descendentes dispostos a exibir virtude similar para lograr um fim similar!"

Houve um arquejo. Espera-se que a voz dos homens enfraqueça à medida que eles envelhecem; não foi o caso da de Cícero nesse dia.

— Não tenho medo de falar. Não tenho medo da morte. Lamento que senadores que alcançaram a posição de cônsul não tenham apoiado Lúcio Pisão em junho, quando ele condenou os abusos agora generalizados no Estado. Nem um único ex-cônsul o apoiou com sua voz; não, nem sequer com um olhar. Qual é o significado dessa escravidão? Digo que esses homens ficaram aquém do que é exigido de sua posição!

Ele pôs as mãos nos quadris e lançou um olhar furioso ao redor. A maioria dos senadores não conseguiu encará-lo.

— Em março aceitei que os atos de César fossem reconhecidos como legais, não porque concordasse com eles, quem poderia concordar?, mas em prol de uma reconciliação e da harmonia pública. No entanto, todo ato de que Marco Antônio discorda, como aquele que limita os comandos provinciais a dois anos, foi revogado, ao passo que outros decretos do ditador foram milagrosamente descobertos e postados após sua morte, de modo que criminosos foram trazidos de volta do exílio... por um homem morto. Foi dada cidadania a tribos e províncias inteiras... por um homem morto. Tributos foram impostos... por um homem morto.

"Gostaria que Marco Antônio estivesse aqui para se explicar, mas ao que parece ele está indisposto: um privilégio que não me concedeu ontem. Soube que está irritado comigo. Bem, eu lhe faço uma proposta; uma proposta justa. Se eu disser alguma coisa contra sua vida e caráter, ele está livre para se declarar meu pior inimigo. Que mantenha uma guarda armada se sentir que precisa disso para a própria proteção. Contudo, que ele não permita que essa guarda ameace aqueles que expressam suas próprias opiniões livres em prol do Estado. O que pode ser mais justo?"

Pela primeira vez, suas palavras provocaram murmúrios de concordância.

— Cavalheiros, já colhi a recompensa de meu retorno simplesmente fazendo estas poucas observações. Seja o que for que me aconteça, terei sido leal às minhas crenças. Se puder falar novamente aqui em segurança, eu o farei. Caso contrário, vou me manter pronto para o caso de o Estado me convocar. Vivi o suficiente em termos de anos e de fama. Qualquer tempo que me reste não será meu, mas devotado ao serviço de nossa nação.

Cícero se sentou em meio a um ruído seco de aprovação e algumas batidas de pés. Os homens à sua volta bateram-lhe no ombro.

Terminada a sessão, Dolabela se retirou solenemente com seus lictores, sem dúvida indo à casa de Marco Antônio contar o que tinha acontecido, enquanto Cícero e eu fomos para casa.

NAS DUAS SEMANAS seguintes o Senado não se reuniu, e Cícero permaneceu barricado em sua casa no Palatino. Ele recrutou mais sentinelas, comprou um novo cão de guarda feroz e fortificou a vila com postigos e portas de ferro. Ático lhe emprestou alguns escribas, que puseram mãos à obra fazendo cópias de seu discurso desafiador ao Senado, que ele mandou para todos em que pôde pensar — para Bruto, na Macedônia, para Cássio, a caminho da Síria, para Décimo, na Gália Cisalpina, para os dois comandantes militares na Gália Transalpina, Lépido e L. Munácio Planco, entre muitos outros. Chamava-o, entre sério e brincalhão, de sua Filípica, em alusão à famosa série de discursos que Demóstenes havia proferido em oposição ao tirano macedônio Filipe II. Uma cópia devia ter chegado a Marco Antônio: de qualquer maneira, ele tornou conhecida sua intenção de responder no Senado, que convocou para o décimo nono dia de setembro.

Cícero nem sequer cogitou comparecer em pessoa: não ter medo da morte era uma coisa; cometer suicídio, outra. Em vez disso, perguntou se eu poderia ir e registrar o que Marco Antônio dissesse. Concordei, calculando que meu natural anonimato me protegeria.

Assim que entrei no fórum, agradeci aos deuses por Cícero ter ficado longe, pois Marco Antônio enchera todos os cantos com seu exército particular. Chegara até a postar um esquadrão de arqueiros itureanos nos degraus do Templo da Concórdia — homens de aspecto feroz de tribos das fronteiras da Síria, notórios por sua selvageria. Eles observavam a entrada de cada senador no templo, de vez em quando posicionando flechas em seus arcos e fingindo fazer pontaria.

Consegui me introduzir até o fundo e pegar meu estilo e a tabuinha assim que Marco Antônio chegou. Além da casa de Pompeu em Roma, ele tinha também requisitado a propriedade de Metelo Cipião em Tíbur, e segundo se dizia fora lá que compusera seu discurso. Parecia estar numa forte ressaca ao passar por mim e, quando chegou ao tablado, curvou-se para a frente e vomitou um líquido grosso no corredor. Isso provocou risos e aplausos de seus partidários: ele era notório por passar mal em público. Atrás de mim escravos trancaram e barraram as portas. Era contra todo o costume manter o Senado refém dessa maneira, e tinha claro intuito de intimidar.

Quanto à sua arenga contra Cícero, ela foi em essência uma continuação do vômito. Ele pôs para fora anos de bile engolida. Indicou todo o templo com um gesto e lembrou aos senadores que fora naquele mesmo prédio que

Cícero fizera arranjos para a execução ilegal de cinco cidadãos romanos, entre os quais P. Lêntulo Sura, padrasto do próprio Marco Antônio, cujo corpo Cícero se recusara a devolver à família para um sepultamento decente. Acusou Cícero ("esse açougueiro manchado de sangue que deixa outros fazerem a matança") de ter planejado o assassinato de César, assim como planejara o de Clódio. Sustentou que tinha sido Cícero quem havia envenenado ardilosamente as relações entre Pompeu e César, o que levara à guerra civil. Eu sabia que todas aquelas acusações não passavam de mentiras mas também que elas seriam danosas, tal como as acusações mais pessoais que fez — que Cícero era física e moralmente covarde, vaidoso e orgulhoso e acima de tudo hipócrita, sempre se esgueirando para cá e para lá de modo a se manter amigo de todas as facções, chegando a ponto de ser desertado e denunciado a César pelo próprio irmão e pelo sobrinho. Citou palavras de uma carta pessoal que Cícero lhe enviara quando estava preso em Brundísio: *Irei sempre, sem hesitar e com todo o meu coração, fazer qualquer coisa que possa para corresponder a seus desejos e interesses*. Uma gargalhada sacudiu o templo. Desenterrou até o divórcio de Cícero e Terência e o subsequente casamento dele com Publília: "Com que dedos trêmulos, devassos e cobiçosos esse altivo filósofo despiu sua noiva de 15 anos em sua noite de núpcias e quão debilmente desempenhou suas obrigações maritais — tanto que a pobre criança fugiu dele logo depois, horrorizada, e sua própria filha preferiu morrer a viver com a vergonha."

Foi tudo horrivelmente eficaz, e, quando a porta foi destrancada e nos vimos libertados para sair à luz, temi a perspectiva de voltar a Cícero e ler aquilo para ele. No entanto, ele insistiu em ouvir palavra por palavra. Sempre que eu tentava omitir uma passagem ou frase, ele percebia de imediato e me fazia voltar e incluir o que suprimira. Ao fim, parecia bastante abatido.

— Bem, isso é a política — disse, tentando dar de ombros, mas eu podia perceber que estava abalado.

Eu sabia que ele teria de retaliar na mesma moeda ou se afastar humilhado. Tentar fazer isso em pessoa no Senado, controlado como era por Marco Antônio e Dolabela, seria demasiado perigoso. Seu contra-ataque, portanto, teria de ser feito por escrito, e depois que estivesse publicado não haveria como voltar atrás. Contra um homem violento como Marco Antônio, era um duelo até a morte.

No início de outubro, Marco Antônio deixou Roma para ir a Brundísio a fim de assegurar a lealdade das legiões que havia trazido da Macedônia e que estavam agora acampadas junto à cidade. Com Marco Antônio ausente, Cícero também decidiu se afastar de Roma por algumas semanas e se dedicar a compor sua réplica, que já estava chamando de sua Segunda Filípica. Ele seguiu para a baía de Nápoles e me deixou para trás para cuidar de seus interesses.

Foi uma temporada melancólica. Como sempre no fim do outono, o céu sobre Roma era escurecido por milhares de estorninhos que chegavam do norte, e sua algazarra parecia anunciar uma calamidade iminente. Eles se aninhavam nas árvores ao lado do Tibre, só para levantar voo em enormes bandeiras negras que se desenrolavam no alto e deslizavam de um lado para outro como se em pânico. Os dias ficavam frios, e as noites, mais longas; o inverno se aproximava, e, com ele, a certeza da guerra. Otaviano estava na Campânia, muito perto do local onde Cícero se encontrava, recrutando tropas em Casilino e Calácia dentre os veteranos de César. Marco Antônio tentava subornar os soldados em Brundísio. Décimo havia recrutado uma nova legião na Gália Cisalpina. Lépido e Planco aguardavam com suas forças além dos Alpes. Bruto e Cássio haviam hasteado seus estandartes na Macedônia e na Síria. Isso compunha um total de sete exércitos, formados ou em formação. Tratava-se apenas de saber quem atacaria primeiro.

No caso, essa honra, se honra é a palavra certa, coube a Otaviano. Ele tinha reunido grande parte de uma legião prometendo aos veteranos uma recompensa assombrosa de dois mil sestércios por cabeça — Balbo lhe assegurara o dinheiro — e agora escrevia a Cícero em busca de aconselhamento. Cícero me enviou a notícia sensacional para que eu a transmitisse a Ático.

O objetivo de Otaviano é claro: guerra com Marco Antônio, e ele mesmo como comandante em chefe. De modo que me parece que, dentro de poucos dias, estaremos em armas. Mas a quem devemos seguir? Considere o nome dele; considere sua idade. Otaviano queria meu conselho quanto ao que fazer: prosseguir para Roma com três mil veteranos, ocupar Cápua e bloquear a rota de Marco Antônio ou se juntar às três legiões macedônias que estão marchando ao longo da costa adriática e que ele espera ter a seu lado. Elas se recusaram a receber uma recompensa de Marco Antônio, pelo que ele diz, vaiaram-no com selvageria e o deixaram plantado enquanto ele tentava arengá-las. Em resumo, ele se oferece como nosso líder e espera que eu o apoie. De minha parte, recomendei-lhe ir a Roma. Imagino que terá a ralé da cidade e os homens honestos a seu favor, caso os convença de sua sinceridade.

Otaviano seguiu a recomendação de Cícero e entrou em Roma no décimo dia de novembro. Seus soldados ocuparam o fórum. Observei os homens se distribuírem pelo centro da cidade, guarnecendo os templos e os prédios públicos. Permaneceram em posição durante toda aquela noite e todo o dia seguinte enquanto Otaviano instalava seu quartel-general na casa de Balbo e tentava providenciar uma reunião do Senado. No entanto, todos os magistrados mais velhos haviam partido: Marco Antônio estava tentando ganhar o apoio das legiões macedônias; Dolabela seguira para a Síria; metade dos pretores, inclusive Bruto e Cássio, fugira da Itália — a cidade estava sem líderes. Eu podia entender por que Otaviano suplicava a Cícero que se juntasse a ele em sua aventura, escrevendo-lhe uma vez ou mesmo duas vezes por dia: somente Cícero teria autoridade moral para reunir o Senado. Cícero, contudo, não tinha nenhuma intenção de se pôr sob o comando de um mero menino à frente de uma insurreição armada com chances precárias de sucesso; prudentemente, manteve-se afastado.

Em meu papel como olhos e ouvidos de Cícero em Roma, fui ao fórum no décimo segundo dia ouvir Otaviano falar. Àquela altura ele havia abandonado suas tentativas de reunir o Senado, tendo, em vez disso, convencido um tribuno solidário, Ti. Canúcio, a convocar uma assembleia pública. Ele se postou na rostra sob um céu cinzento esperando ser chamado — esguio como um caniço, louro, pálido, nervoso; foi, como escrevi para Cícero, "uma cena ao mesmo tempo ridícula e estranhamente emocionante, como um episódio de uma lenda". Não era um mau orador, também, depois que ganhava impulso, e Cícero ficou encantado com a acusação que fez a Marco Antônio ("esse falsificador de decretos, esse subvertedor de leis, esse ladrão de heranças legítimas, esse traidor que está agora mesmo procurando guerrear contra todo o Estado..."). Ele ficou menos satisfeito, no entanto, quando relatei como Otaviano apontara para a estátua de César erguida na rostra e o louvara como "o maior romano de todos os tempos, cujo assassinato haverei de vingar e cujas esperanças em mim eu vos juro por todos os deuses que haverei de realizar". Com isso ele desceu da plataforma sob ruidosos aplausos e logo depois deixou a cidade, levando seus soldados, alarmado com informes de que Marco Antônio estava se aproximando com uma força muito maior.

A essa altura os eventos se sucederam com grande rapidez. Marco Antônio interrompeu a marcha de seu exército — que incluía a famosa Quinta Legião de César, "as Cotovias" — em Tíbur, a menos de vinte quilômetros de Roma, e entrou na cidade com uma escolta de mil homens. Convocou o Senado para o dia 24 e anunciou que esperava que Otaviano fosse declarado inimigo público. O não comparecimento seria considerado uma aprovação da traição de Otaviano e punível com a morte, e o exército de Marco Antônio estava pronto para entrar na cidade caso sua vontade fosse frustrada. Roma estava presa pela certeza de um massacre.

O dia 24 chegou, o Senado se reuniu — mas o próprio Marco Antônio não apareceu. Uma das legiões macedônias que o vaiaram, os Marcianos, acampados a quase cem quilômetros da cidade em Alba Fucens, havia se declarado subitamente a favor de Otaviano, em troca de uma recompensa cinco vezes maior à que Marco Antônio lhes oferecera. Ele correu até lá para tentar reconquistá-los, mas os legionários zombaram dele abertamente por sua avareza. Marco Antônio voltou a Roma, convocando o Senado para o dia 28, dessa vez para se reunir numa sessão de emergência à noite. Nunca antes na memória viva o Senado havia se reunido na escuridão: isso era contrário a todo o costume e às leis sagradas. Quando desci ao fórum pretendendo fazer meu relatório para Cícero, encontrei-o cheio de legionários formados à luz de archotes. A visão era tão sinistra que perdi a coragem e não ousei entrar no templo, ficando, em vez disso, parado com a multidão do lado de fora. Vi Marco Antônio chegar, tendo vindo às pressas de Alba Fucens, acompanhado pelo irmão Lúcio, um personagem de aspecto ainda mais feroz que ele, que havia lutado como gladiador na Ásia e cortado a garganta de um amigo. Eu ainda estava lá uma hora depois para ver os dois partirem afobados. Nunca esquecerei a expressão de pânico, com olhos revirados, no rosto de Marco

Antônio conforme ele se precipitava pelos degraus do templo. Tinha acabado de ser informado de que outra legião, a Quarta, seguira o exemplo dos Marcianos e também se declarara favorável a Otaviano. Agora era ele que corria o risco de ficar em inferioridade numérica. Marco Antônio partiu às pressas da cidade nessa mesma noite e foi para Tíbur reorganizar seu exército e convocar novos recrutas.

ENQUANTO TUDO ISSO acontecia, Cícero terminou sua chamada Segunda Filípica e a enviou para mim com instruções de tomar vinte escribas emprestados de Ático e assegurar que ela fosse copiada e divulgada o mais brevemente possível. Ela tomava a forma de um longo discurso — caso tivesse sido enunciado, teria durado boas duas horas —, e, portanto, em vez de pôr cada homem para trabalhar numa única cópia, dividi o rolo em vinte partes e dividi os pedaços entre eles. Dessa maneira, depois que suas seções fossem coladas juntas, seríamos capazes de produzir quatro ou cinco cópias por dia. Tratamos de enviá-las para amigos e aliados, com um pedido de que eles mesmos também fizessem cópias ou pelo menos realizassem reuniões em que o discurso pudesse ser lido em voz alta.

Notícias dele logo se espalharam. Um dia depois que Marco Antônio se retirou da cidade, foi postado no fórum. Todos queriam lê-lo, especialmente porque estava cheio dos mais malévolos mexericos. Por exemplo, que Marco Antônio tinha sido um prostituto homossexual na juventude, que estava sempre caindo de bêbado e que havia mantido uma atriz nudista como amante. Eu, porém, atribuo sua fenomenal popularidade mais ao fato de que estava também cheio de informações detalhadas que ninguém ousara revelar antes — que Antônio havia roubado setecentos milhões de sestércios do Templo de Ops e usado parte dessa quantia para saldar dívidas pessoais de quarenta milhões; que ele e Fúlvia haviam falsificado decretos de César para extorquir dez milhões de sestércios do rei da Galácia; que o casal se apoderara de joias, móveis, vilas, fazenda e dinheiro e dividido tudo isso entre si e sua comitiva de atores, gladiadores, adivinhos e curandeiros.

No nono dia de dezembro, Cícero finalmente retornou a Roma. Eu não o estava esperando. Ouvi o cão de guarda latindo e saí à passagem para ver o dono da casa parado ali com Ático. Ele havia passado quase dois meses fora e parecia estar num estado de saúde e de ânimo excepcionalmente bom. Sem nem mesmo tirar a capa e o chapéu, entregou-me uma carta que havia recebido na véspera de Otaviano.

Li sua nova Filípica e considero-a verdadeiramente magnífica — digna do próprio Demóstenes. Desejaria apenas poder ver a expressão do Filipe de nossos dias ao lê-la. Fui informado de que ele decidiu não me atacar aqui, sem dúvida temeroso de que seus homens se recusassem a travar batalha contra o filho de César, e, em vez disso, está marchando rapidamente com seu exército para a Gália Cisalpina com a intenção de arrebatar a província de seu amigo Décimo.

Meu caro Cícero, você deve concordar que minha posição é mais forte do que jamais poderíamos ter sonhado quando nos encontramos em sua casa em Putéoli. Agora estou aqui na Etrúria procurando novos recrutas. Eles estão vindo a mim em bandos. No entanto, como sempre, vejo-me precisando imensamente de seu conselho. Não podemos planejar um encontro? Não há homem algum em todo o mundo com quem eu gostaria mais de falar.

— Bem — disse Cícero com um sorriso —, o que você pensa?

— É muito gratificante — respondi.

— Gratificante? Vamos, use sua imaginação! É mais que isso! Estive pensando sobre isso desde que a recebi.

Depois que um escravo o ajudou a despir suas roupas de rua, ele fez um gesto para que eu e Ático o seguíssemos até seu gabinete e me pediu para fechar a porta.

— Aqui está a situação tal como a vejo. Não fosse por Otaviano, Marco Antônio teria tomado Roma, e nossa causa estaria terminada a esta altura. O medo de Otaviano, porém, obrigou o lobo a largar sua presa no último momento, e agora ele está escapulindo para o norte para devorar a Gália Cisalpina. Se Marco Antônio derrotar Décimo neste inverno e tomar a província, o que provavelmente fará, terá a base financeira e as forças para retornar a Roma na primavera e nos destruir. A única coisa que se interpõe entre nós e ele é Otaviano.

— Você realmente pensa que Otaviano recrutou um exército para defender o que resta da república? — perguntou Ático com ceticismo.

— Não, mas da mesma forma é do interesse dele permitir que Marco Antônio assuma o controle de Roma? Claro que não. Marco Antônio nesta conjuntura é o verdadeiro inimigo: aquele que roubou sua herança e nega suas reivindicações. Se eu puder persuadir Otaviano a ver isso, ainda podemos nos salvar do desastre.

— Possivelmente... mas só para transferir a república das garras de um tirano para as de outro; e um tirano que se intitula César, ainda por cima.

— Ah, não sei se o rapaz é um tirano... Penso que posso ser capaz de usar minha influência para mantê-lo do lado da virtude, pelo menos até Marco Antônio ser liquidado.

— A carta dele certamente sugere que ele gostaria de lhe dar ouvidos — falei.

— Exatamente. Acredite-me, Ático, eu poderia lhe mostrar trinta cartas como esta se pudesse me dar ao trabalho de encontrá-las, sucedendo-se desde abril. Por que ele está tão ansioso por meu conselho? A verdade é que o menino necessita de uma figura paterna: seu pai natural está morto, seu padrasto é um simplório e seu pai adotivo lhe deixou o maior legado na história, mas nenhuma orientação sobre como pôr as mãos nele. De algum modo esse papel paternal parece ter recaído sobre mim, o que é uma bênção; não tanto para mim quanto para a república.

— Então o que vai fazer? — perguntou Ático.

— Irei vê-lo.

— Na Etrúria, no meio do inverno, na sua idade? Fica a cento e sessenta quilômetros daqui. Você deve estar louco.

— Mas você não pode mesmo esperar que Otaviano venha a Roma — apontei.

Cícero rejeitou a objeção com um aceno.

— Então nos encontraremos na metade do caminho. Aquela vila que você comprou outro ano, Ático, no lago Bolsena... ela serviria admiravelmente para esse propósito. Está ocupada?

— Não, mas não posso garantir que esteja confortável.

— Isso não tem importância. Tiro, rascunhe uma carta minha para Otaviano propondo uma reunião em Bolsena assim que lhe for possível.

— Mas e quanto ao Senado? — perguntou Ático. — E quanto aos cônsules designados? Você não tem nenhum poder de negociar em nome da república com ninguém, muito menos com um homem à frente de um exército rebelde.

— Ninguém mais tem nenhum poder na república. Este é o ponto: ela está jazendo no pó à espera de quem quer que ouse apanhá-la. Por que não eu?

Ático não teve nenhuma resposta para isso, e o convite de Cícero foi enviado para Otaviano menos de uma hora depois. Após três dias de ansiosa espera, Cícero recebeu a resposta: *Nada me daria maior prazer do que o ver novamente. Irei encontrá-lo em Bolsena no dia 16 como propõe, a menos que seja informado de que isso se tornou inconveniente. Sugiro que mantenhamos nosso encontro em segredo.*

PARA ASSEGURAR QUE ninguém adivinharia o que estava prestes a fazer, Cícero insistiu que partíssemos no escuro muito antes do alvorecer na manhã de 14 de dezembro. Tive de subornar as sentinelas para que abrissem a Porta Fontinal especialmente para nós.

Sabíamos que estaríamos nos aventurando numa região sem lei, cheia de bandos errantes de homens armados, e assim viajamos numa carruagem fechada escoltados por uma grande comitiva de guardas e acompanhantes. Depois de atravessar a Ponte Mulviana, viramos à esquerda junto à margem do Tibre e tomamos a via Cássia, uma estrada pela qual eu nunca viajara antes. Ao meio-dia estávamos subindo para uma região montanhosa. Ático me prometera vistas espetaculares, mas o péssimo tempo que a Itália suportara desde o assassinato de César continuava a nos atormentar, e os picos distantes das montanhas cobertas de pinheiros estavam envoltos em névoa. Durante os dois dias inteiros que passamos na estrada, ela mal pareceu receber alguma luz.

O entusiasmo anterior de Cícero havia arrefecido. Ele estava atipicamente quieto, sem dúvida consciente de que o futuro da república poderia depender da reunião vindoura. Na tarde do segundo dia, quando chegamos à margem do grande lago e nosso destino se tornou visível, ele começou a se queixar de frio. Tiritava e soprava nas mãos, mas, quando tentei cobrir seus joelhos com uma manta, ele a jogou de lado como uma criança irritada e disse que, embora estivesse idoso, não estava inválido.

Ático comprara sua propriedade como um investimento e só a visitara uma vez; ainda assim, ele nunca se esquecia de nada quando se tratava de dinheiro e lembrou rapidamente onde encontrá-la. Grande e caindo aos pedaços — partes dela remontavam aos tempos etruscos —, a vila ficava bem perto dos muros de Bolsena, à beira da água. Os portões de ferro estavam abertos. Pilhas de folhas mortas apodreceram no pátio úmido; líquen preto e musgo cobriam os telhados de terracota. Somente uma fina espiral de fumaça subindo da chaminé dava algum sinal de que era habitada. Supusemos, pelo terreno deserto, que Otaviano ainda não tinha chegado, mas, quando descemos da carruagem, o administrador correu à frente e disse que havia um rapaz à espera dentro da casa.

Ele estava sentado no *tablinum* com seu amigo Agripa e se levantou à nossa entrada. Olhei para ver se a espetacular mudança em sua sorte era refletida de alguma forma em suas maneiras ou pessoa, mas ele parecia exatamente como antes: calmo, modesto, atento, com o mesmo corte de cabelo deselegante e a mesma acne juvenil. Viera sem nenhuma escolta, disse, afora dois cocheiros de biga que tinham levado suas parelhas para serem alimentadas e tomarem água na cidade. ("Ninguém sabe como é minha aparência, de modo que prefiro não atrair atenção sobre mim; é melhor se esconder em plena vista, não acha?") Trocou um aperto de mão muito caloroso com Cícero. Depois que as apresentações estavam encerradas, Cícero disse:

— Pensei que Tiro aqui poderia anotar tudo que acordássemos, e depois cada um de nós ficaria com uma cópia.

— Então você está autorizado a negociar? — perguntou Otaviano.

— Não, mas seria útil ter algo para mostrar aos líderes do Senado.

— Pessoalmente, se não se importa, eu preferiria que nada fosse registrado. Assim, podemos conversar mais livremente.

Não há, portanto, nenhum registro literal da conferência deles, embora eu tenha escrito um relato imediatamente depois para uso pessoal de Cícero.

Primeiro Otaviano resumiu a situação militar tal como a compreendia. Ele tinha, ou teria em breve, quatro legiões à disposição: os veteranos da Campânia, as tropas que estava recrutando na Etrúria, os Marcianos e a Quarta Legião. Marco Antônio tinha três, inclusive as Cotovias, mas também uma outra totalmente inexperiente, e estava se aproximando de Décimo, que segundo a informação dos agentes de Otaviano havia se retirado para a cidade de Mutina, onde estava abatendo e salgando gado, preparando-se para um longo cerco. Cícero disse que o Senado tinha onze legiões na Gália Transalpina: sete sob comando de Lépido e quatro sob comando de Planco.

— Sim, mas elas estão do lado errado dos Alpes e são necessárias para controlar a Gália. Além disso, ambos sabemos que os comandantes não são necessariamente confiáveis, especialmente Lépido.

— Não tenho como discordar — disse Cícero. — A situação em essência é esta: você tem os soldados, mas não a legitimidade; nós temos a legitimidade, mas não os soldados. O que ambos temos, no entanto, é um inimigo comum: Marco Antônio. E me parece que em algum lugar nessa mistura deve estar a base para um acordo.

— Um acordo que você acaba de nos dizer que não tem autoridade para fazer — disse Agripa.

— Jovem, acredite: se você quer fazer um acordo com o Senado, sou sua melhor esperança. E permita que eu lhe diga mais uma coisa: não será tarefa fácil convencer os senadores, mesmo para mim. Muitos dirão: "Não nos livramos de um César para nos aliar a outro."

— Sim — retrucou Agripa —, e muitos do nosso lado dirão: "Por que deveríamos lutar para proteger os homens que assassinaram César? Isso é só uma artimanha para nos subornar até que eles estejam fortes o bastante para nos destruir."

— Se é assim que vocês se sentem, esta viagem foi desperdiçada — exclamou Cícero, batendo as mãos nos braços de sua cadeira.

Ele fez menção de se levantar, mas Otaviano se inclinou e pressionou seu ombro.

— Não tão rápido, meu caro amigo. Não precisa se ofender. Concordo com sua análise. Meu único objetivo é derrotar Marco Antônio, e eu preferiria de longe fazer isso com a autoridade legal do Senado.

— Sejamos claros — disse Cícero —, você preferiria isso mesmo que, e é isso que *isso* implicaria, tenha de ir em socorro de Décimo, o homem que pessoalmente atraiu seu pai adotivo para a morte?

— Não tenho nenhum problema com isso — respondeu Otaviano, fixando em Cícero seus frios olhos cinzentos.

Desse momento em diante, não houve nenhuma dúvida em minha mente de que Cícero e Otaviano chegariam a um acordo. Até Agripa pareceu relaxar um pouco. Foi combinado que Cícero proporia ao Senado que Otaviano, apesar de sua idade, fosse contemplado com *imperium* e autoridade legal para mover guerra contra Marco Antônio. Em troca, Otaviano se colocaria sob o comando dos cônsules. O que poderia acontecer a mais longo prazo, depois que Marco Antônio fosse destruído, foi deixado vago. Nada foi registrado por escrito.

— Você poderá perceber se cumpri meu lado do acordo lendo meus discursos, que vou lhe mandar — disse Cícero —, e pelas resoluções aprovadas pelo Senado. E eu saberei se você está cumprindo o seu pelos movimentos de suas legiões.

— Não precisa ter nenhuma dúvida quanto a isso — declarou Otaviano.

Ático saiu à procura do administrador e voltou com um jarro de vinho toscano e cinco taças de prata, que encheu e distribuiu. Cícero se sentiu impelido a fazer um discurso.

— Neste dia a juventude e a experiência, as armas e a toga, uniram-se num pacto solene para salvar a nação. Deixemos este lugar, cada homem para seu posto, decidido a cumprir seu dever para com a república.

— À república — disse Otaviano, erguendo a taça.

— À república! — repetimos todos e bebemos.

Otaviano e Agripa se recusaram polidamente a passar a noite na casa: explicaram que precisavam chegar ao acampamento próximo antes do anoitecer, pois o dia seguinte eram as saturnais e Otaviano deveria distribuir presentes entre seus homens. Depois de muitos tapas nas costas e protestos de inabalável afeição, Cícero e Otaviano se despediram. Ainda me lembro da última frase do jovem: "Seus discursos e minhas espadas farão uma aliança invencível." Depois que eles partiram, Cícero foi para o terraço e andou de um lado para o outro debaixo de chuva para acalmar os nervos enquanto eu, movido pela força do hábito, recolhia as taças de vinho. Otaviano, notei, não tomara nenhuma gota.

XVII

Cícero não esperava discursar para o Senado até o primeiro dia de janeiro, quando Hírcio e Pansa assumiriam como cônsules. Assim que voltamos a Roma, no entanto, descobrimos que os tribunos haviam convocado uma reunião de emergência a se realizar dentro de dois dias para discutir a guerra iminente entre Marco Antônio e Décimo. Cícero decidiu que, quanto antes cumprisse sua promessa a Otaviano, melhor. Assim, foi ao Templo da Concórdia de manhã bem cedo para manifestar sua intenção de falar. Como de costume, fui com ele e fiquei junto à porta para registrar suas observações.

Depois que se espalhou a notícia de que Cícero estava em seu lugar, um grande número de pessoas começou a chegar ao fórum. Senadores que em outras circunstâncias poderiam não ter comparecido decidiram que o melhor a fazer era vir para ouvir o que ele tinha a dizer. Dentro de uma hora, os bancos ficaram abarrotados. Entre os que mudaram seus planos estava o cônsul designado, Hírcio. Era a primeira vez em semanas que levantava de seu leito de enfermo, e sua aparência quando entrou no templo provocou arquejos. O roliço jovem gourmet que havia ajudado a escrever os *Comentários* de César e costumava oferecer a Cícero jantares de cisne e pavão havia se reduzido a pouco mais que um esqueleto. Acredito que estava sofrendo do que Hipócrates, o pai da medicina grega, chama de um *carcino*; tinha uma cicatriz no pescoço onde um tumor fora recentemente removido.

O tribuno que presidiu a sessão foi Apuleio, um amigo de Cícero. Ele começou lendo um edito emitido por Décimo negando a Marco Antônio permissão para entrar na Gália Cisalpina, reiterando sua determinação de manter a província leal ao Senado e confirmando que havia movido suas forças para Mutina. Essa era a cidade onde eu havia entregado a carta de Cícero a César tantos anos antes, e me lembrei de suas muralhas sólidas e portas pesadas: muito dependeria da capacidade que tivessem ou não de resistir a um longo cerco pelas forças superiores de Marco Antônio. Após terminar a leitura, Apuleio disse:

— Dentro de dias, a república será tomada por mais uma guerra civil, se é que ela já não começou. A questão é: o que devemos fazer? Chamo Cícero para dar sua opinião.

Centenas de homens se inclinaram para a frente, ansiosos, quando Cícero se levantou.

— Esta reunião, honrados cavalheiros, chega quase tarde demais em minha opinião. Uma guerra nefasta contra nossos lares e altares, nossas vidas e fortunas, não está apenas sendo preparada, mas de fato sendo empreendida por um homem devasso e cruel. É inútil esperarmos pelo primeiro dia de janeiro antes de agirmos. Marco Antônio não espera. Ele já está atacando o eminente e notável Décimo. E, da Gália Cisalpina, ameaça descer sobre nós em Roma. Na verdade, já o teria feito antes não tivesse um jovem, ou quase um menino, mas dotado de inteligência e coragem incríveis, quase divinas, recrutado um exército e salvado o Estado.

Ele fez uma pausa para permitir que suas palavras fossem registradas. Os senadores se voltaram para seus vizinhos para verificar se tinham ouvido corretamente. O templo foi tomado por uma algazarra de surpresa misturada com algumas notas de indignação e arquejos de empolgação. Havia ele acabado de dizer que o menino salvara o Estado? Passou-se algum tempo antes que Cícero pudesse continuar.

— Sim, esta é minha crença, cavalheiros, este é meu julgamento: não tivesse um único jovem feito frente a esse louco, nossa nação teria perecido por completo. A ele, hoje, e somente graças a ele estamos aqui neste dia, livres para expressar nossas ideias, devemos conferir a autoridade de defender a república, não como algo meramente empreendido por ele, mas como uma missão *a ele confiada por nós*.

Houve gritos de "Não!" e "Ele o comprou!" da parte de partidários de Marco Antônio, mas foram abafados pelos aplausos do restante do Senado. Cícero apontou para a porta.

— Não veem o fórum apinhado, como o povo romano se vê encorajado a esperar pela recuperação de sua liberdade? Não veem que agora, após um longo intervalo, quando nos veem reunidos aqui em tais números, eles esperam que tenhamos nos reunido como homens livres?

Assim começou o que veio a ser conhecido como a Terceira Filípica. Ela virou a política romana de cabeça para baixo. Despejava louvores sobre Otaviano, ou César, como Cícero o chamava agora pela primeira vez. ("Quem é mais casto do que esse jovem? Quem é mais modesto? Que exemplo mais brilhante temos em meio à juventude de antiquada pureza?") Apontava o caminho para uma estratégia que ainda poderia levar à salvação da república. ("Os deuses imortais nos deram estas salvaguardas: para a cidade, César; Décimo para a Gália.") Mas de maneira talvez ainda mais importante, para corações cansados e atormentados, após meses e anos de extrema aquiescência, inflamou o Senado com espírito de luta.

— Hoje pela primeira vez após um longo intervalo começamos a nos apossar da liberdade. É para a glória e para a liberdade que nascemos. E, se o episódio final na longa história de nossa república chegou, que possamos ao menos nos portar como gladiadores campeões: eles enfrentam a morte honradamente; que possamos cuidar para que também nós, que nos situamos em primeiro lugar entre todas as nações da terra, caiamos com dignidade em vez de servir com ignomínia.

O efeito foi tal que, quando Cícero se sentou, grande parte do Senado se levantou imediatamente e correu para se aglomerar em volta dele com congratulações. Estava claro que, por enquanto, ele havia conquistado todos à sua frente. Por ordem de Cícero, foi proposta uma moção agradecendo a Décimo sua defesa da Gália Cisalpina, elogiando Otaviano por sua "ajuda, coragem e discernimento" e prometendo-lhe honrarias futuras assim que os cônsules eleitos convocassem o Senado no ano-novo. Ela recebeu uma aprovação esmagadora. Depois, de maneira extremamente inusitada, os tribunos convidaram Cícero em vez de um magistrado de serviço para ir ao fórum e relatar ao povo o que o Senado tinha decidido.

Ele nos dissera antes de se encontrar com Otaviano que o poder em Roma jazia no pó, meramente à espera de que alguém o apanhasse. Foi o que fez aquele dia. Subiu à rostra, observado pelo Senado, e se virou para encarar todos aqueles milhares de cidadãos.

— Seus incríveis números, romanos — berrou para eles —, e o tamanho, o maior de que posso me lembrar, desta assembleia, inspiram-me a defender a república e me dão esperança de restabelecê-la!

"Posso lhes dizer que Caio César, que protegeu e está protegendo o Estado e sua liberdade, acaba de receber o agradecimento do Senado! — Uma grande onda de aplauso se ergueu da multidão. — Enalteço — gritou Cícero, esforçando-se para se fazer ouvir —, enalteço todos vocês, romanos, por saudar com os mais calorosos aplausos o nome de um jovem muitíssimo nobre. Honras divinas e imortais são devidas a seus divinos e imortais serviços!

"Vocês estão lutando, romanos, contra um inimigo com quem nenhum termo de paz é possível. Marco Antônio não é apenas um homem culpado e perverso. É um animal muitíssimo monstruoso e selvagem. A questão não é em que termos viveremos, mas se chegaremos a viver ou pereceremos em tortura e ignomínia!

"Quanto a mim, não pouparei esforços em favor de vocês. Fomos hoje, pela primeira vez após um longo intervalo, com meu conselho e por minha sugestão, inflamados pela esperança da liberdade!"

Com isto ele deu um passo atrás para indicar que seu discurso estava terminado. A multidão urrou e bateu pés em aprovação, e a última e mais gloriosa fase da carreira pública de Cícero começou.

A PARTIR DE minhas anotações taquigráficas, fiz uma transcrição de ambos os discursos, e mais uma vez uma equipe de escribas trabalhou num esquema de revezamento para fazer cópias. Estas foram variadamente postadas no fórum e enviadas para Bruto, Cássio, Décimo e os outros homens proeminentes na causa republicana. Naturalmente foram também enviadas para Otaviano, que as leu de imediato e respondeu dentro de uma semana:

De C. César a seu amigo e mentor M. Cícero.
Saudações!

Gostei muito de suas últimas Filípicas. "Casto... modesto... pureza... inteligência divina" — minhas orelhas estão queimando! Falando sério, não exagere muito, mon vieux, *pois só posso ser uma decepção! Gostaria de conversar com você algum dia sobre os aspectos mais complexos da oratória — sei quanto poderia aprender com você tanto sobre esse quanto sobre outros assuntos. Assim — vamos adiante! Tão logo eu receba uma mensagem sua de que meu exército foi legalizado e que tenho a autoridade necessária para empreender guerra, deslocarei minhas legiões para o norte para atacar Marco Antônio.*

Todos os homens agora esperavam ansiosamente pela reunião seguinte do Senado, que deveria se realizar no primeiro dia de janeiro. Cícero se afligiu por estarem perdendo um tempo precioso: "A regra mais importante na política é sempre manter as coisas em movimento." Foi ver Hírcio e Pansa e insistiu para que antecipassem a sessão; eles se recusaram, alegando não ter autoridade legal. Ainda assim, acreditava contar com a confiança deles e que os três formariam uma frente unida. No entanto, depois que o ano-novo alvoreceu, os sacrifícios foram conduzidos no Capitólio em conformidade com a antiga tradição, e o Senado se reuniu no Templo de Júpiter para debater a situação da nação, ele recebeu um choque muito desagradável: tanto Pansa, que presidiu a sessão e fez o discurso de abertura, quanto Hírcio, que falou em seguida, expressaram a esperança de que, por mais grave que fosse a situação, ainda fosse possível encontrar uma solução pacífica com Marco Antônio. Isso não era de maneira alguma o que Cícero queria ouvir.

Sendo o ex-cônsul mais velho, ele havia esperado ser chamado em seguida, e assim se levantou. Em vez disso, Pansa o ignorou em favor de seu sogro, Quinto Caleno, um velho partidário de Clódio e amigo íntimo de

Marco Antônio, que nunca fora eleito cônsul, tendo sido apenas designado para o cargo pelo ditador. Ele era uma figura atarracada, corpulenta, com a constituição de um ferreiro e longe de ser um grande orador, mas foi direto e ouvido com respeito.

— Esta crise foi compreendida pelo culto e eminente Cícero como sendo uma guerra entre a república de um lado e Marco Antônio de outro. Isso não está correto, cavalheiros. Trata-se de uma guerra entre três diferentes grupos: Marco Antônio, que foi feito governador da Gália Cisalpina por um voto desta casa e pelo povo; Décimo, que se recusa a entregar seu comando; e um rapaz que reuniu um exército privado e está em busca de tudo que puder conseguir. Dos três, conheço e apoio pessoalmente Marco Antônio. Talvez, para apaziguar os ânimos, devêssemos lhe oferecer o governo da Gália Transalpina em vez disso. Se isso for demais para o restante de vocês, contudo, proponho que deveríamos, no mínimo, permanecer neutros.

Quando ele se sentou, Cícero se levantou novamente. Mais uma vez, porém, Pansa o ignorou e chamou Lúcio Pisão, ex-sogro de César, que Cícero considerara naturalmente um aliado. Em vez disso, Pisão fez um longo discurso cuja essência foi que ele sempre encarara Marco Antônio como um perigo para o Estado e ainda o fazia, mas, tendo atravessado a última guerra civil, não tinha nenhum desejo de vivenciar outra e acreditava que o Senado devia fazer uma última tentativa de evitá-la, enviando uma delegação a Marco Antônio para lhe oferecer termos de paz.

— Proponho que ele deva se submeter à vontade do Senado e do povo, abandonar seu sítio de Mutina e retirar seu exército para o lado italiano do Rubicão, mas sem chegar a menos de trezentos e vinte quilômetros de Roma. Se o fizer, mesmo neste estágio tardio, a guerra pode ser evitada. Se não o fizer, porém, e a guerra vier, ao menos o mundo não terá nenhuma dúvida quanto a quem cabe a culpa.

Depois que Pisão terminou, Cícero nem sequer se deu ao trabalho de se levantar. Ficou sentado com o queixo afundado no peito, lançando um olhar irritado para o assoalho. O orador seguinte foi seu outro suposto aliado, P. Servílio Vácia Isáurico, que pronunciou grande número de platitudes e falou com rancor de Marco Antônio, mas com ainda mais rancor de Otaviano.

Sendo parente por casamento de Bruto e Cássio, suscitou uma questão que estava em muitas mentes.

— Desde que chegou à Itália, Otaviano fez os mais violentos discursos, jurando vingar seu pretenso pai, levando os assassinos dele à justiça. Com isso ameaça a segurança dos homens mais ilustres no Estado. Foram eles consultados sobre as honras que estão sendo contempladas agora para o filho adotivo de César? Que garantias temos de que, se formos em frente para transformar esse ambicioso e imaturo aspirante a general na "espada e escudo do Senado", como o nobre Cícero sugere, ele não se virará e usará sua espada contra nós?

Esses cinco discursos, sucedendo-se após a abertura oficial, tomaram todo o curto dia de janeiro, e Cícero voltou para casa sem ter pronunciado seu discurso preparado.

— Paz! — disse ele com desdém. No passado, havia sido sempre um defensor da paz; não mais. Projetou o queixo numa atitude beligerante enquanto se queixava amargamente dos cônsules. — Que dupla de mediocridades sem caráter. Todas aquelas horas que passei ensinando-os a falar bem! E para quê? Teria empregado melhor o meu tempo ensinando-os a pensar direito.

Quanto a Caleno, Pisão e Isáurico, eles eram "conciliadores confusos", "covardes", "monstruosidades políticas"— depois de algum tempo parei de tomar nota dos insultos. Ele foi para seu gabinete reescrever o discurso e, na manhã seguinte, saiu decidido para o segundo dia do debate como um navio de guerra pronto para a batalha.

No instante em que a sessão começou Cícero se pôs de pé e assim permaneceu, indicando que esperava ser chamado em seguida e não aceitaria um não como resposta. Atrás dele seus partidários bradavam seu nome como em um cântico, e por fim Pansa não teve opção senão indicar com gestos que Cícero estava com a palavra.

— Nada, cavalheiros — começou ele —, jamais me pareceu demorar tanto a chegar quanto o início deste ano e com ele esta reunião do Senado. *Nós* esperamos... mas aqueles que fazem guerra contra o Estado não o fizeram. Acaso Marco Antônio deseja paz? Então que ele deponha as próprias armas. Que peça paz. Que apele para nossa clemência. Enviar emissários a um homem sobre o qual treze dias atrás vocês proferiram o mais pesado e severo julgamento, porém, já não é mais piada: é loucura, se devo dar minha real opinião.

Um por um, como o impacto de projéteis lançados por uma poderosa catapulta, Cícero demoliu os argumentos de seus oponentes. Marco Antônio não tinha nenhum direito legal a ser governador da Gália Cisalpina: sua lei fora imposta a uma assembleia inválida em meio a uma tempestade. Ele era um falsificador. Era um ladrão. Era um traidor. Dar-lhe a província da Gália Transalpina seria lhe dar acesso "aos tendões da guerra: dinheiro ilimitado" — a ideia era absurda.

— E é para esse homem, pelos deuses, que temos o prazer de enviar emissários? Ele nunca obedecerá aos emissários de ninguém! Conheço a loucura e a arrogância do sujeito. Mas, nesse ínterim, tempo será desperdiçado. Os preparativos para a guerra arrefecerão... eles já se prolongaram cansativamente por lentidão e atraso. Se tivéssemos agido mais cedo, não estaríamos tendo guerra agora. Todo mal pode ser facilmente esmagado ao nascer; permita-lhe se estabelecer, porém, e ele sempre ganha força.

"Proponho, portanto, cavalheiros, que não enviemos nenhum emissário. Proponho, em vez disso, que um estado de emergência seja declarado, que os tribunais sejam fechados, que trajes militares sejam vestidos, que um recrutamento seja iniciado, que dispensas do serviço militar sejam suspensas em toda Roma e toda a Itália e que Marco Antônio seja declarado inimigo público..."

Um rugido espontâneo de aplausos e bater de pés abafou o restante da frase, mas Cícero continuou falando:

— ... se fizermos tudo isso, Marco Antônio perceberá que iniciou uma guerra contra o Estado. Ele experimentará a energia e a força de um Senado com um único pensamento. Marco Antônio diz que esta é uma guerra de grupos. Que grupos? Esta guerra não foi provocada por nenhum grupo, mas somente por ele!

"E agora chego a Caio César, sobre quem meu amigo Isáurico acumulou tanto desdém e desconfiança. No entanto, se ele não vivesse, qual de nós estaria vivo agora? Que deus apresentou ao povo romano esse rapaz enviado pelo céu? Graças à sua proteção, a tirania de Marco Antônio foi frustrada. Vamos, portanto, dar a César o necessário comando, sem o qual nenhum assunto militar pode ser administrado, nenhum exército, mantido coeso, nenhuma guerra, feita. Que o deixemos ser pró-pretor com o poder máximo de uma nomeação regular.

"Sobre ele repousa nossa esperança de liberdade. Conheço esse jovem. Nada lhe é mais caro que a república; nada, mais importante que a autoridade dos senadores; nada, mais desejável que a opinião dos homens bons; nada, mais doce que a glória genuína. Aventuro-me até a dar minha palavra, cavalheiros, a vocês e ao povo romano: prometo, asseguro, juro solenemente que Caio César será sempre um cidadão como é hoje, o cidadão que todos nós desejamos e rogamos com a maior sinceridade que ele deveria ser."

Esse discurso, e em particular essa garantia, mudou tudo. Acredito que pode ser verdadeiramente afirmado — e esta é uma rara alegação para qualquer discurso — que, se Cícero não tivesse articulado sua Quinta Filípica, a história teria sido diferente, pois a opinião no Senado estava quase igualmente dividida, e, até que ele falasse, o debate favorecia Marco Antônio. Na verdade, Cícero poderia ter vencido em todos os pontos se um tribuno chamado Sálvio não tivesse interposto seu veto, prolongando o debate por um quarto dia e dando a oportunidade de Fúlvia, mulher de Marco Antônio, aparecer à porta do templo e suplicar moderação. Ela vinha acompanhada pelo filho bebê — aquele que fora enviado para o Capitólio como refém — e pela mãe idosa de Marco Antônio, Júlia, que era prima de Júlio César e muito admirada por sua conduta nobre. Estavam todos vestidos de preto e produziram um espetáculo extremamente comovedor, três gerações andando pelo corredor do Senado com as mãos postas em súplica. Todos os senadores estavam cientes de que, se Marco Antônio fosse nomeado inimigo público, todos os bens da família seriam confiscados e eles seriam jogados na rua.

— Poupem-nos dessa humilhação — gritou Fúlvia —, nós lhes imploramos!

A votação para declarar Marco Antônio inimigo do Estado foi devidamente perdida, enquanto a moção para enviar uma delegação de emissários para fazer uma proposta final de paz foi aprovada. Em todo o restante, no entanto, Cícero venceu: o exército de Otaviano foi reconhecido como legítimo e incorporado junto com o de Décimo sob o estandarte do Senado; Otaviano foi feito senador, apesar de sua juventude, e também lhe foi concedida uma pró-pretoria com poder de *imperium*; como um aceno ao futuro, a idade mínima para o consulado foi reduzida em dez anos (embora ainda fossem ser necessários mais treze para que Otaviano pudesse se candidatar); a lealdade de Planco e Lépido foi comprada, um sendo confirmado como cônsul para o ano seguinte, o outro sendo homenageado com uma estátua equestre dourada sobre a rostra; e foi ordenado que o recrutamento de novos exércitos e a imposição de um estado de prontidão militar começassem imediatamente em Roma e por toda a Itália.

Mais uma vez os tribunos pediram a Cícero, e não aos cônsules, que transmitisse as decisões do Senado aos milhares reunidos no fórum. Quando ele lhes disse que emissários da paz seriam enviados a Marco Antônio, um gemido coletivo se elevou. Cícero fez um gesto apaziguador com as mãos.

— Entendo, romanos, que esse procedimento também seja repudiado por vocês, como foi por mim, e com boa razão. Rogo, porém, que sejam pacientes. O que fiz antes no Senado farei agora diante de vocês. Prevejo que Marco Antônio vá ignorar os emissários, devastar a região, sitiar Mutina e recrutar mais soldados. E não receio que, ao ouvir estas palavras, Marco Antônio mude seus planos e obedeça ao Senado para me refutar: ele já foi longe demais para isso. Perderemos algum tempo precioso, mas não temam: alcançaremos a vitória no fim. Outras nações podem suportar a escravidão, mas o bem mais valorizado do povo romano é a liberdade.

A DELEGAÇÃO DA paz partiu do fórum no dia seguinte. Cícero foi vê-los partir de má vontade. Os enviados escolhidos foram três ex-cônsules: Lúcio Pisão, que fora o primeiro a propor a ideia e por isso dificilmente poderia se recusar a participar; Marco Filipo, padrasto de Otaviano, cuja participação Cícero qualificou de "repugnante e escandalosa", e o velho amigo de Cícero, Sérvio Sulpício, que estava tão mal de saúde que Cícero lhe implorou que reconsiderasse.

— São quatrocentos quilômetros de jornada em pleno inverno, em meio a neve, lobos e bandoleiros, tendo apenas os encantos de um acampamento do exército no fim. Por piedade, meu caro Sérvio, use sua doença como desculpa e deixe que encontrem outra pessoa.

— Você se esquece de que eu estava ao lado de Pompeu em Farsalos. Assisti à matança dos melhores homens do Estado. Meu último serviço à república será tentar impedir que aquilo volte a acontecer.

— Seus instintos são nobres como sempre, mas sua apreensão da realidade é deficiente. Marco Antônio rirá na sua cara. Seu sofrimento servirá apenas para ajudar a prolongar a guerra.

— O que foi feito de meu velho amigo que detestava a soldadesca e amava seus livros? — perguntou Sérvio, olhando com tristeza para Cícero. — Sinto muita falta dele. Eu certamente o preferia a este agitador que instiga a sede de sangue da multidão.

Com isso ele subiu rigidamente em sua liteira e foi levado junto dos outros para iniciar a longa viagem.

Os preparativos para a guerra se reduziram então a um ritmo desanimado, como Cícero advertira que ocorreria, enquanto os romanos esperavam o resultado da missão de paz. Embora se realizassem recrutamentos por toda a Itália para a formação de quatro novas legiões, não havia nenhum grande sentido de urgência agora que a ameaça imediata parecia ter sido suspensa. Nesse ínterim, as únicas legiões que o Senado podia usar eram as duas acampadas perto de Roma que se declararam favoráveis a Otaviano — os Marcianos e a Quarta —, que, após receber permissão de Otaviano, concordaram em marchar para o norte para libertar Décimo sob o comando de um dos cônsules. O sorteio para o cargo teve de ser feito de acordo com a lei, e por uma cruel brincadeira dos deuses ele coube ao enfermo entre eles, Hírcio. Observar tal figura fantasmagórica com sua capa vermelha subir penosamente os degraus do Capitólio, realizar o sacrifício tradicional de um touro branco a Júpiter e depois partir a cavalo para a guerra encheu Cícero de maus pressentimentos.

QUASE UM MÊS se passaria antes que o arauto da cidade anunciasse que os emissários da paz se aproximavam de Roma em seu retorno. Pansa convocou o Senado para ouvir o relato deles naquele mesmo dia. Somente dois foram ao templo — Pisão e Filipo. Pisão se levantou e anunciou com voz grave que o valente Sérvio, quando mal chegara ao quartel-general de

Marco Antônio, havia morrido de exaustão. Por conta da distância envolvida e da lentidão da viagem em pleno inverno, fora necessário cremá-lo lá mesmo em vez de trazer o corpo para casa.

— Devo dizer, cavalheiros, que constatamos que Marco Antônio cercou Mutina com um sistema muito poderoso de obras de cerco e, durante todo o tempo que passamos em seu acampamento, não cessou de golpear a cidade com projéteis. Recusou-se a nos conceder passagem segura por suas linhas para que falássemos com Décimo. Quanto aos termos que vocês nos autorizaram a oferecer, ele os rejeitou em favor de seus próprios termos.

Pisão mostrou uma carta e começou a ler:

— Ele abandonará sua reivindicação ao governo da Gália Cisalpina, mas somente se for compensado pela concessão, em seu lugar, da Gália Transalpina por cinco anos, juntamente com o comando do exército de Décimo, elevando sua força total a seis legiões. Exige que todos os decretos que emitiu em nome de César sejam declarados legais; que não haja mais investigação sobre o desaparecimento do tesouro do Estado do Templo de Ops; que seus seguidores sejam anistiados; e finalmente que seja pago a seus soldados o que lhes é devido e que lhes sejam também dadas terras.

Pisão enrolou o documento e o enfiou na manga.

— Fizemos o melhor que podíamos, cavalheiros. Estou decepcionado, não vou escondê-lo. Temo que esta casa deva reconhecer que existe um estado de guerra entre a república e Marco Antônio.

Cícero se levantou, porém mais uma vez Pansa chamou o sogro, Caleno, para falar primeiro.

— Deploro o uso da palavra "guerra" — disse ele. — Ao contrário, creio que temos aqui, cavalheiros, a base para uma paz honrosa. Foi sugestão minha, feita pela primeira vez neste Senado, que a Gália Transalpina fosse oferecida a Marco Antônio, e me alegra que ele tenha aceitado. Nossas principais exigências foram todas atendidas: Décimo permanece como governador, o povo de Mutina é poupado de qualquer sofrimento adicional e romanos não pegam em armas contra romanos. Posso ver pela maneira como ele balança a cabeça que Cícero não gosta do que estou dizendo. Ele é um homem raivoso. Mais do que isso, porém: aventuro-me a dizer que é um *velho* raivoso. Gostaria de lhe lembrar que não serão homens de nossa idade que morrerão nessa nova guerra. Serão o filho dele, o meu e os dos senhores, cavalheiros: o seu, o seu e o seu. Digo que devemos fazer uma trégua com Marco Antônio e conciliar nossas diferenças pacificamente, da maneira que nossos valentes colegas Pisão, Filipo e o pranteado Sérvio nos mostraram como fazer.

O discurso de Caleno foi calorosamente recebido. Estava claro que Marco Antônio ainda tinha seus defensores no Senado, inclusive seu legado, o pequenino Cótilo, ou "Quarto de Litro", a quem ele enviara ao sul para informá-lo sobre o estado de espírito em Roma. À medida que Pansa chamava orador após orador — inclusive o tio de Marco Antônio, Lúcio César, que disse se sentir na obrigação de defender o sobrinho —, Cótilo anotava ostensivamente seus comentários, presumivelmente de modo a poder retransmiti-los a seu senhor. Isso teve um efeito estranhamente inquietante, e, no fim do dia, a maioria da casa, inclusive Pansa, votou pela remoção da palavra "guerra" da moção, declarando em vez disso que o país se encontrava em estado de "tumulto".

Pansa não chamou Cícero até a manhã seguinte. Mais uma vez, porém, isso acabou por favorecê-lo. Não só ele se levantou numa atmosfera de intensa expectativa, como foi capaz de atacar os argumentos dos oradores anteriores. Começou com Lúcio César:

— Ele desculpa seu voto alegando parentesco. É um tio. Muito justo. Mas e os outros? Vocês são tios também?

E depois de provocar o riso da audiência — depois de amaciar o terreno, por assim dizer —, ele passou a pulverizá-los com uma catarata de invectivas e escárnio.

— Décimo está sendo atacado; não há nenhuma guerra. Mutina está sendo sitiada; nem mesmo isso é guerra. A Gália está sendo devastada; o que poderia ser mais pacífico? Cavalheiros, esta é uma guerra como nunca se viu antes! Estamos defendendo os templos dos deuses imortais, nossas muralhas, nossos lares e os direitos hereditários do povo romano, os altares, as lareiras e os túmulos de nossos ancestrais; estamos defendendo nossas leis, nossos tribunais, nossa liberdade, nossas esposas, nossos filhos, nossa pátria. Do outro lado, Marco Antônio luta para destruir tudo isso e saquear o Estado.

"Neste ponto meu bravo e vigoroso amigo Caleno me lembra das vantagens da paz. Mas eu lhe pergunto, Caleno: o que você quer dizer? Chama a escravidão de paz? Há uma luta intensa em curso. Enviamos três importantes membros do Senado para intervir. Marco Antônio os repudiou com desprezo. No entanto, você continua sendo seu mais constante defensor!

"Que desonra o dia de ontem nos revelou! 'Ah, mas e se fizéssemos uma trégua!' Uma trégua? Na presença dos emissários, diante de seus olhos, ele golpeou Mutina com suas máquinas. Mostrou-lhes suas obras e seu trem de cerco. Nem por um momento, embora os emissários estivessem lá, houve uma pausa. Emissários para esse homem? Paz com esse homem?

"Direi isto com pesar e não com insulto: fomos desertados, desertados, cavalheiros, por nossos líderes. Que concessões não fizemos para Cótilo, o emissário de Marco Antônio? Embora por direito as portas desta cidade devessem ter sido fechadas para ele, até este templo lhe foi aberto. Ele veio ao Senado. Registrou em seus cadernos seus votos e tudo que vocês disseram. Até aqueles que ocuparam os mais altos cargos o estavam bajulando para a desgraça de sua dignidade. Vós deuses imortais! Onde está o antigo espírito de nossos ancestrais? Que Cótilo retorne a seu general, mas com a condição de jamais retornar a Roma."

O Senado ouvia atordoado. Eles não eram envergonhados dessa maneira desde os dias de Catão. No fim, Cícero apresentou uma nova moção: que fosse dado àqueles que lutavam ao lado de Marco Antônio um prazo até os idos de março para depor suas armas; depois disso, qualquer um que continuasse em seu exército ou fosse se unir a ele seria considerado traidor. A proposta obteve aprovação esmagadora. Não haveria nenhuma trégua, nenhuma paz, nenhum acordo; Cícero tinha a sua guerra.

UM OU DOIS dias depois do primeiro aniversário do assassinato de César — ocasião que passou despercebida, exceto pelas flores colocadas em seu túmulo —, Pansa seguiu seu colega, Hírcio, rumo à batalha. O cônsul partiu a cavalo do Campo de Marte à frente de um exército de quatro legiões: quase vinte mil homens trazidos de todos os cantos da Itália. Cícero observou a passagem deles com o restante do Senado. Como força militar, era menos impressionante do que parecia. A maioria eram os mais inexperientes dos recrutas — agricultores, cavalariços, padeiros e lavadeiros que mal eram capazes de marchar no compasso. Seu real poder era simbólico. A república estava em armas contra o usurpador Marco Antônio.

Na ausência dos dois cônsules, o magistrado mais graduado que ficara na cidade era o pretor urbano, Marco Cornuto — um soldado escolhido por César por sua lealdade e discernimento e que, agora, via-se na necessidade de presidir o Senado, embora tivesse uma experiência mínima de política. Não demorou para que se colocasse inteiramente nas mãos de Cícero, que assim, aos 63 anos, tornou-se o governante efetivo de Roma pela primeira vez desde seu consulado vinte anos antes. Era a Cícero que todos os governadores imperiais dirigiam seus relatórios. Era ele quem decidia quando o Senado devia se reunir. Era ele quem fazia as principais nomeações. Era a casa dele que ficava cheia de peticionários todos os dias.

Ele enviou uma divertida narrativa de seu *redux* a Otaviano:

Penso que não estou me gabando quando digo que nada pode acontecer nesta cidade hoje em dia sem minha aprovação. Chega a ser, na verdade, até melhor que um consulado, porque ninguém sabe onde meu poder começa ou termina; assim, em vez de correr o risco de me ofender, todos me consultam sobre tudo. Ainda melhor, pensando bem, que uma ditadura, porque ninguém põe a culpa em mim quando as coisas dão errado! Isso é prova de que nunca deveríamos tomar os símbolos de um cargo por poder de fato — mais um conselho avuncular para seu brilhante futuro, meu rapaz, de seu velho mentor e amigo devotado.

Otaviano respondeu no fim de março para relatar que procedia como prometera: seu exército de quase dez mil homens estava levantando acampamento logo ao sul de Bonônia, ao lado da via Emília, e deslocando-se para se juntar aos exércitos de Hírcio e Pansa no rompimento do cerco de Mutina.

Estou me colocando sob o comando dos cônsules. Estamos esperando uma grande batalha com Marco Antônio dentro das próximas duas semanas. Prometo que me esforçarei para me conduzir tão valentemente no campo quanto você o fez no Senado. O que era mesmo que os guerreiros espartanos diziam? "Haverei de retornar ou com meu escudo, ou sobre ele."

Por volta dessa época, começaram a chegar a Cícero rumores sobre acontecimentos no oriente. De Bruto na Macedônia, ele ficou sabendo que Dolabela — rumando para a Síria à frente de uma pequena força — havia chegado até Esmirna, na margem leste do mar Egeu, onde encontrara o governador da Ásia, Trebônio. Este o tratara com muita polidez e até lhe permitira prosseguir em seu caminho. Naquela noite, contudo, Dolabela regressara em segredo, entrara na cidade, capturara Trebônio enquanto ele dormia e o submetera a dois dias e duas noites de intensa tortura, usando chicotes, ecúleo e ferros quentes, para obrigá-lo a revelar o paradeiro de seu tesouro. Depois disso, por ordem de Dolabela, quebraram-lhe o pescoço e cortaram-lhe a cabeça, que os soldados de Dolabela chutaram para lá e para cá nas ruas até ter ficado completamente destroçada, enquanto o restante do corpo era mutilado e posto em exibição pública. "Assim morre o primeiro dos assassinos de César", consta que Dolabela teria declarado. "O primeiro — mas não será o último."

Os restos de Trebônio foram enviados para Roma e submetidos a uma necropsia para confirmar a maneira de sua morte antes de serem entregues à família para cremação. Seu destino sinistro teve um efeito salutar sobre Cícero e os demais líderes da república. Eles sabiam agora o que esperar se caíssem nas mãos de seus inimigos, especialmente quando Marco Antônio divulgou uma carta aberta aos cônsules anunciando sua lealdade a Dolabela e expressando sua satisfação com a sorte de Trebônio: *Que um criminoso tenha sofrido as consequências de seu erro é motivo de alegria*. Cícero leu a carta em voz alta no Senado: isso reforçou a determinação dos homens de não ceder em nenhum aspecto ao adversário. Dolabela foi declarado inimigo público. Foi um choque particular para Cícero que seu ex-genro tivesse exibido tamanha crueldade. Mais tarde, ele lamentou comigo:

— Pensar que semelhante monstro se hospedou sob meu teto e compartilhou uma cama com minha pobre filha querida; pensar que eu até *gostava* do homem... Quem sabe que animais se escondem dentro das pessoas próximas a nós?

A tensão nervosa sob a qual ele viveu durante aqueles primeiros dias de abril, enquanto esperava uma notícia de Mutina, foi indescritível. Primeiro houve boas notícias: após meses sem contato, Cássio por fim escreveu para dizer que estava assumindo completo controle da Síria; que todos os lados — cesaristas, republicanos e os últimos pompeanos remanescentes — estavam acorrendo em grande número para ele, que tinha sob seu comando um exército unido de nada menos que onze legiões. *Quero que saiba que você e seus amigos no Senado não estão desprovidos de poderoso apoio, de modo que podem defender o Estado nos melhores interesses da esperança e da coragem.* Bruto também estava alcançando sucesso, tendo recrutado outras cinco legiões, cerca de vinte e cinco mil homens, na Macedônia. O jovem Marco estava com ele, recrutando e treinando cavalaria: *Seu filho merece minha aprovação por sua energia, sua resistência, seu trabalho árduo e seu espírito generoso; na verdade, por toda espécie de serviço.*

Logo então, no entanto, chegariam mensagens mais agourentas. Décimo estava em terríveis apuros após mais de quatro meses preso em Mutina. Seu único contato com o mundo externo era por meio de pombos-correio, e as poucas aves que conseguiam chegar traziam notícias de fome, doença e baixo moral. Nesse ínterim, Lépido, que deslocava suas legiões para mais perto do cenário da iminente batalha com Marco Antônio, rogava a Cícero e ao Senado que considerassem uma nova proposta de negociações de paz. Cícero ficou tão exasperado com a presunção desse homem fraco e arrogante que me ditou uma carta que foi enviada naquela mesma noite.

Cícero para Lépido.

Alegro-me com seu desejo de estabelecer a paz entre cidadãos, mas somente se você puder separar a paz da escravidão. Caso contrário, deveria compreender que todos os homens sensatos tomaram uma resolução de preferir a morte à servidão. Você agirá mais sabiamente em minha opinião caso não se intrometa mais nesse assunto, que é inaceitável tanto para o Senado quanto para o povo, ou para qualquer homem honesto.

Cícero não alimentava nenhuma ilusão. A cidade e o Senado ainda abrigavam centenas de partidários de Marco Antônio. Caso Décimo se rendesse ou os exércitos de Hírcio, Pansa e Otaviano fossem derrotados, ele sabia que seria o primeiro a ser capturado e morto. Como medida de precaução, ordenou que duas das três legiões estacionadas na África voltassem para defender Roma, mas elas não chegariam antes de meados do verão.

Foi no vigésimo dia de abril que a crise finalmente eclodiu. Cedo naquela manhã, Cornuto, o pretor urbano, subiu a colina às pressas. Com ele estava um mensageiro que havia sido despachado por Pansa seis dias antes. A expressão de Cornuto era sombria.

— Conte a Cícero — disse ele ao mensageiro — o que acaba de me contar.

— Víbio Pansa lamenta relatar uma catastrófica derrota — disse o mensageiro com uma voz trêmula. — Ele e seu exército foram surpreendidos pelas forças de Marco Antônio no assentamento de Fórum Galoro. A falta de experiência de nossos homens ficou evidente de imediato: a linha se rompeu e houve uma matança geral. O cônsul conseguiu escapar, mas ele mesmo está ferido.

O rosto de Cícero ficou lívido.

— E Hírcio e César? Alguma notícia deles?

— Nenhuma — respondeu Cornuto. — Pansa estava a caminho do acampamento deles, mas foi atacado antes que pudesse alcançá-los.

Cícero gemeu.

— Devo convocar uma reunião do Senado? — perguntou Cornuto.

— Pelos deuses, não! — exclamou Cícero, dizendo então ao mensageiro: — Diga-me a verdade: mais alguém em Roma sabe disto?

O mensageiro baixou a cabeça.

— Fui primeiro à casa do cônsul. O sogro dele estava lá.

— Caleno!

— Ele sabe de tudo, infelizmente — disse Cornuto, soturno. — Está no Pórtico de Pompeu neste momento, no local exato onde César foi derrubado, contando para quem quiser ouvir que estamos pagando o preço por um assassinato impiedoso. Ele acusa o senhor de planejar se apoderar do poder como ditador. Creio que está reunindo uma multidão considerável.

— Temos de tirá-lo de Roma — falei para Cícero.

— Não, não — respondeu ele, balançando a cabeça enfaticamente. — Eles são os traidores, não eu. Malditos sejam, não vou fugir. Encontre Apuleio — ordenou bruscamente ao pretor urbano, como se ele fosse seu mordomo. —

Diga-lhe para convocar uma assembleia pública e depois venha me buscar. Falarei ao povo. Preciso acalmá-los. Eles devem ser lembrados de que há sempre más notícias na guerra. E quanto a você — disse ao mensageiro —, é melhor não dizer uma só palavra sobre isto para mais alguém, está entendendo? Do contrário, vou ter de mandar prendê-lo.

Nunca admirei Cícero mais do que nesse dia, quando encarou o desastre de frente. Ele foi para seu gabinete compor um discurso, enquanto eu, do terraço, observava o fórum começando a se encher de cidadãos. O pânico tem seu próprio padrão. Eu aprendera a reconhecê-lo ao longo dos anos. Homens correm de um orador para outro. Grupos se formam e se dissolvem. Por vezes o espaço público se esvazia por completo. É como uma nuvem de poeira sendo carregada pelo vento e rodopiando antes do início de uma tempestade.

Apuleio subiu o morro com dificuldade, como lhe fora ordenado, e eu o levei para ver Cícero. Ele relatou que o rumor que circulava naquele momento era de que Cícero deveria ser presenteado com os fasces de um ditador. Era uma artimanha, é claro — uma provocação que seria o pretexto para seu assassinato. Depois os antonianos imitariam a tática de Bruto e Cássio: iriam se apoderar do Capitólio e tentar ocupá-lo até que Marco Antônio chegasse à cidade para acudir-lhes.

— Você será capaz de garantir minha segurança se eu descer para me dirigir ao povo? — perguntou Cícero a Apuleio.

— Não posso dar uma garantia absoluta, mas podemos tentar.

— Envie a maior escolta que puder. Conceda-me uma hora para eu me preparar.

O tribuno se retirou, e, para meu espanto, Cícero anunciou então que iria tomar um banho, fazer a barba e vestir roupas limpas.

— Trate de registrar tudo isto — disse-me ele. — Dará um bom final para o seu livro.

Saiu com seus escravos de corpo, e, quando voltou uma hora depois, Apuleio havia reunido uma grande força na rua, composta sobretudo de gladiadores, juntamente com seus colegas tribunos e os respectivos assistentes. Cícero retesou os ombros, a porta foi aberta, e ele estava prestes a transpor a soleira quando os lictores do pretor urbano chegaram correndo pela rua, abrindo caminho para Cornuto. Ele segurava uma mensagem. Seu rosto estava molhado de lágrimas. Sem fôlego e emocionado demais para falar, ele enfiou a mensagem nas mãos de Cícero.

De Hírcio a Cornuto. Defronte a Mutina.

Mando-lhe isto às pressas. Graças aos deuses, reparamos hoje um desastre anterior e obtivemos uma grande vitória sobre o inimigo. O que se perdeu ao meio-dia foi recuperado ao pôr do sol. Conduzi vinte coortes da Quarta Legião para aliviar Pansa e cair sobre os homens de Marco Antônio enquanto eles comemoravam prematuramente. Capturamos duas águias e sessenta estandartes. Marco Antônio e o que resta de seu exército se retiraram para seu acampamento, onde estão presos. Agora é a vez deles de experimentar como é ser sitiado. O inimigo perdeu a maior parte de seus veteranos; agora conta somente com cavalaria. Sua situação é indefensável. Mutina está salva. Pansa está ferido, mas deve se recuperar. Viva o Senado e o povo de Roma. Conte a Cícero.

XVIII

O que se seguiu foi o melhor dia da vida de Cícero — mais arduamente conquistado que sua vitória sobre Verres, mais estimulante que sua eleição para o consulado, mais alegre que sua derrota de Catilina, mais histórico que seu retorno do exílio. Todos esses triunfos eram reduzidos a nada quando comparados à salvação da república.

Naquele dia colhi a mais rica das recompensas por meus muitos dias de trabalho e minhas noites insones, escreveu Cícero a Bruto. *Toda a população de Roma afluiu em multidões à minha casa e me escoltou até o Capitólio, depois me puseram sobre a tribuna dos oradores em meio a ruidosos aplausos.*

O momento foi ainda mais doce por ter sido precedido de tão amargo desespero.

— Esta é a vitória de vocês! — gritou ele da rostra para os milhares no fórum.

— Não — gritaram eles de volta —, esta vitória é *sua*!

No dia seguinte, no Senado, ele propôs que Pansa, Hírcio e Otaviano fossem homenageados com uma ação de graças pública sem precedentes de cinquenta dias e que um monumento fosse erguido aos que tombaram: "Breve é a vida que nos é dada pela natureza; mas a memória de uma vida nobremente sacrificada é perpétua." Nenhum de seus inimigos ousou se opor a ele: ou ficaram fora da sessão ou votaram docilmente como ele pediu. Cada vez que punha o pé fora de casa, Cícero era aclamado. Estava em seu apogeu. A única coisa de que precisava agora era a confirmação oficial final de que Marco Antônio estava morto.

Uma semana mais tarde, chegou uma mensagem de Otaviano.

De C. César a seu amigo Cícero

Escrevo isto à luz de uma lamparina em meu acampamento na noite do dia 21. Queria ser o primeiro a lhe contar que conquistamos uma segunda grande vitória sobre o inimigo. Durante uma semana, minhas legiões, em estreita aliança com as do valente Hírcio, sondaram as defesas do acampamento de Marco Antônio em busca de pontos fracos. Na noite passada, encontramos um lugar adequado; nesta manhã, atacamos. A luta foi sangrenta e determinada, e o massacre foi abundante. Vi-me no meio da matança. Meu porta-estandarte foi morto a meu lado. Pus a águia sobre o ombro e a carreguei. Isso reanimou nossos homens. Décimo, vendo que o momento decisivo chegara, finalmente conduziu suas forças para fora de Mutina e se juntou à batalha. A maior parte do exército de Marco Antônio foi destruída. O patife em si, com sua cavalaria, fugiu, e a julgar pela direção de sua fuga pretende cruzar os Alpes.

Tudo isto é maravilhoso. Mas agora devo lhe contar a parte difícil. Hírcio, apesar de sua saúde debilitada, avançou com grande coragem até o coração do acampamento inimigo, tendo chegado à barraca de Marco Antônio quando foi derrubado por uma espada fatal enfiada no pescoço. Recuperei seu corpo e vou devolvê-lo a Roma, onde estou certo de que você assegurará que ele receba as honras devidas a um bravo cônsul. Escreverei novamente quando puder. Talvez você possa contar à irmã dele.

Ao terminar a leitura, Cícero me passou a carta, depois cerrou seus punhos juntos e levantou os olhos para o céu.

— Agradeço aos deuses por me ter sido permitido ver este momento.

— Embora seja uma pena quanto a Hírcio — acrescentei. Estava pensando em todos aqueles jantares sob as estrelas em Túsculo.

— É verdade. Lamento muito por ele. Ainda assim: é melhor morrer de forma rápida e gloriosa em batalha que vagarosa e esqualidamente num leito de doente. Esta guerra esteve à espera de um herói. Vou me encarregar de pôr Hírcio nesse plinto.

Ele levou a carta de Otaviano para o Senado naquela manhã, pretendendo lê-la em voz alta, pronunciar "o elogio para pôr fim a todos os elogios" e propor um velório com honras de Estado para Hírcio. O fato de ter podido aceitar a morte de um cônsul com tanta facilidade foi uma medida de sua animação. Nos degraus do Templo da Concórdia ele se encontrou com o pretor urbano, que também acabava de chegar. Senadores entravam em grande número para tomar seus lugares. Os auspícios estavam sendo interpretados. Cornuto exibia um sorriso largo.

— Suponho, por sua expressão, que você também soube da notícia da derrota final de Marco Antônio — disse ele.

— Estou extasiado. Agora devemos assegurar que o canalha não escape.

— Ah, acredite nesse velho soldado: temos homens mais que suficientes para interceptá-lo. É uma pena, contudo, que isso nos tenha custado a vida de um cônsul.

— Realmente... um fato deplorável. — Lado a lado, os dois homens começaram a subir os degraus rumo à entrada. — Pensei em pronunciar um elogio, se não houver problema para você — disse Cícero.

— É claro, embora Caleno já tenha me perguntado se *ele* poderia dizer alguma coisa.

— Caleno! O que tem ele a ver com isso?

Cornuto parou e se virou para Cícero. Pareceu surpreso.

— Bem, porque Pansa era genro dele...

— Do que está falando? Você entendeu a coisa ao contrário. Pansa não está morto; quem morreu foi Hírcio.

— Não, não. Foi Pansa, eu lhe asseguro. Recebi uma mensagem de Décimo ontem à noite. Veja. — E entregou o comunicado a Cícero. — Ele diz que, depois que o cerco foi suspenso, partiu para Bonônia para consultar Pansa a respeito da melhor maneira de perseguir Marco Antônio, só para descobrir que ele havia sucumbido aos ferimentos recebidos na primeira batalha.

Cícero se recusou a acreditar. Só quando leu a carta de Décimo teve de admitir que não havia nenhuma dúvida.

— Mas Hírcio está morto também... foi derrubado enquanto invadia o acampamento de Marco Antônio. Tenho aqui uma carta do jovem César confirmando que ele está guardando o corpo.

— *Ambos* os cônsules estão mortos?

— É inimaginável. — Cícero parecia tão atordoado com a notícia que pensei que poderia cair para trás na escada. — Em toda a existência da república, apenas oito cônsules morreram durante o ano que passaram no cargo. Oito... em quase quinhentos anos! E agora perdemos dois na mesma semana!

Alguns senadores que passavam tinham parado para fitá-los. Percebendo que estavam sendo entreouvidos, Cícero puxou Cornuto para um canto e lhe falou em voz baixa, urgente:

— Este é um momento sombrio, mas temos de atravessá-lo. Não podemos permitir que nada nos impeça de perseguir e destruir Marco Antônio. Esse é o alfa e o ômega de nosso plano de ação. Muitos de nossos colegas vão tentar tirar proveito desta tragédia para fomentar discórdia.

— Sim, mas quem comandará nossas forças na ausência dos cônsules?

Cícero emitiu um som que era algo entre um gemido e um suspiro e levou a mão à testa. Em que trapalhada isso lançava todo o seu cuidadoso planejamento, todo o seu delicado equilíbrio de poder!

— Bem, suponho que não há alternativa. Terá de ser Décimo. Ele é o mais velho e o mais experiente, e é o governador da Gália Cisalpina.

— E quanto a Otaviano?

— Deixe Otaviano comigo. Mas precisaremos votar para que receba os mais extraordinários agradecimentos e homenagens se quisermos mantê-lo em nosso campo.

— É prudente lhe dar condições de ser tão poderoso? Um dia ele se voltará contra nós, tenho certeza.

— Talvez o faça. Mas podemos enfrentá-lo mais tarde. Ele pode ser elevado, louvado e apagado.

Esse era o tipo de comentário cínico que Cícero fazia muitas vezes para causar impressão: um jogo de palavras, um gracejo inteligente, nada mais.

— Ótimo — respondeu Cornuto —, preciso me lembrar disto: *elevado, louvado, apagado.*

Depois disso, os dois discutiram qual seria a melhor maneira de dar a notícia ao Senado, que moções deveriam ser propostas, e que votações, feitas, e por fim seguiram para o templo.

— A nação experimentou um triunfo e uma tragédia no mesmo fôlego — disse Cícero ao Senado silencioso. — Um perigo mortal foi eliminado, mas somente a um preço mortal. Acaba de ser recebida a notícia de que logramos uma segunda e decisiva vitória em Mutina. Marco Antônio está em fuga com os seguidores que lhe restam; para onde, não sabemos... para o norte, para as montanhas, para as portas do próprio inferno, tanto faz para nós! — Minhas anotações registram gritos de aprovação neste ponto. — Mas, cavalheiros, preciso lhes comunicar: Hírcio está morto. Pansa está morto. — Arquejos, gritos, protestos. — Os deuses exigiram um sacrifício em expiação por nossa fraqueza e nossa estupidez nos últimos meses e anos, e nossos dois valentes cônsules pagaram por isso com a própria vida. No devido tempo, seus restos terrenos serão devolvidos à cidade. Nós os sepultaremos com plenas e solenes honras. Construiremos um grande monumento à sua coragem que homens contemplarão durante mil anos. Nós os honraremos melhor, contudo, terminando a tarefa que eles chegaram tão perto de completar e extirpando Marco Antônio de uma vez por todas.

Aplausos.

— Proponho que, à luz da perda de nossos cônsules em Mutina e atentos à necessidade de levar a guerra ao fim, Décimo Júnio Albino seja designado comandante em chefe dos exércitos do Senado no campo e que Caio Júlio César Otaviano seja seu adjunto em todos os assuntos; também proponho que, em reconhecimento a seu brilhante comando, heroísmo e sucesso, o nome de Décimo Júnio Albino deva ser acrescentado ao calendário romano para marcar seu aniversário pela eternidade e que seja concedida a Caio Júlio César Otaviano a honra de uma ovação assim que lhe for conveniente vir a Roma recebê-la.

O debate que se seguiu foi cheio de desavenças. Como Cícero escreveu para Bruto, *Naquele dia compreendi que a gratidão tem consideravelmente menos votos no Senado que o despeito.* Isáurico, tão invejoso de Otaviano quanto fora de Marco Antônio, fez oposição à ideia de lhe conceder uma ovação, o que lhe permitiria desfilar com suas legiões por Roma. No fim, Cícero só foi capaz de conseguir aprovação para sua proposta concordando em dar a Décimo a honra ainda maior de um triunfo. Uma comissão de dez membros foi constituída para estabelecer a remuneração, em dinheiro e terras, de todos os soldados: a ideia era afastá-los de Otaviano, diminuir seu pagamento e inseri-los na folha de pagamento do Senado. Para acrescentar a essa injúria, nem Otaviano nem Décimo foram convidados para integrar a comissão. Caleno, vestindo luto, também pediu que o médico de seu genro, Glico, fosse detido e interrogado, sob tortura se necessário, para determinar se a morte de Pansa fora assassinato:

— Lembrem-se de que nos foi assegurado a princípio que seus ferimentos não eram graves, mas agora podemos ver que certas pessoas poderão ser extremamente beneficiadas com sua remoção. — Uma óbvia referência a Otaviano.

No fim das contas, foi um dia ruim de trabalho, e Cícero teve de se sentar aquela noite e explicar a Otaviano o que havia acontecido.

Estou lhe enviando pelo mesmo mensageiro as resoluções que foram aprovadas hoje pelo Senado. Espero que você aceite a lógica de o colocarmos junto com seus soldados sob o comando de Décimo, assim como você estava anteriormente subordinado aos cônsules. A Comissão dos Dez é um disparate cuja rescisão vou tentar providenciar: dê-me tempo. Você deveria ter estado lá, meu caro amigo, para ouvir os louvores! Os caibros do telhado ressoaram com o elogio de sua ousadia e lealdade, e tenho o prazer de dizer que você será o mais jovem comandante na história da república a receber a distinção de uma ovação. Vá em frente com sua perseguição a Marco Antônio e guarde para mim aquele lugar em seu coração que guardo no meu para você.

Depois disso, fez-se silêncio.

DURANTE MUITO TEMPO Cícero não recebeu nenhuma notícia do teatro de operações. Isso não era de surpreender. Aquela era uma região remota, inóspita. Ele se consolava imaginando Marco Antônio com seu bando solitário de seguidores sofrendo para avançar ao longo dos desfiladeiros inacessíveis e estreitos enquanto Décimo corria para tentar interceptá-lo. Só no décimo terceiro dia de maio recebemos notícias de Décimo — e então, como costuma acontecer com essas coisas, não um, mas três comunicados chegaram ao mesmo tempo. Levei-os para Cícero em seu gabinete; ele abriu a pasta de documentos avidamente e os leu em voz alta em ordem de envio. O primeiro era datado do dia 29 de abril e deixou Cícero desconfiado no mesmo instante: *Tentarei assegurar que Marco Antônio seja incapaz de se manter na Itália. Partirei em seu encalço imediatamente.*

— Imediatamente? — disse Cícero, verificando novamente a data no cabeçalho da carta. — Do que Décimo está falando? Ele já está escrevendo oito dias depois da fuga de Marco Antônio...

O comunicado seguinte fora escrito na semana seguinte, quando Décimo estava finalmente em marcha:

As razões, meu caro Cícero, por que fui incapaz de perseguir Marco Antônio de imediato são estas. Eu não tinha cavalaria, nenhum animal de carga. Não sabia da morte de Hírcio. Não confiei em César até encontrá-lo e conversar com ele. Assim se passou o primeiro dia. Cedo no dia seguinte recebi uma mensagem de Pansa me convocando a Bonônia. Quando estava a caminho, recebi a notícia de sua morte. Apressei-me a voltar para meu próprio arremedo de exército. Ele está reduzido da mais triste maneira e em péssima forma pela falta de todas as provisões essenciais. Marco Antônio tinha dois dias de vantagem em relação a mim e fazia marchas muito mais longas como o perseguido que eu como o perseguidor, pois ele avançava atabalhoadamente, enquanto eu me movia em ordem regular. Aonde quer que fosse, ele abria as casernas de escravos e levava os homens, não parando em lugar nenhum até chegar a Vada. Ao que parece ele formou um corpo bastante considerável. Talvez vá à procura de Lépido.

Se César tivesse me ouvido e cruzado os Apeninos, eu teria posto Marco Antônio numa situação tão difícil que ele teria sido liquidado por falta de suprimentos, não por aço frio. Não há, contudo, como dar ordens a César, nem por meio de *César para seu exército — ambas coisas muito ruins. O que me alarma é como esta situação pode ser resolvida. Não mais tenho como alimentar meus homens.*

A terceira carta foi escrita um dia depois da segunda e enviada dos contrafortes dos Alpes: *Marco Antônio está em marcha. Ele segue em direção a Lépido. Espere ação futura em Roma. Você se oporá à malignidade do mundo em relação a mim, se puder.*

— Ele o deixou escapar — disse Cícero, repousando a cabeça na mão e lendo as cartas do começo ao fim outra vez. — *Ele o deixou escapar!* E agora diz que Otaviano não pode ou não quer lhe obedecer como comandante em chefe. Bem, esta é uma grande enrascada!

Imediatamente escreveu uma carta para o mensageiro levar de volta a Décimo.

Pelo que você escreve, as chamas da guerra, longe de terem sido extintas, parecem estar alcançando novas alturas. Compreendemos que Marco Antônio havia fugido em desespero com alguns seguidores desarmados e desencorajados. Se de fato a situação de Marco Antônio é tal que um conflito com ele será algo perigoso, não o vejo em absoluto como tendo fugido de Mutina, mas sim como tendo mudado o palco da guerra.

No dia seguinte, o cortejo fúnebre de Hírcio e Pansa chegou a Roma, escoltado por uma guarda de honra de cavalaria enviada por Otaviano. Ele passou pelas ruas em direção ao fórum ao cair da noite, observado por multidões silenciosas e sombrias. Na base da rostra, o Senado, todo de togas pretas, esperava à luz de archotes para recebê-lo. Cornuto fez um elogio que Cícero escrevera para ele, e depois a vasta assembleia caminhou atrás dos caixões até o Campo de Marte, onde as piras foram preparadas. Como sinal de respeito patriótico, agentes funerários, atores e músicos se recusaram a receber qualquer pagamento; Cícero brincou que, quando um agente funerário não quer receber seu dinheiro, sabe-se que se trata de um herói. Sob essa exibição pública de fanfarrice, contudo, no íntimo ele estava profundamente perturbado. Quando os archotes foram depositados na base das piras e as chamas cresceram, o rosto de Cícero à luz do fogo pareceu velho e macilento, assim como sua inquietação.

Quase tão preocupante quanto o fato de que Marco Antônio havia fugido era que Otaviano não queria ou não podia obedecer às ordens de Décimo. Cícero lhe escreveu, suplicando-lhe que obedecesse ao edito do Senado e colocasse a si e às suas legiões sob o comando do governador: *Deixe quaisquer divergências para serem resolvidas depois que a vitória for alcançada; acredite-me, a maneira mais segura de conquistar a mais elevada honra no Estado será desempenhar o papel mais completo agora na destruição de seu maior inimigo.* Agourentamente, não recebeu nenhuma resposta.

Então, Décimo voltou a escrever:

Labeo Segúlio me conta que esteve com Otaviano e que os dois conversaram muito sobre você. Certamente Otaviano não fez nenhuma queixa de você, diz ele, exceto por um comentário que lhe atribuiu: "o jovem deve ser elevado, louvado e apagado." Acrescentou que não tinha nenhuma intenção de se deixar apagar. Quanto aos veteranos, eles estão resmungando ferozmente sobre você; representam-lhe um perigo. Pretendem aterrorizá-lo e substituí-lo pelo jovem.

Fazia muito tempo que eu advertia Cícero de que seu gosto por fazer jogos de palavras e apartes divertidos um dia o meteria em apuros. Ele, porém, não conseguia se segurar. Sempre fora conhecido por seu humor cáustico, e, à medida que ficava mais velho, bastava-lhe abrir a boca e as pessoas se reuniam à sua volta, ávidas por rir. A atenção o lisonjeava e só servia para inspirá-lo a fazer ainda mais comentários mordazes. Tais observações sarcásticas eram rapidamente repetidas; por vezes lhe eram atribuídas frases que nunca dissera: de fato, compilei um livro inteiro com esses ditos apócrifos. César se deliciava com essas farpas, até quando o alvo era ele mesmo — por exemplo, quando ele mudou o calendário em seu tempo de ditador e alguém perguntou se a estrela cão ainda se levantaria na mesma data, Cícero respondeu: "Ela fará como lhe for ordenado." Dizia-se que César dera uma boa gargalhada. Contudo, seu filho adotivo, fossem quais fossem seus outros méritos, era deficiente em senso de humor, e, para variar, Cícero seguiu meu conselho e escreveu uma carta de desculpas.

Concluo que aquele maldito tolo Segúlio anda por aí contando para todo mundo sobre uma piada que supostamente fiz, e que agora a notícia dela chegou aos seus ouvidos. Não me lembro de ter feito tal comentário, mas não o renegarei, pois soa como o tipo de coisa que eu poderia ter dito — pronunciado levianamente, destinado ao momento, não apropriado a ser examinado como uma declaração séria de política. Sei que não preciso lhe dizer o quanto o aprecio, com que zelo protejo seus interesses, quão convencido estou de que você deveria desempenhar o papel principal em nossos assuntos nos próximos anos; mas se o ofendi, desculpo--me verdadeiramente.

Sua carta obteve esta resposta

De C. César para Cícero.

Meus sentimentos por você estão inalterados. Nenhum pedido de desculpa é necessário, embora, caso lhe agrade fazer um, naturalmente o aceito. Infelizmente meus partidários não são tão complacentes. Eles me advertem todos os dias de que sou um tolo por depositar minha confiança em você e no Senado. Seu comentário descuidado veio a calhar para eles. Realmente — aquele edito do Senado! Como se poderia esperar que eu me pusesse sob o comando do homem que atraiu meu pai para a morte? Minhas relações com Décimo são corteses, mas nunca poderemos ser amigos, e meus homens, que são veteranos de meu pai, nunca o seguirão. Há uma única circunstância, dizem eles, que os levaria a lutar pelo Senado sem ressalvas: se eu fosse feito cônsul. Seria isso impossível? Afinal, ambos os consulados estão vacantes, e, se posso ser pró-pretor aos 19 anos, por que não cônsul?

Essa carta fez Cícero ficar pálido. Ele escreveu uma resposta de imediato para dizer que, por mais divinamente inspirado Otaviano fosse, o Senado jamais aceitaria que um homem que não tinha sequer 20 anos se tornasse cônsul. Otaviano respondeu com igual rapidez.

Minha juventude, ao que parece, não é um impedimento para que eu comande um exército no campo de batalha, mas é para que eu me torne cônsul. Se idade é o único empecilho, não poderia eu ter como colega consular alguém que seja tão idoso quanto sou jovem, e cuja sabedoria política e experiência compensassem minha carência de tais coisas?

Cícero mostrou a carta a Ático.

— O que você deduz disto? Está ele sugerindo o que penso?

— Não tenho dúvida de que é isso que está implicando. Você o faria?

— Não posso fingir que a honra seria irrelevante para mim... Poucos homens foram cônsules duas vezes; isso significaria glória imortal, e, na verdade, exceto nominalmente, já estou exercendo a função. Mas o preço! Já tivemos de enfrentar um César com um exército em sua retaguarda exigindo um consulado ilegal e acabamos empreendendo toda uma guerra para tentar detê-lo. Temos agora de confrontar outro, e desta vez nos rendermos docilmente? Como isso seria visto pelo Senado e por Bruto e Cássio? Quem está plantando essas ideias na cabeça do jovem?

— Talvez ele não precise que ninguém as plante — respondeu Ático. — Talvez elas nasçam de forma inteiramente espontânea.

Cícero não disse nada. A possibilidade não merecia consideração.

DUAS SEMANAS MAIS tarde, Cícero recebeu uma carta de Lépido, que estava acampado com suas sete legiões em Ponte Argêntea no sul da Gália. Depois de lê-la, debruçou-se e pousou a cabeça na escrivaninha. Empurrou a carta para mim com a mão.

Somos amigos há muito tempo, mas não tenho dúvida de que na violenta e inesperada crise política atual meus inimigos lhe levaram relatos falsos e indignos sobre mim, destinados a dar grande desassossego a seu patriótico coração.

Tenho um pedido sincero a lhe fazer, caro Cícero. Se anteriormente minha vida e empenho, minha diligência e boa-fé na condução dos negócios públicos foram a seu ver dignos do nome que carrego, peço-lhe que espere feitos iguais ou maiores no futuro, à medida que sua bondade me torna cada vez mais seu devedor.

— Não compreendo — falei. — Por que está tão perturbado?

Cícero deu um suspiro e se endireitou na cadeira. Para meu espanto, vi que tinha lágrimas nos olhos.

— Porque isto significa que ele pretende unir forças com Marco Antônio e está se munindo de um álibi por antecipação. Sua duplicidade é tão desajeitada que é quase adorável.

Ele estava certo, é claro. Naquele mesmo dia, 13 de maio, enquanto Cícero recebia essas falsas garantias, o próprio Marco Antônio — de cabelo comprido e barbudo após quase quarenta dias de fuga — chegava à margem oposta à do acampamento de Lépido. Ele avançou com a água na altura do peito e usando uma capa escura, foi até a paliçada e conversou com os legionários. Muitos o reconheceram das guerras gaulesa e civil; reuniram-se para ouvi-lo. No dia seguinte, ele atravessou o rio com todas as suas forças, e os homens de Lépido as receberam de braços abertos. Demoliram suas fortificações e deixaram Marco Antônio perambular desarmado pelo acampamento. Ele tratou Lépido com o maior respeito, chamou-o pelo título "pai" e insistiu que, caso ele se unisse a sua causa, conservaria o posto e as honras de um general. Os soldados aclamaram. Lépido concordou.

Pelo menos essa foi a história que maquinaram juntos. Cícero tinha certeza de que haviam sido parceiros desde o início e seu encontro fora combinado de antemão. Era apenas questão de fazer Lépido parecer menos traidor do que de fato havia sido ao fingir ter se curvado a uma força maior.

O comunicado de Lépido anunciando essa reviravolta devastadora levou nove dias para chegar ao Senado, embora rumores nervosos tenham corrido à frente de seu mensageiro. Cornuto o leu em voz alta no Templo da Concórdia:

Apelo aos deuses e aos homens para que testemunhem como meu coração e minha mente estiveram sempre inclinados para a nação e a liberdade. Eu lhes teria dado provas disto em breve, não tivesse a Fortuna arrebatado a decisão de minhas mãos. Todo o meu exército, fiel a sua inveterada tendência a conservar vidas romanas e a paz geral, amotinou-se; e, para dizer a verdade, compeliu-me a me unir a eles. Peço-lhes e imploro, não tratem como um crime a compaixão manifestada por mim mesmo e meu exército num conflito entre compatriotas.

QUANDO O PRETOR urbano terminou de ler, houve um grande suspiro coletivo, quase um gemido, como se toda a câmara tivesse estado prendendo a respiração na esperança de que os rumores fossem afinal se revelar falsos. Cornuto fez um gesto para que Cícero abrisse o debate. No silêncio que se seguiu enquanto ele se levantava, pôde-se sentir um desejo quase infantil dos presentes de ouvir algo que os tranquilizasse. Mas Cícero não tinha nada do tipo a oferecer.

— Esta notícia chegada da Gália, de algo que havia muito suspeitávamos e temíamos, em nada nos surpreende, cavalheiros. O único choque é a impudência de Lépido ao nos tomar a todos por idiotas. Ele nos pede, nos implora, nos suplica; mas que criatura! Não, nem mesmo isso: que refugos amargos, esquálidos de uma nobre linhagem que meramente assumem a forma de um ser humano! Ele nos pede para não considerar sua traição um crime. A covardia do sujeito! Eu teria mais respeito por ele se falasse abertamente e dissesse a verdade: que vê uma oportunidade de promover suas monstruosas ambições e encontrou um ladrão de sua igualha para ser seu parceiro no crime. Proponho que seja declarado inimigo público imediatamente e que todos os seus bens e propriedades sejam confiscados para nos ajudar a pagar pelas novas legiões de que precisaremos para substituir as que ele roubou do Estado.

Isso provocou ruidosos aplausos.

— Mas levaremos algum tempo para recrutar novas forças, e nesse ínterim devemos enfrentar o fato salutar de que nossa situação estratégica é extremamente perigosa. Se os focos de rebelião na Gália se espalharem pelas quatro legiões de Planco, e temo que devamos nos preparar para essa possibilidade, poderemos ter quase sessenta mil homens enfileirados contra nós.

Cícero havia decidido de antemão que não tentaria disfarçar a extensão da crise. O silêncio deu lugar a murmúrios de alarme.

— Não devemos nos desesperar — continuou ele —, em especial porque nós mesmos temos esse número de soldados, reunidos pelos nobres e valentes Bruto e Cássio. Mas eles estão na Macedônia; estão na Síria; estão na Grécia; não estão na Itália. Temos também uma legião de novos recrutas no Lácio, e as duas legiões africanas que estão agora mesmo no mar, a caminho para defender a capital. Além disso, há os exércitos de Décimo e César, embora um esteja enfraquecido e o outro seja truculento.

"Em outras palavras, temos todas as chances. Mas não há tempo a perder.

"Proponho que este Senado ordene imediatamente a Bruto e Cássio que mandem de volta para a Itália forças suficientes para nos permitir defender Roma; que intensifiquemos nossos recrutamentos para formar novas legiões; e que imponhamos um imposto de emergência de um por cento sobre a propriedade para nos permitir adquirir armas e equipamentos. Se fizermos tudo isto, e se extrairmos força do espírito de nossos ancestrais e da justiça de nossa causa, continua sendo minha confiante crença que a liberdade triunfará no fim."

Cícero pronunciou suas observações finais com toda sua força e vigor usuais, mas, quando se sentou, os aplausos foram escassos. O pavoroso fedor da provável derrota pairava do ar, acre como piche ardente.

Isáurico se levantou em seguida. Até aquele momento, o insolente e ambicioso patrício fora o mais firme opositor do presunçoso Otaviano no Senado. Havia condenado a elevação dele a uma pretoria especial; tentara até lhe negar a homenagem relativamente modesta de uma ovação. Naquele momento, contudo, ele pronunciou um panegírico ao jovem César que assombrou a todos.

— Se Roma deve ser defendida contra as ambições de Marco Antônio, apoiado agora pelas forças de Lépido, então passo a acreditar que César é o homem em quem devemos confiar. É seu nome que pode fazer exércitos surgirem de lugar nenhum e incitá-los a marchar e lutar. É sua astúcia que pode nos trazer paz. Como um símbolo da fé que tenho nele, devo dizer que recentemente lhe ofereci a mão de minha filha em casamento e tenho a satisfação de poder lhes comunicar que ele aceitou.

Cícero se remexeu subitamente, como se tivesse sido puxado por um gancho invisível, mas Isáurico ainda não tinha terminado.

— Para comprometer esse jovem ainda mais com a nossa causa e para estimular seus homens a lutar contra Marco Antônio, proponho a seguinte moção: que, em vista da grave situação militar criada pela traição de Lépido e tendo em mente o serviço que ele já prestou à república, a constituição seja emendada para que Caio Júlio César Otaviano possa ser autorizado a se candidatar ao cargo de cônsul *in absentia*.

Mais tarde, Cícero se amaldiçoou por não ter previsto que isso ocorreria. Era óbvio, caso se parasse para pensar a respeito, que, se Otaviano não pudesse convencer Cícero a concorrer ao consulado como seu parceiro, convidaria outra pessoa a fazê-lo. Ocasionalmente, porém, até o mais astuto estadista deixa de perceber o óbvio, e Cícero se viu, portanto, numa posição embaraçosa. Tinha de supor que Otaviano já fizera um acordo com seu suposto sogro. Deveria aceitá-lo de boa vontade ou se opor? Não tinha tempo para pensar. Por toda parte à sua volta, os bancos se agitavam com especulações. Isáurico estava se sentando com os braços cruzados, parecendo muito satisfeito com a sensação que criara. Cornuto chamou Cícero para responder à proposta.

Ele se levantou devagar, arrumando a toga, olhando em volta, pigarreando — todas as suas conhecidas táticas para ganhar algum tempo para pensar.

— Posso em primeiro lugar cumprimentar o nobre Isáurico pelo excelente parentesco que acaba de anunciar? Sei que o jovem é honrado, moderado, modesto, sóbrio, patriótico, valente na guerra e de bom discernimento; tudo, em suma, que um genro deveria ser. Ele não tem nenhum advogado mais firme neste Senado que eu. Sua futura carreira na república é ao mesmo tempo brilhante e garantida. Será cônsul, tenho certeza. Contudo, se ele deve ser cônsul quando ainda não completou nem 20 anos e unicamente porque tem um exército é uma questão diferente.

"Cavalheiros, iniciamos essa guerra com Marco Antônio por um princípio: o de que nenhum homem, por mais talentoso, por mais poderoso, por mais ambicioso por glória que seja, deve estar acima da lei. Sempre que, no curso de meus trinta anos a serviço do Estado, cedemos à tentação e ignoramos a lei, muitas vezes pelo que parecia no momento serem boas razões, escorregamos um pouco mais rumo ao precipício. Ajudei a aprovar a legislação especial que deu a Pompeu poderes sem precedentes para mover guerra contra os piratas. A guerra foi um grande sucesso. A consequência mais duradoura, contudo, não foi a derrota dos piratas; foi criar o precedente que permitiu a César governar a Gália por quase uma década e se tornar poderoso demais para que o Estado o contivesse.

"Não digo que o César mais jovem seja semelhante ao mais velho, mas digo que, se o tornarmos cônsul e lhe dermos efetivamente controle sobre todas as nossas forças, estaremos traindo o próprio princípio pelo qual lutamos: o princípio que me trouxe de volta para Roma quando eu estava prestes a zarpar para a Grécia: o de que a República Romana, com sua divisão de poderes, suas eleições anuais livres para cada magistratura, seus tribunais e seus júris, seu equilíbrio entre Senado e povo, sua liberdade de expressão e pensamento, é a mais nobre criação da humanidade, e eu preferiria jazer no chão sufocando em meu próprio sangue a trair o princípio sobre o qual tudo isso se ergue, que é, em primeiro e último lugar e sempre, o estado de direito."

Suas observações suscitaram calorosos aplausos e estabeleceram completamente o curso do debate — de tal maneira que Isáurico, com gélida formalidade e um olhar feroz para Cícero, mais tarde retirou a proposta e ela nunca foi votada.

PERGUNTEI A CÍCERO se ele pretendia escrever a Otaviano para explicar sua posição. Ele meneou a cabeça.

— Minhas razões estão em meu discurso e ele logo o terá em mãos; meus inimigos cuidarão disso.

Nos dias que se seguiram, ele esteve mais ocupado do que nunca — escrevendo para Bruto e Cássio para instá-los a vir em ajuda da república cambaleante (*a nação está no mais grave perigo por causa do desatino criminoso de M. Lépido*), supervisionando os inspetores fiscais quando começaram a arrecadar receita, percorrendo os pátios dos ferreiros para persuadi-los a fabricar mais armas, inspecionando a legião recém-recrutada com Cornuto, que havia sido nomeado defensor militar de Roma. Ele sabia, porém, que a causa estava perdida, em especial quando viu Fúlvia sendo carregada abertamente numa liteira pelo fórum, acompanhada por uma grande comitiva.

— Pensei que estávamos livres daquela megera, ao menos — queixou-se ele durante o jantar. — No entanto, aqui está ela, ainda em Roma e se pavoneando por aí, embora seu marido tenha sido finalmente declarado inimigo público. Não admira que estejamos em uma situação tão desesperada, não é? Como isso é possível, quando todos os bens dela foram supostamente confiscados?

Houve uma pausa, depois da qual Ático disse calmamente:

— Eu lhe emprestei algum dinheiro.

— Você? — Cícero se inclinou sobre a mesa e o examinou como se ele fosse um estranho misterioso. — Por que você faria isso?

— Tive pena dela.

— Não, não teve. Seu objetivo foi deixar Marco Antônio em dívida para com você. É um seguro. Você pensa que vamos perder.

Ático não negou, e Cícero saiu da mesa.

NO FIM DAQUELE mês desgraçado, "julho", chegaram ao Senado relatos de que o exército de Otaviano tinha levantado acampamento na Gália Cisalpina, cruzado o Rubicão e agora marchava para Roma. Embora de certa maneira Cícero estivesse esperando isso, a notícia o atingiu como um tremendo golpe. Ele dera sua palavra ao povo romano de que, se o "rapaz enviado pelo céu" recebesse *imperium*, seria um cidadão modelar. *Todos os acasos ruins imagináveis nos atormentaram nesta guerra*, lamentou ele para Bruto. *Estou em grande aflição no momento em que escrevo, porque parece muito difícil que eu possa cumprir minhas promessas com relação ao jovem, quase menino, de quem fui fiador perante a república*. Foi nesse momento que ele me perguntou se eu pensava que a honra o obrigava a se matar, e pela primeira vez vi que não dizia isso para causar impressão. Respondi que não me parecia que as coisas já tivessem chegado a esse ponto.

— Talvez não, mas devo estar preparado. Não quero esses veteranos de César me torturando até a morte como fizeram com Trebônio. A questão é como me matar. Eu não diria que seria capaz de encarar uma lâmina... Você acha que a posteridade terá uma opinião pior sobre mim se eu em vez disso escolher o método de Sócrates e tomar cicuta?

— Estou certo de que não.

Cícero me pediu para adquirir um pouco do veneno para ele, e naquele mesmo dia procurei seu médico, que me deu um pequeno frasco. Não perguntou por que eu o queria; suponho que já soubesse. Apesar do lacre de cera, pude sentir seu cheiro repulsivo, como de fezes de camundongo.

— É feito com as sementes — explicou o médico —, a parte mais venenosa da planta, que esmaguei para transformar num pó. A menor dose, não mais que uma pitada, engolida com água, deve ser suficiente.

— Quanto tempo leva para fazer efeito?

— Mais ou menos três horas.

— É doloroso?

— Induz sufocação lenta... O que você acha?

Guardei o frasco dentro de uma caixa em meu quarto, e coloquei a caixa dentro de uma arca trancada, como se ao escondê-lo fosse possível adiar a morte.

No dia seguinte, bandos de legionários de Otaviano começaram a aparecer no fórum. Ele tinha enviado quatrocentos homens à frente do exército principal, com o objetivo de intimidar o Senado, induzindo-o a lhe conceder o consulado. Sempre que viam um senador, eles o cercavam, o empurravam e lhe mostravam suas espadas, embora nunca chegassem a puxar as armas de fato. Cornuto, como um velho soldado, recusou-se a ser ameaçado. Decidido a visitar Cícero no Palatino, o pretor urbano os empurrou e abriu caminho até que o deixaram passar. Ele aconselhou Cícero, entretanto, a não se aventurar a sair por razão alguma, a menos que tivesse uma forte escolta.

— Eles o consideram tão responsável pela morte de César quanto Décimo ou Bruto.

— Se pelo menos eu *tivesse* sido responsável! Nesse caso, teríamos cuidado de Marco Antônio ao mesmo tempo e não estaríamos na enrascada em que nos vemos hoje.

— Bem, aqui está uma notícia melhor para você: as legiões africanas chegaram ontem à noite e não perdemos um único navio. Oito mil homens e mil cavaleiros estão desembarcando em Óstia neste exato instante. Isso deverá ser suficiente para frear Otaviano, pelo menos até que Bruto e Cássio nos mandem ajuda.

— Mas eles são leais?

— Seus comandantes me asseguram que sim.

— Então os traga para cá o mais rápido possível.

As legiões estavam a apenas um dia de marcha de Roma. Quando se aproximaram da cidade, os homens de Otaviano fugiram para a zona rural, e, quando a vanguarda chegou aos armazéns de sal, Cornuto ordenou que a coluna desfilasse pela Porta Trigêmina e pelo Fórum Boário à plena vista das multidões para reforçar o moral dos cidadãos. Em seguida, os homens tomaram posição no Janículo. A partir desse ponto alto estratégico, eles controlavam as vias de acesso a Roma e poderiam tomar posição rapidamente para bloquear qualquer força invasora. Cornuto perguntou a Cícero se ele poderia inspirar os homens com um discurso animador, e Cícero concordou, sendo levado para fora da cidade numa liteira acompanhada por cinquenta legionários a pé. Fui montado numa mula.

Era um dia quente, sufocante, sem um tremor de vento. Atravessamos o rio Tibre sobre a ponte Sublício e percorremos uma estrada de lama seca pelos bairros miseráveis que enchiam a planície do Vaticano desde que me lembro. A zona era notoriamente infestada de malária no verão e fervilhava de insetos hostis. A liteira de Cícero tinha a proteção de um mosquiteiro, mas não a minha montaria, e os insetos zuniam ao meu redor. O lugar todo fedia a imundície humana. Crianças, as barrigas inchadas pela fome, nos observavam apaticamente dos vãos das portas de choças instáveis, enquanto por toda parte ao redor delas, ignorados e bicando em meio ao lixo, havia centenas de corvos que se aninhavam no bosque sagrado próximo. Passamos pelas portas do Janículo e subimos a colina. O lugar estava repleto de soldados. Eles armaram barracas em todo e qualquer espaço que conseguiram encontrar.

No terreno mais plano no topo da ladeira, Cornuto dispusera quatro coortes — quase dois mil homens. Eles estavam parados em formação no calor. A luz que reluzia em seus elmos ofuscava tanto quanto o sol, e tive de proteger meus olhos. Quando Cícero apeou de sua liteira, fez-se absoluto silêncio. Cornuto o conduziu a uma plataforma baixa ao lado de um altar. Uma ovelha foi sacrificada. Suas tripas foram extraídas, examinadas pelos áugures e declaradas propícias: "Não há nenhuma dúvida da vitória final." Os corvos voavam em círculos no céu. Um sacerdote leu uma prece. Enfim, Cícero falou.

Não consigo me lembrar exatamente do que ele disse. Todas as palavras usuais estavam lá — liberdade, ancestrais, lares e altares, leis e templos —, mas, dessa vez, ouvi sem escutar. Fiquei olhando para os rostos dos legionários: queimados de sol, magros, impassíveis. Alguns mascavam almécega. Vi a cena através dos olhos deles. Tinham sido recrutados por César para lutar contra o rei Juba e o exército de Catão. Massacraram milhares e ficaram presos na África desde então. Tinham viajado centenas de quilômetros apinhados em barcos. Passaram um dia marchando. Agora estavam enfileirados no calor em Roma e um velho discursava para eles sobre liberdades, ancestrais, lares, altares — e aquilo não significava nada.

Cícero terminou de falar. Fez-se silêncio. Cornuto ordenou que dessem três vivas. O silêncio continuou. Cícero desceu da plataforma, voltou a sua liteira e retornamos colina abaixo, passando pelas crianças famintas, seus olhos esbugalhados enormes como pires.

CORNUTO FOI VER Cícero na manhã seguinte para lhe contar que as legiões africanas tinham se amotinado durante a noite. Ao que parecia, os homens de Otaviano voltaram furtivamente da zona rural na escuridão, infiltrando-se nos acampamentos e prometendo aos soldados duas vezes o pagamento que o Senado tinha condições de pagar. Nesse ínterim, foi relatado que o exército principal de Otaviano se deslocava para o sul ao longo da via Flamínia e estava a menos de um dia de marcha de Roma.

— O que você fará agora? — perguntou-lhe Cícero.

— Vou me matar — foi a resposta, e foi o que fez, naquela mesma noite, posicionando a ponta da espada no próprio estômago e caindo pesadamente sobre ela, preferindo isso à rendição.

Cornuto era um homem honrado e merece ser lembrado, em especial porque foi o único membro do Senado a seguir tal rumo. Quando Otaviano estava perto da cidade, a maior parte dos patrícios mais importantes saiu para ir a seu encontro na estrada para escoltá-lo até Roma. Cícero permaneceu em seu gabinete com os postigos fechados. O ar estava tão abafado que era difícil respirar. Eu olhava para dentro do gabinete de tempos em tempos, mas ele não parecia se mexer. Sua testa nobre, olhando fixamente para a frente e formando uma silhueta contra a luz fraca que vinha da janela, era como um busto de mármore num templo abandonado. Por fim ele me notou e perguntou onde Otaviano instalara seu quartel-general.

Respondi que ele havia ido para a casa da mãe e do padrasto no Quirinal.

— Talvez você possa enviar uma mensagem para Filipo, perguntando-lhe o que sugere que eu faça.

Fiz o que ele pediu, e o mensageiro voltou com uma resposta rabiscada de que Cícero deveria ir conversar com Otaviano. "Você o encontrará, tenho certeza, tal como eu o encontrei, disposto à clemência."

Cícero se levantou, fatigado. A grande casa, em geral abarrotada de visitantes, estava vazia. Parecia que ninguém morava nela havia muito tempo. Ao sol da tarde do fim do verão, as salas públicas silenciosas fulguravam como se fossem feitas de ouro e âmbar.

Fomos juntos, num par de liteiras acompanhadas por uma pequena escolta, até a casa de Filipo. Sentinelas guardavam a rua e a porta da frente, mas deviam ter recebido ordens para deixar Cícero passar, porque se afastaram de imediato. Quando transpusemos a soleira, Isáurico acabava de sair. Eu havia esperado que ele, como futuro sogro, desse a Cícero um sorriso de arrogância ou de triunfo; em vez disso, lançou-lhe um olhar mal-humorado e passou depressa por nós.

Pela porta pesada pudemos ver Otaviano de pé num canto do *tablinum* ditando uma carta para um secretário. Ele fez sinal para que entrássemos. Não parecia ter nenhuma pressa de acabar. Vestia uma túnica militar simples. Sua armadura, elmo e espada estavam jogados num sofá. Ele parecia um jovem recruta. Enfim, terminou a carta e mandou o secretário embora.

Examinou Cícero com uma expressão divertida que me lembrou seu pai adotivo.

— Você é o último de meus amigos a vir me cumprimentar.

— Bem, imaginei que estaria ocupado.

— Ah, foi isso? — Otaviano riu, revelando aqueles dentes horríveis que tinha. — Eu presumia que você reprovava minhas ações.

— O mundo é como é — comentou Cícero, dando de ombros. — Abandonei o hábito de aprovar e reprovar. De que adianta? Os homens fazem o que lhes agrada, não importa o que eu pense.

— Então o que quer fazer? Quer ser cônsul?

Por uma ínfima fração de segundo, o semblante de Cícero pareceu se inundar de prazer e alívio, mas em seguida ele compreendeu que Otaviano estava zombando e imediatamente a luz desapareceu dele de novo.

— Agora está brincando comigo — resmungou.

— Estou. Perdoe-me. Meu colega como cônsul será Quinto Pédio, um obscuro parente meu de quem você nunca deve ter ouvido falar, o que foi a razão da escolha.

— Então não será Isáurico?

— Não. Parece ter havido algum mal-entendido com ele. Não vou tampouco me casar com a filha de Isáurico. Passarei algum tempo aqui resolvendo assuntos e depois devo partir para me confrontar com Marco Antônio e Lépido. Você pode deixar Roma também, caso queira.

— Posso?

— Sim, pode ir embora de Roma. Pode escrever filosofia. Pode ir para onde bem entender na Itália. No entanto, não pode voltar para Roma em minha ausência, tampouco comparecer ao Senado. Não pode escrever suas memórias ou qualquer coisa de teor político. Não pode deixar o país e ir se juntar a Bruto ou Cássio. Isso é aceitável? Vai me dar sua palavra? Eu lhe asseguro que meus homens não seriam tão generosos.

— É generoso. É aceitável — disse Cícero, baixando a cabeça. — Dou-lhe minha palavra. Obrigado.

— Em troca garantirei sua segurança, em reconhecimento à nossa amizade passada. — Ele pegou uma carta para indicar que a audiência estava encerrada. — Uma última coisa — disse, quando Cícero se virou para sair. — Não faz diferença, mas eu gostaria de saber: era uma piada, ou você teria realmente me apagado?

— Acredito que eu teria feito exatamente o mesmo que você está fazendo agora — respondeu Cícero.

XIX

Depois disso, ele pareceu se transformar num velho muito rapidamente. Retirou-se para Túsculo no dia seguinte e começou imediatamente a se queixar da própria visão. Recusava-se a escrever ou mesmo ler: dizia que isso lhe dava dor de cabeça. Seu jardim não lhe proporcionava nenhum conforto. Ele não visitava ninguém e ninguém o visitava, exceto seu irmão. Os dois passavam horas sentados juntos num banco no Liceu, a maior parte do tempo em silêncio. O único assunto que Quinto conseguia tentá-lo a discutir era o passado distante — suas lembranças compartilhadas da infância e dos anos de crescimento em Arpino —, e pela primeira vez ouvi Cícero falar longamente sobre seu pai e sua mãe. Era desalentador vê-lo, entre todos os homens, tão desconectado do mundo. Durante toda a sua vida ele pedira para saber as últimas notícias de Roma. Agora, quando eu lhe contava o que soubera que estava acontecendo — que Otaviano instalara um tribunal especial para julgar os assassinos de César ou mesmo que tinha deixado a cidade à frente de um exército de onze legiões para combater Marco Antônio —, ele não fazia nenhum comentário, exceto que preferia nem pensar a respeito. Mais algumas semanas assim, pensei, e Cícero morrerá.

Muitas vezes me perguntam por que ele não tentou fugir. Afinal, Otaviano ainda não tinha nenhum controle firme do país. O tempo continuava clemente. Os portos não estavam sendo vigiados. Cícero poderia ter escapulido da Itália para se juntar ao filho na Macedônia: tenho certeza de que Bruto teria tido imenso prazer em lhe oferecer refúgio. A verdade, contudo, era que lhe faltava vontade para fazer algo tão decisivo.

— Não quero mais saber de correr — disse-me ele com um suspiro.

Não podia nem reunir energia para descer até a baía de Nápoles. Além disso, Otaviano havia garantido sua segurança.

Suponho que deve ter sido cerca de um mês depois de nossa retirada para Túsculo que ele me procurou uma manhã e me disse que gostaria de reler suas cartas antigas.

— Essa conversa constante com Quinto sobre meus primeiros anos agitou o sedimento de minha memória.

Eu tinha guardado todas elas, por mais fragmentárias que fossem, tanto as recebidas quanto as enviadas, durante mais de três décadas, e as havia separado por correspondente e as organizado cronologicamente em rolos. Levei os cilindros para a biblioteca, onde Cícero ficou deitado no sofá enquanto um de seus secretários as lia em voz alta. Estava tudo ali, uma vida inteira, desde os primeiros esforços para vencer a eleição para o Senado, passando pelas centenas de casos jurídicos que assumiu para tornar seu nome famoso e que culminaram na acusação épica de Verres, sua eleição para edil e depois para pretor e finalmente para cônsul, suas lutas com Catilina e Clódio, seu exílio e retorno, suas relações com César, Pompeu e Catão, a guerra civil, seu retorno ao poder, Túlia e Terência...

Por mais de uma semana ele reviveu a própria vida, e ao fim havia recobrado alguma coisa de sua antiga identidade.

— Que aventura foi — refletiu ele, esticando-se no sofá. — Tudo voltou a mim, o bom e o mau, o nobre e o desprezível. Acredito verdadeiramente que posso dizer, sem ser imodesto, que estas cartas equivalem ao mais completo registro de uma era histórica jamais reunido por um estadista importante. E que era! Ninguém mais viu tanto, e escreveu a respeito quando ainda era tão recente. Isto é história escrita sem nenhum benefício de uma visão retrospectiva. Você pode pensar em algo comparável?

— Isso será de imenso interesse daqui a mil anos — falei, tentando estimular essa nova boa disposição.

— Ah, é mais do que meramente de interesse! É a argumentação para a minha defesa. Posso ter perdido o passado e perdido o presente, mas me pergunto se, com isto, não posso ainda ganhar o futuro.

Algumas das cartas o mostravam sob uma luz negativa — vaidoso, hipócrita, cobiçoso, teimoso —, e eu imaginei que ele erradicaria os exemplos mais notórios, instruindo-me a destruí-los. Quando lhe perguntei, porém, que cartas desejava que eu descartasse, ele respondeu:

— Devemos guardar todas. Não posso me apresentar à posteridade como um modelo improvável; ninguém acreditaria. Para que este arquivo tenha a autenticidade necessária, devo me postar perante a musa da história tão nu quanto uma estátua grega. Que as gerações futuras zombem de mim por meus desatinos e pretensões o quanto queiram; o importante é que elas terão de me ler, e nisso residirá minha vitória.

De todos os ditos associados a Cícero, o mais famoso e característico é: "Enquanto há vida, há esperança." Ele ainda tinha vida — ou a aparência dela, ao menos; e agora tinha o mais débil lampejo de esperança.

A partir desse dia, ele concentrou o que restava de suas forças na tarefa de assegurar que seus papéis sobreviveriam. Ático acabou concordando em ajudar, com a condição de que lhe fosse permitido reaver cada carta que havia algum dia escrito para Cícero. Este o desdenhou bastante por essa cautela, mas por fim concordou: "Se ele quer ser uma mera sombra na história, esse é seu posto de observação." Com alguma relutância, devolvi a correspondência que havia reunido cuidadosamente durante tantos anos e assisti a Ático acender um braseiro e — sem confiar a tarefa a um criado — queimar com suas próprias mãos todos os rolos em que suas cartas foram preservadas. Em seguida, ele pôs seus escribas para trabalhar. Três conjuntos completos de correspondência reunida foram produzidos. Cícero guardou um, Ático, outro, e eu, o terceiro. Enviei o meu para a fazenda juntamente com caixas trancadas contendo todas as minhas anotações taquigráficas registrando milhares de reuniões, discursos, conversas, ditos espirituosos e comentários mordazes, bem como os rascunhos ditados dos livros de Cícero. Disse ao feitor que aquilo tudo deveria ser escondido num dos celeiros e que, se alguma coisa me acontecesse, ele deveria entregá-lo a Ágata Licínia, a ex-escrava que era dona dos banhos de Vênus, a Liberta, em Baias. O que exatamente ela faria com aquilo, eu não sabia, mas sentia que podia confiar nela acima de todas as pessoas no mundo.

No fim de novembro, Cícero me perguntou se eu podia voltar a Roma para assegurar que os últimos de seus papéis foram removidos de seu gabinete e realizar uma inspeção geral. A casa fora vendida por Ático em seu nome e grande parte dos móveis já havia sido mandada embora. Era início do inverno. A manhã estava fria, e a luz, sombria. Vaguei pelos cômodos vazios como se fosse um espírito invisível, enquanto os repovoava com minha imaginação. Vi o *tablinum* novamente cheio de estadistas discutindo o futuro da república, ouvi a risada de Túlia na sala de jantar, vi Cícero debruçado sobre seus livros de filosofia na biblioteca, tentando explicar por que o medo da morte era ilógico... meus olhos ficaram marejados; senti a angústia no coração.

De repente um cão começou a uivar — tão alto e freneticamente que minhas fantasias agridoces desapareceram no mesmo instante. Parei para ouvir. Nosso velho cão não estava mais ali. Tinha de ser o de um vizinho. Era um gemido extremamente lamentável e se distinguia de outros. Saí ao terraço. O céu estava escuro com turbilhões de estorninhos, e por toda Roma os cães uivavam como lobos. De fato, foi dito mais tarde que naquele exato momento um lobo foi visto em disparada pelo fórum, que estátuas suaram sangue e um bebê recém-nascido falou. Ouvi o som de pés correndo, e olhando para baixo vi um grupo de homens gritando com deleite, correndo até a rostra enquanto jogavam um para o outro o que pensei a princípio ser uma bola de futebol, mas depois compreendi ser uma cabeça humana. Uma mulher começou a berrar na rua. Sem pensar no que estava fazendo, saí para ver quem era e deparei com a mulher de nosso vizinho idoso, Cesécio Rufo, rastejando de joelhos na sarjeta, enquanto atrás dela o tronco de um cadáver esguichava sangue pelo pescoço do outro lado da soleira. Seu mordomo, que eu conhecia muito bem, corria desesperadamente de um lado para o outro. Em pânico, agarrei-lhe o braço e o sacudi até que ele me contou o que tinha acontecido: Otaviano, Marco Antônio e Lépido haviam unido forças e publicaram uma lista com centenas de nomes de senadores e equestres que deviam ser mortos e ter suas fortunas confiscadas. Havia uma recompensa de cem mil sestércios para cada cabeça que lhes fosse levada. Cícero e o irmão estavam citados na lista, além de Ático.

— Isso não pode ser verdade — assegurei-lhe. — Temos um compromisso solene.

— É verdade — exclamou ele. — Eu vi a lista.

Corri de volta para a casa, onde os poucos escravos restantes estavam reunidos, amedrontados, no átrio.

— Todos devem se dispersar — falei. — Se nos apanharem, vão nos torturar para tentar nos fazer revelar o paradeiro do amo. Se for necessário, digam que ele está em Putéoli.

Rabisquei uma mensagem para Cícero: *Você, Quinto e Ático estão proscritos — Otaviano o traiu — os esquadrões da morte estão à sua procura — parta imediatamente para sua casa na ilha — vou lhe conseguir um barco.* Dei o bilhete para o estribeiro e lhe disse para levá-lo em seu cavalo mais rápido para Cícero em Túsculo. Depois segui para os estábulos, encontrei minha carruagem e o cocheiro e mandei que partíssemos para Astura.

Enquanto descíamos a colina com estrépito, bandos de homens armados com facas e bastões corriam para o Palatino, onde os mais ricos espólios humanos podiam ser encontrados, e bati a cabeça na lateral da carruagem em minha angústia por Cícero não ter levado a cabo sua fuga da Itália quando teve a oportunidade.

Fiz aquele infeliz cocheiro açoitar sua pobre parelha de cavalos até os flancos sangrarem para que pudéssemos chegar a Astura antes do cair da noite. Encontramos o barqueiro em sua cabana, e, embora o mar estivesse começando a subir e a luz fosse escassa, ele remou os cem metros até a pequena ilha onde se situava a vila de Cícero, escondida entre as árvores. Fazia meses que ele não a visitava, e os escravos ficaram atônitos ao me ver, além de bastante ressentidos por ter de acender lareiras e aquecer os quartos. Deitei-me em meu colchão úmido e fiquei ouvindo o vento açoitar o telhado e agitar as árvores. Enquanto as ondas quebravam na praia rochosa e a casa rangia, eu remoía o terror, imaginando que cada som podia ser a chegada dos assassinos de Cícero. Se eu tivesse levado o frasco de cicuta, acho que talvez eu mesmo o tivesse tomado.

Na manhã seguinte, o tempo estava mais calmo, embora ao caminhar entre as árvores e contemplar a enorme extensão de mar cinzento com as linhas de ondas brancas correndo para a praia eu tenha ficado cheio de pressentimentos. Perguntei-me se esse seria talvez um plano insensato e se não teríamos feito melhor indo diretamente para Brundísio, que ao menos ficava do lado certo da Itália para uma viagem rumo ao leste. No entanto, parecia-me claro que a notícia da proscrição e da vasta recompensa por uma cabeça cortada chegaria antes de nós, e nenhum lugar seria seguro. Cícero jamais chegaria ao porto com vida.

Despachei meu cocheiro na direção de Túsculo com uma segunda carta para Cícero, na qual eu afirmava ter chegado "à ilha" — mantendo o local vago para o caso de a mensagem cair em mãos erradas — e insistindo para que ele se apressasse. Em seguida, pedi ao barqueiro que fosse a Âncio ver se conseguia alugar uma embarcação que fosse capaz de nos transportar costa abaixo. Ele me olhou como se eu fosse louco por fazer tal solicitação no inverno, quando o tempo era tão traiçoeiro, mas partiu após resmungar um pouco e voltou no dia seguinte para dizer que tinha conseguido um barco de dez remos com uma vela que estaria a nossa disposição assim que eles pudessem remar pelos onze quilômetros que nos separavam de Âncio. Depois disso, não havia de fato mais nada que eu pudesse fazer além de esperar.

ASTURA, A ILHA coberta de árvores, era o lugar onde Cícero fora se esconder depois da morte de Túlia. O silêncio absoluto, quebrado apenas pelos sons da natureza, lhe parecera consolador, mas eu, naquele momento à espera de Cícero, achei o contrário: eles irritavam meus nervos, especialmente à medida que os dias se passavam e nada acontecia. Eu mantinha uma vigilância regular, mas só no fim da tarde do quinto dia houve uma súbita irrupção de atividade na costa. Duas liteiras chegaram pelas árvores, acompanhadas por um séquito de escravos. O barqueiro me conduziu até lá para dar uma olhada, e, quando nos aproximamos, vi Cícero e Quinto parados na praia. Saltei correndo na areia para ir cumprimentá-los e fiquei chocado com a aparência de ambos. Nenhum dos dois trocara de roupa ou se barbeara; tinham os olhos vermelhos de chorar. Caía uma chuva fraca. Encharcados, pareciam um par de velhos indigentes. Quinto estava talvez ainda em pior estado que Cícero. Após um cumprimento pesaroso, ele deu uma olhada no barco que eu alugara, puxado para a praia, e anunciou que não poria os pés nele de forma nenhuma.

— Meu querido irmão — disse ele, virando-se para Cícero —, isto é inútil. Não sei por que permiti que você me arrastasse até aqui, exceto que durante toda a minha vida fiz o que você mandou. Olhe para nós! Velhos, nossa saúde está frágil. O tempo está ruim. Não temos dinheiro. Estaríamos em melhor situação seguindo o exemplo de Ático.

— Onde está Ático? — perguntei.

— Ele foi para um esconderijo em Roma — respondeu Cícero, começando a chorar. Não fez nenhuma tentativa para disfarçá-lo. Em seguida, tão depressa quanto começara, parou e continuou falando como se nada tivesse acontecido. — Não, sinto muito, Quinto. Não posso viver no porão de alguém, tremendo toda vez que alguém bate à porta. O plano de Tiro é tão bom quanto qualquer outro. Vejamos até onde conseguimos chegar.

— Nesse caso, receio que tenhamos de nos separar. Vou orar para que nos encontremos de novo; se não nesta vida, na próxima.

Eles caíram um nos braços do outro e se uniram num abraço apertado, rompido então por Quinto. Ele me abraçou. Ninguém que assistia à cena pôde conter as lágrimas. Fui certamente sobrepujado pela tristeza de tudo aquilo. Em seguida, Quinto subiu de volta em sua liteira e foi levado embora pela trilha e por sob as árvores.

Como estava tarde demais para partirmos naquele dia, remamos até a vila. Enquanto se secava à lareira, Cícero explicou que havia se demorado dois dias em Túsculo, incapaz de acreditar que Otaviano o traíra, convencido de que devia ter ocorrido algum engano. Isto ele havia descoberto: que Otaviano tinha se encontrado com Marco Antônio e Lépido em Bonônia, numa ilha no meio do rio — somente os três, com alguns secretários; deixaram suas escoltas para trás e se revistaram mutuamente à procura de armas escondidas —, e que, durante os três dias seguintes, trabalhando do nascer do dia ao cair da noite, dividiram entre si a carcaça da república, compilando, para pagar seus exércitos, uma lista de morte de dois mil homens ricos, incluindo duzentos senadores, cujos bens seriam confiscados.

— Soube por Ático, que ouviu isso do cônsul Pédio, que foi pedido a cada um dos criminosos, como prova de boa-fé, que marcasse para a morte alguém que lhes fosse precioso. Assim, Marco Antônio entregou seu tio, Lúcio César, embora este tenha falado em defesa dele no Senado; Lépido entregou o próprio irmão, Emílio Paulo; e Otaviano me ofereceu. Marco Antônio insistiu, embora Pédio tenha assegurado que o rapaz relutou em concordar.

— Você acredita nisso?

— Não particularmente. Fitei aqueles olhos cinzentos e desalmados dele com frequência demais para isso. A morte de um homem não o afeta mais que a de uma mosca. — Deixou escapar um suspiro que pareceu sacudir-lhe o corpo inteiro. — Ah, Tiro, estou tão cansado! Pensar que eu, entre todas as pessoas, acabei sendo superado em astúcia por um jovem que mal começou a fazer a barba! Você tem aquele veneno que lhe pedi para conseguir?

— Ficou em Túsculo.

— Pois bem, então só me resta rogar aos deuses imortais que me permitam morrer esta noite em meu sono.

Ele não morreu, contudo. Acordou deprimido, e na manhã seguinte, quando estávamos parados no pequeno cais esperando que os marinheiros nos apanhassem, ele anunciou de repente que não partiria afinal. Depois, quando já podíamos ouvi-los, um dos barqueiros gritou para nós que acabara de ver uma unidade de legionários na estrada que vinha de Âncio, rumando em nossa direção, chefiada por um tribuno militar. Isso arrancou Cícero de sua letargia. Ele estendeu a mão, e os marinheiros o ajudaram a embarcar.

Nossa viagem começou sem demora a repetir o padrão de nossa primeira fuga para o exílio. Era como se a Mãe Itália não pudesse permitir que seu filho favorito a deixasse. Havíamos viajado cerca de cinco quilômetros, mantendo-nos rente à costa, quando o céu cinzento começou a se encher de enormes nuvens negras, avançando em grande quantidade do horizonte. Um vento começou a soprar, levantando ondas escarpadas no mar, e nosso pequeno barco parecia se levantar até quase ficar perpendicular ao mar, somente para desabar de novo de proa, encharcando-nos de água salgada. Na verdade, chegou a ser pior que antes, porque dessa vez não havia abrigo nenhum. Cícero e eu ficamos sentados agarrados um ao outro metidos em capas com capuz enquanto os homens remavam, tentando nos conduzir pelas ondas que vinham em direção contrária. O casco começou a se encher e o barco ficou perigosamente baixo. Todos tivemos de ajudar a baldear água, inclusive Cícero, recolhendo a água gelada freneticamente com as mãos para jogá-la pela borda para evitarmos um naufrágio. Nossos membros e rostos estavam entorpecidos. Engolíamos água do mar. A chuva nos cegava. Finalmente, após remar bravamente por muitas horas, os marinheiros ficaram sem energia e nos disseram que precisavam descansar. Contornamos um promontório rochoso e rumamos para uma enseada, remando até o mais perto da praia que podíamos antes que todos tivéssemos de pular e vadear até terra firme. Cícero afundou quase até a cintura, e quatro marinheiros tiveram de carregá-lo para a terra. Eles o deitaram e voltaram para ajudar seus colegas com o barco, arrastando-o até a praia. Viraram-no de lado e o escoraram usando galhos cortados de murtas próximas, e com a vela e o mastro construíram um abrigo improvisado. Conseguiram até acender uma fogueira, embora a madeira estivesse molhada e o vento soprasse a fumaça para cá e para lá, sufocando-nos e fazendo nossos olhos arderem.

A escuridão não tardou a chegar, e Cícero, que não pronunciara uma palavra de queixa, pareceu dormir. Assim terminou o quinto dia de dezembro.

ACORDEI NA MADRUGADA do dia seguinte após uma noite de sono intermitente para encontrar um céu mais calmo. Meus ossos estavam gelados, e minhas roupas, úmidas e duras com sal e areia. Levantei-me com dificuldade e olhei ao redor. Todos ainda dormiam, exceto Cícero. Ele havia desaparecido.

Olhei de um lado a outro na praia e observei o mar, depois me virei para examinar as árvores. Havia uma pequena lacuna, que de fato levava a uma trilha, e eu a tomei, chamando Cícero. No alto da trilha havia uma estrada. Ele avançava por ela, cambaleando. Chamei-o de novo, mas Cícero me ignorou. Fazia um progresso lento e irregular na direção de onde viéramos. Alcancei-o e fiquei ao seu lado, falando-lhe com uma calma que não sentia.

— Precisamos voltar para o barco — falei. — Os escravos da casa podem ter contando aos legionários que direção tomamos. Eles podem estar no nosso encalço. Para onde está indo?

— Para Roma. — Sem olhar para mim, continuou andando.

— Para fazer o quê?

— Para me matar na soleira de Otaviano. Ele vai morrer de vergonha.

— Não vai — respondi, segurando-lhe o braço —, porque ele não tem nenhuma, e os soldados vão torturá-lo até a morte como fizeram com Trebônio.

Ele me lançou um olhar e parou de andar.

— Você acha?

— Eu sei.

Peguei-o pelo braço e o puxei gentilmente. Ele não resistiu, baixando a cabeça e deixando que eu o conduzisse de volta à praia pelas árvores como uma criança.

COMO É MELANCÓLICO reviver tudo isso! Eu, no entanto, não tenho escolha, se devo cumprir a promessa que fiz a Cícero e contar a história de sua vida.

Nós o pusemos de volta no barco e o lançamos mais uma vez nas ondas. O dia estava cinzento e vasto, como na aurora do tempo. Remamos por muitas horas, auxiliados por uma brisa que enfunava a vela, e no fim da tarde havíamos coberto, pelos meus cálculos, mais quarenta quilômetros, aproximadamente. Passamos pelo famoso Templo de Apolo, situado um pouco acima do mar no promontório em Caieta, e Cícero, que tinha estado prostrado, fitando a praia apaticamente, de repente o reconheceu, sentou-se empertigado e disse:

— Estamos perto de Fórmias. Tenho uma casa aqui.

— Sei que tem.

— Vamos atracar aqui para passar a noite.

— É arriscado demais. É bem sabido que você tem uma vila em Fórmias.

— Não me importo — respondeu Cícero, com um resquício de sua antiga firmeza. — Quero dormir na minha própria cama.

Assim remamos em direção à praia e amarramos o barco no píer que fora construído mar adentro a alguma distância da vila. Quando atracamos, um grande bando de corvos levantou voo das árvores próximas, grasnando, como se estivessem nos advertindo, e pedi a Cícero que me permitisse ao menos ir verificar se seus inimigos não estavam escondidos à sua espera antes que ele desembarcasse. Ele concordou, e tomei a trilha conhecida pelas árvores, acompanhado por dois dos marinheiros. A trilha nos levou à via Ápia. Já era quase o cair da noite. A estrada estava vazia. Caminhei cerca de cinquenta passos até a vila de Cícero, atrás de dois portões de ferro. Segui o caminho para veículos e bati com firmeza à porta de carvalho. Após um breve intervalo e um ruído alto de ferrolhos sendo abertos, o porteiro apareceu. Ficou espantado ao me ver. Olhei por sobre seu ombro e perguntei se algum estranho viera perguntar pelo amo. Ele me assegurou que não. Era um sujeito simples, de bom coração. Eu o conhecia havia muitos anos e acreditei nele.

— Nesse caso — falei —, mande quatro escravos com uma liteira até o píer para apanhar o amo e trazê-lo à vila, e nesse ínterim encha uma banheira para ele, tenha roupas limpas e comida preparadas, porque ele está em um estado deplorável.

Enviei também dois outros escravos com cavalos velozes para percorrer a via Ápia, com a missão de vigiar a chegada desse misterioso e ameaçador destacamento de legionários que parecia estar no nosso encalço.

Cícero foi transportado para a vila, e o portão e a porta foram trancados atrás depois que ele entrou.

Pouco o vi depois disso. Após tomar seu banho, ele comeu alguma coisa e bebeu vinho em seu quarto antes de se retirar para dormir.

Eu também dormi — e muito profundamente, apesar de minhas ansiedades, tal era a minha exaustão — e na manhã seguinte tive de ser bruscamente acordado por um dos escravos que eu tinha deixado de guarda ao longo da via Ápia. Ele estava sem fôlego e apavorado. Uma força de trinta legionários a pé, com um centurião e um tribuno a cavalo, estava marchando para a casa, vindo do noroeste. Estava a menos de meia hora de distância.

Corri para acordar Cícero. Ele tinha as cobertas até o queixo e se recusou a se mexer, mas eu as arranquei de qualquer maneira.

— Eles estão vindo — falei, debruçando-me sobre ele. — Estão quase aqui. Temos de nos pôr em movimento.

Ele sorriu e pousou a mão em minha face.

— Deixe que venham, meu velho amigo. Não estou com medo.

— Por amor a mim, senão por você mesmo... por amor a seus amigos e a Marco... por favor, *mexa-se*!

Creio que foi a menção a Marco que fez efeito. Ele suspirou.

— Que seja, então. Mas será completamente inútil.

Retirei-me para deixá-lo se vestir e corri de um lado para o outro dando ordens — uma liteira devia ficar imediatamente de prontidão, o barco preparado para zarpar com os marinheiros junto a seus remos, o portão e a porta deviam ser trancados assim que saíssemos da vila, e os escravos domésticos deviam abandonar o local e se esconder onde pudessem.

Na minha imaginação, eu ouvia a batida pesada das botas dos legionários ficando cada vez mais alta...

Passado algum tempo — tempo demais! —, Cícero surgiu, parecendo tão imaculado como se estivesse a caminho de uma sessão do Senado. Andou pela vila, despedindo-se de cada um. Todos choravam. Lançou um último olhar à sua volta como se dissesse adeus à construção e a todas as suas amadas posses e em seguida subiu na liteira, fechou as cortinas para que ninguém pudesse ver seu rosto, e saímos pelo portão. Em vez de saírem correndo em fuga, no entanto, todos os escravos pegaram quaisquer armas que puderam encontrar — ancinhos, vassouras, atiçadores de brasas, facas de cozinha — e insistiram em ir conosco, formando uma rústica falange caseira em torno da liteira. Transpusemos a curta distância pela estrada e tomamos a trilha pela mata. Em meio às árvores, eu entrevia o mar brilhando ao sol da manhã. A fuga parecia próxima. Nesse instante, porém, na parte mais baixa do caminho, pouco antes que ele desembocasse na praia, uma dúzia de legionários surgiu.

Os escravos à frente de nossa pequena procissão gritaram, alarmados, e os que carregavam a liteira bracejaram para virá-la em sentido contrário. Ela balançou perigosamente, e Cícero quase foi jogado ao chão. Voltamos com esforço pelo caminho por onde viéramos, apenas para descobrir mais soldados adiante, bloqueando o acesso à estrada.

Estávamos cercados, em desvantagem numérica, condenados. Apesar disso, estávamos decididos a lutar. Os escravos pousaram a liteira e a cercaram.

Cícero abriu a cortina para ver o que estava acontecendo. Avistou os soldados avançando rapidamente na nossa direção e gritou para mim:

— Ninguém deve lutar! — Em seguida, gritou para os escravos: — Todos deponham suas armas! Fico honrado com sua devoção, mas o único sangue que precisa ser derramado aqui é o meu.

Os legionários tinham sacado suas espadas. O tribuno militar que os comandava era um homem abrutalhado e hirsuto, de compleição escura. Sob a borda de seu elmo, suas sobrancelhas se fundiam numa linha preta grossa e contínua.

— Marco Túlio Cícero — exclamou ele —, tenho um mandado para sua execução.

Cícero, ainda deitado dentro da liteira, com o queixo na mão, olhou-o de cima a baixo muito calmamente.

— Eu conheço você — disse. — Tenho certeza. Qual é seu nome?

— Meu nome, se precisa sabê-lo, é Caio Popílio Laenas — respondeu o tribuno militar, claramente surpreso. — E sim, nós nos conhecemos: não que isso vá salvá-lo.

— Popílio — murmurou Cícero —, é isso. — Em seguida, virou-se para mim. — Lembra-se deste homem, Tiro? Ele foi nosso cliente... aquele jovem de 15 anos que assassinou o pai, logo no início de minha carreira. Ele teria sido condenado à morte por parricídio se eu não tivesse conseguido sua absolvição... com a condição de que entrasse para o exército. — Ele riu. — Isto é uma espécie de justiça, suponho.

Olhei para Popílio e de fato me lembrei dele.

— Chega de conversa — disse o tribuno. — O veredicto da Comissão Constitucional é que a sentença de morte deve ser executada imediatamente.

Com um gesto, ordenou a seus soldados que arrancassem Cícero da liteira.

— Esperem — disse Cícero —, deixem-me onde estou. Desejo morrer assim.

Apoiou-se sobre seus cotovelos como um gladiador derrotado, jogou a cabeça para trás e ofereceu a garganta para o céu.

— Se é o que você quer — disse Popílio. Virou-se para seu centurião. — Vamos acabar logo com isto.

O centurião tomou posição. Firmou as pernas. Brandiu a espada. A lâmina cintilou, e nesse instante, para Cícero, o mistério que o atormentara durante toda a sua vida foi solucionado, e a liberdade foi extinta da terra.

POSTERIORMENTE LHE CORTARAM a cabeça e as mãos e as puseram num saco. Fizeram-nos sentar e assistir enquanto o faziam. Depois se retiraram marchando. Contaram-me que Marco Antônio ficou tão encantado com esses troféus extras que deu a Popílio um bônus de um milhão de sestércios. Falou-se também que Fúlvia furou a língua de Cícero com uma agulha. Não sei. O que é certamente verdade é que, por ordem de Marco Antônio, a cabeça que havia produzido as Filípicas e as mãos que as haviam escrito foram pregadas na rostra, como uma advertência para outros que poderiam pensar em se opor ao Triunvirato, e lá ficaram por muitos anos, até que por fim apodreceram e caíram.

Depois que os assassinos foram embora, carregamos o corpo de Cícero até a praia, construímos uma pira e o cremamos ao cair da noite. Em seguida parti para o sul, rumo à minha fazenda na baía de Nápoles.

Pouco a pouco fiquei sabendo mais sobre os acontecimentos.

Quinto foi capturado logo depois com o filho e morto.

Ático emergiu de seu esconderijo e foi perdoado por Marco Antônio em função da ajuda que dera a Fúlvia.

E muito, muito mais tarde, Marco Antônio se suicidou junto de sua amante, Cleópatra, depois que Otaviano os derrotou em batalha. O rapaz é agora o imperador Augusto.

Mas escrevi o suficiente.

Muitos anos se passaram desde os episódios que narrei. A princípio, pensei que nunca me recuperaria da morte de Cícero. No entanto, o tempo oblitera tudo, até a tristeza. De fato eu chegaria mesmo a dizer que a tristeza é quase inteiramente uma questão de perspectiva. Durante os primeiros anos, eu costumava suspirar e dizer: "Bem, ele ainda estaria na casa dos 60 anos agora", e depois, uma década mais tarde, com surpresa: "Pelos deuses, ele teria 75", mas hoje em dia penso: "Bem, ele estaria morto há muito tempo de qualquer maneira; portanto, de que interessa a forma como morreu se comparada à forma como viveu?'

Meu trabalho está feito. Meu livro está terminado. Em breve morrerei também.

Nas noites de verão, sento-me no terraço com Ágata, minha mulher. Ela costura enquanto observo as estrelas. Nesses momentos, penso sempre no sonho de Cipião sobre onde residem os estadistas em *Da república*:

> *Olhei em todas as direções, e tudo pareceu maravilhosamente belo. Havia estrelas que nunca vemos da Terra, e elas eram maiores do que jamais imaginamos. As esferas astrais eram muito maiores que a Terra; de fato, a própria Terra me pareceu tão pequena que senti desdém de nosso império, que abrange apenas um único ponto, por assim dizer, sobre sua superfície.*

"SE AO MENOS você olhar para o alto", diz o velho a Cipião, "e contemplar esse lar eterno e lugar de repouso, não mais se incomodará com o mexerico do populacho ou depositará sua confiança na recompensa humana por seus feitos. Tampouco a reputação de nenhum homem durará muito tempo, pois o que os homens dizem morre com eles e é riscado com o esquecimento da posteridade."

Tudo o que restará de nós é o que está registrado.

GLOSSÁRIO

assembleias públicas a autoridade e o corpo legislativo supremos do povo romano eram as próprias pessoas, seja constituídas por **tribo** (o *comitia tributa*, que votava em leis, declarava guerra e paz e elegia os tribunos) ou por **centúria** (o *comitia centuriata*, que elegia os principais magistrados).

Cárcere prisão de Roma situada no limite do fórum e do Capitólio, entre o Templo da Concórdia e a casa do Senado.

centúria unidade em que o povo romano depositava seus votos no Campo de Marte na época de eleição para cônsul e pretor; o sistema era ponderado para favorecer as classes mais ricas da sociedade.

comitium a área circular no fórum, com aproximadamente noventa metros de lado a lado, limitada pela casa do Senado e a rostra, tradicionalmente o lugar onde as leis eram votadas pelo povo e onde muitos dos tribunais de justiça realizavam seus julgamentos.

cônsul principal magistrado da República Romana, dois dos quais eram eleitos a cada ano, habitualmente em julho, para assumir o cargo em janeiro do ano seguinte, revezando-se a cada mês para presidir o Senado.

cúria em sua forma original, a principal assembleia das tribos romanas (que, até 387 a.C., eram trinta), consistindo em um membro de categoria superior de cada uma.

curul cadeira sem encosto, com braços baixos, geralmente feita de marfim, pertencente a um magistrado com *imperium*, particularmente cônsules e pretores.

ditador magistrado a quem o Senado conferia poder absoluto sobre assuntos civis e militares, habitualmente num momento de emergência nacional.

edil funcionário eleito, quatro dos quais eram escolhidos anualmente para um mandato de um ano, responsável pela administração da cidade de Roma: lei e ordem, prédios públicos, regulamentação dos negócios etc.

Gália dividida em duas províncias: Gália Cisalpina, que se estendia desde o rio Rubicão, no norte da Itália, até os Alpes, e Gália Transalpina, as terras além dos Alpes aproximadamente correspondentes às regiões francesas atuais da Provença e Languedoc.

harúspices funcionários religiosos que inspecionavam as entranhas após um sacrifício para determinar se os augúrios eram bons ou maus.

imperator título concedido a um comandante militar em serviço ativo por seus soldados após uma vitória; era necessário ser saudado como *imperator* para habilitar-se para um triunfo.

imperium o poder de comandar, concedido pelo Estado a um indivíduo, habitualmente um cônsul, um pretor ou um governador de província.

instaurações de processo como não havia nenhum sistema público de instauração de processo na república romana, todas as acusações criminais, de peculato a traição e assassinato, tinham de ser apresentadas particularmente por indivíduos.

legado um representante ou delegado.

legião a maior formação no exército romano, composta em sua força total por aproximadamente cinco mil homens.

lictor ajudante que carregava as fasces — um feixe de varas de bétula amarradas com uma tira de couro vermelho —, que simbolizavam o *imperium* de um magistrado; cônsules eram acompanhados por doze lictores, que serviam como seus guarda-costas, e pretores, por seis. O lictor principal, que ficava mais perto do magistrado, era conhecido como lictor próximo.

manumissão a emancipação de um escravo.

máximo pontífice o principal sacerdote da religião do Estado romano, o chefe do Colégio de Sacerdotes, com quinze membros, com direito a uma residência oficial na via Sacra.

Ordem dos Cavaleiros ver **ordem equestre**

ordem equestre segunda ordem mais importante na sociedade romana após o Senado, a "Ordem dos Cavaleiros" tinha seus próprios funcionários e privilégios e direito a um terço dos lugares em um júri; com frequência seus membros eram mais ricos que os do Senado, mas se negavam a seguir uma carreira pública.

presságios sinais sobrenaturais, especialmente voos de pássaros e raios, interpretados pelos áugures; se decretados desfavoráveis, nenhum negócio público podia ser efetuado.

pretor o segundo magistrado mais importante da república romana, oito dos quais eram eleitos por ano, habitualmente em julho, para assumir o cargo em janeiro do ano seguinte. Os pretores realizavam sorteios para determinar quais dos vários tribunais de justiça — traição, peculato, corrupção, crime grave etc. — iriam presidir; ver também **pretor urbano**.

pretor urbano o chefe do sistema de justiça, superior a todos os pretores, terceira autoridade mais importante da república depois dos dois cônsules.

questor magistrado inferior, vinte dos quais eram eleitos a cada ano e que ganhavam com isso o direito de ingressar no Senado; os candidatos ao questorado precisavam ter mais de 30 anos e exibir uma fortuna de mais de um milhão de sestércios.

rostra plataforma longa e curva no fórum, com cerca de três metros e meio de altura, coroada por estátuas heroicas, da qual magistrados e advogados se dirigiam ao povo romano; seu nome derivava dos aríetes (*rostra*) de navios de guerra inimigos capturados, colocados em suas laterais.

sacerdote principal ver **máximo pontífice**

senáculo espaço aberto em frente à casa do Senado onde tradicionalmente os senadores se reuniam antes do início de uma sessão.

Senado *não* a assembleia legislativa da república romana — leis só podiam ser aprovadas pelo povo numa assembleia tribal —, mas algo mais próximo a seu executivo, com seiscentos membros que podiam levantar assuntos de Estado e ordenar ao **cônsul** que tomasse medidas ou redigisse leis a serem apresentadas ao povo; depois de eleito por meio do questorado (ver **questor**), um homem normalmente permanecia senador por toda a vida, a menos que fosse afastado pelos censores por imoralidade ou falência, por isso a idade média era elevada (*senado* derivava de *senex* = velho).

tribos o povo romano estava dividido em trinta e cinco tribos para os fins de votar em leis e eleger os tribunos; diferentemente do sistema de votação por centúria, os votos de ricos e pobres quando depositados numa tribo tinham igual peso.

tribuno representante dos cidadãos comuns — os plebeus —, dez dos quais eram eleitos anualmente a cada verão e assumiam o cargo em dezembro, com o poder de propor e vetar leis e convocar assembleias do povo; a ocupação do cargo era vedada a todos que não fossem plebeus.

triunfo rebuscada celebração pública de volta ao lar, concedida pelo Senado para homenagear um general vitorioso. Para se qualificar para ela, ele devia conservar seu *imperium* militar — e como era proibido entrar em Roma enquanto ainda se possuía autoridade militar, os generais que almejavam o triunfo tinham de esperar fora da cidade até que ele lhes fosse concedido pelo Senado.

DRAMATIS PERSONAE

AFRÂNIO, LÚCIO aliado de Pompeu de sua região natal de Piceno; um dos comandantes do exército de Pompeu na guerra contra Mitrídates; cônsul em 60 a.C.

AGRIPA, MARCO VIPSÂNIO o companheiro mais próximo de Otaviano, com 20 anos

ANTÔNIO, MARCO renomado como soldado corajoso e empreendedor sob o comando de César na Gália; neto de um famoso orador e cônsul; filho adotivo de um dos conspiradores de Catilina executados por Cícero

ÁTICO, TITO POMPÔNIO o melhor amigo de Cícero; um equestre, um epicurista, imensamente rico, cunhado de Quinto Cícero, que é casado com sua irmã, Pompônia

BALBO, LÚCIO CORNÉLIO espanhol rico originalmente aliado a Pompeu e depois a César, de quem se tornou agente de negócios em Roma

BÍBULO, MARCO CALPÚRNIO colega de César como cônsul em 59 a.C. e seu firme adversário

BRUTO, MARCO JÚNIO descendente direto do Bruto que expulsou os reis de Roma e implantou a república no século VI a.C.; filho de Servília, sobrinho de Catão; o grande líder dos constitucionalistas

CALENO, QUINTO FÚFIO velho camarada de Clódio e Antônio; defensor de César e inimigo de Cícero; sogro de Pansa

CÁSSIO, CAIO LONGINO senador e soldado competente; casado com a filha de Servília, Júnia, e cunhado de Bruto

CATÃO, MARCO PÓRCIO meio-irmão de Servília; tio de Bruto; um estoico e implacável defensor das tradições da república

CÉSAR, CAIO JÚLIO ex-cônsul, membro do "triunvirato" com Pompeu e Crasso; governador de três províncias romanas — Gália Cisalpina, Gália Transalpina e Bitínia; seis anos mais jovem que Cícero; casado com Calpúrnia, filha de L. Calpúrnio Pisão

CÍCERO, MARCO TÚLIO JÚNIOR filho de Cícero

CÍCERO, QUINTO TÚLIO irmão mais jovem de Cícero; senador e soldado; casado com Pompônia, irmã de Ático; governador da Ásia, 61-58 a.C.

CÍCERO, QUINTO TÚLIO JÚNIOR sobrinho de Cícero

CLÓDIA filha de uma das famílias mais eminentes de Roma, os patrícios Appii Claudii; irmã de Clódio; viúva de Metelo Céler

CLÓDIO PULCRO, PÚBLIO descendente da importante dinastia patrícia dos Appii Claudii, ex-cunhado de L. Lúculo; irmão de Clódia, com quem supostamente teria tido um caso incestuoso; em seu julgamento por sacrilégio, Cícero testemunhou contra ele; transferido para os plebeus por instigação de César e eleito tribuno

CORNUTO, MARCO um dos oficiais de César, nomeado pretor urbano em 44 a.C.

CRASSÍPEDE, FÚRIO segundo marido de Túlia; senador; amigo de Crasso

CRASSO, MARCO LICÍNIO ex-cônsul; membro do "triunvirato"; repressor brutal da revolta dos escravos liderada por Espártaco; o homem mais rico de Roma; implacável adversário de Pompeu

CRASSO, PÚBLIO filho de Crasso, o triúnviro; comandante de cavalaria sob César na Gália; admirador de Cícero

DÉCIMO corretamente chamado BRUTO, DÉCIMO JÚNIO ALBINO, mas não deve ser confundido com BRUTO (acima); jovem comandante militar brilhante na Gália; protegido de César

DOLABELA, PÚBLIO CORNÉLIO terceiro marido de Túlia; um dos lugares-tenentes mais próximos de César — jovem, encantador, precoce, ambicioso, libertino, brutal

ENOBARBO, LÚCIO DOMÍCIO senador patrício; pretor em 58 a.C.; casado com a irmã de Catão; inimigo de César

FILIPO, LÚCIO MÁRCIO cônsul logo após o retorno de Cícero do exílio; casado com a sobrinha de César, Ácia, e assim pai adotivo de Otaviano; dono de uma vila vizinha à de Cícero na baía de Nápoles

FILOTIMO administrador dos negócios de Terência, de honestidade questionável

FÚLVIA mulher de Clódio; posteriormente casada com Marco Antônio

HÍRCIO, AULO um dos oficiais de César na Gália, preparado para uma carreira política; um famoso gourmet, um erudito que ajudou César com seus *Comentários*

HORTÊNSIO HÓRTALO, QUINTO ex-cônsul, por muitos anos o principal advogado nos tribunais romanos, até ser deslocado por Cícero; líder da facção patrícia; imensamente rico; como Cícero, um político civil e não um soldado

ISÁURICO, PÚBLIO SERVÍLIO VÁCIA patrício, filho de um dos notáveis anciãos do Senado, que apesar disso optou por apoiar César; eleito pretor em 54 a.C.

LABIENO, TITO soldado e ex-tribuno da região natal de Pompeu, Piceno; um dos mais hábeis comandantes de César na Gália

LÉPIDO, MARCO EMÍLIO senador patrício, casado com uma filha de Servília, membro do Colégio de Sacerdotes

MILÃO, TITO ÂNIO político valentão e astuto, dono de gladiadores

NEPO, QUINTO CECÍLIO METELO cônsul no momento em que Cícero retornou do exílio

OTAVIANO, CAIO JÚLIO CÉSAR sobrinho-neto e herdeiro de César

PANSA, CAIO VÍBIO um dos comandantes de César na Gália

PISÃO, LÚCIO CALPÚRNIO cônsul na época do exílio de Cícero, de quem era, portanto, inimigo; sogro de César

PLÂNCIO, CNEU questor da Macedônia, seus parentes eram amigos originários da mesma região da Itália que os Cíceros

PLANCO, LÚCIO MUNÁCIO lugar-tenente muito chegado a César, nomeado governador da Gália Transalpina em 44 a.C.

POMPEU, CNEU MAGNO nascido no mesmo ano que Cícero; por muitos anos o homem mais poderoso do mundo romano; ex-cônsul e general vitorioso que já havia triunfado duas vezes; membro do "triunvirato" com César e Crasso; casado com a filha de César, Júlia

RUFO, MARCO CÉLIO ex-aluno de Cícero; o mais jovem senador em Roma — brilhante, ambicioso, pouco confiável

SERVÍLIA ambiciosa e politicamente astuta meia-irmã de Catão; amante de César por um longo tempo; mãe de três filhas e um filho, Bruto, de seu primeiro marido

SÉRVIO SULPÍCIO RUFO contemporâneo e velho amigo de Cícero, famoso como um dos maiores jurisconsultos em Roma; casado com Postúmia, uma amante de César

SILANO, DÉCIMO JÚNIO casado com Servília, amante de César por um longo tempo; membro do Colégio de Sacerdotes; derrotado uma vez para o consulado e agora pretendendo concorrer de novo

SPÍNTER, PÚBLIO CORNÉLIO LÊNTULO cônsul no momento em que Cícero retornou do exílio; inimigo de Clódio e amigo de Cícero

TERÊNCIA mulher de Cícero; dez anos mais jovem que o marido, rica e de nascimento mais nobre; devotamente religiosa, pouco instruída, com ideias políticas conservadoras; mãe dos dois filhos de Cícero, Túlia e Marco

TIRO devotado secretário particular de Cícero, um escravo da família, três anos mais jovem que o amo, o inventor de um sistema de taquigrafia

TÚLIA filha de Cícero

VATÍNIO, PÚBLIO senador e soldado famoso pela sua feiura; grande aliado de César

AGRADECIMENTOS

Minha maior dívida ao longo dos doze anos que levei para escrever este romance e os dois que o precederam é para com a edição Loeb dos discursos, das cartas e dos escritos reunidos de Cícero, publicada pela Harvard University Press. Fui obrigado a editar e comprimir as palavras de Cícero, mas sempre que possível tentei deixar sua voz se manifestar. Loeb foi minha Bíblia.

Fiz também constante uso das excelentes obras de referência do século XIX editadas por William Smith: seus *Dictionary of Greek and Roman Antiquities*, *Dictionary of Greek and Roman Biography and Mythology* (três volumes) e *Dictionary of Greek and Roman Geography* (dois volumes); estas obras estão hoje gratuitamente disponíveis on-line. *The Magistrates of the Roman Republic, Volume II, 99 B.C. – 31 B.C.*, de T. Robert S. Broughton, foi também inestimável, assim como *The Barrington Atlas of the Greek and Roman World*, editado por Richard J. A. Talbert. Sempre que possível, segui os fatos e as descrições oferecidos pelas fontes originais — Plutarco, Apiano, Salústio, César — e agradeço a todos aqueles eruditos e tradutores que os tornaram acessíveis e cujas palavras usei.

As biografias de Cícero e livros sobre ele, que me deram inúmeras inspirações e ideias, incluem: *Cicero: A Turbulent Life*, de Anthony Everitt, *Cicero: A Portrait*, de Elizabeth Rawson, *Cicero*, de D. R. Shackleton Bailey, *Cicero and his Friends*, de Gaston Bossier, *Cicero: The Secrets of his Correspondence*, de Jérôme Carcopino, *Cicero: A Political Biography*, de David Stockton, *Cicero: Politics and Persuasion in Ancient Rome*, de Kathryn Tempest, *Cicero as Evidence*, de Andrew Lintott, *The Hand of Cicero*, de Shane Butler, *Terentia, Tullia e Publia: The Women of Cicero's Family*, de Susan Treggiari, *The Cambridge Companion to Cicero*, organizado por Catherine Steel, e — ainda plenamente legível e útil — *The History of the Life of Marcus Tullius Cicero*, publicado em 1741 por Conyers Middleton (1683-1750).

Biografias de contemporâneos de Cícero que me pareceram particularmente úteis incluem: *Caesar*, de Christian Meier, *Caesar*, de Adrian Goldsworthy, *The Death of Caesar*,de Barry Strauss, *Pompey*, de Robin Seager, *Marcus Crassus and the Late Roman Republic*, de Allen Ward, *Marcus Crassus, Millionaire*, de Frank Adcock, *The Patrician Tribune: Publius Clodius Pulcher*, de W. Jeffrey Tatum e *Catullus: A Poet in the Rome of Julius Caesar*, de Aubrey Burl.

Para a ambiência geral de Roma — sua cultura, sociedade e estrutura política — utilizei três obras do incomparável Peter Wiseman: *New Men in the Roman Senate*, *Catullus and His World* e *Cinna the Poet and Other Roman Essays*. A estes devo também acrescentar *The Crowd in Rome in the Late Republic*, de Fergus Millar, que analisa como a política poderia ter operado na Roma de Cícero. Também valiosos foram *Intellectual Life in the Late Roman Republic*, de Elizabeth Rawson, *The Constitution of the Roman Republic*, de Andrew Lintott, *The Roman Forum*, de Michael Grant, *Roman Aristocratic Parties and Families*, de Friedrich Münzer (traduzido por Thérèse Ridley) e (é claro) *The Roman Revolution*, de Ronald Syme, e *History of Rome*, de Theodore Mommsen.

Para a recriação física da Roma republicana, baseei-me na erudição de *A New Topographical Dictionary of Ancient Rome*, de L. Richardson Jr., *A Topographical Dictionary of Rome*, de Samuel Ball Platner, o *Pictorial Dictionary of Ancient Rome* (dois volumes), de Ernest Nash, e *Mapping Augustan Rome*, o projeto do *Journal of Roman Archeology* dirigido por Lothar Haselberger.

Um agradecimento especial deveria ir para Tom Holland, cujo maravilhoso *Rubicon: The Triumph and Tragedy of the Roman Republic* (2003) me deu pela primeira vez a ideia de escrever uma narrativa ficcional das amizades, rivalidades e inimizades entre Cícero, César, Pompeu, Catão, Crasso e os demais.

Dictator é minha quarta incursão no mundo antigo, uma série de jornadas que começou com *Pompeii* (2003). Um dos grandes prazeres destes anos foi encontrar estudiosos de história romana que foram sem exceção encorajadores, chegando até a me eleger um orgulhoso, ainda que notavelmente medíocre, presidente da Classical Association em 2008. Por vários oferecimentos de estímulo e conselho ao longo dos anos, eu gostaria de agradecer em particular a Mary Beard, Andrew Wallace-Hadrill, Jasper Griffin, Tom Holland, Bob Fowler, Peter Wiseman e Andrea Carandini. Peço desculpas aos que esqueci e, naturalmente, eximo todos os mencionados acima de qualquer responsabilidade pelo que escrevi.

Os dois editores que primeiro me encarregaram de escrever sobre Cícero foram Sue Freestone, em Londres, e David Rosenthal, em Nova York. Como o Império Romano, os dois seguiram adiante, mas eu gostaria de lhes agradecer seu entusiasmo original e permanente amizade. Seus sucessores, Jocasta Hamilton e Sonny Mehta, assumiram o trabalho e conduziram habilmente o projeto à sua conclusão. Obrigado também a Gail Rebuck e a Susan Sandon, por perseverar bravamente até o fim. Minha agente, Pat Kavanagh, para minha grande tristeza e de todos os seus autores, não viveu para ver a obra que representou completa; espero que teria gostado dela. Meus agradecimentos vão para meus outros agentes: Michael Carlisle, da Inkwell Management, em Nova York, e para Nicki Kennedy e Sam Edenborough, da ILA, em Londres. O estimável Wolfgang Müler, meu tradutor alemão, atuou mais uma vez como meu revisor não oficial. Joy Terekiev e Cristiana Moroni, da Mondatori, na Itália, compartilharam literalmente a viagem a Túsculo e Fórmias.

Finalmente — *finalmente* — gostaria de agradecer, como sempre, à minha esposa, Gill, e também aos nossos filhos, Holly, Charlie, Matilda e Sam, metade de cujas vidas foram vividas à sombra de Cícero. Apesar disso, ou também até por causa disso, Holly se formou em letras clássicas e agora sabe muito mais sobre o mundo antigo que seu velho pai, por isso é a ela que este livro é dedicado.

Este livro foi composto na tipologia ITC Stone Setif Std, em corpo 9,5/16, e impresso em papel off-white no Sistema Cameron da Divisão Gráfica da Distribuidora Record.